Henry Brodersen

Reisende zwischen den Welten

Buch 1: Das Portal

Henry Brodersen

Das Portal

Reisende zwischen den Welten

Buch I

Deutschsprachige Erstausgabe August 2019

Henry Brodersen
Pater-Oswald-Straße 6a
59457 Werl
henry_brodersen@web.de

Lektorat: Bettina Bergmann Lektorat, Dortmund
info@lektorat-bergmann.de
https://www.lektorat-bergmann.de
Cover und Gestaltung: Wolkenart Media Design, Borken
mw@wolkenart.com
https://www.wolkenart.com/
Karten erstellt mit Campaign Cartographer 3+
https://www.profantasy.com/default.asp
ISBN: 978-1-086628-37-1

Für Monika, die alles möglich macht.

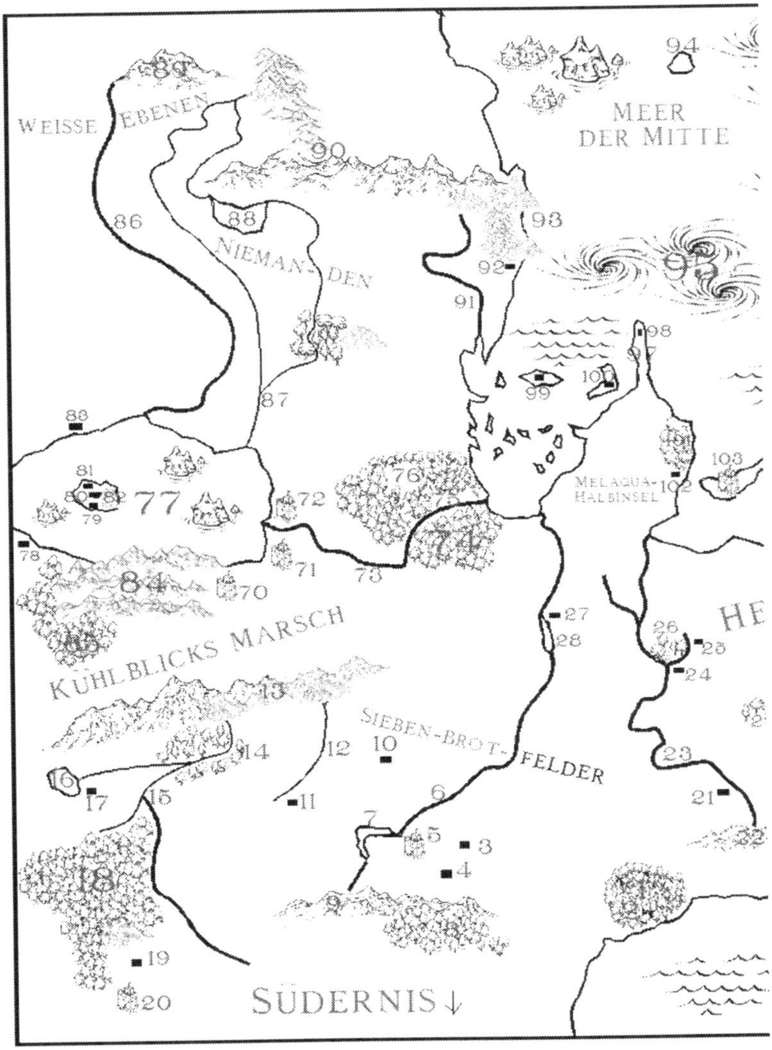
WEISSE EBENEN
MEER DER MITTE
NIEMANS DEN
MELAQUA-HALBINSEL
KÜHLBLICKS MARSCH
SIEBEN-BROT-FELDER
HE
SÜDERNIS ↓
94
90
86
88
93
92
91
98
99
87
81
82
77
79
76
72
74
78
71
73
84
70
27
28
26
25
24
13
14
12
10
23
16
17
15
11
6
7
5
3
4
21
18
9
19
20
102
103

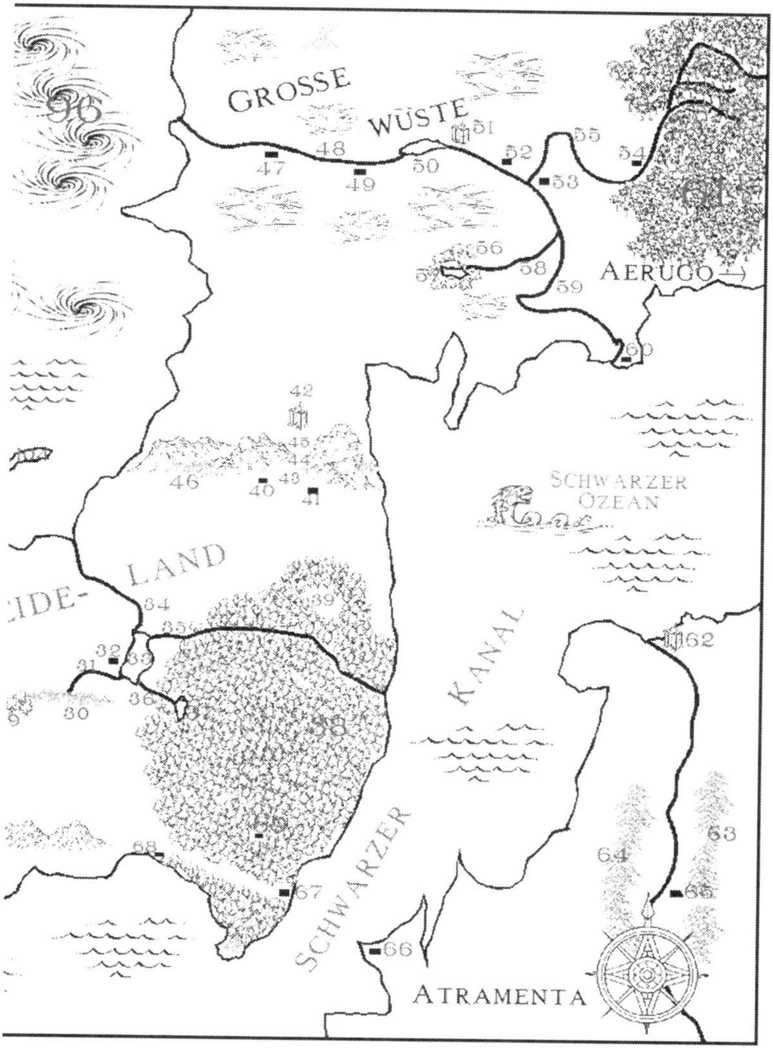
GROSSE
WÜSTE
47
48
49
50
51
52
53
54
55
56
58
59
60
AERUGO
42
44
45
46
40
43
41
LAND
34
39
32
31
30
36
62
SCHWARZER
OZEAN
KANAL
63
64
68
67
66
SCHWARZER
ATRAMENTA

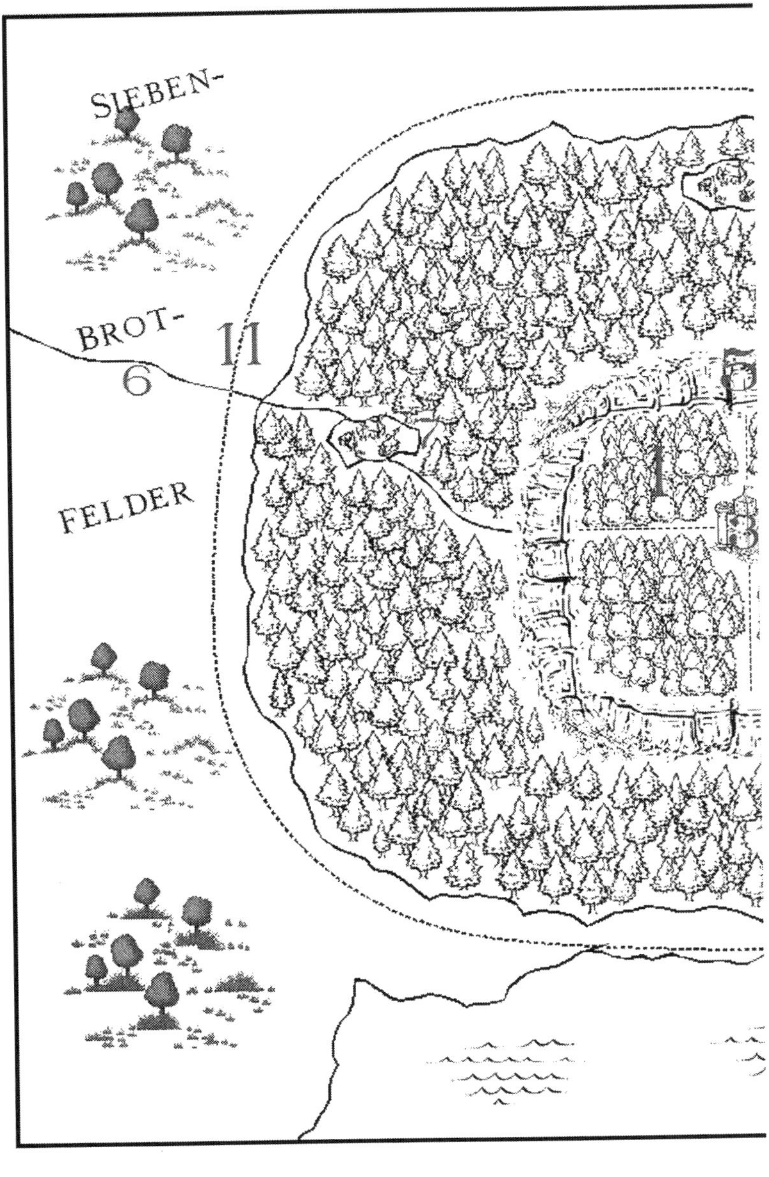
SIEBEN-
BROT-
11
6
FELDER
5
1
3

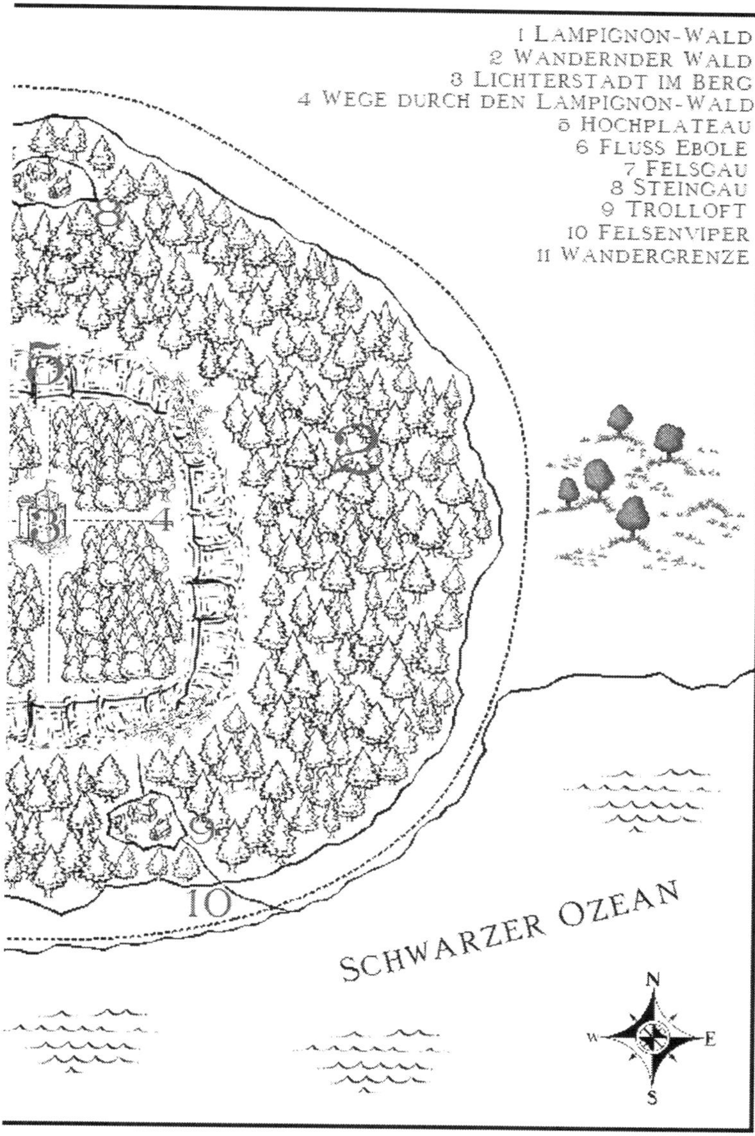

1 LAMPIGNON-WALD
2 WANDERNDER WALD
3 LICHTERSTADT IM BERG
4 WEGE DURCH DEN LAMPIGNON-WALD
5 HOCHPLATEAU
6 FLUSS EBOLE
7 FELSGAU
8 STEINGAU
9 TROLLOFT
10 FELSENVIPER
11 WANDERGRENZE
SCHWARZER OZEAN
N
W
E
S

LEGENDE

1	Lampignon-Wald	32	Radiant
2	Wandernder Wald	33	Edelsteinsee
3	Emara	34	Rubinion (Roter Fluss)
4	Abessa	35	Onyxion (Schwarzer Fluss)
5	Weit-Alon	36	Jaderia (Grüner Fluss)
6	Alon	37	Glimmweiher
7	Sichelsee	38	Robenwald
8	Hügelwald	39	Dunkelfeld
9	Bannwand	40	Westliche Wachpostenruine
10	Siebenstadt	41	Östliche Wachpostenruine
11	Alreden	42	Bergschattenruinen
12	Die Zwille	43	Südpassage
13	Grenzgebirge	44	Alte Schneise
14	Wald von Grinn	45	Nordpassage
15	Grinns Peitsche	46	Verbundgebirge
16	Grinns Tränke	47	Mehrunes
17	Grinningen	48	Blaue Schlange
18	Freundlicher Wald	49	Dargon
19	Tript	50	Kristasand
20	Talira	51	Sikition, die Treppenstadt
21	Wachposten	52	Dagonth
22	Totenstiege	53	Ur
23	Hirschkopf	54	Molak
24	Elrist	55	Wüstennatter
25	Kant	56	Falsche Oase
26	Kronenlaub	57	Livor
27	Meran	58	Anguin
28	Siebenschneider	59	Serpin
29	Elrister Wald	60	Bal
30	Gelbes Gebirge	61	Dschungel von Aerugo
31	Topalion (Gelber Fluss)	62	Atra

63 Tausendrauchhöhen
64 Dunkelwindsäulen
65 Atrum
66 Ater
67 Ostblick
68 Vergessene Totenkammern
69 Fichtan-Tempel
70 Monkuhn
71 Böhn
72 Orrast
73 Diamon
74 Glaswälder
75 Raureifebene
76 Flockenfeld
77 Schollenmeer
78 Windingen
79 Kalthagen
80 Frosthagen
81 Eishagen
82 Zitterberge
83 Diamantenstadt
84 Schneegebirge
85 Windholz
86 Nebelfluss
87 Katalon
88 Bleicher See
89 Schorfeulenberge
90 Klirrspitzen
91 Erilja
92 Unda-Ren
93 Piratenküste
94 Insel der Engel
95 Grosse Strudel
96 Lange Strudel
97 Meerkerbe
98 Fannstadt
99 Aigoras
100 Eskouver
101 Küstenholz
102 Korallig
103 Adamas
104 Saphiria (Blaue Insel)

»So sei es nun, ihr habt die Wahl -
wählt einmal zwischen Kopf und Zahl.
Doch wisset, habt ihr erst entschieden,
so müsst ihr kämpfen für den Frieden.
Denn jede angebroch'ne Reise
fordert dich in ihrer Weise.«

Hineingekritzelt
mit zitternder Hand
in den Buchdeckel
von *Portalstudien*

Besuch in der Nacht

Mittlerweile war es Nacht geworden. Jetzt im Sommer war dies allerdings eine echte Wohltat. Die Tage waren heiß und die Sonne schien unbarmherzig von einem wolkenlosen Himmel. Wenn man hart im Nehmen war, konnte man es unter einem Sonnenschirm oder den wenigen Schatten spendenden Bäumen eine gewisse Zeit lang aushalten, aber im Großen und Ganzen quälten sich die Bewohner der Innenstadt selbst abends lange und warteten sehnsüchtig auf die kühlere Dämmerung. Mit dem Verschwinden der letzten Sonnenstrahlen waren die meisten von ihnen auf den Balkonen und Dachterrassen verschwunden, hatten als letzte Amtshandlung des Tages ihre Blumen gegossen und waren in ihre Wohnungen gegangen. Zwar wehte kein einziges Lüftchen, aber die leichte Abkühlung der Nacht hatte doch zumindest die Möglichkeit verheißen, irgendwann Schlaf finden zu können.

Nur vereinzelt waren jetzt noch erstickte Laute von weit entfernten Passanten zu vernehmen. Selbst die Katzen hatten heute ihren Frieden mit der Dunkelheit geschlossen und dösten auf dem noch warmen Asphalt vor sich hin oder hatten sich in ihren Verstecken verkrochen.

Der Einzige, der in dieser Nacht kein Auge zutat, war Finn. In seiner kleinen Wohnung unter dem Dach war es trotz der leichten Abkühlung noch immer unerträglich heiß. Den ganzen Tag hatte sich die Wärme in seinem Zimmer angestaut. Finn fragte sich, warum noch immer keine kühle Luft durch das weit geöffnete Fenster kommen wollte. Mühsam stand er aus seinem Bett auf und hantierte am Fensterrahmen. Es war zum Verzweifeln: Das Fenster ließ sich keinen Zentimeter weiter öffnen. Schließlich legte er sich zurück ins Bett und atmete schwer.

Der Wecker auf der Kommode piepste schon wieder leise: Drei Uhr.

Genervt davon, dass der Schlaf ihn nicht überkommen wollte, wälzte Finn sich von einer Seite auf die andere. Nicht genug, dass es jetzt schon mitten in der Nacht war, nein, er würde auch in ein paar Stunden wieder aufstehen müssen, um rechtzeitig in die Uni zu kommen.

Ungeduldig strich er sich mit der linken Hand durch das verschwitzte, dunkle Haar. Einige Haarsträhnen fielen ihm bereits ins Gesicht, seit er seine Haare im Frühling hatte wachsen lassen. Die Intention war gewesen, damit Eindruck bei seinen neuen Kommilitoninnen zu schinden – was ihm auch ganz gut gelungen war. Seine Frisur schien ihn jedenfalls verwegener zu machen. Des Öfteren erhielt er Komplimente für seine längeren Haare und bisweilen erkannte er, wie aus schlichten Begegnungen auf den Gängen ab und an kleine Flirts wurden. Alles war jedoch harmlos geblieben und eine Beziehung war daraus bisher nicht hervorgegangen.

In jener Nacht jedoch wünschte sich Finn nichts sehnlicher als ein paar kurze Stoppelhaare, die ihn nicht so sehr vom Einschlafen abhalten würden. Nach einer weiteren schlaflosen Viertelstunde wurde es ihm zu bunt. Leise fluchend verließ er sein Bett und verschwand im Badezimmer, das von der Größe her perfekt zu seiner restlichen Wohnung passte. Eigentlich hatte es den Namen *Zimmer* gar nicht verdient, da es viel eher einem Verschlag gleichkam. Man konnte bloß zwei Schritte vom einen zum anderen Ende machen. Mehr Räume, außer einem ebenfalls winzigen, fast zellenartigen Flur, besaß Finn nicht. So ließ er die Tür einen Spalt offen. Immerhin konnte er hier niemanden aufwecken, wie im Studentenwohnheim, in dem er noch vor Kurzem gewohnt hatte. Finn drehte den Wasserhahn auf und hielt sein Gesicht unter den eiskalten Wasserstrahl.

Wie gut das tat! Für einen kurzen Moment vergaß er, dass er nur noch knappe drei Stunden hatte, bis er sich für die Uni fertigmachen musste.

Er drehte das Wasser ab und tastete nach dem Handtuchstapel. Plötzlich blitzte gleißend helles Licht durch den Türspalt. Obwohl die Ritze nicht groß war, erstrahlte das komplette Bad in unnatürlichem Silberglanz.

Finn stockte der Atem und sein Herz schlug wild. Alles war vollkommen still geblieben und er konnte sich nicht erklären, woher dieses silberne Licht kam, das ihn blendete. Und dann verschwand das Licht noch schneller, als es gekommen war. Das Bad lag wieder im Halbdunkel, erleuchtet nur vom diffusen Licht, das nachts durch die Fenster des Zimmers fiel. Bewegungslos stand Finn da und horchte in sein Zimmer. Sein Herz schlug immer noch sehr schnell und da seine Augen brannten, war er sicher, dass er sich das silberne Leuchten nicht eingebildet hatte.

Doch es war nichts zu hören. Der Türspalt hatte sich nicht weiter geöffnet und so konnte Finn auch nicht in sein Zimmer spähen, um nach dem Rechten zu sehen. Obwohl alles wieder normal schien, wagte er es noch immer nicht, sich zu rühren.

Aberwitzige Gedanken schossen durch seinen Kopf: Durchgeschmorte Leitungen oder Leuchtreklamen von draußen schienen ihm jedoch nicht des Rätsels Lösung zu sein. Und auch der Gedanke an eine Sternschnuppe oder einen Blitz direkt vor seinem Fenster war doch sehr abwegig, zumal es nicht gewitterte. Was ihm auch in den Sinn kam – *nichts* davon schien ihm eine angemessene Erklärung für das Licht zu bieten.

In Gedanken beruhigte sich Finn wieder. Es gab doch bestimmt eine vollkommen plausible Erklärung! Endlich traute er sich, einen Schritt in Richtung Tür zu machen. Ihm war es mittlerweile geradezu peinlich, dass ein solch albernes Licht ihm einen solchen Schrecken hatte einjagen können.

Finn griff nach der Klinke, als ein kleiner, lilafarbener Funken direkt durch den Spalt auf seinen Unterarm schwebte. Wieder machte sein Herz einen Sprung. Er zog seinen Arm zurück und drückte sich an die Wand. Sein Duschgel fiel laut polternd zu Boden. Der lilafarbene Funken war dabei von seinem Arm geglitten und lag jetzt vor ihm auf dem Boden. Zwar war dieser winzig klein, aber sein Leuchten reichte aus, um die Umgebung in sanftes Licht zu tauchen.

Finn starrte auf das leuchtende Etwas. Noch bevor er einen klaren Gedanken fassen konnte, schwebte schon wieder ein Funke ins Bad und ließ sich auf dem Waschbecken nieder. Regungslos verbrachte Finn weitere fünf Minuten an der Wand. Immer wieder flogen jetzt kleine leuchtende Funken durch den Spalt und hatten sich bald überall im Bad niedergelassen. Mit weit aufgerissenen Augen beobachtete Finn das Schauspiel. Mittlerweile waren die ersten Funken erloschen und verschwunden. Die winzigen Lichter ließen das Bad in einem unheimlichen Glanz leuchten und vom Funkenflug tanzende Schatten erhoben sich an den Wänden.

Sollte er hier die ganze Nacht verbringen? Wütend auf sich selbst, so ein Feigling zu sein, schritt er nunmehr entschlossen zur Tür und schob sie auf.

Mitten in seinem Zimmer, genau zwischen Bett und Bücherwand, schwebte ein schwarzer Kreis. Die Farbe war so intensiv, dass sie sich deutlich von der Dunkelheit des Raumes abhob. Vom Rand des Kreises stoben die lilafarbenen Funken in alle Richtungen davon. Der Kreis begann kurz über dem Boden und überragte Finn um eine Kopflänge. Finn staunte und näherte sich vorsichtig, obwohl er Angst hatte. Er musste doch wissen, was dort vor sich ging! Die schwarze Fläche des Kreises war nicht starr. Kleinere und größere Wellen bewegten sich von einem Rand zum anderen, wirbelten in der Mitte umher oder wechselten abrupt die Richtung und flossen ohne erkennbares Muster in bizarren Linien mal hierhin, dann wieder dorthin.

Er hatte immer noch ein flaues Gefühl im Magen, aber die Angst war jetzt etwas verflogen. Er war sich sicher, dass abgesehen von dem Kreis, der zwar waberte, aber ansonsten nicht gefährlich wirkte, nichts Bedrohliches in seinem Zimmer lauerte.

Der Lichtschalter befand sich genau an der gegenüberliegenden Wand. Sehr umsichtig bewegte sich Finn zum Schalter, immer darauf bedacht, dem sonderbaren Kreis nicht zu nahe zu kommen. Er schnipste immer wieder die kleinen Funken von seinem Körper und wünschte sich, er würde mehr tragen als nur seine Boxershorts.

Dann war er am Lichtschalter angekommen. Er versuchte, ihn hinter seinem Rücken zu ertasten, konnte ihn aber nicht finden. Also drehte er sich um, um ihn zu betätigen. In diesem Moment traf ihn ein harter Schlag gegen den Rücken, der ihn gegen die Wand taumeln ließ. Panisch wirbelte er herum. Direkt vor ihm starrten ihn eindringlich zwei leuchtend blaue Augen an.

»Versteck uns, schnell! Bestimmt werde ich verfolgt!«, rief die junge Frau auf dem Teppich und sprang dabei auf die Füße und ruderte wild mit den Armen. »Du musst dich beeilen, sonst kommen sie und bringen uns um!«

Finn hatte keine Ahnung, was gerade geschah: »Wer … Wer bist du?«

Die Stimme der Unbekannten überschlug sich: »*Bitte*, du *musst* dich beeilen! Jeden Moment wird einer durch das Portal kommen!«

Ein *Portal*? Er war verwirrt. Sofort schossen ihm die Begriffe *Magie* und *Zauberei* durch den Kopf. Nein, es gab sicherlich eine andere Erklärung für das alles! Nach kurzem Zögern packte Finn die Unbekannte an den Schultern und seine Stimme war jetzt so ernst wie die der jungen Frau. Seine Unsicherheit war verflogen. Denn was auch immer hier vor sich ging – die Dringlichkeit in den Augen der jungen Frau machte deutlich, dass er schnell handeln musste.

»Du musst mir erklären, was hier los ist. Versuche dich zu beruhigen, dann kann ich dir vielleicht helfen«, sagte er laut und betonte jedes Wort.

Noch während er dies sagte, bemerkte Finn aus den Augenwinkeln, wie eine riesige Klaue mit drei Gliedern aus dem Kreis in sein Zimmer ragte.

Alle Glieder der Klaue waren lang und gebogen und zeigten mit ihren Spitzen zu Boden. Der Klaue folgte ein dürrer Arm, mit Fell bedeckt, aber nur allzu deutlich waren die darunter liegenden Knochen zu erkennen. Finn wich automatisch zurück und drückte sich mit dem Rücken an die Wand.

Aus der wabernden Flüssigkeit trat jetzt ein riesenhaftes Wesen heraus: Auf zwei Hufen, mit nach hinten einknickenden Kniegelenken bewegte sich eine Art Pferd auf sie zu. Mit jedem Schritt wippte der Körper des Pferdes auf und ab. Um Brust und Unterleib trug es einen dunkelroten Panzer. Ein kahler und knorriger, schwarzer Baum prangte in dessen Mitte. Der lange, dürre Pferdeschädel besaß keine Mähne im eigentlichen Sinne, denn die wenigen Haare, die dort wuchsen, klebten an den meisten Stellen strähnig aneinander. Eine winzig kleine, schwarze Pupille starrte Finn und die junge Frau an.

Schnaubend und mit den Klauen klappernd beschleunigte das Pferd seinen zweibeinigen Gang. Die Unbekannte schrie auf.

Im letzten Moment riss Finn sie mit sich auf den Boden. Über ihnen hinterließ die Klaue stattdessen drei tiefe Furchen in der Tür. Sie hievten sich zurück auf die Füße und flüchteten auf die andere Seite des Zimmers.

»Was ist das für ein Ding?«, schrie Finn, während sie aneinandergepresst panisch das Ungetüm anstarrten.

»Jetzt ist keine Zeit dafür! Wir müssen uns in Sicherheit bringen!«

Das Pferdewesen war immer noch auf der anderen Seite des Zimmers. Es schien die Tür bemerkt zu haben und kam jetzt mit langsamen Schritten auf die beiden zu. Seine Arme waren weit ausgestreckt. Es war unmöglich, die Tür zu erreichen. Die einzelnen Klauenglieder bewegten sich blitzschnell vor und zurück, sodass sie aussahen wie die Messer einer elektrischen Mähmaschine.

Der Schweiß stand Finn auf der Stirn und sein Herz pochte so schnell wie noch nie in seinem Leben. Neben ihm versperrte das Bett den Weg. Die junge Frau zog ihn ruckartig in Richtung der Badezimmertür.

»Da können wir nicht rein! Der Raum hat keinen zweiten Ausgang!«

Das Pferdewesen war jetzt wieder neben dem Kreis angekommen und unzählige lilafarbene Funken ließen sich auf dem struppigen Fell und der Mähne nieder. Die riesigen Augen sahen in dem unwirklichen Licht noch viel bedrohlicher aus und stierten unentwegt zu ihnen herüber. Erst jetzt bemerkte Finn, dass die Augen keine Lider besaßen.

Die junge Frau warf die kleine Kommode, die an der Wand zwischen Finns Bett und der Seitenwand des Raumes stand, ihrem Angreifer in den Lauf. Mit einem einzigen Klauenschlag zerschmetterte er das Hindernis vor sich in der Luft und war jetzt fast bei ihnen angelangt, die Arme immer noch weit ausgebreitet und mit einem fürchterlichen, klackenden Rasseln, das nun aus den Nüstern zu hören war.

»Schnell, auf das Bett!«, keuchte Finn. »Wir müssen die Tür zum Flur erreichen und dann zur Treppe!«

Beide sprangen auf Finns Bett und wichen so dem nächsten Schlag aus. Die Wucht des Schlages traf die Bücherregale. Das Holz zersplitterte und flog in alle Richtungen. Alle Bücher fielen herunter. Bevor Finn und die Unbekannte zur Tür hechten konnten, rammte das Wesen seine Klauen in das Holzgerüst des Bettes und schleuderte es mitsamt den beiden durch den kompletten Raum gegen den wabernden Kreis.

Im selben Moment wurde Finns Rücken unglaublich heiß und es war, als ob er von großer Höhe auf eine Wasseroberfläche aufprallen würde. Einen Herzschlag danach war der Druck von seinem Körper gewichen und nur die Wärme und ein kleiner Schmerz am Knöchel blieben.

Finn war in der Luft dem Pferdeungeheuer zugewandt und konnte sehen, wie es seinen wippenden Schritt beschleunigte und geradewegs auf sie zurannte.

Helles Licht umgab ihn. Er schien direkt nach unten zu fallen. Im freien Fall konnte er gerade noch hoch in sein Zimmer blicken, das sich rasend schnell von ihm entfernte und in dem das Pferdewesen soeben im Sprung die Verfolgung aufgenommen hatte. Unmengen lilafarbener Funken stoben von dem Wesen ab und wirbelten hinter ihm auf, als es den Kreis berührte. Im nächsten Moment war es verschwunden.

Jetzt konnte Finn auch sein Zimmer nicht mehr sehen. Das gleißende Licht blendete ihn von allen Seiten. Es fühlte sich an, als würde er rückwärts von einer Mauer fallen und dabei in die Sonne blicken. Nur dass die Sonne hier von allen Seiten gleichzeitig kam. Gleich würde er irgendwo aufschlagen und zerquetscht werden! Er kniff die Augen zusammen und hielt die Luft an. Wirre Gedanken schossen durch seinen Kopf. Er dachte an einen Traum, dass nichts von alldem real war. Er dachte an das Wort, das die Unbekannte benutzt hatte. *Portal!* Die Sekunden verstrichen und mitten in seiner hilflosen Hoffnung, gleich aus diesem Albtraum aufzuwachen, konnte er den Puls seiner Schläfen hämmern spüren.

Mit einem Mal schlug er wirklich mit dem Rücken auf Grund auf. Der Aufprall war für einen so langen und tiefen Fall aber viel zu leicht. Die Hitze, die Finn eben verspürt hatte, war jetzt verschwunden und ein leichter Wind streifte seinen Körper. Nur der Druck an seinem Knöchel war immer noch da. Langsam öffnete Finn die Augen. Über ihm schien die Sonne durch Zweige und Blätter und unter ihm befand sich Moos.

Die Unbekannte

Finn hatte noch nicht völlig realisiert, was eben passiert war. Doch seine Augen waren offen und so unglaublich es ihm schien, war er wohl soeben durch dieses *Portal* (Konnte das wirklich sein?) in seinem Zimmer geschleudert worden und in einem wunderlich anmutenden Wald gelandet.

Über sich sah Finn ein gewaltiges Blätterdach. Doch keine gewöhnlichen Blätter wehten im lauen Wind über seinem Kopf. Fast jeder Baum hatte andere. Mal gab es eine Gruppe von Bäumen mit winzigen, kreisrunden Blättern, dann sprengte dieses Bild ein gigantischer Baum mit jeweils nur einem einzigen riesigen, herzförmigen Blatt an jedem Ast. Hervorspringendes, dolchartiges Blattwerk wechselte sich ab mit solchem, das hängend im Wind hin- und herschaukelte. Die Vielfalt war unglaublich.

Viele der großen und kleinen Blätter trugen einen seltsamen Schein in ihrer Mitte. Ihre Farben, manche hellgrün, manche dunkelgrün schimmernd, waren viel kräftiger, als Finn es gewohnt war. Sie leuchteten, als ob hinter jedem Blatt eine brennende Glühbirne angebracht wäre. Die Sonne, die hier und dort durch das Blätterdach blitzte, verstärkte den Effekt noch und besprenkelte den Boden mit unzähligen kleinen Lichttupfern.

Endlich schaute er nach unten. Erst jetzt bemerkte er, dass sich die Unbekannte die ganze Zeit an seinem Knöchel festgehalten hatte. Das also hatte er gespürt! Augenblicklich sprang Finn auf die Füße und entriss sich ihrem Griff.

»Wir müssen hier so schnell wie möglich weg!«, rief er hastig und blickte auf der Suche nach dem Kreis oder Portal, oder wodurch auch immer er hierher gekommen war, gehetzt um sich.

»Ich habe gesehen, wie uns dieses Pferde-Ding hinterher gesprungen ist. Es muss jeden Moment hier sein! Wir müssen uns verstecken!«

Die junge Frau lag mit dem Gesicht im Moos und Finn zerrte sie unsanft auf die Beine. Er bemerkte einen goldenen Ring mit blauem, viertelmondförmigem Stein an ihrem rechten Ringfinger. Überhaupt wurde Finn erst jetzt richtig klar, wie sein Gegenüber aussah.

Die blauen Augen funkelten ihn immer noch genauso wie in seinem Zimmer an, obwohl es jetzt taghell um die beiden war. Die junge Frau war etwas kleiner als er selbst und trug eine Ledertasche an einem Riemen um ihren Körper. Ihre hellblaue Hose wurde von einem Gürtel mit gewaltiger goldener Schnalle gehalten. Darauf war derselbe Viertelmond wie auf dem Ring abgebildet. Ihr Oberteil hatte dünne Träger und hörte kurz über dem Bauchnabel auf. Auch dieses war im gleichen Blauton wie die Hose gefärbt. An den Füßen trug sie leichte Schuhe, die ihr bis an die Knöchel reichten. Ihre silberblonden Haare leuchteten wie der Mond selbst und hingen dabei wild und lang herunter. Einige Strähnen fielen ihr ins Gesicht. Finn bemerkte eine Tätowierung, die von der linken Schulter über das Schlüsselbein auf die Brust überging und unter der Kleidung verschwand. Sie bestand aus symmetrisch angeordneten Viertelmonden und Sternen. Dazwischen befanden sich runenähnliche Zeichen, die Finn seltsam bekannt vorkamen. Er war sich aber nicht sicher, woher dieses Gefühl kam. Die abermals blaue Farbe der Tätowierung harmonierte ungemein gut mit der blassen Haut der jungen Frau.

Finn musste schlucken – ganz unverhohlen starrte er diese wundersame Erscheinung an. Sein Herz schlug plötzlich aufgeregt, denn noch während er sie anstarrte, wurde ihm die jähe Gefahr wieder bewusst und riss ihn in die Realität zurück. Sie wurden verfolgt. Sie mussten sich schleunigst verstecken.

»Komm jetzt endlich! Verstehst du nicht, was ich dir sage?«, rief er.

Die Unbekannte lächelte ihn stumm an. Nie hatte er ein ähnlich einnehmendes Lächeln gesehen. Finn schien in diesem Moment nichts unpassender zu sein, als ihr urplötzlicher Stimmungswechsel. Offensichtlich war sie beim Aufprall mit dem Kopf irgendwo gegen gestoßen und war nicht mehr Herrin ihrer Sinne. Schließlich war sie sich Minuten zuvor noch der tödlichen Gefahr bewusst gewesen!

Finn zögerte nicht mehr länger, packte die junge Frau am Arm und zog sie mit sich davon, um im Dickicht des Waldes ein Versteck zu suchen. Als er sie so unsanft mit sich zerrte, erwachte sie plötzlich aus ihrer vermeintlichen Lethargie.

»Aua! Du kannst mich jetzt loslassen!«, sagte sie. »Wir haben es geschafft. Wir werden nicht mehr verfolgt.«

Die Unbekannte wand sich aus Finns Griff. Sofort packte Finn sie wieder am Arm und zog sie weiter.

»Könntest du mich jetzt bitte loslassen? Ich habe doch gerade gesagt, dass wir nicht weiter verfolgt werden. Hör mir bitte für einen Moment zu und lass mich das alles erklären!«

Mit einem entschiedenen Ruck befreite sie sich erneut und stolperte einige Schritte rückwärts, um aus seiner Reichweite zu gelangen.

»Nein, jetzt hörst du mir mal zu!«, keuchte er. »Dieses Ding ist direkt hinter uns hergesprungen – ich habe es gesehen! Als es uns durch dieses *Portal* geschleudert hat, ist es uns gefolgt.«

Finns Gedanken überschlugen sich. Ihm war nicht klar, was eigentlich mit ihm passiert war, oder wo sich er und die mysteriöse Unbekannte befanden, aber das Bild des scheußlichen, springenden Pferdes hatte sich in sein Gedächtnis gebrannt und trieb ihn an.

Ohne weiter Zeit zu verschwenden, packte er die junge Frau erneut. Sie war darauf nicht vorbereitet und er warf sie sich über die Schulter. Er suchte über sich nach dem Portal. Als er es nicht fand, schlug er einfach wahllos eine Richtung ein und ließ die Lichtung schnell hinter sich. Auf seinem Rücken krümmte sich die Unbekannte, wehrte sich aber nicht so sehr, dass sie hinunterfiel.

»Jetzt glaub mir doch endlich, das Portal funktioniert nur in eine Richtung«, protestierte sie.

»Lass mich runter, damit ich dir erzählen kann, was passiert ist. Du wirst dich noch völlig verausgaben. Du weißt doch gar nicht, wo du hinläufst.«

Fast schien es Finn, als sei seine mehr oder weniger unfreiwillige Begleiterin belustigt. Doch ihn kümmerte es nicht. Sie hatte zwar recht, er verausgabte sich – seine Lungen brannten schon nach kurzer Zeit gewaltig – aber so würde er sie beide retten.

Nachdem er mehrere Male die Richtung gewechselt hatte und am Ende seiner Kräfte war, machte er unter einem großen Baum halt.

Etwas unsanft setzte Finn seine zappelnde Last ab und fiel auf den Rasen unter dem Baum. Einen Moment würde es jetzt wohl nicht schaden, zu verschnaufen. Das Pferdewesen schien weit weg zu sein, sofern es sie verfolgte, denn er hörte außer dem Rascheln der Blätter im Wind und einigem Vogelgezwitscher nichts.

Die Unbekannte kniete vor Finn und musterte ihn eindringlich.

»Du bist ganz schön stark! Und ziemlich forsch für jemanden, der fast nichts anhat«, sagte sie.

Die Tatsache, dass er ja nur seine Boxershorts anhatte, traf ihn wie ein Faustschlag. Ein Anflug von Unsicherheit und Panik ergriff ihn so enorm, dass er gleichzeitig rot wurde und Übelkeit in ihm aufstieg. Die Unbekannte indes musterte ihn immer noch, den Kopf leicht geneigt, mit einem leichten Grinsen.

»Wer bist du? Und was ist passiert? Wir müssen doch sehen, dass uns dieses Pferd nicht bekommt!«, stieß Finn hervor, nur um irgendetwas zu sagen. Ihr Grinsen sagte ihm, dass seine Fragen sehr verzweifelt wirken mussten.

»Jetzt beruhige dich erst mal!«, antwortete sie. »Das Portal, durch das wir geworfen wurden, funktioniert – wie ich es übrigens bereits gesagt habe – nur in eine Richtung zielgenau. Wir sind einzig und allein zusammen wieder herausgekommen, weil ich mich an deinem Knöchel festgehalten habe. So waren wir verbunden – ein einziger zusammenhängender Körper. Unser Verfolger ist erst nach uns in das Portal gesprungen und ist sonst wo wieder herausgefallen. Jedenfalls nicht in unserer Nähe.

Ich bin übrigens Decora. Decora Nubigena. Irgendwie muss aber etwas schiefgelaufen sein, als ich das Portal aufrief, das mich zu dir geführt hat …«

Decora runzelte die Stirn, als ob sie über etwas grübeln würde.

Finn dachte wieder daran, dass er träumte, und kniff sich kurz. Allerdings wachte er nicht auf. Seine Übelkeit war der zweite untrügliche Beweis, dass er wirklich in diese Sache hineingeraten war, die er, als er da fast nackt auf der Wiese vor der jungen Frau Decora Nubigena saß, so gar nicht überblicken konnte.

Er schaute wohl ziemlich dumm drein und versuchte noch, Decoras Worte in seinem Kopf zu ordnen.

»Hey, es ist alles für den Moment in Ordnung. Wer bist du eigentlich?«, fragte sie keck. »Du siehst jedenfalls nicht so aus, als ob du der Richtige wärst ...« Sie kniete immer noch vor ihm.

Finn ermahnte sich in Gedanken, gefasst zu bleiben und seine Gefühle zu ordnen. Er wollte wirklich begreifen, was hier vor sich ging. Leider saß er hier nur in Boxershorts. Wahrscheinlich konnte man ihm seine Unsicherheit ansehen. Er versuchte deshalb, seinen Blick besonders geschäftig und konzentriert wirken zu lassen.

Decora kicherte.

»Also sind wir in Sicherheit?«, war das Einzige, was Finn herausbrachte.

Decora sagte gedehnt: »Jaaa, wie ich es dir bei deiner wilden Flucht schon versucht habe zu sagen – das Portal funktioniert *nur in eine Richtung.*«

Decora betonte jedes Wort überdeutlich. »Und zwar in die Richtung, in die man es aufruft. Wenn man ein zweites Mal durch ein Portal springt, kommt man an einem völlig anderen Ort heraus und nicht etwa dort, wo man es aufgerufen hat. Vollkommen zufällig. Und dieses Pferde-Ding, wie du es nennst, war in Wirklichkeit ein Kelpe. Falls es dich tröstet, ich habe es auch nicht glauben können, als ich zum ersten Mal einen gesehen habe. Du hast mir übrigens immer noch nicht deinen Namen verraten.«

»Finn«, sagte er.

Danach fuhr er etwas gelöster fort: »Kannst du mir dann jetzt mal bitte erklären, wie um alles in der Welt du zu mir gekommen bist und warum du von diesem *Kelpen* verfolgt wurdest, der dich ja anscheinend töten wollte und der auch mir gegenüber nicht sehr wohlgesonnen zu sein schien?«

Beim Gedanken an die winzigen Pupillen des Kelpen lief ihm ein Schauer über den Rücken.

Decora wich seinen Fragen aus.

»Hallo Finn!«, sagte sie stattdessen freundlich und streckte ihm ihre Hand entgegen. Noch immer ein wenig verwirrt erwiderte Finn den Gruß und fühlte die Wärme ihres festen Händedrucks. Schlagartig ging es ihm besser und er freute sich über das Lächeln, das sie ihm schenkte. »Danke übrigens für deinen Rettungsversuch«, sprach Decora weiter. »Immerhin hast du mich nicht auf dem Boden liegen lassen, als du gedacht hast, wir würden noch verfolgt werden. Der Versuch war zwar überflüssig, aber schließlich zählt ja der Gedanke. Das sagt viel über deinen Charakter aus. Du konntest ja vermutlich nicht wissen, wie das mit dem Portal funktioniert. Vielleicht bist du doch gar nicht so falsch.« Und mehr zu sich selbst fuhr sie fort: »Der Portalzauber kann sich ja auch schlecht irren …«

»Moment, Moment!«, warf Finn ein. »Ich verstehe bis jetzt noch überhaupt nichts. Ich möchte alles wissen, von Anfang an, wenn du schon behauptest, dass wir für den Augenblick nicht verfolgt werden.« Vorsichtshalber schaute Finn sich noch einmal kurz um. »Für mich sind nämlich Portale und Kelpen und Portal*zauberei*«, Finn machte große Augen und gestikulierte mit den Armen in der Luft, »nicht so ganz an der Tagesordnung. Und warum bin ich nicht der Richtige und jetzt vielleicht doch nicht so falsch?«

»Du hast recht, entschuldige. Ich hab mir eigentlich schon gedacht, dass derjenige, zu dem ich gelange, etwas überfordert sein könnte. Wenn du also noch nie etwas von Portalen oder von Zauberei gehört hast, wirst du wahrscheinlich auch nicht wissen, was Aethra ist oder was Lunatae sind?«

Decora schürzte die Lippen und zog ihre Augenbrauen hoch.

»Nein!«, sagte Finn nachdrücklich. Die Situation kam ihm zunehmend grotesker vor und da sie sich nun scheinbar wirklich nicht mehr in akuter Gefahr befanden, überkam ihn eine Art beschwichtigender Galgenhumor. Er fügte leise zu sich selbst hinzu: »Ich bin in einem Fantasy-Roman gelandet …« Und dann wieder lauter: »Wirklich nicht! Noch nie etwas davon gehört.« Er atmete schwer aus. »Und bei Gelegenheit kannst du mir auch gleich verraten, wo wir hier gelandet sind.«

»Na, da werde ich wohl etwas weiter ausholen müssen. Also, wo fange ich am besten an? Ach ja, willst du hier eigentlich so sitzen bleiben, während ich erzähle? Ich meine ja nur …«

Decora musterte ihn von oben bis unten.

Finn winkte jedoch ab. Jetzt war es ohnehin schon zu spät. »Fang einfach an. Um die Kleidung kümmere ich mich später. Ich will *jetzt* wissen, was hier los ist.«

»Wie du möchtest.« Decora grinste, nickte aber auch verständnisvoll.

»Zuallererst, die Lunatae sind ein Volk wie Menschen oder Seepferde. Ich bin eine Lunata. So wie du ein Mensch bist.« Sie betrachtete ihn skeptisch. »Du bist doch ein Mensch, oder? Jedenfalls siehst du so aus …«

Finn rollte mit den Augen.

»Ja«, antwortete er nachdrücklich. »Ich bin ein Mensch! Und du? Du bist eine Lunata? *Wie ein Mensch*?« Finn betonte die letzten Worte besonders. »Und Kelpen? Von *wo* bitte kommst du? Und was genau sind jetzt diese Lunatae?«

»Immer der Reihe nach. Ich bin ja dabei, es dir zu erklären. Also, für dich ganz von vorne: Wir Lunatae werden auch Mondkinder genannt. Nicht im wörtlichen Sinne natürlich …« Decora grinste verlegen. »Wir haben ganz normale Eltern wie die Menschen auch, aber wir haben im Laufe der Zeit gelernt, unsere Lebensessenz aus dem Licht des Mondes, der Sterne und der Sonne zu gewinnen. Das bedeutet also, dass wir Lunatae uns vom Licht der Gestirne ernähren können. Die größte Verbundenheit verspüren wir aber zum Mond.«

Sie machte eine Pause, damit Finn die Informationen verarbeiten konnte.

»Wir sind auf diese Weise ziemlich unabhängig. Es gibt viele verschiedene Geschlechter der Lunatae, die sich untereinander sehr ähneln. Diese besonderen Fähigkeiten sind aber bei allen Lunatae vorhanden. Deshalb nennen uns die anderen Völker auch Sternen- oder eben Mondkinder.« Decora fügte noch keck hinzu: »Im Allgemeinen gelten wir als sehr hübsch.«

Ihre Augen leuchteten stürmisch und sie blickte Finn direkt an. Ob er sie auch hübsch fand?

»Vielleicht sind dir schon meine Augen aufgefallen?«, fragte sie. Bevor Finn etwas antworten konnte, erzählte sie schnell weiter, denn sie wollte ihn nicht aus der Reserve locken und konnte seinen Blick auch so deuten.

»Wie dem auch sei«, fuhr sie fort, »solange wir Lunatae regelmäßig Kontakt mit dem Licht der Gestirne haben, leuchten unsere Augen und Haare stärker als die von allen anderen Lebewesen. Lunatae leben überall auf Aethra. So heißt unsere Welt. Du befindest dich übrigens genau da. Durch das Portal sind wir direkt zurückbefördert worden – nach Aethra!«

Sie dachte einen Moment über die Situation nach. Zugegeben, das alles hörte sich ziemlich absurd an. Decora war sich unsicher, ob Finn ihr überhaupt glauben konnte. Aethra, Kelpen, Parallelwelten,

Portale, die nur in eine Richtung funktionierten – war das alles zu viel des Guten für ihn? Doch dann sah sie, wie er erst mit dem Kopf schüttelte, dann mit den Schultern zuckte und sie zuletzt anlächelte. Wahrscheinlich blieb ihm nichts anderes übrig, als zu glauben, was sie ihm erzählte. Sie wollte gerade weitersprechen, da unterbrach er sie.

»Und warum bist du zu mir gekommen? Wieso bin ich nur vielleicht der Richtige? Und außerdem: Du kannst zaubern?«

Natürlich musste sie ihm alles erzählen. Ihr Blick wurde ernst. »Du musst wissen, Finn, jetzt fängt meine Geschichte eigentlich erst an.«

Von Lunatae, Kelpen und einem Zauberer

Decora hoffte, dass Finn auf das, was sie ihm nun erzählen würde, gefasst war. Irgendetwas in seinem Blick machte ihr jedenfalls Hoffnung, dass sie doch an den Richtigen geraten war.

»Dann hör gut zu, Finn! Alles begann vor fast zwei Jahren …«

Sie stand auf und ging vor Finn auf und ab. Der Wind wehte zwischen den beiden hindurch und die leuchtenden Blätter der eigentümlichen Bäume raschelten an ihren Ästen. Die Sonnenstrahlen blitzten, wenn die Wolken es zuließen, hier und da durch die Kronen der Bäume. Ihre Wärme sorgte für einen wohligen Schauer auf ihrer Haut.

»Ich werde versuchen, die Geschichte komplett wiederzugeben, sodass du alles nachvollziehen kannst. Das bin ich dir wohl schuldig – wo ich dich schon in diese Sache mit hineingezogen habe.«

Als Finn sie bloß erwartungsvoll anblickte und keine Anstalten machte, etwas zu fragen, nickte sie. »Also gut: Du musst wissen, Finn, ich bin die letzte Überlebende meiner Familie. Mein Vater und meine Mutter waren der König und die Königin von Celsa-Stadt, der Hauptstadt von Excelsa. Das ist ein Land im Westen von Aethra. Meine Familie war beliebt bei unserem Volk. Seepferde, Menschen, Elfen, Wasserzwerge und Lunatae lebten ohne große Konflikte.

Wir pflegten regen Handelskontakt zu den angrenzenden Königreichen und waren schon viele Generationen in keine Kriege mehr verwickelt. Unser Familiensitz sind die Sternenhallen. Diese Hallen sind ein riesiges Palastsystem. Wenn an manchen Tagen die Wolken tief liegen, verschwinden darin die höchsten Türme. Überall auf den Zinnen wehen Banner, sodass man schon von weit außerhalb den Palast erkennen kann. Wenn man alle Räume, Gänge und Hallen auskundschaften wollte, bräuchte man sicher Wochen. Viele Räume werden manchmal für Jahre nicht betreten, trotz der vielen hundert Bewohner, die ständig in den Sternenhallen leben. Der Hofstaat reicht aus, um eine kleine Stadt zu bevölkern.

In den Regierungstrakten war immer viel los. Ständig gab es Besucher und ausländische Boten waren unsere Gäste, die oft zum Zeitvertreib auf eigene Faust die Geheimnisse der Sternenhallen erkundeten. Manchmal musste mein Vater Suchtrupps nach Vermissten ausschicken, die sich in den labyrinthischen Hallen und Gängen verlaufen hatten.«

Decora versank einen Moment in diesen glücklichen Erinnerungen und lächelte traurig. »Es ist aber nie etwas Ernstes passiert«, fügte sie schnell hinzu.

»Jeder Trakt in den Sternenhallen hat übrigens seinen ganz eigenen Charakter. Alle Herrscherpaare haben in ihrer jeweiligen Amtszeit ihr eigenes kleines Reich angebaut und auf diese Weise ihr persönliches Vermächtnis in den Hallen hinterlassen. So wurden die Sternenhallen immer größer, höher und verwinkelter. Teilweise fing man sogar an, dem Gebirge, dessen Ausläufer hinter den Palästen beginnen, noch weitere Gänge und Passagen in den Stein zu treiben. Vor zwei Jahren passierte dann aber das große Unglück.«

Sie schluckte. Sie überlegte einen Moment lang, ob es heilsam war oder schmerzvoll, über das Geschehene zu erzählen. Vielleicht war es beides zugleich.

»Jedenfalls, an diesem Tag vor zwei Jahren war meine ganze Familie in den Sternenhallen. Alle waren gekommen, denn wir wollten den Geburtstag meiner Mutter feiern. Natürlich waren wie immer auch viele Wachen in den Hallen stationiert, obwohl das normalerweise nur Formsache war. Mit einer Gefahr rechnete jedenfalls niemand von uns. Schließlich war es spät geworden und wir hatten uns in die inneren Räume um den Thronsaal zurückgezogen. Plötzlich hörten wir Geschrei aus den unteren Stockwerken. Die Jüngsten erschraken, aber auch meine Brüder und Schwestern wurden unruhig. Es waren entsetzliche Schreie. Offenbar waren die Leute in furchtbarer Panik. Männer, Frauen, Kinder schrien durcheinander – ihnen wurde Schlimmes angetan.«

Decora drehte ihren Kopf zur Seite: »Es waren Todesschreie! Wir rückten zusammen, während mein Vater und meine ältesten Brüder mit einigen Wachen die Treppen hinab in Richtung der unteren Stockwerke und Keller stürzten. Viele Wachen blieben mit uns zurück. Wir verbarrikadierten uns so gut es ging im Thronsaal. Einige Zeit verstrich, in der wir nicht wussten, was geschah. Wir hörten nur immer wieder diesen schrecklichen Lärm.

Plötzlich pochte es an dem großen verbarrikadierten Tor. Ralande, ein enger Vertrauter meines Vaters, stand auf der anderen Seite. Fliehen sollten wir, uns verstecken, rief er – nur wohin konnten wir schon? Die Schreie kamen von überall und näherten sich schnell. Die Furcht in Ralandes Stimme brachte uns schließlich dazu, die verbarrikadierte Tür zu öffnen. Es ging um Leben oder Tod und wir konnten unseren Freund nicht seinem Schicksal überlassen.

Als wir das Tor einen Spalt weit öffneten und die Wachen in

Stellung gingen, hallten das Klirren von Waffen und wütende Schreie zu uns hinauf. Ralande fiel uns direkt durch den geöffneten Torspalt vor die Füße. In seiner Brust klaffte ein riesiges Loch. Sein Blut färbte die Schwelle zum Thronsaal dunkelrot.«

Decora verzog den Mund, ihr jagte das Bild Ralandes noch immer einen Schauer über den Rücken. Ihre feucht glänzenden Augen weiteten sich, als sie sagte:

»Ich werde die letzten Worte, die er an uns richtete, nie im Leben vergessen: *Die Brunnen!*, sagte er. *Wir können sie nicht aufhalten!*

Ich hatte noch nie etwas so Unheimliches gehört, wie Ralandes letzte Warnung. Ralandes Kopf jedenfalls sank zu Boden. Er war tot. Im gleichen Moment liefen die Dinge wirklich aus dem Ruder …«

Finn ließen die Bilder, die ihm Decoras Erzählung in den Kopf gesetzt hatte, nicht mehr los: Er sah vor sich die Sternenhallen, die himmelhoch emporragten und die Wolken mit ihren spitzen Türmen durchstießen. Er stellte sich vor, wie die Lunatae dort ihren Herrschergeschäften nachgekommen waren, und überlegte, ob auch er sich als Besucher in dem weitverzweigten Palastsystem verlaufen hätte. Die Hallen wirkten in Decoras Erzählung so gigantisch. Er konnte sich nicht erklären, was eine solche Größe und Pracht zu Fall bringen könnte. Er blickte Decora an und konnte sehen, wie sich die Angst von damals erneut in ihr manifestierte. Sie hatte sich in der Zwischenzeit wieder in die Hocke begeben, war näher an ihn gerückt und zupfte an ihrem blauen Top.

Gespannt wartete er darauf, dass sie weitererzählte. Dabei ertappte er sich mehrmals dabei, wie er sich nach allen Seiten umblickte, um den dichten Wald um sie herum auf Bewegungen hin zu untersuchen. Was war aus den Brunnen der Sternenhallen gekommen?

Wolken hatten sich vor die Sonne gelegt und warfen den Wald in Schatten. Finn saß immer noch mit dem Rücken an den Baum gelehnt, Decora aber war schon nach wenigen Augenblicken wieder aufgestanden: Vielleicht fiel es ihr leichter, im Stehen zu erzählen. Während sie mit den Fingern ihrer rechten Hand über den Rücken ihrer linken Hand fuhr, die auf ihrem Bauch ruhte, blickte sie zu Boden. Schließlich führte sie ihre Erzählung weiter:

»Wir verbarrikadierten das Tor wieder, zogen uns etwas weiter in den Thronsaal zurück und warteten, was passieren würde. Minuten später hatte das Klirren der Waffen aufgehört und auch die Schreie waren nur noch weit entfernt zu vernehmen. Doch plötzlich hörten wir Getrappel von Hufen auf Stein. Was auch immer dort herankam, war jetzt nicht mehr weit vom Thronsaal entfernt und kam schnell näher.

Dann waren die Hufgeräusche vor dem Thronsaal angelangt und für einige Augenblicke war es ganz still. Wir lauschten. Einige von uns gingen sogar zurück und legten ihre Ohren an das Holz. Und dann erbebte das Tor! Die Eindringlinge hatten sich dagegen geworfen. Es vergingen weitere Sekunden, dann wurde das Tor ein zweites Mal erschüttert. Ein drittes und ein viertes Mal folgten. Beim fünften Mal brach die Mitte des Tores einfach weg. Zuerst versperrte uns eine Staubwolke die Sicht, doch dann sah ich zum ersten Mal einen Kelpen: Das scheußliche Ungetüm streckte seinen Kopf durch das zerstörte Tor. Seine schwarzen Pupillen starrten uns an, dann kletterte es ganz durch das Tor. Während das Wesen im wippenden Lauf durch den Saal auf uns zurannte, folgten ihm schnaubend und rasselnd weitere Kelpen.

An den Klauenarmen der Kelpen hingen Fetzen der Uniformen unserer Wachen. Blut tropfte von ihren Körpern. Die Eindringlinge schienen aber allesamt unverletzt. Sie bildeten einen Halbkreis um uns und warteten ab, ohne dabei die kleinste Regung zu zeigen. Keiner von uns wusste, warum sie uns nicht angriffen, denn wir wussten instinktiv, dass alle anderen, die den Kelpen im Weg gewesen waren, tot waren. Trotzdem versuchten einige von uns durchzubrechen, wurden aber von den Kelpenklauen, die sich sogleich drohend erhoben, auf Distanz gehalten. Auch Worte an sie zu richten war vergeblich: Sie starrten nur weiter geradeaus und schüttelten die strähnigen Mähnen oder stießen ihren heißen, fauligen Atem aus ihren Nüstern. Hinter ihnen trat plötzlich ein Mann mit merkwürdig huschendem Gang durch das zerstörte Tor in den Thronsaal. Ein langer rotschwarzer Umhang fiel von seinen Schultern herab. Er hatte eine dazu passende rotschwarze Maske auf, die widerwärtig grinste.«

Decora musterte abermals intensiv eine Stelle zwischen den Bäumen. Die Erzählung nahm sie immer mehr mit. Im Geist durchlebte sie die Ereignisse der Vergangenheit sicherlich erneut. Doch dann blickte sie wieder Finn an und schien sich durch die Gegenwart ihres Zuhörers zu erden:

»Am schlimmsten war aber, dass er nicht normal sprach, sondern kreischte wie ein komplett Irrer, sodass mir beinahe das Herz stehengeblieben wäre.

Ich bin Trucido, schrie er. *Gebieter der Kelpen. Ich habe diese Festung genommen. Jeder Widerstand wurde zerschlagen, alle eure Wächter sind tot.*«

Decora schloss ihre Augen. Dann sagte sie: »Wir erfuhren von ihm, dass mein Vater und die anderen Familienmitglieder nicht getötet, sondern auf seinen Befehl hin gefangen genommen worden waren. Von nun an wollte *er* der neue Herrscher in den Sternenhallen sein. Dann ging alles sehr schnell: Trucido fixierte schweigend ein paar der vorn stehenden Kelpen mit seinem Blick – wobei ja eigentlich nur seine Maske zu sehen war. Sofort kamen sie dicht an uns heran. Sie befolgten einen unausgesprochenen Befehl: Sie traten meine Familie bewusstlos und auch ich war bald an der Reihe. Trucido lachte kreischend, anscheinend fand er den größten Spaß an diesem Schauspiel.«

Die Feier

Seine Umgebung hatte Finn mittlerweile völlig vergessen. Als er merkte, dass Decora wieder eine kleine Pause machte, grübelte er. Die Geschichte wühlte sie verständlicherweise ziemlich auf. Obwohl Finn sie nicht kannte, fühlte er mit ihr. Er glaubte, dass das wohl jedem an seiner Stelle so gegangen wäre. Er überlegte, was er sagen könnte. Sein Beileid auszusprechen kam ihm unpassend vor. Dann tauchte der maskierte Trucido als verrückt lachender Dämon vor seinem inneren Auge auf. Er war der Gebieter über die Kelpen und hatte die königliche Armee besiegt: Trotzdem hatte er gekreischt und war gehüpft. Da stimmte irgendetwas nicht! Ein Geisteskranker, schlussfolgerte Finn. Er dachte auch an die Schreie aus den Stockwerken unter dem Thronsaal. Er wollte wissen, was mit der Königsfamilie und Decora geschehen war. Zwei Jahre seien die Ereignisse nun schon her, hatte sie gemeint. Nach seiner eigenen Begegnung mit dem Kelpen konnte er sich kaum vorstellen, wie ihr die Flucht gelungen war. Vielleicht war sie in der ganzen Zeit auf der Flucht gewesen und zwei Jahre lang von dem Kelpen aus seinem Zimmer verfolgt worden. Decora stand noch immer vor ihm und trat von einem Fuß auf den anderen. Sie sah in sein grübelndes Gesicht.

»Dann werde ich mal weitererzählen«, fuhr sie leise fort.

»Nein, warte kurz«, sagte er. »Ich sehe, dass es dir schwerfällt, davon zu erzählen. Du bist die einzige Überlebende deiner Familie.

Ich weiß zwar nicht, was genau danach mit euch geschehen ist, aber es tut mir leid. Setz dich zu mir und mach eine kurze Pause.«

Er deutete mit einem Nicken auf die Stelle neben sich.

Decora lächelte und setzte sich etwas umständlich neben ihn. Die Sonne kam für einen kurzen Moment hinter den Wolken hervor und verleitete Decora dazu, ihren Kopf in Richtung Himmel zu heben. Sie atmete tief ein und schloss die Augen.

Finn sagte: »Wir werden ja nicht mehr verfolgt und haben Zeit. Ich kann mich auch noch eine Weile gedulden.«

Er legte den Kopf in den Nacken und berührte damit den Baum hinter sich. Während Decora sich zu ihm drehte, blies der Wind die warme Sommerluft vor sich her. Als sie ihre blauen Augen öffnete, leuchteten sie strahlender als zuvor. Decora hatte das Sonnenlicht in sich aufgesogen und es strahlte aus ihren Augen. Er konnte sich nicht erinnern, jemals etwas so Schönes gesehen zu haben. Er glaubte für einen kurzen Moment, das Leuchten auch körperlich wahrnehmen zu können.

»Danke, dass du so verständnisvoll bist«, sagte Decora.

Finn antwortete mechanisch: »Keine Ursache.«

Decora senkte den Kopf. Was hatte er in ihren Augen gesehen? Konnte er ihren Schmerz darin wahrnehmen? Auch wenn sie diesen nicht verbergen konnte, ihn vielleicht auch gar nicht verbergen *wollte* – am stärksten wirkte sie sicherlich, wenn sie weitererzählte! »Die Tage, die nach dem Überfall der Kelpen auf unsere Familie folgten, sind die schlimmsten gewesen, die ich jemals erlebt habe. Als ich wieder aufwachte, befand ich mich im Schlafgemach meiner Eltern. Aber alles hatte sich verändert. Ich erkannte das Zimmer nicht wieder. An der Tür standen zwei Kelpen Wache und starrten mich an. Ich glaube manchmal, dass dies das Einzige ist, was diese Ungeheuer machen können, wenn sie gerade keine Befehle befolgen. Sie starren einfach. Ich habe sie nie irgendetwas von sich aus machen sehen, sodass man denken könnte, dass sie eine Persönlichkeit haben. Sie laufen nie herum, begutachten nichts oder beschäftigen sich nicht untereinander. Nicht einmal beim Essen habe ich sie beobachtet! Oder einfach nur beim Schlafen! Bloß immer dieses Starren. Nur wenn Trucido ihnen Befehle erteilt, marschieren sie los. Er spricht dabei nie ein Wort. Er braucht sie nur anzusehen und schon legen sie los. Ich habe auch nie einen der Kelpen ein Geräusch machen hören außer ihrem Schnauben oder dem Rasseln ihrer Nüstern. Sie haben keine eigene Sprache und nur Trucido kann mit ihnen kommunizieren. Außerdem hat er davon berichtet, dass sie unverwundbar wären. Ich kann das immer noch kaum glauben, aber wie ließe sich sonst erklären, dass die Soldaten meines Vaters nicht den Hauch einer Chance hatten und nicht ein einziger Kelpe bei den Kämpfen verletzt wurde? Jedenfalls ist Trucido der Einzige, der Kontrolle über sie hat. So oft hat er mir das gesagt. Fast so, als hätte er dabei Lust empfunden. Aber was heißt eigentlich fast …?«

Voller Abscheu waren Decoras Mundwinkel nach unten gezogen und in ihren Augen spiegelte sich die Verachtung, die auch aus ihren Worten sprach.

»Wie gesagt, das Zimmer war völlig verändert. Alles war mit schwarzen und roten Bändern und Tüchern ausstaffiert. Es stank nach Tierschweiß und die Fenster waren von der stickigen Luft ganz beschlagen und verschmiert. Ich bemerkte, dass ich ein langes Kleid anhatte. Auch das Kleid war rot und schwarz und versprühte ebenfalls den unangenehmen Geruch von Tierschweiß, der von den Kelpen stammte. Sofort nach meinem Erwachen lief einer der Kelpen hinaus und kam kurz darauf mit Trucido wieder. Er hatte sich kein Stück verändert und doch muss ich zugeben: Sein Umhang und vor allem die Maske verliehen ihm eine groteske Herrscherwürde. Die Maske bereitete mir nichtsdestotrotz Unbehagen. All das wurde von seiner unnormal kreischenden Stimme verzerrt, nichts passte so recht zusammen. Und doch jagte er mir Angst ein, während er beim Gehen beinahe auf- und abhüpfte. Ohne Umschweife erklärte er mir, dass er Herrscher über Excelsa war und dass das Volk keinen Widerstand mehr leistete. Seine Kelpen hatte er bereits hinaus ins Land geschickt. Ich sollte als jüngste Tochter der früheren Königsfamilie seine Geisel sein, damit er jedem auf diese Weise seine neue Macht demonstrieren konnte. Niemand würde es wagen, einen neuen Herrscher infrage zu stellen, der seine gestürzten Feinde demütigen und alles mit ihnen anstellen konnte, was er wollte. Eine Feier zu seinen Ehren würde noch an diesem Tag stattfinden. Ich sollte mich derweil auf eine besondere Überraschung freuen. Alles noch lebende Volk von Celsa-Stadt würde bei der Feier dabei sein. *Noch* betonte er dabei besonders und klatschte immer wieder in die Hände. Die Kelpen führten mich alsbald auf den Hauptbalkon. Trucido hüpfte neben uns her. Auf die Frage, was mit meiner Familie sei, lachte er laut und beruhigte mich damit, dass ich alle nach der Feier wiedersehen würde. *Lebend, wohlgemerkt*, kreischte er.

Der Balkon lag über dem riesigen Platz vor dem Eingang der Sternenhallen. Tausende und Abertausende Bürger aller Völker standen verängstigt und gedrängt darunter beisammen. Die Kelpen hielten alle Ausgänge zum Platz versperrt. Alles war so dicht gedrängt, dass an den äußersten Enden Leute nach hinten in die regungslos wachenden Kelpen gestoßen wurden. Unbarmherzig stachen diese plötzlich auf die Unglücklichen mit ihren Klauengliedern ein und warfen sie danach tot in die Gassen hinter sich. Viele Kinder waren anwesend und ihr Geschrei und Weinen war herzzerreißend. Trucido lachte nur darüber. Es war so schrecklich, dass ich kaum hinschauen konnte. Doch Trucido hielt meinen Kopf hoch und zwei Kelpen hielten meinen Körper fest. Dabei schnitten mich ihre Klauen, obwohl sie scheinbar bedacht darauf waren, mich so wenig wie möglich zu verletzen. Trucido zupfte währenddessen mit seinen spitzen Fingernägeln an meinen Augenlidern und zwang mich, alles anzusehen. Wenn ich nicht gehorchte, wollte er mir die Augen ausstechen. Ihm wäre es egal, ob ich blind sei oder nicht. Ich hatte keine Wahl.

Trucido wandte sich daraufhin kurz von mir und der Menge ab – was genau er tat, konnte ich nicht erkennen – drehte sich nach einigen Augenblicken wieder um und richtete sich auf. Einige Köpfe neigten sich bereits nach oben zu uns, aber der Großteil der armen Leute kämpfte immer noch mit der Angst und es herrschte heilloses Durcheinander. Dann geschah etwas Seltsames. Ich sah, wie das Tageslicht verschwand und rötliches Licht die neu entstandene Dunkelheit spärlich erhellte. Von Trucido selbst ging auch ein eigenartiges Licht aus und jeder, der es einmal sah, konnte seinen Blick nicht mehr abwenden, sondern schaute wie gebannt zu uns hinauf. Ich merkte, wie die Angst dieser Leute noch größer wurde. Trotzdem – sie waren unfähig, ihre Blicke abzuwenden. Ein paar Sekunden später war außer leisem Wimmern nichts mehr zu hören. Die ganze Umgebung schien auf seltsame Weise eingeschrumpft zu sein und stattdessen war Trucido größer geworden. Seine riesenhafte Erscheinung krümmte sich über die Balkonbrüstung und sein Lachen hallte in der Luft wider, wurde über den Platz getragen und kreiste fast stofflich über den Köpfen der Masse. Einige der Leute zuckten. Vielleicht spürten sie sogar körperlichen Schmerz. Mir fiel erst nach Sekunden auf, dass die Kelpen und ich offensichtlich nicht unter seinem Bann standen. Allerdings war mir klar, dass er das beabsichtigt hatte. Er muss ein sehr mächtiger Magier sein. Die Worte, die Trucido an das Volk richtete, sind mir immer in Erinnerung geblieben.

Ich bin Trucido, Gebieter über die Kelpen und rechtmäßiger neuer Herrscher in den Sternenhallen. Fortan bin ich euer König. Ihr werdet bald sehen, dass nun eine neue Zeit anbricht.

Sofort öffnete sich das große Haupttor unter uns. Heraus fuhr, gezogen von Kelpen, ein gewaltiger Käfig auf Rädern, dessen Inhalt ich nicht sehen konnte. Von oben waren nur riesige Blenden an allen vier Seiten zu sehen, die verhinderten, dass jemand von einem höheren Standpunkt auf das Innere schauen konnte. Noch immer war alles in das seltsame rötliche Licht getaucht. Der Käfig benötige auf seinem Weg in die Mitte des großen Platzes eine freie Schneise. Die Kelpen bahnten sich mit dem Käfig einen Weg und erstachen die im Weg stehenden Leute einfach. Allerdings blieb jede Reaktion, sei es ein Schmerzensschrei oder eine schützende Bewegung, einfach aus. Alle standen noch immer unter Trucidos Bann und ließen ihn nicht aus ihren angsterfüllten Augen. Als der Käfig in der Mitte des Platzes angekommen war, lockerte Trucido wohl seinen Einfluss, da sich die Köpfe der Leute plötzlich auf den Käfig richteten. Die Angst aber wich keineswegs aus ihren Gesichtern. Es schien mir, als würde sich die Panik der stummen Masse noch verstärken. Und in dem Moment wurde mir klar, was sich unter uns in dem Käfig befand. Die Blenden hatten bei mir gleich ein Gefühl ausgelöst, dessen Bedeutung ich erst jetzt erkannte. In dem Käfig war meine Verwandtschaft eingepfercht. Meine Brüder und Schwestern, meine

Eltern. Durch die Blenden waren sie alle abgeschottet von direkt einfallendem Licht. Ich wusste sofort, was Trucido vorhatte. Ich wollte nach meinen Eltern rufen und ihre Stimmen hören, hören, dass sie einen Plan hatten und dass sie nicht hilflos waren. Aus Leibeskräften schrie ich ihre Namen und rief ihnen zu, dass ich oben auf dem Balkon stünde, dass alles gut werden würde und sie nicht in ihrem Gefängnis sterben würden. Ich brach in Tränen aus und spürte die Blicke der Leute, die jetzt von dem Käfig zu mir und wieder zurückschreckten, aber nichts anderes vermochten, als verängstigt zuzusehen. Ich schrie weiter und war mir sicher, dass mich meine Familie hören konnte. Aber keiner von ihnen antwortete. Trucido lachte unbarmherzig und ich flehte und bettelte, aber er ließ sich nicht erweichen. Schließlich brach ich einfach zusammen. Ich kniete auf dem Boden und ließ alles über mich ergehen. Ich kann mich nicht mehr an alles erinnern, was danach passierte. Trucido sprach, verstärkt durch seinen Zauberbann, zum Volk und hielt mich vor die Menge. Vielleicht vollzog er irgendeine Art Zeremonie dort oben auf dem Balkon. Der Tag verdunkelte sich noch mehr, sodass es mir beinahe wie tief in der Nacht vorkam. Nur der Balkon strahlte noch in blutrotem Licht. Ich war kaum mehr Herrin meiner Sinne. Von allen Seiten kam Trucidos Stimme. Aber die Worte, die er sprach, konnte ich nicht mehr verstehen. Sie waren furchtbar laut. Ich wollte nur noch, dass es endlich aufhörte. Wäre seine Stimme damals noch länger in meinem Kopf gewesen, ich wäre wahnsinnig geworden. Doch dann, endlich, wurde ich ohnmächtig. Alles wurde vollends dunkel.«

Über Decoras Wangen rannen jetzt viele kleine Tränen. Sie bemühte sich vergeblich, ihren Gefühlsausbruch zu unterdrücken. Sie schluchzte und hatte den Kopf von Finn weggedreht.

Auch Finn verstand. »Decora, du brauchst mir nicht die Einzelheiten zu erzählen«, sagte er. Er legte nach kurzem Zögern behutsam seinen Arm um die Lunata. »Deine Familie ist gestorben. Sie waren abgeschnitten vom Mondlicht und vom Sonnenlicht. Wahrscheinlich hat dich Trucido tagelang mitansehen lassen, wie sie gestorben sind. Das ist furchtbar und es tut mir sehr leid.«

Decora schwieg. Sie weinte weiter, versuchte aber nicht, Finns Arm von ihren Schultern zu lösen, sondern schmiegte sich weiter an ihn. Finn deutete seinen Versuch, sie ein bisschen zu trösten, als geglückt.

Sein Blick schweifte ziellos umher. Was war dieser Trucido bloß für ein Wahnsinniger? Stille Wut überkam ihn. Leute, die andere quälten oder folterten und so unmenschlich gegenüber anderen Geschöpfen waren, waren einfach zuviel für ihn. Während Finn noch alle möglichen, ebenso grausigen Vergeltungsmethoden im Kopf umherschwirrten, hatte sich Decora wieder ein wenig beruhigt.

»Du hast recht«, sagte sie plötzlich. Finn bemerkte, dass sie sich wieder zu ihm gedreht hatte und aufgehört hatte, zu weinen. Er hatte noch immer seinen Arm schützend um sie gelegt. Ihr Gesicht war jetzt ganz nah an seinem. Ihre getrockneten Tränen klebten auf ihren Wangen und ihre Augen waren noch leicht feucht. »Danke, dass du so einfühlsam bist. Das ist weit mehr, als du müsstest. Wir kennen uns doch kaum. Ich bin froh, dass ich an einen so aufrechten Mann geraten bin.«

Finn fühlte, wie er rot wurde, hielt aber mit Mühe ihrem Blick stand. Trucido war für einen Moment vergessen. Das war das beste Kompliment gewesen, das ihm je eine Frau gemacht hatte.

Ein aufrechter Mann! Im Magen bekam er ein flaues Gefühl. In einer so vornehmen und offenen Weise sprach eigentlich niemand, den Finn kannte. In Decoras Augen war er ehrenhaft und er schwor sich, dass er sie niemals darin enttäuschen durfte.

Decora sagte: »Ich glaube, dass ich dir auch alles Weitere erzählen kann. Es fällt mir zwar nicht leicht, allerdings ist es jetzt schon zwei Jahre her, dass meine Familie gestorben ist. Inzwischen habe ich so unendlich viele Tage und Stunden darüber nachgedacht, dass ich auch darüber sprechen kann. Im Übrigen bist du der Erste, mit dem ich meine Geschichte teile.«

Decora schluckte noch einmal und wischte sich ihre verbliebenen Tränen aus dem Gesicht. Finn wollte seinen Arm vorsichtig hinter ihrem Rücken wegziehen, aber Decora hinderte ihn sanft daran. »Ich glaube, ich fühle mich sicherer, wenn du mich noch eine Weile hältst. Ich bin so lange alleine gewesen, dass es ziemlich guttut, jemanden in meiner Nähe zu spüren.«

Finn fühlte sich glücklich, seinen Arm weiter um Decora legen zu dürfen, und ärgerte sich gleichzeitig, dass er in einer für sie so traurigen Situation Glück empfinden konnte. Er überlegte, wie es sich wohl anfühlen musste, zwei Jahre allein zu sein, ohne Kontakt zu jemandem, der einen liebte. Und dazu noch seine Familie auf eine so grausame Art verloren zu haben und dem Täter wahrscheinlich bedingungslos ausgeliefert gewesen zu sein. Zwischen all diesen Gefühlen brannte ihm aber immer noch die eine Frage unter den Nägeln. Welche Rolle spielte er in dieser ganzen Geschichte? Es musste eine Verbindung zwischen den Kelpen und den zwei Jahre alten Geschehnissen und ihm geben!

Die Marionette

Finn spürte, dass das Erzählen erlösend auf Decora wirkte. Zwei Jahre, ohne mit jemanden über ihre Erfahrungen zu sprechen! Schrecklich! Wenn er damit ihren Schmerz auch nur ein Quäntchen lindern konnte, würde er ihr noch Tage weiter zuhören, so viel war sicher. Ganz vorsichtig drückte er sie fester an sich.

»Als ich aufwachte, lag ich wieder in meinem Bett. Trucido stand neben mir und gab ein paar Kelpen den Befehl, mich festzuhalten. Dann zog er ein Messer hervor. Im eigentlichen Sinne war es kein Messer, sondern eher eine viertelmondförmige Klinge, glänzend und messerscharf. Trucido fasste sie in der Mitte, schnitt sich in sein Fleisch und Blut tropfte aus seiner Hand. Während er die Klinge festhielt, berührte er damit meinen rechten Unterarm. Dann bewegte er sein Handgelenk, sodass er mir einen tiefen Schnitt in den Arm setzte. Gleichzeitig tropfte sein Blut in meine offene Wunde.«

Decoras Gesicht verriet nur allzu deutlich die Abscheu, die sie gerade fühlte. Mit der linken Hand strich sie über eine Narbe auf ihrem rechten Unterarm.

»Es brannte unendlich, als Trucidos Blut in meinen Arm gelangte. Es fühlte sich an, als würde er mir eine Säure in die Wunde gießen. Aber diesmal schwieg er und lachte nicht. Das machte mich stutzig. In keiner anderen ähnlichen Situation habe ich erlebt, dass er keinerlei Freude dabei empfand, jemandem Schmerzen zuzufügen.

Aber ich weiß, woran es lag: Er hatte sich auch selbst schneiden müssen. Mein Hass auf ihn wurde dadurch noch größer. Jemand, der anderen so viele Schmerzen zufügt und selbst nichts aushalten kann: Widerlich! Ich wollte ihn schlagen, ihn leiden lassen. Ich wollte ihn umbringen. Ich wusste, dass er das verdient hatte.

Trucido erklärte mir dann wie selbstverständlich, was es mit dem Schnitt auf sich hatte. Dass die viertelmondförmige Klinge ein uraltes Artefakt wäre, die sogenannte Marionetten-Sichel. Wer jemanden mit der Marionetten-Sichel schnitt und sein eigenes Blut mit dem des Opfers vermischte, hätte, wenn es sich in der Nähe befände, die vollkommene körperliche Gewalt über das Opfer. Gleichzeitig wäre dadurch das Opfer nicht mehr in der Lage, dem Gebieter körperlichen Schaden zuzufügen. So wäre er, Trucido, sicher vor Übergriffen meinerseits und könnte über mich gebieten, wie es ihm gefiele. Auch sei es ohne Zustimmung des Gebieters nicht mehr möglich, sich als Geschnittener selbst zu verletzen. Über dieses *Privileg*, wie er es ausdrückte, könnte ebenfalls nur der Gebieter verfügen. Sofort demonstrierte er seine neu gewonnene Macht: Ich spürte meinen eigenen Körper nicht mehr. Ein Blick von Trucido und alle Kelpen ließen mich los. Mein Arm blutete noch immer. Überall war das Blut. Panik überkam mich, als ich plötzlich aufstand und meine Füße sich einfach in Bewegung setzten. Aber ich konnte nicht das Geringste dagegen unternehmen. Ich kämpfte mit aller Kraft dagegen an, doch vergebens. Ich wurde immer schneller und rannte auf die Zimmerwand zu. Ich versuchte, meine Arme zum Schutz nach oben zu reißen. Sie bewegten sich keinen Zentimeter. Ungebremst rannte ich mit dem Gesicht gegen die Wand und fiel zu Boden. Ich hörte auch Trucido hinter mir höhnisch lachen und kreischen wie ein grausames kleines Kind, das seine Spielzeuge quält.

Deutlich spürte ich den Schmerz und ich merkte, wie die Kontrolle über meinen Körper zurückkam. Mit letzter Kraft zwang ich mich auf die Füße, gewillt, mich nicht noch einmal Trucidos Befehlen unterzuordnen. Ich taumelte, aber ich wollte kämpfen! Doch dann merkte ich trotz aller Gegenwehr, wie mir ein zweites Mal meine Gewalt entzogen wurde. Er ließ mich auf ihn zugehen. Kichernd warf er seinen Kopf in den Nacken.

Na, wie ist das, kleine Marionette?, kreischte er. Ich war bei ihm angekommen. Meine Hand griff von selbst unter seinen Umhang und zog ein langes Messer hervor. Langsam hob ich das Messer, sodass mein Arm hoch in die Luft zeigte. Ich drehte meine Hand. Das Messer zielte jetzt direkt auf mich. Ich fühlte mein Herz nicht, obwohl es schlagen musste, als gäbe es kein Morgen. Und dann schnellte meine Hand auf mich zu. Doch kurz bevor das Messer die Haut berührte, zog ich es wieder nach oben. Immer und immer wieder ließ er mich dieselbe Bewegung ausführen. Das Ganze passierte mit einer ungeheuren Präzision. Es fehlte höchstens ein Millimeter. Es kam mir endlos vor und, obwohl ich es nicht fühlte, wurde meine Haut von Schweiß immer nasser. Schließlich hatte die Tortur doch ein Ende. Ich steckte das Messer zurück unter Trucidos Umhang und plötzlich hatte ich auch die Kontrolle über meinen Körper wieder. Zuerst war mir schwindelig und ich drohte, umzufallen. Aber ich wollte um keinen Preis Schwäche zeigen. Ich wollte ihm nicht die Genugtuung geben, mich gebrochen zu haben. Ich zwang mich also dazu, gerade vor ihm stehenzubleiben. Seine Maske widerte mich an und in diesem Moment hätte ich ihn nur zu gerne umgebracht. Mit den ganzen Kelpen im Raum hätte ich auch ohne diese Marionetten-Sichel keine Chance gehabt, aber da wurde mir klar, dass ich mich von nun an auch nicht in einem seiner schwachen

Momente anschleichen und mich an ihm rächen konnte. Als ob er wusste, was ich dachte, erwiderte Trucido hinter seiner Maske meinen Blick.

So, jetzt ist wohl alles klar, kleines Marionettchen!, höhnte er. *Hier in den Sternenhallen darfst du dich frei bewegen und von mir aus tun und lassen, was du willst. Wenn ich etwas von dir möchte, wirst du das schon merken. Solltest du aber versuchen, irgendwie zu entkommen, wegzulaufen oder etwas dergleichen, werde ich dich einfach umbringen, verstanden?*

Ich konnte seine Augen unter der Maske zwar nicht erkennen, aber ich spürte, dass sie mich von dort mit einer seltsamen Befriedigung musterten. Dann verschwand er einfach. Zwei der Kelpen packten mich und zerrten mich auf den großen Platz zu meiner eingesperrten Familie. Drei Tage und Nächte musste ich draußen an ihrem Käfig verbringen, während das Treiben in der Stadt seinen Lauf nahm, genauso wie das qualvolle Ende meiner Familie. Ständig wurde ich abwechselnd von anderen Kelpen bewacht, die jeden Rettungsversuch zunichtemachten. Es gab Momente, als ich dort draußen war, in denen auch ich sterben wollte, aber Trucido hatte etwas dagegen. Ich konnte nichts tun. Die Marionetten-Sichel machte mich machtlos, obwohl ich in der Tat versuchte, mir etwas anzutun. Aber alles scheiterte schon im Ansatz.«

Decoras Blick schweifte in die Ferne und deutlich war Verbitterung in ihrer Stimme zu hören.

»Ich bin davon überzeugt, dass er mich deshalb nicht sterben ließ, weil er seine anfänglichen Machtdemonstrationen – denn immerhin sah das ganze Volk das Schicksal meiner Familie und meine Hilflosigkeit mit an – für enorm wichtig hielt. Nun ist mir aber klar, dass er mich wohl wirklich hätte umbringen lassen, wahrscheinlich in irgendeiner perversen Art und Weise, wenn ich später einen Fluchtversuch unternommen hätte. Der Kelpe heute hatte nämlich eindeutig den Auftrag, mich zu töten.«

Finn fiel auf, dass Decora, die ihre Geschichte zuvor sehr detailliert erzählte, den eigentlichen Tod ihrer Familie aber nur in einem einzigen Satz untergebracht hatte. Er konnte sich das Ende der Königsfamilie aber auch so bildhaft vorstellen.

Er grübelte einen Moment und fragte: »Wieso brauchte Trucido dich nachher, ich meine, als deine Familie tot war?« Bei dem Wort *tot* hatte Finn das Gesicht verzogen, aber ihm war nichts Besseres eingefallen.

Decora hatte inzwischen ihre Knie angezogen und verschränkte die Arme vor ihren Schienbeinen. Finns Arm lag immer noch um ihre Schultern und sie machte weiterhin keine Anstalten, ihn abzuschütteln. Sie wirkte ängstlich. Finn fürchtete, dass noch andere Erinnerungen wieder an die Oberfläche kamen.

Sie wich seiner Frage aus: »Ich konnte mich überall frei bewegen und hatte, so lange ich mich still verhielt, nichts von ihm zu befürchten. Und ich verabscheute ihn so sehr, dass ich mich auch wirklich so still wie irgend möglich verhielt. Ich wollte es auf jeden Fall vermeiden, Kontakt zu diesem Monster zu haben.«

»Aber wofür behielt er dich denn nun am Leben? Irgendwie, es tut mir leid Decora, verstehe ich das nicht …«

Decora lächelte erschöpft: »Es war der Wahnsinn, der ihn antrieb.«

Ihr Blick ging ins Leere. »Weißt du, seine Macht hatte er doch schon zur Genüge demonstriert, trotzdem schien er diese dem Volk vor Augen führen zu wollen. Alle fürchteten ihn so sehr, dass niemand es wagte, gegen ihn aufzubegehren. Viel zu viele Leute waren tot und die Herrschaft der Kelpen unter Trucido einfach zu grausam. Wie dem auch sei, Woche für Woche kam und ging die Prozedur und *er* hatte seine heillose Freude daran. Aus Sadismus, Wahnsinn und Machtbesessenheit ergab sich für ihn ein riesiger Spaß …«

Finn ging ein Licht auf. »Hat es was mit der Marionetten-Sichel zu tun?«

Decoras Blick sprach Bände.

»Jedes Mal mussten sich wieder alle Bewohner von Celsa-Stadt auf dem großen Platz versammeln, während Trucido seine Spiele mit mir trieb. Immer in demselben zerlumpten Kleid, das ich schon bei der ersten Demonstration tragen musste, war ich sein Spielball. Niemals wurde er dessen müde. Immer kostete er dieses Spiel solange aus, bis ich ohnmächtig wurde. Ich kann noch genau die gesenkten Gesichter der Leute vor mir sehen, die durch die Kelpen zum Bleiben und Zuschauen gezwungen wurden. Allerdings glaube ich, dass Trucido einen entscheidenden Fehler damit gemacht hat, seine Macht über mich so zu zeigen. Mehr und mehr Leute schienen zu erkennen, wie schlimm mein Schicksal sein musste. Meine Familie – tot auf so grausame Weise – und ich in solch abscheulicher Art in Trucidos Gewalt. Deshalb, glaube ich, erlosch auch nie so richtig die Hoffnung der Leute. Solange ich durchhielt, hielten auch sie durch und mit der Zeit fühlte ich mich ihnen gegenüber genauso verpflichtet, wie sie es mir gegenüber waren. Ich konnte es in ihren Augen erkennen. Und ich versuchte, ihnen durch meine Blicke eine einzige Botschaft zukommen zu lassen. *Gebt nicht auf!* Ich ergab mich nicht meinem Schicksal. Und sie sollten es auch nicht! Ich war die letzte Überlebende meiner Familie und meine Aufgabe war es, Trucido zu trotzen und nicht in seinen Fängen zu sterben, um den Leuten ein Vorbild zu sein. Mein Lebenswille kam immer mächtiger zurück und schließlich hatte ich es mir zur Aufgabe gemacht, Trucido zu überlisten und schließlich doch noch lebendig aus den Sternenhallen zu entkommen.«

Decoras Blick war hart geworden und nach innen gekehrt. Um sie herum murmelte leise der Wind.

Versuche in den Sternenhallen

Da konnte doch etwas nicht stimmen. Finn versuchte, seine Zweifel in Worte zu fassen.

»Und irgendwie hast du es am Ende ja geschafft …«, sagte er mehr zu sich selbst als zu Decora. Aber dann schaute er die Lunata direkt an: »Wie um alles in der Welt konntest du denn durch ein Portal entkommen? Trucido hat doch bestimmt etwas dagegen unternommen, damit du oder deine Familienmitglieder kein Portal aufrufen können!«

»Erinnerst du dich, dass ich sagte, wir hätten an diesem Tag im Thronsaal das erste Mal einen Kelpen gesehen? Vorher hatten wir Kelpen als bloße Fabelwesen abgetan.«

Decoras Augen fingen urplötzlich Feuer, als wollte sie Finn die Enthüllung, die sie im Begriff zu erzählen war, bereits vorher entlocken. Finn gluckste bloß. Der Begriff *Fabelwesen* aus dem Mund einer Lunata kam ihm doch reichlich absurd vor.

Leicht irritiert sagte Decora: »Na ja, Trucido oder die Kelpen hatten vorher auch noch nichts von Portalen gewusst.«

Decora wartete, wie Finn auf ihre Offenbarung reagierte.

»Tja, solche Leute soll es geben, die die Existenz von Portalen normalerweise bezweifeln …« Etwas spöttisch zog er seine linke Augenbraue hoch. Decora löste sich aus seinem Arm.

»He! Keine Witze darüber – wäre das alles nicht passiert, dann hätte ich dich heute wohl nicht in diesen Schlamassel hineinziehen können.«

Sie zwinkerte ihm zu und die Situation verlor allmählich ihren morbiden Ton. Mehr grausame Enthüllungen wären in so kurzer Zeit wahrscheinlich auch schwer verdaulich gewesen, dachte Finn. Sowohl für Decora, die sich bereits genug gequält hatte, als auch für ihn selbst.

»Aber im Ernst: Ich kann mir kaum vorstellen, dass ein so mächtiger Zauberer wie Trucido nichts über Portale gewusst haben soll. Ganz zu schweigen davon, dass er ja schließlich kein Fabelwesen ist. Er hat doch wahrscheinlich eine ganze Menge von dir und deiner Familie gewusst, bevor er euch überfallen hat.«

»Davon gehe ich aus«, sagte Decora. »Aber so wie es aussieht, hatte er eben doch noch nichts von Portalen gehört. Trotzdem ist das eigentlich nicht so unglaubwürdig, wie es sich anhört. Ich wusste vorher auch nicht das Geringste über Portale.«

Decora warf Finn einen bedeutsamen Blick zu.

»Moment mal, das wird aber jetzt ziemlich abenteuerlich, meinst du nicht?«

Finn war dankbar, dass sich das Gespräch in eine Richtung entwickelte, bei der auch er etwas beitragen konnte, ohne Gefahr zu laufen, dem schrecklichen Schicksal von Decora den nötigen Respekt schuldig zu bleiben.

»Und dann hast du kurzerhand gedacht, dass so ein Portal nicht schlecht wäre, und hast eines aufgerufen?«

Finns gespielte Verwirrung mischte sich mit echter.

Decora sagte: »Nein, natürlich nicht. Ich hab ja schon gesagt, dass ich mich überall in den Sternenhallen frei bewegen durfte.

Ohne Einschränkungen. Als mein Überlebenswille wieder stärker geworden war, dachte ich natürlich an eine Flucht und begann zunächst damit, in unserer Bibliothek über Kelpen nachzuforschen. Du musst wissen, die Bibliothek ist einfach gigantisch. Es gibt dort Informationen zu allem, sofern man nur lange genug sucht oder weiß, wo es steht. Ich wollte genauestens über meine Feinde Bescheid wissen, also interessierten mich besonders Werke über Fabelwesen, Legenden und Zauberei. Langsam wurde ich ein richtiger Profi in diesen Dingen und ein halbes Jahr wurde die Bibliothek mein neues Zuhause. Sie war der einzige Ort, der mir Trost verschaffen konnte. Das Wissen über die ganzen übernatürlichen und ungeklärten Phänomene trieb mich an. Oft saß ich nächtelang in den warmen Hallen und versteckte mich mit meinen Büchern im Schatten der riesigen Regale. Trucido schien das alles egal zu sein. Er war sich seiner Sache scheinbar zu sicher …«

Finn schockierte es nicht, wie sehr sich in Decoras Welt Parallelen zu der Erde auftaten. Bücher als Trostspender, wenn einen das Glück verlassen hatte. Sich zwanghaft etwas zur Aufgabe machen, wenn man eigentlich ganz am Ende war. Große, alte Bibliotheken, die ihren gemütlichen Charme dem nach Geborgenheit Suchenden schenkten. Er nickte. Plötzlich musste er aber doch wieder lachen.

»Es tut mir leid Decora, ich lache nur wegen, na ja … Ich musste darüber nachdenken, wie sehr sich wohl die *übernatürlichen und ungeklärten Phänomene* auf der Erde und hier auf, ähm, Aethra unterscheiden.« »Tja, heute bist du den Phänomenen vielleicht ein wenig mehr auf die Schliche gekommen.«

Sie lächelte ihn wieder an und ihr Blick hatte etwas Herausforderndes.

»Wie dem auch sei, bei meinen Forschungen bin ich auch auf

andere Dinge gestoßen, die mich interessierten. Ich erfuhr vieles über mein eigenes Volk, die Lunatae. Früher waren auch die Lunatae zauberbegabte Wesen, wie eigentlich alle anderen Völker auch. Das war bis dahin noch nichts Besonderes. Schließlich war auch mir bewusst, dass in grauer Vorzeit fast jeder ein großer Magier war, ob Seepferde, Menschen, Wasserzwerge, Elfen, Lunatae oder was auch immer. Heute wird ja nur noch von ganz Wenigen gezaubert, die bis heute die alten Sprüche und Riten kennen. Irgendwann bin ich auf etwas gestoßen, das mich stutzig gemacht hat. Einige Bücher drehten sich auch um die Erde. Ich hatte mir eigentlich nie richtig Gedanken gemacht, wie es möglich ist, dass wir von der Existenz der Erde wissen. Aber jemand musste ja schließlich dort gewesen sein. Woher hätten sonst die Berichte kommen sollen? Es *musste* möglich sein, zwischen den beiden Welten hin- und herzureisen. Und wie du siehst, *ist* es möglich.«

Decora sprang mit einem Mal auf und breitete ihre Arme vor sich aus wie ein Zirkuskünstler nach seiner Verbeugung. Ihre anfängliche Impulsivität und Unbekümmertheit waren jetzt wieder da und Finn grinste sie an.

»Ja, ich sehe es.«

Decora setzte sich wieder neben Finn und lehnte sich zurück an den Baum.

»In dem Buch stand also, dass es früher einmal möglich gewesen war – freilich für sehr wenige Leute – zwischen Aethra und der Erde zu reisen. Es hieß aber auch, dass man nicht in der Lage gewesen wäre, an jedem beliebigen Ort die Reise anzutreten. Und jetzt halt dich fest: Der einzige Ort, an dem dies angeblich möglich gewesen war, waren die Sternenhallen. Über den Ort auf der Erde stand nichts geschrieben. Darüber war ich jedenfalls so erstaunt, dass mich der Gedanke fortan nicht mehr losließ.

Ich glaubte dem Bericht, vielleicht auch deswegen, weil ich im Prinzip nichts tun konnte, außer, die Sternenhallen zu meinem Vorteil zu nutzen. Es war der einzige Ort, der überhaupt in Frage kam, um so etwas wie eine Flucht auf die Beine zu stellen. Woanders konnte ich ja nicht hin.«

Finn schnaubte. »Hätte für mich nicht sonderlich vielversprechend geklungen. *Über den Ort auf der Erde stand nichts geschrieben*?«, zitierte er. »Hört sich in meinen Ohren nicht besonders gut recherchiert an.«

»Ich hatte aber keine andere Wahl«, wehrte sich Decora. »Und außerdem muss man ja irgendwie zu euch gekommen sein. Und zurück auch wieder, sonst hätte das Buch wohl kaum bei uns in der Bibliothek gestanden. Und schließlich habe ich es ja auch geschafft, oder nicht?« Triumphierend schaute sie zu Finn.

»Nein, das will ich nicht leugnen«, gab dieser klein bei. Er holte tief Luft.

»Aus dem Buch weiß ich auch, dass man sich seinen Zielort aussuchen muss, wenn man ein Portal aufruft, und dass niemand dasselbe Portal zurück zu seinem Ausgangspunkt nehmen kann, weil dieser jemand sonst irgendwo in der Weltgeschichte wieder herauskommen würde. Mehr war dort nicht zu finden. Nachdem ich alle Informationen auswendig kannte, die das Buch zu bieten hatte, warf ich es in einem sorgfältig ausgewählten Moment in einen Kamin, damit besonders Trucido nicht auch an dieses Wissen kommen würde.

Wochenlang tappte ich danach völlig im Dunkeln und zermarterte mir den Kopf, was das Geheimnis der Sternenhallen sein könnte. Was genau sie so einzigartig machen konnte, dass man nur von dort aus ein Portal zur Erde aufrufen konnte.«

»Wieso wolltest du überhaupt auf die Erde fliehen? Hätte nicht auch eine gut geplante Flucht aus dem Palast genügt? Also einfach raus und weg? Du verstehst schon, was ich meine.«

»Auch darüber habe ich nachgedacht, aber als ich mich einmal auf den Gedanken an eine Erden-Flucht verlegt hatte, gab es für mich kein Zurück mehr. Außerdem sahen meine Chancen, in und um Celsa-Stadt zu überleben, nicht gerade sehr rosig aus. Überall waren Kelpen und Trucido hatte – beziehungsweise hat – ja die Marionetten-Sichel. Und die funktioniert auch vor dem Palast. Sobald er nur den kleinsten Verdacht von der Flucht gehabt hätte, wäre sie auch schon wieder zu Ende gewesen.«

»Da hast du wohl recht«, gab Finn zu. »Die Erde ist mit Sicherheit zu weit weg, als dass die Sichel noch ihre Macht hat.«

Im gleichen Moment kamen ihm aber kleine Zweifel und ein Gedanke schoss ihm durch den Kopf, der größtenteils damit zu tun hatte, wie weit Dimensionen oder so etwas in der Art wohl voneinander entfernt waren. Außerdem hoffte er, dass sie nun weit genug von Trucido entfernt waren – wo auch immer sie das Portal wieder ausgespuckt hatte! Bevor er allerdings seine Fragen näher durchdenken konnte, sprach Decora schon weiter:

»Wochen vergingen, in denen ich nicht das kleinste Stück weiterkam. Mir fehlte ein Puzzleteil, ohne das ich das Geheimnis der Portale nicht lösen konnte. Ich war mir aber sicher, dass es etwas mit der Sternenhallen-Architektur zu tun haben musste. Sicherlich gab es einen Raum, der vielleicht genau den einen Zweck erfüllte, Portale aufzurufen. Unermüdlich suchte ich nach einem Indiz oder einem Hinweis in anderen Büchern. Ich klammerte mich dabei an die Hoffnung, dass in den Sternenhallen alles noch genauso war wie in den ältesten Zeiten, dass die einzigen Veränderungen darin bestanden, dass Neues hinzugefügt, aber nichts Altes weggenommen worden war.

Jeden Tag machte ich einen Streifzug, konnte aber nichts entdecken. Irgendwann hatte ich aber doch Glück: Eines Tages stand ich vor einem Spiegel und musste plötzlich an einen Spruch denken, den meine Großmutter immer zu mir gesagt hatte: *Kind, schau nicht zu lange in den Spiegel, oder willst du, dass noch jemand vorbeikommt?* Als Kind kam mir das dann immer so vor, als ob aus dem Spiegel irgendein Monster herauskriechen könnte, und ich hatte ziemlich große Angst. Als ich älter wurde, hörte ich den Spruch kaum noch und vergaß ihn sogar für eine lange Zeit. Aber als ich an diesem Tag vor dem Spiegel stand, fiel er mir wieder ein. Ich fragte mich, was wäre, wenn meine Großmutter den Spruch vielleicht schlicht nachgesprochen und ihm keine bestimmte Bedeutung beigemessen hatte? Wie bei einem Sprichwort, von dem niemand mehr weiß, wo es herkommt. Vielleicht war der Spruch schon sehr alt und es ging darin gar nicht um ein Monster, das aus dem Spiegel kommt. Und es verbarg sich darin vielleicht ein Fünkchen Wahrheit …

Von da an war meine verrückte Idee geboren: Portale mussten irgendetwas mit Spiegeln zu tun haben. Alles passte zusammen. Spiegeln sagt man alle möglichen übernatürlichen Eigenschaften nach. Aber das Beste war etwas anderes: Einer der vielen Räume in den Sternenhallen ist ein riesiger Saal voller Spiegel. Dieser Spruch meiner Oma musste seit Generationen überlebt haben und so in den Sprachgebrauch übergegangen sein, weil offenbar mal etwas Wichtiges mit ihm verbunden gewesen war. Anfangs jedoch, so viel war klar, musste es etwas mit Portalen zu tun gehabt haben. In diesem Raum gibt es jedenfalls tausende Spiegel. Alle sind so angeordnet, dass es einem ganz mulmig wird, wenn man in der Mitte des Raumes steht. Von überall scheint man sich selbst anzuschauen und spürt seinen eigenen Blick auf sich. Man guckt sich, wie soll ich das sagen, irgendwie tausendfach selbst in die Augen. Die Frage war jetzt nur noch die eine, nämlich …«

»… wie genau man in diesem Raum das Portal aufruft!«, ergänzte Finn. »Das hätte doch alles sein können: Eine Formel, zwei Formeln, eine Formel und bestimmte Bewegungen! Ach, es gibt unendlich viele Möglichkeiten. Wie hast du das geschafft ohne einen weiteren Anhaltspunkt?« Er war skeptisch.

Decora sagte mit leuchtenden Augen: »Der Raum war für mich eindeutig der Schlüssel zu den geheimnisvollen Portalen. Und die Spiegel boten mir die Antwort auf mein Problem. Immer wieder musste ich an den Spruch meiner Oma denken: *Schau nicht zu lange in den Spiegel.* Auch wenn meiner Oma die Bedeutung des Spruchs nicht mehr bekannt war, glaubte ich nicht, dass der Spruch irgendwann einmal anders geheißen hatte, zumindest dieser Teil nicht. Denn immerhin macht man ja genau das, man *schaut* in Spiegel hinein. Also war meine Aufgabe klar: Ich musste nur in die Spiegel hineinschauen. Aber natürlich vermutete ich, dass einfaches, *normales* Hineingucken in die Spiegel wohl nicht des Rätsels Lösung war. Aber wild dabei herumzuhüpfen oder Grimassen zu schneiden wäre doch sehr abwegig gewesen und daher versuchte ich es mit Konzentration. So saß ich also Stunde um Stunde mitten im Spiegelraum und versuchte, meinem eigenen, tausendfachen Blick standzuhalten. Übrigens machte es der Kelpe, der mich dort immer bewachte, nicht wirklich leichter und mir war sofort klar, dass ich mich beeilen müsste, falls ich Erfolg haben würde. Denn ich war mir sicher, dass der Kelpe mir folgen würde. Und wie du weißt, habe ich mich nicht geirrt.«

Decora verzog den Mund. »Ich vermute, dass der Kelpe nicht den leisesten Schimmer hatte, was ich da eigentlich machte. Wenn so ein Vieh tatsächlich irgendwie logisch denken kann, hat es bestimmt geglaubt, ich würde meditieren oder so etwas. Zum Glück lenkte der Kelpe mich nicht sehr ab. Ich wurde ja ständig bewacht. Selbst als ich die Nächte hindurch in der Bibliothek las, stand immer einer im Eingang herum. Als ich nun im Spiegelraum saß, passierte natürlich wie zu erwarten erst mal rein gar nichts. Trotzdem gab ich nicht auf – und was hätte ich auch anderes machen können? Ich hatte mich so an diesem Ausweg festgeklammert, dass ein Abweichen von meinem Vorhaben ein Verrat an meiner Familie und mir gewesen wäre. Außerdem wusste ich wenigstens so viel von Zauberei und Magie, dass Konzentration und Willenskraft immer eine sehr wichtige Rolle spielen und auch begabte Magier lange üben müssen. Aber so unglaublich es klingen mag: Schon am Ende der ersten Woche meiner Versuche glückte mir einer davon! Ich vermute aber, dass dieser Raum mehr dazu beigetragen hat als ich selbst. Wahrscheinlich konnte damals jeder dort ein Portal öffnen. Ich saß mit dem Rücken zum Kelpen, der am Eingang stand. Plötzlich blitzte vor mir ein kleiner Kreis auf, kaum so groß wie meine Hand, von dem winzige grüne Funken in alle Richtungen flogen. Ich habe mich fürchterlich erschrocken. Sofort wusste ich, dass sich da vor mir ein winziges Portal geöffnet hatte. Im ersten Moment blieb mir der Atem weg. Mir war ja auch klar, dass ich für alle Fälle gerüstet sein musste und dass ich nur einen Versuch hatte. Vielleicht waren Portale am Anfang immer so klein und wurden kurze Zeit später so groß, dass man hindurchsteigen konnte. Und noch etwas kam mir in den Sinn: Würde sich das Portal auch wieder hinter mir schließen? Schon Augenblicke später erkannte ich, dass es müßig war, über eine sofortige Flucht nachzudenken. Das Portal war wieder verschwunden. Es hatte sich einfach so in Luft aufgelöst und ich wusste auch warum: Ich war in Panik geraten. Also wusste ich jetzt, dass ich eine Menge Konzentration benötigen würde, um ein großes Portal aufzurufen, und zudem, dass es nach einiger Zeit wieder verschwinden würde. Bei einem großen Portal dauerte es wahrscheinlich länger, bis es sich auflöste, und der Kelpe am Eingang hätte wahrscheinlich genug Zeit mir zu folgen. Aber Trucido und seine Kelpenarmee würden es so schnell nicht schaffen, bei mir zu sein. Und außerdem war ich die Einzige, die wusste, wie man ein Portal aufruft und wohin es führen würde. In den nächsten Wochen übte ich immer wieder, ein kleines Portal entstehen zu lassen, das dem Kelpen natürlich nicht auffiel. Übrigens hatten die kleinen Portale die unterschiedlichsten Farben. Es gefiel mir, dass die Portale von Tag zu Tag so anders aussahen. Als ich sicher war, zu jeder Zeit die nötige Konzentration aufzubringen, und ich auch in der Lage war, das Portal schnell größer werden zu lassen, verging noch einmal eine ganze Woche, bis ich mich mental darauf eingestellt hatte, ein für alle Mal aus den Sternenhallen zu fliehen. Tja – und das war heute Morgen!

Ich bin also ein letztes Mal in den Spiegelraum gegangen und konzentrierte mich. Nur diesmal hörte ich nicht irgendwann auf. Obwohl ich unglaublich nervös war, schaffte ich es: Es dauerte diesmal nur Sekunden, bis das Portal auf eine Größe herangewachsen war, die für eine Person wie mich ausreichend war. Dann ging alles blitzschnell. Ich habe mich kein einziges Mal mehr umgedreht und bin direkt gesprungen.

Und dann war ich bei dir …!«

Ins Unbekannte

Finn schwieg.

Tatsächlich war die ganze Sache das Verrückteste und Absurdeste, was er jemals gehört hatte, aber das schreckliche Schicksal Decoras und die absolute Sicherheit, mit vollem Bewusstsein dort in dem unbekannten Wald zu sitzen, hämmerten es ihm förmlich in den Schädel: Er war nicht verrückt – das alles geschah wirklich!

»Ein paar Dinge sind mir aber noch unklar … *Decora.*«

Finn war sich darüber im Klaren, dass er zum ersten Mal Decoras Namen ausgesprochen hatte. Merkwürdigerweise genoss er dies. Er mochte ihren Namen und er mochte es, ihn zu benutzen. Es schien ihm eine ganze besondere Verbindung zwischen ihnen zu schaffen. Decora musterte ihn neugierig.

»So? Was denn?«, fragte sie.

»Du hast doch gesagt, dass das mit dem Aufrufen des Portals nur ein paar Sekunden gedauert hat – du wurdest ja schließlich auch bewacht.«

Decora sagte: »Ja, genau so war es.«

»Das ist seltsam«, bemerkte Finn. »Bevor du nämlich bei mir im Zimmer gelandet bist, war das Portal schon eine ganze Weile da. In voller Größe. Das kann doch irgendwie gar nicht sein.«

Decora legte ihre Stirn in Falten, schien sich aber zu freuen, dass Finn ein so aufmerksamer Zuhörer war. Plötzlich klarte ihr Blick auf und sie lächelte.

»Das kann eigentlich nur eins bedeuten und wenn man genau darüber nachdenkt, ist es auch gar nicht so schwer zu glauben: Also in der Phase, in der sich der Portalrufer konzentriert und auf seiner Seite noch nichts wahrnehmen kann, muss er bereits das Portal am Zielort aufgerufen haben. Es ist ja so, dass die alten Portalreisenden sich vorher nicht sprechen konnten, bevor sie letztendlich durch das Portal gesprungen sind. Und so wussten die Leute auf der anderen Seite schon einige Zeit vorher, dass bald jemand zu ihnen kommen würde. Sie waren schon darauf vorbereitet. Vielleicht einfach deswegen, damit ihnen buchstäblich niemand auf den Rücken fiel.«

Decora grinste Finn an. Finn zog wieder seine Braue hoch.

»Man kommt ja auch nicht in ein Zimmer, ohne vorher angeklopft zu haben. Ganz schön gewitzt diese Methode. Genau weiß ich es natürlich nicht, obwohl ich im Moment wohl der einzige Portal-Profi weit und breit bin. Etwas Besseres fällt mir jedenfalls nicht ein.«

Alles in allem klang das für Finn ganz logisch und genau genommen war das nicht das Wichtigste, was ihm auf der Seele brannte:

»Aber warum bist du zu *mir* gekommen? Wie kommt es, dass du das Portal in meine Wohnung aufgerufen hast? Du hast doch vorher nichts über mich gewusst!«

Für einen winzigen Moment kam es Finn in den Sinn, dass Decora eine Möglichkeit gefunden hatte, die Erde schon vorher auszukundschaften, und sich willentlich für eine Flucht zu ihm entschieden hätte. Ihm gefiel dieser Gedanke.

Er schaute sie fragend an. Decora schien noch nach den richtigen Worten zu suchen. Sie nestelte an ihrer Umhängetasche und öffnete mehrmals den Mund, nur um ihn sogleich wieder zu schließen.

Schließlich begann sie ein bisschen herumzudrucksen: »Na ja, es war so … Ich finde es auch seltsam, dass das Portal bei dir entstanden ist.« Und hastig fügte sie hinzu: »Obwohl ich es keinesfalls bereue, glaub mir das! Ehrlich! Ich bin inzwischen sogar richtig froh: Ich glaube, dass ich Glück gehabt habe, bei dir gelandet zu sein …«

Decoras Worte und ihr Lächeln vernebelten Finn alle Sinne. Ihre Haare wurden vom Wind sanft bewegt. Umständlich strich sie ihre Strähnen aus dem Gesicht. Wusste sie, dass sie mit dieser Geste jeden Mann verrückt machen konnte? Sie war einfach so verdammt schön!

Mit viel zu hoher Stimme sagte Finn: »Komm schon, raus mit der Sprache.«

Als er sich selber reden hörte, wurde er rot und räusperte sich eilig.

»Nun gut«, grinste Decora. Jetzt wurde auch sie rot. War ihr die Auflösung des Ganzen etwa peinlich?

»Ich habe mich immer darauf konzentriert, nun ja …«

»Komm schon!«, warf Finn ein, als Decora eine Pause machte.

Decora nickte. »Also, ich habe mich darauf konzentriert, zu einem *tapferen Ritter* zu kommen. Na ja, du weißt schon, Ritter helfen einem in Notzeiten. Ich hatte schon immer eine Schwäche für Ritter. Und kämpfen können sie normalerweise auch ganz gut!«

Die Augen der Lunata blitzten hell auf. Auch ihre Wangen glühten rot. Finn schaute sie ratlos an, dann endlich kam ihm die Erkenntnis. Jetzt lachte er lauthals. Zum ersten Mal sah die Lunata verwirrt aus.

»Hey, was gibt es denn da zu lachen? Was hättest du denn an meiner Stelle gemacht?«

»Es tut mir leid, Decora! Es ist nicht dein Wunsch, der so lustig ist, ganz und gar nicht.«

»Und was ist es dann?«, fragte Decora misstrauisch.

»Tja, ob du es glaubst oder nicht, mein *Nachname ist Ritter.*«

Er schüttelte den Kopf. »Ich fasse es einfach nicht.«

Decora schwieg. Sie legte sich die Bedeutung dieser Wendung in der Geschichte zurecht. Als sie die banale Erklärung für ihr Zusammentreffen und die volle Absurdität dahinter erkannte, konnte sie nicht anders: Sie stieg in Finns Lachen mit ein.

Schließlich sahen sich die beiden gegenseitig in die Augen und sie wurden wieder still. Decora sagte: »So Finn, jetzt bist du wohl in dieser Geschichte gefangen. Es tut mir leid, dass du dazu gezwungen wurdest. Ich habe lange überlegt, wie derjenige, zu dem ich komme, wohl reagieren würde, und ich habe gedacht, dass ein Ritter am meisten Verständnis haben würde.«

Sie setzte eine entschuldigende Miene auf. »Und du bist zwar kein Ritter, aber trotzdem wolltest du mich retten und hast mir zugehört. Vielen Dank, Finn. Ich kann aber verstehen, wenn du böse auf mich bist. Ich habe dich in Lebensgefahr gebracht und dich einfach so aus deinem Leben herausgerissen.«

Decoras Blick veränderte sich. Sie sah erschrocken aus. Natürlich, es ging nicht nur um ihr Schicksal! Mit ihrem Fluchtversuch hatte sie leichthin auch das Schicksal *ihres Ritters* beeinflusst. Sie sprang auf. »Es tut mir leid, ich muss verrückt gewesen sein!«

Für einen Moment dachte sie darüber nach, einfach wegzulaufen.

»Bleib bloß hier!«, ermahnte sie Finn, der zu ihrer Überraschung die Situation gut zu verkraften schien und ganz offenbar ihre Gedanken erraten hatte.

»Was passiert ist, ist eben passiert. Und im Prinzip träumt doch jeder Mann davon, einmal in seinem Leben die Chance zu bekommen, auf einer abenteuerlichen Reise der Retter und Beschützer des schönen Mädchens zu sein.«

Decora war erleichtert. So etwas würde ein echter Ritter auch sagen, oder nicht?

Finn war überrascht, wie spontan und selbstsicher er die Situation entschärft und gleichzeitig Decora ein Kompliment gemacht hatte.

Decora lachte wieder und eine große Anspannung schien von ihr abzufallen, ebenso schnell wie sie kurz vorher gekommen war. Ihre Gesichtszüge entspannten sich und ihre Wangen wurden wieder blasser.

Finn kam sich mächtig männlich vor und setzte noch einen drauf: »Das ist wie die hübsche Prinzessin vor dem Drachen zu retten.«

Decora riss die Augen auf. »Es gibt bei euch auf der Erde noch Drachen? Bei uns gibt es schon seit Jahrtausenden keine mehr!«

Finn wunderte es nicht mehr im Geringsten, dass es auf Aethra Drachen gegeben hatte. Bei Seepferden, Wasserzwergen und Zauberei gehörte das doch schon zum guten Ton. Er zog in Erwägung, dass Drachen auch auf der Erde mehr als nur Fabelwesen sein könnten, sagte dann aber: »Nein, die gibt es bei uns nur in Märchen. Aber vielleicht täusche ich mich da auch. Im Moment will ich mich da nicht festlegen ...«

Ein plötzlicher Windstoß machte Finn wieder bewusst, wie kühl die Luft mittlerweile geworden war. Die Sonne stand zwar immer noch hoch am Himmel, aber ihn überkam das Gefühl, dass der Abend näher rückte. Er bekam eine Gänsehaut.

»Decora, wo genau auf Aethra sind wir hier gelandet? Ich glaube, wir sollten hier nicht den ganzen Tag verbringen. Ich habe nichts zum Anziehen.«

Sie wirkte bestürzt. »Ich kann dir nicht sagen, wo wir sind. In irgendeinem Wald, wahrscheinlich irgendwo in den östlichen Landen, womöglich noch hinter den Ländern der Elfen. Da gibt es viele Wälder. Zum Glück gibt es da aber keine gefährlichen Wildtiere. Eigentlich bin ich mir ziemlich sicher, dass wir da irgendwo sind. Wir finden sicher bald ein kleines Dorf oder eventuell sogar eine Stadt. Zumindest sind wir weit weg von Trucido …«

Finn beschlich der Verdacht, dass sich Decora zwar *wünschte*, sie wären in den *östlichen Landen*, aber diese Möglichkeit doch tief in ihrem Inneren ausschloss. Er studierte ihr unsicheres Gesicht, dann stand er auf. Wie lächerlich es aussehen musste, dass er nur in Boxer-Shorts vor Decora stand. Wieder wurde er rot.

»Aber du hast recht. Wir dürfen nicht den ganzen Tag hierbleiben. Ich finde, wir sollten uns jetzt auf den Weg machen. Was meinst du, welche Richtung sollen wir einschlagen?«, fragte Decora.

Sie blickte sich unschlüssig um. Die ungewöhnlich leuchtenden Blätter waren für sie offenbar genauso neu wie für Finn.

Finn sagte: »Was war eigentlich dein Plan für die Erde? Ich meine, nachdem du den Kelpen abgeschüttelt hättest. Wie wäre es deiner Meinung nach weitergegangen? Hattest du überhaupt einen Plan? Und warum bist du nicht sofort umgedreht, als du bei mir warst, und bist wieder zurück in das Portal? Das wäre doch auf jeden Fall die sicherste Lösung gewesen, deine Verfolger loszuwerden.«

»Überleg doch mal«, sagte Decora. »Das Portal bringt dich völlig willkürlich an irgendeinen Ort. Stell dir mal vor, wir wären irgendwo mitten über dem Ozean wieder aufgetaucht, oder inmitten einer Horde blutrünstiger Erdwölfe. Meinen Plan wollte ich später noch weiter ausfeilen.« Sie lächelte, als könnte sie kein Wässerchen trüben. Nach einer kurzen Pause erklärte sie: »Zuallererst wollte ich weg. Wahrscheinlich hätte ich versucht, den Ort auf der Erde zu finden, von dem aus ich mich wieder hätte zurückteleportieren können. Trucido unterdrückt ja schließlich immer noch mein Volk. Ich wollte mich irgendeinem Widerstand anschließen. Im Untergrund von Celsa gibt es bestimmt einen. Und wenn nicht, hätte ich eben einen eigenen Widerstand angeführt. Zusammen mit meinem Ritter!«

Finn war beeindruckt. Decora war Optimistin durch und durch. Und von der Gefahr, die von dem unkontrollierten Portalsprung ausgegangen war und die Finn erst jetzt begriff, wollte er lieber nicht ausgiebiger sprechen. Er hatte das Gefühl, dass sein Schicksal eine makabre Mischung aus Komik und Tragik für ihn bereithielt. Und was genau ein *Erdwolf* war, würde er Decora später fragen.

»Okay, gut«, sagte er. »Und wie sieht jetzt unser Plan aus? Ich schätze, wir werden wohl eine Weile miteinander auskommen müssen.«

Er grinste Decora frech an und zog die Augenbraue hoch. »Schließlich müssen wir einen Weg finden, Trucido zu besiegen und mich wieder nach Hause schicken.«

Ob mehr Ironie oder mehr Überzeugung in seiner Stimme lag, wusste er selbst nicht genau. Decora schien jedoch einverstanden zu sein. Ihre Augen leuchteten.

Finn fragte sich allerdings wirklich, wie der Plan aussehen sollte. Was er gesagt hatte, kam ihm größenwahnsinnig vor, aber dennoch schien es der einzig richtige, der einzig logische Gedanke zu sein.

Decora sagte: »Ich denke, im Großen und Ganzen dürfte unser Plan so sein: Wir schlagen uns nach Celsa durch. Wenn wir eine Siedlung erreicht haben, können wir uns bestimmt etwas zum Reiten besorgen. Dann ist alles nur noch halb so schlimm und bald sind wir schon an den Mauern von Celsa. Aber fürs Erste suchen wir einen Weg aus diesem Wald, bevor wir die ganze Nacht hier verbringen müssen.«

Noch bevor sie Finns Antwort abgewartet hatte, war sie schon losgegangen.

»Sicher, dass das die beste Richtung ist?«, fragte er und sah sich um. Decora aber lächelte ihm aus einiger Entfernung zu und winkte ihn zu sich.

»Ach, was soll's!«, grinste er und beeilte sich, zu seiner neuen Gefährtin aufzuschließen.

Einige Minuten waren sie schweigend nebeneinander hergegangen. Voller Staunen musterten sie ihre Umgebung: Die seltsamen Lichter der Blätter sahen wunderbar aus. Der Boden war mit solchen Unmengen von Lichttupfern übersät, dass Finn dachte, Aberhunderte funkelnde Glühbirnen aus Glasmosaiken würden über ihren Köpfen hängen. Das Einzige, was noch eindrucksvoller als die Lichtquellen der Blätter leuchtete, waren Decoras Augen. Zwischen dem natürlichen Sonnenlicht und den freundlich schimmernden Blättern waren ihre Augen wie zwei Leuchtfeuer, die alles andere Licht zweitrangig werden ließen.

Der Wind raschelte in den Bäumen und flüsterte ihnen von allen Seiten zu. Mit mäßiger Kühle verkündete er den unfreiwilligen Besuchern den rasch nahenden Abend.

»So schön es hier auch ist, wir sollten versuchen, ein wenig zügiger voranzukommen. Bald wird es dunkel werden«, sagte Finn. Decora nickte. Während sie weitergingen, hatte Finn das Gefühl, dass sie ein Stück näher an ihn gerückt war.

Eine Weile wanderten die beiden planlos in eine Richtung. Finn staunte unentwegt über die Pracht, die der Wald ihnen bot. »Es hätte uns wesentlich schlimmer treffen können, denkst du nicht? Ich meine – schau dich um! Das hier ist wie pure Magie.«

Finn betastete auf seinem Weg einige der Pflanzen und blieb trotz seiner Eile schon das zweite Mal fasziniert stehen. Gerade streichelte er die hellgrünen Blätter eines kleinen Baumes, der an eine Birke erinnerte. »Das musst du dir ansehen, Decora! Die Blätter fühlen sich leicht warm an, wenn man sie in der Hand hat. Gibt es solche Pflanzen oft auf Aethra?«

Decora folgte seinem Beispiel und untersuchte die winzigen Blätter eines Strauchs, an dem an Dolden weiße Blüten wuchsen. Vorsichtig rieb sie über deren Oberfläche und befühlte auch die Unterseiten.

»Mmmh, ich bin mir nicht sicher. Ich glaube, ich habe schon einmal von solchen Pflanzen gehört. Wie ich schon sagte, vermutlich sind die in den östlichen Landen gar nicht so selten. Aber ich kenne mich auch nicht sonderlich gut damit aus. Außerdem hatte ich in Celsa nie viel Kontakt mit Händlern aus dem Osten. Die Märkte mit den Ost-Händlern sind weit weg von den Sternenhallen. Ich war eigentlich immer auf dem Mondtempel-Markt.«

Decora zupfte einige Blätter ab und steckte sie in ihre Umhängetasche. Als sie Finns protestierenden Blick sah, sagte sie: »Ich will sehen, wie lange sie leuchten und warm sind, wenn man sie abmacht. Eine Feldstudie sozusagen. Im Übrigen könntest du dir ein paar Blätter von diesem Baum da vorne abreißen.«

Sie deutete auf einen großen Baum mit riesigen, herzförmigen Blättern.

»Und zum Zusammenbinden nimmst du welche von dem da.«

Die Blätter des anderen Baumes waren etwa zwei Meter lang und handbreit. Sie ragten senkrecht in die Luft und bewegten sich im Wind wie Algen in der Strömung. Ihr Leuchten verlieh ihnen gleichzeitig den Charakter von goldener Haarpracht. Finn musste plötzlich daran denken, wie Decora kaum bekleidet in einem Korallenriff hin- und hertauchte. Sofort ermahnte er sich still. Was war nur mit ihm los? Er kannte sie kaum eine Stunde, befand sich in einer Situation, die ihn eigentlich in jeder Form hätte abschrecken müssen, und er war nicht in der Lage, über einen längeren Zeitraum seine Augen von Decora zu lassen. Aber besser, als mit hängendem Kopf zu verzweifeln oder verrückt zu werden, war es allemal. Trotzdem befremdete ihn seine Lüsternheit etwas.

»Was ist jetzt mit den Blättern? Du brauchst doch etwas zum Anziehen und wenn es später kälter wird, halten dich die Blätter vielleicht warm.«

Finn schob seine Gedanken fort und machte sich daran, die Blätter abzureißen. »Ich bin ja schon dabei«, sagte er.

Decora half ihm, sich ein riesiges Blatt wie eine Toga um den Leib zu wickeln, und Finn fixierte es mit zwei länglichen Blättern. Eines trug er als Gürtel, das andere legte er sich über die Schulter und band es von oben am Gürtel fest.

Als er fertig war, schmunzelte Decora und musterte ihn von der Seite. »Sieht beinahe gewollt aus. Als ob du im Wald leben oder immer so rumlaufen würdest. Jedenfalls ziemlich abenteuerlich. Wir haben echt Glück mit diesem Ort hier. Ich hätte nicht gedacht, dass das mit den Blättern so problemlos klappt.«

Finn war weniger begeistert. Unbehaglich zupfte er an seiner neuen Kleidung.

»Es kratzt irgendwie«, sagte er mürrisch.

»Nun stell dich mal nicht so an«, neckte Decora. »Du rettest mich vor dem wilden Kelpen, flüchtest mit mir über der Schulter in einen unbekannten Wald und jetzt murrst du wegen ein bisschen Kratzen auf der Haut.«

Sie zwinkerte Finn zu. Sie verstand es wirklich, ihre Weiblichkeit auszuspielen, indem sie ihn so aufzog. Ob sie das wohl wusste? Verdammt, er sollte sich auf die Situation konzentrieren und nicht so sehr auf Decora!

»Wir sollten einfach in dieser Richtung weitergehen«, bestimmte er und wies mit ausgestrecktem Zeigefinger in die erstbeste Richtung. Er musste die Situation im Griff haben!

»Hier entlang ist es genauso gut wie überall anders.«

»Warum auch nicht? Ich bin einverstanden«, erklärte Decora und ging voraus.

Schreie über dem Wald

Die Vegetation verlor nichts von ihrem anfänglichen Reiz. Immer wieder blieben die beiden auf ihrer Wanderung stehen und staunten über die Pflanzenwelt. Doch sie wurden auch langsam nervös! Wann fanden sie ein Zeichen, das ihnen sagte, ob sie in der richtigen Richtung unterwegs waren? Zwischen den Baumkronen konnte Finn sehen, dass das Blau des Himmels langsam dunkler wurde. Um sie abzulenken, erzählte Finn Decora von der Erde. Der wissbegierige Blick in ihren Augen, deren Leuchten sie weit voraus in die Tiefen des Waldes schickte, bestärkte ihn in seinem Vorhaben.

Wie sich herausstellte, wusste Decora so gut wie nichts über die Erde, außer, dass die magische Welt dort sehr verkümmert war und sie von Menschen bevölkert wurde. Finn schmunzelte, als Decora das Wort *verkümmert* benutzte. Er erzählte ihr von den technischen Errungenschaften der Menschheit und Decora hatte ihre helle Freude daran, zu erfahren, dass sich Menschen durch Dinge wie Fernsehen oder Videospiele die Zeit vertrieben und sie mit Staubsaugern ihre Teppiche sauber machten. Finn dachte, dass seine Enthüllungen für sie genauso verblüffend sein mussten, wie die magische Welt von Decora es für ihn war.

Die junge Frau konnte nicht genug von Finns Ausführungen

bekommen und da es ihm sehr leichtfiel, immer wieder neue menschliche *Wundertaten* aus dem Ärmel zu schütteln, dachten sie bald nicht mehr an den Abend und das Gespräch zwischen ihnen war ungezwungen und kurzweilig. Finn bekam immer mehr den Eindruck, dass Decora ihn mochte und mit seiner Gesellschaft zufrieden war. Ihm erging es nicht anders. Sie war nicht nur unerhört schön, sie war auch eine angenehme und kluge Gesprächspartnerin. Und wenn sie lachte oder sich im Gehen zufällig ihre Arme berührten, dann fühlte er sich gut. Ja, sie waren auf einer Wellenlänge.

Eine Stunde wanderten die beiden auf diese Weise ungestört durch den Wald. Außer den zwitschernden Vögeln und dem gelegentlichen Rascheln kleiner Tiere lag der Wald in tiefer Stille und meist war das leise Rauschen des Windes das einzige Geräusch.

Schließlich sagte Decora: »Weißt du was? Der Wald wird nicht dichter. Vielleicht befinden wir uns also auf einem Weg heraus.«

Finn verzog das Gesicht. »Oder wir sind schon so tief drin, dass es gar nicht mehr dichter werden kann. Wahrscheinlich ist er aber auch einfach nur dermaßen groß, dass wir nach so kurzer Zeit noch nicht allzu viel durchwandert haben. Und so langsam wie wir sind …«

Decora erwiderte daraufhin nichts.

Als noch ein wenig Zeit vergangen war, schien das Licht der Blätter stetig nachzulassen.

»Merkst du das?«, fragte Decora und drehte sich zu Finn. »Irgendwie scheint es nun auch ganz schön schnell dunkel zu werden.«

»Du hast recht. Ich tippe, dass es nicht mehr lange dauert und es wird stockfinster sein.«

Schon Minuten später war fast das ganze Licht erloschen und nur noch vereinzelt glommen an einigen Bäumen Blätter und wehrten sich gegen die Dunkelheit. Je dunkler es wurde, desto mehr Geräusche hörten sie. Fremd und bedrohlich knackte und knarzte es nun aus dem Unterholz und den Baumkronen. Eigentümliche Laute wehten um die Baumstämme.

Jetzt waren Finns einzige Orientierungspunkte der Mond, der durch die kleinen Öffnungen im Blätterdach schien, und Decoras weiß leuchtende Augen. Wie Leuchtfeuer strahlten sie nicht nur voraus, sondern hinterließen ebenfalls einen schimmernden Streif im nächtlichen Dunkel, wenn die Lunata bereits ein ganzes Stückchen weiter voraus war.

Decora schien es leicht zu fallen, im Finsteren voranzukommen, trotzdem verlangsamte sie ihre Schritte und ging ganz dicht neben Finn. Er war froh, dass sie von sich aus auf ihn Rücksicht nahm.

»Wir müssen uns irgendwo einen Platz suchen, wo wir die Nacht verbringen können.«

Finn versuchte, Decoras Schulter zu fassen und sich von ihr führen zu lassen. Allerdings machte ihm eine Wurzel einen Strich durch die Rechnung und er fiel der Länge nach zu Boden.

Decora half ihm auf die Beine. »Ja, ich denke, uns bleibt nichts anderes übrig.«

Im nächsten Moment war über ihnen ein einzelnes, lang gezogenes Kreischen zu hören. Finns Herz machte einen gewaltigen Sprung.

»Was um alles in der Welt war das denn? Wenn das so etwas wie eine Eule war, muss die glatt drei Meter groß gewesen sein …«

Decora spähte beunruhigt in den Himmel.

»Aus welcher Richtung kam das?«, fragte sie. »Das ging einem ja durch Mark und Bein. Ich kann es immer noch hören. Es hallt durch den ganzen Wald.«

Einige Augenblicke später zerriss ein zweiter Schrei die Stille des Waldes.

Finn flüsterte: »Das war auf jeden Fall irgendeine Art Vogel. Das muss ein gewaltiges Vieh sein!«

Plötzlich geschah alles blitzschnell: Ein wahres Heul- und Schreigewitter brach über die beiden herein. Windstöße fegten ihnen ins Gesicht. Decora umfasste reflexartig Finns Hand und rannte los. Während sie die schiere Panik durch das Dickicht trieb, wurde das Geschrei immer lauter. Stolpernd und fallend glaubte Finn, über den Baumwipfeln riesenhafte Umrisse von geflügelten Wesen zu erkennen, die über sie hinwegglitten.

»Das sind Vögel!«, schrie Finn.

Die Lautstärke war beinahe unerträglich und das Kreischen über ihren Köpfen schmerzte in den Ohren.

»Ich kann dich nicht verstehen!«

Decora rannte mitten durch einen Busch und achtete nicht auf die Kratzer, die dieser ihr zufügte. Finn peitschten Blätter ins Gesicht und er konnte beim besten Willen nicht mehr erkennen, wo sie nun hinrannten. Er hatte Angst davor, dass die Tiere, zu denen die riesigen Schatten gehörten, auf sie hinabstürzten, aber auch davor, dass er im nächsten Moment ungebremst vor einen Baum rannte und das Bewusstsein verlieren könnte. Er packte Decora um ihre Taille und warf sich mit ihr auf den Boden. Decora konnte nicht schnell genug reagieren, ließ nur ein ersticktes *Was …?* hören und fiel mit ihm der Länge nach hin. Finn starrte panisch um sich, sah einige Büsche neben ihnen und zog Decora robbend mit sich in das darunterliegende Unterholz.

»Was machst du denn? Wir müssen hier weg. Ich will denen nicht begegnen, die das hier veranstalten.«

Ängstlich atmete sie in kurzen, flachen Stößen.

»Ich habe Umrisse über uns gesehen!«, antworte Finn. »Das sind riesige Vögel. Wenn wir hier liegen bleiben, sehen sie uns vielleicht nicht. Aber wenn wir blindlings herumrennen, dann sind wir ein leichtes Ziel. Hier im Dickicht sind wir sicherer!«

Decoras Augen weiteten sich bei dem Gedanken an riesige Vögel so nah über ihren Köpfen. Aber dann nickte sie. Sie blieben eng aneinandergedrückt liegen. Und wirklich nahm kurze Zeit später der Wind ab und das Kreischen wurde leiser. Schon war alles vorbei. Das letzte Heulen hallte noch in der Luft nach und bald war auch davon nichts mehr zu hören. Es war ganz so, als ob nichts geschehen wäre. Decora drückte sich weiterhin an Finn.

»Was für Vögel waren das denn? Das müssen ja richtige Monster gewesen sein.« Sie flüsterte, obwohl der Lärm vorbei war.

»Die hätten uns glatt im Ganzen verschlucken können, so groß waren die. Wenn das überhaupt Vögel waren! Hatten auf jeden Fall Flügel …«

Anscheinend erkannte sie eine Frage in Finns Worten und seinem unwirschen Blick: »Ich weiß auch nicht, was ich davon halten soll. Es tut mir leid. Ich habe noch nie etwas von so riesigen Vögeln gehört.«

Finn kam die ganze Situation in der Tat merkwürdig vor.

Barsch hakte er nach: »Wenn es solche Vögel auf der Erde gäbe, dann wüsste ich wohl darüber Bescheid. Du kannst doch unmöglich noch nichts von solchen Wesen gehört haben. Gibt es in den östlichen Landen nun so etwas oder nicht?«

Decoras Blick und ihre Stimme verrieten, dass die Situation sie auf dem falschen Fuß erwischt hatte: »Wirklich, es tut mir leid. Ich habe keine Ahnung. Aber es gibt Gegenden auf Aethra, von denen man wenig weiß. Wahrscheinlich auch einige Regionen in den östlichen Landen.«

Finn blickte unruhig nach oben und versuchte, eine Lücke im Buschwerk zu finden. Nein, die Vögel – oder was auch immer es für Wesen gewesen waren – waren verschwunden. Decora lag immer noch so dicht neben ihm, dass er glaubte, ihr Herz schnell schlagen zu spüren. Ihm tat sein rauer Ton sofort leid. Alles war so unerwartet gekommen.

»Beruhige dich erst mal. Was immer das gerade war, jetzt ist es auf jeden Fall weg. Wir müssen uns endlich einen geeigneten Platz zum Schlafen suchen. Einen, an dem wir gut versteckt sind!«

Decora nickte. Der Gedanke an ein Versteck schien sie zu beruhigen.

Auf leisen Sohlen gingen sie weiter, um auf keinen Fall Aufmerksamkeit zu erregen. Wer weiß, wer sie am Ende hören konnte. Vielleicht gab es noch andere Wesen im Wald, denen sie nicht begegnen wollten. Oder die seltsamen Vögel kamen zurück. Das nächtliche Rascheln des Waldes erschien ihnen nun viel bedrohlicher als vorher.

Finn ertappte sich dabei, wie er sich ausmalte, dass in der Undurchdringlichkeit der Schatten hinter den Bäumen riesige schwarze Vögel auf sie lauerten. Er wusste natürlich, dass ihm seine Fantasie einen Streich spielte. Aber dann hörte er wieder ein Rascheln in der Finsternis und war sich plötzlich nicht mehr so sicher …

Mit einem Mal stieß Decora ihn an. »Finn, ich sehe da vorne etwas. Ich glaube, es ist ein Licht.«

Finn schaute in die Richtung, in die sie deutete, konnte aber nichts ausmachen.

»Ich sage dir, da vorne ist irgendetwas«, war Decora überzeugt.

»Lass uns vorsichtig sein«, entgegnete Finn.

Er konnte immer noch nichts erkennen, aber Decora schob ihn langsam in die Richtung der vermeintlichen Lichtquelle.

»Eigentlich habe ich heute schon genug Überraschungen erlebt«, erklärte er. »Wenn da wirklich ein Licht ist, dann lass uns erst mal herausfinden, wer genau es gemacht hat, bevor wir direkt darauf zulaufen.«

In einem Anfall von Galgenhumor fügte er hinzu: »Vielleicht wohnt da ja irgendwo der Vogelzüchter …«

Decora erschrak. »Mach keine so schrecklichen Witze. Du hast gesagt, die Vögel wären weg. Wenn du nicht aufpasst, lege ich mich wieder unter den nächsten Busch und komme vor morgen früh nicht heraus.«

Finn glaubte, ein Lächeln auf Decoras Gesicht zu erkennen.

Vorsichtig gingen sie weiter. Nun glaubte auch Finn, ein paar hundert Meter weiter im Wald ein schwaches Licht zu sehen.

Je näher sie kamen, desto deutlicher konnte er etwas erkennen. Decora hatte recht. Als sie auf etwa fünfzig Schritte herangekommen waren, sah er eine verschrobene Hütte. Neben der Tür hing an einem Ast ein steinernes Gefäß, das zu einer Laterne umfunktioniert war. Im unruhigen Wind schaukelte es hin und her. Das Licht war zwar nur spärlich, den Augen der Lunata war es aber trotzdem nicht entgangen.

Die grauen Steinmauern der Hütte waren von rankenartigen Pflanzen und Efeu schon so überwuchert, dass sie mit ihrer Umgebung verschmolz. Das schwarze Dach war von Jahren im Wind ganz schief. Hier auf der kleinen Lichtung war sie den Elementen der Natur ausgesetzt, denn sie stand auf einer kleinen Anhöhe. Neben der hölzernen Tür war ein kleines rechteckiges Fenster in die

Wand eingelassen. Finn und Decora waren im Schutz der Bäume am Rand der Lichtung stehengeblieben. Alles wirkte friedlich, wenn nicht sogar einladend.

»Was meinst du, wer da wohnt?«, fragte Finn.

»Ein Einsiedler wahrscheinlich«, antwortete Decora.

»Findest du es nicht ungewöhnlich«, sagte Finn, »dass ein Haus so einsam mitten im Wald steht?«

Er war skeptisch.

Decora runzelte die Stirn.

»Na ja, das ist wohl so bei Einsiedlern. Sie siedeln irgendwo. Allein. Oft auch mitten im Wald.«

»Vielen Dank für die Erklärung«, sagte Finn und zog die Augenbraue hoch.

»Bitteschön«, gab Decora trocken zurück. »Aber Einsiedler sein bedeutet nicht zwangsläufig, auch selbst so verschroben und mysteriös zu sein wie das eigene Haus.«

Sie warf Finn einen Blick zu, den er in der Dunkelheit nicht richtig deuten konnte. Er war sich aber sicher, dass es nach Einbruch der Dunkelheit erstens unheimlich und zweitens vielleicht auch gefährlich war, an einem Haus mitten im Wald anzuklopfen. Doch ehe er weitere Zweifel äußern konnte, trat Decora schon auf die Lichtung.

»Hey, Decora! Sollten wir die Hütte nicht wenigstens noch eine Weile beobachten?«

Finn schlich leicht gebückt hinter der Lunata her und versuchte sie einzuholen. Sie ließ sich jedoch nicht beirren und schritt selbstbewusst weiter auf das Haus zu.

»Irgendeine Bleibe für heute Nacht müssen wir doch finden und dieses Haus ist wie ein Geschenk. Und das können wir nicht einfach ausschlagen. Außerdem will ich nicht noch eine Überraschung erleben und wenn doch, dann lieber an einem geschützten Platz. Wenn da irgendjemand wohnt, dann ist er bestimmt schon zu Bett gegangen und dann darauf zu warten, ob sich irgendetwas tut, wäre mit Sicherheit vergeudete Zeit.«

Schon waren die beiden an der Tür angekommen und standen im Schein der steinernen Laterne. Der Wind wehte hier neben dem Haus weniger stark und die Geräusche des Waldes waren angenehm gedämpft. Bei genauerer Betrachtung stellten sie fest, dass die Steine schon recht verwittert waren. Sie versprühten einen gewissen maroden Charme. Die Überwucherung des Hauses mit den vielen Ranken passte da gut ins Bild.

Ohne zu zögern klopfte Decora dreimal laut an die Tür. Finn rutschte das Herz in die Hose. Er hielt die Luft an und lauschte hinein. Im Gebälk pfiff der Wind und das Dach knarzte. Im Haus aber herrschte Stille.

Nicht die kleinste Bewegung war von drinnen zu vernehmen. Finn durchbrach nach einer gefühlten Ewigkeit die angespannte Stille. Leise sagte er: »Wenn da jemand drin ist, will er wohl offensichtlich nicht gestört werden. In diesem verrückten Wald würde ich nachts auch niemandem mehr die Tür öffnen.«

Er wandte sich zum Gehen und wollte gerade zurück hinter die Bäume huschen, da hielt Decora ihn an der Schulter fest.

»Jetzt komm schon! Nur noch einmal. Ansonsten halte ich dir das die ganze Nacht vor, wenn wir zusammengequetscht unter einem Baum wegen unheimlicher Geräusche nicht schlafen können. Und außerdem«, sie klimperte mit den Augen, »rettest du mich ja, wenn ein Monster die Tür öffnet.«

Decora hatte sich ganz offenbar schon wieder von dem Schreck im Wald erholt und lächelte Finn an.

Er wusste, dass sie ihre Aussage nicht ganz ernst meinte, fand aber trotzdem Gefallen an dem Gedanken, nickte und rügte sich sogleich dafür, dass er so leicht zu manipulieren war. Als Decora erneut mit Nachdruck an die Tür schlug, zuckte er wieder zusammen.

Er fühlte sich wie ein Kind, gerade so, als würde er einem kauzigen Fremden einen Streich spielen. Jeden Moment würde der unheimliche Bewohner des Hauses die Tür öffnen und sie fortjagen!

Plötzlich regte sich im Inneren des Hauses etwas. Ein hölzernes Knarren und Quietschen ließ Finn und Decora erstarren. Klopfende Schritte näherten sich. Unmittelbar hinter der Tür verstummten sie. Beide wichen einige Schritte zurück.

Einige Augenblicke später hörten sie ein eigentümliches Rascheln. Im Inneren der Hütte wurde ein Türbeschlag oder ein Brett entfernt. Holz traf auf Holz und die Tür schwang mit einem lauten Knarzen auf.

Im Halbschatten des Eingangs zeigten sich die Umrisse von Ästen und Blättern. Dazwischen blickten bleiche Augen ausdruckslos nach draußen.

ÄSTE UND FRÜCHTE

Finn und Decora verschlug es vollkommen die Sprache: Eine Art lebendiger Strauch oder Baum, etwa zwei Meter groß, stand da auf zwei besonders dicken Ästen, die in Füßen endeten, vor ihnen. Robuste Arme wuchsen aus dem Torso und ein rundes Holzgesicht saß inmitten einer Mähne aus dichtem Blatt- und Strauchwerk, das Finn an einen Löwen erinnerte. Am ganzen Körper zierten das seltsame Wesen Büschel verschiedenster Blätter und Früchte. In jede erdenkliche Richtung ragten Äste und Zweige vom Rumpf und von den Gliedmaßen, manche kahl, manche auch mit kleinen oder großen Beerenbüscheln und Blattnestern bewachsen.

Das Wesen lächelte freundlich, die Augen jedoch waren glasig und sahen an Finn und Decora vorbei.

Mit offenen Mündern verharrten Finn und Decora bewegungslos, während die unzähligen Blätter und Äste des Wesens raschelten und im Wind auf und ab wippten.

Endlich durchbrach das Wesen das Schweigen.

»Nun, wollt ihr mir nicht sagen, wer ihr seid und wie ihr dazu kommt, mich mitten in der Nacht aus dem Schlaf zu reißen?«

Es öffnete die Tür noch weiter, trat einen Schritt hinaus und richtete sich im Laternenschein zu voller Größe auf. Die unzähligen Äste machten den Eindruck, an einigen Stellen zu wachsen, während sie an anderen Stellen einschrumpften und im Holzrumpf in Astlöchern zu verschwinden schienen. Der Bewohner der Hütte lächelte immer noch freundlich.

Sie blickten sich mit pochenden Herzen an. Decora löste sich als Erste aus ihrem Bann.

»Ich bin Decora«, sagte sie und deutete auf ihren Begleiter. »Und das ist Finn.«

Sie überlegte einen Augenblick und erklärte dann leise:

»Wir haben uns in der Dunkelheit im Wald verlaufen. Dann haben wir ganz seltsame Laute gehört und uns auf die Suche nach einem schützenden Platz gemacht. Ganz zufällig sind wir auf dieses Haus gestoßen und haben uns nichts Böses dabei gedacht, anzuklopfen. Es tut uns leid, Sie geweckt zu haben.«

Das fantastische Wesen entgegnete nichts. Decora wurde noch leiser, sodass sie kaum zu hören war.

»Wir hatten gehofft, hier Hilfe zu finden. Wir wissen wirklich nicht, wohin.«

Das Wesen schwieg einen Moment und erwiderte dann: »Nun gut, Decora und Finn. Merkwürdige Namen habt ihr und unter gar keinen Umständen kann ich mir vorstellen, wie ihr hier in diese Wildnis fernab der Wege gekommen seid, oder was ihr überhaupt hier im Wald macht. Aber ich kann euch wohl kaum da draußen stehen lassen in der Dunkelheit. Außerdem gibt es auf viele Meilen in jeder Richtung keine anderen Häuser oder Unterkünfte. Kommt herein! Mein Name ist Raukelunk. Übrigens stört euch nicht an meinem etwas abwesenden Blick – ich bin blind.«

Finn war nicht wohl bei dem Gedanken, das Haus des sprechenden Busches Raukelunk zu betreten. Decora aber hatte ganz offenbar weniger Bedenken und ging einen Schritt in Richtung Schwelle. Sie forderte Finn mit einer Kopfbewegung zum Mitkommen auf. Als er zögerte, setzte sie einen energischen Blick auf, fasste seine Hand und zog ihn bestimmt hinter sich her. Jetzt hatte er keine Wahl mehr.

Raukelunk war behände einen Schritt zur Seite gegangen und hatte den Weg für sie frei gemacht. Sie traten in die Mitte der Stube. Raukelunk warf die Tür hinter ihnen ins Schloss, ergriff einen riesigen Holzbalken neben der Tür und warf ihn mit Leichtigkeit in zwei dafür angebrachte Eisenscharniere.

Na toll! Die Tür war sicher verschlossen. An eine Flucht war nicht zu denken.

Ihr Gastgeber musste über enorme Kräfte verfügen und als Finn näher hinsah, bemerkte er, wie ihm aus zwei Ästen neue Hände gewachsen waren, sodass er mit doppelter Kraft zupacken konnte. So schnell, wie sie gewachsen waren, verschwanden sie und verwandelten sich wieder in Äste und Zweige.

Finn fragte sich, ob Raukelunk die Nacht ausgesperrt oder Decora und ihn eingesperrt hatte. Die beiden blickten sich unschlüssig in der Hütte um. Nur ein weiterer Raum grenzte links an die große Stube. Aus seiner Position konnte Finn gerade eben noch eine Holztreppe erkennen, die im hinteren Teil des nächsten Raumes nach unten führte. Vielleicht gab es dort einen Keller.

Das Haus versprühte einen recht behaglichen Charme. Unzählige kleine Laternen und Öllampen erhellten die Stube und Finn fragte sich, warum man durch das Fenster keine der Lichtquellen hatte schimmern sehen. Auf Regalen an den Wänden standen gläserne Bottiche und Fläschchen mit zahlreichen farbigen Flüssigkeiten oder Früchten und Samen. In kleinen, hängenden Körben und Töpfen rankten Pflanzen mit bunten Blüten in die Höhe oder neigten sich sanft dem Boden entgegen. Finn staunte: Die Pflanzen wuchsen auch außerhalb der Behältnisse weiter. Die Decken und

Wände erinnerten ihn an die Fassade des Hauses. Efeu und Schlingpflanzen rankten aus oder um die hölzernen Möbel und Wände. Dabei breitete sich alles im Einklang mit den Nutzgegenständen aus, wie von einem Bewusstsein dazu getrieben, diese oder das Haus selbst nicht zu beschädigen.

An der rechten Wand befand sich ein massiger Schrank, der wohl schon bessere Tage gesehen hatte: Mehrere Bretter der rechten Vordertür waren zu kurz und die obere Ecke senkte sich herab. In der linken Tür waren faustgroße Löcher, in deren Aussparungen sich allerdings die Pflanzen gesetzt hatten, sodass Finn nicht ins Schrankinnere schauen konnte. An der Wand gegenüber der Tür befand sich eine geräumige Holzcouch mit einer Art Moosbezug. Ein Tisch befand sich in der hinteren rechten Ecke, umgeben von Holzschemeln mit demselben Naturüberzug. Den Boden wiederum bedeckte keine Pflanzenschicht. Stattdessen lag auf dem dicken, hellbraunen Holz ein großer rotbrauner Teppich, der fast den gesamten Raum ausfüllte.

Im Nebenraum schien eine Art Wohnküche zu sein. Aus den Augenwinkeln erkannten Finn und Decora einen großen Herd und ein breites Holzbett. Das Erstaunlichste an diesem Bett aber war, dass sein Gerüst aus den Wurzeln eines lebendigen Baumes bestand, der in der Küche aus dem Holzboden wuchs und sich oben an der Decke waagerecht in alle Richtungen auffaltete, sodass die Decke einem grünen Himmel glich. Finn war sich nicht sicher, aber er glaubte, winzige pelzige Tierchen ausmachen zu können, die in den Pflanzen herumkletterten und in den Ecken und Nischen umherhuschten.

Raukelunk sagte: »Nehmt doch bitte Platz.«

Er deutete auf den Tisch mit den Hockern.

»Das Moos ist sehr bequem. Und wundert euch nicht darüber, wie es hier aussieht. Leute, die noch nie bei einem Bacariten zu Hause waren, finden die vielen Pflanzen oftmals erstaunlich. Manche sollen sich sogar daran gestört haben. Wir allerdings lieben sie. Wir sind ja selbst kaum etwas anderes.«

Raukelunk legte die Arme auf seine knorrige Brust und machte eine leichte Verbeugung. Seine Zweige und Blätter raschelten dabei und Finn konnte erst jetzt im Licht der Hütte ganz deutlich erkennen, dass die vielen unterschiedlichen Früchte und Beeren an Raukelunk tatsächlich *wuchsen*. Da hingen zum Beispiel Nüsse von den Ästen herab, während an anderen Zweigen Brombeeren und Erdbeeren wuchsen. Finn erkannte auch Stachel- und Johannisbeeren. In Raukelunks Blättermähne gediehen so viele verschiedene Früchte, dass er sie nicht zählen konnte. Blaubeeren und Kastanien gab es dort, aber auch Samen und Fruchtkörper, die Finn noch nie in seinem Leben gesehen hatte. Decora starrte Raukelunk unverhohlen an und machte keine Anstalten, sich hinzusetzen.

Finn war weit weniger schockiert über das Aussehen von Raukelunk und dem Haus, er hatte auch von Anfang an nicht damit gerechnet, dass sie es hier mit etwas Normalem zu tun bekamen.

Allerdings schwebte ihm das Wort *Bacarit* im Kopf umher. Raukelunk, der Bacarit, was auch immer das bedeuten sollte.

Als ob sich seine Gedanken auf Decora übertragen hätten, fragte sie unsicher: »Bacarit? Was ist denn ein Bacarit – davon habe ich noch nie gehört. Ich dachte zuerst, du wärst so eine Art Wanderbusch. Aber nach allem, was ich sehe, kann das *auf keinen Fall* sein. Ich meine nur, in welcher Ecke von Aethra sind wir hier?«

Dabei klang sie allerdings ganz so, als wollten ihr die Worte aus einem ganz bestimmten Grund nicht über die Lippen kommen.

Und als Decora ihren Gedanken vollendet hatte, begriff Finn plötzlich, welche Befürchtung er in ihrer Stimme zunächst nicht hatte deuten können.

»Wir sind doch hier auf Aethra, oder?«, forschte sie weiter nach. Ihre Augen waren geweitet. Finn erkannte darin eine Mischung aus Erkenntnisdurst und Erkenntnisfurcht.

Raukelunk schien zu überlegen, was er von alledem halten sollte. Sein Mund hatte sich gekräuselt und seine Arme verharrten weiter auf der Brust.

»Junge Dame«, sagte er endlich, »ich habe noch nie etwas von diesem Aethra gehört. Ihr seid hier im Lampignon-Wald. Weit entfernt von der Lichterstadt unter dem Wald. Menschen verirren sich nur sehr selten hierhin und in meiner Hütte war sogar noch niemals einer. Und jetzt stehen hier gleich zwei von euch und das auch noch mitten in der Nacht. Ich denke, ihr solltet euch jetzt hinsetzen und mir eure Geschichte erzählen. So kann ich euch am besten helfen.«

Raukelunks glasige Augen waren auf einen Punkt an der Wand gerichtet, er selbst aber bewegte sich federleicht auf die Sitzecke zu, schob die Hocker zurecht und nahm selbst als Erster Platz.

Finns mulmiges Gefühl, das er seit dem Betreten der Hütte gehabt hatte, war in Sekundenschnelle verflogen. Stattdessen fühlte er sich, als ob ihm das Schicksal einen leidlich lustigen Streich spielte. Er musste laut auflachen. Das war nun wirklich zu viel des Guten auf einmal! Wenn sie nicht auf Aethra waren, wo waren sie dann gelandet?

Er stand einfach da und lachte weiter. Decora blickte höchst verwirrt drein und Raukelunk machte eine Bewegung, als würde er seine Ohren spitzen – sofern denn unter seiner Blättermähne welche vorhanden waren.

»Es tut mir leid«, brachte Finn japsend hervor. »Das ist echt zuviel für einen Tag. Ihr müsst mich entschuldigen. Ich sollte mich wirklich setzen.«

Er fasste Decora um den Arm und zog sie behutsam zum Tisch, während er sich langsam wieder beruhigte. Finn nahm neben Raukelunk Platz und Decora setzte sich neben Finn.

»Jetzt bin ich *wirklich* gespannt auf eure Geschichte«, sagte Raukelunk.

Finn erwiderte: »Tja und *wir* sind erst mal gespannt. Wir wissen nicht, wo wir sind, und haben auch keine Ahnung, was Bacariten sind.«

Finn warf Decora einen prüfenden Seitenblick zu, den sie mit einem verkniffenen Lächeln erwiderte.

Raukelunk legte seinen Kopf ungläubig zur Seite, wirkte aber neugierig.

»Ich untertreibe wahrlich nicht«, bekräftige Finn weiter, »denn eigentlich wissen wir wohl nicht mal genau, auf welcher *Welt* wir uns befinden.«

Der Bacarit wurde nun erst recht hellhörig.

»Das hört sich ja nach einer verdammt interessanten Geschichte an, aber bevor wir damit beginnen, möchte ich euch gerne noch um eines bitten. Ich kann mir zwar ungefähr vorstellen, wie groß und wie alt ihr seid, besonders nach euren Bewegungen und Stimmen zu urteilen, aber ich hätte gerne ein genaues Bild von euch. Erlaubt ihr, dass ich eure Gesichter befühle?«

Raukelunks Mund verzog sich zu einem spitzen Grinsen, das seine Ähnlichkeit mit einem Löwen noch weiter hervorhob. Finn und Decora warfen sich kurz einen Blick zu und zuckten beide mit ihren Schultern. Irgendetwas Verrückteres konnte ja kaum mehr passieren.

»Selbstverständlich«, sagte Finn.

»Natürlich«, fügte Decora hinzu.

Sofort berührte Raukelunk ihre Gesichter mit seinen hölzernen Händen. Dabei war er sehr vorsichtig. Erst kam Finn an die Reihe, danach Decora. Es fühlte sich für Finn so an, als würden sie mit kleinen Ästen im Gesicht gekitzelt.

Als Raukelunk fertig war, sagte er: »Decora, unter den Menschen musst du als ausgesprochen hübsch gelten. Und ich muss gestehen, so etwas noch nie zuvor gefühlt zu haben. Wisst ihr, ich bin noch nicht mein gesamtes Leben blind und kann mir deshalb sehr genau vorstellen, wie ihr beide ausseht. Trotzdem habe noch nie eine Menschenfrau getroffen, die derartig formschön zu sein scheint und zugleich so seltsam anzufassen ist. Du bist ungewöhnlich warm für einen Menschen.«

Finn grinste Decora an, die verschämt zu Boden blickte. Sie war rot geworden.

Verlegen sagte sie: »Dankeschön … ähm … Raukelunk …«

»Das muss dir nicht peinlich sein«, erwiderte dieser. »Schönheit ist eine Gabe der Natur. Nimm dein Geschenk dankend entgegen, schließlich hast du es dir nicht ausgesucht!«

»Nun ja«, sagte Decora daraufhin, »vermutlich fühle ich mich für dich deshalb so seltsam an, weil ich kein Mensch bin. Ich bin eine Lunata.«

»Was erzählst du da? Du bist kein Mensch? Ich würde dich ja glatt für verrückt halten, wenn da nicht diese seltsame Wärme deines Körpers wäre. Aber meine Finger lügen nicht. Bitte, erzählt mir jetzt gleich, was hier vor sich geht!«

Doch sofort schüttelte Raukelunk seinen Kopf und die gewaltige Mähne raschelte laut.

»Was ist denn nur mit mir los? Ich bin ja wirklich ein ausgesprochen schlechter Gastgeber! Seid ihr überhaupt in der Verfassung, eure Geschichte mit mir zu teilen? Es ist ja immerhin mitten in der Nacht und wer weiß, was ihr durchgemacht habt, bevor ihr meine Hütte erreicht habt!?«

Jetzt, wo Raukelunk es ansprach, merkte Finn tatsächlich, dass seine Glieder schmerzten und ihn die Müdigkeit mit ganzer Macht überfiel. Bisher waren es aufregende Stunden gewesen, die er zusammen mit Decora verbracht hatte. Er überlegte, ob ihr Gastgeber es ihnen übel nehmen würde, wenn sie für Erklärungen zu erschöpft waren.

Raukelunk schien diese Gedanken zu erraten: »Oder wollt ihr euch erst einmal ausruhen? Ich würde das verstehen. Viele Jahre hat mir das Leben jetzt schon geschenkt. Und währenddessen lernt man, sich ein wenig zu gedulden. Besonders wenn man allein im Wald lebt und manchmal wochenlang keine Gesellschaft außer dem Wald und seinen Tieren hat. Natürlich haben auch sie und die Pflanzen Formen der Sprache, aber alles kann ich natürlich auch nicht verstehen. So ist es doch im Allgemeinen besser, einen richtigen Gesprächspartner vor sich zu haben. Ihr versteht mich schon! – Um es kurz zu machen: Ich kann gerne warten. Das steigert im Übrigen nur die Vorfreude!«

Raukelunk grinste breit und Finn und Decora sahen mit einer Mischung aus Faszination und Schrecken, wie er ein paar große rote Trauben von seinem Bauch abpflückte und sie sich in den Mund schob.

»Von mir habt ihr jedenfalls nichts zu befürchten. Ihr könnt es euch also ruhig hier auf der Bank bequem machen. Ich werde nach nebenan gehen und mich auch eine Weile ausruhen. Natürlich werde ich schnell eine Tür wachsen lassen, damit ihr euch nicht beobachtet fühlt. Also, was soll es sein?«

Finn sah Decora an. Er war sich sicher, dass sie nicht zweimal direkt hintereinander einem Fremden ihr Schicksal erzählen wollte. Sie brauchte mindestens eine Nacht Pause.

»Wenn es dir nichts ausmacht«, sagte er, »würden wir uns gerne erst ausruhen, Raukelunk. Wir hatten einen wirklich anstrengenden Tag und morgen haben bestimmt auch wir so viele Fragen, dass wir ausgeruht sein müssen, um alles aufnehmen zu können. Wenn es dich also wirklich nicht stört, nehmen wir dein Angebot gerne an.«

Finn schaute fragend zu Raukelunk hoch, merkte aber gleich, dass diese Geste für einen Blinden völlig belanglos war.

»Das ist in Ordnung, Finn und Decora. Übrigens werde ich mit dieser immensen Vorfreude auf eine spannende Geschichte bestimmt fantastische Träume haben. Morgen klären wir dann alles auf.«

Raukelunk wollte gerade aufstehen, da ergriff Decora noch einmal das Wort: »Raukelunk, eine Frage habe ich aber noch.«

Finn überlegte, was Decora meinte.

»Ich werde versuchen, sie zu beantworten. Legt los!«

Decora nickte beruhigt. »Wir waren im Wald, als es schon dunkel war. Dann waren da auf einmal ganz komische Geräusche.«

Sie stockte. »Fast wie von riesigen Vögeln.«

Raukelunk lachte dröhnend auf und sein Holz knarzte, als er sich schüttelte.

»Ach, ihr seid bloß den Papageien begegnet. Die sind ganz harmlos, machen nur einen bestialischen Lärm. Sind ein bisschen groß – das ist aber auch das Einzige, was einem Angst einjagen kann! Aber auch nur, wenn man sie zum ersten Mal sieht. Vor denen dürft ihr euch nicht fürchten. Sie fliegen jede Nacht zurück von den Klippen am Hohen Plateau ins Gebirge. Wenn ihr jemals wieder aus dem Wald herauswollt, müsst ihr euch ohnehin noch näher mit ihnen anfreunden.«

Raukelunk stutzte, als sie nichts sagten. »Ihr kennt die Papageien nicht? Wie seid ihr denn dann hier hochgekommen?«

Abermals schüttelte er raschelnd den Kopf.

»Tatsächlich, die Vorfreude wird immer größer. Das muss ja eine ganz fantastische Geschichte sein! Aber jetzt wünsche ich euch eine angenehme Nacht. Ich hoffe, ihr könnt in der fremden Umgebung eure Ruhe finden. Die Lichter könnt ihr löschen oder auch anlassen. Mich stören sie ohnehin nicht. Ich habe sie angezündet, bevor ich euch die Tür öffnete.«

Und so verließ Raukelunk schnellen Schrittes den Raum. Hinter ihm rankten sich Äste und Zweige geschwind ineinander und versperrten wie eine Tür den offenen Durchgang, ohne auch nur den kleinsten Spalt zu lassen.

Decora blickte unschlüssig im Raum umher und wusste nicht recht, ob es noch etwas zu sagen gab oder nicht.

Sie tauschte einige bedeutsame Blicke mit Finn aus, die besser als Worte die unglaubliche Situation ausdrückten. Langsam ging sie zu der geräumigen Bank hinüber und bedeutete Finn, ebenfalls zu kommen. Schnell löschte dieser noch einige Lichter, ließ aber genügend kleine Kerzen an, damit der Raum nicht völlig in Dunkelheit versank.

Von draußen hörte Finn das Rauschen des Waldes, aber hier drinnen war es bloß ein beruhigendes und gemütliches Lied. Es vermischte sich mit den fremden Geräuschen der Hütte. Die Blätter und Äste raschelten leise vor sich hin. Der Boden knarzte und auch die kleinen Pelztiere, die Finn mittlerweile deutlich gesehen hatte, trippelten umher und fiepten von Zeit zu Zeit leise. Entfernt erinnerten sie ihn an Spitzmäuse. Sie hatten kaum die Größe und Breite eines Daumens und waren nur als winzige Schatten auszumachen. Ihm gefiel der Gedanke, von einer solchen Lebendigkeit in Raukelunks Hütte umgeben zu sein. Zwischen all diesen wundersamen Dingen schien alles für einen Moment ganz leicht zu sein. Ohne auch nur einen Moment zu überlegen, rückte er eng an Decora, die ihrerseits seine Nähe suchte. Während sie sich auf die hintere Hälfte der Bank legte, nutzte er die vordere Hälfte der Sitzfläche.

Das Moos war wunderbar weich, weicher als alles, was Finn bisher gespürt hatte. Decoras Arm berührte seine Haut und nach einigen Minuten musste er seinen ersten Eindruck schon wieder revidieren: Decoras Haut war so zart und weich, dass das Moos bei Weitem nicht mithalten konnte.

Eine ganze Weile lag er wach, sprach aber kein Wort. Er wusste genau, dass auch Decora noch nicht schlafen konnte. Schweigend lauschte er ihrem leisen Atem. Er ließ die Eindrücke der vergangenen Stunden Revue passieren und, obwohl er lediglich eine kurze Zeit mit Decora in der fremden Umgebung verbracht hatte, kam es ihm vor, als würde er sie schon weitaus länger kennen.

Schließlich flüsterten sie doch noch miteinander.

Sie sprachen leise über den Ort, an dem sie gelandet waren, über Raukelunk, der die Beeren von seinem eigenem Körper gegessen hatte, und über sein Haus mit seinen tierischen und pflanzlichen Bewohnern, über die Papageien, darüber, wie wohl das Gebirge aussah, zu dem sie jede Nacht flogen, und über den Zufall, der sie beide zusammengeführt hatte.

Nach einiger Zeit wurde ihr Flüstern immer leiser und ihre Augen immer schwerer und es dauerte länger, bis sie sich antworteten.

Decora schwebte just in dem flüchtigen Zustand, in dem man sich befindet, bevor man endgültig in den Schlaf hinübergleitet. Die Dunkelheit, die Hütte, Finn – all das ließ den nächsten Morgen auf eigenartige Art und Weise sorglos erscheinen. Für einen winzigen Augenblick hatte sie sich sogar mit dem Gedanken abgefunden, dass sie wahrscheinlich doch nicht in den östlichen Landen gelandet waren, vielleicht nicht einmal auf Aethra.

Als sie irgendwann nicht mehr wusste, ob Finn noch wach war, fiel auch sie in einen traumreichen Schlaf.

Ein Morgen im Lampignon-Wald

Finn erwachte als Erster. Einige Momente lag er da, genau so, wie er am Abend zuvor eingeschlafen war. Zuerst hatte er keine Ahnung, wo er sich befand, doch dann erinnerte er sich an alles. Zum ersten Mal dachte er an seine Familie, an die Uni und an die Erde an sich, wie das Leben dort ohne ihn weiterging. Verging dort die Zeit so schnell wie hier? Suchte man ihn? Und was würde man über sein Verschwinden denken? Die Gedanken schnürten seine Kehle zu. Doch er war sich darüber im Klaren, dass er nichts daran ändern konnte, bevor er einen Weg gefunden hatte, Decoras Problem zu lösen. *Decora.*

Finn drehte sich behutsam um und setzte sich dabei auf. Decora schlief tief und fest. Ihr Atem ging langsam und gleichmäßig. Eine Hand ruhte zwischen ihren Schenkeln, der andere Arm lag unter ihrem Kopf. Ihre goldenen Haare verdeckten ihr Gesicht nicht ganz. Sie lagen wild durcheinander, wirkten aber glänzend und frisch wie nach einem Bad. Unter ihrem Haar blitzte ihr blaugoldener Ring hervor. Ein Träger ihres Oberteils war von ihrer Schulter heruntergerutscht. Der Großteil ihrer Tätowierung wurde von ihrem Oberteil zwar immer noch verdeckt, aber aus seiner erhöhten Position war Finn in der Lage zu erkennen, was sich darunter verbarg.

Ganz leicht lehnte er sich vor, um mehr zu sehen, hielt dann aber inne. Vielleicht würde sie ihm irgendwann freiwillig offenbaren, wie ihre Tätowierung unter dem Oberteil weiterging … Oder sollte er doch einen Blick riskieren? Verdammt, er musste sich zusammenreißen!

Finn stellte sich vor, wie es wohl war, sie zu küssen. Er sah sie vor seinem inneren Auge vor sich stehen, ihn mit blitzenden Augen anlächeln und immer näherkommen.

Schließlich schmunzelte er über sich selbst. War er wirklich so einfach gestrickt? Oder wäre jeder andere Decora ebenso schnell verfallen? Er war ihr doch nicht *verfallen*! Er besaß doch auch einen gewissen Stolz! Und wenigstens in dieser verrückten Situation konnte er ja wohl einen kühlen Kopf bewahren! So schnell würde er sich nicht einwickeln lassen!

Die Sonne schien durch das kleine Fenster in Raukelunks Hütte. Die Ranken zu seinem Zimmer waren verschwunden und von ihm selbst war keine Spur zu finden. Finn vermutete, dass Raukelunk in den Wald gegangen war. Er ließ seinen Blick durch den Raum schweifen. Auf dem Tisch entdeckte er zwei Schüsseln mit unzähligen Früchten.

Er beschloss, Decora aufzuwecken und strich ihr behutsam über den Arm, während er dabei ihren Namen flüsterte. Sie seufzte, schlief aber weiter. Er wiederholte ihren Namen etwas lauter. Decora öffnete die Augen und starrte in Finns grinsendes Gesicht. Er konnte förmlich sehen, wie es in ihrem Kopf arbeitete. Ihr Atem ging schnell und ihre großen Augen verrieten, dass sie erschrocken war. Sie musste gar nicht sagen, was für Gedanken ihr durch den Kopf schossen – Finn konnte sie sich nur allzu gut vorstellen.

»Guten Morgen, Decora. Ob du es glaubst, oder nicht: Alles

ist wahr. Du hast es nicht geträumt. Und ich offenbar auch nicht. Raukelunk ist nicht da, aber ich glaube, er hat uns etwas zu essen dagelassen.«

Decora richtete sich langsam auf. Sie schaute sich im Haus um, wie um sich zu vergewissern, dass Finn die Wahrheit sagte.

Dann blickte sie ihm in die Augen.

»Guten Morgen, Finn.«

Sie funkelte ihn regelrecht an.

»Ich habe eine Menge merkwürdiger Sachen geträumt – das passiert häufiger. Aber es ist selten, dass es auch noch nach dem Aufwachen genauso merkwürdig ist wie im Traum. Aber du bist immer noch hier und das beruhigt mich.«

Sie suchte den Raum ab. »Sieh mal, die kleinen Pelztiere wuseln immer noch hier herum.«

Auch Finn hatte sie schon bemerkt. Die kleinen Wesen huschten durch die Ecken oder kletterten in den Schlingarmen der Pflanzen umher.

»Was meinst du, wie die heißen?«, fragte er.

»Raukelunk wird es uns bestimmt sagen.«

Decora deutete auf die Schüsseln auf dem Tisch. »Und du meinst, die sind für uns?«

Finn zog die Augenbraue hoch.

»Ich hatte nicht den Eindruck, dass hier noch andere Leute leben außer Raukelunk. Also schließe ich daraus, da er selbst nicht da ist, dass die Schüsseln für uns sind. Komm, wir schauen uns das mal an.«

Decora folgte ihm zum Tisch und beide setzten sich. Die Lunata schaute ungläubig auf die Früchte.

»Meinst du, dass diese Früchte … Na ja, also, dass diese Früchte von Raukelunks Körper stammen? Du weißt doch noch, gestern …«

Finn stutzte und betrachtete die Früchte zweifelnd.

»Tja, das können wir wohl nicht ausschließen«, sinnierte er. »Aber irgendwie ist Raukelunk ja auch eine Pflanze, oder nicht? Immerhin hat er keine Haut, sondern Rinde und Äste und Blätter. Das ist schon mal wesentlich appetitlicher, als wenn jemand Früchte von seiner Haut abernten würde.«

Decora rümpfte die Nase. »Da hast du wohl recht.«

Finn überlegte nicht weiter und griff zu.

»Darüber nachzudenken, woher die Früchte kommen, sollte im Moment unser geringstes Problem sein. Wir müssen jedenfalls etwas essen. Und Raukelunk hätte uns darüber hinaus die ganze Nacht etwas tun können, also schließe ich aus, dass das hier vergiftet ist. Sollten die Dinger von ihm selbst stammen – öfter mal was Neues ausprobieren, würde ich sagen.«

Decora murmelte zustimmend, während sie ihre Schale fixierte, und folgte Finns Beispiel. Die Früchte schmeckten ganz ausgezeichnet und Finn musste gestehen, nie in seinem Leben eine ähnliche Vielfalt an erfrischendem Obst gegessen zu haben. Einige Früchte, wie Erdbeeren oder Kirschen, kannte er, andere wiederum hatte er noch nie zuvor gesehen. Er hatte das Gefühl, dass es sogar einige Samen und Früchte gab, die nicht nur erfrischend und süß waren, sondern dazu noch besonders sättigend und gehaltvoll. Manche der Früchte glaubte Decora zu kennen. Es gab zum Beispiel gelbe, längliche Früchte, ungefähr fingerlang, die laut Decora Vesselas hießen. Eine blaue Nuss, die die Form eines Bagels hatte und wirklich in der Mitte ein Loch besaß, nannte sie Schlauchnuss. Sie hatte einen salzigen Geschmack und war in ihrer Konsistenz sehr sämig. Decora für ihren Teil hatte noch nie etwas von Brombeeren oder Himbeeren gehört und auch Erdbeeren waren ihr gänzlich unbekannt. Als sie letztere probierte, verschluckte sie sich dermaßen, dass sie die roten Früchte mitten auf den Tisch zurückhustete. Finn fand dieses Missgeschick höchst amüsant, Decora jedoch wurde knallrot.

Finn entdeckte immer neue unbekannte Früchte und probierte alle. Die Schalen aber wurden kaum leerer, waren sie doch mit einer unglaublichen Menge befüllt worden.

Nach einiger Zeit war Finn fürs Erste satt. Er bemerkte erst jetzt, dass Decora gegessen hatte, obwohl sie eine Lunata war. Eigentlich musste sie doch gar nicht richtig essen und Finn kam sich schlecht vor, dass er sie mit seiner Rede dazu bewegt hatte, von den Schalen zu probieren. Hatte sie sich vielleicht deswegen verschluckt?

»Du hättest auch etwas sagen können. Ich hatte ganz vergessen, dass du ja gar nicht richtig essen musst.«

Finn war verwirrt. »Oder stimmt es nicht, was du mir gestern über dein Volk erzählt hast?«

Nun schien Decora amüsiert.

»Nein, natürlich habe ich dir nichts Falsches erzählt! Es stimmt, dass wir unsere Lebensessenz aus dem Licht der Gestirne beziehen. Das heißt aber noch lange nicht, dass wir nicht auf herkömmliche Art und Weise essen und trinken *können*. Es bringt uns zwar nichts Lebenswichtiges, aber es schadet auch nicht. Es gibt bisweilen Lunatae, die echten Genuss bei normaler Nahrungsaufnahme empfinden – obwohl ich eigentlich nicht dazugehöre.«

Sie grinste frech.

»Und warum hast du dann nichts gesagt?«

Neckisch steckte sich die Lunata eine kleine rote Beere in den Mund und verschluckte sich prompt ein zweites Mal. Sie musste dermaßen husten, dass sie erneut rot anlief. Gleichzeitig verfärbten sich ihre Haare und glänzten silbern und ihre Augen leuchteten auf.

»Du hast dich so für das Essen eingesetzt«, hustete sie und versuchte dabei vergeblich, sich nicht anmerken zu lassen, dass ihr das Ganze peinlich war, »da wollte ich dir den Spaß nicht nehmen. Und vernünftig war es ja, was du gesagt hast. Du solltest nicht allein essen müssen. Das wäre reichlich unhöflich gewesen. Und du kannst dir vielleicht denken, dass ich eine sehr lange Zeit niemanden mehr hatte, mit dem ich zusammen etwas genossen habe – sei es richtiges Essen oder einfach eine Zeit lang den Mondschein. Das alles war gar nicht mal so schlecht.« Sie hustete noch immer. »Die Früchte meine ich – wenn auch nicht zu vergleichen mit einem wolkenlosen Vollmond.«

Langsam nahmen ihr Gesicht und ihre Haare wieder ihre normalen Farben an.

»Tut mir leid«, sagte Finn.

Er schaute sie reumütig an.

»Mach dir mal keine Gedanken, mein Ritter. Ich bin nicht so zart besaitet, wie du vielleicht denkst!« Ihr Husten hatte nun aufgehört.

Finns Puls beschleunigte sich. Er bemühte sich, nicht auch rot anzulaufen, und hoffte inständig, dass es klappte. Schnell wechselte er das Thema:

»Decora, ich glaube nicht, dass wir auf deiner Heimatwelt Aethra sind. Du müsstest doch irgendetwas wiedererkennen – aus diesem Wald, zumindest aus Erzählungen. Und auch diese riesigen Vögel müsstest du kennen. Ihr Gebirge, wo soll das sein? Klar, du kennst ein paar der Früchte, aber die kenne ich auch. Und das Wichtigste: Du weißt nicht, was ein Bacarit ist …«

Sein Tonfall war jetzt sehr ernst.

»Ich muss zugeben«, sagte Decora, »dass ich allmählich auch nicht mehr davon überzeugt bin.«

Sie schien froh zu sein, dass Finn das Thema angeschnitten hatte.

»Über das Teleportieren ist einfach zu wenig bekannt, als dass ich mit Sicherheit sagen könnte, dass wir auf Aethra sind. Es könnte sicherlich etwas schiefgelaufen sein. In dem Buch aus der Bibliothek hat es sich für mich allerdings so angehört, dass man beim zweiten Durchgehen wieder irgendwo nach Aethra zurückteleportiert wird. Wo sollen wir denn auch sonst sein? Hast du schon mal von einem solchen Ort wie diesem hier auf der Erde gehört?«

Finn schmunzelte bei der Vorstellung.

»Nein, das schließe ich wirklich aus. Sei mir nicht böse, aber es scheint, dass in diesem Buch überhaupt nicht viel Wissenswertes über das Teleportieren stand. Da wurde ja praktisch nichts über die Technik verraten. Du hast alles durch Herumprobieren herausgefunden, oft rein zufällig. Es muss wirklich lange her sein, dass sich die Leute regelmäßig hin und her teleportiert haben. Allerdings«, er zuckte mit seinen Schultern, »es wäre doch möglich, wenn es die Erde und Aethra gibt, dass es dann auch noch eine dritte Welt gibt. Oder eine vierte. Oder unendlich viele Welten.«

Decoras Augen weiteten sich.

»Meinst du das ernst?«

»Natürlich! Wieso sollte das denn nicht möglich sein? Eigentlich habe ich schon immer alles für möglich gehalten. Aber nach dem gestrigen Tag bin ich mir sicher, dass wir *nichts*, aber auch *gar nichts* ausschließen sollten!«

Decora seufzte.

»Ich hoffe, Raukelunk wird uns eine ganze Menge erklären können. Wenn wir wirklich irgendwo anders sind als auf Aethra oder auf der Erde.«

»Wir sind nicht auf der Erde«, unterbrach Finn.

»… also, wenn wir irgendwo anders sind, dann bleibt unser Plan aber trotzdem bestehen, oder?«

Decora drehte sich auf ihrem Stuhl, blinzelte ins Sonnenlicht und schloss dann die Augen. Sie beugte sich nach vorne und legte dann jeweils eine Hand auf ein Knie.

Finn sah genau zu, wie sie das Sonnenlicht in sich aufsog: Von ihrer gesamten Haut ging ein seidiger Glanz aus und ihr Haar flackerte beinahe weiß im hellen Licht. Finn musste seine Gedanken neu ordnen.

Ihr Plan? Ja richtig, sie mussten irgendwie eine Möglichkeit finden, Trucido zu besiegen und ihn wieder nach Hause zu schicken. Das schien ihm zwar folgerichtig, aber auch ganz schön verrückt. Plötzlich kam ihm das Trucido-Problem sogar unendlich weit weg vor, denn ihr größeres Problem war, vielleicht gar nicht auf Aethra zu sein. Sie waren in einer fremden Welt gefangen. Konnten sie hier einen Ort finden, von dem man Portale aufrufen konnte? Ihm wurde es mulmig zu Mute. Aber dann sah er Decora an, die immer noch das Sonnenlicht aufsog. Bei ihrem Anblick fühlte er sich sofort besser. Zwar wollte er auch einen Weg nach Hause finden, seine wichtigere Aufgabe war aber, *ihr* zu helfen. Er grinste. Ganz gleich, ob sie ihn mir nichts, dir nichts aus seinem gewohnten Leben herausgerissen hatte – sein Platz war an ihrer Seite!

»Was ist nun mit dem Plan?«

Decora hatte ihre Augen wieder geöffnet, schaute Finn an und wartete auf eine Antwort. Sie sah, wie er ins Leere starrte, und hatte das Gefühl, er würde aus seinen Gedanken hochschrecken, als sie ihn ansprach. Kurz schien er verwirrt, aber dann sah er sie direkt an: Vielleicht betrachtete er jetzt ihre Augen, die nun stärker leuchteten als sonst.

»Ja, ich weiß auch nicht …«, brachte er hervor.

Es fiel ihm offenbar schwer, sich auf die Antwort zu konzentrieren.

»… Unser Plan? Ich denke, dass wir wohl einen Weg finden müssen, ein Portal zu öffnen – jedenfalls sofern wir nicht auf Aethra sind. Ansonsten sehen wir ganz schön alt aus.«

Decora gefiel seine Antwort ganz gut. Die Sonne hatte ihr wieder frischen Mut geschenkt.

»Aber Raukelunk wird uns sicher weiterhelfen können«, redete Finn weiter. »Hier gibt es so viel Wunderliches, ihn selbst eingeschlossen! Wer weiß, vielleicht wird da so ein kleines Portal überhaupt gar kein Problem darstellen!«

Decora fragte sich ernsthaft, ob er damit nicht vielleicht sogar recht hatte. Einerseits schien ihr der Gedanke verrückt, andererseits konnte sie sich ebenso gut vorstellen, dass der geheimnisvolle Raukelunk Lösungen für Probleme verraten konnte, die sie selbst vielleicht noch gar nicht bedacht hatte. Vielleicht konnte er sogar zaubern und gleich hier ein Portal aufrufen!

Decora lächelte.

»Apropos Raukelunk: Was meinst du, was genau ein Bacarit ist? Ob es davon viele gibt? Vielleicht leben alle Bacariten alleine in Wäldern und passen auf die Pflanzen und die Tiere auf. Er wirkte auf mich wie ein richtiger Wächter. Aber meinst du nicht auch, dass er hier schrecklich einsam sein muss?«

»Schon möglich«, antwortete Finn. Wieder schienen seine Gedanken von etwas anderem gefangen zu sein. Sie folgte seinem Blick und schaute an sich herunter.

»Gefallen sie dir?«, fragte sie. Schon lange hatte sich niemand mehr für ihre Tätowierungen interessiert. Finns Wangen verfärbten sich. Sie hatte ihn ertappt.

»Ich würde gerne wissen …«, druckste er herum, »was sie bedeuten? Gestern bin ich irgendwie noch nicht dazu gekommen, dich zu fragen. Sie haben doch etwas zu bedeuten?«

Decora fuhr sich mit dem Finger über den Hals.

»Alle Lunatae tragen irgendwo am Körper ein Muster, das aus Viertelmonden, Runen und Sternen besteht«, erklärte sie.

»Soweit ich weiß, ist das schon immer eine Tradition gewesen. Ich selber kann mich kaum noch erinnern, wie sie mir gemacht wurde. Ich muss so um die sieben Jahre alt gewesen sein. Meine Eltern ließen sie mir stechen, weil es damals eine Sonnenfinsternis gab – so ist nämlich der Brauch. Nur wenn es bis zum 15. Geburtstag eines Lunatus oder einer Lunata keine Sonnenfinsternis gegeben hat, wird spätestens dann der Ritus vorgenommen. Von einem Astronomen werden die Sterne beobachtet und je nachdem, was sie ihm sagen, werden die einzelnen Runen ausgewählt. Sie bedeuten bei jedem etwas anderes. Es ist eine sehr alte Sprache unserer Vorfahren. Ich kann die Sprache zwar nicht sprechen, aber ich weiß, was meine Runen zu bedeuten haben. Sie sollen gleichermaßen Glück bringen, schützen und prophetisch wirken.«

Finn war nun noch neugieriger geworden.

»Ja und? Sag schon, was bedeuten sie?«

Decora fuhr erneut mit dem Finger über die tätowierte Haut.

»Hier fängt es an«, sagte sie und berührte ihren Hals. »*Decora Nubigena, Wanderin auf den Schwingen von Sonne und Mond, im Licht des Tages und im Funkeln der Nacht, Entdeckerin, unbändig und wild, macht Stillstand zu Stürmen und verändert die Welt.*«

Sie grinste. Natürlich waren die Bedeutungen der Tätowierungen ziemlich übertrieben. Man konnte nicht alles wörtlich nehmen.

»Ziemlich hochtrabend, nicht wahr!«, lachte sie. »Du darfst

das keinesfalls so ernst nehmen. Alles hört sich unheimlich gut an und in Wirklichkeit ist es so allgemeingültig formuliert, dass diese Prophezeiungen immer und überall zutreffen könnten. Und es gibt sogar noch ein Hintertürchen: Manches soll angeblich erst dann vollkommen zu verstehen sein, wenn ein oder mehrere bestimmte Ereignisse im Leben stattfinden …«

Decora legte ihre Haare so über die Schulter, dass sie die Tätowierung wieder verdeckten.

»Ein bisschen viel Hokuspokus eben – aber trotzdem nicht schlecht, oder?«

Sie versuchte Finns Gedanken zu erraten, aber sein Blick sagte nur, dass er nachdachte, jedoch nicht worüber. Sie hoffte, dass er in ihr jemanden sah, der wild und stürmisch war. Eindringlich musterte er sie.

»Die Bedeutung passt zu dir. Ich kenne dich zwar noch nicht lange, aber wenn man dich beschreiben sollte, dann müsste man es mit genau diesen Worten tun.«

Er schaute sie direkt an. Ihr kam es so vor, als wollte er noch mehr sagen, aber er schwieg. Und dennoch: Wie er sie anblickte, gefiel ihr. Doch plötzlich schien ihm aufzufallen, dass er sie anstarrte.

Während er grinste, nach unten schaute und nun den Eindruck erweckte, als wäre der Boden des Raumes das Interessanteste überhaupt, musste auch sie grinsen. Im nächsten Moment polterte es draußen.

Die Tür wurde aufgestoßen und Raukelunk stand auf der Schwelle. Im Licht des Tages blinkten und strahlten die Beeren und Früchte an seinem Körper mit der Sonne um die Wette und der Windzug, der mit ihm in die Stube wehte, ließ sein Blattwerk tanzen. Er hatte nichts bei sich, was den Grund seiner Abwesenheit verriet, schien aber bester Laune zu sein.

»Ah, ihr seid noch hier, Finn und Decora! Ich kann euren Atem hören und selbst wenn nicht würde ich in der Lage sein, eure Anwesenheit hier zu spüren. In meinem eigenen Haus würde ich selbst das allerkleinste Ungleichgewicht wahrnehmen. Habt ihr gut geschlafen? Habt ihr schon die Früchte probiert? Ich hoffe, es hat euch geschmeckt. Mein Geschmack wäre es jedenfalls gewesen.«

»Vielen Dank«, sagte Finn. »Wir haben gut geschlafen. Und das Essen war vorzüglich.«

Er beschloss, nicht zu fragen, wo Raukelunk gewesen war. Das war ja schließlich auch Privatsache. Aber irgendetwas wollte er doch sagen, um höflicherweise eine Konversation zu beginnen.

»Tja, Raukelunk …«

Er zögerte.

»Du hast ja sicherlich ein paar Fragen an uns. Und wir benötigen hinsichtlich unserer Lage ein wenig mehr Klarheit.«

Raukelunks Mundwinkel schossen in die Höhe.

»Ganz ausgezeichnet, ihr beiden! Natürlich! Selbstverständlich! Ich bin schon den ganzen Morgen unglaublich gespannt darauf, eure Geschichte zu hören. Aber bevor wir loslegen, noch eines!«

Der Bacarit eilte auf hölzernen Füßen durch den Raum und machte vor einem breiten Regal mit allerlei Flüssigkeiten in Flaschen und Gläsern halt. Wie von Zauberhand formte sich aus einem Ast auf seinem Rücken eine dritte Hand. Das neue Glied verlängerte sich blitzschnell und krümmte sich über seinen Löwenkopf. Er ergriff damit eine große Flasche mit roter Flüssigkeit und schnappte sich mit seinen zwei gewöhnlichen Händen – sofern man da von gewöhnlich sprechen konnte – drei leere Gläser. Am Tisch schenkte er Finn, Decora und sich selbst großzügig ein. Sein Kopf zeigte in eine völlig andere Richtung und er schien sich einzig und allein mit der Macht der Gewohnheit zu bewegen.

»Ich finde, dass das hier besonders gut zu einer ausgiebigen Erzählung passt, ihr nicht auch?«

Finn sagte: »Eigentlich haben wir keine Ahnung, was das für ein Getränk sein soll. Entschuldige bitte.«

Raukelunk fiel aus allen Wolken.

»Wo kommt ihr nur her? Erzählt ihr mir etwa, ihr kennt keinen roten Bitterbeerensaft?«

Er schüttelte ungläubig seine Blättermähne und erzählte sofort wie ein Wasserfall:

»Der Saft wird aus der Bitterbeere gewonnen, ist aber erstaunlicherweise nur im ersten Moment bitter. Wenn man einen Schluck genommen hat, hat jeder, der ihn trinkt, ein anderes Geschmackserlebnis. Man schmeckt stets das, wonach auch immer einem gerade der Sinn steht! Die Bitterbeere ist eine ganz außergewöhnliche Pflanze. Nicht nur, dass man mit dem Saft immer bekommt, was man gerade möchte, nein! Er wirkt darüber hinaus auch ungeheuer sättigend und man kann sich viel an Nahrung sparen, wenn man eine Handvoll davon bei sich hat. Eine einzige Bitterbeere reicht aus für eine ganze Flasche mit Wasser. Man muss die Beere nur hineinwerfen. Leider sind Bitterbeeren überaus selten und außer im Lampignon-Wald findet man heutzutage nur noch selten einen Bitterbeerenbusch. Und auch hier wissen nur noch wenige, wo genau sie wachsen. In den Städten sind die Bitterbeeren wertvoll und werden als begehrte Handelsgüter gegen alle möglichen Waren eingetauscht.«

Finn und Decora entschuldigten sich erneut für ihre Unkenntnis, fühlten sich aber geehrt, dass Raukelunk diese seltene Wunderlichkeit mit ihnen teilen wollte.

In der Tat schmeckte der Saft im ersten Moment bitter, als er aber die Kehle hinunterlief, gaukelte er den Geschmacksnerven auf phänomenale Art und Weise die tollsten Dinge vor. Finn war schockiert, dass ein Saft, der bei ihm eindeutig eine fruchtige Erwartung heraufbeschwor, auf einmal den deftigen Geschmack eines Mettbrötchens und von gekochten Eiern hervorbrachte. Die flüssige Form irritierte ihn dabei zusätzlich, bald aber hatte er sich daran gewöhnt. Zuerst hatte sich Decora zwar verschluckt, aber nun blitzten ihre Augen bei jedem Zug und Finn war sich sicher, dass sie auf diese Weise den Mondschein spüren konnte, wenngleich es draußen helllichter Tag war. Es war ein unglaubliches Erlebnis: Er musste bloß an eine leckere Speise oder ein Getränk denken, schon wechselte der Geschmack des Bitterbeerensaftes auf wundersame Weise.

Finn half Decora in den nächsten Stunden, Raukelunk nicht nur ihr Zusammentreffen auf der Erde zu schildern, er übernahm auch einige Stellen von Decoras Leidensgeschichte, wenn sie stockte. Sie hatten sich schon am Abend zuvor vorgenommen, nichts auszulassen und alles genauestens nach der Wahrheit zu erzählen. Nur dann hatten sie eine Chance, dass ihnen ihr Gastgeber entscheidende Tipps geben würde – da waren sie sicher. Irgendwann mussten sie ohnehin über Portale sprechen. Warum sich also eine Geschichte ausdenken und sich möglicherweise in Widersprüche verstricken, wo sie doch eine echte haarsträubende Begebenheit zu berichten wussten!

Sie erzählten von Aethra, von Finns Wohnung und ihrem ungewollten Sprung durch das Portal. Natürlich berichteten sie auch von Trucidos grausamen Taten und Decoras Plan, aus den

Sternenhallen zu entkommen. Als Decora genauer auf Portale einging, vergaß Raukelunk sogar, Beeren von sich abzupflücken und sie sich genüsslich in den Mund zu schieben – so groß war sein Interesse. Einige Stellen ließ er sich sogar mehrmals erzählen! Sie berichteten, wie sie im Wald gelandet waren und wie Finn sich seine Sachen zusammengesucht hatte. Raukelunk musste schmunzeln, als er hörte, dass Finn halbnackt gewesen war. Schließlich endeten sie damit, wie sie nach der Begegnung mit den Papageien auf Raukelunks Hütte gestoßen waren.

Finn und Decora hatten sehr emotional erzählt. Es war ihnen nicht möglich gewesen, sachlich zu bleiben. Sie hatten stattdessen auch von ihren Ängsten und Befürchtungen berichtet: Vielleicht glaubte ihnen Raukelunk deshalb. Für den Bacariten schien am Ende alles zusammenzupassen. Die Tatsache, dass sie so unwissend in Bezug auf sein Leben und den Lampignon-Wald waren, dass ihre Art zu erzählen so ehrlich war, und dass er schon am Abend zuvor etwas Merkwürdiges an Decoras Haut gefühlt hatte – all das schien sich für ihn zu einem unglaublichen, aber wahren Bild zusammenzufügen. Als sie mit ihrer Erzählung fertig waren, schwieg er lange Zeit nachdenklich. Dann sagte er: »Kaum zu glauben, was euch da passiert ist. Mein herzliches Beileid, Decora! Und du, Finn. Du verdaust das alles ziemlich gut. Ich bin von euch beiden beeindruckt.«

Danach war der Bacarit an der Reihe, die Fragen seiner Gäste zu beantworten. Auf jede dieser Fragen antwortete er ihnen so ernst, klar und durchdacht, wie es ihm möglich war.

»Wo ich nun in der glücklichen Position bin, eine Lunata zu kennen, sollt ihr auch wissen, was Bacariten sind. Nun ja, ihr seht es ja vor euch: Wir Bacariten sind ein uraltes Volk, das sich irgendwann einmal vom normalen Pflanzendasein zu unserer jetzigen

Form weiterentwickelt hat. Über die Jahrhunderte haben wir es geschafft, eine beinahe unerschöpfliche Vielfalt von Früchten an uns wachsen zu lassen, und wir sind so in der Lage, uns von uns selbst zu ernähren. Es bleibt meistens so viel von unseren Früchten übrig, dass wir für eine gewisse Zeit noch andere Wesen davon versorgen können. Alles an uns wächst sehr schnell nach. Wir können auch beeinflussen, welche Formen unsere Äste und Zweige annehmen. Außerdem können wir uns mit Holz verbinden. Deswegen sind wir besonders geschickte Kletterer.«

Wie zum Beweis reckte Raukelunk seine Arme nach oben, die prompt, als sie die Decke des Raumes berührten, mit dem Holz und den Schlingpflanzen verschmolzen. Der Bacarit schwebte daran nach oben und sein Körper verband sich mit der Holzdecke. Nur sein Gesicht war noch deutlich zu erkennen. Überall hingen jetzt seine Früchtebüschel an körperlosen Zweigen. Sein Gesicht fuhr an der Decke hin und her, bis er urplötzlich wieder im Ganzen hinunterfiel und, nur noch an den Füßen baumelnd, kopfüber über dem Boden hing. Dann löste er auch diese Verbindung, drehte sich noch im Fall um und landete wie eine Katze sicher auf beiden Beinen. Breit grinsend stand er vor Finn und Decora.

»Und jetzt stellt euch mal vor, wie ein Bacarit klettert, der nicht blind ist!«

Raukelunk setzte sich wieder und nahm einen großen Schluck Bitterbeerensaft.

»Wie dem auch sei«, fuhr er fort, »ich lebe hier allein und bekomme nur selten Besuch. Aber ich darf betonen, dass es mir gut dabei geht.«

Das Lächeln war in diesem Moment aus seinem Gesicht verschwunden. Decora fragte sich, warum er extra betonen musste, dass es ihm gut ging. Bedeutete dies nicht eigentlich genau das Gegenteil? Doch bevor sie weiter darüber nachdenken konnte, hatten sich Raukelunks Züge schon wieder aufgehellt. Seine Stimme war so herzlich und freundlich wie zuvor.

»Jetzt aber zu eurem wichtigsten Problem: Ich kann euch versichern, dass ihr euch weder auf Aethra noch auf der Erde befindet. Von beiden Welten habe ich bis heute noch kein Sterbenswörtchen gehört. Es tut mir sehr leid, euch zu enttäuschen. Ihr seid in einer gänzlich anderen Welt gelandet – und zwar in einer, die sich meiner Ansicht nach in ihrer Schönheit und Vielfalt hinter keiner anderen Welt zu verstecken braucht.«

Raukelunk stand auf und öffnete die Hüttentür. Das Sonnenlicht fiel ins Zimmer und kleine Sonnenflecken brannten sich in Finns Netzhaut. Draußen leuchteten die Blätter der Bäume wieder in ihrer eigentümlichen Pracht und in den Bäumen zwitscherten Vögel. Kleine Staubkörnchen und Samen wirbelten in der lauen Luft und im goldenen Licht der Sonne wie winzige Kristalle. Es war ein herrliches Bild, geheimnisvoll und vertraut zugleich.

»Ich kann die einzigartige Schönheit fühlen, obwohl ich blind bin«, schwärmte Raukelunk. »Darf ich euch vorstellen? Das hier ist *Telluriscor*!«

Raukelunk berichtete leidenschaftlich von seiner Heimat. Sie befanden sich demnach im Lampignon-Wald im Süden von Telluriscor. Der Lampignon-Wald hatte seinen Namen von der Eigentümlichkeit seiner Pflanzen. Er lag auf einem Hochplateau, zu dem man sich nur Zutritt verschaffen konnte, wenn man dessen Klippen auf den Rücken jener Papageien überwunden hatte, die die beiden in der Nacht zuvor bereits gehört hatten. Es war völlig unmöglich, das Plateau zu Fuß zu besteigen oder an den Klippen hochzuklettern.

Das Plateau war kreisrund und bis an seine unmittelbaren Grenzen erstreckte sich der Lampignon-Wald. Die Klippen fielen überall senkrecht viele hunderte Meter in die Tiefe ab. Kam man an die Waldgrenze, konnte man leicht die Papageien durch die Wolken fliegen sehen. So hoch oben lag das Plateau.

Der Berg, der das Plateau trug, war hohl und in der Mitte des Lampignon-Waldes lag der Eingang zur Lichterstadt. Die Stadt brauchte keine künstlichen Lichtquellen, ragten doch die Wurzeln der oberirdischen Pflanzen, in denen das eigentliche Geheimnis ihrer Leuchtkraft lag, bis in die Gänge und Stollen der Stadt und erfüllten die unterirdischen Plätze mit ihrem nur nachts erlöschenden Licht.

Am Fuß der Klippen breitete sich kreisförmig in allen Richtungen der sogenannte Wandernde Wald aus. Er war größer als der Lampignon-Wald und auch er hatte eine Besonderheit, die ihn für Wanderer sehr gefährlich machte: Er veränderte sich minütlich! Raukelunk berichtete wortreich, wie einzelne Bäume im Wandernden Wald aus heiterem Himmel verbrannten, nur um Augenblicke später unweit davon wieder zu voller Größe heranzuwachsen. Und das alles in nur wenigen Sekunden! Kam man als Wanderer in die Nähe eines solchen Naturphänomens, konnte es gut sein, dass dies das Letzte war, was man zu Gesicht bekam. Mal glich der Wald einem riesigen Feld von Feuersäulen und bald schossen Bäume aus dem Boden und wölbten sich gen Himmel, wo Augenblicke vorher bloß Wiesen oder Felder gewesen waren. Dann wieder war es eine längere Zeit ruhig und bestimmte Gebiete lagen still da wie in einem ganz gewöhnlichen Wald. Jedenfalls war es eine lebensgefährliche Angelegenheit, den Wandernden Wald zu durchqueren, und es erforderte großen Mut – oder große Dummheit, wie Raukelunk zugeben musste.

Überall auf dem Gebiet des Waldes befanden sich jedoch

geräumige Felseninseln, die von den ungewöhnlichen Naturphänomenen nicht in Mitleidenschaft gezogen wurden. Unerschrockene Wanderer konnten so, von Brocken zu Brocken eilend, ihren Weg durch diesen unwirtlichen Teil Telluriscors machen, um endlich die Klippen des Hochplateaus zu erreichen.

Nachts konnte man sich auf den großen Felsbrocken ausruhen. Es gab sogar drei kleine Städte, die auf riesigen Felseninseln erbaut mit weit mehr als einer Handvoll furchtlosen Bewohnern dem gefährlichen Wald trotzten. Überwiegend siedelten dort Trolle, Menschen und Gwillinge.

»*Gwillinge*?« Finn unterbrach Raukelunks wundersamen Bericht, dem er wie verzaubert gelauscht hatte.

»Was bitte sind Gwillinge?«

Raukelunk war amüsiert: »Oh, wenn du nicht weißt, was Gwillinge sind, dann ist das eigentlich ziemlich witzig. Kennt ihr Zwerge?«, fragte er. Aber bevor er eine Antwort bekam, gab er sich selbst eine: »Ach ja, ich vergaß – ihr kennt Zwerge. Decora, du hattest doch erwähnt, dass es auch auf Aethra welche gibt.«

Finn nickte ebenfalls. »Ja, die kennen wir auch auf der Erde, aber dort sind sie nichts weiter als ...«

Mitten im Satz brach er ab. Er würde sich von nun an zweimal überlegen, ein Wort wie *Fabelwesen* in den Mund zu nehmen. Trotzdem fragte er sich, ob Raukelunk, Decora und er dieselbe Vorstellung von Zwergen hatten.

»Schon gut«, gab er zu Protokoll.

»Gwillinge sehen Zwergen ein bisschen ähnlich«, erklärte Raukelunk. »Nur haben sie keine langen Bärte und ihre Haut ist viel schrumpeliger. Wenn ich es mir recht überlege, sind sie eigentlich wie dicke kleine Menschen. Bis auf die Frauen, die sind im Gegensatz zu den Männern nicht dick und auch nicht schrumpelig. Aber eine erstaunliche Sache gibt es an ihnen. Das wirklich Einmalige ist nämlich, dass sie *ausschließlich* in Reimen sprechen. Sie können rein gar nichts sagen, was sich nicht irgendwie auf das Vorhergehende reimt. Ihr mögt es kaum glauben, aber man kann ganz wunderbar mit ihnen Gespräche führen, ohne dass sie auch nur ein einziges Mal in die Verlegenheit kommen, keine passende Reimantwort zu erwidern.«

»Du willst uns wohl auf den Arm nehmen, oder?« Decora schaute skeptisch zu Raukelunk. Finn sagte nichts. Er wusste nicht, was er glauben sollte.

»Nein, keineswegs. Ich käme nicht im Traum darauf.« Raukelunk gluckste zufrieden. »Glaubt mir nur, ihr werdet es schon selbst erleben, es sei denn, ihr bleibt für immer in meinem Haus hocken, was ich doch stark bezweifle.«

»Und wie lange üben die Gwillinge dafür?«

Finn scherzte mehr schlecht als recht, um mehr zu erfahren.

Raukelunk winkte ab: »Sie trainieren überhaupt nicht dafür. Sie haben diese Fähigkeit von Geburt an. Sobald sie anfangen zu sprechen, tun sie dies in Reimen. Niemand weiß, warum das so ist. Ich glaube, nicht einmal die Gwillinge selbst.«

Er runzelte die hölzerne Stirn und seine Mähne rauschte. »Aber sicher bin ich mir da nicht. Jedenfalls reden sie nicht darüber, warum das so ist. Und sie werden schnell grantig, wenn man sie danach fragt, oder ihnen das Gefühl gibt, man fände ihre Sprache ungewöhnlich – das versichere ich euch. Im Allgemeinen sind sie stolz auf ihre Fähigkeit und man tut gut daran, sich nicht über sie lustig zu machen.«

Finn fragte: »Wer bewohnt denn diese Stadt im Berg?«

»Da wohnen fast ausschließlich Gwillinge. Es gibt aber auch einige Bacariten.« Wieder verdunkelte sich Raukelunks Miene. Aber sie wurde so schnell wieder freundlich, dass Finn sich nicht sicher war, ob er sich dies vielleicht nur eingebildet hatte.

»Manchmal«, fuhr Raukelunk fort, »handeln sie aber mit Wanderern aus anderen Ecken Telluriscors, sofern diese es geschafft haben, durch den Wandernden Wald und auf das Hochplateau zu gelangen.«.

»Wie kommt es, dass diese Bäume im Wandernden Wald verbrennen und so schnell wieder neu wachsen?«, erkundigte sich Decora.

Der blinde Bacarit fuhr beim Sprechen mit dem Kopf umher, als ob er seine Umgebung genau musterte.

»Mit Bestimmtheit weiß das niemand. Der Sage nach gab es an der Stelle, wo jetzt der Wandernde Wald steht, einmal eine große Schlacht mit tausenden Kriegern. Unzählige Seelen ließen in dem blutigen Gefecht ihr Leben. Allerdings hatten beide Kriegsparteien mächtige Zauberer mit in die Schlacht genommen. Und wann immer die Soldaten fielen, holten die Zauberer sie mit schrecklichen Beschwörungen wieder ins Reich der Lebenden zurück. So währte der Kampf viele Tage und Nächte und keine Seite vermochte die andere zu bezwingen, weil die Zahl der Soldaten nicht weniger wurde. Als der Kampf einen Monat gedauert hatte, waren die Felder und Wiesen von so viel Blut und Schmerz durchtränkt, dass sich die erzürnte Natur erhob und selbst in das Geschehen eingriff. Die Naturgeister verwandelten als Strafe für die blinde Wut des Krieges jeden Soldaten und Magier, jeden Hauptmann und Feldherrn in einen Baum. Ihr Schicksal sollte es nun sein, in alle Ewigkeit zu sterben und wieder aufzuerstehen – wie es auch in der Schlacht der Fall gewesen war.«

Finn und Decora atmeten schnell. Raukelunk aber lachte.

»Das ist natürlich nur ein Märchen, das den Kindern erzählt wird. Ich glaube nicht, dass alles so passiert ist. Aber wer weiß …«

Genüsslich pflückte der Bacarit mehrere weiße Trauben von seinem Hinterkopf, warf sie hoch in die Luft und fing sie geschickt mit dem Mund wieder auf. Kauend erzählte er weiter: »Die drei Städte im Wandernden Wald heißen Trolloft, Felsgau und Steingau. Ich habe es ja bereits erwähnt – dort wohnen neben einigen wenigen Menschen ebenso Gwillinge. Am häufigsten aber trifft man auf Trolle.« Er schluckte die Trauben geräuschvoll hinunter. »Aber jetzt will ich euch endlich einmal eine gute Nachricht mitteilen! Obwohl ich noch nie etwas von der Erde, Aethra oder Seepferden und Kelpen gehört habe, ist mir der Begriff Portal sehr wohl bekannt. Zwar ist er eher mystisch behaftet und ich habe bisher immer gedacht, dass es keine Portale geben würde, aber nach den gestrigen und heutigen Ereignissen denke ich nun anders darüber. Was ich damit sagen möchte: Dieses Phänomen gibt es auch hier auf Telluriscor! Wenn ihr euch auf die Suche nach einem Ort macht, an dem man eines aufrufen kann, dann am besten mit der gleichen Entschlossenheit, die du, Decora, schon in den Sternenhallen an den Tag gelegt hast. Und auch wenn hier alle denken werden, Portale seien nur ein Mythos, es muss doch etwas dran sein an dieser Sache – denn ihr steht als lebende Beweise vor mir. Ich weiß nicht wie und wo ihr ein Portal aufrufen könnt, aber ich bin ganz sicher, dass es irgendwie gehen muss. Und mit der richtigen Einstellung …«

Finn und Decora schauten einander ratlos an. Es schien unmöglich einen gescheiten Anfang zu machen, wenn man nicht den leisesten Schimmer hatte, wo man in einer fremden Welt mit der Suche beginnen sollte.

Finn seufzte: »Das ist leichter gesagt als getan! Mit der gleichen Entschlossenheit zu Werke gehen …« Er zog ein langes Gesicht. »Decora wusste ja zumindest, dass sie in den Sternenhallen suchen musste, wir stehen aber vor einem größeren Problem.«

Decora pflichtete Finn mit einem Nicken bei.

»Wo sollen wir anfangen?«, fragte Finn. »Telluriscor ist eine ganze Welt! Als ob zwei Welten nicht gereicht hätten!«

Raukelunk schwieg eine ganze Weile und auch Decora wusste nichts weiter beizutragen. Der eigentliche Plan hatte sich zwar nicht geändert, nur würde er unter diesen Voraussetzungen schwierig durchzuführen sein. Sollten sie durch die Lande marschieren und wildfremden Leuten eine Geschichte mit Portalen auftischen? Das war nicht nur wenig Erfolg versprechend, sondern würde höchstwahrscheinlich dazu führen, dass man sie für verrückt hielt. Wer weiß, vielleicht sperrte man Verrückte hier gar ein.

Raukelunk sagte: »Du hast recht, Finn, das ist keineswegs eine leichte Situation, in der ihr euch da befindet. Aber euch bleibt nichts anderes übrig, als euch auf den Weg zu machen und Nachforschungen anzustellen.«

»Und wo sollen wir mit den Nachforschungen anfangen?«

Decora hob fragend die Hände und vergaß dabei, dass Raukelunk sie nicht sehen konnte.

»Eines ist sicher«, antwortete der Bacarit. »Hier im Lampignon-Wald werdet ihr nicht weit kommen. Ihr müsst in die Städte reisen und dort mit Leuten sprechen, die sich mit Mysterien, alten Legenden und Geschichten auskennen. Vielleicht kann man euch sagen, wo große Bibliotheken mit altem Buchbestand zu finden sind. Ich bin sicher, dass es das Beste sein wird, wenn ihr in Weit-Alon mit eurer Suche beginnt. Weit-Alon ist die nächstgelegene

Königsstadt in diesem Teil Telluriscors. Sie beherrscht die Siebenbrot-Länder und die Heideländer – ein ziemlich großes Territorium und dazu sehr bevölkerungsstark. Ihr müsst wissen, im Süden hinter dem Wandernden Wald liegt das Meer und im Norden erstreckt sich von Westen nach Osten eine gewaltige Landenge bis zur nächsten Küste. Weit-Alon liegt von uns aus gesehen im Westen und ist umgeben von vier weiteren, recht großen Städten, die unter seiner Herrschaft stehen. Der Fluss Alon, von dem die Stadt ihren Namen hat, fließt nahe an ihren Mauern und bildet die Schiffsverbindung zur Küste im Norden. Bis zum Stadttor reist man von hier aus ungefähr eine Woche – vorausgesetzt, man ist ein tüchtiger Wanderer.«

Finn und Decora tauschten erschrockene Blicke aus.

Decora sagte: »Eine Woche ist ein ganz schön langer Marsch!«

»Wenn man ein tüchtiger Wanderer ist«, fügte Finn hinzu.

Raukelunk sagte: »Es tut mir leid, ihr beiden. Aber ich sehe keine andere Möglichkeit. Ich war zwar schon seit Jahren nicht mehr in Weit-Alon und komme eigentlich nie aus den Wäldern heraus, da meine einzigen Ziele die Lichterstadt und manchmal die Befestigungen Felsgau und Steingau sind. Dennoch kann ich mich erinnern, dass es eine Gilde in Weit-Alon geben soll, die sich mit Mysterienkulten, also den Riten und Bräuchen untergegangener Völker, beschäftigt: Die Inobliten.«

»Also so eine Art Historiker-Gilde?«, fragte Finn.

»Genau, etwas in der Art. An eurer Stelle würde ich sie aufsuchen. Und – wenn ich mir erlauben kann, das zu sagen – viele Wahlmöglichkeiten habt ihr sowieso nicht.«

Raukelunk schmunzelte. Finn wusste nicht, ob er sich freuen sollte. Aber wenigstens war ihrem Gastgeber zum Lachen zu Mute und es machte ihn doch neugierig, welche Art von Historikern sich wohl auf Telluriscor befanden.

»Was meinst du, Finn?«, fragte Decora unsicher.

»Vermutlich hat Raukelunk recht«, antwortete er. »Was sollen wir schon anderes machen? Und vielleicht haben wir ja Glück und finden jemanden von dieser Gilde, der uns weiterhelfen kann. Warum auch nicht? Historiker gibt es auf der Erde zumindest wie Sand am Meer. Irgendwer lebt doch immer für die Vergangenheit. Auf Aethra gibt es doch mit Sicherheit auch welche, oder nicht?«

»Wir hatten sogar früher, bevor all die schrecklichen Dinge passierten, Gelehrte am Hof, die sich mit der Erforschung unserer Ahnen beschäftigt haben. Wie hätten wir auch sonst eine so enorme Bibliothek mit Büchern gefüllt!«

Decoras Blick hellte sich ein wenig auf. Finn fragte: »Wie genau kommen wir denn nach Weit-Alon? Und wer regiert dort?«

Raukelunk verzog den Mund: »Das ist wohl erst mal die größte Hürde. Wie ich schon sagte, es gibt keinen anderen Weg hier heraus, als den Wandernden Wald zu durchqueren – es sei denn, man verfügt über ein Portal.«

Finn und Decora lächelten gequält. Raukelunk hatte wohl witzig sein wollen. Dann wurde er wieder ernst.

»Ihr dürft den Weg durch den Wandernden Wald nicht auf die leichte Schulter nehmen, glaubt mir!«

Der Bacarit grinste bitter und schnaubte.

»Aber ihr müsst euch dieser Herausforderung stellen. Von hier aus geht euer Weg nach Westen. Ihr kommt auf eurer Wanderung durch den Wandernden Wald auch nach Felsgau. Wenn ihr dort ankommt, habt ihr bereits etwas mehr als die Hälfte des Weges durch den Wald geschafft. Habt ihr den zweiten Teil auch hinter euch gelassen, kommt ihr rasch zu den riesigen Wiesen- und Weidelandschaften des Westens. Dort ist es friedlich und die Gegend ist von allen Seiten gut geschützt durch Gebirge und Flüsse, beziehungsweise durch das Meer weit im Norden. Ab dort werdet ihr keine Probleme mehr haben, Weit-Alon zu erreichen. Die Wege sind breit und werden oft von Händlern und Reisenden benutzt. Ihr könnt euer Ziel praktisch nicht verfehlen. Der König in Weit-Alon heißt Renkeja. Er ist ein Mensch, regiert aber auch über alle anderen Völker. Seine Herrschaft dauert jetzt schon an die 30 Jahre und er ist sehr beliebt. Er hat einen Sohn, Kiran, der schon seit geraumer Zeit bereitsteht, in seine Fußstapfen zu treten. Leider ist es Renkeja noch nicht vergönnt, seinen Thron abzugeben. Das Königreich befindet sich bereits seit vielen Jahren im Krieg mit dem Triumvirat der drei Königinnen vom Schneegebirge, das im Norden an das Reich grenzt.«

Raukelunk musste wohl fühlen, wie erschreckt Finn und Decora über die plötzliche Erwähnung eines Krieges waren, und versicherte ihnen: »Obwohl Krieg herrscht, besteht zum Glück keine Gefahr für die Bewohner des Königreichs. Die sogenannten Grenzberge bilden einen natürlichen Wall zwischen beiden Territorien und die einzigen Kriegshandlungen äußern sich im Besetzen der Außenposten in und um die Grenzberge. Ich denke, dass keine der beiden Parteien es wagt, dem anderen im Feld gegenüberzutreten, da man sich des Ausgangs nicht sicher sein kann. Leider bringt es der Krieg mit sich, dass wir keine Waren mehr aus dem Norden bekommen können und umgekehrt auch nichts mehr in den Norden exportieren. Das einzige Glück dabei ist, dass es die Königinnen wesentlich schlimmer trifft als uns: Im Gegensatz zu unseren fruchtbaren Sieben-Brot-Ländern ist es für sie viel schwieriger, in den rauen Gegenden des Nordens genügend Getreide für das Volk zu bekommen. Wir müssen nur auf eines verzichten: Hinter den Schneebergen und dem Schollenmeer liegen die Weiten der Schneeapfel-Felder. Ihr müsst wissen, Schneeäpfel sind einfach unglaublich. Man erntet sie dort das ganze Jahr über. Sie zeichnet ein überaus eigentümlicher Geschmack von fruchtigem Apfelaroma, eiskaltem Zimt und Nüssen aus.«

Raukelunk kam ins Schwärmen.

»Sie bleiben in jedem Klima, auch nachdem man sie abgeerntet und in den warmen Süden gebracht hat, eine ganze Zeit lang gefroren. Das macht sie auf ganz Telluriscor besonders für die Kinder zu der beliebtesten Süßspeise überhaupt. Selbst wenn bei uns Winter ist, bekommt man nicht genug von den Schneeäpfeln. Schon seit all diesen Jahren müssen die Kinder auf die Schneeäpfel verzichten und selbst viele junge Erwachsene sind sogar noch nie in ihren Genuss gekommen. Ihr müsst euch mal vorstellen: Letztes Jahr haben mir ein paar Gwillinge erzählt, es gäbe Züchter im ganzen Land, die versuchten, Schneeäpfel hier bei uns nachzuzüchten – aber ohne Erfolg. Auch das Zubereiten von normalen Äpfeln nach der besonderen Art der Schneeäpfel soll von keinem durchschlagenden Erfolg gekrönt sein …«

»Warum herrscht denn überhaupt Krieg? Und wenn sich beide Parteien in einem ausgewogenen Kräftemaß befinden, warum schließt man keinen Frieden?«, fragte Decora.

»Ich wünschte, ich könnte euch darüber eine genaue Auskunft geben. Über die Kriegsursache habe ich lange nachgegrübelt. Sicherlich wissen aber die engsten Vertrauten des Königs und vielleicht auch die Bürger von Weit-Alon besser Bescheid als ich. Mehr als Gerüchte habe ich hier im Wald jedenfalls nie zu Ohren bekommen … Es sind die Königinnen, die durch ihre Handlungen den möglichen

Frieden blockieren! Renkeja versteht es aber, das alles nicht zu sehr aufzubauschen. Ich bin zuversichtlich, dass er es irgendwann schafft, eine friedliche Lösung des Konflikts herbeizuführen. Das Volk steht in jedem Fall hinter seinem König. Schließlich führt er uns schon seit 30 Jahren weise und klug.«

Finn verdrängte den Gedanken an Krieg und an die geheimnisvollen Königinnen, indem er sich ausmalte, einen dieser schmackhaften Schneeäpfel zu kosten. Er konnte am Krieg ohnehin nichts ändern. Auch Decora bohrte nicht mehr weiter nach.

Raukelunk sog Luft ein und räusperte sich. »Nun Decora und Finn, ich glaube, es wird das Beste sein, wenn ihr euch noch heute auf den Weg macht. So gerne ich auch Besuch habe, ich glaube, dass es für euch wesentlich besser ist, eher früher als später mit eurer Suche anzufangen.«

Finn betrachtete Decora. Sie sah überrascht aus. Vor einer Minute war Raukelunk noch mitten in seinen Erzählungen versunken gewesen und nun wollte er, dass sie aufbrachen.

Finn warf ihr einen aufmunternden Blick zu, der seine Unsicherheit aber nicht gänzlich verbergen konnte.

Dann wandte er sich an Raukelunk: »Eine Bitte habe ich noch – aber sie ist wahrscheinlich etwas indiskret …«

»Nur zu!«, ermutigte ihn der Bacarit. »Also schön«, begann Finn und holte tief Luft. »Dürften wir dein Haus einmal vollständig anschauen? Ich würde gerne in das zweite Zimmer schauen und auch sehen, was darunter liegt. Ich habe mir gedacht, wenn ich schon so ein Abenteuer erlebe, dann will ich es auch richtig auskosten!«

Decoras Augen leuchteten auf, als sie diesen Vorschlag hörte. Raukelunk stand lächelnd auf und wies mit seiner hölzernen Hand in Richtung Nebenraum.

»Es ist mir eine Ehre, euch mein Haus zu zeigen! Und du hast recht, du solltest so viel von deiner Reise mitnehmen, wie du nur kannst. Das gilt übrigens für jede Situation, mein junger Freund! Und schließlich bekommt man ja auch nicht alle Tage die Gelegenheit, zu Gast bei einem Bacariten zu sein. Zumindest, wenn man von Aethra oder der Erde kommt!«

Er gluckste zufrieden.

Das Nebenzimmer, das Finn von der Bank nicht vollständig hatte einsehen können, war auch ziemlich erstaunlich: Überall in den Regalen standen Gefäße mit den seltsamsten Früchten und leuchtenden Flüssigkeiten. Auf der Rückseite des Hauses war ein zweites Fenster in die Wand eingelassen. Allerdings war darin kein Glas eingefasst, sondern es war mit allerlei Pflanzen bewachsen, die Raukelunk mit seinen unglaublichen Fähigkeiten kontrollieren konnte, sodass sie je nach Bedarf unterschiedlich dicht wucherten. Die winzigen Pelztiere, die Finn und Decora schon kannten, wuselten hier emsig umher und benutzen diese Stelle als Aus- und Eingang.

Dann stiegen sie die Stufen hinab in den Keller. Dieser war viel größer und unübersichtlicher, als sie vermutet hatten: Wäre Raukelunk nicht vor Finn und Decora gegangen, hätte ihnen durchaus mulmig werden können. Der Keller war in viele kleine Räume unterteilt, die durch enge Gänge miteinander verbunden waren. Licht fiel nur spärlich durch die Treppenluke in das unterirdische Reich des Bacariten – aber Raukelunk brauchte es ja auch nicht.

Decoras funkelnde Augen waren ausgezeichnete Lichtspender und Finn drückte sich eng an die Lunata.

Seltsame Wurzeln hingen von der Decke, bewegten sich wie Schlangen hin und her und verbanden sich mit anderen umherschlängelnden Wurzeln. Finn vermutete, dass dies der Grund war, warum der Artenreichtum der Pflanzen im Wald so groß war. Vielleicht entstanden hier ganz neue Pflanzenarten, indem sie sich in einer unterirdischen Symbiose zusammenfanden!

Aus dem Erdboden wuchsen Pilze, die blau und grün glommen und unentwegt summten und brummten, aber immer nur dann, wenn man ganz genau hinhörte. Die meisten dieser ungewöhnlichen Pilze waren sehr klein.

»Ich züchte die Pilze für die Gwillinge«, erklärte Raukelunk. »Wenn einer von ihnen zu Besuch kommt, koche ich ein leckeres Essen daraus. Sie wachsen nur unter der Erde. Überall unter dem Lampignon-Wald sind Hohlräume, in denen man sie finden kann. Natürlich wachsen sie auch in der Lichterstadt, aber die meisten Gwillinge sind nicht sehr wählerisch beim Essen. Wenn es ihnen einmal schmeckt, schmeckt es ihnen immer. Also gibt es beim Gwillingbesuch stets dasselbe. Wenn sie erst einmal reif sind, dann erntet man sie am besten sofort. Im nächsten Jahr werden die Pilze dann noch viel schöner und saftiger, denn sie haben so mehr Zeit, sich zu erholen und neue Nährstoffe aus dem Boden zu ziehen.«

Decora war verzückt von der unterirdischen Pracht. Sie blieb überall stehen und befühlte sogar einige der schlängelnden Wurzeln, denen Finn aus dem Weg zu gehen versuchte. Trotzdem fiel ihm etwas auf.

»Warum leuchten die Wurzeln denn nicht? Du hast doch gesagt, dass die Leuchtkraft des Waldes eigentlich in den Wurzeln der Pflanzen steckt – und dass deshalb die unterirdischen Stollen der Lichterstadt so prächtig sind. Aber hier ist es dunkel.«

»Du hast gut aufgepasst, Finn«, freute sich Raukelunk. »Aber wie du siehst, stehen hier die meisten Wurzeln miteinander in Verbindung. Das Licht fließt geradewegs durch diese Verbindungen und läuft schließlich in der Mitte des Berges zusammen. Erst dort entfaltet es sich. Als man vor Jahrhunderten die Geheimnisse des Waldes entschlüsselte, entdeckte man dieses seltsame Phänomen. Oberhalb der Erde sind die Lichter zwar überall zu sehen, aber unter der Erde gibt es sie nur im Zentrum des Berges – dafür sind sie dort umso heller. Das ist auch der Grund, warum die Lichterstadt der Gwillinge genau an dem Ort gegründet wurde, an dem sie sich heute befindet.«

Finn und Decora erfuhren auch, dass die Pilze zu Raukelunks Leidwesen nicht an seinem Körper wuchsen, was die Sache mit den Besuchen der Gwillinge vereinfacht hätte. Aber die Pilzzucht hatte auch ihre Vorteile, denn sie war für den Bacariten zu einer Art Hobby geworden.

Nachdem sie in alle Winkel des Kellers geschaut hatten, wurde es Zeit, sich von Raukelunk zu verabschieden. Als Geschenk gab Raukelunk ihnen zwei große Gläser. Das eine beinhaltete Pilze aus Raukelunks Keller. Wenn man sich konzentrierte, konnte man sogar an der Außenseite des Glases das Brummen der Pilze spüren: Das Glas vibrierte ganz sacht in der Hand.

Als Raukelunk ihnen das zweite Glas brachte, konnten Finn und Decora ihren Augen nicht trauen. Es war randvoll mit leuchtenden, dicken Bitterbeeren. Zuerst wollten die beiden das überaus großzügige Geschenk nicht annehmen. Raukelunk konnte sie aber überreden, es als Zeichen für eine gute Erinnerung an ihn mitzunehmen und es als hilfreichen Wegbereiter für ihre Reise zu betrachten.

Alle drei standen in Raukelunks Haus und wussten nicht recht, was sie sagen sollten. Trotz der nur kurzen Zeit, die sie sich kannten, hatten Finn und Decora den Bacariten ins Herz geschlossen. Sie fragten sich, warum er auf einmal einen so schnellen Abschied wollte. Decora verstaute die Gläser in ihrer Umhängetasche und überreichte sie Finn, der ihr angeboten hatte, die Tasche zu tragen.

Plötzlich fiel Raukelunk noch etwas ein. »Wartet noch einen Moment, ihr beiden!«

Der Bacarit drehte sich um. Er legte seine rechte Hand auf den Boden und sofort verband sie sich mit dem Holzboden. Seine Blätter raschelten, als wenn Wind durch die Hütte wehte, aber die Tür war ja verschlossen. Flugs kamen zwei der winzigen Pelztiere angehuscht und kletterten seinen Arm herauf. Sie piepsten leise und blieben auf seiner Schulter sitzen.

Decora war entzückt. »Stimmt, wir wollten dich ja noch fragen, was das für Wesen sind. Beinahe hätten wir das vergessen.«

»Na, das trifft sich ja gut«, sagte Raukelunk. »Ich glaube, ich kann euch die erste Etappe eurer Reise etwas erleichtern. Ich habe einen Bekannten in Felsgau. Er ist ein Troll und heißt Fred.«

Finn konnte ein Lachen nicht unterdrücken. Ein Troll mit dem Namen Fred? Raukelunk indes ließ sich nicht beirren.

»Fred ist, wenn man es so ausdrücken will, eine Art Freund für mich. Allerdings sehe ich ihn nicht oft. Er kommt nur selten auf dem Weg in die Lichterstadt bei mir vorbei. Gegenüber Fremden ist er nicht sehr aufgeschlossen. Wir haben damals eine ganze Weile gebraucht, um uns besser zu verstehen. Wie ihr kam er eines Abends an meine Tür, weil er ein Quartier für die Nacht brauchte. Wäre es damals nicht tiefster Winter gewesen, wäre er wohl auch nicht auf die Idee gekommen, um eine Bleibe zu bitten. Auf jeden Fall schwärmt er seit diesem ersten Besuch von meinen kleinen Freunden hier. Es sind *Murmler*. Sie sind wirklich sehr liebe Tiere und ich glaube, wenn ich euch zwei von ihnen für Fred mitgebe, dann wird er sich darauf einlassen, euch für ein oder zwei Tage aufzunehmen.

Bestellt ihm einfach schöne Grüße von mir und überreicht ihm euer Gastgeschenk!«

»Vielen Dank!«, sagte Decora.

Finn überlegte. »Sag mal, Raukelunk, glaubst du, dass wir unsere Geschichte besser für uns behalten sollten? Vielleicht ist es keine gute Idee überall direkt mit der ganzen Wahrheit um die Ecke zu kommen.«

Raukelunk zögerte einen Augenblick. »Darüber habe ich auch nachgedacht und ich glaube, dass es wohl besser ist, wenn ihr eure Situation nicht jedem auf die Nase bindet. Manche könnten wohl glauben, ihr wolltet euch wichtig machen oder vielleicht sogar, dass ihr verrückt seid.«

Decora seufzte.

Raukelunk sagte: »Natürlich werdet ihr auch auf Leute treffen, denen ihr gefahrlos alles anvertrauen könnt. Aber ihr solltet immer auf der Hut sein. Schließlich seid ihr auf einer Art Mission. Und so wie ich das sehe, sollte diese Mission besser nicht scheitern – um euer beider Glück willen. Wenn ihr Informationen oder etwas anderes von den Leuten bekommen wollt, dann geht behutsam vor und verschreckt sie nicht gleich. Ansonsten wird es schwer jemandes Vertrauen zu erlangen. Nun solltet ihr aber gehen. Eure erste Feuerprobe wartet schon auf euch. Und das im wahrsten Sinne des Wortes.«

Raukelunk lachte, aber seine Mimik ließ keine Freude, sondern vielmehr Anteilnahme erahnen.

Finn malte sich in Gedanken den Wandernden Wald aus. Er glaubte, dass dieser weit weniger schrecklich und einfacher zu durchqueren sei, als Raukelunk es dargestellt hatte. Decora war dicht an Finn herangerückt. Behutsam schob der Bacarit sie zur Tür der Hütte. Kurz davor hielt er noch einmal inne.

Feierlich sagte er. »Ihr werdet euren Weg schon finden, davon bin ich überzeugt. Geht immer nach Westen, dann kommt ihr nach Weit-Alon. Ihr wart eine Nacht Gast in meinem Haus. Auch wenn ihr unfreiwillig zu mir kamt, habe ich eure kurze Gesellschaft doch genossen und von eurer abenteuerlichen Geschichte kann ich sicherlich noch eine ganze Zeit zehren.«

Schließlich überreichte er jedem von ihnen einen kleinen Murmler. Sie fühlten sich warm und weich an und huschten eilig an ihnen empor, um sich in ihren Nacken zu versteckten.

»Die Murmler können ruhig die ganze Zeit auf euch sitzen bleiben. Ihr werdet euch schnell daran gewöhnen und sie werden weder weglaufen noch hinunterfallen. Macht euch nur keine Gedanken um sie. Auch wenn ihr schlaft, bleiben sie immer in eurer Nähe und kommen nach kleinen Ausflügen zu euch zurück. Das geht so lange, bis ihr sie einer anderen Person übergebt. Wenn sie euch doch einmal stören oder zu sehr kitzeln, könnt ihr sie auch einfach in eine Tasche stecken. Wenn sie beim Wandern von euch herunterkrabbeln, dann denkt euch nichts dabei, sie holen sich dann wahrscheinlich etwas zu essen. Sie finden überall Nahrung, auch darum müsst ihr euch also nicht kümmern. Sie haben noch keine Namen in unserer Sprache, also wenn ihr ihnen welche geben wollt, könnt ihr das gerne machen. Ich habe nichts dagegen und Fred kennt sie ja noch nicht.«

Der Bacarit öffnete die Tür und begleitete die beiden ins Freie. Die Sonne stand hoch am Himmel. Sie war über der kleinen Lichtung von Raukelunks Haus deutlich zu sehen. Es war ausgesprochen warm und kaum ein Lüftchen wehte. Die Pflanzen und Bäume am nahen Waldrand waren prächtig anzuschauen und Vögel zwitscherten vergnügt vor neugierigen Augen verborgen in ihren

Zweigen und Blättern. Raukelunk deutete in Richtung Westen. Bei diesem herrlichen Wetter und mit ihrem Proviant in der Tasche zweifelte Finn plötzlich nicht mehr daran, dass sie bald in Weit-Alon ankommen würden, und auch Decora sah zuversichtlich aus.

Decora umarmte Raukelunk zum Abschied. Finn tat es ihr gleich. Die Blätter des Bacariten raschelten dabei, als ob sie sich freuten.

Dann drehten sie sich um und verließen die Hütte und ihren neuen Freund. Sie machten sich auf nach Westen und blickten nicht noch einmal zurück.

Reime am Waldrand

Finn und Decora wanderten unbeschwert durch den idyllischen Lampignon-Wald. Sie dachten über passende Namen für ihre zwei kleinen Begleiter nach und stritten sich ausgelassen.

Der Tag flog an ihnen vorüber und ganz plötzlich, als die Sonne am Himmel immer röter wurde, erinnerten sie sich an den Vortag: Bald würde der Abend aufziehen, das Leuchten der Blätter würde erlöschen und die Dunkelheit würde sich um sie herum ausbreiten. Bei diesem Gedanken wurden sie einsilbiger. Sie rückten im Gehen näher aneinander und spendeten sich auf diese Weise Mut.

Ein kleines Rinnsal kreuzte ihren Weg. Decora war gerade im Begriff, einige Schlucke daraus zu nehmen, vielleicht auch deswegen, weil sie das freundliche Plätschern des Wassers als gutes Omen ansah. Finn beobachtete sie dabei. Als sie sich dessen bewusst wurde, sagte sie: »Oh nein! Nicht dieses Mal. Ich kann auch trinken, ohne mich dabei zu verschlucken.«

»Na dann mal los«, forderte Finn sie auf.

Unter seiner Beobachtung ging die Lunata besonders umsichtig beim Trinken vor. Als sie es ohne Zwischenfall geschafft hatte, grinste sie schief und streckte Finn die Zunge heraus. »Pass bloß auf!«, neckte dieser. »Ich habe gehört, dass man sich auch dabei verschlucken kann!«

Dann leerte er das Pilzglas, legte die Pilze behutsam auf den

Boden und füllte das Glas mit Wasser auf. Er ließ eine Bitterbeere hineinfallen. Augenblicklich verfärbte sich das Wasser blutrot und der Bitterbeerensaft war fertig. Sie scheuten sich nicht, die Bitterbeere zu verbrauchen. Das Glas mit den Beeren war randvoll und Decora war überhaupt nicht auf herkömmliche Nahrung angewiesen. Finn würde lange über die Runden kommen.

Er entschied sich für den Geschmack von Nudelauflauf. Zum Nachtisch erdachte er sich eine große Portion Schlauchnüsse, die einen bleibenden Eindruck bei ihm hinterlassen hatten. Er genoss seine Mahlzeit sehr. Dabei fiel ihm ein weiterer Vorteil der Bitterbeeren auf: Durch das Trinken dauerte die ganze Angelegenheit nicht sehr lange und man sparte viel Zeit.

Decora schlug vor, dem Bach ein kleines Stück zu folgen, um zu sehen, ob sich eine breitere und tiefere Stelle finden würde. Beide hatten sich seit dem Vortag nicht mehr gewaschen. Und ihre Kleidung hatten sie auch nicht gewechselt. Finn rümpfte die Nase, als Decora seinen Blätterwams *Kleidung* nannte.

Also folgten sie dem Rinnsal. Finn verlockte die Aussicht auf ein Bad im kühlen Wasser. Es war immer noch warm und er schwitzte. Zusätzlich stellte er sich Decora vor, wie sie sich in einem lauschigen Waldsee ihrer Kleider entledigte und … War es tatsächlich wieder so weit? Spukte sie schon wieder in seinem Kopf herum? Er sollte sich lieber darauf konzentrieren, sich den Weg einzuprägen, damit sie später wieder in die richtige Richtung zurückmarschieren konnten.

Sie hatten Glück. Schnell gelangten sie an eine Stelle, an der das Wasser etwas tiefer war. Die Ufer des Baches liefen wabenförmig auseinander und wölbten sich erst in einiger Entfernung wieder zusammen. Über dem Bachlauf wuchsen die Äste der Bäume von beiden Uferseiten aufeinander zu. Ringsherum standen sie dicht beieinander und wurden von Büschen und Sträuchern flankiert. Die Sonne hatte es hier schwer, durch das Blätterdach zu gelangen. Nur die Blätter selbst hüllten den Bach in warmes Licht. Das Wasser plätscherte gemächlich vor sich hin. Auf dem Grund schimmerten sandfarbene Steine.

Decora war begeistert von der Stelle.

»Ich fange an!«, rief sie munter und grinste. »Du kannst dir in der Zwischenzeit ja schon mal neue Kleider suchen. Ich werde nach dem Bad wieder die alten Sachen anziehen.«

Es amüsierte sie, dass Finn verdutzt und unentschlossen dastand und sich hilflos umschaute.

»*Fiiinn,* ich werde mich zum Baden schon ausziehen müssen …«

»Ja … *okay* …!?«

Ein bisschen begriffsstutzig war er ja schon!

»Und deshalb, mein Herr Ritter«, vollendete Decora ihren Gedanken, »solltest du nun erst einmal verschwinden. Ich rufe dich dann, wenn ich fertig bin.«

Sie funkelte Finn an, dem das Blut in die Wangen schoss und der sich schnurstracks umdrehte.

Er stakste in den nahen Wald und machte sich mit Inbrunst über verschiedene Pflanzen her, um sie auf ihre Kleidungstauglichkeit hin zu überprüfen.

Decora grinste und blickte ihm eine Weile hinterher. Dann ging sie nah ans Ufer und streifte ihre Kleidung vom Körper. Behutsam setzte sie ihren Murmler auf den Boden. Als sie ihre Zehenspitzen ins Wasser hielt, spürte sie, wie kühl es war. Doch das machte ihr nichts aus: Wie lange hatte sie schon nicht mehr draußen sein können und die Natur genossen? Zielstrebig schritt sie in die Mitte des Baches. Kurz überlegte sie, ob sie sich umdrehen sollte, um zu überprüfen, ob Finn sie vielleicht beobachtete. Sie entschied sich allerdings dagegen, lächelte, schloss ihre Augen und tauchte genüsslich in das kalte Wasser.

Finn suchte in Hörweite des Baches weiter nach neuen Blättern für seine Kleidung.

Warum hatte er sich so dümmlich verhalten? Ärgerlich riss er ein paar Blätter ab und knotete sie ungeschickt aneinander. Unentwegt dachte er an die badende Lunata und lauschte dem Rauschen des Wassers. Sie musste ihn doch für einen echten Trottel halten. Glaubte sie jetzt, dass er zusammen mit ihr hatte baden wollen?

»Und was glaubst du? Bist du vielleicht auch davon überzeugt, dass ich ein Trottel bin?« Er setzte er sich unter einen Baum und beobachtete seinen Murmler, der auf den Boden gehüpft war und genüsslich an einem winzigen Blatt knabberte.

»Solche bescheuerten Probleme wie wir hast du nicht, oder?«

Der Murmler streckte seinen winzigen Kopf in die Höhe und spitze die Ohren.

»Du siehst fast so aus, als ob du mich verstehen könntest.«

Finn schüttelte den Kopf.

»Ich meine natürlich nicht nur unsere Dimensionsprobleme und die völlig unmöglich zu lösende Portal- und Kelpengeschichte.«

Finn gestikulierte, während der Murmler ihn weiterhin im Blick behielt und dabei kaute.

»Ich meine *unsere* Probleme. Männerprobleme! Da kennt man ein Mädchen kaum einen Tag und schon verhält man sich wie der letzte Idiot. Warum müssen Frauen auch so anziehend auf uns wirken? Kannst du mir das vielleicht mal erklären? Und jetzt badet sie auch noch in einem kristallklaren Bach mitten in dieser …«

Er ruderte hilflos mit den Armen und suchte nach den richtigen Worten: »… in dieser Waldidylle! So eine Vorstellung kann einen doch schon mal aus dem Konzept bringen, oder was meinst du?«

Der Murmler hatte sich wieder gänzlich seinem Blatt gewidmet und schmatzte leise.

»Moment mal, bist du überhaupt ein Kerl?«

Finn seufzte.

In der Entfernung hörte er Decora nach ihm rufen.

»Tja, jetzt ist sie fertig. Zeit, mich mal wieder ein bisschen lächerlich zu machen«, erklärte er und klaubte frustriert seine neuen Blätter vom Boden. Der Murmler sah ihn fragend an und Finn musste über sich selbst lachen.

Er stand auf. Der Murmler sprang an sein Bein und kletterte flink an seinem Körper zur Schulter hinauf, um mit seiner Schnauze leicht Finns Hals zu stupsen.

»Danke für deinen Trost, Kumpel«, sagte er. Dann machte er sich auf den Rückweg zum Bach.

Decora war bereits wieder in ihre Kleider geschlüpft. Ihre nassen Haare klebten an ihrem Hals. Er vermied es, das nass und eng an ihr klebende Oberteil anzusehen.

»Ist schon in Ordnung«, sagte sie und blickte selbst etwas verlegen zu Boden. »Ich warte dann auch mal im Wald. Ruf mich, wenn du fertig bist, Finn.«

Finn nickte. Er mochte es, wenn sie ihn direkt mit seinem Namen ansprach. Überhaupt fand er, dass alle Menschen in seinem bisherigen Leben vor dem Gebrauch von Vornamen zurückgeschreckt waren. Er konnte sich nicht erklären, warum das so war. Jeder, den er kannte, hätte wahrscheinlich bloß *Ruf mich, wenn du fertig bist* gesagt. Aber gerade der Zusatz eines Namens machte einen Satz erst persönlich. Es war nicht viel, dennoch bedeutete es ihm etwas. Dadurch, dass sie seinen Namen aussprach, machte sie ihre Verbindung stärker. Lächelnd stieg er in den Bach.

Finn brauchte nicht lange: Das Wasser war ziemlich kühl und sie hatten noch wer weiß wie viel Weg vor sich. Das Waschen hatte ihn erfrischt und er zog sich seine neue, kratzende Blätterrobe über den Kopf. Dann rief er nach seiner Begleiterin.

Sie machten sich sogleich auf den Rückweg zu der Stelle, an der sie ihren ursprünglichen Weg verlassen hatten. Ihnen blieb noch etwa eine weitere Stunde, bis die Dämmerung einbrechen würde.

Die Sonne war jetzt deutlich größer am Horizont direkt vor ihnen. Das strahlende und einladende Abendrot gaukelte Finn und Decora eine Sicherheit vor der hereinbrechenden Nacht vor. Wenn sie sich beeilten, konnten sie noch ein gutes Stück des Weges zurücklegen. Ihre Schritte wurden immer schneller und sie unterhielten sich nur noch wenig.

Finn überlegte, wie lange sie an diesem Tag wohl gewandert sein mochten. Im Stillen rief er sich die Strecke und ihre Eigenarten noch einmal ins Gedächtnis. Er war so in Gedanken versunken und bemerkte nicht einmal, dass es schon dunkelte.

Finn schwankte bei der Einschätzung ihrer Wegstrecke zwischen zehn und fünfzehn Kilometern, als Decora ihn irgendwann sacht in die Seite stieß und stumm stehen blieb. Finn erwachte aus seinen Gedanken und sah, was da dunkelblau, durchbrochen von goldenen Punkten, in der Nacht vor ihnen lag: Sie hatten die Grenze des Lampignon-Waldes erreicht und waren am Rande des Hochplateaus angelangt.

Er traute seinen Augen kaum. Sie mussten zum Schluss wirklich zügig unterwegs gewesen sein, so viel war klar. Vor ihnen lag nur noch ein kleines Stück Wald, an dessen Ende sich abrupt die Baumgrenze anschloss. Jenseits der Bäume war nur der Nachthimmel zu sehen.

Decora und Finn waren aus dem Wald heraus schräg auf einen befestigten Weg aufgelaufen, der leicht aufwärts führte. Finn hatte den Eindruck, dass der Wald auf dem Weg ins Innere immer tiefer und dichter wurde, was in gewisser Weise auch stimmte, wie sie nun wussten. Am Ende des Weges sahen die beiden deutlich eine Wiese, die sich hinter dem Waldrand ausbreitete und danach jäh abzufallen schien. Dahinter musste die Steilwand sein!

Hinter dem Rand erkannten sie nichts als einen endlos weiten Raum, der hin und wieder von dunklen Wolken durchzogen wurde, die im Widerschein der Sterne schimmerten. Hier und dort tauchten große Schatten hinter den Wolken auf und verschwanden dann wieder.

»Sieh nur, Finn«, flüsterte Decora ehrfürchtig. Auch Finn fühlte, wie erhaben dieser Anblick war.

»Kannst du die Papageien sehen? Sie machen gar keine Geräusche so wie gestern.«

Decora verstummte und Finn wusste nicht, ob sie noch etwas sagen wollte.

Er war froh, hier zu sein. Er war froh, dass sie neben ihm stand. Finn fasste ihre Hand und sie erwiderte seine Geste. Ihre Finger schlossen sich fest um seine.

»Lass uns weitergehen«, flüsterte er. »Wir sollten an den Rand gehen. Ich möchte sehen, wie die Welt außerhalb des Waldes aussieht.«

Finn ging los und Decora folgte ihm.

Deutlich waren nun viele Papageien zu erkennen, die durch die Lüfte flogen. In den feuchten Wolken spiegelten sich die silbernen Lichttupfer des Mondes. Der kühle Wind wehte ihnen über die Klippen der Steilwand ins Gesicht. Sein Pfeifen klang wie ein fremdes Lied.

Mit gewaltigen Flügelschlägen erhob sich ein Papagei aus der Luft vor der Steilwand, flog heran und zog über Finn und Decora dichte Kreise. Der große Vogel besaß eine Spannweite so breit wie ein kleines Haus und wirkte in der Nacht wie ein Fossil aus der Urzeit. Finn und Decora wagten kaum zu atmen, als der Vogel dicht über ihnen hin und her glitt. Sein riesiger, gewölbter Schnabel funkelte silbergrau. Er kam ihnen so nahe, dass sie deutlich erkennen konnten, wie leuchtend orangefarben das Gefieder im hellen Tageslicht sein musste. Offenbar fühlte er sich nicht von ihnen bedroht oder wollte sich nicht näher mit ihnen beschäftigen. Sie atmeten auf, als sich das riesige Tier wieder entfernte und in den Schwarm zurückflog.

Finn sagte, wohl eher um sich selbst als Decora zu beruhigen: »Sie sind nicht gefährlich. Denk daran, was Raukelunk gesagt hat. Und überleg' mal, die Papageien sind die einzige Möglichkeit von hier wegzukommen!«

»Wer würde denn von hier wegwollen?«, fragte Decora. Sie fasste Finns Hand noch etwas fester. Sie stand leicht vor ihm und drehte sich dann zu ihm um.

Ihre Augen blitzen so hell, dass sie ebenjenes in Finn zu wecken vermochte, was er zuvor nur dem Horizont, den Gestirnen und der Weite zugetraut hatte: Ein tiefes, schönes Gefühl der Sehnsucht. Selbst Decoras wehendes Haar leuchtete – so direkt unter dem Mond – silbern.

Decora lächelte scheu. Und dabei musste sie doch wissen, was sie für Kräfte besaß. Oder etwa nicht?

»Lass uns ganz an den Rand gehen«, schlug sie vor. »Pack deinen Murmler in die Tasche, damit er uns nicht verloren geht.«

Diesmal ging sie voran und zog Finn sanft mit sich. Keiner von ihnen sprach, aber das war auch nicht nötig. Sie waren zufrieden, in diesem Moment beieinander zu sein. Insgeheim dachte Finn, dass schon alles gut wäre, wenn er Decora nicht verlieren würde.

Vorsichtig machten sie ihren Weg in Richtung Klippenrand. Die Schatten der Papageien wurden größer und der Wind blies heftiger in ihre Gesichter als noch am Waldrand. Das vorherige Säuseln verwandelte sich beständig in einen gewaltigen Chor mit lockenden und unbekannten Stimmen. Je mehr sie sich dem Rand der Schlucht näherten, ahnten sie, wie tief es tatsächlich hinuntergehen würde.

Dann waren es nur wenige Schritte und sie waren sich der unermesslichen Tiefe ganz sicher. Die letzten Schritte legten sie staunend zurück, und nun auch furchtsam. Zuletzt traten sie an die Kante und blickten geradewegs hinunter in die Tiefe.

Im Nachhinein konnten Finn und Decora beim besten Willen nicht in angemessene Worte fassen, was sie dort sahen: Die Steilwand des Hohen Plateaus fiel senkrecht ab. Ein Schwindelgefühl überkam Finn, Decora jedoch schien große Höhe gewöhnt zu sein. Nichtsdestoweniger überwältigte sie der Ausblick ebenso wie Finn. Sie konnten die Ebene ausmachen, in der sich der Wandernde Wald, so weit wie das Auge reichte, ringsherum ausbreitete. Tausende und abertausende Feuersäulen durchzuckten wild lodernd die Nacht. Selbst hier oben hörten Finn und Decora knisterndes Feuer, das die Bäume dort unten verbrannte.

Doch das Feuerrot stand im Wettstreit mit etwas anderem: Zwischen den glühenden Feuersäulen blitzten und blinkten bläulich-weiße Lichter in ebenso großer Anzahl in der Dunkelheit. Die verbrannten Bäume wuchsen in diesen Blitzen wie von Zauberhand heran. Ein ewiger, wahnsinniger Kreislauf tobte dort und wollte oder konnte nicht zur Ruhe kommen.

Die Papageien wachten über diesem Schauspiel wie dunkle Jäger über ihrem Revier. Die Wolken markierten eine natürliche Grenze in der Luft, von oben sanft gestreichelt durch die friedliche Nacht über ihnen, von unten beschossen durch die Feuer des Waldes.

Finn wusste nicht, wie lange er mit Decora an der Kante gestanden und die Schönheit aufgesogen hatte, die von diesem morbiden Schauspiel ausging.

Plötzlich aber wurden beide durch einen Aufruhr der bis dahin stillen Papageien aus ihrem Staunen gerissen. Zu Hunderten erhoben sich Vögel kreischend noch höher in die Lüfte und formierten sich zu einem Schwarm. Ihr Kreischen und Schreien wurde immer lauter und schließlich erreichte es eine unerträgliche Lautstärke. Finn und Decora kannten die Rufe der Vögel schon vom Vortag, waren aber trotzdem nicht darauf vorbereitet. Blitzschnell drehten die Vögel nun ihre Kreise hoch über den Wolken zwischen dem Rand des Lampignon-Waldes und der Grenze des Hohen Plateaus.

»Sie kehren wieder zu ihren Brutplätzen zurück!« Finn schrie mit aller Kraft gegen die Vögel und den Wind an, der doppelt und dreifach verstärkt wurde durch die Wildheit, mit der die Vögel ihren Abschied zelebrierten.

Er zog Decora von der Kante der Klippe weg, denn er hatte Angst, dass sie beide hinabgeweht werden könnten.

Gemeinsam kämpften sie sich taumelnd in Richtung Wald zurück. Mit jedem Augenblick wurde der Wind heftiger und eine Böe wehte Decora von den Füßen. Finn sprang ihr hinterher und erreichte sie im letzten Moment. Noch im Sprung fasste er sie um ihre Taille und riss sie mit sich zu Boden. Sie rappelten sich auf und versuchten gebückt und eng ineinander verschlungen Stück für Stück vor der drohenden Klippe zu entkommen.

Decora schrie etwas in Finns Ohr, aber er verstand nicht. Mit gemeinsamer Kraft schafften sie es schließlich, etwa drei Viertel des Weges zurückzulegen. Sie kauerten sich auf den Boden und nutzten den leichten Schutz der hohen Bäume am Waldrand, der hier, wenngleich nicht sonderlich stark, bereits zu spüren war. Das Geschrei hallte über ihnen so laut, dass ihnen Glieder und Gelenke schmerzten und matt wurden.

Ein letztes Mal drehten die riesigen Papageien eine Runde über dem Plateau, dann schossen sie endlich zusammen über den Lampignon-Wald davon.

Wie schon in der letzten Nacht verschwand das Kreischen so schnell, wie es gekommen war, und Augenblicke später war es nur noch als leises Sirren in der Ferne auszumachen. Finn und Decora blieben alleine auf der Wiese zurück und umarmten sich.

Fassungslos starrten sie sich an. Der Schreck saß ihnen buchstäblich in den Gliedern. Finn spürte Decoras Körper an seinem. Er löste ihre Umklammerung und blickte verlegen zu Boden.

Nach einer Weile sagte er: »Das war ganz schön knapp. Wie schnell das ging! Eben standen wir noch am Rand und schon kommt hier der reinste Sturm auf.«

Sein Blick wanderte zum Abgrund. »Und jetzt ist wieder alles, als ob nichts gewesen wäre. Das ist doch verrückt!«

Decora seufzte leise. Sie flüsterte: »Hättest du mich nicht aufgefangen, dann wäre ich einfach weggeweht worden.«

An ihrem Blick sah Finn, dass sie immer noch erschrocken war.

Erst jetzt wurde auch ihm bewusst, dass es wirklich haarscharf gewesen war.

»Trotzdem haben wir es geschafft«, erklärte er. Und ohne genauer darüber nachzudenken fügte er hinzu: »Du weißt doch, dass ich für dich da bin.«

Beherzt lächelte er ihr zu, in der Hoffnung, sie aufzumuntern. Er konnte nicht genau sagen, wie ernst der letzte Satz für Decora geklungen hatte. Jedenfalls hatte er ihn ernst gemeint. Decora erwiderte sein Lächeln und schaute ihm dabei fest in die Augen. Er war sich nicht sicher, aber für einen Moment glaubte er, sie könnte vielleicht direkt in ihn hineinschauen. Sie atmete jetzt tief die frische Nachtluft ein. Langsam bewegte sie ihren Kopf in seine Richtung. Sie war ihm jetzt wieder ganz nah. Sanft spürte er ihren Atem in seinem Gesicht. Sie schloss die Augen.

»Ja, das weiß ich, Finn Ritter«, flüsterte sie.

Alles um ihn herum war wie ausgeblendet. Nur ein Gedanke beherrschte ihn. Sollte er sie küssen? War es dazu nicht noch zu früh? Warum küsste er sie nicht? Herrgott, warum tat er es nicht einfach?

Decora öffnete ihre Augen und ihr Blick wanderte auf etwas hinter Finn. Blitzschnell hatte sie sich erhoben. Sie zeigte auf einen Punkt hinter den Bäumen. »Sieh nur, da vorne ist jemand!«

Finn verfluchte sein Zögern. Er hatte seine Chance in dieser perfekten Situation vertan.

»Jetzt schau doch, da kommt jemand direkt auf uns zu!«

Jetzt war auch zu Finn durchgedrungen, was Decora ihm sagte. Er drehte sich um und sah sofort, was Decora meinte.

Zwischen den Bäumen erkannte er deutlich zwei Fackeln, die sich ihnen näherten.

»Was sollen wir jetzt machen?« Decora war nervös. »Kommt man denn hier gar nicht zur Ruhe?«

Finn sagte: »Auf keinen Fall sollten wir wegrennen. Es ist offensichtlich, dass die, wer auch immer die sind, uns schon gesehen haben. Sie kommen zu uns her. Raukelunk hat doch gesagt, dass es hier oben im Lampignon-Wald eigentlich nichts Gefährliches gibt. Wir sollten einfach schauen, was die wollen. Abhauen bringt nichts. Wir kennen uns ja gar nicht aus.«

Finn redete wie ein Wasserfall. In der Zwischenzeit waren die Gestalten, zu denen die Fackeln gehörten, deutlich näher gekommen.

»Jetzt sind sie ohnehin schon fast da«, gab Decora flüsternd zu bedenken.

Je näher die Fackelträger kamen, desto deutlicher war zu erkennen, dass sie viel kleiner waren als Finn und Decora.

»Ich glaube, ich weiß, was das zu bedeuten hat«, raunte Finn Decora zu, die mittlerweile hinter ihm stand und über seine Schulter spähte. »Das müssen Gwillinge sein!«

In der Tat entpuppten sich die beiden Gesellen als Gwillinge, geradeso, als seien sie Raukelunks Bericht entsprungen. Nun standen sie also wahrhaftig echten Gwillingen gegenüber! Finn und Decora waren erleichtert, dass diese beiden wunderlichen Geschöpfe und niemand anders zu ihnen gekommen waren.

Die kleinen Wesen musterten Finn und Decora im Schein ihrer Fackeln, ganz so, als wären sie einer eingehenderen Betrachtung wert, als es das Gebot der Höflichkeit und Zurückhaltung normalerweise gefordert hätte.

Die Gwillinge tuschelten miteinander und zeigten hin und wieder auf Finn und Decora. Sie ragten Finn bis lediglich an die Hüfte und waren dabei unverschämt dick. Im unsteten Fackelschein sprangen ihm die runzligen Furchen in den Gesichtern der Gwillinge geradezu ins Auge. Trotzdem sahen die Gwillinge von Grund auf freundlich aus. Sie wirkten behäbig und gemütlich und waren jetzt in eine hitzige Diskussion verwickelt.

Sie tuschelten und wandten dabei ihre misstrauischen Blicke nie lange und schon gar nicht beide gleichzeitig von ihnen ab.

Finn drehte sich zu Decora und fragte leise: »Sollen wir irgendwas sagen?«

Decora antwortete ebenso leise: »Ich hab keine Ahnung.«

Augenblicke später wurde ihnen die Entscheidung abgenommen, denn der dickere der beiden Gwillinge – und das wollte schon einiges heißen – richtete seine Worte an sie. Er hatte eine grüne Hose mit Hosenträgern an und trug ein rot kariertes Hemd darunter. Auf seinem Kopf wippte ein kleiner schwarzer Bowler-Hut im Wind.

»Meine Dame, ungelogen, beinahe wärst du weggeflogen! Gewiss, ihr wisst, dass es hier in höchstem Maße gefährlich ist?«

Der zweite Gwilling fiel seinem Kollegen ins Wort: »Die beiden hätte wahrscheinlich niemand vermisst!«

Abschätzig musterte er seine Gegenüber. Dann fuhr er fort:

»Ihr seid wohl nicht von hier, wie?«

Der erste Gwilling meldete sich wieder: »Jedenfalls sahen wir euch hier noch nie.«

Finn zwinkerte Decora zu und flüsterte: »Die reimen ja tatsächlich.«

Dann sagte er zu den Gwillingen: »Nun ja, das ist Decora und ich bin Finn. Wir haben vorhin leider nicht aufgepasst. Aber wir waren auch noch nie …«

Decora stieß Finn in die Seite. »Denk daran, wir wollen unsere Geschichte doch geheim halten! Wie hätten wir denn hier rauf kommen sollen, wenn wir noch nicht hier waren?«

Sie hatte in Finns Ohr geflüstert. Danach wandte sie sich an den Gwilling: »Wir sind das erste Mal hier. Als wir heraufgekommen sind, war es Tag und wir wussten nicht, dass es nach Einbruch der Dunkelheit am Rand so gefährlich wird.«

Der zweite Gwilling sinnierte: »Die Jugend, so leichtsinnig und unbeirrt …«

Und weiter: »Wie dem auch sei, ihr seid jetzt da, was führt euch her, bei Nacht, fürwahr?«

Finn und Decora sahen sich unschlüssig an. Finn sagte: »Wir kommen von einem Freund im Wald. Dem Bacariten Raukelunk. Jetzt müssen wir wieder nach Weit-Alon und wollen auf dem Weg in Felsgau vorbeischauen.«

Misstrauisch beäugte der zweite Gwilling Finn. Auch er hatte eine grüne Latzhose an. Darunter trug er aber kein Hemd, sondern bloß ein altes, zerschlissenes, graues Oberteil. Sein Kopf war fast kahl und nur an den Seiten war ihm ein kläglicher Rest braunes Haar geblieben. Finn fand den Anblick seiner großen, abstehenden Ohren äußerst erheiternd und dachte unwillkürlich an zwei sehr skurrile Gartenzwerge, und zwar von jener Art, die zwar verbittert und eigentümlich dreinschauen, aber in Wirklichkeit warmherzige Gesellen sind.

Der kahle Gwilling sagte: »Nun ja, Herr Finn, euch steht der Sinn – nach einem Abstieg. Warum Raukelunk euch bei Nacht nicht davon abriet? Er weiß doch genau, dass es nur bei Tage geht, wenn der Nachtwind nicht weht. Erst dann tragen euch die Papageien nach unten, bei ihren alltäglichen Felsenflugrunden. Wollt ihr nicht in Gefahr geraten, müsst ihr erst den Morgen abwarten. Doch da wir eure Namen nun schon wissen, werden wir uns ebenfalls vorstellen müssen.«

Der dickere Gwilling zog seinen Bowler-Hut und verbeugte sich mit einem angestrengten Schnauben. Finn und Decora traten einen kleinen Schritt zurück, da ihnen die Fackel des Gwillings bei der Verbeugung bedrohlich nahe kam.

»Gestattet, ich bin Tumri. Verzeiht das Misstrauen, aber man weiß nie. Doch als Raukelunks Freunde, seid nicht verzagt, da ist wohl sicher, dass ihr die Wahrheit sagt. Das ist Tamnario, mein Begleiter, er kennt den Wald hier wie kein Zweiter.«

Auch Tamnario verbeugte sich vor Finn und Decora. Obwohl seine Verbeugung etwas weniger anstrengend wirkte, konnte man wahrlich nicht von einer flüssigen Bewegung sprechen.

»Aber im Ernst, ich muss euch mahnen, die friedliche Nacht lässt ja kaum Tücken erahnen. Seid nicht mehr so leichtsinnig wie gerade eben, ihr wollt doch noch den Rückweg erleben!«

Finn fand Gefallen an den kleinen Kerlen, die ihnen gegenüber so munter daherredeten und auch Decora schien die Art der Gwillinge, in Reimen zu sprechen, zu erheitern. Sie konnten sich zwar nicht recht erklären, wie alles vonstattenging, aber die Gwillinge sprachen so flüssig wie jeder andere und reimten ihre Worte so beiläufig, als ob nichts Besonderes daran wäre.

»Was macht ihr hier auf dem Hochplateau?«, fragte Finn.

Diesmal antwortete Tamnario: »Oh, wir sind hier natürlich nicht einfach so. Wir bewachen den Weg hinunter zur Stadt im Berg – beiläufig erwähnt, ein baulich prächtiges Meisterwerk: Tief unter der Erde mit leuchtenden Tunneln und Gängen, schmackhafte Pflanzen in rauen Mengen. Unterirdische Bäche erquicken die Leute, schon vor Jahrhunderten und noch bis heute. Dennoch bleibt auch das nicht aus – allnächtlich müssen Wachen hinaus. Um den alten Weg hinein zu bewachen. Ja, heute Nacht haben wir nichts zu lachen.

Aber einmal trifft es natürlich jeden, da helfen kein Stöhnen und auch kein Reden. Und gerade eben, als wir so standen und wachten und darüber hinaus nichts Aufregendes machten, da sahen wir euch zwei beiden unter dem Aufbruch der Papageien leiden. Wir wollten wissen, was da vor sich geht, und schon sind wir hier, wie ihr ja seht.«

Finn kämpfte offensichtlich mit sich selbst, ob er irgendetwas zum Reimen der Gwillinge sagen sollte. Decora hatte das bemerkt und erhob schnell das Wort: »Es gibt einen Weg hinunter zur Stadt? Wo ist denn der Eingang? Wir haben euch gar nicht gesehen, als wir gekommen sind.«

Tamnario sagte leicht pikiert: »Wie ich's mir dachte, beinahe blind! Die jungen Leute bemerken nichts mehr richtig, die ganze Umwelt ist für sie nichtig!«

Tumri fiel ihm ins Wort: »Nun sei aber nicht so verbohrt, denn für sie ist dies ein fremder Ort. Du wärst sowieso ganz und gar verloren, hätte man dich dazu auserkoren, an einem fremden Ort bei Nacht zu reisen. Du wanderst doch immer nur in den gleichen Kreisen! Und nun gibst du keine Ruh', wenn man sich dort nicht so auskennt wie du.«

Tamnario schnaubte empört und schien damit ausdrücken zu wollen, dass er beleidigt war. Tumri störte sich aber nicht weiter daran und kratzte sich ungeniert den fetten Bauch, der gemächlich auf und ab wippte.

Er wandte sich erneut Finn und Decora zu: »Wir müssen wieder zurück den Eingang bewachen. Was wollt ihr denn jetzt weiter machen?«

Finn antwortete: »Wir müssen uns wohl nach einem Platz zum Schlafen umschauen. Offensichtlich kommen wir nicht hier weg vor morgen früh, bevor die Papageien wieder da sind.«

Tumri stimmte ihm zu: »Da hast du recht mein Kind. Erst

morgen kommt ihr hier weg. Ihr solltet auch wirklich ruhen nach solch' einem Schreck. Ein Stückchen weiter am Rand des Plateaus, dort liegen Felsen mit weichem Moos. Für heute sind die Vögel fort – und auch sonst ist alles sehr friedlich dort. Wenn ich an eurer Stelle zu wählen hätte, wäre dies meine bevorzugte Nachtruhestätte. Seht ihr dort drüben das hölzerne Tor? Dort wachten wir noch kurz zuvor. Von dort ist es nur noch ein kleines Stück und ihr könntet auch jederzeit zu uns zurück. Wir stehen dort die ganze Nacht, solange dauert nämlich unsere Wacht. Selbst wenn Tamnario es manchmal nicht zeigt, wir sind doch alle sehr geneigt, Fremden zu helfen zu jeder Zeit! Auch du bist dazu doch bereit?«

Tumri stieß Tamnario, der immer noch vor sich hinschmollte, kräftig in die Seite. Tamnario gab einen grunzenden Laut von sich.

»Das ist wirklich sehr freundlich«, sagte Finn. Decora nickte ihm als Antwort auf seinen fragenden Blick zu und gemeinsam setzten sie sich in Bewegung. Die beiden Murmler waren nach dem turbulenten Erlebnis an der Kante während der Diskussion mit den Gwillingen wieder aus der Kleidung von Finn und Decora geklettert und wuselten nun auf ihren Schultern umher.

Sie marschierten nun genau zwischen dem Waldrand und der Felsenkante.

Ein paar hundert Meter von der Stelle entfernt, an der sie das Hohe Plateau betreten hatten, erhob sich ein großes hölzernes Tor vor dem Waldrand. Allerdings handelte es sich im eigentlichen Sinne eher um einen Rahmen, denn eine Tür fehlte dieser trotzdem imposanten Konstruktion.

Es war etwa vier Meter hoch und fünf Meter breit und diente als Schwelle zu einem ebenso breiten Weg, der leicht abfallend in den Wald hineinführte.

Tumri und Tamnario postierten sich je an einem Pfosten des Tores und steckten ihre Fackeln in zwei dafür vorgesehene Eisenringe an den Balken.

Finn war von hier aus nicht in der Lage, weit in den Wald hineinzuschauen, so dunkel erhoben sich die Schatten dort drinnen gegen das Mondlicht, das außerhalb leuchtete.

»Und dieser Weg führt bis in die Lichterstadt?«, fragte er. Tumri nickte und sprach: »Und Tag und Nacht ist dieser Posten hier besetzt, aber nicht immer von uns, wie gerade jetzt. Es ist unsere allererste Pflicht, sonst verlieren wir Gwillinge das Gesicht. Die Wachen heißen jeden willkommen, nächtliche Abreisende sind da nicht ausgenommen. Wie dem auch sei, unsere Schicht ist noch lange nicht vorbei. Wenn ihr Probleme habt heute Nacht, geben wir schon auf euch acht. Kommt nur schnell zu unserem Posten, um unser Angebot auszukosten. Wenn ihr dem Plateau in dieser Richtung nicht weicht, habt ihr in Kürze die Felsen erreicht. Wir können euch leider nicht dorthin geleiten, aber ihr braucht auch keine Wächter, die euch begleiten. Ihr findet sie schon …«

Zur Überraschung aller meldete sich Tamnario wieder zu Wort: »… alles andere wäre auch blanker Hohn.«

Finn und Decora schmunzelten, als sie sahen, wie Tumri mit den Augen rollte und entschuldigend zu ihnen blickte.

»Habt vielen, vielen Dank«, sagte Finn. »Ihr wart uns eine große Hilfe. Aber zwei Fragen habe ich noch: Warum ist der Weg in die Lichterstadt gerade hier? Ich meine, der Lampignon-Wald ist doch rund. Dann könnten doch theoretisch überall Leute herkommen und sich in den Wald zur Lichterstadt auf den Weg machen, oder?«

Decora räusperte sich, um Finn darauf aufmerksam zu machen, dass sie des Rätsels Lösung schon lange durchschaut hatte. »Tja, aber die Leute müssen doch mithilfe der Papageien die Felsenhürde nehmen und die Papageien sind nun mal hier. Also kommen auch die Leute an dieser Stelle in den Wald.«

Tumri sprach wieder: »Du hast recht, hier macht jeder Halt.«

»Doch es gibt noch zwei andere große Wege, auf denen ist der Verkehr ebenfalls sehr rege. Wir begrüßen dort die Wanderer aus Steingau und Trolloft, auch sie bereisen unseren Wald sehr oft. Auch dort leben Papageienschwärme am Tag, sodass jeder beliebig einreisen mag.«

»Das wäre auch meine zweite Frage gewesen: Wie funktioniert das genau mit den Papa- …« Schon zum zweiten Mal in dieser Nacht musste Decora Finn in die Seite stoßen.

»Ihr habt wirklich sehr viel für uns getan, Tumri und Tamnario«, sagte sie gewandt.

Sie verbeugte sich sogar extra ein kleines Stück vor Tamnario, der dies allerdings nur mit einem leisen Schnauben quittierte.

Tumri sagte: »Ach iwo! Nun geht und ruht euch aus, Tamnario ist heute wirklich ein Graus. Wir wünschen euch eine gute Nacht und nehmt euch auf eurer weiteren Reise in Acht!«

Noch einmal bedankten sich Finn und Decora bei den Gwillingen und gingen dann wieder ihres Weges. Sie hielten sich weiterhin in der Mitte des Plateaus. Als sie sicher waren, aus der Hörweite der Gwillinge zu sein, stellten sie fest, dass sie am nächsten Morgen wohl oder übel selbst herausfinden mussten, wie sie die Vögel dazu bringen sollten, sie hinunter auf die Ebene zu tragen. Bei dem Gedanken an einen Ritt auf den riesigen Tieren wurde es ihnen schon mulmig – egal, ob die Tiere nun scheinbar eine freundliche Natur besaßen. Glücklicherweise hatten sie keinen Verdacht bei den Gwillingen erregt. Immerhin musste doch Decoras leuchtende

Erscheinung höchst ungewöhnlich sein und auch Finn machte in seiner Pflanzenkleidung nicht den vertrauenerweckendsten Eindruck. Vielleicht waren die Gwillinge einfach zu pflichtbewusst, als dass sie wegen dieser Äußerlichkeiten indiskret wurden. Vielleicht waren sie aber auch beeindruckt davon, dass sie Raukelunk kannten, und die meisten Zweifel waren so aus dem Weg geräumt worden. Wie dem auch sei – einen kleinen Teilerfolg hatten sie an diesem Abend schon errungen.

Sie gingen im seichten Wind dahin und lauschten dem Rauschen der Nacht. Finn freute sich, dass das Schweigen zwischen ihnen sich nicht peinlich anfühlte. Über diesen Punkt, so verrückt es ihm auch vorkam, waren sie trotz der kurzen Zeit, die sich kannten, schon hinaus.

Sie waren knappe zehn Minuten gegangen, als sie vor sich sanft ansteigende Felsen im Dunkel ausmachen konnten, die sich über die gesamte Breite des Hohen Plateaus über das Gras erhoben. Der höchste Felsen reichte etwa drei Meter in die Luft und hatte gleichzeitig auch die größte Grundfläche. Unter ihm breiteten sich wild versprengt die anderen, niedrigeren Felsen aus.

Auf der Seite zur Kante des Plateaus fanden Finn und Decora eine kleine Nische, die der hohe Felsen leicht überragte und sie so vom Wind abschirmte. Sie war weit genug vom Abgrund entfernt und war mit weichem, komfortablem Moos bewachsen, wie Finn und Decora zufrieden feststellten.

Sowohl Finn als auch Decora waren unschlüssig. So setzten sie sich nach einer unbeholfenen zweiten Musterung des Ortes mit dem Rücken an den Fels und blickten die Klippen hinunter. Sie waren stillschweigend zur Übereinkunft gekommen, noch etwas damit zu warten, endgültig zu schlafen.

Von ihrem geschützten Versteck aus konnten sie in der Tiefe die Feuer des Wandernden Waldes beobachten. Erneut überwältigt rückten sie näher zusammen. Sehnsüchtig wanderte Finns Blick in die Ferne, seine Gedanken aber waren in Wirklichkeit ganz bei Decora.

»Sag mal, Decora«, flüsterte er, »wie kommt es eigentlich, dass damals die Kelpen aus den Brunnen zu euch in die Sternenhallen gekommen sind? Ich habe mich das schon die ganze Zeit gefragt.«

»Die Brunnen in den Kellern sind seit jeher mit dem Meer außerhalb von Celsa-Stadt verbunden«, erklärte Decora. »In langen unterirdischen Gängen hatten so die Seepferde, die für meinen Vater als Kuriere unterwegs waren, Zugang zum Palast. Wir hätten uns ja nie träumen lassen, dass uns diese Brunnen mal zum Verhängnis werden. Aber da kannten wir ja auch noch keine Kelpen. Leider leben die aber auch im Wasser. So hatten sie die Chance, ungehindert in den Palast einzudringen. Die Seepferde sind nämlich keine starken Kämpfer und können niemandem ernstlich schaden. Ich nehme an, dass die meisten von ihnen schon draußen im Meer bei den Korallenriffen umgebracht wurden, weil uns keine Warnung erreichte, die die Kelpen ankündigte. Die Seepferde waren seit einigen Tagen säumig mit ihren Botendiensten gewesen. Und dann erschienen die Kelpen auch schon auf der Bildfläche. Den Rest kennst du ja.«

Decora blickte Finn mit einem matten Lächeln an und horchte in die Nacht. Der Wind über den Klippen pfiff mal leise, dann wieder lauter an ihren Felsen.

»Entschuldige bitte, ich wollte dich nicht wieder an damals erinnern, aber es kam mir jetzt schon öfter in den Sinn.

Finn rückte noch ein Stückchen näher an die Lunata. Er winkelte die Beine an und schlang seine Arme um die Knie. Erst blickte er zu Decora und dann hinauf zu den Sternen, die hell leuchteten.

»Ich bin mir ganz sicher, dass wir einen Weg finden werden, alle Probleme zu lösen. Wir sind jetzt in dieser Geschichte gefangen und können nicht mehr hinaus. Aber wir werden das Beste daraus machen!«

Finns Lächeln war ehrlich. Decora blickte ihn von der Seite an, während er den Himmel über sich musterte. »Weißt du, wir hatten vermutlich gar keine Wahl, schon von Anfang an nicht. Ich finde den Gedanken beruhigend, dass uns das Schicksal zusammengebracht haben könnte.«

Eine Weile dachte sie über Finns Worte nach.

»Ich denke sogar, dass wir Glück hatten.«

Finns Blick ruhte weiterhin auf den Sternen.

»Warum hatten wir Glück?« Decoras Flüstern war ganz nah an seinem Ohr. Sie berührte mit ihrem Kinn fast unmerklich seine Schulter.

»Wir sind beide unfreiwillig in diese Situation gekommen«, erklärte Finn. »Womöglich hat irgendeine höhere Macht dafür gesorgt. Ich weiß es nicht. Aber das Besondere daran ist, dass wir in einer neuen Welt gelandet sind. Wir können ganz einfach unser Bestes geben, denn wir haben nichts außer uns und einem großen, unbeschriebenen Blatt. Vielleicht macht das am Ende den entscheidenden Vorteil aus: Dass wir keine verbissenen Kämpfer sind, die das Risiko gesucht haben, sondern dass wir kämpfen mussten, ohne eine Wahl gehabt zu haben.«

Finns Gedanken schwebten für einen Moment weit fort. Er wog seine eigenen Worte ab und dachte über das Schicksal nach. Er bemerkte nicht Decoras Blick, der sich durchdringend und anerkennend auf ihn legte. Schließlich ruhte ihr Kopf sanft auf seiner Schulter und sie schloss die Augen. Wortlos saßen beide da und hingen ihren Gedanken nach. Nach einer Weile zog Decora Finn neben sich hinunter und drückte ihn sanft auf das Moos. Sie selbst legte sich auf die Seite und musste zu Finn ein kleines Stück nach oben blicken.

»Morgen beginnt unser Abenteuer erst richtig, glaube ich. Und ich stimme dir zu: Wir können tatsächlich unbefangen ans Werk gehen.«

Finn spürte, dass sie meinte, was sie sagte.

»Gute Nacht, Finn.«

Decoras Haare kitzelten an seinem Hals. Er genoss das schöne Gefühl einen Herzschlag lang und drehte sich ebenfalls auf die Seite. Rücken an Bauch lagen die beiden auf dem Felsvorsprung an den Klippen des Hochplateaus. In der endlosen Weite unter ihnen wollte der Wald nicht zur Ruhe kommen. Hier oben aber war alles friedlich.

Finn spürte das gleichmäßige Atmen von Decora an seinem Rücken und ihren warmen Atem in seinem Nacken. Wie lange er noch in die Dunkelheit spähte, wusste er nicht. Aber schließlich überkam ihn der Schlaf und bescherte ihm für einige Stunden wilde Träume von Papageien, Gwillingen, dem Bacariten Raukelunk, merkwürdigen Feuern und nicht zuletzt von Decora.

Der Flug in die Tiefe

Für einen kurzen Moment brannte Finn das Tageslicht in den Augen. Die Sonne stand schon hoch am Himmel, aber die Luft war trotzdem angenehm kühl. Wahrscheinlich kam der Wind so hoch oben nie richtig zur Ruhe.

Als Finn sich aufsetzte, wurde auch Decora neben ihm munter. Sie blinzelte und schaute um sich, wie um sich davon zu überzeugen, dass sie immer noch da war, wo sie Stunden zuvor eingeschlafen war. Ihr Haar stand nach der Nacht im Freien unbändig in alle Richtungen ab.

Finn fand, dass das Aussehen der Lunata dadurch nicht geschmälert wurde. Er überlegte, ob sie ihr wildes Aussehen nicht vielleicht sogar noch etwas schöner machte, falls das überhaupt möglich war.

Mit der Hand berührte er sein Gesicht und strich sich über die Bartstoppeln. Er fragte sich, ob er nach diesen zwei Tagen in der Wildnis schon so verwegen aussah, wie er sich gerade fühlte. Dieses neue Selbstvertrauen überraschte ihn.

»Gut geschlafen?« Er begrüßte Decora mit leicht beschlagener Stimme und räusperte sich. Decora schmunzelte und richtete sich auf.

»Ich habe geschlafen wie ein Stein. Die Geräusche hier draußen haben mich wie Musik in den Schlaf gewiegt.«

Sie zupfte ihre Kleidung zurecht, die nach der Nachtruhe an einigen Stellen nicht mehr richtig saß. Finn wandte sich höflich ab. In der Ferne erspähte er die Papageien in der Luft.

»So wie es aussieht, werden wir heute wissen, wie es ist, auf so einem Ding zu reiten. Ich frage mich, ob jeder einen Papagei nehmen sollte, oder ob wir auch einen zu zweit nehmen können.«

Decora deutete nach unten: »Sieh mal! Man kann sogar bei Tag die brennenden Bäume sehen …«

Auch Finn hatte die vielen Feuersäulen auf der Erde schon bemerkt. Allerdings hatten sie ihm bei Nacht besser gefallen. Jetzt waren sie eigentlich nur noch bedrohlich, ohne den Anschein von Wärme und Magie, der ihnen in der Dunkelheit innegewohnt hatte.

Er sagte: »Bevor wir uns in den Wandernden Wald wagen, muss ich unbedingt etwas trinken. Ich habe wahnsinnigen Durst. Auf Essen kann ich im Moment noch verzichten. Das können wir uns für später am Tag aufheben, die Bitterbeere gestern hat Wunder gewirkt.«

Sie machten sich auf den Weg, um eine Wasserquelle zu finden. Sie kletterten von den Felsen hinunter und beschlossen, im direkt angrenzenden Wald mit der Suche zu beginnen. Zu nah an das Tor der Gwillinge wollten sie nicht gehen, um keinen anderen Gwillingen außer Tumri und Tamnario über den Weg zu laufen.

Ziemlich planlos durchkämmten die beiden den nahen Wald. Als sie nach einer Weile noch immer keinen Bach oder Teich gefunden hatten, gaben sie ihre Suche schließlich auf. Sie entschlossen sich, doch noch zu den neuen Gwillingwächtern zu gehen, um sie nach einem Weg zu einer Wasserquelle zu fragen.

Finns Murmler stupste ihn plötzlich wiederholt gegen den Hals und piepste aufgeregt. Auf der Stelle wurde auch Decoras Murmler munter. Er kroch aus ihrer Tasche, erwiderte das Piepsen und sprang zu Boden. Der zweite Murmler tat es ihm gleich und zusammen rannten sie unentwegt um die Beine von Finn und Decora. Die beiden blickten sich ungläubig an.

Finn sagte: »Das hört sich jetzt vielleicht blöd an, aber meinst du, die könnten uns damit etwas sagen wollen? Vielleicht wissen sie ja, was wir suchen.«

Die Murmler piepsten derweil ununterbrochen weiter, huschten immer wieder ein Stückchen ins Unterholz und kehrten Sekunden später wieder zurück.

»Na ja«, sagte Decora. »Ausschließen können wir wohl gar nichts! Wir sollten versuchen, ihnen zu folgen. Es auszuprobieren schadet sicherlich nicht.«

Sie folgten den kleinen Tieren immer weiter in den Wald, die dafür sorgten, dass ihre Besitzer mühelos mit ihnen Schritt halten konnten.

Als sie nach kurzer Zeit hinter einem Busch einen kleinen Teich fanden, der sich aus einer unterirdischen Quelle speiste, trauten sie kaum ihren Augen. Die Murmler piepsten zufrieden und kletterten wieder an ihnen herauf. Offensichtlich steckte in den kleinen Tieren noch viel mehr, als Raukelunk ihnen offenbart hatte!

Sie bedankten sich mit einer ausgiebigen Streicheleinheit bei ihren winzigen Führern und Finn löschte in tiefen Zügen seinen Durst. Plötzlich hatte er eine Idee: Er riss ein paar längliche Blätter ab und verknotete sie zu einem mehr oder weniger stabilen, kleinen Säckchen. Dann leerte er das Glas mit den Pilzen und verstaute diese in dem neuen Behälter. Das Glas füllte er mit Wasser und steckte alles wieder zurück in die Tasche. So würde er zumindest einen Tag lang genug zu trinken haben und sie konnten sich voll und ganz auf ihre Reise konzentrieren.

Als sie den Wald verließen, konnten sie schon aus der Ferne die Papageien kreischen hören. Sie hielten sich ein gutes Stück von der Waldgrenze entfernt. Nach einer Weile gelangten sie an den abschüssigen Weg der Gwillinge, der zur Lichterstadt führte. In einiger Entfernung standen das im Sonnenlicht schimmernde Holztor und zwei kleine Wächter, die an den Holzpfosten lehnten und sich nicht im Geringsten darum kümmerten, wer hinter ihnen vorbeischleichen könnte.

Flink huschten sie über den Weg. Die Gwillinge hatten sie nicht bemerkt. So gingen sie ein paar Minuten, bis sie gefahrlos aus dem Wald heraustreten konnten, ohne gesehen zu werden.

Der größte Teil des gewaltigen Papageienschwarms schwirrte direkt vor ihnen. Einige Vögel waren auch auf dem Plateau gelandet und begutachteten neugierig, wie Finn und Decora unschlüssig am Waldrand standen. Als Finn ein paar Schritte aus dem Schatten der Bäume hinaustrat, bewegte sich ein großer Vogel geradewegs auf ihn zu.

Er beschleunigte seinen Gang und lief mit langen, watschelnden Schritten auf sie zu. Decora wich erschrocken zurück. Finn nahm all seinen Mut zusammen und blieb kühn an seinem Platz stehen. Sein Atem ging schnell.

Um sich selbst zu beruhigen, redete er auf seine Begleiterin ein: »Decora, die Papageien werden uns nichts tun. Jeder muss doch auf den Papageien reiten. Ich bin ganz sicher: Es wird nichts passieren!«

Der Papagei stapfte indes immer schneller auf Finn zu und je näher das Tier kam, desto bedrohlicher erschienen seine Klauen und der riesige Schnabel. Das orangefarbene Gefieder kontrastierte mit dem satten Grün der Wiese.

Der Vogel war nun bis auf ein paar Schritte an Finn herangekommen und lief immer noch in voller Geschwindigkeit. Decora stand etwas abseits und gestikulierte wild. Finn aber blieb weiter stehen: Zuletzt warf er die Arme vor sein Gesicht – nicht, dass dieser Schutz irgendetwas hätte ausrichten können, aber seine Muskeln führten ein Eigenleben.

Vielleicht trennte das riesige Tier noch ein letzter Meter von Finn, als es seine Krallen in den Boden stieß und die Flügel ausbreitete.

Die enorme Spannweite verhalf dem Vogel zu einer stürmischen Bremsung, die haarscharf, aber offensichtlich gekonnt, nur wenige Zentimeter vor Finn endete. Ein paar Federn des rechten Flügels schlugen Finn ins Gesicht, denn der Vogel war ausgesprochen lebhaft, als er sie wieder einklappte. Er kreischte fröhlich und umkreiste Finn. Unter seinen Krallen flogen Erdbrocken auf.

Finn wagte noch nicht, sich wieder zu bewegen, sondern wartete einen Moment ab, was passieren würde. Langsam senkte er seine Arme und stand dem riesigen Papagei ruhig gegenüber.

Er schielte zu Decora hinüber, die alles beobachtet hatte und immer noch fassungslos schien, dass er einfach stehengeblieben war.

Finn ging davon aus, dass der Papagei noch sehr jung war. Er knabberte neugierig an seiner Blätterkleidung und stupste mit dem Kopf gegen seinen Oberkörper. Finn stolperte, von der Kraft des Tieres überrascht, nach hinten, erkannte aber, dass der Papagei ihm nicht gefährlich wurde.

Nach kurzer Zeit verlor der Vogel sein Interesse, ließ von Finn ab und stolzierte stattdessen neben ihm im Gras umher. Als aber Decora in nun vermeintlicher Sicherheit näher herantrat und sich zu Finn gesellte, wurde der Papagei wieder aufmerksam und wollte nun auch sie einer näheren Untersuchung unterziehen. Sie schrie spitz auf, als sich der Vogel über sie hermachte.

Finn kam nicht umhin, das Schauspiel mit einer gewissen Schadenfreude zu betrachten. Decora versuchte verzweifelt, den Annäherungsversuchen des Vogels zu entfliehen. Dieser aber liebkoste sie ununterbrochen mit seinem Schnabel und schien gar nicht daran zu denken, diesen sonderbaren Neuankömmling gehen zu lassen, der so bereitwillig herumhüpfte wie er selbst.

Schließlich kam Finn seiner Begleiterin zu Hilfe, indem er den Vogel durch Rufen und beherzte Bewegungen ablenkte. Zwar war er erfolgreich, aber nun war der Vogel wieder auf ihn fixiert und empfand das Ganze als eine Art Spiel. Er ließ Finn ein Stück entkommen, um ihn kurz darauf mit dem Schnabel wieder in die andere Richtung zu treiben. Schließlich hatte er doch genug und erhob sich in die Lüfte.

Finn und Decora setzten sich an einen großen Baum am Waldrand und verschnauften. Sie berieten, wie sie es am besten anstellen sollten, die Vögel dazu zu bewegen, sie hinunter zum Wandernden Wald zu tragen.

Je länger sie überlegten, desto mehr versteiften sie sich auf den Plan, einfach auf den Rücken eines auf dem Boden befindlichen Papageien zu klettern, und darauf zu hoffen, dass dieser schon wüsste, was zu tun wäre.

»Warum genau haben wir Raukelunk nicht gefragt, wie wir das eigentlich anstellen sollen?«

Offenbar hatte sich auch Decora diese Frage gestellt.

»Vergessen ist vergessen«, konstatierte sie.

»Jetzt ist es ohnehin zu spät. Aber überleg doch mal: Wenn es irgendeine besondere Schwierigkeit geben würde, dann hätte er es uns sicherlich von sich aus erzählt, meinst du nicht?«

In der Nähe der Klippe herrschte wahrlich kein Mangel an

Papageien, die für eine Weile von ihren Rundflügen ausruhten und ruhig im Gras standen oder gemächlich hin- und herstolzierten.

Finn spürte, wie seine Aufregung immer größer wurde, je länger er mit Decora die potenziellen Gefahren ihres kühnen Planes erörterte. Decora hingegen schien von plötzlicher Waghalsigkeit befallen zu sein, denn sie versuchte mit Nachdruck, ihn von ihrer gemeinsamen Idee zu begeistern. Sie hatte ihre Begegnung mit dem jungen Papagei wohl schon vergessen.

Schließlich stand aber fest, dass auch Finn keine bessere Möglichkeit einfiel. Kurzerhand beschlossen sie, je einen eigenen Papagei zu nehmen. Es würde schon klappen!

Wenige Minuten später standen die beiden nebeneinander in der Mitte der Wiese.

»Bereit?«

Decora atmete in kurzen Schüben.

»Bereit«, antwortete Finn und zwang sich zu einem Lächeln. Er sah Decora an und versuchte erfolglos, alle seine Zweifel zu vergessen.

»Wir sehen uns unten, Herr Ritter!«

Decoras Stimme klang ruhig, aber ihr Körper zuckte schon ungeduldig. Sie würde jeden Moment losrennen.

»Bis gleich also.« Finns eigene Worte schienen ihm weit weg zu sein. Das Blut pulsierte in seinen Schläfen. Kurz berührten sich ihre Fingerspitzen, dann rannten sie los.

Die Welt um Finn herum verblasste und er fixierte tunnelartig die Horde der Papageien vor ihm.

Finn rannte so schnell wie er nur konnte, schneller als seine eigenen Bedenken. Direkt vor ihm waren die Papageien.

Er dachte jetzt an gar nichts mehr. Es ging nur noch nach vorne. Es war doch lediglich ein Ritt auf einem Papagei!

Und dann schaffte er es irgendwie, noch schneller zu rennen. Ein Stückchen vor ihm tauchte Decora wieder auf, schwang sich auf einen großen Papagei und strahlte ihn vom Rücken des Tieres mit einem breiten Lächeln an. Ohne zu zögern erhob sich der Vogel mit weit ausgebreiteten Schwingen vom Boden und schoss in den Himmel. Die Sonne blitzte im Gefieder des Tieres und Finn hörte den erstickten Schrei der Lunata weit über seinem Kopf. Der Vogel tauchte in die Wolken und kreischte laut.

Dann tauchte ein mittelgroßer Papagei direkt vor ihm auf. Sein Blick traf den des Tieres. Die Augen des Vogels funkelten. Jetzt waren auch die letzten Zweifel beiseite gefegt: Diese wundervollen Tiere wussten, was zu tun war!

Finn hielt die Luft an. Dann berührten seine Hände das Tier und er zog sich mit aller Kraft auf den Vogelrücken. Er umklammerte den Hals des Papageien keine Sekunde zu früh, denn ein gewaltiger Ruck schüttelte ihn durch, als der Vogel sich sofort in die Luft katapultierte.

Der Wind peitschte heftig in Finns Gesicht, alles wackelte und bebte und doch schienen neben ihm die gewaltigen Körper der anderen Papageien derart geschmeidig zu schweben, dass er den Eindruck bekam, sie würden geradewegs wie Fische durch Wasser tauchen. Die Flügel seines Papageien aber gingen auf und nieder, sodass er sich bald höher als alle anderen Vögel wiederfand.

Unendlich tief unter sich konnte er vage die Feuer erkennen, die im Wandernden Wald brannten. Das Plateau war aus seinem Blickfeld verschwunden. Dann schoss der Papagei wie ein Pfeil nach unten.

Immer wieder tauchten andere Papageien auf, die von ihnen in haarsträubenden Manövern umflogen wurden. Zusammen mit seinem Reiter stürzte sich der Vogel in Wolken, die im Innern so nass waren, dass Finn sich daran verschluckte, laut husten musste und sein Blätterwams völlig durchnässt wurde.

Finn presste seine Arme so fest er konnte um den Hals des Tieres. Seine Finger wurden taub, doch er ließ nicht los.

Flüchtig dachte er an Decora, die so weit weg schien, seit er sie aus dem Blickfeld verloren hatte. Abermals durchbrach sein Papagei mehrere Wolken. Diesmal verschluckte sich Finn so stark an dem Wasser, dass ihm Tränen in die Augen schossen. Die nassen Federn schnitten ihm ins Gesicht. Er konnte kaum noch sehen, was um ihn herum geschah. Krampfhaft drückte er sich an den Vogel und wollte nur noch, dass er wieder sicher auf der Erde ankam. Seine Finger waren ineinander verkrümmt, drohten aber, einander loszulassen. Langsam versagte ihm die Kontrolle über seine Hände, die vom Wasser, der Anstrengung und der Kälte nun völlig taub geworden waren.

Wie lange dauerte der Flug jetzt schon? Drei Minuten? Vier Minuten? Finn wurde schwarz vor Augen.

Und dann endlich verlangsamte sich der Flug. Mit letzter Kraft klammerte er sich an dem Vogel fest und öffnete seine Augen. Die Wolken waren verschwunden und unter sich sah er einige viereckige Felsenplatten, die wie große Kissen im Wandernden Wald lagen.

Der Vogel flog jetzt immer kleinere Kreise. Kurz bevor sie aufsetzten, sah Finn in der Ecke einer entfernten Felsplatte den leblosen Körper von Decora!

Er konnte ihr Gesicht nicht erkennen. Sie lag auf dem Bauch und ihre Arme waren weit zu beiden Seiten ausgestreckt. War sie so auf den Boden geprallt?

Finns Papagei setzte mit einem gewaltigen Ruck auf dem Felsen auf und legte seine Flügel an. Er kreischte dreimal und reckte seinen Kopf nach hinten.

Finn stellte mit Schrecken fest, dass seine Finger zu verkrampft waren, um ihm zu gehorchen. Panik stieg in ihm auf. Er warf seinen Oberkörper nach hinten, aber seine Finger umklammerten sich dermaßen fest - er schaffte es nicht, vom Rücken seines Reittiers zu rutschen. Jeden Moment rechnete er damit, dass der Vogel wieder losfliegen und ihn dabei mit sich tragen würde.

Unruhig stampfte der Papagei auf dem Felsen umher, erhob sich kurz in die Luft und landete wieder. Finn konzentrierte sich mit jeder Faser seines Verstandes auf seine Hände. Ein erneuter Flug wäre sein Ende. Noch einmal würde er sich nicht auf dem Rücken des Tieres halten können. Dann endlich lösten sich seine Finger und er fiel unsanft zu Boden. Im selben Augenblick breitete der Papagei seine Flügel aus, stieg mit einem gellenden Schrei auf und verschwand über ihm in den dichten Wolken.

Eine Zeit lang lag Finn regungslos auf dem Boden und starrte in die Luft. Der gewaltige Felskegel, auf dem der Lampignon-Wald in schwindelerregenden Höhen lag, ragte nicht weit von ihm schier endlos in die Höhe. Sein Schatten tauchte den Wandernden Wald in kühles Zwielicht. Die Sonne stand noch hinter dem Felskegel. Finn vermutete, dass es noch einige Zeit dauern würde, bis sie so weit um das Plateau gewandert war, um ihn hier zu erreichen.

Das Felskissen, auf dem er gelandet war, hatte einen Durchmesser von etwa 50 Metern und der steinige Boden war ziemlich kalt. Finn drehte sich ächzend auf die Seite. Jetzt sah er aus nächster Nähe, was den Wandernden Wald so gefährlich machte. Neben seinem Felskissen begannen die Baumreihen. Dicht und undurchdringlich lag der Wald da. Ohne Vorwarnung schoss eine gewaltige Feuersäule etwa hundert Meter von ihm entfernt mitten aus dem kleinen Waldstück nach oben.

Finn hatte den Eindruck, dass sie direkt aus dem Inneren eines Baumes gekommen war. Nur wenige Sekunden loderten die roten Flammen auf und setzten dabei die Bäume in ihrem direkten Umfeld ebenfalls in Brand. Vom Baum blieb danach nur noch ein winziges Häufchen Asche und an seinem Platz klaffte nun ein Loch im Wald.

Finn schaffte es, sich aufzusetzen. Während er die Baumwipfel betrachtete, mit denen er sich nun auf Augenhöhe befand, schüttelte er seine immer noch steifen Hände. Mühsam knetete er die einzelnen Finger, bis er wieder Kontrolle über sie bekam. Er fror vor Nässe.

Ruckartig wurde sein Blick von einem blau-weißen Blitz rechts von ihm angezogen. Kurz vor dem Felsen befand sich eine der vielen Lücken im Wald, die nun von diesem merkwürdigen Licht erfüllt war.

Finn wusste zwar schon, was sich nun ereignen sollte, trotzdem versetzte es ihm einen gehörigen Schrecken. Das Licht verschwand sofort wieder und ließ für einen weiteren Augenblick nur die immer noch vorhandene Lücke zurück. Dann riss der Waldboden mit einem lautstarken Rumpeln auf. Sogleich schoss ein Stamm aus dem tiefen Loch heraus, ebenso groß wie die anderen Bäume, die ihn umringten. Blaues Licht erhellte abermals den neuen Stamm und gewaltige Äste und Zweige schnellten aus sich öffnenden Astlöchern hervor und peitschten alles nieder, was sich in Reichweite befand. Die benachbarten Bäume ächzten und bogen sich unter der Kraft dieses Urwuchses und zerbrachen stellenweise lautstark in unzählige kleinere Stücke. Auch die Blätter wuchsen blitzartig. Einige von ihnen wurden dem neuen Baum durch die unbändige Prozedur direkt wieder entrissen, wirbelten wie bei einem Sturm durch die Luft und legten sich in einem neuerlichen weißen Blitz auf das umliegende Dach des Waldes. Dann war wieder alles still.

Während Finn verarbeitete, was einfach unglaublich war, wiederholte sich der Vorgang in der Lücke, die die erste Feuersbrunst hinterlassen hatte, und löschte dabei auch gleich das Feuer der nebenstehenden Bäume.

Langsam erhob er sich. Sein rechtes Bein tat weh. Beim Sturz vom Vogel hatte er sich einige Blessuren zugezogen. Es hätte schlimmer kommen können, dachte er. Dann ließ er seinen Blick über den Wald schweifen. So weit er auch blickte, überall war das gleiche Schauspiel auszumachen. Bäume verbrannten aus heiterem Himmel und wuchsen danach in ebenso unerklärlicher Weise wieder neu heran.

Größtenteils bestand der Wald aus Nadelbäumen, die Finn sehr stark an Tannen erinnerten. Vielleicht waren es sogar welche. Aber auch Laubbäume waren hier und dort zu sehen. Der größte Teil des Waldes lag zwar im Gegensatz zu den verbrennenden und wachsenden Bäumen ruhig da, trotzdem würde es ein reines Glücksspiel werden, wenn Decora und er sich durch ein derartiges Minenfeld von Felsen zu Felsen bewegen würden, die nur alle paar hundert Meter als schützende Inseln im Land lagen.

Decora! Die Erkenntnis traf ihn wie ein Schlag. Decora lag immer noch bewusstlos auf einem Felsen in der Nähe.

Finn drehte sich abrupt um, um nach ihr Ausschau zu halten. Die hastige Bewegung war für seinen vom Flug angespannten Körper zu viel. In seinem Kopf drehte sich alles und er sackte zusammen. Wie lange hatte er sich mit dem Wald beschäftigt? Kaum mehr als eine oder zwei Minuten! Er musste Decora unbedingt finden. Mühsam richtete er sich wieder auf. In welcher Richtung lag der Felsen, den er im Flug gesehen hatte? Verzweifelt ging sein Blick immer wieder über die Baumspitzen. Und dann sah er sie auf einem Felsen in einiger Entfernung von seinem eigenen liegen. Sie hatte sich immer noch nicht geregt.

Der Wald zwischen den beiden Felsen brannte an drei Stellen lichterloh und eine vierte Feuersäule erhob sich in die Luft, als Finn, getrieben von Angst um seine Begleiterin, verzweifelt versuchte, den sichersten Weg zu ermitteln.

Er keuchte und mit jeder Sekunde wurde seine Angst größer. Vielleicht war Decora verletzt. Alleine würde er den weiteren Weg nicht bestreiten, nein! Er hatte Decora versprochen, dass er für sie da sein wollte, dass er auf sie achtgeben würde: Und nun lag sie da und konnte sich nicht helfen – er aber konnte sich bewegen und klar denken, wenn er sich dazu zwang!

Drei blaue Blitze erhoben sich in den ausgebrannten Löchern im Wald. Es war unmöglich, einen sicheren Weg zu ermitteln! Purer Zufall schien diese Naturgewalten zu lenken.

Finn schloss die Augen und hörte auf seinen Herzschlag. Er atmete tief, um sich zu beruhigen. Es gab keine andere Möglichkeit, er musste los – und zwar sofort!

Vor seinem inneren Auge loderten Flammen turmhoch neben seinem eigenen rennenden Ich auf und versengten seinen Körper. Er öffnete die Augen wieder und das Bild, das sich ihm bot, war weit weniger schlimm als das in seiner Fantasie. Die Abstände zwischen den Feuern und Blitzgewittern waren in Wirklichkeit recht groß. Er musste sich zusammenreißen!

Um sich selber anzufeuern, schrie er laut und verzerrte sein Gesicht. Sein Blick schwenkte noch einmal zu Decora hinüber.

Entschlossen rutschte er den Felsen hinunter, überschlug sich in seiner Hast und schlug auf dem Waldboden auf. Er rappelte sich fieberhaft auf und sah vor sich den dichten Wald, der kaum einen Blick in den Himmel zuließ. Dicht an dicht standen die Stämme und überall lagen zerborstene und gebrochene Äste und Stämme im Unterholz. Decoras Felsen konnte er nicht mehr sehen, wusste aber, dass er irgendwo vor ihm aus dem Wald ragte.

Er hörte das Zischen eines brennenden Baumes weiter links. Finn kämpfte sich durch das Unterholz. Hastig erklomm er abgestorbene und verkohlte Baumstümpfe und schwang sich zwischen peitschenden Ästen durchs Dickicht. Der Weg war beschwerlich und die scharfen Äste schnitten ihm in Arme und Gesicht. Da tat sich vor ihm plötzlich eine Lücke im Wald auf. Im ersten Moment wollte er das leicht begehbare Stück für seinen Weg nutzen, besann sich aber im letzten Augenblick eines Besseren. Nur wenige Schritte davor wechselte er seine Richtung und schoss haarscharf an der Lücke vorbei. Direkt neben ihm teilte sich der Boden und das Beben riss ihn von den Füßen. Der riesige Stamm, der aus dem Boden schoss, wirbelte Erde auf und Finn hielt sich die Arme vor das Gesicht, damit ihn geschossartig umhersausende Steine nicht bewusstlos schlugen. Blaues Licht umgab den Stamm und hüllte das Halbdunkel des Waldes kurze Zeit in grellen Schimmer.

Finn zwang sich zurück auf die Füße und kämpfte sich weiter, denn er wusste, was nun passieren würde! Hinter ihm erhob sich ohrenbetäubender Lärm um den neuen Stamm. Die neuen Äste und Zweige peitschten kreisförmig in den nebenstehenden Wald. Überall wurden gewaltige Holzteile umhergeschleudert und abgebrochene Äste schwirrten wie Pfeile in alle Richtungen. Finn versuchte, wieder seinen Kopf zu schützen und rannte dabei weiter nach vorn. Die

Holzstücke flogen ihm um die Ohren und blieben in den ihn umgebenden Stämmen stecken. Sein Blätterwams zerriss am Rücken. Die Holzgeschosse prallten gegen seine nackte Haut und stießen ihn zu Boden.

Ein mächtiges Krachen kündigte hinter ihm einen fallenden Baum an. Finn robbte ein Stück weiter und suchte Schutz unter einem liegenden Stamm. Über ihm rumpelte das Holz und er wurde unter der Last des Stammes in den feuchten Boden gedrückt. Laub und dolchartige Nadeln rieselten durch die spärlichen Löcher im Blätterdach und bedeckten Boden und dichtes Strauchwerk.

Finn konnte mit Mühe aus seiner kleinen Höhle unter dem Baumstamm hervorkriechen und quälte sich gebückt ein Stückchen weiter. Es prasselte so laut wie in einem Hochofen. Sein Körper war wie durch ein Wunder weitestgehend unverletzt geblieben. Er versuchte, sich wieder aufzurichten. Seine Augen waren von Dreck verklebt und mehr taumelnd als gehend bahnte er sich seinen Weg Stück für Stück vorwärts. Undeutlich konnte er rechts neben sich einen Brand zwischen den Bäumen erkennen. Hier unten im Wald wechselte der Geruch mit jedem Schritt. Qualm stieg ihm in die Nase und die verbliebene Luft wurde ihm aus den Lungen gesogen. Den letzten Schritt machte Finn nur noch blind tastend.

Seine Hände berührten Stein und er wusste, dass er den Felsen endlich erreicht hatte. Er umfasste wie in Trance die steinernen Vorsprünge. Seine nackten Füße spürten ohnehin nicht mehr viel. Der Felsen war steiler als der erste, aber überall konnte er etwas Halt finden. Schließlich griff er über die oberste Kante und zog sich erschöpft auf das flache Plateau.

Sein Blätterwams hatte sich mittlerweile fast völlig verabschiedet und sein Rumpf war über und über von blutigen Kratzern und

Beulen überzogen. Finn rollte sich ein Stück vorwärts, rieb über sein Gesicht und zwang sich, die Augen wieder zu öffnen.

Nur wenige Meter entfernt von ihm lag Decora! Auf allen vieren kroch er zu ihr hinüber. Er beugte sich behutsam über die junge Frau und vergaß für den Moment all seine Blessuren. Ihre Brust senkte sich sanft auf und ab. Sie atmete! Vorsichtig drehte er sie zu sich hin. Auch seine Arme fühlte er nicht mehr. Decoras Augen waren halb offen. Sie atmete flach. »Finn?«

Finn war erleichtert. »Decora, hast du dir was getan? Bist du verletzt? Ich dachte, du wärst bewusstlos oder …«

Finn wollte den Gedanken nicht aussprechen und bedankte sich im Stillen, dass Decora noch lebte.

Decora keuchte und verzog ihren Mund. »Der Papagei – es ging alles so schnell!«

Ihre Stimme war ganz leise. »Aber wir mussten es doch tun … Wieso hat Raukelunk uns nicht gewarnt?«

Decoras Augenlider schlossen sich. Sekunden später öffnete sie sie wieder. Ihr Bein lag seltsam gebogen da.

»Und wie geht es dir, Finn? Ich habe dich sofort aus den Augen verloren!«

»Mach dir keine Gedanken, ich bin okay! Was ist mit deinem Bein? Kannst du es bewegen?«

Decora machte ein paar angestrengte Verrenkungen. »Ja, ich denke schon. Alles in Ordnung.«

Sie drehte ihren Kopf zu Finn. »Weißt du, der Papagei hat mich einfach so abgeworfen, als wir kurz über dem Boden waren, ich konnte mich zuerst nicht mehr bewegen. Wo warst du?«

Plötzlich weiteten sich ihre Augen. »Was ist mit deinem Gesicht?« Finn konnte der Lunata den Schrecken förmlich ansehen.

Er lächelte gequält. »Ich habe bloß gesehen, wie du hier lagst. Ich bin auf einem anderen Felsen gelandet und hab Panik bekommen, dass du verletzt bist. Dann bin ich durch den Wald zu dir gelaufen.«

»Du bist direkt durch den Wald gelaufen?«

Decoras Stimme war jetzt ganz leise: »Oh, Finn! Ich habe den Wald gesehen, als ich hier lag. Bist du denn lebensmüde? Und du blutest. Sieh nur, wie dein Oberkörper ausschaut! Was hast du dir nur gedacht?«

Mühsam setzte sie sich auf.

Finn schaute an seinem Körper hinab und befühlte seinen Kopf. Sein Pflanzenrock war zwar noch vorhanden, hing aber in Fetzen an seiner Hüfte und überall tropfte das Blut aus zahllosen Schnitten. Als Finn seinen geschundenen Körper sah, überkam ihn mit einem Mal auch der geballte Schmerz. Seine Glieder verkrampften sich und ermattet fiel er zurück auf den Stein.

»Finn! Werde mir jetzt bloß nicht ohnmächtig, hörst du mich!«

Decoras Stimme drang nur noch leise zu ihm herüber.

Finn murmelte: »Keine Sorge! Schließlich bin ich doch dein Ritter und ein Ritter kennt gar keinen Schmerz … Oder war das nur bei einem Indianer …?«

Dann wurde es schwarz um ihn.

Der Wandernde Wald

Als Finn erwachte, schaute er in die besorgten Augen von Decora, die sich über ihn beugte.

»Oh, Finn! Du hast mir vielleicht einen Schrecken eingejagt! Ein Ritter kennt keinen Schmerz, na klar! Aber unverwundbar ist er bestimmt nicht! Du hättest nicht unvorbereitet in den Wald rennen dürfen! Und dann wirst du einfach so bewusstlos. Ich wusste nicht, was ich machen sollte! Ich hab mir solche Sorgen gemacht. Ich bin so froh, dass du wieder wach bist …« Decora redete wie ein Wasserfall. »Was hast du dir nur gedacht?«

»Ich wollte nach dir sehen, du hast dich nicht bewegt.«

Finn kamen die Worte nur schwer über die Lippen.

»Warum hast du mich denn nicht gerufen? Ich hätte dich bestimmt gehört.«

Finn überlegte angestrengt. Hatte er nicht nach Decora gerufen?

»Wie lange war ich denn weg?«

»Vielleicht zehn Minuten. Jag mir bloß nicht noch mal so einen Schreck ein!« Decora lächelte erleichtert.

»Das kann ich nur zurückgeben.« Finn lachte auf, endete aber in einem Hustenanfall. Seine Rippen schmerzten entsetzlich. Langsam richtete er sich auf.

»Ich glaube, ich habe mich nicht verletzt. Nur ne' Menge Kratzer. Ist bei dir auch wirklich alles in Ordnung?«

»Ja, alles halb so wild. Dich hat es bedeutend schwerer getroffen, wenn ich dich so anschaue. Aber das ist auch kein Wunder, nachdem du da unten durchgelaufen bist.«

Ein leichtes Rot überzog ihre Wangen: »Danke übrigens, dass du mich schon wieder retten wolltest.«

»Du solltest mich eben nicht damit necken, dass ich ein Ritter bin, sonst halte ich mich bald noch wirklich für einen. Dann kann ich für nichts garantieren.«

Finn zog mit einiger Anstrengung seine Augenbraue hoch.

Decora kicherte. »Wenn du dich nun mal wie ein Ritter benimmst!«

Finn unterdrückte einen erneuten Hustenreiz. »So wie es aussieht, scheint es uns schon wieder viel zu gut zu gehen für so einen Rückschlag wie eben.«

Er befühlte seine Rippen. »Nichts gebrochen, würde ich sagen. Und bei dir ist auch alles in Ordnung. Daher will ich mich nicht beschweren. Ich frage mich aber, was wir anders hätten machen müssen …«

»Und warum uns Raukelunk keine Tipps gegeben hat!«, ergänzte Decora.

Plötzlich kam Finn ein Gedanke. »Apropos Raukelunk, wo sind eigentlich unsere Murmler?« Er hatte Angst, die kleinen Tierchen beim Ritt durch die Wolken oder im Wald verloren zu haben.

»Mach dir keine Gedanken«, beruhigte ihn Decora. »Denen geht es besser als uns.«

Schon kamen die winzigen Geschöpfe hinter ihr hervorgekrochen und piepsten empört in Finns Richtung. »Offensichtlich hat sich dein Murmler von dir verabschiedet, als du in den Wald gelaufen bist. Er kam zu uns gerannt, als du bewusstlos warst.«

Finn streichelte beide Murmler behutsam, die ihm seine Unbesonnenheit offenbar sofort verziehen und sich an ihn kuschelten.

Laut ertönte weit über Finn und Decora ein glockenheller Pfiff. Der Ton sirrte lange durch die Luft und verschwand allmählich im Wind. Finn glaubte, einen der Papageien über ihnen zu erkennen, der geschmeidig in die Richtung flog, in der er das Landesinnere vermutete. Der Schwarm der Papageien war von hier unten durch die Wolkendecke kaum zu erkennen und nur ganz weit oben konnten die beiden einige winzige Silhouetten ausmachen.

»Was meinst du, was das war?«

Decora spähte angestrengt in die Luft. Finn antwortete: »Ich vermute mal irgendeine Pfeife. Aber genau sagen kann ich's dir auch nicht!«

Ganz weit draußen im Wald erkannte Finn vage etwas dahinhuschen, das sich von einem großen Felsen hinab in den Wald bewegte.

»Hast du das da vorne gesehen?«

Finn deutete in die Richtung, in die der Schatten entschwunden war.

»Nein, ich habe nichts gesehen. Was war denn?«

»Ach, nicht so wichtig«, gab Finn zurück. »Ich dachte, ich hätte einen Schatten gesehen. Aber es war wohl doch nichts. Wir sollten uns lieber Gedanken machen, wie wir hier wegkommen. Der Weg durch den Wald war alles andere als ein Kinderspiel! Zum Glück habe ich die Tasche nicht verloren.«

Ordentlich ramponiert lag die Umhängetasche neben den beiden. Finn kontrollierte, ob alles noch da war. Sie hatten Glück: Selbst das Wasserglas war bei seinem Rettungsversuch nicht zerbrochen.

Finn trennte sich von seinem Pflanzenrock, der ohnehin nur noch nutzlos und ohne Halt herumbaumelte. Glücklicherweise hatten seine Boxershorts die vergangenen Ereignisse überlebt.

So saß er abermals halb nackt neben Decora und folgte ihrem nachdenklichen Blick über den Wald. Nach seinem Rettungsversuch war ihm auch nicht mehr kalt. Im Gegenteil: Die frische Luft im Schatten, den der Berg auf ihren Rücken warf, kühlte seine kleinen Wunden auf angenehme Art und Weise. Das Feuer wechselte sich weiterhin unentwegt mit den Wiederauferstehungen ab und würde vermutlich niemals aufhören.

Bald aber stellte auch Decora fest, dass eine sehr große Fläche des Waldes ganz ruhig war, während nur wenige Teilstücke vom Feuer und den Blitzen in Mitleidenschaft gezogen wurden. Außerdem entstanden die Bäume nur dort neu, wo sie kurz zuvor verbrannt waren. Nachdem sie eine ganze Weile den Wald beobachtet hatten, glaubten sie, allmählich ein Muster im scheinbaren Chaos zu erkennen: Dabei war Muster vielleicht nicht das richtige Wort, aber Finn bemerkte, dass die Orte, an denen sich die Prozedur kürzlich abgespielt hatte, offensichtlich für längere Zeit vom Feuer verschont blieben. Es bestand also eine Chance für sie, sich diese Intervalle zunutze zu machen, und so von einer Felseninsel zur nächsten zu gelangen, um dort zu verschnaufen. Die Steine boten einen guten Überblick über das Terrain und der Tag war so klar, dass sie einige hundert Meter Wald ins Landesinnere übersehen konnten. Etwa zwei Stunden planten sie ihren Weg über die näheren und etwas weiter entfernten Felseninseln und machten ihre müden Glieder währenddessen langsam wieder locker, indem sie auf dem geräumigen Felsen hin- und herliefen.

Als sie schließlich keine Argumente mehr fanden, um noch länger dort zu verweilen, machten sie sich endlich auf den Weg. Im Hinterkopf schwebte Finn stets Raukelunks Zeitangabe von einer Woche, die er für den Weg nach Weit-Alon veranschlagt hatte, und heute hatten sie noch nicht einmal einen halben Kilometer geschafft!

Sie beobachteten den Wald und als schließlich eine Schneise vor ihnen in Richtung Westen zur nächsten Felseninsel den Feuer- und Blitzzyklus durchlebt hatte, rutschten Finn und Decora den Felsen mit klopfenden Herzen hinunter und schlugen sich ins dichte Unterholz.

Brände waren mal rechts, mal links von ihnen zu sehen und einmal vernebelte ihnen Qualm die Sicht. Schlussendlich landeten sie aber ohne Zwischenfälle auf dem angepeilten Felsen.

Sie schauten zurück und waren positiv gestimmt, dass sie einen Weg gefunden hatten, der nicht nur auf Glück beruhte.

Ihre Taktik war in der Tat wirkungsvoll. Immer weiter drangen sie auf ihrem Weg gen Westen vor und hatten bald ein besseres Gespür dafür, wie sie von Fels zu Fels gelangen konnten. Nur einmal verschätzten sie sich bei ihrer Prognose, erreichten aber dennoch knapp die rettende Insel.

Als der Schatten des Hochplateaus sie nicht mehr erreichte, zeigte die Sonne ihr unbarmherziges Gesicht.

Die Felseninseln erwärmten sich schnell und schon bald waren sie so heiß, dass Finn und Decora dort kaum noch Pausen machen konnten. Auch Decora wurde trotz des Lichts immer müder und am Nachmittag trauten sich beide nur noch zögerlich in den Wald, denn sie hatten Angst, vor Erschöpfung nicht schnell genug vorwärtszukommen.

Zu ihrem Glück aber blieben die Abstände der Felseninseln

recht klein. Die Inseln waren stets innerhalb weniger Minuten zu erreichen, obwohl das Unterholz im dichten Wald durch ineinander verkeilte Stämme und riesige Äste nur schwer zu durchdringen war.

Am späten Nachmittag waren die beiden am Ende ihrer Kräfte. Der Sonnenschein ließ allmählich nach. Am Sonnenstand erkannten sie, dass sie in die richtige Richtung gegangen waren. Zufrieden schauten sie auf ihr Tageswerk zurück. Nach stundenlanger Wanderung befanden sie sich über einem endlos anmutenden Waldmeer und nach allen Seiten bot sich ihnen der gleiche Anblick.

Das Felsplateau erhob sich am Horizont fern im Osten in den Himmel. Der Himmel verfärbte sich jetzt glutrot und erschöpft setzen sich Finn und Decora auf den langsam abkühlenden Felsboden.

Finn verspürte schon seit geraumer Zeit großen Hunger und bereitete sich mithilfe ihrer Gefäße und einer Bitterbeere ein herrlich sättigendes und schmackhaftes Mahl zu.

An diesem ausgehenden dritten Tag auf Telluriscor versuchte er mithilfe der erstaunlichen roten Frucht zum ersten Mal Schneeäpfel zu kosten. Er fragte sich, ob die Bitterbeeren ihm auch den richtigen Geschmack vorgaukelten, denn probiert hatte er einen solchen Apfel ja noch nie. Das, was er schmeckte, enttäuschte ihn aber so oder so nicht. Raukelunk hatte nicht übertrieben! Finn konnte sich in diesem Moment kaum etwas Herrlicheres vorstellen, als die sonderbar kalten Früchte, die nur weit im Norden von Telluriscor wuchsen.

Auch Decora konnte der Versuchung nicht widerstehen und probierte die eisige Kost. Auch ihr schmeckten die Schneeäpfel, aber sie wartete dennoch lieber auf den rasch aufgehenden Mond, der ihr genug Verpflegung war.

Decora setzte sich allein an den Rand des Felsens und legte ihren Kopf weit in den Nacken, die Augen geschlossen gen Himmel gerichtet. Ihre Haare wehten in der kühlen Abendluft. Finn beobachtete sie verträumt von der Mitte ihrer geräumigen Insel und dachte über ihre Situation nach. Je mehr er versuchte, sich auf sein altes Leben zu konzentrieren, auf die Universität, auf die er noch nicht lange gegangen war, oder auf seine Eltern, desto mehr wurde ihm klar, dass ihn solche Gedanken hier nur belasteten, und er versuchte sie weit fortzuschieben. Eine Wahl hatte er ohnehin nicht: Er würde die Gefahr und das Abenteuer, alles, was ihm im Tausch für sein früheres Leben gegeben worden war, akzeptieren und die Erde einstweilen zurückstellen müssen.

Er blickte über das weite Land und mit einem Mal fühlte er sich ungeheuer frei.

Bald sah er Decora, die sich langsam erhoben hatte und nun mit gleißend leuchtenden Augen auf ihn zukam. Wieder schimmerte auch ihr Haar in der Dämmerung weiß. Wenn dieser Anblick nicht für alle Strapazen, auf welcher Welt auch immer, entschädigte, was dann?

Decora setzte sich neben ihn und beide genossen zusammen die beeindruckende Aussicht. Um sie herum war ein Schauspiel aus Lichtern und Farben zu sehen, das einzig für sie da zu sein schien.

Als es immer frischer wurde und die Nacht den Felsen schließlich in ihrer Dunkelheit verschluckte, flüsterten sie sich gegenseitig ihre bisherigen Erlebnisse zu. Sie sprachen auch über die Schlacht, die einstmals genau dort getobt haben sollte, wo sie nun saßen, und über die schrecklichen Gräueltaten der beiden Heere, und rätselten, ob es sich wohl wirklich so abgespielt haben könnte. Später malten sie sich aus, wie sie in Weit-Alon in den Archiven der Inobliten-Gilde nach verborgener Literatur über Portale suchen würden, oder machten sich Gedanken, wie wohl die Trolle und Gwillinge in Felsgau aussahen, und ob ihnen der Troll Fred wohlgesonnen wäre.

Als schließlich der Mond seinen Zenit erreicht hatte, wurde ihnen zu kalt auf den nackten Steinen. Sie starteten zum letzten Mal an diesem Tag in den Wald direkt unter ihnen und sammelten so schnell sie konnten große Blätter und Äste von Büschen und Sträuchern zusammen. Decoras Leuchten bot ihnen dabei genügend Licht, damit sie um sich herum das Nötigste erkennen konnten. Äste von den Bäumen zu nehmen, wagten sie nicht, denn sie waren nicht sicher, ob nicht auch abgetrennte Pflanzenteile Feuer fangen konnten.

Nach einer Weile hatten sie genügend beisammen. Einige große Farnblätter, die im Unterholz wuchsen, nutzten sie als Decke. Moose und Gräser bildeten hingegen einen wärmenden Untergrund.

Kaum waren sie mit der Arbeit fertig, fielen sie bald Seite an Seite in tiefsten Schlaf.

Felsgau

Am nächsten Morgen wurden Finn und Decora von der Sonne geweckt, die sich für kurze Zeit zwischen den dichten Wolken zeigte. Nebel hing über dem Wandernden Wald und nur hier und da ragte ein Baumwipfel aus dem feuchten Dunst. Die Luft war kühler als am Vortag und Finns Knochen schmerzten von der Nacht auf dem harten Felsen. Die zusammengesuchten Blätter hatten zwar schlimmere Verspannungen verhindert, dennoch fiel ihm das Aufstehen nicht unbedingt leicht. Ihn fröstelte ohne seine Blättertoga und hier eigneten sich die Pflanzen weniger als im Lampignon-Wald, um ihm als Kleidung zu dienen. So beschlossen sie beide, alsbald wieder aufzubrechen und hofften, Felsgau an diesem Tag zu erreichen.

Finn sagte: »Weit-Alon ist ungefähr eine Woche entfernt. Laut Raukelunk haben wir die Hälfte geschafft, wenn wir aus dem Wandernden Wald heraus sind. Normalerweise müssten wir ihn also nach drei bis vier Tagen hinter uns gelassen haben. Wenn alles passt, sollten wir heute in Felsgau ankommen.«

»Ich hoffe, dass du recht hast!«, antwortete Decora. »Du brauchst unbedingt etwas Richtiges zum Anziehen und wir könnten beide ein Bad vertragen. Felsgau wird bestimmt irgendeinen Zugang zum Wasser haben.«

Decora blickte sehnsüchtig in die Ferne.

»Dann sollten wir also keine Zeit vertrödeln«, sagte Finn.

Wieder nutzen sie ihre Taktik, um von einer Felseninsel auf die nächste zu gelangen. Heute fiel es ihnen aber deutlich schwerer. Nur langsam und schleppend ging die Reise voran, bis sich schließlich am Mittag der Nebel langsam verzogen hatte und die Sonne ihre klammen Glieder erwärmte und mit neuer Kraft versorgte. Aber auch das hielt nicht lange vor, denn bald erschöpfte sie die nachmittägliche Hitze genauso sehr, wie es vorher die Feuchtigkeit getan hatte.

Allerdings gab es doch einen Lichtblick: Decora bemerkte, dass im Laufe des Tages der Wald merklich lichter wurde. Erst sporadisch, dann immer häufiger machten kleine Lichtungen ihr und Finn das Fortkommen leichter. Es gab weder dichtes Unterholz, noch plötzlich auftretende Feuersbrünste, die ihnen hier das Leben schwermachten. Aufmunternd stieß sie Finn in die Seite, der bereits müder und einsilbiger als sie geworden war.

Als die Sonne weit in den Westen gewandert war, waren Finn und Decora jedenfalls ein gutes Stück vorwärtsgekommen. An einigen Stellen zeigten sich zwischen den tannenartigen Bäumen nun kleine, kreisförmige Stücke Heideland, die wie bunte Farbtupfer aus dem dunklen Grün stachen.

Bei einer ihrer kleinen Verschnaufpausen überlegten sie, ob sie es für heute gut sein lassen sollten, einigten sich aber schließlich doch darauf, noch bis zur Dämmerung weiterzugehen.

Wie sich herausstellte, war ihre Entscheidung richtig gewesen, denn als die Sonne bereits so tief stand, dass sie die einsamen Wanderer blendete, glaubte Decora, weit draußen im Wald ein Felsplateau mit Häusern darauf zu erkennen. Da Finn ihrem hervorragenden Sehvermögen beinahe alles zutraute, war er sich sicher, dass sie noch an diesem Abend Felsgau erreichen würden. Und wirklich konnte auch er nach einiger Zeit winzige schwarze Umrisse in der Ferne ausmachen. Kurz bevor die Sonne endgültig hinter dem Horizont verschwand, orientierten sie sich bereits an kleinen Fackeln, die überall auf dem Plateau vor ihnen aufgestellt waren. Doch es sollte noch eine weitere Stunde dauern, bis sie schließlich auf der Felseninsel standen, die unschwer als das kleine beschauliche Felsgau auszumachen war.

Der Felsblock war genauso hoch wie die anderen und unterschied sich nur in der Größe von allen anderen. Finn und Decora schätzten, dass es sich hierbei tatsächlich um ein kleines Dorf handelte, denn linker und rechter Seite und vor ihnen reihten sich viele Häuser in der Dunkelheit.

Es war ein idyllischer Anblick. Beide hatten zwar damit gerechnet, eine wilde, unbefestigte Siedlung vorzufinden, die perfekt zu ihrem lebensfeindlichen Umfeld passte – doch sie wurden eines Besseren belehrt.

Finn und Decora standen direkt am Rand der großen Platte. Ungefähr fünfzig Schritte vor ihnen begannen die ersten Häuser auf steinernem Grund. Zwar waren sie weder sehr fein noch besonders kunstfertig im eigentlichen Sinne, doch waren sie durchaus ordentlich zu nennen.

Zum größten Teil bestanden die Häuser aus Lehm, aber auch einige Holzhäuser stachen aus den akkurat angeordneten Reihen heraus. Die meisten waren mit Holz umzäunt. Der Gedanke an eine Eigenheimsiedlung erschien Finn geradezu grotesk, und doch wurde er ihn so schnell nicht wieder los. Fast alle Behausungen verfügten über lediglich ein Stockwerk. Nur eine alte, große Mühle erhob sich über die Dächer der Häuser auf der linken Seite.

Zu ihrer großen Überraschung war die Mühle von Wasserkraft angetrieben, denn ein kleiner Bach schlängelte sich unterirdisch vom Wald her in den Felsen und durchhöhlte den Stein. Wo der Fluss entlanglief, gab es eine breite, aufgehauene Rinne in der Steinplatte, die jedem der anliegenden Eigenheime Zugang zum Quellwasser bot. Die Mühle war in Betrieb und knarzte ächzend in der ansonsten stillen Nacht.

Weiter hinten in der kleinen Stadt stach zudem ein steinerner Turm mit verwinkeltem Dach aus der einheitlichen Höhe der Häuser.

An der Bachrinne, die sich quer durch das Dorf wand, hatten die Bewohner geräumige Kästen aufgestellt, in denen saftige Pflanzen wuchsen und die eine willkommene Abwechslung in das ansonsten graubraune Einerlei brachten.

Die Straßen waren hell erleuchtet von zahllosen Fackeln, die leise knisterten. Die breite Straße, auf der Finn und Decora standen, verlief gerade durch die ganze Siedlung. Hier war so gut wie nichts los, erst in einiger Entfernung sahen sie dunkle Gestalten die Straßenseite wechseln. Bis jetzt nahm noch niemand Notiz von ihnen.

»Wir müssen das Haus von Fred finden.« Decora schaute sich um. »Wir sollten uns beeilen, denn es wäre ganz schön unhöflich, mitten in der Nacht irgendwo aufzutauchen.«

Finn stimmte ihr zu, wollte aber trotzdem nicht sofort losgehen.

»Ich hab fast überhaupt nichts an, das ist ein Problem. Womöglich müssen wir einen Haufen Leute fragen und ich komme mir vor wie irgendein Dahergelaufener.«

Decora schmunzelte in der Dunkelheit, nickte aber zustimmend. Immerhin war ihre Kleidung noch einigermaßen zu gebrauchen und sie wollte sich nicht vorstellen, wie unangenehm ihr die Situation an seiner Stelle gewesen wäre.

Für einige Augenblicke schaute sie ratlos um sich. Dann blieb ihr Blick an einem kleinen Zaun hinter der Mühle hängen. Fein säuberlich waren dort gewaschene Kleider zum Trocknen aufgehängt worden.

Auffordernd schaute sie Finn von der Seite an. Der sträubte sich empört, ihre Gedanken in die Tat umzusetzen.

»Ich kann doch nicht einfach so die Sachen stehlen! Ich habe noch nie etwas gestohlen und will heute bestimmt nicht damit anfangen.«

Decora war wenig beeindruckt von Finns Tugendhaftigkeit.

»Überleg doch mal! Wie wahrscheinlich ist es, dass wir just in dem Moment, wo wir Kleidung brauchen, spät abends an einem völlig fremden Ort welche finden? Ich würde das als Zeichen sehen. Aber bitte, schlag diese Einladung des Schicksals ruhig aus und klopf bei ein paar Trollen an. Die geben dir bestimmt gerne ein paar Pelze oder so etwas. Ich würde auch jedem Nackten, der in der Nacht vorbeikommt, gerne meine Sachen zur Verfügung stellen. Besonders wenn ich ein Troll wäre, die laut Raukelunk ja etwas mürrisch sind.«

Eigentlich fand sie es lustig zu beobachten, wie Finn sich zierte. Was die Tugendhaftigkeit anging, war sie in jedem Fall an einen echten Ritter geraten!

»Außerdem musst du ja nichts stehlen. Vielmehr wirst du die Kleidung eintauschen«, fügte sie geheimniskrämerisch hinzu.

Finn schien immer noch nicht zu verstehen, worauf sie hinauswollte, denn er machte keine Anstalten, sich zum Zaun zu bewegen.

»Jetzt komm schon!«, wurde sie ungeduldig. »Gerade ist hier niemand. Wer weiß, wie lange das noch so bleibt!«

Decora zog Finn einfach mit sich. Über dem Zaun hingen einige einfache, aber zweckmäßige Umhänge und lederartige Hosen. Zwei graue Pullover hatten sogar annähernd Finns Größe.

»Wir werden ein paar Bitterbeeren hierlassen«, erklärte Decora. »Als Gegenleistung sozusagen. Dann stehlen wir die Sachen nicht.«

Sie grinste, als Finn endlich nachgab und sich eilig einen Pullover, eine Hose und einen der Umhänge vom Zaun nahm. Offensichtlich wollte er sich doch nicht die Blöße geben, weiterhin halb nackt herumzulaufen.

Decora hatte inzwischen die Tasche an sich genommen und breitete den zweiten Pullover sorgfältig auf einem sauberen Stück Boden aus. Sie nahm eine halbe Handvoll Bitterbeeren und legte sie darauf. Finn beobachtete sie mit seinen neuen, *getauschten* Sachen unter dem Arm. Decora warf ihm einen mahnenden Blick zu. Er sollte sich lieber beeilen! Endlich zog er sich die neuen Sachen an. Schuldbewusst sah er sich dabei nach allen Seiten um. Decora war froh, als er endlich fertig war, und sie sich von der Mühle fortstehlen konnten.

Je kleiner die Mühle wurde, desto sicherer fühlte sich Finn. Er genoss es immens, nicht mehr in Blättern oder nackt umherzulaufen, und befühlte den neuen Stoff. Seine Hose bestand aus derbem Leder und war dazu gefertigt, großen Strapazen standzuhalten. Sie passte mit ihrem braunen Farbton ganz gut zu seinem grauen Pullover. Der Pullover war grobmaschig und die Ärmel ein winziges Stück länger als Finns Arme. Sollte es kalt werden, dachte Finn, wäre dies sicherlich ein Vorteil. Der leichte Umhang reichte ihm bis zu den Kniekehlen und besaß eine große Kapuze. Er konnte am Hals und zusätzlich vor der Brust unter den Armen mit starken Lederbändern zusammengeknotet werden und war ebenfalls in dunklem Braun gehalten.

Als Finn und Decora die lange Hauptstraße hinuntergingen, fügte sich Finn bestens in den Kleidungsstil der Leute ein, die ihnen über den Weg liefen. Lediglich Decora wollte so gar nicht ins Bild passen und zog einige Blicke auf sich, die aber schlimmstenfalls ein ungläubiges Kopfschütteln folgen ließen.

Die Passanten, denen die beiden Wanderer begegneten, waren, wie Raukelunk vorhergesagt hatte, zum großen Teil Gwillinge oder Trolle. Die Gwillinge zeigten sich in für Finn und Decora bereits bekannter Art: Allesamt waren es dicke, wenn nicht fette Gesellen, die Finn ungefähr bis zur Hüfte reichten. Ihre Kleidung bestand zumeist aus einem karierten Holzfällerhemd, das anscheinend groß in Mode war. Einige trugen dazu, wie schon Tumri und Tamnario, grobe Latzhosen, andere gaben sich mit normalen Hosen zufrieden. Keiner der kleinen Kerle schien es für nötig zu halten, einen Umhang oder eine Jacke zu tragen. Finn und Decora waren sich allerdings nicht sicher, ob das damit zu tun hatte, dass gerade Sommer war.

Das Erste, was ihnen beim Anblick der Trolle ins Auge stach, war ihre grünliche Haut. Was bei Tage vermutlich nicht großartig aufgefallen wäre, war bei Nacht jedoch etwas ganz anderes: Im Mondlicht leuchtete die grüne, glatte Trollhaut.

Die Trolle hatten spitze Ohren und meist kurze schwarze Haare oben auf dem Kopf. Einige ältere Trolle waren schon ergraut. Ihr Kleidungsstil war im Gegensatz zu dem der Gwillinge nicht besonders einheitlich. Jeder trug unterschiedliche Kleidung. Gemeinsam war ihnen nur, dass kein Troll Ärmel an seinen Oberteilen besaß. Selbst wenn ein Oberteil mal welche gehabt hatte, konnte man deutlich erkennen, dass diese mit wenig Feingefühl abgerissen, in den seltensten Fällen abgeschnitten worden waren. Die freiliegenden Arme waren allesamt muskulös.

Finn war überrascht, dass die Trolle nicht größer waren als er selbst, sondern eher noch ein Stückchen kleiner oder bestenfalls genauso groß. Außerdem zeigten sie sich meist mit grimmigen Gesichtern, wie Raukelunk ja schon zu bedenken gegeben hatte, hielten dennoch Abstand zu den Neuankömmlingen und rückten ihnen nicht zu Leibe.

Nach einiger Zeit, die Finn und Decora mehr oder weniger planlos durch die Gassen gestreift waren, um sich ein Bild von Felsgau zu machen, sahen sie auch weibliche Trolle, die sich von ihren männlichen Pendants in der Länge der Haare, feineren Zügen und weniger Muskeln unterschieden. Ganz offensichtlich waren die Männer bei ihnen die Arbeiter.

»Ich frage mich, wie weibliche Gwillinge wohl aussehen. Bis jetzt ist uns noch keine Gwilling-Dame über den Weg gelaufen.«

»*Gwilling-Dame*?« Finn zog ungläubig seine Augenbrauen hoch. »Ob die so genannt werden? Das wage ich zu bezweifeln.«

Decora legte ihre Stirn in Falten und dachte nach.

Finn aber sagte: »Trotzdem habe ich mich genau dasselbe gefragt! Raukelunk hat jedenfalls berichtet, sie wären nicht dick. Aber jetzt haben wir wirklich andere Probleme. Wir trödeln hier schon viel zu lange herum! Wir sollten uns auf die Suche nach Fred machen. Oder wir verbringen noch eine Nacht draußen.«

»Vorausgesetzt, er lässt uns rein«, ergänzte Decora und runzelte abermals die Stirn.

Finn beschwichtigte: »Ach, das wird schon werden. Aber wenn wir uns jetzt nicht beeilen, werden unsere Chancen deutlich geringer, ihn nicht zu verärgern, wenn wir in tiefster Nacht ankommen.«

Aber wo sollten sie beginnen? Decoras Haar tanzte ihr leuchtend im Gesicht und einige Passanten, die in dunklen, aber leichten Mänteln unterwegs waren, pfiffen der Lunata hinterher. Obwohl eigentlich Decora an der Reihe gewesen wäre zu erröten, bekam Finn einen hochroten Kopf und hatte krampfhaft das Gefühl, irgendetwas dazu sagen zu müssen. Augenblicke später waren die Passanten aber bereits vorübergezogen und Decora schien dem ganzen Vorfall keine Aufmerksamkeit zu schenken. Finn ärgerte sich trotzdem, nichts gesagt zu haben. Leise grummelnd schaute er sich weiter unschlüssig in der Gegend um.

»Ich weiß, was wir machen! Siehst du da vorne?« Decora zeigte in eine Straße.

Finn schaute missmutig in die ihm gewiesene Richtung.

»Was genau meinst du?«

Finn konnte lediglich ein Schild über der Tür eines länglichen Gebäudes sehen. Allerdings sah er nicht, was darauf abgebildet war.

»Ich glaube, da vorne ist ein Gasthaus oder so etwas Ähnliches. Da können wir leicht ein paar Leute fragen, ob sie wissen, wo Fred wohnt. Irgendwo müssen wir ja anfangen. Also los, komm mit und steh' da nicht einfach so rum! Das hilft uns nämlich auch nicht weiter!«

Finn knurrte und folgte Decora, die schon eiligen Schrittes losging.

Als sie näher kamen, erkannte auch Finn, dass es sich um eine Kneipe handelte. Das Gebäude war länger als die anderen und Licht fiel aus den bunten Fenstern, die mit Schmuckgittern versehen waren. Hindurchsehen konnte man allerdings nicht, da die Fenster aus Milchglas waren.

Die Tür war nicht besonders groß, hatte aber dafür eine umso gigantischere schwarze Klinke, die kunstvoll geschwungen zu den schwarzen Scharnieren der Tür passte. Das Schild über dem Eingang zeigte einen besonders fetten, tanzenden Gwilling, der in jeder Hand einen vollen, schäumenden Krug hielt, die auf beiden Seiten überschwappten. In goldenen Lettern stand darüber *Zum Papageien-reiter*. Das Schild wurde von zwei riesigen Fackeln, die vor dem Haus im Boden steckten, erleuchtet.

»Na das passt ja«, knurrte Finn.

»Ich würde mich wundern, wenn ein so fetter Gwilling vernünftig auf einem der Papageien reiten könnte«, sagte Decora.

»Tja, vielleicht werden wir drinnen ja eines Besseren belehrt. Also, auf geht's!«

Finn drückte beherzt die mächtige Türklinke nach unten.

Sofort schlug ihnen warme, stickige Luft entgegen. Er kniff wegen des hellen Lichts im Inneren einen Augenblick lang die Augen zusammen.

Hinter einem kleinen, halb offenen Flur lag der Hauptraum. Dort standen die Tische in jeweils separaten, engen Nischen. Hinter dem Tresen, der sich gegenüber dem Eingang befand, gab es eine gut bestückte Schrankwand mit allerlei Getränken und Gläsern.

In der hinteren rechten Ecke befand sich ein kleines Podest, auf dem eine Gruppe mit merkwürdigen Instrumenten, die weder Finn noch Decora je gesehen hatten, musizierte. Die Band bestand aus einem hoch gewachsenen Mann mit dunkler Hautfarbe, nacktem Oberkörper und Glatze, einer hübschen blonden Frau, die sehr bunt gekleidet war, und einem Gwilling, der eine schwarze Robe trug.

Der Mann spielte eine riesige Flöte, aus deren Löchern bunte Lichter schienen, je nachdem, welchen Ton er aus seinem Instrument blies. Die Frau zupfte an einer Art Laute, deren Töne bei ihr noch ganz leise ihren Anfang nahmen, und je weiter diese in den Raum schwebten, ihre Tonart änderten und sich melodisch in der Luft verzerrten. Der Gwilling wippte hin und her und zog behände und im Takt an langen Schnüren, die von der Decke hingen und dort mit metallenen Zahnrädern verbunden waren, die, sich ständig anders ineinander drehend, verschiedene Töne und Geräusche von sich gaben. Dazu sang die Frau, mal leise, mal lauter, erst schnell, dann wieder langsamer, eine sich nach einiger Zeit stets wiederholende Melodie, die nicht aus richtigen Worten bestand.

Finn hatte das Gefühl, die seltsame Musik würde genau zu ihm passen und wäre eigens für ihn komponiert worden. Diejenigen Gäste, die ebenfalls dem Stück lauschten, wirkten genauso verzückt. Eine geraume Zeit lang konnte er sich unmöglich von der Band und ihrer eigenartigen Musik abwenden, so fremd und beeindruckend zugleich war das Erlebnis. Er bemerkte, dass auch Decora der Musik lauschte und sich dabei nicht rührte.

»Diese Musik, so etwas habe ich noch nie zuvor gehört … Du?«, fragte er.

»Nein, das ist auch für mich neu«, antwortete Decora. »Aber sie ist wunderschön. Als ob sie für mich gemacht wäre.«

Noch eine Weile standen sie so da, doch schließlich riss Finn sich los und stupste seine Begleiterin an. In diesem Moment war die Musik plötzlich wie ausgeblendet. Höchst eigenartig, dachte er. Aber sicherlich war hier Zauberei mit im Spiel!

Sie schauten sich weiter um. Überall im Raum standen oder hingen Töpfe, die mit jeder Menge Grünpflanzen bestückt waren. Zusätzlich zu vielen Kerzen brannten in Metallschalen, die von der Decke hingen, kleine Feuer.

Das Wirtshaus war voller Leute. Überall tranken und aßen, palaverten oder sinnierten in sich versunken Trolle, Gwillinge und einige wenige Menschen. In einer Nische saßen sogar zwei Bacariten, die sich leise miteinander unterhielten.

Decora zog Finn kurzerhand mit sich zum Tresen. Immerhin waren sie hier, um Informationen zu bekommen. Wenn sich jemand auskannte, dann sicherlich der Wirt! Neben einer Treppe hinter dem Tresen, die nach unten wohl in einen Keller führen musste, standen vier riesige Holzfässer. Decora fragte sich, wie lange es wohl gedauert hatte, in den Felsen einen Keller hineinzuhauen.

Drei Trolle, die rechts am Tresen hockten und in ihren Krügen eine schäumende Flüssigkeit hatten, starrten sie an. Gerade tauchte vor ihnen ein weiterer Troll auf, der sich offensichtlich hinter dem Tresen gebückt hatte. In seiner Hand hielt er einen großen Krug, den er mit einem alten Lappen bearbeitete, obwohl der schon lange trocken war.

»Was kann ich für euch tun, Fremde?«, fragte er. In seinem rechten Ohr blinkte ein großer silberner Ring und eine klaffende Zahnlücke kam zum Vorschein, als er sie schief anlächelte.

»Ich bin Albert, der Besitzer des Papageienreiters«, stellte er sich vor. »Kann ich euch vielleicht etwas zu trinken bringen? Gegorenen Blaupilzsaft? Bier? Harzmet? Ihr seht noch ziemlich jung aus, oder täusche ich mich!?«

Sie ließen die letzte Frage unbeantwortet, denn sie hatten ja beschlossen, so wenig von sich preiszugeben wie möglich. Dankend lehnte Decora ab, denn sie besaßen ja kein Geld, um zu bezahlen.

Finn sagte: »Hallo Albert. Das ist Decora und ich bin Finn. Wir sind gerade auf der Durchreise hier und kommen von unserem Freund Raukelunk. Er hat uns zu einem Troll geschickt, der Fred heißt, und wir haben uns gedacht, hier könnte uns vielleicht jemand eine Auskunft geben, wo wir ihn finden können.«

Albert musterte die beiden ausgiebig. »Na ja, ihr scheint ja ganz nett zu sein, obwohl ihr eindeutig Jungvolk seid! Jedenfalls seid ihr hier richtig, denn der gute alte Albert ist immer für nette Leute da, wenn sie mal Hilfe brauchen oder einen Rat suchen. Fred heißt also der Troll, wie?«

Albert machte eine kurze Pause. Gedankenverloren wischte er den trockenen Krug noch trockener.

»Tja, ich kenne ein paar Leute, die Fred heißen und zwei Trolle sind da auch dabei. Leider sind die beiden heute Abend nicht hier und ich habe keine Ahnung, wer von den beiden einen Raukelunk kennt.«

Während er sprach, polierte er seinen Glaskrug immer weiter.

»Aber ich weiß, wer euch da weiterhelfen könnte! Seht ihr die vier Gwillinge da vorne am Tisch? Die zwei Kerle mit den Mädels? Geht mal rüber und fragt dort nach. Die beiden Herren kennen so ziemlich alle und wissen, wer mit wem befreundet ist.«

Decora lächelte freundlich zu Albert hinüber. »Dankeschön, das machen wir.«

Albert verharrte einen Moment, als er Decora direkt in die Augen schaute, sagte nichts, obwohl ihm etwas auf der Zunge zu liegen schien.

Mit Finn im Schlepptau ging die Lunata zu besagtem Tisch. Dort saßen zwei Gwillinge, die doch tatsächlich in Begleitung zweier weiblicher Gwillinge waren. Decora traute ihren Augen kaum, denn zumindest, was die körperlichen Ausmaße betraf, waren sie das komplette Gegenteil der Männer. Obwohl ebenso klein, waren sie doch ausgesprochen schlank. Lediglich ihre Oberweite war recht üppig. Die eine der beiden Gwilling-Damen, oder wie auch immer man sie nun nannte, hatte lange blonde, die andere ebenso lange dunkle Haare.

Die Vier waren wild gestikulierend in ein hitziges Gespräch

vertieft. Ihre kleinen Arme warfen durch das prasselnde Feuer in der Schale über dem Tisch große Schatten an die Holzbalken, die die Nische einfassten.

Der Dünnere der beiden Gwillinge, wenn man das so nennen konnte, rief lautstark: »Lortal, sei doch nicht so mürrisch heute, was denken denn sonst unsere Bräute?«

Die blonde Gwilling-Dame, die ebenso wie die Männer ein kariertes Hemd trug, fiel ihm ins Wort: »Jetzt übertreib mal nicht, mein kleines Schwergewicht. Wir sind noch weit davon entfernt, liiert zu sein. Pass bloß auf, sonst geht's für dich alleine heim!«

Jetzt sprach Lortal, der fettere Gwilling: »Siehst du, jetzt reiß dich zusammen – schließlich sind wir schon allein gekommen.«

Die dunkelhaarige Gwilling-Dame seufzte laut hörbar und rollte mit den Augen. Decora stupste Finn an, um ihn dazu zu bewegen, etwas zu sagen. Finn versuchte, sich durch ein Räuspern Gehör zu verschaffen. Leider missglückte der Versuch und endete in einem heiseren Röcheln.

Von einer Sekunde auf die andere waren die Blicke der Gwillinge auf Finn und Decora gerichtet. Wieder ließ die dunkelhaarige Gwilling-Dame ein lautes Seufzen ertönen. Diesmal galt es Finn, der immer noch röchelte.

Schnell übernahm Decora das Ruder.

»Entschuldigen Sie bitte vielmals, die Herrschaften. Das ist Finn und ich bin Decora. Wir kommen von außerhalb und sind auf der Suche nach einer Information. Albert konnte uns nicht weiterhelfen und hat uns zu Ihnen geschickt. Wir stören nur ungern, aber es ist wirklich wichtig.«

Decora setzte eine Unschuldsmiene auf. Ihre Augen blitzten und sie warf ihre Haare in den Nacken. Der dickere Gwilling wollte etwas sagen, verschluckte sich aber unschön, während er sie anstarrte, und brach in unkontrolliertes Husten aus.

Der dünnere Gwilling fand schneller seine Worte wieder: »Junges Fräulein, welch' angenehme Überraschung! Dabei waren wir soeben auf dem Sprung. Aber bei euch, so förmlich und gut erzogen, da hab' ich's wohl erwogen, euch eine Information zu geben. Doch muss ich erst vernehmen, was euch denn auf dem Herzen liegt, auf dass ihr eure Auskunft kriegt. Und da wir uns bisher nicht kennen, dürft ihr mich gern Aurulion nennen. Doch seid so frei und sagt uns nun, was können wir denn für euch tun?«

»Vielen Dank, Aurulion.« Decora zwinkerte ihm keck zu. Aurulion lachte begeistert auf und pikste seinem immer noch hustenden Kollegen in die Rippen.

»Wir kommen von unserem Freund Raukelunk aus dem Lampignon-Wald. Weil wir hier eine Bleibe für die Nacht suchen, hat uns Raukelunk zu Fred dem Troll geschickt. Leider wissen wir nicht, wo er zu finden ist, und haben gedacht, im Wirtshaus wird uns schon jemand helfen können.«

Aurulion überlegte und flüsterte Lortal, der sich wieder beruhigt hatte, etwas ins Ohr.

Er antwortete: »Wollen wir uns nicht zuerst etwas gönnen? Wie wäre es mit ein, zwei Bechern Wein, würde das nicht äußerst verlockend sein?«

Die beiden Gwilling-Damen warfen sich empörte Blicke zu. Decora wich aus: »Normalerweise furchtbar gern, Aurulion. Aber ich glaube, dass wir uns so schnell wie möglich auf den Weg zu Fred machen sollten. Denn bald ist es schon viel zu spät, um unerwartet bei einem Fremden aufzutauchen. Dein Angebot müssen wir also leider ablehnen. Aber wer weiß, wenn wir heute Nacht bei Fred ausschlafen, können wir das ja morgen Abend nachholen.«

Wieder zwinkerte sie, und zwar so, dass Aurulion glaubte, nur er habe das Zwinkern gesehen.

Finn, bisher unbeteiligt an der Unterhaltung, wollte schon protestieren, aber Decora gab ihm mit einem eindringlichen Seitenblick zu verstehen, sich ruhig zu verhalten. Aurulion gefiel Decoras Antwort offenbar gut:

»Dann bin ich euch nun zum Dienste befohlen! Ich kenne zwei Trolle, die Fred heißen und die hier hin und wieder ein paar Runden schmeißen. Aber nur einer geht öfter in den Lampignon-Wald, ein Troll von stattlicher Gestalt. Wahrscheinlich sucht ihr also den und ihr könnt sogar ruhigen Gewissens zu ihm gehn'. Ihr habt Glück – denn von hier aus ist es bloß ein Stück. Beim alten Wachturm steht sein Haus, geht nur rechts entlang hinaus. Das Haus hat runde Fenster und eine Treppe führt aufs Dach. Bestimmt ist er um diese Zeit noch wach. Vergesst nur nicht, uns morgen mit einem Besuch zu beehren, das könnt ihr uns nun nicht mehr verwehren!«

Aurulion zwinkerte seinerseits, darum bemüht, dass es seine Begleiterinnen nicht bemerkten. Allerdings hatte er von den Gwilling-Damen nichts mehr zu befürchten. Die hatten sich nämlich schon längst schmollend abgewandt und würdigten Aurulion keines Blickes mehr. Lortal kümmerte sich ebenfalls nicht mehr um die beiden, sondern war hin und weg, wie sein Kumpel Aurulion das Treffen mit der schönen Unbekannten eingefädelt hatte, und ließ aufgeregt hustend keinen Zweifel daran, dass ihm das imponierte.

Decora bedankte sich noch ein weiteres Mal und wünschte der gesamten Gesellschaft eine gute Nacht. Finn grummelte zum Abschied und war anscheinend froh, mit ihr von den lüsternen Blicken der Gwillinge zu verschwinden.

Als die Tür hinter den beiden ins Schloss gefallen war, sogen Finn und Decora die frische Luft ein, die die Luft in der Kneipe noch ein Stück stickiger erscheinen ließ, als sie es in Wirklichkeit war. Langsam gingen die beiden die Straße nach rechts entlang, wie Aurulion es ihnen gesagt hatte.

Der alte Wachturm erhob sich ein Stück weiter über die Dächer der Stadt. Finn fragte sich, wozu eine Stadt mitten in einem lebensgefährlichen Wald überhaupt einen Wachturm brauchte.

»Das waren ja vielleicht zwei grässliche Gwillinge.« Finn tat seinen Unmut über das Verhalten von Aurulion und Lortal kund.

»Was denkt sich dieser fette Kerl denn? Dass er so mir nichts, dir nichts eine Lunata aufreißen kann!?«

Decora war überrascht über seinen Ärger.

»Was ist los mir dir, Finn? Eifersüchtig?«

Sie zog die Augenbrauen hoch und schaute ihn erwartungsvoll an. Finn schnaufte empört. Er fühlte sich ertappt. Eifersüchtig auf einen fetten Gwilling, der auch noch in Begleitung unterwegs war! Unerhört!

Decora lenkte ein: »Hey, ich hab nur einen Scherz gemacht.«

»Warum hast du überhaupt gesagt, dass wir morgen noch mal wiederkommen? Wir müssen weiterziehen und überhaupt, ich habe keine Lust für diese blöde Information noch einmal zu diesen Lustmolchen zu gehen.«

»Was sind denn *Lustmolche*?« Decora schien belustigt.

»Was?«

Finn war irritiert. Er verstand erst einen Augenblick später, dass Decora diesen Ausdruck noch nie gehört hatte. Jetzt musste auch er lachen.

»Na, das sind halt Typen, die alle Frauen anmachen. Molche

sind eigentliche kleine Tiere, die im Wasser leben. So ähnlich wie Salamander. Ich weiß auch nicht so genau …«

Er grinste verlegen.

»Lustmolche also, soso«, erwiderte Decora süffisant und schien sich ihren Teil zu denken. Einige Schritte gingen sie schweigend nebeneinander her.

»Du hast doch nicht wirklich vor, morgen Abend zu den beiden zu gehen, oder?«, erkundigte sich Finn unsicher.

»Also mal ehrlich, was geht nur in deinem Kopf vor? Natürlich habe ich das nicht vor! Aber so haben die uns den Weg zu Fred gesagt, ohne dass wir viel Zeit verloren haben. Und wenn wir nicht auftauchen, oder besser gesagt, wenn ich nicht auftauche«, Decora zwinkerte ihm zu und Finn rümpfte die Nase, »dann geschieht denen das nur recht. Immerhin haben sie ihre weibliche Begleitung gerade ganz schön mies behandelt.«

»Okay, okay. Hab schon verstanden«, lenkte Finn ein. »Tut mir leid, das hätte ich mir auch denken können.«

Decora lächelte. Sie nahm es ihm offenbar nicht übel.

»Die Papageien, der Wandernde Wald, die Musik von vorhin, *diese Gwillinge* – ich bin gespannt, was wir noch alles erleben werden«, sagte Finn. »Wir haben ja noch nicht mal die Hälfte des Weges nach Weit-Alon zurückgelegt.«

Decora blickte direkt in seine Augen. »Nach dem, was du mir gesagt hast, bin ich auch sehr gespannt. Wie du schon sagst, wir finden einen Weg!« Finn fühlte sich geschmeichelt.

Sie kamen dem alten Wachturm nun immer näher. Mit jedem Meter zeichnete er sich größer gegen den Sternenhimmel ab. Die Straßen leerten sich, je weiter sie den Papageienreiter hinter sich ließen.

Mittlerweile gingen nur noch wenige einsame Gestalten durch die fackelbeschienenen Gassen. Decora fröstelte es. Als der Wind besonders kühl durch die rasterförmig angeordneten Straßen pfiff, rieb sie sich die Arme und verschränkte sie vor der Brust. Finn löste seinen Umhang und legte ihn ihr um die Schultern. Gern nahm sie ihn an.

Der Bach, der durch Felsgau führte, floss nun von Süden nach Norden vor den beiden zwischen den Häusern hindurch und rauschte monoton in der Stille der Nacht. Genau auf der anderen Seite des Bachbettes erhob sich imposant der Wachturm. Dicke Steine waren für seinen Bau verwendet worden, die im Laufe der Zeit verwittert waren und nun an einigen Stellen verzogen und schief übereinander lagen. Auch das kegelförmige Dach hatte schon bessere Zeiten gesehen: Die grauen Ziegel waren brüchig und erweckten den Anschein, bei jeder neuen Windböe hinunterzufallen. Der Turm stand auf einem breiten Fundament. Eine große Treppe führte zu einer schweren Holztür. Ringsherum war zu den benachbarten Gebäuden ein deutlich größerer Abstand gelassen worden als zwischen den »normalen« anderen Häusern. Einige Schritte entfernt führte eine gut befestigte Brücke über den Bach.

Auf der anderen Seite angekommen, stellten Finn und Decora schnell fest, welches der Häuser in der unmittelbaren Nähe des Turmes das von Fred sein musste. Direkt am Rand des Turmplatzes stand bloß ein einziges Haus, das über eine Treppe verfügte, die auf das flache Dach hinaufführte. Die einfachen Lehmstufen fügten sich nahtlos in die rechte Hauswand ein. Je weiter Finn und Decora in den Osten der Stadt gewandert waren, desto weniger Fackeln waren in den Straßen zur Beleuchtung aufgestellt. Hier gab es nur noch zwei Fackeln, die zu beiden Seiten der Turmtreppe aufgestellt worden waren, den größten Teil des spärlichen Lichtes spendeten die Gestirne.

Decora überlegte: »Meinst du, wir sollten Fred die Murmler schon in der Tür geben?«

Finn dachte seit geraumer Zeit zum ersten Mal wieder an die kleinen Geschöpfe. »Oh, Mann! Die hatte ich ja völlig vergessen!«

Decora verdrehte die Augen. »Keine Angst, die beiden sind in Sicherheit. Schau mal in die Tasche. Ich habe sie hineingetan, als du dich um deine neue Kleidung gekümmert hast.«

Finn öffnete die Umhängetasche und fand die Murmler, die geschlafen hatten, aber sofort munter wurden, als etwas Licht in die Tasche fiel.

»Puh, ich hatte mir schon für einen Moment Sorgen gemacht.«

Finn klang erleichtert. »Ich denke schon, dass wir das an der Tür machen sollten. Dann ist es wirklich so etwas wie ein Gastgeschenk.«

Er machte schon einen Schritt vorwärts, blieb dann aber wieder stehen, weil ihm noch etwas einfiel: »Wir haben noch gar keine Namen für die beiden. Raukelunk hat doch gesagt, wir könnten uns welche ausdenken, dann würde Fred sie besser aufnehmen!«

»Ja, das hat er gesagt«, stimmte die Lunata zu. »Aber er hat zum Beispiel nicht gesagt, wie wir mit den Papageien umgehen müssen. Wer weiß also, was von der Sache mit den Namen zu halten ist.«

»Mmmh …«

»Trotzdem habe ich schon eine Idee«, grinste Decora. »Lass dich überraschen, vertrau mir.«

Augenblicke später standen sie vor Freds Haustür. Die Fenster waren rund, wie sie von Aurulion beschrieben worden waren, es schien also keinen Zweifel zu geben. Im Innern flackerte tatsächlich noch Licht, offensichtlich hatten sie Glück.

Wieder überkam Finn eine ähnliche Aufregung wie vor Raukelunks Hütte, wenngleich nicht mehr ganz so extrem. Sein Herzschlag wurde schneller.

»Ich glaube, davor kann man sich nicht wappnen«, flüsterte Decora.

»Wovor?«, flüsterte Finn zurück.

»Vor dem mulmigen Gefühl. Da muss man immer aufs Neue durch. Aber wo wäre auch sonst der Witz?«

Finn lächelte schief.

»Ja, stimmt. Wo wäre sonst der Witz«, wiederholte er.

Dann klopfte er dreimal laut an die hölzerne Tür.

Fred der Troll

Finn und Decora standen dicht beieinander. Im Haus bewegte sich etwas. Ein Stuhl wurde weggerückt und es polterte dumpf, als wenn ein Tischbein auf den Boden geschlagen hätte.

»Ich komme ja schon!«, ertönte lautstark eine Stimme.

Wenige Augenblicke später drehte sich ein Schlüssel im Schloss und die Tür wurde aufgesperrt. Ungläubig starrte der große Troll, der auf der Schwelle stand, seine beiden Besucher an.

»Reichlich spät, um irgendwo aufzukreuzen!«, murrte er. »Seid ihr sicher, dass ihr zu mir wollt? Ich hab euch noch nie gesehen. Was wollt ihr denn, dass ihr mir meinen verdienten Feierabend aufmischt?«

»Guten Abend«, sagte Finn entschuldigend. »Die späte Störung tut uns sehr leid. Das ist Decora und ich bin Finn. Sind Sie Fred?«

Der große Troll, dessen muskulöser Oberkörper nackt war, knurrte. Er trug eine zerschlissene Hose, die unterhalb der Knie abgerissen war. Mit kleinen Augen stierte er abschätzend auf die Besucher. Seine Haut schimmerte so intensiv dunkelgrün, dass der Qualm seiner Pfeife ebenfalls grünlich aussah.

»Ja, der bin ich«, entgegnete Fred und beide atmeten erleichtert auf.

»Woher kennt ihr mich? Hat dieser verdammte Badrak da etwa seine Finger im Spiel? Ich warne euch! Wenn ihr mir dumm kommt, dann ergeht es euch schlecht! Und Badrak könnt ihr ausrichten, dass ich nichts mit der Sache in seinem Haus zu tun habe!«

Freds Ton wurde nun deutlich ungemütlicher: »Was stehst du denn noch da, Junge? Hast du nicht gehört, was ich gesagt habe? Nimm deine Begleitung und sieh zu, dass du wegkommst!«

Finn fühlte sich gehörig von Freds Drohung eingeschüchtert. Trotzdem hielt er die Stellung. Er wollte Decora und sich selbst beweisen, dass er mit einer solchen Situation fertig wurde. Sie hatte schließlich schon im Papageienreiter das Reden übernommen.

Er räusperte sich und fuhr so selbstbewusst wie möglich fort: »Wir kennen keinen Badrak. Wir sind auf Geheiß unseres Freundes Raukelunk hier. Wir sind für heute auf der Durchreise und Raukelunk hat uns gesagt, dass wir womöglich bei dir für eine Nacht unterkommen können.«

Bevor der erstaunte Fred irgendetwas dazu sagen konnte, fügte Decora schnell hinzu: »Raukelunk hat uns etwas für dich mitgegeben.«

Sie griff flink in die Umhängetasche und zog die beiden winzigen Murmler heraus.

»Diese beiden sind für dich. Wir haben sie solange für dich aufbewahrt.«

Fred hatte es die Sprache verschlagen. Im ersten Moment noch grantig und skeptisch, griff er nun verzückt nach den kleinen Tieren. Wie auf Kommando kletterten die Winzlinge auf Freds Hand und von dort weiter an ihm herauf. Sie stupsten mit ihren Nasen an seinen Hals und wuselten über seinen Kopf. Seine Pfeife hatte der Troll längst auf einer Kommode neben der Tür abgelegt. Er war hin und weg.

Während er auf die flinken Tierchen schielte, versuchte er, sie behutsam zu streicheln: »Der gute alte Raukelunk! Er hat euch also geschickt … Und er hat es nicht vergessen … Er hat nicht vergessen, dass ich immer so für seine Murmler geschwärmt habe! Ich hab's doch immer gewusst …«

Mit einem Mal schien ihm wieder einzufallen, dass er ja Gäste vor seiner Haustür stehen hatte: »Aber was stehe ich hier und rede noch? Ihr habt wohl wirklich nichts mit Badrak, diesem Halunken, zu schaffen. Verzeiht mir bitte meine Skepsis, aber man muss ein bisschen vorsichtig sein heutzutage. Erst recht, wenn Fremde so spät an die Tür klopfen.« Er reckte sich, um über Finn und Decora hinweg in die Dunkelheit zu spähen. Als er überzeugt war, dass dort nichts war, sagte er: »Aber bitte, wo sind meine Manieren? Kommt herein, es ist schon reichlich kühl geworden heute Nacht …«

Finn und Decora ließen sich nicht lange bitten. Das Haus war geräumig und besaß zwei annähernd gleichgroße Räume. Finn bemerkte, dass alles sehr spärlich eingerichtet war. In der Küche, die direkt hinter der Eingangstür lag, gab es kaum Utensilien zum Kochen und einige an der Wand montierte Bretter waren leer. In einem Ofen brannte nur ein winziges Feuer, das den Raum zusammen mit ein paar Kerzen beleuchtete. Vielleicht sollte sich das Haus nicht so stark aufheizen. Er sah eine Eckbank und einen Tisch in der linken Ecke, daneben zwei Regale, die einige der überschaubaren Habseligkeiten von Fred enthielten: Ein paar Teekannen, Tassen und wenige Bücher. Finn fragte sich, ob wohl alle Trolle so einen kargen Lebensstil führten.

Der zweite Raum war durch eine halb durchgezogene Wand vom ersten abgegrenzt. Eine Tür dazwischen gab es nicht. Soweit Finn erkennen konnte, befand sich auch dort nicht viel: Es gab einen runden Tisch, um den drei Holzstühle verteilt waren. Ansonsten fielen ihm drei große Holztruhen auf, die der Länge nach an der linken Seitenwand standen. An der hinteren Wand standen noch mehrere Spitzhacken und anderes Werkzeug und Utensilien, die zum Bergbau dienten.

Eingefasst in eine silberne Halterung hing über der Kellertreppe ein mächtiges Breitschwert – der einzig wirklich interessante Gegenstand. Der Keller lag komplett im Dunkeln, womöglich war dort unten der Schlafraum zu finden.

»Setzt euch doch«, forderte Fred sie auf.

Er wies ihnen die Richtung zur Sitzecke.

»Nochmals Entschuldigung! Ich muss euch noch einmal nach euren Namen fragen: In der Aufregung hab ich gar nicht richtig hingehört.«

Finn und Decora klärten den Troll auf, den die winzigen Schnurrhaare der Murmler kitzelten und auf dessen Gesicht nun ein Ausdruck kindlicher Glückseligkeit lag. Während sie Platz nahmen, eilte Fred in den Keller und kehrte beladen mit einigen Laiben Brot und zwei vollen Krügen zurück in die Küchenstube.

»Natürlich könnt ihr heute Nacht hier bei mir bleiben«, erklärte er. »Freunde von Raukelunk sind auch meine Freunde. Erst recht, wenn sie mir ein so vorzügliches Geschenk mitbringen. Apropos: Haben die beiden Murmler einen Namen? Ihr müsst wissen, in so etwas bin ich nicht so gut: Beim Namen ausdenken und Ähnlichem …«

Fred sah die beiden erwartungsvoll an. Decora zwinkerte Finn zu und sagte dann zu ihrem Gastgeber gewandt: »Natürlich haben die beiden einen Namen. Sie heißen Tumri und Tamnario.« Während sie dies sagte, zeigte sie der Reihe nach erst auf den etwas kleineren, dann auf den größeren Murmler.

»Tumri und Tamnario«, wiederholte Fred stolz. »Ja, das sind gute Namen. Irgendwie kommen sie mir gleich ganz bekannt vor …«

Finn schmunzelte und nickte ihr anerkennend zu.

Fred bot ihnen je ein großes Glas Bier an, das sowohl Finn als auch Decora, deren wahre Identität ja geheim bleiben sollte, nicht ablehnten. Decora schaffte sogar den ganzen Krug, ohne sich ein einziges Mal zu verschlucken! Dann zeigte Fred ihnen in jeder Einzelheit sein Haus. Obwohl es ja nicht viel zu sehen gab, ließ er keinen Fleck aus. Das Breitschwert hatte seinem Ururgroßvater gehört, der damit angeblich einmal gegen eine ganze Horde diebischer Gwillinge gekämpft hatte. Seitdem war es in Freds Familie eine Art heiliger Gegenstand, denn kein anderer Verwandter von Fred war zu Finns Überraschung jemals in einen Kampf verwickelt gewesen.

»Für den Fall, dass Badrak hier auftauchen sollte«, sagte Fred kühn, »habe ich es immer griffbereit!«

Finn bezweifelte jedoch, dass der Troll das Schwert wirklich benutzen würde. Mittlerweile kam er ihm doch ziemlich gutmütig vor und bei ihrer Ankunft hatte das Schwert ja auch in der Halterung gehangen. Im Keller befand sich ein altes Holzbett mit ebenso alter Matratze, auf der ein paar löchrige Decken und ein schmuddeliges Kissen lagen. Den größten Teil des Kellers füllten Fässer und Kisten, in denen Fred seine Vorräte lagerte. Auch hier gab es Kerzen, die wenigstens für etwas Licht sorgten.

Nachdem sie alles gesehen hatten, setzten sie sich wieder gemeinsam an den Tisch und füllten ihre Biergläser erneut auf. Fred wollte genauestens wissen, wer seine Gäste waren, was sie machten, woher sie Raukelunk kannten und vor allem, wie das seltsame (aber selbstredend außerordentlich schöne, wie der Troll mehr als einmal bekundete) Aussehen von Decora zu einem *Menschen* passte.

Finn und Decora hatten sich noch nicht auf eine alternative Geschichte geeignet, deshalb ging ihnen das Erzählen nicht allzu flott von den Lippen. Zu ihrem Glück bemerkte Fred ihre Unsicherheit nicht, da er gut gelaunt ein Glas nach dem anderen leerte und zwischendurch mit den Murmlern spielte, die auf dem Tisch an Brotkrumen nagten und munter auf seinen großen, starken Händen herumkletterten.

Schließlich hatten es die beiden geschafft, auch ohne Absprache eine Geschichte zu erfinden, die ihnen beiden passte und die zumindest passabel genug war, dass man ihr glauben konnte, wenn man nicht zu genau nachbohrte: Beide kamen aus Weit-Alon und waren auf Besuch in der Lichterstadt unter dem Berg gewesen. Dort kannten sie einen Gwilling, der früher seinerseits öfter Weit-Alon besucht hatte. Sie gaben sich kurzerhand als Geschwister aus, da ihnen nichts Besseres einfiel, warum sie beide den Gwilling so gut kannten. Auf dem Rückweg von der Lichterstadt hatten sie sich dann bei Nacht im Wald verirrt und waren zufällig auf Raukelunks Hütte gestoßen. Der Bacarit hatte sich als freundlich erwiesen und sie beim Abschied auf Fred verwiesen, wenn sie zur Nachtzeit nach Felsgau kommen sollten. Decoras Aussehen, ihre blitzenden Augen und goldenen Haare, waren Finn, Decora und ihrer Familie gleichermaßen ein Rätsel. Seit ihrer Geburt besaß Decora diese Eigenschaften und bisher hatte es noch niemanden gestört. Fred stimmte an dieser Stelle ihrer Geschichte sogleich zu und stieß auf Decora an. Nur die Bedeutung von Decoras Tätowierungen erzählten sie wahrheitsgemäß und fügten hinzu, dass die Tätowierungen bei den weiblichen Mitgliedern ihrer Familie eine lange Tradition besaßen.

Fred, der ihren Besuch mit jedem Glas Bier mehr schätzte, wollte sie schlichtweg nicht ins Bett gehen lassen. Stattdessen erzählte er immerfort und fort Geschichten von sich und der Stadt, von seinen früheren Treffen mit Raukelunk oder wollte wissen, wie es Finn und Decora auf ihrer Reise bisher ergangen war. Allerdings waren weder Finn und schon gar nicht Decora, die nach dem zweiten großen Glas Bier zu seiner Überraschung einigermaßen beschwipst war (nun war es auch egal, ob sie sich ab und an verschluckte …), deswegen böse und sie unterhielten sich bis spät in die Nacht mit ihrem Gastgeber.

Schließlich hatte aber auch dieses Gastspiel ein Ende. Fred, der es plötzlich urkomisch fand, dass sein Name dem von Finn recht ähnlich war, kramte aus seinen Kisten im Wohnraum viel zu viele Decken und Kissen hervor und bettete den beiden die Eckbank in der Küche zu einem Nachtlager.

Kurz darauf verabschiedete er sich von seinen Gästen, blies alle Kerzen aus und wankte in Richtung Keller. Nur das fast heruntergebrannte Feuer im Ofen erhellte den Raum.

Decora kicherte unentwegt, als Finn seinen Pullover auszog. Er hingegen fand es durchaus amüsant, ihr zuzusehen, wie sie versuchte, auf ihrer Seite der Bank eine angemessene Position zu finden. Als sie es schlussendlich doch geschafft hatte, legte sich auch Finn hin und lauschte dem Feuer, das noch hier und da etwas knackte.

Decora gluckste. Ihrer Stimme war der Alkohol anzumerken. Sie zog einige Wörter in die Länge, während die anderen nur so aus ihr herausschossen.

»Du Finn, weissst du eigentlich, wiiie froh ich bin, dass wir alles suusammen machen? Ich bin sooo froh, dass ich dich getroffen hab! Ehrlich!«

Mühsam drehte sich Decora auf den Bauch und schaute Finn in die Augen.

»Du bist ganz schön süß, mein kleiner Ritter! Da hab isch ganzz schön, wie heissst das noch gleich? Ach ja: Glück gehabtt!«

Decora erschreckte sich erst, weil sie laut hicksen musste, dann lachte sie sich darüber kaputt und hatte größte Mühe, dabei leise zu bleiben. Sie tippte Finn auf die Nasenspitze. Nervös rückte er ein Stück von ihr ab und verzog das Gesicht zu einem verkniffenen Lächeln. Vielleicht sollte er besser aufstehen.

»Was ist denn lolos mit dir? Entspann dich, Finn! Guck doch mal, das Feuher ist noch ein bisschen an. Das ist sooo romantisch ...«

Finn konnte es nicht vermeiden, der Lunata für einen Moment in den Ausschnitt zu schauen, als sie versuchte, sich aufzusetzen.

Trotz ihres Zustandes hatte sie dies bemerkt: »Uups! Jetzt weissst du wohl, wo meine Tätowiierunk hingeht. Das macht mir aber gaaar nichts aus, mein Herr Ritter ...«

Finn wurde heiß. Decora hatte sich wieder umgedreht und fläzte sich, alle Glieder von sich gestreckt, auf der Bank. Sie seufzte.

»Finn Ritter ...«

Finn fasste sich ein Herz und nahm allen Mut zusammen.

»Decora, du hast doch bestimmt schon gemerkt, dass ich mich zu dir hingezogen fühle. Ich meine, du bist so wunderschön und wir verstehen uns so gut. So etwas ist mir eigentlich noch nie passiert. Aber du bist ein wenig ... betrunken. Ich habe das Gefühl, dass es nicht richtig wäre, wenn jetzt etwas, na ja, du verstehst schon ... *passiert.*«

Decora drehte sich langsam auf die Seite und murmelte leise.

»Decora?«, fragte Finn. Er konnte sie atmen hören.

»Decora, bist du noch wach?«

Decora aber gab keine Antwort. Sie war schon längst in das Reich der Träume hinübergeglitten. Finn seufzte. Tief im Innern verstand er, dass es wohl besser war, dass an diesem Abend nichts passiert war. Zufrieden betrachtete er ihr lächelndes Gesicht. Ihre Haare schimmerten ganz leicht silbern. Er musste an ein altes Sprichwort denken: *Kinder und Betrunkene sagen immer die Wahrheit!* Vielleicht war da ja etwas dran. Ebenfalls mit einem Lächeln auf den Lippen schlief er ein.

Das Erwachen am nächsten Morgen sah dreigeteilt aus: Finn fühlte sich zwar ein wenig übernächtigt, kam aber im Großen und Ganzen ziemlich munter aus dem Bett. Er überlegte, ob er Decora auf den vorherigen Abend ansprechen sollte, wollte aber zunächst abwarten, was sie dazu sagen würde. Nach kurzem Zögern weckte er seine Begleiterin, deren Decke über Nacht vollends von der Bank gerutscht war.

Decora kam deutlich schwerfälliger aus den Kissen als Finn. Finn hatte am Vorabend einer regelrechten Premiere beigewohnt. Decora hatte zuvor noch nie Alkohol getrunken, da es in der Königsfamilie schlicht nicht üblich gewesen war. Das erklärte auch, warum sie so schnell betrunken gewesen war. Ein wenig zerzaust nippte sie an ihrem Wasserglas. Sie ließ einsilbig einige Gespräche mit Finn Revue passieren, zu den Geschehnissen kurz vor dem Einschlafen sagte sie aber nichts.

Kurze Zeit später kam auch der Troll die Treppe hochgeschlichen. Der Abend hatte ihm deutlich zu schaffen gemacht. Seine Bewegungen waren langsam und er hielt sich den Kopf. Trotzdem war er guter Laune und bekundete, schon lange keine so netten Gäste mehr gehabt zu haben. Finn schmunzelte. Das war kein Wunder, wenn er alle seine Gäste anfänglich so begrüßte wie Decora und ihn.

Gemeinsam setzten sie sich zum Frühstück hin. Finn nahm dankend Brot und Wurst von Fred an und hatte durchaus Spaß an diesem herkömmlichen Essen, obwohl er die Bitterbeeren nicht missen wollte. Fred aß nur sehr wenig und Decora konnte ob ihres Katers ebenso behaupten, sie hätte keinen Hunger.

Als Finn schließlich fertig war, ging Fred mit beiden zu einer kleinen Stelle am Bach, nicht weit von seinem Haus entfernt, wo sie sich waschen und frisch machen konnten. Die Sonne stand bereits hoch am Himmel und Felsgau war zum Leben erwacht.

In den Gassen und Straßen tummelten sich geschäftig Gwillinge, Trolle und Menschen. Überall hatten die Leute Werkzeuge wie Spaten oder Grubenhacken dabei und schwitzten unter der immer heißer werdenden Sonne.

Finn und Decora beeilten sich mit ihrer Wäsche, denn unter den Blicken der Leute fühlten sie sich dabei ein klein wenig unwohl. Schließlich kehrten sie zu Freds Haus zurück und verabschiedeten sich von ihrem Gastgeber. Zuletzt überreichte Finn Fred noch einige Bitterbeeren, denn er hatte am Ende doch nicht vorgehabt, ihn ohne eigenes Gastgeschenk – die Murmler waren ja mehr ein Geschenk von Raukelunk gewesen – zurückzulassen.

Auch Finn bekam ein Abschiedsgeschenk von Fred: Der Troll hatte alte derbe Lederschuhe und mehrere Paar Socken aus seinen Kisten gekramt, denn er wollte es nicht verantworten, dass Finn weiterhin barfuß umherlief. Auf die Frage, warum er eigentlich keine Schuhe trug, hatte Finn geantwortet, dass er sie bei einem Unfall im Wandernden Wald hatte zurücklassen müssen.

»Jetzt sind wir also wieder allein«, stellte Finn fest, als sie in den Gassen jenseits des alten Wachturmes Freds Haus aus den Augen verloren hatte.

Decora nährte sich an dem hellen Sonnenlicht. »Ja. Und unserem Ziel Weit-Alon kommen wir auch immer näher, glaube ich.«

Ein paar Gassen weiter konnten Finn und Decora schon das Ende der Felseninsel Felsgau sehen. Der Wandernde Wald stach hinter den Häusern wie eine ganz neue Welt hervor. Die Eindrücke der Stadt, die scheinbar losgelöst vom Wald existierte, waren noch zu frisch, um sich voll und ganz davon loszusagen und den Wald erneut in seinem ganzen Ausmaß zu begreifen.

Decora schlenderte langsam neben Finn her und hielt den Kopf gesenkt. »Alles klar bei dir?«, fragte er.

Sie nickte und versuchte, Finn mit einem halbherzigen Lächeln zu vertrösten.

»Komm schon, ich merke doch, dass etwas mit dir ist.«

Insgeheim erhoffte er sich natürlich eine Klärung des gestrigen Abends. Sein Herz schlug etwas schneller. Er wusste nicht, ob er es noch einmal schaffen würde, seine Gefühle für Decora offenzulegen. Aber wenn sie erst bekannt hatte, dass sie sich zu ihm hingezogen fühlte, dann würde das für ihn doch eigentlich ein Kinderspiel werden. Plötzlich war der Himmel über ihm ein noch ganzes Stück blauer, als er es ohnehin schon war.

»Raus mit der Sprache«, hakte er noch einmal nach.

Decora ging noch ein Stückchen weiter, ohne etwas zu sagen. Dann blieb sie stehen und blickte Finn direkt in die Augen.

»Du weißt doch, wegen gestern Abend?«

»Jaaaa …?«

»Also, das ist mir ein bisschen peinlich«, druckste Decora herum. »Versprich mir, mich nicht auszulachen.«

Finn machte innerlich drei Kreuze. Gleich würde sie endlich mit der Sprache rausrücken. Sein flaues Gefühl im Magen verstärkte sich zu einer wahren Armada von Schmetterlingen.

»Ich verspreche es dir.«

»So etwas ist mir vorher wirklich noch nie passiert. Und jetzt weiß ich nicht, ob das normal ist, wenn du verstehst …?«

Finn wirkte fast übermütig. »Ich verstehe das sehr gut, mir ist das in der Form auch noch nie passiert!«

Decora stutzte und schaute ihn fragend an. »Du kannst dich also auch nicht mehr an alles erinnern?«

Finn verschlug es glatt die Sprache. Seine Gefühlsachterbahn, die sich noch Sekunden zuvor in den höchsten Höhen befunden hatte, stürzte ungebremst ab. Er sah sie entgeistert an.

»Du kannst dich an nichts mehr erinnern?«

Seine Enttäuschung war wohl nicht zu überhören.

»Ähm, ja. Ich meine, an den Anfang schon, aber nicht mehr ans Ende. Irgendwann in der Mitte ist meine Erinnerung einfach weg. Hast du nicht gerade gesagt, dir wäre das auch passiert? Oder was meintest du?«

Finn war zum Heulen zu Mute.

»Ja, doch. Genauso. Das meinte ich. Ich kann mich auch an kaum noch etwas erinnern. Aber mach dir nichts draus, das kommt vom Bier. Wenn man zu viel getrunken hat, kann das schon mal passieren.«

Decora wirkte erleichtert. »Irgendwie hab ich mir das schon gedacht, aber ich war mir nicht ganz sicher. Ich meine, wo es mein erstes Mal war mit dem Alkohol …«

Ihre Laune war nun wie ausgewechselt. Während sie jetzt gelöst neben Finn herging, verbarg er mit aller Kraft seine Enttäuschung. Wie konnte es sein, dass er sich in so wenigen Tagen so dermaßen in Decora verguckt hatte? Was hatte er sich nach der kurzen Zeit überhaupt erhoffen können? Er war richtig naiv gewesen!

Sie ließen die letzten Häuser hinter sich zurück. Vor ihnen

tauchte die Grenze zum Wandernden Wald auf. Decora blickte zurück auf Felsgau.

»Finn, willst du gar nicht sehen, wie Felsgau bei Tag aussieht?«

Er schreckte aus seinen Gedanken auf. »Was? Ja, doch. Klar«, nuschelte er.

Die Stadt, die im Sonnenlicht fast weiß glänzte und sich wie eine Oase über dem grünen Wald erhob, konnte ihn allerdings nur wenig begeistern. Seine Gedanken waren noch mit anderen Dingen beschäftigt.

Sie besprachen ihre weitere Reiseroute. Die zweite Etappe durch den Wandernden Wald würden sie mit ihrer alten Taktik zurücklegen, um ihrem Ziel Weit-Alon weiter näherzukommen. Ihre Marschroute ging stetig weiter nach Westen, sodass ein Abkommen vom Weg von einer Felseninsel zur anderen kaum möglich war.

Hinter sich hörten sie ein Rufen. In einiger Entfernung hockte eine Gestalt im Schatten des letzten Hauses, die ihr Gesicht unter einem großen, löchrigen Hut verborgen hatte. Im Vorbeigehen hatten weder Finn noch Decora die Gestalt bemerkt, von der sie auch jetzt nur einen Umriss erkennen konnten.

Die raue, ruhige Stimme rief: »He du! Und du, meine Dame! Wollt ihr beiden nicht einem armen Bettler eine kleine Gabe zukommen lassen? Ich habe leider kein Geld, um mir etwas zu essen zu kaufen. Seit Tagen schon will mir niemand mehr etwas zustecken, obwohl ich hier jeden vorbeikommenden Wanderer um ein wenig Hilfe bitte. Nur eine winzig kleine Spende würde mir schon genügen. Ich bitte euch …«

Finn und Decora gingen unwillkürlich näher an die Gestalt heran. Sie wechselten einen raschen Blick. Decora stand das Mitleid ins Gesicht geschrieben.

»Ich bitte ja nicht um viel. Ich bin so hungrig«, sagte die Gestalt. Finn fand, dass die Stimme des Bettlers ehrlich und aufrichtig klang.

Decora bedauerte: »Wir haben leider kein Geld.«

Sein Gesicht konnten sie unter dem breiten Hut noch immer nicht erkennen. Die Hände, Arme und Beine, die aus seinen zerschlissen Kleidern schauten, verrieten aber, dass es sich um einen Troll handelte.

Finn hatte eine Idee. »Wir haben doch etwas viel Besseres, wenn du Hunger hast.«

Sofort holte er das Glas mit den Bitterbeeren aus der Tasche und nahm eine ganze Handvoll Beeren heraus. Das Glas war nun immer noch etwa dreiviertel voll. Decora strahlte über das ganze Gesicht. Finn drückte dem Bettler die Beeren in die Hand.

»Damit kannst du bestimmt zwei Wochen satt werden.«

Der Bettler schwieg ein paar Sekunden und starrte offenbar auf die Beeren in seiner Hand. Schließlich hob er den Kopf und blickte Finn und Decora an, die gespannt auf seine Reaktion warteten. Zum Vorschein kam ein Anblick, der Finn und Decora im ersten Moment erschreckte. Das Gesicht des Trolls war mit tiefen Narben übersät. Neben einem Auge – er trug eine Augenklappe auf der rechten Seite – fehlte ihm auch das rechte Ohr.

Seine raue Stimme verriet tiefe Rührung: »Habt Dank ihr beiden. Ich danke euch vielmals. Fürchtet euch nur nicht vor meinem Aussehen. Früher habe ich als Pirat alle Gewässer von Telluriscor unsicher gemacht. Aber diese Zeiten sind wohl vorbei. Jetzt habe ich dazu nicht mehr die Gelegenheit. Ich konnte mir noch nicht mal den Proviant leisten, um aus dieser Stadt hinauszuziehen. Mit eurer Hilfe könnte mir das allerdings nun doch gelingen. Das ist wirklich das großartigste und großzügigste Geschenk, das mir jemals jemand gemacht hat. Bitterbeeren! Vielleicht kann ich mit ihnen gar bis zur Küste durchkommen. Ich habe wirklich gedacht, dass meine Tage nun gezählt wären! Aber das werde ich euch niemals vergessen. Denkt daran, man sieht sich oft zweimal im Leben, und Sabant, der Pirat, hält sein Wort. Vergesst das nicht, ihr habt das nicht umsonst getan. Sabant hält immer sein Wort. Noch einmal: Ich danke euch von ganzem Herzen!«

Finn und Decora waren glücklich, Sabant, dem ehemaligen Piraten, geholfen zu haben. Der ließ die Bitterbeeren in seine Tasche gleiten und erhob sich vor den beiden. Es war überraschend zu sehen, dass er größer als die anderen Trolle war, um einiges größer. Freudestrahlend verschwand der seltsame Geselle zwischen den Häusern. Sie sahen ihm noch hinterher, bis die Stadt ihn längst verschluckt hatte, dann machten sie sich endlich auf den beschwerlichen Weg.

Auf dem Weg nach Weit-Alon

Obwohl ihnen die lange Nacht doch noch nicht völlig aus den Knochen gewichen war, hatten Finn und Decora von den vergangenen Tagen nichts verlernt. Die Reise fiel ihnen sogar etwas leichter als in den zwei Tagen zuvor. Die Inseln dienten ihnen bald nur noch zu sehr kurzen Verschnaufpausen und die Waldstücke durchquerten sie eilig und mit immer größerer Sicherheit. Allerdings kam den beiden abermals die Tatsache zu Gute, dass - je weiter sie nach Westen zogen - die Lücken mit Heideland immer größer wurden.

Als es Nachmittag wurde und sie schon eine Menge Kilometer zurückgelegt hatten, tauchten in der flachen Ebene sogar ganze Wiesen wie riesige, schwimmende, bunte Blätter auf einem grünen Teich auf, die mit außerordentlicher Blütenpracht in allen erdenklichen Farben und Formen gesegnet waren.

Hier konnten sie es dann schließlich auch wagen, ein wenig ihre Gedanken baumeln zu lassen und die Schönheit der fremden Natur zu genießen.

Finn schätzte nach dem Stand der Sonne, dass ihnen ungefähr sechs Stunden bis zur Dämmerung blieben, als er aus der Ferne einen kaum vernehmbaren, hellen Ton hörte. Auch Decora sah in die Richtung, aus der der Laut kam.

Zuerst glaubte Decora, sie hätte sich das Geräusch nur eingebildet, aber Finn bestand darauf, tatsächlich etwas gehört zu haben. Sie hatte zwar bessere Augen als er, aber sein Gehör hatte ihn noch nie im Stich gelassen. Sie machten halt und lauschten gespannt. Ihre Umgebung war völlig verlassen und Finn fragte sich, ob es vielleicht doch Tiere im Wandernden Wald gab, was er bisher ausgeschlossen hatte. Da ertönte das Geräusch erneut. Sehr leise zwar, aber doch eindeutig etwas, was nicht zu den typischen Geräuschen des Waldes gehörte. Diesmal war sich auch Decora sicher, etwas gehört zu haben. Das Geräusch hallte ein paar Sekunden über dem Wald und verschwand dann wieder. Sie warteten und wurden nicht enttäuscht. Ein drittes Mal trug der Wind den seltsamen Ton zu ihnen herüber.

»Meinst du, das ist ein Pfeifen?«, fragte Decora.

Finn war sich immer noch nicht ganz sicher. Aber eines war klar: Das Geräusch bewegte sich nicht, sondern erklang jedes Mal aus derselben Entfernung. Beim vierten Mal ging Finn plötzlich ein Licht auf.

»Weißt du nicht mehr? Vorgestern, als wir noch an den Klippen waren, da haben wir diesen Pfiff gehört. Das muss wieder so ein Pfiff sein. Entweder macht dasselbe Wesen wie damals das Geräusch oder irgendetwas anderes macht es nach.«

»Hast du da nicht auch irgendwas im Wald verschwinden sehen?«

»Ich war mir nicht sicher, aber etwas muss ja dafür verantwortlich sein. Ich habe mich also doch nicht getäuscht.«

»Findest du das nicht auch unheimlich?« Decora spähte mit zusammengekniffenen Augen in die Richtung des Geräuschs.

Sie berieten, was zu tun war. Das merkwürdige Geräusch wehte jetzt immer in gleichen Abständen zu ihnen herüber. Es schien sich weiterhin nicht von der Stelle zu rühren.

»Das könnte eine Art Signal sein«, vermutete Finn. »Vielleicht auch ein Hilferuf. Wie, wenn jemand auf sich aufmerksam machen will.«

Decora war skeptisch. »Ja, genau. Oder eine Warnung: *Kommt nicht näher!* Oder eine Falle. Wir sollten uns schnellstens aus dem Staub machen. Wer weiß, was das ist. Wir sind fremd hier und kennen uns nicht aus.«

Finn fühlte sich unwohl bei dem Gedanken, den Ursprung des Geräusches nicht näher zu ergründen. Trotzdem gingen sie weiter nach Westen. Einige Zeit war das Geräusch in gleicher Lautstärke auf ihrem Weg zu hören. Aber nach einer gewissen Zeit wurde es lauter und nun erkannten beide ganz deutlich, dass das Geräusch von einer Art Pfeife herrühren musste.

Finn sagte: »Es kommt von Norden.«

Decora schienen die hellen und kontinuierlichen Pfiffe nervös zu machen. Sie machte ein wenig unternehmungsfreudiges Gesicht. Finn war jetzt allerdings nicht mehr zu halten. Er wollte der Sache unbedingt auf den Grund gehen.

»Überleg doch mal, Decora. Wir kennen uns hier wirklich nicht aus und sind bestimmt nicht die schnellsten und geschicktesten Wanderer in diesem Gebiet. Hier bräuchte uns niemand eine Falle zu stellen, wir sitzen ohnehin schon auf dem Präsentierteller. Ich hab da so ein unbestimmtes Gefühl, dass etwas anderes dahintersteckt. Lass uns nur ein Stückchen dem Geräusch entgegengehen. Wenn wir nichts finden, dann drehen wir auch gleich wieder um.«

Decora schien Finns Idee zwar zu widerstreben, schließlich willigte sie aber doch ein. Also wechselten sie die Richtung und wanderten weiter nach Norden. Mit jedem Schritt, den sie machten, wurden die Pfiffe lauter und schriller.

Sie waren kaum ein paar Minuten gelaufen, als sie in einer Pfiffpause glaubten, einen erstickten Schrei vor ihnen im Wald zu hören. Sie wechselten einen vielsagenden Blick und liefen schneller. Der Schrei hatte verzweifelt geklungen. Wieder ertönte der Pfiff. Sie waren nun sehr nah an ihrem unbekannten Ziel. Die nächste Felseninsel überquerten sie rennend und starrten vom Rand über den Wald.

Der Wald war hier nicht allzu dicht und viel Heideland erstreckte sich rings um die beiden. Auf den Wiesen standen einzelne Tannen und warteten geduldig auf ihren Tod und die baldige Wiederauferstehung.

Da war der Pfiff wieder. Diesmal konnte er nicht mehr weit entfernt sein. Das Geräusch war von rechts gekommen. Sie liefen am Rand der Felseninsel entlang. Noch immer konnten sie nichts erkennen. Vor ihnen schlugen blaue Funken und Blitze aus dem Wald. Ihre Sicht war für einige Sekunden versperrt.

»Hilfe, Hilfe! Ist da keiner? Wer erbarmt sich meiner?«

Ein verzweifelter Schrei beendete den Hilferuf.

Decora rief: »Das ist ein Gwilling!«

Finn versuchte, etwas im Wald zu entdecken. »Ja, aber wo ist er? Ich kann nichts sehen!«

Dann waren die Blitze fort und gaben endlich den Blick frei.

»Da vorne! Ich sehe etwas!« Decora zeigte jetzt aufgeregt mitten in den Wald.

Ausgerechnet hier standen die Bäume immer noch dicht an dicht. »Da schimmert Kleidung! Und es bewegt sich etwas!«

»Ich kann nichts erkennen! Hey! Wo bist du, ich kann dich nicht sehen! Schrei noch einmal! Hier oben sind wir!«

Er reckte seinen Kopf in die Höhe, um hinunter in den Wald zu blicken. Da ertönte die Stimme erneut. Höchst gequält und voller Angst kam sie aus dem Unterholz: »Oh bitte helft mir! Ich kann mich kaum bewegen und auch die Beine nicht mehr regen!«

Jetzt konnte auch Finn den Gwilling sehen. Nur wenige Meter von ihnen entfernt steckte er unter einem dicken Baumstamm fest. Nur ein Stückchen von seinem Oberkörper war zwischen den Bäumen zu erkennen. In Todesangst zappelte er hin und her, kam aber nicht von der Stelle.

»Komm! Wir müssen ihm helfen!«

Decora nickte nur. Mittlerweile waren sie schon ein eingespieltes Team. Beide überblickten den Wald und machten blitzschnell die Brandherde ausfindig, die in der Nähe tobten. Dann peilten sie den Gwilling an und rutschten ohne zu zögern den Felsen hinunter.

In wenigen Sekunden hatten sie ihn erreicht. Zum Glück hatte der umgestürzte Baum, der den Gwilling festhielt, nicht direkt seinen Körper getroffen, sondern war durch Buschwerk gehörig abgebremst worden. Die Beine des Gwillings waren noch in Ordnung und steckten nur unter dem Stamm fest.

Dicht neben ihnen fing ein großer Baum Feuer. Funken schossen in alle Richtungen und sengten ihre Kleidung an. Decora schützte mit der Hand ihr Gesicht.

»Ich kann nichts sehen. Das ist so furchtbar grell!«

Der Gwilling kreischte. »Ich bitte euch, macht schnell!«

Von einer Sekunde auf die andere brannte die Luft. Die Hitze schmerzte auf der Haut. Finn fasste den Gwilling an den Armen und versuchte, ihn aus seiner misslichen Lage zu befreien, erreichte aber nur, dass dieser voller Schmerzen aufschrie.

»Decora, hörst du mich? Wir müssen den Stamm da wegkriegen, sonst reißen wir ihn in Stücke.«

Gemeinsam versuchten sie, den Stamm über einen kleinen Baumstumpf zu schieben, sodass er den Gwilling beim Wegrollen nicht erdrückte.

»Er bewegt sich nicht!«, schrie Decora.

»Komm schon, noch mal. Mit aller Kraft! Wir müssen es schaffen!«, feuerte Finn an.

Das Feuer hatte schon alles in der unmittelbaren Umgebung versengt und die Flammen züngelten nun gefährlich nahe. Schweißperlen rannen Finn von der Stirn. Hinter ihnen war der eigentliche Baum bereits nur noch Asche. Gleich würde er neu erstehen und damit auch das umstehende Stück Wald in Stücke reißen. Der Gwilling war den Tränen nahe und schluchzte laut, während sie sich noch einmal gegen den Baum stemmten.

»Noch ein letztes Mal!«, rief Finn. »Halte durch!«

Finn sah, dass Decora ein glimmender Ast erst in den Nacken und dann unter das Oberteil gerutscht war.

Sie schrie auf und schüttelte sich, sodass er unten aus dem Oberteil wieder herausfiel. Decora biss die Zähne zusammen und drückte sich mit ihrem ganzen Gewicht zusammen mit Finn gegen den Baumstamm. Und wirklich bewegte sich dieser ein winziges Stück in die richtige Richtung. Weißes Licht hüllte sie ein und hinter ihnen krachte es ohrenbetäubend. Ohne etwas zu sehen, kämpften sie weiter gegen das Gewicht des Baumstamms. Stück für Stück rutschte er nun von seiner blockierenden Position.

Krächzend meldete sich der Gwilling. »Ich glaube, jetzt bekommt ihr mich los, die Lücke ist schon ziemlich groß.«

Sie ließen von dem Stamm ab. Mehrere Äste flogen dicht an ihren Köpfen vorbei und sirrten in der heißen Luft. Zusammen fassten sie den Gwilling und schafften es irgendwie mit gemeinsamer

Kraft, den zappelnden und flehenden Kerl unter den Ästen hervorzuziehen. Mittlerweile schluchzte er ganz bitterlich.

»Meine Beine sind taub, ich kann nicht laufen mit Verlaub!«

Überall wurden Blätter aufgewirbelt, als in einiger Entfernung Äste aus dem Stamm eines Baumes schossen. Zwei große Tannen waren nur noch Sekunden davon entfernt, gleichzeitig umzustürzen. Blaue Blitze zuckten durch den Wald und löschten die brennenden Bäume.

»Jetzt aber nichts wie raus hier!«, schrie Finn.

Kurzerhand – die Situation verlieh ihm eine gehörige Portion Kraft – schulterte er den Gwilling wie einen Sack und kämpfte sich zurück zum Felsen. Decora, die neben ihm rannte, schaute über ihre Schulter zurück. Hinter ihnen rollte der Baumstamm zurück und wurde unter einem weiteren umfallenden Baum begraben, sodass die ganze Szenerie unter lautem Getöse einen halben Meter in den Boden absackte.

Völlig aus der Puste erreichten sie die Oberfläche der Felseninsel, schleppten sich noch ein Stück in Richtung Mitte und fielen erschöpft auf den Boden.

Finn und Decora atmeten in kurzen Zügen, hatten sich aber schnell wieder gefangen. Der Gwilling jedoch zitterte am ganzen Körper. Die Rettung in letzter Sekunde hatte ihn völlig fertiggemacht. Die beiden Wanderer beugten sich über ihn und schauten sich ratlos an.

Finn sagte: »Beruhige dich. Es ist alles wieder in Ordnung. Bist du verletzt?«

Er konnte förmlich sehen, wie der Gwilling versuchte, sich zusammenzureißen.

Mit bebender Stimme sagte er: »Ich weiß nicht mal sicher, ob ich noch lebe, mein Gefühl steht dahingehend in der Schwebe …«

Er versuchte zu lächeln, musste aber husten. Tränen und Schmutz klebten ihm an den Wangen. Auch Decora sah einigermaßen mitgenommen aus. Ihr Gesicht war ebenso dreckig wie das des Gwillings und Finn war sich sicher, dass auch er selbst nicht besser aussah.

Mühsam schaffte es der kleine Kerl, sich hinzusetzen. Seine körperliche Fülle beschränkte sich auf ein gutes Mittelmaß. Er war zwar wirklich nicht schlank, aber Finn und Decora hatten in Felsgau weitaus dickere Gwillinge gesehen.

Der Gwilling räusperte sich und blickte mit feuchten Augen in die kleine Runde.

»Ich danke dem Mann und der jungen Dame – Woti ist mein Name. Ihr habt mir das Leben gerettet, dabei hatte ich schon nicht mehr drauf gewettet. Ich hatte sehr viel Glück, immer brannten die Feuer in einem anderen Stück. Als ich den Wald durchqueren wollte, war da ein Ast, der gegen mich prallte. Dann fiel plötzlich dieser Baum und begrub mich in jenem kleinen Raum. Wie lange ich gepfiffen und gerufen habe, in dieser kleinen Todeswabe! Aber dann kamt ihr! Als meine Retter halft ihr mir. Ich hatte schon gar keine Hoffnung mehr, wer kommt hier schon zufällig daher? Ich danke euch so sehr ihr beiden, ein Ende hat nun dieses Leiden …«

Erneut brach der kleine Gwilling, der wie alle anderen ein kariertes Holzfällerhemd trug, in eine Mischung aus Freudentränen und Tränen der Erschöpfung und des Unglaubens aus.

»Du hattest wirklich Glück, Woti. Wir haben deine Pfeife erst nur ganz leise gehört und hatten schon beschlossen, weiterzugehen.« Finn bemerkte erst jetzt, dass das eigentlich rotschwarze Hemd des Gwillings nur durch Ruß so pechschwarz wirkte.

Sorgfältig tastete Woti, ob an ihm noch alles an seinem Platz war, und wischte sich durch das dreckige Gesicht. Er unterbrach sein Schluchzen und schaute ungläubig auf. »Das kann ich nicht verstehen! Eine Papageienpfeife so weit weg vom Plateau, das ist doch nicht normal so!« Ächzend ruckelte er an seinen Wanderstiefeln, die ihm im Wald fast abhandengekommen waren.

Finn horchte auf und schnippte mit den Fingern. »Das war es also. Eine Papageienpfeife! Ich hab also doch einen Papagei gesehen. Und du bist wahrscheinlich vorgestern auch aus dem Lampignon-Wald gekommen, stimmt's? Und mit so einer Pfeife dirigiert man die Papageien, hab ich recht?«

Der Gwilling war beeindruckt. »Nicht schlecht! Woher wisst ihr das? Kombiniert nach Maß! Vor zwei Tagen war ich tatsächlich dort. Und ihr wart auch an jenem Ort? Aber mich wundert eins doch sehr, mein Herr: Wie könnt ihr hier herumlaufen und nicht wissen, denn solch eine ist wahrlich nicht zu missen, was eine Papageienpfeife ist? Ist das etwa eine List?«

Er kratzte sich nachdenklich am Kopf. Nur ein paar schwarze Haare zeigten sich noch auf dem lichter werdenden Haupt. Decora schaute Finn vorwurfsvoll an, da er zugegeben hatte, sich nicht auszukennen. Und das war schließlich verdächtig.

Woti kümmerte das aber nicht. »Ihr habt mich aus dieser Situation befreit, da ist es doch egal, wer ihr seid. Ich stehe tief in eurer Schuld! Dafür bekommt ihr euren Sold. Ich werde euch begleiten, meine Dame, junger Mann«, Woti lächelte erst breit Decora an und verbeugte sich leicht, obwohl er saß, dann wiederholte er die Prozedur bei Finn, »bis ich meine Schuld bei euch begleichen kann.«

Finn und Decora sahen sich erschrocken an.

»Ähm, das ist ein wirklich nettes Angebot Woti, aber ich glaube, das ist kein guter Plan«, sagte Finn.

Decora nickte eifrig.

Woti ließ sich jedoch nicht beirren: »Was schaut ihr mich so an? So ist nun mal der Brauch und für mich gilt er jetzt auch. Ich werde euch folgen auf Schritt und Tritt, ich wandere von nun an mit euch mit. Ich werde notfalls mein Leben für euch geben und nur nach dem Besten für euch streben. Das Schicksal hat uns nun zusammengebracht – und schließlich hat das Schicksal allergrößte Macht.«

Decora sagte: »Es tut uns leid, Woti. Aber wir sind auf einer Reise, die wir zu zweit machen müssen.«

»Auch das kann ich begrüßen«, hatte der Gwilling sogleich als Antwort parat. »Ich folge euch einfach unerkannt und komme bei Gefahr gleich herbeigerannt. Kehrt ihr ein, warte ich vor den Toren, so hat es das Schicksal auserkoren.«

Finn und Decora hatte keine Ahnung, wie sie darauf reagieren sollten. Sie schafften es nicht, den eifrigen Woti von seinem Plan abzubringen. Er machte sehr deutlich, dass sein Schicksal von nun an, jedenfalls bis er seine Schuld zurückgezahlt haben würde, mit ihrem Schicksal verwoben wäre.

Schließlich blieb ihnen vorerst nichts anderes übrig, als ihn sie begleiten zu lassen.

Auf dem Weg nach Weit-Alon (2)

Woti, der Gwilling, präsentierte sich schon wenige Stunden nach seiner Rettung als weniger lästig, als Finn und Decora angenommen hatten. Er war trotz seines Unfalls, der, wie er das eine oder andere Mal betonte, auch einem erfahrenen Gwilling durchaus passieren konnte, ein sehr geübter Wanderer in dieser Gegend und konnte ihnen ein ums andere Mal kleine Kniffe und Tricks beibringen, wie sie die Wurzeln und Sträucher im Wald schneller und mit weniger Kraftaufwand überwanden.

Nichtsdestoweniger ärgerte Finn doch die Tatsache, dass seine Zweisamkeit mit Decora vorerst zu einem Ende gekommen war und er einfach keine passende Gelegenheit fand, mit ihr über seine Gefühle zu sprechen.

Erstaunlicherweise verging sein Wunsch, mit Decora über seine Gefühle zu sprechen, aber mit dem Aufkommen der Dämmerung immer mehr. Decora war mit Abstand – oh ja, Finn war sich seiner eigenen Gefühle noch genauso bewusst wie vorher – das zauberhafteste Wesen, das ihm je begegnet war. Wie sollte sich aber eine solche Lunata, zu allem Überfluss auch noch die Tochter eines Königs, für ihn, den mickrigen Studenten Finn interessieren? Vielleicht sagten Betrunkene ja doch nicht immer die Wahrheit. Schließlich war er beinahe froh, dass er um eine passende Gelegenheit gebracht worden war, sich seiner Begleiterin zu offenbaren. Wahrscheinlich wäre das nur peinlich geworden!

Sie waren schließlich auf einer Felseninsel zur Ruhe gekommen. Die Nacht war bereits angebrochen und der Mond schien von einem wolkenlosen Himmel. Von der Seite ruhte Finns Blick auf Decoras Hals. Sie war in der Tat das wunderbarste Wesen der Welt! Eine Prinzessin! Wie hatte er sich das überhaupt vorgestellt? Eine Prinzessin und ein falscher Ritter. Er hatte sich da in etwas verrannt, was nicht gutgehen konnte! Er schnaubte und Decora drehte sich zu ihm.

»Bedrückt dich etwas, Herr Ritter?« Decora funkelte ihn an.

Woti brach einen Bericht über seine vielen Wanderungen zwischen der Lichterstadt, die seine Heimat war, und den Ländern im Westen ab. Decora hatte beeindruckt zugehört, Finn war mehr in seine Gedanken vertieft gewesen.

Er fühlte sich ertappt.

»Nein, nein«, sagte er schnell.

»Ich bin nur erschöpft.« Und das war nicht einmal gelogen. Die Nacht verbarg, dass er rot geworden war.

Das Prasseln der Feuer im Wald hatte Wotis Berichten die richtige Würze verliehen. Nun aber war kurze Zeit Ruhe eingekehrt und alle blickten still in die Ferne.

Wenn alles nach Plan lief, würden sie heute zum letzten Mal eine Nacht im Wandernden Wald verbringen. Woti hatte sie darüber aufgeklärt, dass ihre Strecke kaum mehr als zehn Kilometer andauern würde, bis sie das Ende des Wandernden Walds erreichen und ihre Reise in den Ebenen der westlichen Heideländer fortführen würden.

Morgen würden sie zu den Ausläufern der sogenannten Sieben-Brot-Felder kommen.

»Für heute Nacht sollten wir es gut sein lassen«, sagte Finn. »Vielleicht kannst du uns morgen weiter von dir erzählen?«

Woti war glücklich. Er freute sich über Finns Angebot.

»Ich möchte aber auch alles über meine Retter wissen, eine solche Gelegenheit darf man nicht missen.«

Erwartungsvoll schaute der Gwilling in der Dunkelheit von Decora zu Finn und wieder zurück.

Die beiden wechselten besorgte Blicke. Früher oder später würden sie etwas von sich preisgeben müssen. Finn überlegte, ob er in Decoras Blick das Bedürfnis sah, ihren neuen Begleiter, der sich als liebenswürdig und freundlich herausgestellt hatte, nicht anzulügen. Diesbezüglich musste noch eine Entscheidung getroffen werden.

»Morgen. Ja, morgen, Woti«, sagte Finn und Decora nickte sanft.

Auch Woti nickte, aber seine Augen verrieten, dass er angestrengt über etwas nachdachte. Er musste bemerkt haben, dass etwas nicht stimmte mit seinen Gefährten. Decoras Aussehen und die Sache mit der Papageienpfeife waren für einen Einheimischen ja auch sicherlich höchst merkwürdig. Aber da er in ihrer Schuld stand, würde er sich wohl noch eine Zeit lang vertrösten lassen.

Finn lag noch lange wach und grübelte über die Ereignisse des Tages nach. Er wünschte sich einen guten Rat, denn schon wieder waren seine Gedanken bei Decora. Wie sollte er in Bezug auf die Lunata vorgehen? Die Sterne aber blieben in dieser Nacht stumm und teilten ihre Weisheit nicht mit ihm.

Schließlich drehte er sich auf die Seite und schloss die Augen. Er seufzte leise. In dieser Nacht lag er nicht dicht an Decora.

Stattdessen war eine Lücke zwischen den beiden freigeblieben. Woti sollte keinen Verdacht schöpfen. So wenig groß die Lücke auch war, so wenig Kälte sie an ihre Körper kriechen ließ, umso größer war der Schmerz, den sie bei Finn auslöste. Zuletzt hoffte er, dass der Schlaf ihn von seinen düsteren Gedanken erlösen würde.

Finn erwachte am nächsten Morgen als Erster. In der Ferne erkannte er weite Felder und kleine Baumhaine, die in leicht geschwungenen Ebenen die Grenze des Wandernden Walds markierten. Decora lag neben ihm schlafend auf den Moosen und Farnen, die sie am Abend für die Nacht gesammelt hatten. Finn glaubte, einen kleinen Sorgenschimmer auf ihrem Gesicht zu sehen, war sich dessen aber nicht sicher.

Sein Schmerz von gestern war über den Anblick des morgendlichen Walds und mit der Aussicht auf ihre nächste Etappe beinahe verflogen. Er machte sich Vorwürfe, sich am Tag zuvor so gehen gelassen zu haben und so wenig Selbstwertgefühl gehabt zu haben. Über kurz oder lang würde er schon das richtige Mittel finden, Decora zu erobern.

»Decora, wach auf.« Finn berührte sanft ihre Taille. »Fräulein Nubigena.«

Er flüsterte, um Woti nicht zu wecken.

Langsam öffnete sie die Augen. Als sie ihn über sich erblickte, lächelte sie.

Finn legte seinen Zeigefinger an seine Lippen. Decora verstand sofort und richtete sich leise auf.

Sie gingen an den Rand des Plateaus, um ein wenig Raum zwischen sich und den immer noch fest schlafenden Woti zu bringen.

Schon nach ein paar Minuten hatten sie einen Entschluss

gefasst. Obwohl sie den Gwilling wegen seiner offenen Art sofort ins Herz geschlossen hatten, entschieden sie sich, ihm ihre erfundene Geschichte zu erzählen.

Sie mussten ihre Reise allein machen. Sobald sie in Weit-Alon angekommen waren, würden sie einen Weg finden müssen, den armen Woti loszuwerden. Bis dahin konnten sie ihn sicherlich mit ihrer Geschichte bei Laune halten. Auf die Suche nach einem Portal mussten sie aber allein gehen. Und in gewisser Weise wollten sie Woti auch nicht mit einer so schweren Bürde belasten. Wenn er seine Ankündigung, sie nicht zu verlassen, bis er seine Schuld zurückzahlen könnte, wahr machen würde, dann müsste er ihnen ja in eine ganz fremde Welt folgen. Zumindest, wenn sie erfolgreich waren. Und das wollten sie ihrem neuen Freund beim besten Willen nicht zumuten.

Sie gingen zurück und weckten Woti. Der Gwilling wischte sich den Schlaf aus den Augen und schaute erwartungsvoll zu seinen Begleitern auf. Finn und Decora wechselten einen flüchtigen, schuldbewussten Blick.

Während Finn und Decora sich zum Frühstück mithilfe von Flusswasser, das ganz in ihrer Nähe ihren Weg begleitete, an Bitterbeeren gütlich tun konnten, bat Woti lediglich um ein paar Pilze aus Raukelunks Keller. Er versicherte, dass er die Bitterbeere lediglich dazu genutzt hätte, sich ebenjene Pilze zu wünschen. Woti machte mit zwei Steinen aus einem Haufen von Ästen und Blättern ein kleines Feuer und steckte die brummenden Pilze einzeln auf Stöcke.

Es dauerte nicht lange und nach einigen Augenblicken schwollen die Pilze auf ihre doppelte Größe an und vibrierten laut summend, sodass die Stöcke in Wotis Hand hin und her wippten.

Fasziniert von diesem Anblick, ließen es sich auch Decora und

Finn nicht nehmen, die Pilze zu probieren. Sie nutzten dafür einen Schluck Bitterbeerensaft. Allerdings mussten beide zugeben, dass die Zubereitung der Pilze wesentlich amüsanter als der eigentliche Geschmack dieser »Köstlichkeit« war. Woti jedoch beharrte felsenfest darauf, dass es nichts Schmackhafteres gebe.

Nach dem Frühstück gingen sie weiter. Auf ihrem Marsch, der nur noch selten gefährlich war und beinahe zur Hälfte durch Heidestreifen im Wald führte, konnten die Wanderer in Ruhe erzählen und ihre Gedanken weit schweifen lassen.

Woti wurde alsbald wieder neugierig und fragte höflich nach Finns und Decoras Herkunft. Sie erzählten dem Gwilling möglichst authentisch ihre erfundene Geschichte und versuchten dabei, so heiter und unbeschwert wie möglich zu klingen. Woti schien zwar Zweifel zu hegen, bemühte sich aber, dies vor seinen Rettern zu verbergen.

Finn bat Woti schließlich, ihm zu zeigen, wie man eine Papageienpfeife richtig spielte. Obwohl ihr nur wenige Töne zu entlocken waren, war die Technik nicht leicht. Nach einiger Zeit hatte es Finn aber mehr schlecht als recht heraus, die verschiedenen Kommandos zu spielen, und auch Decora versuchte sich in der Kunst des Papageienrufens.

So merkten sie kaum, wie schnell sie auf ihrem Weg vorankamen. Als die Sonne den Zenit bereits überschritten hatte, deutete Woti, der ein Stück voranging, vom Ende eines Felsens auf die westlichen Ebenen, die nicht weit vor ihnen in grellem Sonnenlicht lagen.

Zwischen einzelnen Feldern verliefen breite Wege in die Ferne und an den Rändern der Wiesen lagen Laubbaumhaine, die in der Sonne Schatten boten. Auch der Fluss, der sie ja bereits als kleinerer Bach seit Felsgau begleitet hatte, schickte sich an, ihnen weiterhin treu zu folgen. Sein Name war, wie Woti ihnen erklärte, Ebole und er verlief nach Westen.

Finn blickte sich um und schaute über den Wandernden Wald, der ihm in den letzten Tagen trotz allem ans Herz gewachsen war. Noch immer züngelten hier und da Feuer und blaue Blitze und spielten ihr gefährliches Spiel. Auch Decora schaute zurück. Sie schloss die Augen, als wollte sie das Bild vor ihrem inneren Auge speichern.

Finn bekam eine Gänsehaut, als er dort am Waldsaum stand und zurückblickte. Was würde er noch alles zu Gesicht bekommen? Decora lächelte ihn an und bewegte beinahe unmerklich den Kopf nach Westen, als ob sie genau wusste, was er dachte.

Woti winkte aufgeregt: »Wir sollten weiter, das wäre gescheiter! Es ist noch nicht sehr spät: Wenn das mal nicht zum Weitergehen rät! Der Weg nach Alon ist noch weit, aber die Wege hier sind breit. Heute können wir noch viel schaffen. Zeit, euch aufzuraffen!«

Finn betrachtete immer noch Decora.

»Komm, Finn. Es wird Zeit«, sagte sie.

So verließen sie den Wandernden Wald endgültig. In der Tat waren die Ausläufer der Sieben-Brot-Felder eine sehr willkommene Abwechslung zu den Strapazen im Wandernden Wald. Die Wege waren nicht nur breit, sondern auch weich unter ihren Füßen.

Ganz erstaunlich war für Finn und Decora nach der Einsamkeit im Wald, dass sie nun auch andere Reisende auf Pferden oder zu Fuß sahen, die hin und wieder ihren Marsch kreuzten, freundlich grüßten und weiter ihrer Wege zogen.

Einige dieser Reisenden hatten große Mengen Korn auf Wagen dabei, die von Ochsen gezogen wurden.

Obwohl sie es eigentlich wissen mussten, erklärte Woti

ihnen: »Sieben Sorten Korn wachsen in diesen Ländern, beliebt bei Einheimischen und Händlern. Unser Brot ist berühmt in der ganzen Welt, weil es durch die sieben Kornsorten seinen kräftigen Geschmack erhält.«

Ein fahrender Händler hatte sogar fertig gebackene Laibe Brot geladen. Woti nutzte die Gunst der Stunde, hielt einen freundlichen Plausch mit dem Händler und bekam am Ende ein herrlich duftendes Brot geschenkt. Wenn das nicht dazu einlud, eine Verschnaufpause zu machen! Sie setzten sich an den Rand eines Feldes, auf denen Bauern arbeiteten, schauten dem Treiben zu und teilten sich dabei das frische *Siebenkorn*.

Nachdem der ganze Laib aufgegessen war, gingen sie gestärkt weiter. Sie kamen hier in der Ebene deutlich schneller voran, ohne eine ständige Gefahr im Nacken. Gegen Abend hatten sie ein gutes Stück zurücklegen können und schickten sich an, ihr Nachtlager in einem kleinen Birkenhain dicht neben einem Kornfeld aufzuschlagen. Das Gras war weich und kaum war es nach ihrem Abendessen richtig dunkel geworden, schliefen alle auch schon tief und fest auf dem erholsam weichen Boden, der sich sehr stark vom steinernen Grund der Felsplateaus unterschied. Kurz bevor ihm die Augen zufielen, dachte Finn noch darüber nach, was für ein Glück sie hatten, dass es Sommer war.

Je weiter sie nach Westen vordrangen, desto belebter wurden die Pfade zwischen den Wiesen und Feldern, desto kultivierter wurde das Land um sie herum.

Der Fluss Ebole hatte sich am Vormittag des dritten Tages in den Siebenbrot-Ländern von ihnen getrennt. Wasser zu bekommen war aber trotzdem kein Problem. Sie hatten sich ein paar Wasservorräte mitgenommen – ein Bauer hatte ihnen für ein paar Bitterbeeren drei Lederflaschen überlassen – und außerdem fanden sich nach kurzer Suche immer wieder kleine Quellen, die klar und frisch aus dem Erdreich sprudelten. Wenn Finn seine Flasche füllte, konnte er oft kleine Becken neben den Quellen erkennen, in denen die Bauern das Wasser stauten, um ihre Felder zu bewässern.

Es wurde immer wärmer. Alle drei schwitzten und mussten immer öfter eine Pause machen. Trotzdem kamen sie zügig voran, war doch der Marsch im Wald eindeutig anstrengender gewesen. Hier mussten sie ja nur einen Fuß vor den anderen setzen!

Erst am Abend des vierten Tages in den Feldern türmten sich die Wolken über ihnen auf. Lange regnete es kräftig. Die Nacht in der Nässe war weit weniger angenehm als alle vorhergehenden: Dicht an dicht gedrängt verbrachten die drei die Nacht in der Scheune eines freundlichen Bauern. Durch die undichten Stellen im Dach tropfte das Regenwasser und sie wälzten sich müde und schlaflos von einer Seite auf die andere. Am nächsten Morgen waren sie nur leidlich ausgeruht.

Im Verlauf des Vormittags kehrte jedoch die Sonne wieder zurück an den Himmel. Finn und Decora mussten wieder lachen, obwohl sie nach dem Aufstehen noch mürrisch gewesen waren. Woti lief ständig voraus, winkte ihnen zu und freute sich lauthals des Lebens.

»Der Regen ist fortgezogen! Sonne, was hat dich bewogen? Uns freundlich und günstig zu sein? Wir wandern in deinem Schein! Scheine auf uns hernieder! Erquicke die müden Glieder!«

Gegen Mittag wurde Woti noch aufgeregter, denn Weit-Alon war nun ganz nah. Der Gwilling lief so weit voraus, dass Finn und Decora sogar einmal glaubten, ihn verloren zu haben, doch unter einer Ansammlung Schatten spendender Bäume fanden sie ihn kurze Zeit später ungeduldig wartend. Nur noch wenige Meilen trennten die drei jetzt von der Hauptstadt und die Anzahl reisender Händler und Wanderer in den Ebenen nahm noch mehr zu. Trolle, Gwillinge und Menschen durchquerten mit Karren das Land und die Bauernhäuser reihten sich bald immer näher aneinander.

Finn schätzte die Zeit auf drei Stunden nach Mittag, als sie sich aus einem weitläufigen Tal heraus über einen hohen Hügel bewegten und vom Kamm aus in der Ebene unter ihnen die Stadtmauern von Weit-Alon liegen sahen. Woti machte Luftsprünge, so sehr freute er sich über den Anblick. Finn und Decora blieben einige Schritte zurück und schauten auf die gigantische Stadt hinunter, die vor ihnen im Tal lag.

Hinter den Stadtmauern, die, wie Finn ungläubig feststellte, einige Kilometer in sowohl süd- als auch nördlicher Richtung verliefen, ragten dicht gedrängt riesige Gebäude, Türme und in der Mitte unverkennbar das enorme Königsschloss bis weit in die Höhe. Die Zinnen des Schlosses schmückten unendlich viele Banner mit sieben goldenen Ähren, im Kreis miteinander verwoben. Auch auf den Wehrtürmen und Fassaden der Mauer prangten Banner und Wimpel, die im Wind wehten.

Kilometer entfernt, hinter der Stadt, blitzten durch das Gewirr der Dächer die Wasser eines langen Flusses. Dieser floss von Norden her nicht weit von Weit-Alon entfernt in einen gewaltigen See und dahinter weiter nach Süden. Noch weiter entfernt konnten Finn und Decora Berge erkennen, die den Fluss überragten und schließlich verschluckten.

»Das da hinten ist der Sichelsee mit dem Fluss Alon, aber das alles kennt ihr ja schon! Schließlich kommt ihr von hier, bitte verzeiht mir!« Woti machte eine kecke Verbeugung. Er funkelte Finn und Decora herausfordernd an.

Die beiden wussten, dass Woti ihnen ihre Geschichte nicht abgekauft hatte. In den letzten Tagen hatten sie aber auch wenig für ihre Glaubwürdigkeit tun können. Schließlich kannten sie sich überhaupt nicht aus und waren so in ein Fettnäpfchen nach dem anderen getreten. Decora lächelte schief und Finn schaffte es bloß, sein Gesicht in noch groteskerer Weise zu verziehen.

Sie konnten sich nicht vom Anblick der Stadt losreißen. Über einen breiten Weg, auf dem in einiger Entfernung gerade ein paar Wagen die Stadt verließen, gingen sie schließlich hinunter auf das hohe Eingangstor zu, das in der langen weißen Stadtmauer eingelassen war. Bereits vor dem Tor sahen Finn und Decora zwei kleine Wachhütten, an denen das Ein- und Ausreisen geregelt wurde.

Die Sonne funkelte an den glänzenden Turmspitzen innerhalb der Stadtmauern und verlieh der Szenerie eine hellgoldene Note. Zum ersten Mal seit den Papageien sahen die drei wieder eine größere Menge Vögel, die immerzu an einer bestimmten Stelle in bunten Schwärmen über der Stadt kreisten.

»Wir haben es zumindest bis hierher geschafft«, flüsterte Decora. Finn bemerkte, dass sie seine Hand genommen hatte.

»Wir können stolz auf uns sein«, sprach sie weiter. »Und wir haben es zusammen geschafft, nicht wahr?«

»Ja, wir können stolz auf uns sein«, sagte er gerade so laut, dass nur Decora es hören konnte. »Komm, wir haben noch viel vor!« Sie zog ihn weiter.

Plötzlich griff Woti in Finns Tasche, holte das Glas mit den Bitterbeeren hervor und schnappte sich ein paar davon, bevor einer von ihnen protestieren konnte. Dann rannte er los und rief ihnen noch zu: »Ich regele das besser unten am Tor! Ich weiß zwar nicht, was ihr für Geheimnisse habt, als Lügner seid ihr aber nicht begabt. Ich werde mit den Wachen sprechen, die könnten euch sonst glatt erstechen. Wir sind im Krieg, man muss sich beim Eintritt erklären, im besten Falle würde man Lügnern wohl den Eintritt verwehren!«

Zu guter Letzt zwinkerte er ihnen noch einmal zu und war schon auf halbem Wege unten am Tor. Decora wusste nicht, was sie dazu sagen sollte.

»Er wird die Wachen doch nicht etwa damit bestechen wollen?«, fragte sie.

»Meinst du, die würden uns wirklich erstechen?«, entgegnete Finn, ohne auf Decoras Frage zu antworten.

Sie ließ Finn erst los, als sie mehr als die Hälfte des Wegs zu den Wachhäuschen zurückgelegt hatten. Je weiter sie in den Talkessel kamen, desto weniger sah sie das umliegende Land. Die Stadtmauern wurden mit jedem Schritt imposanter, aber zugleich auch erdrückender.

Bald sah Decora vor sich nur noch die hohen Mauern und das Stadttor, das wie ein riesiges Maul auf sie wartete. Die Wachposten in ihren Hütten behielten die beiden schon von Weitem genau im Auge. Die meisten waren mit Speeren und Schilden bewaffnet, auf denen das königliche Emblem prangte. Als sie nahe herangekommen waren, tuschelten einige der Wächter miteinander. Einer zeigte sogar mit dem Finger auf sie und tippte dann ausgerechnet dem Kollegen, der aufgrund seines massigen Körpers besonders unangenehm aussah, auf die Schulter. Letzterer zückte seinen Speer und zu zweit gingen sie schnurstracks auf Finn und Decora zu.

»Wo ist Woti hin?«, zischelte Decora.

»Ich weiß es nicht! Vielleicht ist er ja weggelaufen! Tu so, als wärst du schon einmal hier gewesen!«

»Wie soll ich das denn machen?«, protestierte Decora, aber schon waren die Wachen so nah, dass sie aufhörte zu sprechen. Sie zwang sich zu einem schiefen Lächeln. Mit Sicherheit würden sie so auffallen! Neben ihnen sah sie weitere Reisende, die von den Wachen recht grob untersucht wurden.

»Wer seid ihr?«, rief der Dickere und fuchtelte dabei drohend mit seinem Speer.

»Taschen ausleeren!«, rief der andere und zückte ein großes Stück Pergament und eine Schreibfeder. Als sie nicht sofort antworteten, wurden sie ungeduldig.

»Habt ihr nicht gehört? Oder sollen *wir* das für euch übernehmen?«

Der Blick des Wächters mit dem Pergament ruhte plötzlich misstrauisch auf Decora. Ihr schwante Böses. Natürlich fiel sie hier auf. Sie passte doch überhaupt nicht hierhin! Was hatten sie sich bloß gedacht?

»Mädchen, du siehst aber merkwürdig aus. Du kommst wohl nicht von hier. Ich glaube, euch beide sollten wir jetzt sofort mitnehmen und einsperren!«

Decoras Bewegungen froren ein. Sie musste plötzlich an ihre Familie denken, die von Trucido ebenfalls eingesperrt worden war. Sie hörte wie durch Watte, dass Finn versuchte, die Situation zu entschärfen.

»Doch …«, stammelte er. »Wir sind von hier!«

Mehr brachte er allerdings nicht hervor und Decora, die wusste, dass sie vor Schreck ganz bleich war, konnte sich einfach nicht rühren. Sie wollte nicht eingesperrt werden!

»Na, wenn das so ist, dann kennt ihr ja sicher den Weg zu den Kerkern!«, schnauzte der Wächter mit dem Speer.

Decora lief es kalt den Rücken herunter. Was konnten sie tun?

»Bewegung, Abmarsch!«

Der gegen sie gerichtete Speer ließ keinen Zweifel mehr daran, dass sie es wirklich ernst meinten. Mechanisch setzte sie sich nun in Bewegung und warf Finn einen panischen Seitenblick zu. Auch er sah erstarrt aus. Ein dritter Wächter, der sich durch einen roten Umhang von den anderen unterschied, lief aus der Richtung der Wachhäuschen auf sie zu.

»Enkoll! Redon! Die beiden da nicht. Sie dürfen passieren. Lasst sie durch!«, rief er von Weitem.

Sofort blieben ihre Wächter wie angewurzelt stehen. »Hauptmann, sind Sie sicher?«, rief der Speerträger. »Das Mädchen hier …«

Doch der Hauptmann unterbrach ihn barsch: »Ich *bin* sicher. Das ist ein Befehl! Die beiden dürfen passieren.«

Decora wagte nicht zu atmen. Die beiden Wächter funkelten sie böse an.

»Na, wenn das so ist«, zischte der Schreiber, »dann dürft ihr wohl passieren! Bitte sehr!«

Ärgerlich kritzelte er irgendetwas auf das Pergament und wies ihnen dann mit einer gespielt großzügigen Geste den Weg durch das Tor.

Von der Seite hörten sie erneut den Hauptmann rufen: »Redon, und vergiss nicht, sie von unserer Höflichkeit zu überzeugen!«

Der Speerträger zwang sich zu dem falschesten Lächeln, das Decora jemals gesehen hatte. Sie war sich sicher, dass er sie am liebsten aufgespießt hätte. Das Sprechen schien ihm sehr schwer zu fallen. »Willkommen in Weit-Alon. Mögen eure Wege hell und eure Prüfungen erfolgreich sein!«

»Vielen Dank … Und gleichfalls …«, hörte sie Finn stammeln.

Decora erkannte, dass sie nun dringend gehen sollten. Vielleicht hatten sie um das Schlimmste herumkommen können. Ihre Glieder gehorchten wieder ihrer Kontrolle. Eilig zog sie Finn hinter sich her in Richtung Stadttor und vermied es dabei, den Wächtern weiter in die Augen zu sehen.

Eine breite Straße führte hinter dem Tor zum Herzen der Stadt. Woti winkte ihnen zufrieden aus dem Schatten einiger Häuser zu.

»Vielleicht nicht das Leben gerettet, aber doch beschützt – was die Bitterbeere nicht alles nützt!«, sagte er süffisant.

Decora hielt Finns Hand fest umschlossen. Dann wurden sie von der Stadt verschlungen.

Der Birkenblick

Hätten die uns wirklich in den Kerker geworfen?«, fragte Finn nun schon zum dritten Mal mehr sich selbst als die anderen. Decora, die ihn dabei beobachtete, konnte aber schon wieder lächeln, denn sie vermutete nicht, dass die Wachen von draußen noch einmal an sie herantraten. Woti hatte mit seiner Bestechung wirklich alles richtig gemacht. Decora war ziemlich erleichtert. Aufmunternd klopfte sie Finn auf die Schulter.

»Der Krieg mit den Schneeköniginnen ist schuld! Natürlich wird jeder bei der Einreise kontrolliert. Das hätten wir uns auch denken können! Woti, vielen Dank für deinen rettenden Einsatz!«

Dann schaute sie verlegen zu Boden.

»Und vielen Dank für deine Geduld«, fügte sie ohne aufzublicken hinzu.

Woti lächelte breit.

»Ach was – *ich* stehe doch immer noch in *eurer* Schuld! Außerdem habe ich es für neue Freunde gemacht. Auf die gebe ich gerne acht!«

Trotzdem verspürte Decora Reue, weil er ja wusste, dass sie ihn angelogen hatten. Sie versuchte es mit einer Entschuldigung.

»Woti, es tut uns leid! Du weißt es ja bereits, wir haben dir nicht die Wahrheit erzählt, also über uns beide, meine ich.«

Woti lächelte immer noch.

»Ich bin euch nicht nur etwas schuldig! – Ich bin auch sehr

geduldig: Wollt oder könnt ihr mir nichts über euch sagen, dann werde ich euch auch nicht danach fragen!«

Decora fühlte sich jetzt gleich doppelt und dreifach so schlecht.

»Hör zu, es geht dabei wirklich nicht um dich. Es hat einzig und allein etwas mit uns beiden zu tun! Aber vor allen Dingen ist es eine sehr komplizierte Sache und wir wollen dich auf gar keinen Fall … du weißt schon … in etwas mit hineinziehen.«

Woti machte eine leidende Miene, aber nur ganz kurz, dann fasste er sie geradewegs bei der Hand und zog sie hinter sich her, denn sie standen ja immer noch kurz hinter dem Stadttor und hatten noch nicht einmal begonnen, Weit-Alon in Augenschein zu nehmen.

»Ab jetzt sind Gedanken an die blöden Wachen tabu! Was ist denn nun? Seht zu!«

Es war fast unmöglich, sich nicht von der guten Laune des Gwillings anstecken zu lassen. Einen besseren neuen Reisegefährten hätten sie wahrlich nicht treffen können! »Danke«, sagte Decora ein letztes Mal.

»Danke dir«, bestätigte auch Finn.

Decora schaute ihn an. Auch seine Gesichtszüge hatten sich nun wieder entspannt.

»Gehen wir?«, fragte sie und zog ihre Augenbraue hoch, um ihn zu ärgern. »Wer weiß, was es in Weit-Alon für einen Ritter zu tun gibt.«

Finn quittierte ihre Geste mit einem Grummeln.

»Na komm schon«, setzte sie nach. Als Woti auch seine Hand ergriff, setzte er sich schließlich in Bewegung.

Die Welt, die sich Finn und Decora innerhalb der Stadtmauern eröffnete, erfüllte sie sogleich mit Ehrfurcht. Die Hauptstraße war zu beiden Seiten mit imposanten Häusern gesäumt, die Finn mit ihren Fassaden an den Stil alter Fachwerkhäuser erinnerten. Fast alle waren mindestens dreistöckig und an allen Ecken und Enden mit Erkern und Giebeln versehen, dabei verwinkelt und geradezu dramatisch windschief. Einige von ihnen verfügten sogar über Gänge, die sie über die Straße hinweg mit den gegenüberliegenden Nachbarhäusern verbanden.

Auch in den Gassen links und rechts tobte das Leben. Es war ein krasser Kontrast zu dem geruhsamen Felsgau. Woti räusperte sich lautstark, da Finn und Decora schon zum dritten Mal stehengeblieben waren und gafften.

Nach einer Weile sagte er: »Wir sollten uns eine Unterkunft suchen, uns zwei oder drei Zimmer buchen. Ich kenne mich gut aus in der Stadt. Ich weiß, wo man günstige Zimmer hat. Ich kenne ein Gasthaus, falls es euch nicht stört, das einer Freundin von mir gehört. Ich bin sicher, sie lässt sich von mir erweichen, und ihr könnt Bitterbeeren zur Zahlung einreichen.«

Finn und Decora waren sofort einverstanden.

Der Weg führte durch gebogene Gassen vorbei an unzähligen Geschäften, Tavernen und Wohnhäusern. Führte der Weg hoch oder hinunter, hatten die Bewohner der Stadt Treppen gebaut, die mit engen Stiegen auf die nächste höhere oder tiefere Ebene führten.

Finn staunte, denn immer wieder tauchten hinter einer Hauswand wie aus dem Nichts kleine Plätze auf, auf denen Märkte stattfanden. Händler tippten ihm auf die Schulter, riefen ihm im Vorbeigehen etwas zu, oder wurden sogar so aufdringlich, dass sie ihm Waren gleich ganz in die Hand drückten. Jeder Markt hatte sich auf eine bestimmte Art von Waren spezialisiert: Nicht nur Lebensmittelmärkte gab es da, auch Waffen, seltsam anmutende Haushaltsgeräte,

Glaskunst, Malereien, Bücher oder unzählige Arten fremdartiger Tiere wurden verkauft. Einmal zupften und zogen drei Gwillinge, die vom Aussehen her miteinander verwandt zu sein schienen, so penetrant an Finn und priesen ihr Produkt – die exklusiv in Weit-Alon erhältliche Goldmünze *Renkeja beim Siebenkorn-Mahl* – so unnachgiebig an, dass Woti ein Machtwort sprechen musste, um sie zum Verschwinden zu bewegen.

»Die Münzen sind nicht einmal echt – die Fälschung äußerst schlecht!«, erklärte er. »Die echten hingegen sind nur beim Palastverkauf zu kriegen, aber auch dort sollte man zur Sicherheit selbst nachwiegen!«

Etwas später erzählte der Gwilling ihnen, dass sie sich etwa im Halbkreis um den Stadtkern bewegten.

Neben den kleinen Märkten streiften sie zusammen auch immer wieder durch kleinere und größere Parks, die im Gegensatz zu dem hektischen Treiben auf den Straßen Ruhe und Gelassenheit ausstrahlten. Die meisten Bäume hier kannte Finn von der Erde. So zierten große Kastanien, Eichen und Buchen das Bild. Immer wieder gab es aber auch Pflanzen, die ihm nicht bekannt vorkamen, manchmal aber von Decora eingeordnet werden konnten. Sie scheuten sich allerdings, Woti nach Pflanzen oder Eigenheiten der Stadt zu fragen, die ihnen fremd waren.

Schließlich ergriff der Gwilling abermals das Wort: »Ich merke schon, dass ihr noch nie in dieser Stadt wart, das trifft mich ganz schön hart.«

Er zwinkerte ihnen dabei jedoch zu.

»Womöglich wisst ihr dann auch nicht – ich sage es mal allzu schlicht, was jeder Besucher gesehen haben muss, ansonsten wär's schon ein Verdruss!«

Woti schlug hinter einer weitläufigen Wiese den Weg zwischen zwei hohen, aber umso schieferen Wohnhäusern ein, von denen eines im Erdgeschoss eine Gastwirtschaft beherbergte. Im dritten Stock führte ein freischwebender Gang mit großen, rechteckigen Fenstern von einem Haus zum anderen. Finn war die Konstruktion nicht geheuer: Er sah, dass sich die Häuser zu beiden Seiten bereits gegen den Mittelgang lehnten und sich die Steinkonstruktion über die Jahre hinweg gewaltig verzogen hatte. Hoffentlich stürzte nicht alles ein, während sie darunter hergingen! Über die gesamte Länge des Ganges konnte er auf einem großen Banner in weißen Lettern auf rotem Grund *Vogelmärkte von Weit-Alon* lesen.

Gespannt und mit etwas mulmigem Gefühl betrat er mit Decora und Woti die Passage, die nach einigen Schritten bergauf in einem schier endlosen Platz mündete. Waren es hunderte oder vielleicht tausende Passanten und Händler, die Finn dort umherwirbeln sah? Seine Augen weiteten sich – es waren nicht die Personen, die ihn überraschten: Über den ganzen Platz waren in jeder erdenklichen Größe und Beschaffenheit Vogelvolieren und Käfige aufgestellt, in denen die seltsamsten Vögel umherflatterten, die er jemals gesehen hatte, und die ein unvorstellbares Potpourri von Gezwitscher erzeugten. Er war stehengeblieben und rührte sich nicht: Viele Vögel waren gar nicht in Käfigen eingesperrt! Sie bewegten sich völlig frei! Finn zog in letzter Sekunde den Kopf ein, als eine Schar winzig kleiner Vögel in den leuchtendsten Farben wie blitzende Edelsteine durch die Menge auf sie zubrauste und knapp über ihnen ein waghalsiges Flugmanöver durchführte. Er beobachtete gewaltige Vögel mit breiten Schwingen ihre Kreise in der Luft ziehen und hörte sie kreischen. Selbst direkt zwischen den einzelnen Ständen stolzierten Vögel und pickten frech mit ihren langen Schnäbeln an den Besuchern herum. Hoch über dem Markt, viel höher als alle Gebäude umher, zogen weitere riesige Schwärme immer und immer wieder ihre Runden: Finn war sich sicher, nie etwas Vergleichbares erlebt zu haben.

»Decora, sieh nur! Die Vogelschwärme haben wir von draußen gesehen.«

Finn war überwältigt und auch Decora hatte ebenfalls nur ein ungläubiges Nicken parat. Woti strahlte, als er den Erfolg seines Abstechers an den Gesichtern seiner Begleiter ablesen konnte.

Die kleinsten Vögel, die überall zu sehen waren, schienen zwar der Art her gleich zu sein, trotzdem glich das Gefieder eines Exemplars fast nie dem eines anderen: In allen Tönen und Farbnuancen sirrten die kleinen Tiere um ihre Köpfe. Finn wurde von den vielen Farben schon schwindelig. Kaum hatte er einen Blick zu einem Händler geworfen, zog auch schon ein anderer seine Aufmerksamkeit auf sich.

Zwischen den *normaleren* Händlern tauchten auch immer wieder solche auf, die ihre Vögel auf den Schultern bei sich führten und leise flüsternd mit ihnen sprachen. Riesige Trolle mit ausgebreiteten Armen – viel größer als diejenigen in Felsgau – trugen ebenso große geierähnliche Vögel mit sich herum, die schon durch bloßes Anschauen mehr als nur Respekt einflößend waren.

Die kleinen bunten Vögel setzten sich hin und wieder auf Decoras Schultern oder Kopf, trällerten kurz ein paar glockenhelle Töne und flogen blitzschnell wieder weg. Die Lunata strahlte, sobald die Vögel sich auf ihr niedergelassen hatten. Behutsam liebkoste sie das leuchtende Gefieder der kleinen Wesen und Finn freute sich mit ihr, so entzückt strahlte sie. »Was für tolle Farben sie haben!«, stellte Decora glückselig fest. Sie lachte lauthals auf, als ein kleiner kirschroter Vogel unter ihre Haare kroch und sie am Hals kitzelte. »Entschuldigt bitte!«, rief ein heraneilender Händler in bunten

Pluderhosen und einem violettgrünen Turban. »Diese Sonnenfeder ist noch sehr jung. Verzeiht ihr ihren Übermut. Sie scheint euch aber zu mögen.« Er streckte seine Hand aus und sogleich hüpfte der rote Vogel fröhlich piepsend darauf. Zum Abschied trällerte er Decora zu, die sich kaum von dem kleinen Geschöpf lösen wollte.

Die *Sonnenfedern* waren allem Anschein nach auch bei den anderen Besuchern der Vogelmärkte die Hauptattraktion, denn viele von ihnen waren spielend und lachend mit den in grellen Farben blitzenden Vögeln zu sehen.

Die Märkte nahmen in ihrer Wunderlichkeit einfach kein Ende: »Mögen eure Wege hell und eure Prüfungen erfolgreich sein«, raunten Finn einige große Vögel zu, die unbeweglich in dunklen Ecken saßen und sich immer erst dann rührten, wenn er sie nur noch aus den Augenwinkeln sehen konnte. Ganz sicher war er sich dessen aber nicht und atmete erleichtert auf, als sie die unheimlichen Vögel mit ihren dicken und krummen Schnäbeln weit hinter sich gelassen hatten.

Sie verließen die Vogelmärkte schlussendlich durch eine Art Streichelzoo. Zweierlei Vogelarten waren hier zu finden: Die eine Art ähnelte Kranichen. Die andere Art zeigte deutliche Parallelen zu Kormoranen, nur waren diese Tiere hier noch größer. Beide Arten konnten nicht fliegen oder hatten vielleicht einfach keine Lust dazu. Finn hielt beides für möglich. Unmengen von Kindern, ob Trolle, flitzende Gwillinge oder Menschen – Bacariten-Kinder hatten sie noch nicht erblickt – tollten hier mit den Vögeln herum und ritten manchmal sogar auf den behäbigen »Kormoranen«. Das Lachen der Kinder wurde nur übertroffen durch die glucksenden Laute der Vögel, die, einmal in voller Fahrt, scheinbar noch mehr Spaß hatten als die Kinder selbst. Dann ließen sie den Platz hinter sich und wanderten zurück in die labyrinthartigen Straßen von Weit-Alon. Woti wollte seine Begleiter nun erst mal zu seiner Freundin bringen, die das Gasthaus *Birkenblick* führte.

Nach kurzer Zeit fragte Finn: »Woti, sind wir jetzt schon hinter dem Königsschloss?«

»Nein, und deshalb müssen wir auch los! Bis zum Birkenblick ist es noch ein Stück und bisher legen wir ja kaum Weg zurück.« Dabei lächelte er aber und fuhr fort: »Aber die Vogelmärkte waren es doch wert? Ein Abstecher dorthin ist niemals verkehrt!«

Nun gingen sie zügiger. Der Weg dauerte dennoch viel länger, als Finn und Decora gedacht hatten. Erst eine halbe Ewigkeit später befanden sie sich wieder auf der gewaltigen Hauptstraße, diesmal aber hinter dem Königsschloss. Auch hier war das Gedränge und Geschiebe so enorm wie auf der anderen Seite.

Wortfetzen von schreienden und gestikulierenden Händlern hingen in der Luft und während die Passanten vorbeieilten, scharwenzelten die Händler geschäftig um das Trio umher. Hier, auf der anderen Seite der Stadt, war der Anteil an Kneipen und Wirtschaften noch um einiges größer. Die Türen der alten Fachwerkhäuser standen kaum einen Moment still und die Holzgänge über ihren Köpfen knarrten unter den Füßen derjenigen, die sich oberirdisch von Straßenseite zu Straßenseite schoben.

Woti übernahm abermals die Führung. Der Weg führte nun nach Nordosten. Hier war das Treiben auch noch rege, aber auf eine gewisse Weise ging es doch etwas gesitteter und verhaltener zu.

Diejenigen, die hier unterwegs waren, stolzierten eher, als dass sie gingen, und ihre Garderobe wirkte fein und elitär. Selbst die Gwillinge trugen hier keine Holzfällerhemden, sondern waren in lange Tuniken gehüllt, im Gegensatz dazu aber auch noch ein ganzes Stück fetter als überall anders.

Schließlich kamen sie zum zweiten Mal auf einen enormen Platz. Nichts regte sich darauf.

»Warum ist es hier so leer?«, wollte Finn wissen. »Die ganze Stadt wimmelt nur so von Märkten und Menschen. Hier aber ist so viel Platz ungenutzt.«

»Ich weiß es«, sagte Decora zu Finns Überraschung. »Das hier müssen einmal die Schneeapfelmärkte gewesen sein. Da aber Krieg herrscht, werden ja auch keine Schneeäpfel mehr importiert. Erinnerst du dich noch daran, Finn? Raukelunk hat es uns erzählt. Renkeja, der König von Weit-Alon, führt doch Krieg mit den drei Königinnen vom Schneegebirge.« Triumphierend wandte sie sich an Woti. »Ich hab doch recht, oder?«

Sie grinste herausfordernd.

Der Gwilling machte eine mehr oder weniger ernst gemeinte Verbeugung, mit der er Anerkennung und Zustimmung zum Ausdruck brachte.

»Das schon, der gute Renkeja sitzt auf dem Thron! Er führt Krieg gegen die drei kalten Hexen. Und da hier keine Schneeäpfel wachsen – sind die Märkte ungenutzt. Finn, nun schau nicht so verdutzt!«

Finn setzte eine weniger erstaunte Miene auf.

»Ihr müsst verstehen«, erzählte Woti weiter, »wir alle möchten in eine glücklichere Zukunft sehen. Füllten wir die Märkte mit anderen Dingen, so würde das zwangsläufig Unglück bringen.«

Und mit finsterem Blick fügte er hinzu: »Ich hoffe, der Krieg ist bald vorbei und Renkeja schlägt die Macht der Königinnen entzwei.«

Decora wollte nun mehr wissen. Sie fragte: »Raukelunk hat uns erzählt, dass außer in Weit-Alon keiner so genau weiß, warum Renkeja und die Königinnen Krieg führen. Und angeblich wissen vielleicht auch hier nur wenige die wahren Gründe, die dahinter stecken?!«

Woti nickte: »Ich möchte keinen falschen Eindruck euch gegenüber erwecken: Es stimmt, *eigentlich* wissen wir nichts über den Krieg, dennoch wollen wir den Sieg.«

Der Gwilling machte eine verschwörerische Geste: »Es gab mehrere Anschläge auf des Königs inneren Kreis – das ist das, was jeder hier weiß! Aber Renkeja ist am Frieden interessiert, da wird auch kein Attentat hochstilisiert. Er verzeiht und hat Geduld – doch die Königinnen tragen die Schuld! Nur als äußerstes Mittel würde er einen Feldzug führen – vor allem bekäme ihn ja das Volk zu spüren. Die Stimmung im Volk aber ändert sich: Viele wollen den offenen Krieg – Leute wie du oder ich.«

Decora wirkte nachdenklich. Finn hatte weniger Probleme damit, Wotis Sichtweise anzunehmen. *Kalte Hexen*! Was konnte das schon Gutes bedeuten? Bestimmt waren deren Wachen noch schlimmer als die von König Renkeja!

Nun ging die Rundreise durch Weit-Alon ohne Unterbrechungen weiter. Hoch und runter führten die Gassen und Stiegen, vorbei an alten verwachsenen Gebäuden in verborgenen Parkanlagen, an vielstöckigen Wachtürmen und den allgegenwärtigen Wohnhäusern.

Aber auch an öffentlichen Gebäuden zogen sie vorbei: Da fanden sich etwa Badeanstalten oder gewaltige Tempeldistrikte, bei denen Finn und Decora nicht klar war, wem diese geweiht waren, oder kreisrunde Plätze, auf denen unter Bäumen an Steintischen sitzend kleine Grüppchen diskutierten, spielten oder aßen und tranken.

Des Weiteren fielen Finn überall auf Säulen und in Nischen Steinfiguren auf, hier in der Mitte eines von Sonnenlicht überfluteten Platzes, da im Schatten eines Erkers oder dort in einem verträumten

Park zwischen Büschen versteckt, die genau wie Engel aussahen. Oft waren deren Flügel eng anliegend, aber bei einigen waren sie auch weit aufgeschwungen und leuchteten den Besuchern in der Farbe des Steins entgegen, aus dem sie gehauen waren. Viele dieser Engel waren mit Waffen dargestellt: Schwerter, Äxte oder anderes Kriegswerkzeug hielten sie griffbereit in den Händen. Einige Engel – Finn war sich dessen aber nicht hundertprozentig sicher – stellten wohl dieselbe Figur dar. Es gab sowohl männliche als auch weibliche Engel. Ein geschlechterspezifisches Übergewicht war dabei nicht auszumachen.

Mittlerweile war es später Nachmittag geworden. Zwischen den hohen Häusern schafften es die Sonnenstrahlen nur noch zu den obersten Etagen. Auch die Anzahl an Passanten nahm ab. Die Stadt war ruhiger geworden. Die Händler brauchten nicht mehr schreien, um sich Gehör zu verschaffen. Lediglich auf den größeren Plätzen befanden sich noch Personengruppen, die von den Strahlen der Frühabendsonne hierhergelockt worden waren und das Ende des Tages in Gesellschaft verbringen wollten.

Erfrischt von einer angenehmen Abendbrise und gekitzelt von den letzten warmen Sonnenstrahlen erreichten Finn, Decora und Woti schließlich den Birkenblick.

Das mächtige Haus, das den Birkenblick beherbergte und wie schon so oft an Fachwerk erinnerte, befand sich zu Finns und Decoras Erleichterung wieder außerhalb der elitären Viertel von Weit-Alon im Nordosten der Stadt. Insgesamt waren sie also fast einmal im Kreis um das Zentrum gewandert. Von den ständigen An- und Abstiegen waren sie alle drei müde, obwohl sie in den vergangenen Tagen weitaus größere Strapazen überwunden hatten. Finn verspürte genau wie Woti Hunger auf etwas Herzhaftes. Decora, die ihre Tarnung aufrechterhielt, pflichtete ihren Gefährten bei.

Der Birkenblick befand sich auf einem quadratischen Platz. An jeder der vier Seiten war ein Gasthaus zwischen den Wohnhäusern ein Stückchen vorgelagert. Auf der Südseite befand sich der Birkenblick. Auf der gegenüberliegenden Seite befand sich der *Pilzkeller*, im Westen begrüßte das *Loch* seine Gäste und im Osten lockte der *Fliegende Schaumkrug* Passanten herbei.

Der Birkenblick wirkte von außen ein wenig schmuddelig. Insgesamt zählte Finn vier Stockwerke über einem Keller, in den treppab auch der Eingang eingelassen war. Kleine Laternen säumten den Abstieg ins Untergeschoss, deren Kerzen schon brannten, obwohl es draußen noch nicht dunkel war.

Über dem Kellertor hing das Eingangsschild: *Zum Birkenblick* war dort zu lesen. Malereien fassten die schwarzen Buchstaben auf beigem Grund ein. Offenkundig hatte ein mehr oder minder talentierter Maler sich daran versucht, die Silhouetten von Birken um die Buchstaben herum miteinander verschmelzen zu lassen. Alles in allem machte auch das Schild einen eher schäbigen Eindruck.

Finn versuchte es mit einem Scherz: »Außer auf dem Schild kann ich aber keine Birken sehen.«

Er zog seine Augenbraue hoch. Decora kicherte.

Wotis Augen funkelten. »Mein junger Herr, du musst verstehen, manchmal ist die Magie nicht gleich zu sehen.«

Auch der Gwilling zog seine Braue hoch. »Kommt nur ihr beiden, danach wollt ihr den Birkenblick nie mehr meiden!«

Finn und Decora sahen sich gespannt an. Sie hatten in den letzten Tagen zuviel gesehen, um nicht auch hier an ein Wunder zu glauben. Gemeinsam folgten sie ihrem Führer, der flink die Treppe hinunterstapfte.

Woti hatte nicht gelogen: Die drei traten in eine höchst bemerkenswerte Schankstube ein. Hinter ihnen fiel das schwere Tor ins Schloss und sperrte das noch vorhandene Tageslicht aus. Das künstliche Licht von Kerzen und Laternen erleuchtete den gewaltigen Innenraum, der sich nicht nur über eine Etage erstreckte, sondern gleich bis zum zweiten Obergeschoss in die Höhe schoss.

Zwischendecken herkömmlicher Art und Weise fanden sich dort nicht. Trotzdem gab es überall kleine, höher gelegene Plattformen mit halboffenen Nischen, die auf den schweren Ästen und dicken Astgabeln zweier riesiger Birken ruhten, die mitten im Raum aus dem Boden wuchsen.

Die Äste dieser Birken verstrebten sich in der Luft miteinander und flochten hoch über dem Boden kunstvolle Knoten. Die Äste waren dicker, als Finn es jemals gesehen hatte: An vielen Stellen waren sie begehbar und wanden sich so kurios um senkrechte Holzplanken und Säulen, dass die Besucher nicht auf Treppen angewiesen waren, sondern einfach über die Birkenäste spazieren konnten. Auf den von den Bäumen getragenen Holzplattformen standen Tische und Stühle. Vereinzelt hatten sich dort auch schon Gäste eingefunden, die nun im leisen Säuseln der Birkenblätter tranken und aßen. Teilweise waren die höher gelegenen Ebenen auch über Strickleitern zu erreichen, deren robuste Taue zwischen hellem Birkenholz gespannt waren.

Musik wurde im Birkenblick nicht gespielt. Ersetzt wurde diese durch das Rascheln der Riesenbirken. Wie von Zauberhand bewegten sich die Blätter hin und her, wenngleich kein Wind von draußen ins Haus gelang. Alle Fenster waren geschlossen und doch bliesen die Birken einen angenehmen Hauch lauwarmen Windes durch die Wirtsstube. Das Murmeln der Blätter hatte etwas sehr

Beruhigendes. Beinahe glaubten sie, flüsternde Stimmen zwischen den Knoten und Ranken der Äste zu vernehmen. Sie fühlten sich sofort wie in einen wahrhaftigen Wald versetzt.

Finn sagte: »Du hattest recht, Woti. Aber ich bin mir in der letzten Zeit nicht mehr sicher, was ich glauben soll. Ist das wirklich Magie?«

Er schaute Decora an. Die Lunata war mit gewissen Formen der Magie vertraut, aber auch sie schien nicht sicher, was das alles zu bedeuten hatte.

Der Gwilling klang geheimnisvoll: »Manche Dinge erschließen sich einem nie. Und auch wenn *ich* nicht weiß, wie sie es macht, ganz ohne Magie hat Ina das wohl nicht geschafft.«

»Wer ist Ina?«, fragte Decora.

Woti wurde prompt rot. Es war unmöglich für Finn und Decora, nicht zu bemerken, dass auch er etwas zu verbergen hatte.

Mit dem Ellbogen stupste Decora Finn an. Der erwiderte die Geste. Dann tauschten sie einen vielsagenden Blick aus. Woti hatte offensichtlich eine Schwäche für die geheimnisvolle Ina.

Woti fing sich schnell wieder, als er merkte, dass seine Unsicherheit einen Anlass zur Belustigung bot. Er sagte nur: »Seht da!«

Der Gwilling deutete mit dem Kopf quer durch den Raum. Der Tresen war sehr niedrig. Erst jetzt bemerkte Finn, dass auch viele Sitzgelegenheiten und Tische ebenso klein waren. Birkenstümpfe waren dabei zu Schemeln umfunktioniert. Alle Tische und auch der Tresen waren bereits mit matt glänzenden Tellern, Besteck und Krügen eingedeckt, die nur noch auf Gäste warteten. Hinter dem Tresen war eine langhaarige brünette Gwilling-Dame gerade damit beschäftigt, eine Unmenge von Krügen (selbige besaßen Normalgröße und waren dementsprechend unhandlich für Gwillinge) mit einer undefinierbaren Flüssigkeit zu füllen, die sich zähflüssig aus einem Birkenfass ergoss. Finn fragte sich ernsthaft, für wen die raue Menge an Krügen vorgesehen war.

Die Gwilling-Dame, gertenschlank, mit einem sehr hübschen Gesicht, hatte einen ziemlich freizügigen, grobmaschigen Überwurf an, unter dem deutlich ein Negligé hervorschimmerte.

Nun wunderte sich Finn nicht mehr, warum Woti offenbar eine Vorliebe für die Gwilling-Dame Ina hegte. Während die drei noch im Eingang standen und zu der Wirtin hinüberschauten, drehte diese sich plötzlich um und begrüßte ihre Besucher.

»Woti, die Überraschung ist wirklich schön! Ich hatte gehofft, dich bald wiederzuseh'n!«, rief sie quer durch den Raum.

Einige vereinzelte Blicke waren nun auf das Trio gerichtet. Zwei dunkelgrün schimmernde Trolle streckten aus einer höher gelegenen Nische belustigt ihre Köpfe hinter einem Schleier dicht hängender Birkenblätter hervor.

Woti wurde abermals rot.

Ina hatte den Krug, den sie gerade befüllte, kurzerhand abgelegt und kam schleunigst auf die Ankömmlinge zu.

»Woti, was hast du denn all' die Zeit gemacht? Und du hast noch Freunde mitgebracht!«

Ina war bei ihnen angelangt und umarmte Woti stürmisch. Der Gwilling wusste gar nicht, wie er darauf reagieren sollte. So lächelte er hilflos, gleichzeitig aber höchst zufrieden. Finn und Decora tauschten wiederum wissende Blicke aus.

»Wotis Freunde sind auch die meinen und erst recht, wenn sie so interessant erscheinen!«

Die Gwilling-Dame musterte besonders Decora sehr ausgiebig.

»Ina ist mein Name. Und ich bin nicht nur die Bar-Dame,

sondern mir gehört auch ganz zufällig der Birkenblick. Also, wenn ihr eine ausgezeichnete Herberge sucht, habt ihr Glück!«

Sie machte einen offenherzigen Eindruck und sprach mit größter Selbstsicherheit. Genau diese Attribute musste eine Bar- und Herbergsbesitzerin aber vermutlich auch mitbringen, dachte Finn.

Inas Stimme war rau, ihre Züge aber erstaunlicherweise noch feiner als bei anderen weiblichen Gwillingen. Auf ihren roten Wangen waren Sommersprossen zu erkennen. Neben ihrer Schanktätigkeit hielt sie sich scheinbar auch des Öfteren im Freien auf. Sie vermittelte einen höchst lebhaften Eindruck.

Woti – noch immer von Inas Erscheinung eingenommen – starrte zu Finns Unbehagen völlig ungeniert und für alle offensichtlich durch die Maschen ihres Überwurfs. Finn räusperte sich. Als nichts passierte, stieß er Woti in die Seite, woraufhin dieser seinen Blick glücklicherweise dem Gesicht seiner Bekannten zuwendete.

Er räusperte sich und sagte: »Das sind meine Freunde Decora und Finn. So wahr ich ein ehrbarer Gwilling bin: Ich stehe für die beiden ein. Ich werde in jeder Beziehung ihr Fürsprecher sein! Ich schulde den beiden hier mein Leben, so kannst du uns dreien hoffentlich eine Unterkunft geben. Unser einziges Zahlungsmittel sind leider Bitterbeeren, vielleicht kannst du uns trotzdem Hilfe gewähren …«

Woti lächelte matt.

Ina, die ein kleines Stück größer war, schüttelte empört den Kopf.

»Ich weiß nicht, wie oft ich es dir noch sagen muss – rede also nicht so einen Stuss! Du wirst hier niemals bezahlen müssen!« Ina wandte sich an Finn und Decora. »Und ihr! Lasst euch küssen! Wenn ihr Wotis Retter seid, dann bin auch ich zu Dank bereit. Ihr seid mir ebenfalls nichts schuldig. Aber kommt jetzt, ich bin nicht sehr geduldig! Ihr müsst mir alles schnell berichten, ich brenne auf eure Reisegeschichten. Setzt euch zu mir! Trinkt ein Bier! Oder Pilzsaft, oder Met? Ich habe reichlich, wie ihr seht!« Inas fröhliches Lächeln wurde noch ein ganzes Stück breiter, als sie auf die lange Reihe Krüge am Schanktisch zeigte.

Finn blickte Decora herausfordernd von der Seite an und zog seine Augenbraue hoch. »Na, wie wär's?«

Decora behielt die Fassung und lehnte dankend ab.

»Für mich lieber etwas ohne Alkohol, bitte«, erklärte sie.

Gemeinsam setzten sie sich an den Tresen.

Finn entschied sich auch gegen das Bier. Er wollte einen klaren Kopf bewahren, denn sie hatten viel vor in Weit-Alon, auch wenn sie noch nicht genau wussten, wie ihr Plan aussehen würde. Zunächst mussten sie wohl die Inobliten-Gilde ausfindig machen. An diesem Abend würde ihnen das zwar nicht mehr gelingen, was aber im Umkehrschluss bedeutete, dass sie am nächsten Tag fit sein mussten.

Finn und Decora bekamen von Ina je ein Glas blaue Flüssigkeit eingeschenkt. Auch Woti tat sich an einem solchen Pilzsaft gütlich, verlangte aber trotzdem auch einen der riesigen Humpen voller Met. Unter einiger Anstrengung schaffte er es dann auch, einen ersten Schluck daraus zu nehmen, aber nicht, ohne dass etwas daneben lief.

Ina trank ebenfalls Met. Allerdings stellte sie sich dabei deutlich geschickter an als Woti. Offenbar war sie es gewohnt, Gefäße dieser Kategorie zu leeren.

Finn und Decora bedankten sich für die freundliche Aufnahme im Birkenblick und die ihnen zugesicherte Unterstützung. Ina beteuerte mehrere Male, dass sie vielmehr ihr einen Gefallen getan hätten, indem sie Wotis Leben gerettet hatten. Natürlich brannte sie weiterhin darauf, die Geschichte der drei in allen Einzelheiten zu hören.

Finn überlegte. Er konnte es auch Decora förmlich ansehen, wie sie ihre Vor- und Nachteile dahingehend abwog, ob sie nicht einfach die Wahrheit erzählen konnten. Im Stillen aber kam er wie auch offenbar sie zu derselben Schlussfolgerung: Ihre wahre Geschichte preiszugeben würde mehr Probleme mit sich bringen als sie zu lösen. Finn blickte entschuldigend zu Woti, bevor er anfing zu erzählen. Woti zuckte zwar mit den Schultern, seine Enttäuschung war ihm aber anzusehen.

Mittlerweile geübt darin, brachten sie alsdann ihre Lügengeschichte zum Besten. Sie schafften es auch, recht glaubwürdig zu klingen. Außerdem war ja nur die Hälfte erlogen: Wotis Rettungsaktion schilderten sie natürlich wahrheitsgemäß. Der Gwilling vergaß dabei nicht, jede Einzelheit besonders anschaulich auszuschmücken und so gefährlich darzustellen, dass Ina ab und an vergaß, ihren Humpen anzusetzen, den sie sonst ununterbrochen schwang und in langen Zügen ein ums andere Mal leerte. Das einzige Detail, das Finn in ihrer Geschichte noch einmal änderte, war ihre Herkunft aus Weit-Alon. Sicherlich hätte das viele Fragen bei Ina aufgeworfen, die sie nicht beantworten konnten. So waren sie für diesen Moment kurzerhand Reisende aus Felsgau.

Woti war über diesen plötzlichen Herkunftswechsel ausgesprochen amüsiert. Zum Glück roch Ina aber keine Lunte und schenkte seinem übermäßigen Grinsen keine Beachtung.

Als die Geschichte erzählt war, hatte sich der Birkenblick schon etwas mehr gefüllt. Finn beobachtete in der Kellerebene bereits mehrere kleinere Grüppchen, die ganz unbeeindruckt von den labyrinthischen Plattformen und den verworrenen Birkenästen über ihnen wie Stammgäste laut und ungeniert miteinander erzählten und lachten. Er erkannte Kunden, die seltener im Birkenblick verkehrten, daran, dass sie voller Abenteuerlust noch jede kleinste Birkennische und die schwindelerregendsten Astrouten auskundschafteten, bevor sie auch nur daran dachten, etwas zu bestellen.

»Wir sind hier, um die Inobliten-Gilde zu besuchen«, sagte Decora plötzlich. Finn spuckte vor Schreck etwas dickflüssigen Pilzsaft auf seinen Pullover. Vorwurfsvoll warf er seiner Begleiterin einen bösen Blick zu. Woti wurde hellhörig. Decora indes ließ sich nicht beirren und fuhr amüsiert fort:

»Wir wollen in die Bibliothek der Inobliten. Schon seit wir Kinder waren, interessieren wir uns für die Geschichte des Lampignon-Waldes und den Bau der Lichterstadt unter dem Berg. Und jetzt hat unser Freund Raukelunk uns endgültig davon überzeugt, einmal ernsthaft wissenschaftliche Untersuchungen anzustellen: Genau genommen wollen wir Schriften finden, die sich mit den Anfängen des Baus der Stadt und den frühen Berichten von Bewohnern beschäftigen. Außerdem interessiert Raukelunk das alles selbst sehr und da er blind ist, ist die Recherche für ihn natürlich schwierig. Man könnte sogar sagen, wir reisen in seinem Auftrag. Kannst du uns sagen, wo wir die Gilde finden?«

Decora lächelte so unschuldig, als könnte sie kein Wässerchen trüben. Ihre bildhübsche Erscheinung war zudem so makellos, dass sie ohnehin kein Zuhörer des Lügens bezichtigen würde, solange sie nur lächelte und man sie dabei betrachten durfte. Ihr Anblick verzauberte jeden. Auch Ina. Finn war sich in diesem Moment sicher, dass Decora ihre einzigartige Anziehungskraft wissentlich als Instrument einsetzte.

Ina antwortete schnell. Offenbar war sie froh, helfen zu können:

»Ich sage euch alles, was ihr begehrt. Keine Information bleibt euch verwehrt. Aber heute, meine Liebe? – Nein, dann hält man euch bestimmt für Diebe. Außerdem müsst ihr sehr müde sein. Nachher schlaft ihr bestimmt wie ein Stein. Aber zuerst bleiben wir noch ein wenig beisammen hier unten, dann habt ihr zum Schlafen immer noch ein paar Stunden …«

Decora zwinkerte Finn keck zu. Erneut landete etwas Pilzsaft neben seinem Mund.

Der Abend am Schanktisch des Birkenblicks dauerte viel länger, als Ina es angekündigt hatte: War ein Glas Pilzsaft leer, wurde es von Ina genauso flink wieder aufgefüllt, wie sich inzwischen die Plätze des Gasthauses füllten. Langsam und zäh rann die blaue Flüssigkeit ihre Kehlen hinunter. Trotzdem war Finn schnell auf den Geschmack gekommen und schenkte der gewöhnungsbedürftigen Konsistenz bald keine Beachtung mehr. Die Mischung aus salzigem Pudding und Bratensud mundete ihm außerordentlich.

Decoras einzige Freude an dem Getränk bestand offenbar darin, dass es wunderbar blau leuchtete und so wenigstens ein Fest für ihre Augen war. Nach einiger Zeit wechselte sie zu einer anderen Spezialität des Hauses, den Ina ihr als *Nussschluck* vorstellte. Dieser bestand aus sieben verschiedenen Sorten gestoßener Nüsse, darunter auch die Schlauchnuss, die Finn schon bei Raukelunk zu schätzen gelernt hatte. Die feinen Stücke wurden zusammen mit ausgepresstem Nussbaumblättersaft vermengt und mit einer großen Portion Eis aufgefüllt, das beim Trinken langsam schmolz. Dies ergab dann eine Mischung, die auch der Lunata das Aufnehmen von Nahrung erträglich machte. Sie hatte sich alsbald an das erfrischende und zugleich nahrhafte Getränk gewöhnt und wurde auch beim Trinken an sich immer geschickter.

Gegen Mitternacht war der Birkenblick zum Bersten voll. Nicht nur die unterste Kellerebene war besetzt, auch der Tresen platzte aus allen Nähten und darüber hinaus hatten sich unzählige Luftakrobaten in den Wipfeln und Astgabeltischen der Birken niedergelassen und lauschten verträumt dem geheimnisvollen Säuseln, das die beiden Bäume von sich gaben, oder unterhielten sich andernorts ausgelassen.

Woti hatte schon seit einiger Zeit seine Scheu gegenüber Ina abgelegt – reichlich Bier und Met hatten dazu ihren Teil beigetragen. Nicht nur einmal hatte Finn das Gefühl, dass Woti fieberhaft überlegte, ob er so richtig mit der Schankwirtin flirten sollte. So, wie er Inas Blicke deutete, wartete sie sogar darauf! Weil aber Woti am Ende doch zu schüchtern war, wunderte er sich, warum die selbstbewusste Wirtin nicht den ersten Schritt machte. Unter dem Tisch stupste er Decora heimlich an und sie kicherten über das unentschlossene Hin und Her der beiden Gwillinge.

Immer lustiger wurde das Publikum, je weiter der Abend fortschritt, und noch immer wollten Ina und Woti Finn und Decora nicht zu Bett gehen lassen. So viel Ina auch ausschenken und durch die Birken klettern musste, um seltsam zubereitete Speisen und Getränke an die Gäste zu verteilen, so fand sie doch unerhört viel Zeit, die sie neben ihrer anstrengenden Arbeit direkt bei Woti, Finn und Decora zubrachte.

Zu guter Letzt entschuldigten sich Finn und Decora aber in allerhöflichster Form und baten darum, doch endlich schlafen gehen zu dürfen. Als Ina merkte, dass sie es durchaus ernst meinten, zeigte sie sich sofort einsichtig, entschuldigte sich ihrerseits und schickte sich an, sie in die oberen Stockwerke des alten Hauses zu führen, in denen die Schlafzimmer für alle Herbergsgäste sowie Inas Wohntrakt zu finden waren.

Sie wünschten Woti eine gute Nacht und verabschiedeten sich

herzlich von ihm. Woti versprach, sich ebenfalls ein Zimmer zu nehmen und sie am nächsten Morgen wiederzutreffen.

Finn und Decora kletterten zwischen den dicken Birkenstämmen und dessen alten Ästen hoch zu einer kleinen Falltür mitten in der Decke, durch die sie in die versteckten obersten zwei Stockwerke des Birkenblicks gelangten.

Der Weg dorthin war noch abenteuerlicher, als Finn es sich vorgestellt hatte: Alle Ebenen waren voller beschwipster und lautstarker Gäste, die zu stehenden, torkelnden oder liegenden Hindernissen während ihres Aufstiegs wurden. Einige Bacariten wirbelten sogar in einer Art Tanz um die dickeren Äste, indem sie ihre Arme und Beine mit dem Holz der Birken zusammenwachsen ließen und sich immer und immer wieder in wilden Kreis- und Wellenbewegungen hin- und herschleuderten. Dazu kam, dass die meisten Äste keine Geländer besaßen, und so besonders die Überquerung derjenigen, die mitten durch den Raum ragten und unter denen es im freien Fall jäh hinunter ging, zu waghalsigen Manövern wurden.

Zu allem Übel gab es da auch noch diverse freihängende Strickleitern, die wild schaukelten und stets von anderen hilfsbereiten (und betrunkenen!) Gästen festgehalten werden mussten, wenn die nächsthöhere Ebene nur so zu erreichen war.

Eines war sicher: So hatten sich Finn und Decora ihren Aufenthalt im Birkenblick jedenfalls nicht vorgestellt, bevor sie das Gasthaus betreten hatten.

Das letzte Stück kurz unter der Dachluke konnte nur über einen einzelnen Strick zurückgelegt werden und erforderte noch einmal Finns ganze Kraft. Ina kletterte mit spielender Leichtigkeit hinauf und half dabei auch noch Decora. Finn staunte, was für eine Kraft in der Gwilling-Dame steckte.

Ina führte sie daraufhin mit sich und sagte mit gespielter Sorge: »Nachher aber nicht durch die Luke fallen, sonst wird alles wach beim Aufprallen!«

Decora machte ein besorgtes Gesicht. »Mach dir mal keine Sorgen«, beschwichtigte Ina. »Fast jeder erlebt hier den nächsten Morgen.«

Diesmal ließ sie jedoch die Ironie in ihrer Stimme vermissen. Zügiger folgten beide der nun eilig vorausgehenden Ina.

Die Gwilling-Dame hatte sich eine kleine Laterne geschnappt, die neben der Luke auf einem Beistelltisch stand. Sie leuchtete spärlich den hölzernen Gang aus, in dem sie sich befanden.

Zu beiden Seiten fanden sich schwere Holztüren, die alle in gleichem Abstand angeordnet waren. Es schien, als sei niemand hier oben außer den dreien.

Schon nach ein paar Metern war die Geräuschkulisse von unten abgeebbt und eine unheimliche Ruhe machte sich breit. Nur noch leises Säuseln aus den hölzernen Wänden war zu hören. Sie erreichten eine gewundene Treppe, stiegen noch ein Stockwerk höher und gingen oben in umgekehrter Richtung bis ganz zum Ende des Ganges.

Mit flüsternder Stimme sagte Ina: »Entschuldigt, dass ich so leise bin, nehmt es als eine Gewohnheit hin. Ich will bloß niemanden wecken, geschweige denn erschrecken.«

Dann überlegte sie einen Moment angestrengt im goldenen Schein der Laterne. »Also, diese Woche habe ich kaum Gäste, zwei einzelne Zimmer sind wohl das Beste: Da ihr ja Geschwister seid, wäre es auf einem Zimmer ungemütlicher zu zweit.«

»Also ich weiß nicht, Ina«, begann Finn zaghaft. Eigentlich hatte er sich darauf gefreut, wieder einmal alleine und ungestört mit Decora zu sein und mit ihr reden zu können. »Das macht doch sicher weniger Mühe, wenn wir zu zweit ein Zimmer bekommen würden.«

Sein Vorstoß war schon im Ansatz zum Scheitern verurteilt, denn Ina hatte sich längst entschieden. Entschlossen sagte sie: »Mühe? Nicht bei mir! Decora, du schläfst hier!«

Dann wandte sie sich Finn zu: »Und für dich geht es wieder hier entlang. Da soll mal einer sagen, meine Gäste müssten dem Komfort entsagen! Nicht im Birkenblick! Das wäre wirklich ein starkes Stück!«

Kurzum zog sie einen alten kupfernen Schlüssel aus ihrer Hosentasche und überreichte ihn Decora.

»Die ganze Reise zu zweit oder zu dritt, eine Nacht allein und du bist wieder fit!«

Sie zeigte auf die vorletzte Tür zur linken Seite des Ganges. »Das hier ist dein Raum. Ich wünsche einen angenehmen Traum!«

Sie lächelte, stellte sich auf Zehenspitzen, klopfte Decora auf die Schulter und zog Finn, ohne dass dieser auch nur daran denken konnte, erneuten Widerspruch einzulegen, mütterlich mit sich den engen Gang zurück.

»Gute Nacht, Decora!«, rief er seiner Begleiterin zu.

»Gute Nacht … Finn!«, kam es stockend zurück.

Schon konnte Finn Decora in der Dunkelheit nicht mehr sehen. Wenn ihm schon nicht geheuer in diesen verlassenen oberen Stockwerken war, wie sollte es ihr da erst ergehen? Da war er mit Ina aber bereits wieder die Treppe hinuntergestiegen. Sie gingen zurück, an der Luke vorbei und zum anderen Ende des Ganges. Finn bekam ein Zimmer auf der rechten Seite, offenbar direkt unterhalb von Inas Schlafgemächern.

Auch ihm händigte sie einen kupfernen Schlüssel aus, wünschte ihm angenehme Träume und riet ihm dazu, sich gut auszuruhen, um fit für die Inobliten-Gilde zu sein. Dann machte sie sich schleunigst wieder auf, in den Schankraum abzusteigen.

Die Laterne hatte Ina zurückgelassen. Sie leuchtete nun schwach auf dem kleinen Tisch neben der Luke.

Finn stand wie ein Geist in der Dunkelheit und überlegte fieberhaft, was er tun sollte. Sollte er zu Decora hinaufsteigen und die Nacht mit ihr gemeinsam verbringen? Aber was, wenn ihn jemand entdeckte? War das nicht verdächtig? Und was sollte er dann sagen? Dass er nicht alleine schlafen konnte? Nein, das war unmöglich. Vielleicht war Decora sowieso damit einverstanden, dass sie die Nacht getrennt verbrachten. Und vielleicht hatte er sich obendrein auch noch getäuscht und ihre Stimme hatte gar nicht gestockt, als sie ihm gute Nacht gewünscht hatte. Und vielleicht freute sie sich ja sogar darüber, eine Nacht nur für sich allein zu haben!

Je länger er auf dem Gang stand und still mit sich selbst debattierte, desto lauter wurde das unheimliche Pfeifen und Zischen aus den Holzwänden. Finn wollte dort nicht länger bleiben.

Eilig drehte er den Schlüssel im Schloss. Ein leises Knacken und die Tür sprang auf. Wie von Zauberhand entzündete sich eine Kerze auf einem Tisch in der hinteren rechten Ecke des kleinen Raumes. Also doch Magie! Woti hatte recht gehabt. Finn bekam eine Gänsehaut. Er schaute sich einen Moment lang um und vergewisserte sich, dass er allein war, dann drehte er sich schleunigst um und drückte seine Tür zu. Sofort schloss er sich von innen ein.

Der Raum war ausgestattet mit einem kleinen Schrank auf der rechten Seite. Gegenüber hing ein alter Spiegel. Dazwischen stand ein großes Bett. Viel zu groß für eine Person, schoss es Finn durch den Kopf.

Neben dem Tisch, auf dem die geheimnisvolle Kerze brannte, befand sich sonst nichts im Raum. Nur an den Wänden hingen vier kleine Gemälde, allesamt in dunkle Holzrahmen eingefasst. Finn ging hinüber und betrachtete sie. Auf einem war ein dunkler Wald während eines Gewitters abgebildet. Mitten aus den Tannen und Fichten ragte merkwürdig verschwommen ein ruinöser Tempel hervor. Auf dem zweiten Bild konnte Finn schroffe Klippen erkennen, vor denen weit draußen ein kleines Schiff mit dunklen Segeln kreuzte. Das dritte Bild war schwerer zu beschreiben: Er konnte eine Art weite, verwitterte Heide erkennen, hier und da von abgestorbenen Baumresten und leblosen Stümpfen durchzogen. Der Eindruck mochte ihn täuschen, aber er glaubte zu erkennen, dass die gesamte Ebene zugefroren war und winzige Schneeflocken vom grauen Himmel fielen. Das vierte Bild erkannte Finn zu seinem eigenen Erstaunen sofort: Es zeigte eindeutig den Wandernden Wald. Zwei winzige Gestalten kletterten hastig auf eine breite Felseninsel, während im Hintergrund Feuersäulen und Blitze aus dichtem Nadelwald aufstiegen.

Alle Bilder stellten wohl Gegenden von Telluriscor dar. Gedankenverloren betrachtete er sie noch eine Weile.

Plötzlich wurde er seiner eigenen Gestalt im Spiegel bewusst. Im ersten Moment erschrak er sich, so lange hatte er sich selbst nicht mehr betrachtet: Ein junger Mann mit Sieben-Tage-Bart starrte ihn an, das Gesicht an einigen Stellen dreckig und die Augen müde, aber ein Feuer lag in ihnen, das er bisher nicht gekannt hatte. Ein Feuer, das er auf der Erde noch nicht in seinen Augen gehabt hatte. Jetzt kam ihm die Erde wie eine ganz andere Welt vor, die nur in der Vergangenheit existierte. Bei genauerer Überlegung wurde ihm klar, dass sie in diesem Moment auch nichts anderes als das war.

Schwermut überkam ihn. Das Leben auf der Erde ging weiter. Seine Eltern hatten mit seinem Verschwinden zu kämpfen. Sie mussten bereits seine zerstörte Wohnung gesehen haben. Würden sie und alle anderen ihn für tot halten?

Erneut starrte er sein Spiegelbild an: Er kam sich ganz fremd vor. Auch seine Kleidung wirkte fremd und doch passte sie zu ihm. Seine Arme waren übersät mit Schrammen, von denen einige frischer waren als andere. Sein Haar war ungebändigt und besaß etwas Verwegenes, von dem er sich früher oft gewünscht hatte es zu besitzen.

Müde legte sich Finn auf das Bett. Was hatte das Schicksal nur mit ihm vor? Konnte er Decora helfen, Trucido zu besiegen?

Trucido …!

Schon lange hatte er nicht mehr an Trucido gedacht. Er *musste* Decora bei diesem Kampf zur Seite stehen.

Decora …!

Zwar hatte er erst kurz zuvor an *sie* gedacht, aber sie war es doch eindeutig mehr wert, mit nächtlichen Gedanken bedacht zu werden als der grässliche Trucido. Ja, lieber wollte er an sie denken.

Dann stand er noch einmal auf und blies das Licht der verzauberten Kerze aus.

Finn war nun mit der Dunkelheit allein. Er hörte der leisen Melodie des Holzes zu. Eigentlich war sie gar nicht unheimlich. Vermutlich war es sogar dieselbe Melodie, die man unten im Schankraum hören konnte, wenn das Met einem langsam die Sinne für verborgene Eindrücke öffnete. Aber das Alleinsein veränderte bekanntlich alles, zumal, wenn man in der Fremde war.

Aber war er denn allein? Decora befand sich nur ein Stockwerk über ihm. Er hoffte, dass es ihr gut ging. Wenn er es sich genau überlegte, war das mit Abstand das Wichtigste. Vielleicht konnte sie es spüren, wenn er nur fest genug an sie dachte. Dann würden sie das leise Flüstern des Holzes gemeinsam hören. Im Halbschlaf hörte Finn Decoras Stimme. Er konnte auch den silbergoldenen Schimmer sehen, der sie wie eine Aura umgab. All das beruhigte ihn und er wünschte sich, ganz kurz bevor ihn der Schlaf übermannte, dass auch sie etwas hatte, das ihr die wohlverdiente Ruhe bringen konnte.

Seeschlangen und Stundengläser

Finn erwachte, als es laut an der Tür pochte. Zuerst erschrak er sich heftig, dann glaubte er, sich das Klopfen nur eingebildet zu haben.

*Pock, Pock, Poc*k …

Also hatte er sich nichts eingebildet. Sein Herz schlug schneller. Er überlegte, ob er das Klopfen einfach ignorieren und so tun sollte, als ob er schliefe.

»Hey, Finn!«

Er erkannte Decoras helle Stimme.

»Komm nach unten, es ist schon spät!«

Schnell murmelte er eine Zustimmung und sprang aus dem Bett. Decora stand immer noch vor der Tür.

»Übrigens«, sagte sie und schien dabei auf und ab zu gehen, »wie du dafür gekämpft hast, dass wir zusammen ein Zimmer bekommen, darüber müssen wir noch mal reden. Und jetzt beeil dich!«

Finn hörte, wie sich ihre Schritte von der Tür entfernten. Glücklicherweise hatte ihre Stimme gut gelaunt geklungen. Vermutlich wollte sie ihn nur aufziehen.

Er beeilte sich, um sie nicht noch länger warten zu lassen. Wenn es wirklich schon spät war, hatte das trotzdem den Vorteil, dass er sich seit langer Zeit wieder einmal richtig ausgeruht fühlte. Ein echtes Bett war zur Abwechslung schon etwas Feines!

Muskelkater in seinem gesamten Oberkörper meldete sich, als er sich in seinen Pullover zwängte. Das machte ihm allerdings nichts aus: Vielmehr war er stolz auf die überstandenen Hindernisse und sein Körper war in der Tat der schmerzende Beweis für die tollkühnen Unternehmungen der letzten Tage.

Er griff nach dem Schlüssel auf dem Nachttisch und sperrte eilig die Tür auf.

Blass-bläuliches Tageslicht, das durch ein Fenster in der rechten Seitenwand fiel, erhellte den leeren Gang.

An der Luke holte er einmal tief Luft und griff dann beherzt nach dem festen Tau.

Diesmal kletterte er viel behänder an dem Seil herunter. Ausgeruht erschien ihm diese Aufgabe geradezu lächerlich einfach.

Er balancierte auf einem dicken Ast entlang. Unten am Ausschank sah er schon Ina, Woti und Decora, die sich an einem gemütlichen Tisch neben dem Stamm der linken Birke niedergelassen hatten. Auch einige andere Gäste – manche erkannte er vom Vortag wieder – saßen verstreut im Raum bei ihrem Frühstück. Oder war es vielleicht schon das Mittagessen? Er wusste nicht, wie spät es war. Für ihn hätte es genauso gut schon früher Nachmittag sein können.

Im hellen Tageslicht sah der Birkenblick noch freundlicher aus als am Abend. Die Blätter der Birken wiegten sich in ihrem eigenen, unerklärlichen Wind und kühlten die Schankstube auf eine angenehme Temperatur herunter.

Finn meisterte seinen Abstieg in gefühlter Rekordzeit und sprang dabei gekonnt von Ast zu Ast, von Plattform zu Plattform und nahm gleich zwei Stufen der Sprossenleitern auf einmal. Unten angekommen strahlten ihn vom Tisch neben der Birke die drei Freunde gut gelaunt an. Decora schien nicht sauer zu sein! Er war erleichtert!

Verlegen nickte er zu allen Seiten und wünschte den Anwesenden einen guten Morgen. Von den Gwillingen kam es lautstark und wie im Chor zurück: »Und ebenfalls keine Sorgen!«

Decora winkte ihn schnell zum Tisch hinüber. Ina gebot ihm Platz zu nehmen. Sie hatte ihm bereits aufgetischt.

Auf seinem Teller lag ein wirklich riesiges Steak. Daneben gab es einen Salat mit Früchten, die er nicht kannte. Aber fragen konnte er ja schlecht. Zudem bekam er einen zweiten Teller voller Scheiben Brot, die goldgelb glänzten und noch dampften.

»Echtes Siebenkorn! Im Backen bin ich gut in Form!«, rief Ina stolz und schob Finn das Brot lächelnd noch etwas näher heran.

»Vielen Dank, ich habe wirklich einen Riesenhunger!«

Decora grinste. Finn hatte das Gefühl, dass sie etwas im Schilde führte. Sie sagte: »Na wenn das so ist, dann wird dir der Bär ja schmecken, den du da liegen hast!«

Er starrte sie mit großen Augen an.

»Jetzt guck nicht so, ich habe unserer Gastgeberin schon verraten, dass Bär dein Leibgericht ist. Ganz wie es sich für einen jungen Mann gehört! So etwas bekommt man schließlich nicht alle Tage, wie Ina mir ganz richtig erklärt hat. Du kannst dich also ruhig etwas mehr freuen!« Und beiläufig fügte sie hinzu: »Obwohl es mein Geschmack ja nicht unbedingt ist!«

Finn sah auf Decoras Teller. Ihr Salat war bedeutend üppiger ausgefallen, mit kleinen Würfeln aus gewürztem Brot darauf, die ausgezeichnet dufteten. Fleisch war nicht darauf zu finden.

Da war sie also, die Rache für gestern Nacht! Jetzt sollte er Bär essen. Aber was konnte schon Schlimmes dabei sein? Andere Welten – andere Sitten: Bestimmt schmeckte Bär ganz ausgezeichnet!

Triumphierend zog er seine Augenbraue hoch und antwortete: »Ich war nur überrascht, das ist alles. Und dabei hatte ich schon so lange keinen Bären mehr!«

Er setzte ein halbwegs überzeugendes Lächeln auf.

Ina strahlte über ihr ganzes sommersprossiges Gesicht.

Finn nahm einen großen Schluck aus einem Krug mit kristallklarem Wasser und machte sich dann über sein Bärensteak her. Nach dem ersten Bissen wusste er, dass er Glück hatte: Der Bär schmeckte vorzüglich! Ein bisschen enttäuscht war er dennoch, denn besonders exotisch war dieser nicht. Decora jedoch zwinkerte ihm anerkennend zu, ohne dass die anderen es mitbekamen.

»Na dann guten Appetit! Und alle essen mit!«, sagte strahlend Woti, der scheinbar bester Laune war.

Für eine Weile widmete sich die kleine Gesellschaft nur ihrem Essen, auch Decora, die ihre Tarnung natürlich nicht aufgeben wollte. Ina wurde mit ihrer kleineren Portion zügig fertig. Sie schaute ihren Gästen zu und stellte erfreut fest, dass auch ihr frisch gebackenes Siebenkorn allen ganz vorzüglich schmeckte.

Schließlich sagte sie: »Lasst mich euch zur Gilde führen, Woti kann noch den Marsch in seinen Knochen spüren. Er wird hier nach dem Rechten sehen und wir können in Ruhe zu den Inobliten gehen. Woti entspannt seine müden Glieder. Er trifft euch heute Abend wieder. Bleibt bitte die nächsten Tage hier in meinem Heim, meinem Dank kann ich damit trotzdem nicht genügend Ausdruck verleih'n.«

Vielleicht war es dreist, aber was blieb ihnen schon übrig? Inas Angebot allerdings schien wirklich von Herzen zu kommen. Finn und Decora nahmen es dankend an. Finn dachte sogar kurz daran, Ina doch noch nach einem Doppelzimmer zu fragen.

Woti bekräftigte Inas Idee: »Bitte, gönnt mir ein wenig Zeit zum Entspannen, zieht ihr nur mit Ina von dannen. Ich warte hier im Birkenblick und ihr kommt dann heute Abend zurück.«

»Kein Problem, Woti«, sagte Finn kurzerhand. »Wenn es dir wirklich keine Umstände macht, Ina …«

Die Gwilling-Dame räusperte sich energisch.

»Also gut, wann brechen wir auf?«, fragte Decora.

Ina schüttelte empört den Kopf. »Nur nicht so eilig, noch ist Zeit! Und so wie ihr ausseht, seid ihr alles andere als bereit!«

Peinlich berührt schauten Finn und Decora erst an sich selbst hinunter, dann sich gegenseitig an.

»Vorher bekommt ihr neue Sachen, die aus euch anständige Leute machen. Und selbstverständlich geht ihr baden, das ist bestimmt nicht euer Schaden.«

Finn wollte Inas Gastfreundschaft nicht überstrapazieren: »Neue Sachen? Woher nimmst du die denn? Und überhaupt ist das viel zu viel des Guten.«

Ina winkte sofort ab. »Ihr bekommt etwas Neues, da ist nichts dran zu machen. Meine Gäste vergessen hier viele von ihren Sachen. Gewissermaßen tut ihr *mir* den Gefallen, ihr entrümpelt sozusagen meine Hallen.«

»Vielen Dank, Ina«, meldete sich Decora. »Wir nehmen wirklich gerne neue Kleidung von dir an. Lange würde es das, was wir anhaben, auch nicht mehr tun. Der Wandernde Wald hat ganz schön Spuren an uns hinterlassen! Wirklich, wir können etwas Neues mehr als alles andere gebrauchen.« Sie befingerte ihr ausgeleiertes Shirt.

Finn nickte. Es wäre töricht gewesen, das Angebot nicht

anzunehmen. »Dankeschön, Ina, wirklich. Wir schulden dir etwas. Wo sollen wir uns denn waschen? Wir müssen doch nicht etwa bis zum Fluss laufen?«

Ina musste laut lachen.

»Junge, solche Scherze will ich mir verbeten! Du lebst doch nicht auf einem anderen Planeten! Ihr geht natürlich in ein Schwimmhaus. Und ihr müsst nicht einmal weit in die Stadt hinaus!«

Finn wurde kreidebleich, als Ina die Bemerkung über den anderen Planeten gemacht hatte. Decora fand die Situation hingegen so lustig, dass auch sie absichtlich übertrieben mit in Inas Kopfschütteln einstieg.

»Und jetzt keine Widerrede in Bezug auf das Baden, ihr seid auch dazu eingeladen. Es ist wirklich fast umsonst, erlaubt mir diesen Beweis meiner Gunst!«

Sie verabschiedeten sich von Woti und machten sich mit Ina auf den Weg zu einem der örtlichen Schwimmhäuser. Ina hatte zuvor einen Sack in den Schankraum geschleppt, in dem sich eine Auswahl vergessener Kleidungsstücke früherer Gäste befand. Aus diesem sollten sie sich später etwas Passendes aussuchen. Finn ließ es sich natürlich nicht nehmen, Ina den Sack abzunehmen und ihn auf ihrem Weg zu tragen.

Die Sonne stand hoch am Firmament und Finn erkannte sofort, dass es um die Mittagsstunde sein musste. Das bunte Treiben auf den Straßen hatte wieder die Ausmaße des Vortags erreicht. So zwängten sie sich durch Menschenansammlungen und bahnten sich ihren Weg auf Inas Geheiß drängelnd und schiebend durch die Reihen. Diesmal gingen sie nach Norden und erreichten schon nach kurzer Zeit ein tempelartiges Gebäude.

Das Dach der Schwimmanstalt beschrieb eine Kuppel, in die prachtvoll glänzend blaue Glaslinsen eingelassen waren. Finn hielt sich die Hand vor das Gesicht, denn er wurde vom reflektierenden Sonnenlicht geblendet. Zum Eingang gingen sie durch eine große, offene Säulenhalle, in der sich unzählige Leute tummelten. Die Säulen waren so breit, dass sich auch die breitesten Trolle und dicksten Gwillinge mühelos dahinter verbergen konnten.

Zwischen ihnen war die Luft angenehm kühl. Finn beobachtete Decora, die die fein säuberlich gearbeiteten Ornamente und Mosaike an den Säulen entdeckte. Große Schiffe ruderten in schäumenden Wellen, Fischschwärme tummelten sich zwischen den Algen bunter Riffe und Seeschlangen reckten ihre vielen Köpfe im Kreis um den Stein.

Hinter dem Säulenvorbau führten zwei Eingänge ins Innere des Schwimmhauses. Ina musste erneut über die Unwissenheit ihrer beiden Begleiter den Kopf schütteln. Schnell erklärte sie, dass der linke Eingang für Frauen und der rechte für Männer vorgesehen war. Selbstverständlich konnte es ja nicht angehen, dass sowohl Frauen als auch Männer gleichzeitig schwammen und badeten!

In diesem Moment wurde Finn und Decora klar, dass die öffentlichen Schwimmhäuser allesamt Nacktbadeanstalten sein mussten. Verunsichert hielten sie vor dem Eingang inne. Beide waren so etwas nicht gewohnt. Ina hingegen konnte ihrer Scheu nur ein müdes Lächeln abgewinnen. Ohne weiteren Verzug ging sie zu einem Schalter vor den Eingängen. Sie überreichte einem alten, grimmig dreinblickenden Mann mit Glatze und rotem Umhang ein paar Münzen – Finn und Decora konnten nicht erkennen, wie viele es waren oder was ihr Wert war – und kam zu den beiden zurück.

Beide standen immer noch wie angewurzelt da und machten keinerlei Anstalten, das Schwimmhaus zu betreten.

»Na, wie kann das sein?«, fragte Ina. »Geht nur hinein! Ihr werdet euch schon nicht blamieren und sonst wird dort drinnen auch nichts passieren. Ihr habt eine Stunde Zeit, jetzt wisst ihr Bescheid. Mindestens ein Stundenglas steht in jeder Halle, so seht ihr die Uhrzeit auch auf die Schnelle. Ich warte derweil hier im kühlen Schatten.«

Die Gwilling-Dame schaute sich suchend um und erklärte: »Ich glaube, dass die auch irgendwann mal Bänke hier hatten. Vorher aber nimmt sich jeder eine Hälfte der Sachen, ihr wollt das Bad ja nicht ganz umsonst machen.«

Sie lächelte gut gelaunt und zog einen zweiten, gefalteten Beutel aus ihrer Tasche und reichte ihn Decora. »Hier mein Kind – und nun geschwind!«

Decora suchte Finns Blick. Dieser zuckte nur mit den Schultern. Augen zu und durch, hieß es jetzt wohl!

Also sortierten sie eilig die Sachen im großen Sack und teilten sie so auf, dass jeder etwas Passendes mitnehmen konnte.

Ina hatte sich in dieser Zeit bereits auf eine Bank vor einer Säule gesetzt. Ihre Haltung machte unmissverständlich klar, für wie unangebracht sie das Zögern der beiden hielt. Also fassten sie sich ein Herz, schulterten ihre Säcke und machten sich ein jeder durch den entsprechenden Eingang auf ihren Weg hinab in den großen Schwimmtempel.

Finn ging durch einen langen Gang, in dem zu beiden Seiten beeindruckende Mosaike die Wände zierten. Linker Hand war eine gewaltige Seeschlacht abgebildet. Auf einem in schäumendem Wasser schwankenden Segelschiff sah er mordgierige Seeleute mit langen Messern und Säbeln aufeinander einstechen oder regungslos im blutdurchtränkten Kielwasser treiben. Auf der rechten Seite bestaunte er einen großen Teich, der über und über mit dunkelgrünen Seerosenblättern bedeckt war. Unter den Pflanzen schwammen seltsame Fische mit schiefen Augen und spitzen Zähnen. Je tiefer das Wasser auf dem Bild wurde, desto größer wurden die mysteriösen Fische.

Finn starrte die Bilder, die, wie er fand, nicht wirklich hierher passten, einige Augenblicke an und stieg dann eine kurze Treppe hinab, hinter der ein Gang nach rechts abknickte.

Bläuliches Licht erhellte seinen Weg. Woher es kam, konnte er nicht erkennen. Es waren keinerlei Kerzen oder Fenster zu sehen. Nach einem kurzen Stück machte der Gang einen Knick nach links und mündete in einen kleinen Durchgang, vor dem ein blaues Tuch hing. Ein alter Troll schob es beiseite, grüßte Finn höflich und marschierte an ihm vorbei. Im ersten Moment war Finn erschrocken, da er niemanden hinter dem Vorhang erwartet hatte. Sofort tadelte er sich, weil er sich ganz und gar kindisch verhielt. Er grüßte – wenn auch etwas zu spät – freundlich zurück und beruhigte sich wieder.

Hinter dem Tuch lag ein Raum, in dem sich an allen vier Seiten etwa auf Hüfthöhe eine Sitzbank entlangzog, über der zahlreiche offene Nischen zu finden waren. Unter der Bank standen hier und da Schuhe, meistens Sandalen, und darüber lagerten auch die zugehörigen Kleidungsstücke in den Nischen. An der gegenüberliegenden Seite des Raumes war ein weiteres Tuch über einem Durchgang befestigt. Leise Geräusche, das Plätschern von Wasser und warme Dämpfe quollen durch die Ritzen.

Kurzerhand setzte sich Finn auf die Bank zu seiner Rechten und legte seinen Sack in eine Nische. Gerade als er sich entkleiden wollte, kam eine Gruppe mittelalter Männer und Gwillinge in angeregtem

Gespräch durch den zweiten Durchgang in den Umkleideraum. Sie grüßten sehr höflich und wandten sich dann wieder ihren Gesprächen zu. Allesamt waren vollkommen nackt. Allerdings machte es Finn zu seiner eigenen Überraschung kaum mehr etwas aus. Die freundliche Stimmung der anderen Gäste wirkte Wunder. Er bekam sogar richtig Lust, endlich mal wieder in Ruhe zu baden, und zog sich in Windeseile seine alte Kleidung aus. Ein richtiges Bad – das hatte er sich wirklich verdient!

Auf dem Weg zum zweiten Durchgang galten seine nicht ganz unverfänglichen Gedanken Decora: Irgendwo hinter den dicken Wänden stolzierte sie nackt durch die Bäder oder tauchte in warmen Schwimmbecken umher. Was das schimmernde Wasser wohl mit den Tätowierungen machen würde, die ihm bisher mehr oder weniger verborgen geblieben waren? Leuchteten sie vielleicht so wie ihre Augen? Und würde sie bei all den fremden Eindrücken des Bades auch an ihn denken?

Mit leichtem Herzklopfen zog er das Tuch zur Seite.

Ein heißer Schwall warmen Dampfes kam ihm entgegen. Tausende Gerüche von Ölen und Parfums betäubten seine Nase. Hinter dem Tuch lag eine ganz andere Welt für seine Sinne und einen Moment lang trafen ihn diese neuen Eindrücke wie ein Schlag. Er blinzelte, bis sich seine Augen an den Dampf gewöhnten. Es dauerte kurze Zeit, doch dann konnte er plötzlich alles ganz klar sehen.

Der Raum war riesig. Sieben Becken zählte Finn. Das Größte befand sich erhöht und umsäumt von kleinen Treppen, die ins Wasser führten, genau in der Mitte. An den Rändern schützten Pflanzen mit dichtem Blattwerk die Badenden vor neugierigen Blicken.

Überall tropften oder flossen von der Decke kleine Wasserrinnsale wie warmer Regen in die Schwimmbecken. Alle sieben

Becken befanden sich jeweils auf einem anderen Höhenniveau, was den ganzen Raum zu einer richtigen Schwimmlandschaft werden ließ.

In den weit entfernten Ecken entdeckte Finn kleine Grotten und Inseln in und um die Becken, die mit unterschiedlicher Bepflanzung jeweils einen ganz eigenen Charakter aufwiesen.

Das Schwimmhaus war gut besucht, wirkte aber nicht überladen.

Als Finn sich orientiert hatte, betrat er schließlich ein tiefer gelegenes Becken auf der rechten Seite der Halle. Das Wasser war warm und umschmeichelte seine Haut auf ganz und gar unerwartete Weise, sobald er langsam durch das Becken watete. Er hatte das sonderbare Gefühl, als würden just da kleine angenehme Strudel und Soge entstehen, wo er sich gerade aufhielt.

Je weiter er in die Mitte des Beckens gelangte, desto intensiver wurde auch der angenehme Geruch, den das Wasser wie Dampf nach oben abgab. Tauchte man aber unter, so verschwand die eigentümliche Süße und das Wasser war vollkommen klar.

Lange hielt es ihn nicht in dem einen Becken. Schnell probierte er auch andere Becken und Grotten aus. Er stellte fest, so unbegreiflich es ihm auch erschien, dass die Beschaffenheit des Wassers und sein Fließverhalten an jedem Ort anders waren und ebenso anders auf seinen Körper wirkten: Hier konnte er schnell und flink ein Becken durchqueren, dort trieb er beinahe schwebend auf der Wasseroberfläche und wieder andernorts war das Wasser geradezu widerspenstig, sodass er einiges an Kraft zum Vorwärtskommen aufwenden musste. Doch sobald er untertauchte, war das Phänomen stets gleich: Das Wasser war rein und klar, nur die Strömungen drückten mal mehr, mal weniger gegen Finn.

Die Zeit verging wie im Flug und die letzten Minuten seiner

Stunde ertappte sich Finn dabei, alle paar Sekunden auf die großen Stundengläser zu schauen, die reich verziert in Wandnischen standen oder in rundlichen Aussparungen in den Wänden hingen. Alle sahen aus wie große Sanduhren, nur dass sie nicht mit Sand, sondern mit leuchtender Flüssigkeit gefüllt waren. Jede dieser Uhren lief im Zeitraum von einer Stunde genau einmal ab: Immer wenn der letzte Tropfen durch die Engstelle der Uhr geflossen war, drehten sich die gewaltigen Gläser von selbst um die eigene Achse und der Kreislauf begann von vorn.

Zu nah durfte man den sich drehenden Uhren allerdings nicht kommen, denn sie waren nicht nur dick und schwer, sondern auch noch mit scharfkantigen Kristallfiguren besetzt.

Schließlich war die Stunde um. So machte sich Finn auf den Weg in Richtung Ausgang. Ein hochgewachsener Mann nickte ihm zum Abschied zu.

»Mögen eure Wege hell und eure Prüfungen erfolgreich sein!«, rief er.

Finn wagte es sogar, den Gruß ebenfalls laut auszusprechen, und erfreute sich daran, wenigstens für einen flüchtigen Augenblick Teil dieser fremden Gesellschaft zu sein.

Am Durchgang zur Umkleidekabine blickte er noch einmal zurück. Er fühlte sich seit langer Zeit zum ersten Mal wieder vollkommen sauber und das verbesserte seine Laune immens.

Er betrat den Umkleideraum. Als er sah, dass er allein war, nutzte er den Augenblick und schüttete seinen Kleidersack auf der Sitzbank aus. Vor ihm türmte sich ein Haufen verschiedenster Kleidungsstücke auf. Finn musterte das bunte Durcheinander eingehend. Er hatte gedacht, dass es wesentlich einfacher sein würde, sich etwas Passendes auszusuchen. Sauber, wie er war, wollte er sich plötzlich nicht mehr in die erstbesten Klamotten zwängen. Wie schnell die Eitelkeit zu ihm zurückkam! Und wie schnell er zuvor fast vergessen hatte, wie er aussah!

Er durchwühlte den Kleiderhaufen. In allen Farben schimmerte es ihm entgegen. Vermutlich hatten eher reichere Gäste ihre Habseligkeiten in Inas Herberge vergessen, denen es wahrscheinlich gar nicht aufgefallen war, dass das ein oder andere Stück ihrer Garderobe fehlte.

Zuallererst sollte er sich eine Hose aussuchen! In die nähere Auswahl kam eine mit vielen Taschen versehene und mit Nieten beschlagene, braune Lederhose, die noch fast neu aussah, und eine rotbraune Hose aus festem Stoff, die sich in einem ebenso guten Zustand befand. Finn entschied sich vor allem aus praktischen Gründen – er dachte an die vielen Taschen – für die Lederhose. Sie saß wie angegossen. Eilig zog er sich ein frisches Paar Socken an, die er ja noch von Fred hatte, und stieg in seine Schuhe.

Finn stand über dem restlichen Haufen. Er schaute an sich herunter und musterte seine Arme und seine Brust. Es kam ihm so vor, als ob sein Körper in der vergangenen Woche stärker geworden war. Verwunderlich wäre es nicht gewesen, wenn er etwas mehr Muskelmasse zugelegt hätte! Stolz und aufmerksam betrachtete er einen Augenblick länger seinen verschrammten Körper. Endlich riss er sich wieder los und kam zu seinem eigentlichen Problem.

Er sortierte nun eilig die Oberteile. In die Endauswahl kamen diesmal drei Stücke: Vor ihm ausgebreitet lag ein beiges, langärmliges Hemd, das anstelle einer Knopfleiste mit Bändern zusammengehalten wurde. Daneben lag ein blaues Shirt aus grober Wolle, das mit dunkelblauen, vertikalen Stoffstreifen, an denen kleine Metallringe hingen, verstärkt worden war. Zu guter Letzt hatte Finn ein einfaches schwarzes Shirt zurechtgelegt, das außer einem eigenwilligen Pelz am Untersaum nichts Erwähnenswertes besaß. Bei genauer Betrachtung erschien Finn das schwarze Shirt viel zu feminin. Er war doch keine Eiskunstläuferin!

Ohne weiter zu überlegen, streifte er das blaue Shirt über und zog das beige Hemd einfach darüber. Alles passte! Diese Kleiderkombination würde ihn auch bei kälterem Wetter ausreichend schützen. Das Hemd flatterte leicht und locker umher, sodass Finn keine Gefahr sah, einen Hitzeschlag zu bekommen.

Er schulterte den Sack, in dem er alle restlichen Sachen wieder verstaut hatte, drehte sich auf dem Fuße um und verließ die Umkleide.

Der bläuliche schimmernde Gang, der zurück zum Ausgang führte, offenbarte wiederum nicht seine Lichtquelle, allerdings bemerkte Finn diesmal Lichtspiegelungen an den Wänden, die von Wasserbewegungen herzurühren schienen und gemächlich hin- und herwaberten.

Er stieg die Treppe hinauf und hielt zuletzt an den imposanten Mosaiken inne, die den Ausgang bewachten. Neben ihm spazierte ein Gwilling vorbei, der leise in Gedanken vor sich hinbrabbelte und lediglich ein Badetuch um den fetten Bauch gebunden hatte.

Belustigt über diese Begegnung sagte sich Finn endlich los und trat hinaus zwischen die dicken Säulen, aufmerksam beäugt vom alten Glatzkopf, der immer noch hinter dem Schalter saß und wohl einfach nichts Besseres zu tun hatte, als die Leute zu beobachten.

Finn kümmerte sich jedoch nicht um den Schalterwart, sondern hielt Ausschau nach einem Zeichen von Decora und Ina. Schnell fand er die Stelle, an der sich Ina zuvor niedergelassen hatte, fand dort jedoch nur fremde Leute vor. Da vor dem Fraueneingang auch nichts von Decora zu sehen war, umschlich Finn unschlüssig ein paar Säulen, immer auf der Suche nach Decoras goldenem Haar, das er irgendwo zwischen den Leuten zu entdecken hoffte.

Als er schließlich wieder am Eingang zu den Bädern angekommen war und immer noch kein Anzeichen von seinen Begleiterinnen gefunden hatte, fragte er sich, was er tun sollte. Den Weg zurück zum Birkenblick würde er schon finden und zur Not konnte er sich auch durchfragen. Aber konnte es denn möglich sein, dass Ina und besonders Decora allein fortgegangen waren? Hatte er sich vielleicht einfach zu sehr in der Zeit vertan und war aus Versehen viel zu lange im Bad geblieben? Nein! Er hatte gewissenhaft auf die Stundengläser geachtet. Und Decora hätte in jedem Fall auf ihn gewartet!

Halbherzig startete er einen Versuch, auf sich aufmerksam zu machen.

»Decora! Ina!«, rief er in die Menge. Ihm war es ausgesprochen peinlich, als er sah, dass sich alle Blicke ihm zuwandten. Aber weder Ina noch Decora waren darunter. Er wurde rot. Aber es half ja nichts: Er machte noch einen zweiten Versuch.

»Decora! Decora!«

Wieder nichts! Hinter ihm räusperte sich jemand mit einer krächzenden Stimme. Erschrocken drehte er sich um.

Sie gehörte zu dem alten Glatzkopf vom Schalter, der Finn mit verhuschten Gesten seiner rechten Hand zu sich winkte. Unsicher schaute sich Finn zu beiden Seiten um, ob der Alte auch wirklich ihn meinte, und trat dann näher heran.

»Hab ich's mir doch gleich gedacht, dass du das bist, hähähä!«

Während der Alte lachte, verschluckte er sich so heftig und krächzte so fürchterlich, dass Finn glaubte, ihn jeden Moment wiederbeleben zu müssen.

»Ist alles in Ordnung mit Ihnen?«, fragte Finn. Er war besorgt, obwohl der Alte keineswegs freundlich wirkte.

Aber schon hatte der sich wieder gefangen.

»Jaja, keine Sorge, hähä!«

»Dann ist ja gut. Ich dachte schon, Sie würden ersticken … Was wollen Sie von mir?«

Der Alte lachte abermals gehässig auf.

»Ach, ich dachte mir sofort, dass du dieser Junge bist, als du so suchend und unsicher aus dem Bad gekommen bist. Aber ich wollte mir den Spaß nicht verderben und dir ein bisschen beim Suchen zuschauen! Hähähä.«

Finn war überfordert. »Wie meinen Sie das? Ich habe im Moment wirklich andere Sorgen …«

Der Alte winkte gekränkt ab.

»Schon gut, schon gut. Immer mit der Ruhe. Deine Begleiterinnen haben mir vorhin eine Nachricht für dich übermittelt. Sie lassen ausrichten, dass sie etwas weiter dahinten in der Sonne auf dich warten. Deine Freundin war schon fertig mit dem Bad. Also sind sie zu diesen Tischen gegangen, um sich zu sonnen, bis du kommst.«

Der Alte zeigte mit seinem knöchrigen Finger zu einer entfernten Stelle, längst außerhalb der Säulenhalle, an der Steintische und -stühle aufgestellt waren. Alle möglichen Leute tummelten sich dort und es war aus der Entfernung völlig unmöglich zu erkennen, ob Decora und Ina ebenfalls darunter waren.

Finn verzog das Gesicht. Der Alte war ihm zwar unsympathisch, aber er war erleichtert zu wissen, wo Decora und Ina abgeblieben waren.

»Ähm, vielen Dank«, brachte er hervor.

Der Alte schien Finns Gedanken zu lesen und kröchelte vergnügt los: »Nimm's mir nicht übel Junge! Ich hab doch sonst nichts zu tun hier. Da ergötze ich mich halt an den Leuten. Und ich muss schon sagen, wie du so hilflos hier herumgeschlichen bist, das war geradezu köstlich, hähähä!«

Sein Lachen endete erneut in einem heiseren Hustenanfall. Jetzt musste auch Finn schmunzeln. Einerseits über das fürchterliche Gehuste und Geschnaube des Alten, andererseits über dessen Schrulligkeit.

»Schon gut«, erklärte Finn. »Ich werde mich dann mal auf den Weg machen. Schönen Tag noch.«

Der Schalterwart zwinkerte ihm zum Abschluss zu und wies ihm mit der Hand erneut die Richtung.

»So ist's recht! Nimm es nicht so schwer, wenn dich mal jemand auf den Arm nimmt. So erträgt man alles viel leichter! Du bist in Ordnung, Junge!«

Finn nickte verwirrt. Er hatte sich schon umgedreht, da rief ihn der Alte noch einmal unter Krächzen zurück: »Wart' noch einen Moment, Junge. Ich verrat dir noch ein Geheimnis. Eben bist du so unsicher und planlos umhergeirrt. Weißt du, wie du solchen Situationen in Zukunft aus dem Weg gehen kannst?«

Finn schüttelte ratlos den Kopf. Er wusste nicht, was er darauf antworten sollte.

»Hähä! Dacht ich's mir doch«, krächzte der Alte. »Na schön, ich verrate es dir also. Wenn du vor einem Problem stehst, dann geh kurz in dich und breite die Situation innerlich aus. Hast du die Lage sondiert, dann hast du meistens auch schon einen Plan, wie du die Sache in Angriff nehmen kannst. Bevor du loslegst, überleg dir mögliche negative Ausgänge deines Plans. Überlege, wie du auch den denkbar schlechtesten Ausgang, der eintreffen könnte, zu etwas ausnutzen kannst. Hast du dafür einen Plan, dann kann dich nichts mehr kleinkriegen! Lass dir so viel von einem alten Mann gesagt sein. Dann bist du auch im Angesicht einer Katastrophe sicher und dir kann nichts mehr passieren!«

Wieder röchelte er ungesund.

»Und jetzt geh schon, die beiden Damen warten sicherlich schon auf dich!«

Der Alte kicherte heiser und fixierte Finn mit einem eigenartig durchdringenden Blick. Er war mehr als ratlos, was das seltsame Verhalten des Alten zu bedeuten hatte. *Im Angesicht einer Katastrophe*? Wollte er ihn einfach aufziehen oder meinte er seinen Ratschlag tatsächlich ernst? Finn betrachtete den Mann noch einmal. Er kam ihm jetzt viel dünner vor als zuvor. Fast geisterhaft gestikulierte der Alte auf seinem kleinen Holzschemel. Ein kalter Schauer lief ihm über den Rücken. Er sah noch einmal genauer hin. Nun sah der Alte wieder normal aus. Hatte Finn sich nur etwas eingebildet? Schnell drehte er sich um und machte sich auf, zügig vom Alten weg und zurück zu Decora und Ina zu kommen.

Auf seinem Weg über den Platz wärmte ihn die Sonne und trocknete sanft seine Haare. Die unheimlichen Gedanken an den alten Schalterwart schüttelte er ab. Sie verblassten so schnell, wie dieser auf der Bildfläche erschienen war, und Finn schmunzelte schon nach wenigen Metern darüber, dass ihn der urige Geselle mit seinem Krächzen und Husten hatte erschrecken können. Gut, dass Decora nicht dabei gewesen war und seine Unsicherheit bemerkt hatte.

An den Tischen hatte eine große Gruppe Frauen die Köpfe zu einem Schwätzchen dicht zusammengesteckt. Finn reckte sich und versuchte zu erkennen, ob Decora und Ina darunter waren. Plötzlich drehten sich alle zu ihm um und musterten ihn eingehend. Ein paar anerkennende Pfiffe wurden in seine Richtung abgegeben.

»Eine stramme Lederhose hast du da!«, rief eine dunkelblonde Frau mittleren Alters und alle anderen kicherten.

Finn wurde auf der Stelle rot.

»Nun ja, also ...«, stammelte er. Plötzlich sah er Decora, die sich aus der Frauengruppe erhoben hatte und freudig auf ihn zuging.

»Da bist du ja endlich, Finn«, sagte sie. »Ich dachte schon, wir müssten dich höchstpersönlich aus dem Bad rausholen!«

Direkt hinter ihr marschierte Ina.

»Du glaubst auch, ich habe meine Zeit gestohlen«, rief sie Finn frech zwinkernd zu.

»Tut mir leid«, entschuldigte er sich kleinlaut.

Decora lachte laut auf. »Keine Sorge. War doch nur ein Scherz! Wir warten noch nicht lange. Und außerdem haben wir uns die Zeit gut vertreiben können.«

Decora deutete auf die Frauen, die miteinander tuschelten und hin und wieder grinsend zu Finn hinüberblickten. Finn wollte gar nicht so genau wissen, ob und wie sich die Damen auf seine Kosten erfreuten. Die Scherze des Schalterwarts waren fürs Erste genug gewesen.

Decora versuchte, Finns missmutigen Blick zu deuten. Sie lächelte. »Hat dich der Badwächter instruiert, wie du uns finden kannst? Der alte Mann am Schalter?«

»Ja, das hat er getan«, sagte Finn. »Ein sehr hilfsbereiter Geselle übrigens.«

Er verzog das Gesicht.

Decora überging seinen Kommentar einfach.

»Übrigens, du siehst schick aus«, sagte sie und berührte Finns

Hemd mit ihren Fingerspitzen und fuhr langsam daran entlang. Ihr Ring mit dem viertelmondförmigen Siegel blitzte hell im Sonnenlicht.

Finn wurde augenblicklich heiß. Sein Blick war von Decoras langsam an ihm hinuntergleitenden Fingern wie gefangen und das von Ina eingeworfene *Ein richtiger Augenschmaus* überhörte er völlig.

»Vielen Dank. Du auch!«, entfuhr es ihm ganz automatisch. Fast wurde ihm schlecht, so peinlich war ihm die Situation: Er hatte ja noch nicht ein einziges Mal darauf geachtet, was Decora anhatte! Wie konnte man nur so dämlich sein wie er? Warum überlegte er nicht, bevor er seinen Mund aufmachte? Unbeholfen starrte er Decora an, die glücklicherweise zu Boden schaute.

Aus dem Augenwinkel erkannte er Inas Gesicht, auf dem genauso gut drei Fragezeichen hätten stehen können. Aber ob sie Lunte roch oder nicht, war ihm gegenwärtig ziemlich einerlei.

Er musterte Decora eingehend. Sie hatte ihre Halbschuhe behalten, ansonsten aber ihre alte Kleidung abgelegt. Sie trug nun derbe, silberne, knielange Shorts, wie gemacht für Wanderungen. Finn bemerkte, dass natürlich auch ihr Gürtel noch vorhanden war. Ihr neues Oberteil wurde nämlich von der blinkenden Schnalle in den Shorts festgehalten. Das Oberteil war nachtschwarz, kurzärmlig und lag eng an. Zusätzlich war es praktischerweise mit einigen Knöpfen versehen, auf die man zum Schutz oder für zusätzliche Wärme Leder- und Fellstücke knöpfen konnte. Obwohl es für den Sommer beinahe ein bisschen zu hochgeschlossen war, fand Finn, dass es fantastisch an Decora aussah. Er konnte ihre Tätowierung jetzt nur noch erahnen. Ihre goldenen Haare lagen über beiden Schultern und hatten in der hellen Sonne wieder einen weißglänzenden Stich. Zwischen ihrer Haarfarbe und der Farbe ihres

Oberteils lagen Welten. Decora leuchtete wie eine schwarze Fackel, die mit einer weißen Flamme brannte.

Scheu blickte sie zu Finn hoch.

Er riss sich mit aller Kraft zusammen. »Wirklich, du siehst einmalig aus«, erklärte er aus voller Überzeugung.

Ihre Blicke trafen sich. Viel zu lange standen sie da und sahen sich in die Augen. Zu spät wurde ihnen bewusst, dass sie von Ina und allen anderen angestarrt wurden. Schnell wendeten sie sich den anderen zu, ganz so, als ob nichts gewesen wäre.

Finn lenkte ab: »Vielen Dank noch einmal für die Sachen, Ina! Sie sind übrigens sehr schön. Alle zusammen, aber auch jedes Teil für sich …«

Was zum Henker redete er da bloß wieder?

»Ja, das merke ich«, sagte Ina mit unergründlicher Miene.

»Darüber sind wir jetzt wohl alle im Bilde!«, fuhr sie erklärend mit Blick auf die Damengruppe fort.

»Aber jetzt sollten wir wirklich aufbrechen zur Gilde. Die Zeit ist knapp bemessen, auch wenn junge Leute das gern mal vergessen. Mädels, macht's gut!«

Die Gwilling-Damen riefen im Chor: »Und du sei immer auf der Hut!«

Erst dann schlossen sich die anderen Frauen an und verabschiedeten sich ebenfalls in einem bunten Durcheinander gut gemeinter Floskeln.

Decora rief: »Es war schön, euch kennengelernt zu haben!«

Finn sagte: »Wiedersehen.«

Die Nobliten-Gilde

Ina bahnte sich mit ihren Begleitern im Schlepptau einen Weg durch die geschäftigen Menschenmengen von Weit-Alon. Je weiter die drei gingen, desto öfter entschuldigte sich Ina, dass der Weg zur Gilde kein Spaziergang sei, ganz so, als ob die schiere Größe und die kraftraubende Geschäftigkeit der Stadt ihre Schuld wären. Eine geschlagene Stunde dauerte ihre Wanderung durch Weit-Alon nun schon an. Der Nachmittag war gekommen und sie legten eine kurze Pause in einem verträumten kleinen Park ein.

Die Bäume rauschten in einer so winzigen Brise, dass sie Mühe hatten, den wohltuenden Wind überhaupt zu spüren. Auf dem Boden wuchsen einige seltsame Blumen, deren rötliche Farbe prompt gelb wurde, als Finns Schatten auf sie fiel. Interessiert studierte er das Phänomen und tippte heimlich Decora an, um sie an seiner Entdeckung teilhaben zu lassen.

Trotzdem bemerkte Ina ihre Neugier.

»Diese Blumen heißen Schattennelken. Nimm ihnen nicht das Licht, da sie sonst verwelken. Ohne die Lichter der Sonne sterben sie: Einen einzigen Tag – länger blühen sie nie. Dass ihr sie nicht kennt, das wundert mich nicht. Kaum jemand bekommt sie je zu Gesicht. Ihr Leben dauert nur wenige Stunden – und doch habt ihr dieses Wunder gefunden. Ihr saht sie, bevor ihre Zeit verrinnt – das Glück, es ist euch wohlgesinnt.«

Finn musste sofort an die Lunatae denken, die ja ebenfalls vom Licht abhängig waren. Nachdenklich zog er schließlich mit seinen Begleiterinnen unter der schweißtreibenden Sonne weiter zur Inobliten-Gilde und fragte sich, ob auch Decora über die Schattennelken nachdachte.

Als sie noch eine Weile eine breite Straße entlanggewandert waren und Finn schon darauf gefasst war, dass sie doch alsbald an die Stadtmauern stoßen mussten, tat sich vor ihnen ein kreisförmig angelegter Park auf:

Finn konnte von ihrer Position erkennen, dass ein Rundweg die Häuser der Stadt und den Park trennte, der sich wahrscheinlich einmal um den ganzen Park legte. Auf seichten Hügeln wuchsen einige Baumgruppen, die den Park licht erscheinen ließen. Das satte Grün der Rasenflächen war sorgfältig getrimmt und sah sehr einladend aus. Einzig ein massiver Eisenzaun war ein Zeichen dafür, dass es sich hier wohl nicht um einen normalen Park handelte. Die scharfen Spitzen des Zauns waren nach innen gerichtet und Finn fragte sich, was sie davon abhalten sollten, nach außen zu gelangen.

Ein Kiesweg führte genau auf ein burgähnliches Gebäude zu, das sicher an die fünf Stockwerke hoch war – ganz sicher war sich Finn aber nicht. Es musste schon alt sein, denn Efeu wuchs an der graubraunen Fassade bis weit hinauf. Zwei Türme ragten über den Hauptteil des Gebäudes auf. Waren es Wachtürme? Finn blinzelte gegen die Sonne und meinte, auf dem Dach einige Personen zu entdecken – es schien begehbar zu sein.

Er sah auch, dass an der rechten Seite des Hauptgebäudes eine breite Terrasse angeschlossen war, die etwa auf Höhe des dritten Stockwerks in den Park hineinreichte. Auch dort befand sich an den Rändern ein schwerer Eisenzaun, dessen Spitzen diesmal aber nach schräg außen gebogen waren.

Finn und Decora standen dicht hinter Ina, die angehalten hatte, damit sie die imposante Erscheinung von Park und Gebäude einen Moment genießen konnten.

Ina lächelte stolz. »Die Inobliten-Gilde – ist sie nicht ein herrliches Gebilde? In den ganzen westlichen Landen hat die Gilde hier ihren größten Sitz. Dagegen ist das Gildenhaus in Talira ein Witz!«

Finn und Decora wechselten einen ratlosen Blick.

Finn räusperte sich beeindruckt.

»Ich hätte nicht gedacht, dass die Gilde so groß ist. Und vor allem der Park ist wirklich riesig. Wofür sind die Zäune? Sind da irgendwelche Tiere drin?«

Seine Augen glänzten beim Gedanken an wilde Bestien, die die Gilde bewachten. Schöne und weitläufige Gehege mit gefährlichen Tieren hatten ihn schon seit seiner Kindheit begeistert.

Ina nickte anerkennend.

»Stimmt genau, Finn. Seht ihr die Leute da hinten auf der Terrasse? Es gibt nur einen Grund für diese Menschenmasse. Dort müssen die Bären sein! Aber jetzt gehen wir erst einmal hinein.«

»Bären?«, wiederholte Finn und brauchte gar keine Frage zu stellen, um Ina weitere Informationen zu entlocken. Sie lächelte.

»Also gut, ich will es dir erklären: In jeder Stadt haben die Inobliten ein bestimmtes Schutztier. Dieses bewacht dann ihr Revier. Der Bär ist für die Inobliten auch ein Glücksbringer. Und für sie ist auch der große Zaun und dort hinten der Zwinger.«

Sie deutete auf Stallungen mitten im Park, die durch eine geländerlose Brücke mit der Terrasse verbunden waren. Dann betrachtete sie den Stand der Sonne.

»Trotzdem solltet ihr jetzt hineingehen und nicht mehr stundenlang hier stehen. Kann ich euch das alleine machen lassen? Ich möchte ungern das Abendgeschäft im Birkenblick verpassen. Findet ihr später alleine zurück? Immerhin ist es ja ein ganzes Stück …«

Finn witterte sofort eine Chance. Es würde viel leichter für sie werden, wenn Ina bei ihren Forschungen nicht dabei war. Dieser Wink des Schicksals schien Gold wert. Schnell versicherte er ihrer Führerin, dass sie sich keine Sorgen machen musste und dass sie später wieder wohlbehalten zurück zum Birkenblick finden würden.

»Na dann Finn, gib doch eure Säcke her, die braucht ihr ja nun nicht mehr. Lasst sie mich schon zurücktragen, dann müsst ihr euch nicht mehr damit plagen.«

Decora und Finn bedankten sich eilig, verabschiedeten sich bis zum Abend und wollten schon gehen, damit Ina ihre Meinung nicht im Nachhinein noch änderte. Da drehte sie sich doch noch einmal um und rief: »Ihr wollt doch sicher auch die Bären sehen. Ihr müsst bloß auf den Ausguck gehen. Für Besucher ist die Begehung frei. Viel Spaß wünsche ich euch Zwei!«

Schon war die Gwilling-Dame auf halbem Weg die Straße hinunter und Finn und Decora blieben allein zurück. Zunächst wussten sie nicht, was sie zueinander sagen sollten, da sie seit so langer Zeit nicht allein gewesen waren. Während sie also wortlos auf das Gildenhaus zumarschierten, versuchte Finn auf halber Höhe schon etwas von den Bären zu erspähen, die sich anscheinend beim oder hinter dem Zwinger aufhielten. Er konnte allerdings nichts erkennen und auch auf der Südseite des Parks regte sich nichts.

Auf den letzten Metern vor der Gilde betrachteten sie an beiden Seiten des großen Eingangstores dicke Steinfiguren, die äußerst filigran verarbeitet worden waren:

An jeder Seite hing ein grimmiger Bärenkopf mit weit aufgerissenem Maul und begrüßte so die Ankömmlinge. Die Zähne dieser Steinbären waren gigantisch. Fast eine ganze Unterarmlänge maßen die Reißzähne. Sie bekamen das Gefühl, dass Bären hier auf Telluriscor vielleicht etwas andere Ausmaße besaßen, als sie beide – Decora kannte Bären ebenfalls – es gewohnt waren.

Über dem Tor wachte indes eine überlebensgroße Steinstatue. Sie stellte einen Mann dar, der nach vorn gebeugt aus der Steinmauer herausragte. Er war mit einer bodenlangen Robe bekleidet und eine nach hinten herunterhängende Kapuze gehörte ebenfalls dazu. Die weit ausgestreckten Arme des Mannes bildeten vor seiner Brust eine Art Dreieck. In seinen Händen, die sich vorne berührten, lag ein dickes, aufgeschlagenes Buch.

In großen Lettern stand – für jedermann gut zu erkennen – über beide Buchseiten geschrieben: *Geschichte ist Wahrheit. Was ist Wahrheit?*

Ehrfürchtig betrachteten Finn und Decora die Statue.

»Was ist Wahrheit?«, paraphrasierte Finn.

»Vielleicht bedeutet Wahrheit hier so etwas wie ein Verhaltenskodex«, rätselte Decora.

»Oder das komplette Gegenteil«, mutmaßte Finn.

Decora runzelte die Stirn.

»Vermutlich ein bisschen von beidem.«

»Da liegt ihr gar nicht so falsch«, sagte plötzlich eine raue Stimme.

Sie zuckten zusammen. Aus einem kleineren Tor, das in das große eingelassenen war, trat nun ein junger Mann in purpurnem Mantel auf sie zu.

»Wir freuen uns immer, wenn uns aufgeweckte junge Leute besuchen. Wisst ihr, die jungen Leute interessieren sich kaum für die Geschichte und ihre vielen Facetten. Dabei gibt es so viel zu lernen, wenn man sich mit ihr beschäftigt.«

Der Mann trat näher an sie heran. Er war groß und hatte ein freundliches Gesicht, das unter der Kapuze herausschaute. Finn stellte fest, dass er die gleiche Kleidung wie die Statue trug.

»Aber verzeiht, ich wollte euch nicht erschrecken. Mein Name ist Metauus, Novize des zweiten Grades der Inobliten-Gilde.«

»Angenehm«, sagte Finn. »Das ist Decora.«

Er neigte seinen Kopf in Richtung seiner Begleiterin.

»Hallo«, sagte Decora. »Und das ist Finn.«

»Ich muss mich dafür entschuldigen, dass ich euch belauscht habe, aber ich war gerade auf dem Weg nach Hause und als ich ans Tor kam, habe ich zufällig aufgeschnappt, was ihr gesagt habt. Wenn ich es mir recht überlege, habe ich aber noch ein bisschen Zeit. Wart ihr schon einmal hier? Denn wenn nicht, kann ich euch kurz herumführen. Viele Besucher finden sich beim ersten Mal immer leichter zurecht, wenn sie eine Einweisung bekommen.«

»Ja, wir sind zum ersten Mal hier«, erklärte Finn.

Eigentlich wollten sie zwar keinen Führer – schließlich war Ina ja gerade erst weg – aber da sie nicht wussten, was sie hinter dem Tor erwartete, willigten sie ein.

»Habe ich es mir doch gedacht!«

Metauus schnalzte mit der Zunge. »Was genau sucht ihr denn?«, fragte er.

Decora antwortete blitzschnell: »Ach, wir wollten nur ganz generell schauen. Uns einen Überblick verschaffen sozusagen.«

Finn stieg sofort mit ein: »Aus allgemeinem historischen Interesse. Die Vergangenheit kann oft faszinierend sein!«

Metauus war begeistert.

»Na dann tretet ein! So junge Besucher haben wir wirklich nicht allzu oft!«

Er betonte das *so jung* ganz so, als wenn er sich selbst schon als steinalt betrachtete – obwohl er nicht viel älter als Finn und Decora aussah.

»Ich kann euch auch zu den Bären führen, wenn ihr daran interessiert seid«, bot er darüber hinaus an. »Fast alle haben sich heute hinter dem alten Zwinger versammelt. Vom Balkon kann man sie aber wunderbar sehen.«

So folgten sie dem Novizen Metauus durch das kleinere Tor ins Innere des Gildenhauses.

Dahinter lag ein geräumiger Vorraum im Zwielicht von zahlreichen Kerzen und Fackeln. Drinnen war keine Spur mehr vom helllichten Tag, der draußen herrschte. Es hätte genauso gut spätabends oder mitten in der Nacht sein können. Durch die mit allerlei Szenen verzierten Bleiglasfenster drang praktisch kein Licht. Lediglich hier und da fanden kleine, schwache Strahlen ihren Weg ins Innere und machten die dicken Staubflocken sichtbar, die auf dem Glas ruhten oder durch die Luft schwebten.

Noch vor einer Treppe, die zu einem kleinen Durchgang führte, standen vier Bacariten. In ihren knorrigen Händen hielten sie spitze Lanzen, die noch weitaus größer waren, als sie selbst.

»Die Bären draußen im Park, Sicherheitspersonal hier drinnen«, erklärte Metauus seufzend, als er Finns erstaunten Blick bemerkte. »Die Zeiten sind auch nicht mehr das, was sie mal waren …«

Gemeinsam stiegen sie die Treppe hinauf. Mit jedem Schritt hallte ein leises Echo durch die dunkle Vorhalle. Der schmale Durchgang am Ende führte in einen riesigen Raum voller Bücherregale.

In geraden Reihen füllten sie den gesamten Raum und versperrten ihnen die Sicht auf die andere Seite. Auch die Seitenwände waren mit Regalen flankiert. Alle hatten exakt dieselbe Höhe. Finn wettete, dass sich der Raum über die gesamte Grundfläche der Gilde zog. An der rechten Seite führte eine Holztreppe mit geschnitztem Geländer in den zweiten Stock. Es musste sich um tausende und abertausende Bücher handeln! Sie erfüllten den Raum mit einem ganz leichten, faulig-süßen Duft. Staub wirbelte mit jedem Schritt auf, den sie taten, und alles musste wohl unglaublich alt und wertvoll sein.

Finn und Decora gingen mit großen Augen durch die vorderen Reihen. Dicke Wälzer standen dicht an dicht in den Regalfächern und auch noch die kleinsten Zwischenräume waren ausgefüllt mit eingequetschten Heftchen und Mäppchen.

Metauus beobachtete sie eine Weile und räusperte sich.

»Wie ihr seht, herrscht hier auf den ersten Blick großes Durcheinander. In Wirklichkeit ist das Prinzip aber ganz einfach: Auf der Westseite des ersten Stockes befinden sich die aktuellsten Werke. Je weiter ihr in Richtung Eingang geht, desto älter werden die Bücher. Alles, was sich mit älterer Zeit beschäftigt, aber in neuerer Zeit entstanden ist, befindet sich der Einfachheit halber bei den alten Büchern, die aus jener Zeit stammen, mit der sich der jeweilige Autor beschäftigt. Im zweiten Stock geht es dann genau so weiter: Hinten wird die Zeitleiste fortgesetzt und je weiter ihr nach vorne kommt, desto älter wird alles. Folglich habt ihr im fünften Stock die ältesten für Besucher zugänglichen Werke.

Bis hierhin schien Finn alles verstanden zu haben. Auch Decora nickte.

»Wie ihr vielleicht schon bemerkt habt«, fuhr Metauus fort, »sind hier keine Wegweiser oder Schilder zu finden, die die einzelnen Epochen in Themenbereiche untergliedern. Aber auch wenn es nicht den Anschein hat, sind doch alle Bücher thematisch geordnet. An der Seite jedes Regals befinden sich diese Kreise. Seht ihr?«

Metauus deutete mit seinem Blick auf das Regal, das am nächsten stand. Finn und Decora entdeckten drei gleich große, säuberlich ins Holz geschnitzte Kreise, die in einem Dreieck angeordnet waren. In der Mitte jedes Kreises befand sich eine kleine Vertiefung. Auf den Kreisen selbst befanden sich noch zusätzlich kleinere, runde Vertiefungen, aber in unterschiedlicher Anzahl.

»Das ist unser in Weit-Alon eigens entwickeltes Ordnungssystem.« Metauus strahlte. »Der König hat vor einiger Zeit ein paar magisch begabte Gwillinge zu uns abgesandt, um das Ordnungssystem grundlegend zu überarbeiten.«

Finn und Decora schauten sich fragend an. Metauus aber blickte verzückt auf die drei Kreise am Regal.

»Aber wie funktioniert das System?« Finns Stimme verriet seine Neugier. »Ich muss gestehen, dass ich keine Ahnung habe.«

»Natürlich. Verzeihung, Verzeihung!« Metauus schreckte aus seiner Verzückung auf.

»Wie könntet ihr auch? – Zum ersten Mal hier …«

Er lachte nachsichtig, fast väterlich.

»Ich erkläre es euch. Es ist wirklich sehr einfach. Die Anzahl der Kreise zeigt euch an, wie viele Themengebiete in dem jeweiligen Regal untergebracht sind. Unschwer also zu erkennen, dass es hier drei sind. Der Punkt in der Mitte des Kreises verrät euch das jeweilige Oberthema. Meistens sind hier die geografischen Gebiete verordnet, mit denen sich die Bücher beschäftigen. Und natürlich sagt euch der Punkt in der Mitte auch die grobe Zeiteinordnung. Die kleinen Punkte außen auf dem Rand kennzeichnen dann die Teilbereiche. Wenn das Oberthema also beispielsweise *Die westlichen Lande unter Kühlblicks Regentschaft* ist, dann könnte ein Unterthema beispielsweise *Drachen* oder *Der Sichelsee* lauten.«

Finn verstand kein Wort.

»Und wie genau sagen uns die Punkte das? Ich kann beim besten Willen keine Unterschiede erkennen.«

»Warte nur ab.«

Metauus versuchte bedeutsam zu klingen.

»Berühre einfach mit der Fingerspitze einen Kreis und schon erfährst du, was sich in dem Regal befindet.«

Finn zuckte mit den Schultern und hielt seine Fingerspitze in die Mitte des obersten Kreises. Der Kreis leuchtete grün auf. Ein wohliger Schauer lief über seinen Rücken, als eine sanfte Frauenstimme in sein Ohr flüsterte: »Die Südernis. 1. bis 50. Jahr unter Feuerstahls Regentschaft. Linkes Drittel. Viel Erfolg, Suchender.«

Dann war die Stimme fort. Finn schnellte herum. Hinter ihm standen bloß Decora, die ihn fragend anschaute, und Metauus, der seine triumphale Freude nicht verbergen konnte.

»Hast du das gehört, Decora?«, fragte Finn. »Einfach einmalig. Diese Stimme …«

»Was für eine Stimme?«, fragte Decora entgeistert. »Ich habe nichts gehört.«

Metauus lachte.

»Es wäre ja auch wirklich eine Plage, wenn jeder Gast mithören könnte, was die anderen gerade machen. Dann könnte sich ja niemand mehr konzentrieren. Auch wenn es *im Moment* wohl niemanden stören würde.«

Er seufzte. Dabei ließ er seinen Blick durch die leeren Reihen schweifen.

»Normalerweise sind wir besser besucht. Nur junge Leute verirren sich meist nie zu uns!« Der Novize hörte sich so an, als müsste er sich selbst überzeugen.

»Aber nun zu dir, junges Fräulein.«

Er wandte sich an Decora.

»Probier es ruhig aus.«

Decora berührte mit ihrer Fingerspitze den Punkt. Der Kreis leuchtete abermals grün auf. Sie verspürte einen angenehm warmen Luftzug, während ihr eine männliche Stimme zuflüsterte: »Die Südernis. 1. bis 50. Jahr unter Feuerstahls Regentschaft. Linkes Drittel. Wohl an, Suchende.«

Mit großen Augen drehte sie sich um. »Ja, jetzt weiß ich, was du meinst. Die Stimme ist so … durchdringend … so … männlich …«

Sie errötete und ihre Augen blitzten eine Sekunde lang auf. Von dieser Stimme würde sie sich gerne durch das Gildenhaus führen lassen. Metauus lachte schallend auf. Hatte er bemerkt, dass sie rot geworden war? Wahrscheinlich war er aber viel zu sehr mit dem magischen Ordnungssystem beschäftigt!

»Jeder hört eine andere Stimme«, erklärte er ihr. »Das ist kein Grund zur Besorgnis. Man hört das, was einen persönlich am meisten anspricht. So, jetzt wisst ihr ja, wie alles funktioniert. Scheut euch nicht, alle Kreise durchzuprobieren, wenn ihr nachher noch ein wenig herumstöbern wollt. Soll ich euch jetzt noch schnell zu den Bären führen?«

Decora war neugierig, obwohl sie die ansprechende Stimme noch immer im Hinterkopf hatte. Finn, der sie offenbar durchschaut hatte, rümpfte die Nase. Sie zwinkerte ihm zu und versetzte ihm einen Stoß mit der Hüfte.

»Wollen wir?«

Gemeinsam schritten sie die Treppe in den zweiten Stock hoch. Decora kam hier alles so vor wie im ersten Stock, mit der Ausnahme, dass durch die Fenster mehr Licht fiel. Die brennenden Fackeln, die sporadisch an den Wänden hingen, waren nur noch zum Teil für die Erhellung des Raumes verantwortlich.

»Ist es nicht gefährlich, wenn hier bei den ganzen Büchern Fackeln so offen brennen?«, fragte sie.

»Keine Sorge, keine Sorge«, winkte Metauus ab. »Was wären wir denn für Historiker, wenn es so wäre? Die Feuer würden selbstverständlich sofort erlöschen, noch bevor sie einem der Bücher zu nahe kommen könnten.

Durch die Gänge marschierten aufmerksam zwei Bacariten-Wächter. Ob weiter hinten noch mehr Wächter patrouillierten, entzog sich ihren Blicken. Im zweiten Stock schlurften nun auch endlich einige Gäste zwischen den Regalen umher und nahmen hin und wieder ein Buch heraus, um darin herumzublättern. Decora vermutete, dass sich die Bacariten daher hier postiert hatten.

Schon machten sie sich aber geradewegs auf den Weg in den dritten Stock. Erst wollten sie ja die Bären genauer in Augenschein nehmen! Auf der Treppe in den dritten Stock kamen ihnen zwei weitere Gildenmitglieder entgegen. Beide trugen dieselben purpurfarbenen Roben wie Metauus. Sie waren beladen mit schweren Büchern, die sie umständlich an ihnen vorbeibugsierten, da die Treppe sehr schmal war.

»Seht mal, wir haben heute wissbegierige junge Historiker zu Besuch!«, rief Metauus ihnen zu. Während der Vordere der beiden lediglich unter der Last seiner Bücher ächzte und weitereilte, konnte sich der Hintere Metauus' Eifer leider nicht entziehen.

»Ähm, Metauus«, sagte er, »das ist ja eine wirklich tolle Nachricht!«

»Nicht wahr!«, freute sich Metauus und schien auf eine weitere Antwort zu warten.

»Ja wirklich, in der Tat ...«, krächzte das Gildenmitglied hinter dem Bücherstapel. »Wie sieht es denn aus, willst du mich vielleicht vorbeilassen? Ich muss doch dafür sorgen, dass diese wissbegierigen jungen Leute später auch auf unseren ... ähm ... *ganzen* Wissensschatz zugreifen können!«

Metauus schlug die Arme über dem Kopf zusammen.

»Natürlich, natürlich!«, entschuldigte er sich. »Ich wollte euch nicht von der Arbeit abhalten. Unsere neuen Historiker hier werden später sicherlich davon profitieren.«

Metauus schien nun von ihnen einen Kommentar zu erwarten, denn er schaute sie auffordernd an.

»Gewiss«, warf Decora eilig ein. »Wir sind schon ganz gespannt auf *alle diese* Bücher!«

Der Novize gluckste zufrieden und eilte voraus in den dritten Stock. Auch dort bot sich ein bekannter Anblick: Der Aufbau war exakt gleich. Vereinzelt bemerkte Decora auch hier Besucher und Wachpersonal zwischen den Bücherreihen. Zweifellos würden auch die nächsten beiden Stockwerke ähnlich aufgebaut sein! Diesen Verdacht konnte sie aber nicht bestätigen, da Metauus zielstrebig eine dicke Holztür ansteuerte, die an einer von Bücherregalen ausgesparten Stelle in die rechte Wand des Raumes eingelassen war.

Der Novize zweiten Grades öffnete die Tür und ließ Finn und Decora hinaus auf die Terrasse, die sie bereits aus der Ferne gesehen hatten. Obwohl es schon später Nachmittag war, blendete das Tageslicht.

Am Geländer auf der anderen Seite standen eine Menge Leute, die gebannt in die Tiefe starrten. Finn erkannte sogleich auch Kinder unter den Schauenden und wunderte sich, warum Metauus ihnen mehrmals berichtet hatte, dass es der Gilde an jungen Besuchern mangelte. Aber vermutlich zählten für Metauus die Besucher nicht wirklich, wenn sie nur gekommen waren, um die Bären zu betrachten, und sie die Geschichte dabei nicht scherte.

Langsam gingen sie hinüber. Links und rechts, kurz hinter der Mauer des Hauptgebäudes, waren Falltüren in den Boden eingelassen, die ins Innere des massiven Terrassenunterbaus führten. Die Falltüren waren mit dicken Eisenschienen verschlossen und zusätzlich mit Vorhängeschlössern gesichert.

Eine winzige, gerade mal fußhohe Brustwehr umsäumte die Terrasse zusätzlich zu dem massigen Eisenzaun. Finn hoffte, dass die Eltern gut auf ihre Kinder aufpassten, die leicht durch die Aussparungen zwischen den Stäben fallen konnten!

Von hier oben konnte man weit hinaus in den Park sehen. Die Bäume reichten kaum so hoch wie die Terrasse, was ihr einen erhabenen Charakter verlieh. Zudem nahm man das Rund der gesamten Anlage noch viel deutlicher wahr. Von hier oben konnte man auch ein Stück der Parkhinterseite sowie die restliche Nordwand der Gilde einsehen. Erst hier wurde deutlich, dass die Fassaden der Häuser, die sich jenseits des um den Park führenden Rundweges anschlossen, ebenfalls einen riesigen, zusammenhängenden Kreis beschrieben.

Schon bevor sie bei der Gruppe angelangt waren, hörten sie laute Grunz- und Knurrlaute. Finn wurde aufgeregt: Das Knurren musste von geradezu riesenhaften Tieren stammen.

Metauus winkte auf Finns fragenden Blick hin dankend ab und blieb im Hintergrund, während er sich mit der dicht an ihn geschmiegten Decora vorsichtig an den leise murmelnden Leuten vorbei an den Rand der Terrasse schob.

Stumm schauten sie in die Tiefe. Kaum zu glauben, dass sich die Tiere, die sich unterhalb der Terrasse im Park tummelten, *Bären* schimpften!

Im Unterschied zu den Bären, wie sie Finn von der Erde kannte, hätte auf die Bären Telluriscors viel besser die Bezeichnung *Bären-Ungeheuer* gepasst. Die Tiere überragten mit ihrer Schulterhöhe selbst die größten Besucher mindestens um Kopfeslänge! Ihr Körperbau war allerdings gedrungener, als es die Schulterhöhe erwarten ließ. So war die Körperlänge in Relation zur Höhe recht kurz. Trotzdem erreichten die meisten Bären eine Länge von etwa drei Metern.

Der breite Rumpf dieser Tiere saß auf massigen, muskulösen Beinen und beschrieb schließlich einen fast buckelartigen Rücken. Die Köpfe der Bären wurden durch wuchtige Stiernacken tief nach unten gedrückt und hingen dabei weit unter dem Rückenniveau.

Ihre Fellfarben variierten von Grau zu Braun und verliefen manchmal sogar ins Schwarze hinein. Die Bären gingen auf langen, schaufelartigen Klauen.

Finn dachte sofort an die Steinköpfe am Eingang der Gilde und musste feststellen, dass der Steinmetz dort keine künstlerische Freiheit in Anspruch genommen hatte: Er hatte eine in Größe und Form naturgetreue Arbeit abgeliefert! Die Zähne der Bären stachen wie überlange Dolche aus ihren Mäulern.

Finn schauderte, während er staunend zu den Bären hinunterblickte. Er war froh, dass das dicke Gitter sie von ihnen trennte, denn just in dem Augenblick, als sie ganz nahe an den Rand getreten waren, schlug ein Bär seine krummen Klauen in eine dicke Zypresse, die dicht neben der Mauer des Terrassenunterbaus wuchs. Ohne große Mühe klammerte sich der Bär fest, zog sich den Stamm hoch und ließ sich auf einem kräftigen, aber unter dem schweren Gewicht ächzenden Ast nieder, der beinahe bis an den Terrassenrand reichte.

Ehrfürchtig nahmen alle Zuschauer etwas Abstand ein. Aus kleinen Augen, die kaum zu dem gigantischen Kopf passen wollten, starrte der Bär zu seinen Zuschauern hinüber, wandte seinen Blick dann aber wieder desinteressiert ab.

Decora flüsterte leise: »Ich frage mich, was passieren würde, wenn die Gitterstäbe nicht wären. Ich glaube kaum, dass diese Monster dann immer noch so friedlich bleiben würden. Siehst du, was die da unten fressen?«

Decora deutete nach draußen in den Park in Richtung der Bärenzwinger. Erst jetzt bemerkte Finn zwei weitere Tiere, die neben mehreren Büschen mit ihren scharfen Zähnen im Schatten des Zwingers Fleisch von einem großen Kadaver abnagten und -rissen.

Die gewaltigen Fleischbrocken schienen die Bären im Ganzen hinunterzuschlucken, denn sobald ein Stück im Maul eines Bären verschwunden war, begann dieser sogleich, sich erneut über das blutige Etwas auf dem Boden herzumachen.

Was für ein Tier dort von den Bären ausgeweidet wurde, war nicht mehr zu erkennen. Nur ein mittelgroßes Geweih, das ein Stück entfernt vom Kadaver im Gras lag, erinnerte Finn an etwas.

»Vielleicht war das mal ein Hirsch«, mutmaßte er.

Decora schüttelte nachdenklich den Kopf.

»Glaube ich nicht. Normalerweise sind Hirsche wesentlich größer, als das, was dort liegt.«

Finn zog seine Augenbraue hoch. »Nicht auf der Erde, meine liebe Lunata. Wer weiß, wie groß die Hirsche hier sind.«

Decora grinste entwaffnet.

Finn überlegte: »Wie dem auch sei, ich denke, so fröhlich lächeln würden wir nicht mehr, wenn die Eisenstäbe nicht hier wären. Offenbar können die Bären ganz ausgezeichnet klettern. Und kleiner als dieses tote Tier da auf der Wiese sind wir allemal.«

Die beiden beobachteten noch eine Weile die Bären und den weitläufigen Park. Allzu oft bekam man schließlich nicht – zumindest sie beide nicht – die Gelegenheit, einem solchen Schauspiel beizuwohnen. Plötzlich kam Decora in den Sinn, dass diese Bären höchstwahrscheinlich auch irgendwo in Telluriscors freier Wildbahn beheimatet waren. Schnell schob sie diesen bedrohlichen Gedanken aber wieder beiseite. Hier in der Nähe der Städte und in den Wäldern, die sie schon kannten, gab es sie wohl nicht.

Das Knurren der Bären war tief und kehlig und immer wieder reckten einige Tiere ihren Kopf nach oben in Richtung der Zuschauer. Trotz ihrer stämmigen Form und der schweren Muskeln liefen sie äußerst schnell. Decora beobachtete sogar, wie sie sich verfolgten, aufstellten und brüllend aufeinander zusprangen.

Finn deutete auf die schmale Brücke, die von der Terrasse auf das Dach des Zwingers führte.

»Was meinst du wohl, wofür die gut ist? Futter kann man doch auch von hier aus herunterwerfen oder überall anders zwischen den Stäben durchschieben.«

Decora antwortete: »Das habe ich mich auch schon gefragt. Ich kann mir nur vorstellen, dass man so besser in den Zwinger kommt …«

»Wieso sollte man in den Zwinger wollen?«

Finn starrte ungläubig auf die gefährlichen Bären unter ihnen.

Decora seufzte. Manchmal war Finn schon etwas schwer von Begriff!

»Um zu reinigen«, erklärte sie geduldig.

»Solche Tiere machen ganz schön Dreck, könnte ich mir vorstellen. Und immerhin wirkt hier doch auch alles andere mehr als ordentlich, obwohl diese Dinger im ganzen Park ihr Unwesen treiben können.«

Finn betrachtete die Brücke abschätzig.

»Vermutlich hast du recht. Das würde auch erklären, warum im Dach des Zwingers viereckige Aussparungen sind. Wahrscheinlich führen von dort Treppen oder Leitern in die einzelnen Käfige. Der Zwinger hat zwar auch keine verschließbare Tür, aber wenn man von unten hinein möchte, müsste man ja erst durch den ganzen Park laufen.«

Decora schüttelte energisch den Kopf.

»Was rede ich denn da? Die könnten doch ganz einfach alles mithilfe von Magie sauber und ordentlich halten. Denk doch mal daran, was die drinnen in der Gilde gemacht haben!«

»Oh, gewiss würde es da Mittel und Wege geben …«

Metauus legte von hinten eine Hand auf Decoras Schulter. Sie zuckte zusammen. »Du meine Güte! Hast du mich erschreckt!« »Verzeihung«, raunte Metauus. »Ich wollte mich nicht anschleichen. Aber um auf eure Frage zurückzukommen: Es gäbe da in der Tat einige Möglichkeiten, die meiste Arbeit hier durch Magie zu ersetzen – aber nicht jede körperliche Arbeit ist schlecht, wisst ihr? Die Bären sind hier in Weit-Alon unsere heiligen Tiere, die Glücksbringer unserer Gilde. Für ihre Sauberkeit und ihr Wohlbefinden einfach so, magisch und ganz und gar unpersönlich zu sorgen, nein, das würde ihnen schlichtweg nicht gerecht werden! Man darf zudem nicht vergessen, dass wir die Tiere hier einsperren. So zollen wir ihnen wenigstens den nötigsten Respekt, indem wir mit Muskelkraft und Schweiß für sie da sind.«

Metauus' Worte ließen keinen Widerspruch zu. Der Novize zweiten Grades lächelte nachsichtig.

»Darf ich euch jetzt wieder mitnehmen? Ich muss mich nämlich von euch verabschieden.«

Er deutete eine entschuldigende Verbeugung an.

»Ich bin wirklich schon viel zu spät dran. Solltet ihr noch irgendwelche Fragen haben, dann stellt sie mir bitte drinnen. Hier ist es doch recht laut.«

Metauus wedelte mit der Hand in Richtung der Bären.

»Natürlich«, sagte Finn schnell.

Decora nickte. Es fiel ihr schwer, sich vom Anblick der Bären loszureißen, aber schließlich folgten sie Metauus über die Terrasse zurück in die Gilde.

»Nun, kann ich euch denn noch weiter behilflich sein?«, fragte Metauus.

Finn überlegte noch, was er erfragen konnte, ohne großen Verdacht zu erregen, da preschte schon Decora vor.

»Ich nehme an, dass auch die nächsten zwei Etagen so aufgebaut sind wie die ersten?«, fragte sie interessiert.

»Ja, das stimmt«, entgegnete Metauus.

»Eigentlich«, flötete Decora mit zuckersüßer Stimme, die Metauus plötzlich mächtig in ihren Bann zu ziehen schien, »interessieren wir uns ja besonders für Magie und dergleichen. Besonders für die Entwicklung der Magie im Verlauf der Epochen. Also für Magiegeschichte …«

»Nun ja, besondere magische Aktivitäten oder Meilensteine hinsichtlich der Magie sind normalerweise ebenso den geografischen Bereichen zugeteilt wie alles andere. Schaut einfach in dem Bereich, der euch historisch gesehen besonders interessiert. Am meisten experimentiert in Bezug auf die Magie wurde vermutlich unter der Regentschaft von Goldschwert dem Riesigen. Ganz hinten im vierten Stock solltet ihr fündig werden. Probiert einfach mal die Verzeichniskreise durch.«

Decora aber war noch nicht zufrieden. Wie lange sollten sie damit zubringen, Verwertbares zu Portalen oder Parallelwelten zu suchen, wobei noch nicht mal klar war, ob es hier überhaupt etwas Derartiges zu finden gab?

Augenklimpernd sagte sie: »Gibt es nicht eventuell Überblickswerke? Magielexika vielleicht?«

Und unschuldig lächelnd fügte sie hinzu: »Es tut uns leid … Es ist das erste Mal, dass wir der Geschichte in solcher Pracht gegenüberstehen.« Sie vollführte eine ausladende Geste zu den Regalen.

Volltreffer! Sollte Metauus vorher noch skeptisch gewesen sein, war dies spätestens jetzt verflogen.

Geschmeichelt erklärte er: »Ja, auch so etwas haben wir da. Schaut ganz unten im Eingangsbereich nach. Zumindest bei allen Hauptstadtbereichen finden sich auch Unterbereiche zu den Magierzirkeln. Da kann man nachlesen, welche neuen magischen Entwicklungen vollzogen wurden und unter wessen Federführung. Wie immer ist es natürlich schade, dass die magisch begabten Leute sich konsequent ausschweigen über ihre Kräfte. Wie gerne würde auch ich einmal ein paar Einblicke bekommen! Aber diese verdammten Zirkel werden ihre Geheimnisse wohl nie der Öffentlichkeit preisgeben. Nicht zuletzt machen sie so seit Jahrhunderten ihr Geld.«

Metauus lächelte gequält. Sein Blick aber ruhte auf Decora.

»Aber das wisst ihr natürlich. Manchmal geht eben mein neugieriges Gemüt mit mir durch, verzeiht.«

Einen Moment wartete Metauus, ob sich eine Frage anschließen würde, vielleicht hoffte er es sogar.

»Gut«, sagte er nach einer Weile. »Wenn nichts mehr ist, dann verlasse ich euch nun. Ihr wisst ja jetzt, wo alles steht. Vielleicht sehen wir uns noch einmal wieder, wenn ihr euch entschließt wiederzukommen.«

Sein Blick ruhte immer noch auf Decora.

»Und nun viel Erfolg bei euren Nachforschungen.«

Der Novize riss sich endlich los und wandte sich zum Gehen, als Decora ihn ein letztes Mal aufhielt. Sie hatten zwar eine Menge erfahren, aber die Informationen waren ihr immer noch zu dürftig.

»Metauus …«, raunte sie.

Der Novize drehte sich auf dem Fuße um und hing an ihren Lippen.

»Jaaa …?«, entfuhr es ihm erwartungsvoll.

»Ach, ich weiß auch nicht«, druckste sie herum.

»Immer heraus mit der Sprache!«, ermunterte sie Metauus. »Wenn *ich* es nicht weiß, dann findet ihr auch sonst niemanden, der euch weiterhelfen kann!«

Decora bezweifelte das zwar – immerhin hatten sie es hier mit einem *Novizen* zu tun – aber ihr Plan ging auf. Sie täuschte ein aufrichtiges Strahlen vor.

»Aber bitte, lach uns nicht aus!«

»Ich käme nicht im Traum darauf!«, verkündete Metauus gönnerhaft.

»Also gut. Es ist nämlich so: Wir haben eine Art Lieblingsforschungsgebiet … Wir interessieren uns für Legenden und unerklärliche Phänomene.«

Wenn Metauus überrascht war, dann ließ er sich nichts anmerken.

»Und was zum Beispiel? Ich muss es schon etwas genauer wissen.«

»Ooch, ich weiß auch nicht ... Zum Beispiel so etwas wie Parallelwelten oder das Reisen mit Portalen. Dinge, die in diese Richtung gehen ...«

Erwartungsvoll blickte sie Metauus an. Der Novize starrte die Lunata einen Moment lang dümmlich an. Er überlegte kurz, räusperte sich und verfiel wieder in seine normale Verhaltensweise, in der er Decora nunmehr fast wissenschaftlich zu analysieren schien.

»Junges Fräulein! Parallelwelten und das Reisen mithilfe von Portalen würde ich nicht in den Dunstkreis unerklärlicher Phänomene einordnen, sondern eher in den Bereich der ursprünglichen, dunklen Magie, als zur Zeit der ersten Anfänge noch kaum etwas über Magie bekannt war und unvorsichtige Leute allerlei größenwahnsinnige Experimente durchgeführt haben! Derlei Lektüre werdet ihr in den Besucherbereichen nicht finden. Mit dem ersten Magiebeschluss unter Goldschwerts Regentschaft haben sich Gildenführer und magisch Begabte darauf geeinigt, alle Werke, die in den falschen Händen zu gefährlich wären, vor der Allgemeinheit zu verbergen, und darüber hinaus auch nicht weiter im Bereich der dunklen Magie zu forschen oder zu praktizieren.«

Schließlich wurde sein Tonfall aber wieder milder.

»Insofern«, lenkte er also ein, »kann ich euch aber beruhigen, dass meines Wissens Portalreisen und ähnliches mehr *niemals* wirklich stattgefunden haben und lediglich als unerfüllte Sehnsüchte der ersten Magier angesehen werden können.«

Decora dachte kurz nach und sagte dann: »Aber solche Werke sind immer noch erhalten? Du hast gerade davon gesprochen, dass wir in den *Besucherbereichen* nicht fündig würden.«

Metauus seufzte.

»Ich habe offensichtlich schon zu viel geredet.« Aber dann nickte er: »Es stimmt. Noch sind die meisten Bücher von damals erhalten. Das Wissen einfach zu vernichten, wäre auch – so glaube ich – nicht richtig gewesen. Und manchen Personen wird der Zugang zu den alten Werken der dunklen Magie auch gewährt. Alle Gildenmeister, selbstverständlich der König und alle Personen mit königlicher Beglaubigung haben Zutritt zu den gesperrten Bereichen der Gildenhäuser. Bei uns beherbergt der Anbau über dem fünften Stock alle *bedenklichen* Bücher.«

Decora konnte ihr Interesse offenbar so schlecht verbergen, dass Metauus lachte.

»Du brauchst dir erst gar keine falschen Hoffnungen zu machen – unsere Bacariten-Wächter nehmen ihre Aufgabe sehr ernst. Und ganz im Vertrauen: Sich mit denen anzulegen, ist ein geradezu hoffnungsloses und vermutlich auch schmerzhaftes Unterfangen. Davon mal abgesehen, dass man mit ziemlich langer Zeit im Gefängnis zu rechnen hat, sollte man dennoch auf solch dumme Gedanken kommen.«

Jetzt wusste auch Decora nichts mehr zu sagen. Allein, was sie nun bereits erfahren hatten, war weitaus mehr, als sie hätten erwarten können.

Sie lächelte ihn verführerisch an: »Keine Sorge, Metauus. Wir benehmen uns schon. Danke, dass du uns geholfen hast! Ich denke, wir kommen nun allein klar.«

Der Novize zweiten Grades tat also, wie ihm geheißen wurde, ging, sich dabei mehrere Male zu Decora umblickend und mit einem sehnsüchtigen Blick, die Treppe in den zweiten Stock hinab und ließ sie allein.

Der Blick über die Stadt

Ratlos stand Finn Decora gegenüber. Wie sollten sie nun weiter vorgehen? Immerhin hatten sie einige wichtige Informationen erhalten.

Finn sagte: »Jetzt wissen wir wenigstens, dass es zumindest theoretisch Bücher gibt, die uns weiterhelfen können.«

Decora rümpfte ihre Nase.

»Metauus glaubt allerdings nicht, dass irgendwann schon einmal ein Portal geöffnet wurde.«

»Aber es hätte doch noch wesentlich schlimmer kommen können«, versuchte Finn zu trösten. »Wir haben eine richtige Spur! Wenn sich schon früher Magier mit Portalen beschäftigt haben, dann wird es sicherlich auch halbwegs aufschlussreiche Texte und Ausführungen darüber geben. Ich kann es kaum glauben, wie weit wir bisher gekommen sind. Wir sind am richtigen Ort gelandet, in einer so fremden Welt! Und jetzt schlummert eine Lösung für unser Problem womöglich nur ein paar Meter über uns!«

Er stupste Decora mit dem Ellbogen beschwichtigend an.

»Und wie denkst du, sollen wir uns Zugang zu den Informationen verschaffen?«, fragte Decora.

Er bemerkte, wie sorgenvoll ihr Gesicht war. Mittlerweile wusste er ja schon, dass sich die Gefühle und Stimmungslagen der Lunata von jetzt auf gleich ändern konnten. Trotzdem verwunderte es ihn noch. Vorsichtig berührte er ihre Haare und strich diese behutsam mit seinen Fingern bis zur Schulter.

»Hey, wir finden schon einen Weg. Du musst nur daran glauben. Und jetzt sei bitte wieder zuversichtlich.« Er lächelte. »Andernfalls käme ich doch gar nicht klar! Normalerweise bist du doch diejenige, die mir frischen Auftrieb gibt. Unglaublich, wie eiskalt du Metauus gerade ausgefragt hast!«

Sie sah mit einem kleinen Lächeln zu ihm auf.

»Genau so«, sagte er. »Und jetzt sollten wir uns zunächst einmal den Aufgang im fünften Stock anschauen. Vielleicht entdecken wir ja doch eine Möglichkeit, in den Sperrtrakt hineinzukommen.«

»Oder wir kommen direkt ins Gefängnis«, mutmaßte sie.

Doch ihre Miene war schon wieder zuversichtlicher geworden.

Rasch stiegen sie die letzten zwei Stockwerke hinauf. Wie erwartet, glich auch der fünfte Stock den ersten vier Etagen.

Die Mitte des Raumes jedoch zierte eine breite Treppe, die oben ohne Zwischentür auf die flache Dachebene führte. Am Treppensaum patrouillierten zwei Bacariten. Sie machten aber keinerlei Anstalten, Finn und Decora aufzuhalten, als sie die Treppe bestiegen.

Oben angelangt traten sie hinaus auf das Dach. Von der Treppe zum Sperrtrakt-Aufgang waren es noch einige Meter. Dieser war über eine weitere Treppe zu erreichen, vor der es keine Tür gab. Anscheinend gab es im Gildenbereich überhaupt nicht viele Türen. Allerdings waren auch an dieser letzten Treppe zwei Bacariten-Wächter stationiert, die sofort auf sie aufmerksam wurden.

Einer von ihnen rief laut: »Ab hier beginnt der Sperrtrakt. Die Besichtigung des Daches ist gestattet. Weiter hinauf kommt ihr nur mit Beglaubigung des Königs.«

Finn machte ein zerknirschtes Gesicht.

»Danke, wir wollen nur das Dach besichtigen.«

Die Wächter wandten sogleich ihre Blicke ab und nahmen ihr leises Gespräch wieder auf.

»Das wäre ja auch zu schön gewesen«, sagte Finn. »An denen gibt es kein Vorbeikommen. Bei allem, was Bacariten so können, möchte ich auch wirklich erst gar nicht darüber nachdenken, was passiert, wenn wir es dennoch versuchen.«

Decora nickte resigniert.

»Das stimmt. Allein, was Raukelunk alles konnte! Und das, obwohl er blind war.«

Finn lachte verzweifelt. Aber irgendwie mussten sie doch eine Möglichkeit finden, Einblick in den Sperrtrakt zu erhalten.

»Warum sind Portale eigentlich dem Bereich der dunklen Magie zugeordnet?«, fragte Finn. »Ich kann mir wesentlich Gefährlicheres vorstellen.«

»Wirklich?«, gab Decora zu bedenken. »So ungefährlich sind Portale nun auch wieder nicht – zumindest, wenn man wirklich weiß, wie man sie aufruft und alles, was sonst noch dazugehört. Überleg doch mal, wo man überall ungebeten auftauchen kann! Das Wissen ließe sich nicht nur für Diebstahl nutzen, sondern auch für Mord.«

»Gut, dass wir das Wissen nicht für derartige Zwecke nutzen wollen«, stellte er milde lächelnd fest.

Decora seufzte.

»Erst mal müssen wir an das Wissen herankommen. Wenn es denn da oben überhaupt etwas gibt, das uns hilft.«

Finn betrachtete die Umgebung. »Wie wäre es, wenn wir uns hier auf dem Dach näher umsehen. Vielleicht kommt uns dabei eine Idee. Mal sehen, wie dieser Turm von hinten aussieht …«

Sie marschierten von der Treppe hinaus auf das Dach. Weit im Westen versank bereits langsam die Sonne. Das Dach aber leuchtete noch goldgelb im Licht.

Viel gab es nicht zu entdecken. Auf der hinteren Seite des turmartigen Anbaus sahen sie keine Möglichkeit, unentdeckt hinein zu gelangen. Die beiden Fenster im dicken Mauerwerk waren zwar unvergittert, aber beide zu hoch, um sie zu erreichen. Und selbst wenn sie doch irgendwie zu den Fenstern hinaufgekommen wären, hätten sie immer noch die Scheiben einschlagen müssen, was ohne Zweifel sofort die Bacariten auf den Plan gerufen hätte.

Decora ging nachdenklich auf und ab.

»Vielleicht sollten wir uns darauf konzentrieren, eine Erlaubnis vom König zu bekommen.«

»Ich glaube, die sperren uns sofort irgendwo ein, wenn wir mit unserer Geschichte um Einlass in den Sperrtrakt bitten«, entgegnete Finn. »Für mich hat es sich so angehört, dass nur hoch dekorierte Persönlichkeiten ausnahmsweise hinein dürfen. In angemessener Zeit – und damit meine ich weniger als ungefähr zehn Jahre, in denen wir uns im Hofstaat des Königs nach oben arbeiten – können wir vermutlich vergessen, irgendetwas in dieser Richtung zustande zu bringen. Nein, wir müssen einen anderen Weg finden. Einen, der uns möglichst sofort Zugang verschafft.«

Gemeinsam traten sie an den Nordrand des Daches. Die Aussicht war fantastisch. Der Himmel hatte jetzt eine leicht violette Farbe angenommen und glitzerte merkwürdig silbrig.

Decora reckte ihren Kopf nach oben. »Der Himmel, das Licht ist hier …«

Sie stockte.

»… so anders«, schloss sie.

»Wie meinst du das?«, fragte er. Aufmerksam wanderte auch sein Blick in den Himmel. »Meinst du den *Geschmack*?« »Hm, vielleicht«, antwortete Decora nachdenklich.

»Ich kann es dir nicht genau beschreiben. Es ist einfach ganz anders als bei mir zu Hause.«

Sie sah Finn an.

»Ich habe mich schon immer gefragt, wie das bei euch Menschen ist, wenn ihr den Himmel betrachtet. Spürt ihr denn nichts dabei?«

Finn ließ seinen Blick abermals in die Ferne schweifen und versuchte dabei, auf jeden Sinneseindruck zu achten. Und ob er den Himmel spürte! Sein Blick fiel auf Decora. Sie lächelte friedlich mit geschlossenen Augen, ihr Gesicht zeichnete ein Bild tiefster Erfüllung.

»Ich glaube, unsere Gefühle sind nicht so verschieden.«

Er flüsterte. »Ob Menschen, ob Lunatae oder irgendwer anders – wer wäre denn schon in der Lage, sich davor zu verschließen?«

Er vollführte eine Geste mit dem Kopf himmelwärts. »Was auch immer da um uns herum ist … Es macht etwas mit uns – mit uns allen.«

Decora hielt ihre Augen weiter geschlossen. Sie zeigte keine Regung. Doch Finn war sich sicher, dass sie ihn gehört hatte.

Warmer Wind wehte über das Dach. Weit draußen riss die bläulich schimmernde Wolkendecke auf und machte Platz für das letzte Aufgebot der Sonne.

Finn spürte den immer stärker werdenden Wind. Eine Böe erfasste ihn und auch Decora stemmte sich gegen eine kräftige Brise. Sie hatte die Augen, die ihm nun entgegenstrahlten, wieder geöffnet.

»Sieh nur!«, rief sie und deutete in die Luft.

Finn folgte ihrem Fingerzeig: Der Wind trieb nun kleine

Silberfunken über sie hinweg, die offenbar von der Dämmerung heraufbeschworen worden waren. Die Silberfunken wurden rasch zu Fäden, die wie kleine Kometen über die Dächer der Stadt schossen. Zwischen ihnen konnte er weit in den Süden und Westen über die Stadtmauern hinweg schauen und die Ebenen jenseits der Stadt erkennen. Der Fluss Alon floss gemächlich daher und durchtrennte das weite Land in zwei Hälften.

Er nahm Decoras Hand.

Eine Weile standen sie auf diese Weise da und blickten über die Stadt und das Land. Wie weit der Wandernde Wald oder das Hochplateau bereits in die Erinnerung gerutscht waren! Es schien eine Ewigkeit vergangen zu sein, seit sie im *Papageienreiter* von den Gwillingen Aurulion und Lortal Informationen bekommen hatten, in Freds Hütte das Breitschwert seines Ururgroßvaters hatten bestaunen dürfen und Sabant, dem einstigen Piraten, mit Bitterbeeren aus der Klemme geholfen hatten.

Der Park unter ihnen lag schon im tiefen Schatten. Die Terrasse war leer und die riesigen Bären darunter waren nur noch als Silhouetten zu erkennen. Nur zwei der gigantischen Tiere hatten sich auf dem Dach des Zwingers niedergelassen und wälzten sich im letzten Licht. Offenbar machten ihre Krallen und Kletterkünste auch nicht vor Steinfassaden halt. Die Bäume im Park wiegten sich im Wind.

»He, ihr beiden da! Die Gilde schließt bei Sonnenuntergang. Wenn ihr noch etwas zu erledigen habt, dann erledigt das lieber jetzt!«

Ein Bacarit deutete ihnen den Weg zur Treppe.

Sie schauten sich an. Wenn die Bacariten wüssten, was ihr eigentliches Ziel war! Sie lösten sich vom Ausblick, gingen zurück zur Treppe und stiegen hinab.

Die Bacariten-Wächter folgten ihnen.

Auf ihrem Weg sammelten sie auch die beiden Wächter am Treppensaum ein. Im vierten und dritten Stock war die Prozedur dieselbe: Die Wächter, die bis dahin patrouilliert hatten, folgten der Gruppe weiter abwärts. Offenbar waren sie für heute die letzten Besucher. Im zweiten Stock verschwand die Hälfte der Wächter in einem kleinen Raum, der zum vorderen Turm auf der Südseite gehörte. Im Vorbeigehen konnte Finn sehen, wie dort Männer in den Roben der Gilde und Bacariten-Wächter zusammen an Tischen saßen und aßen. Etwas weiter hinten glaubte er Liegen zu erkennen. Der Rest der Bacariten folgte ihnen bis in den ersten Stock. Mehrere Wächter gingen direkt weiter in den Vorraum der Gilde. Im Austausch kamen die vier Bacariten herauf, die Finn und Decora schon beim Betreten der Gilde aufgefallen waren und verschwanden sogleich im zweiten Stock.

»Bestimmt gehen sie zu den anderen in den Turm«, mutmaßte Finn.

Decora nickte.

Einige Bacariten blieben in den Gängen des ersten Stocks und schickten sich an, ihre letzten Besucher zu bewachen, die aber noch unschlüssig herumstanden und sich nun, da die Aufmerksamkeit der Bacariten allein ihnen galt, nicht mehr allzu wohl fühlten. Trotzdem, ganz ohne ein paar Bücher in Augenschein genommen zu haben, wollten sie nicht gehen!

Die Halle schien jetzt am Abend noch stiller geworden zu sein und ihre Schritte und die der Wächter hallten düster auf dem dicken Steinboden und zwischen den labyrinthartigen Regalen wider.

Ziellos wanderten sie durch die Reihen und bestaunten die

vollgestopften Bücherregale. Oft blieben sie stehen und berührten zunächst zaghaft, dann mit zunehmendem Mut die magischen Kreise.

Sofort leuchteten diese auf und die geheimnisvolle Stimme flüsterte erst in ihren Ohren und flog dann wie von der Luft verweht über die Regale davon.

Die Meere im Norden. 100.–150. Jahr unter der Regentschaft von Steinwind. Linke Hälfte. Wohl an, Suchende.

Die große Wüste. 50.–100. Jahr unter Steinwinds Regentschaft. Drittes Fünftel von Links. Viel Erfolg, Suchender.

Das Heideland. 50.–100. Jahr unter Kühlblicks Regentschaft. Rechte Hälfte. Viel Erfolg, Suchender.

Die kleinen Vertiefungen auf den Kreisen, die die Unterbereiche der Einteilungen verrieten, waren viel interessanter als die Oberbegriffe mit den seltsamen Regenten und ihren höchst ungewöhnlichen Regierungszeiten. Hierbei konnte es sich doch kaum um Könige handeln! Weiterhin fiel ihnen auf, dass scheinbar keiner der Regenten länger als 150 Jahre geherrscht hatte. Wie denn auch? So fanden sie zumindest keinen Bereich, dessen zeitliche Eingrenzung das 150. Jahr überschritt.

Die schimmernden Flüsse
Die Totenstiege
Fannstadt auf der Meerkerbe
Geschöpfe der Niemanden
Saphiria, die blaue Insel

Solche Betitelungen und noch tausende dergleichen mehr fanden sich als Unterpunkte zu den einzelnen Themen. Jedes Mal, wenn

Finn oder Decora einen der Kreise berührten, vermochte es die geheimnisvolle Stimme, ihnen einen neuen, wohligen Schauer über den Rücken laufen zu lassen.

Auch die Buchtitel faszinierten sie und mehr als einmal wuchteten sie dicke Wälzer von ihrem Platz und blätterten vorsichtig durch die staubigen Seiten, die oft mit unheimlichen Zeichnungen illustriert waren. Vielleicht lag dies aber auch daran, dass sie beide nur diejenigen Bücher näher betrachteten, die sofort durch ihre reißerischen oder besonders exotischen Titel ins Auge stachen.

Als Finn gerade dabei war *In den Minen der Golems. Eine Expedition in die Tiefen der Diamantenstadt* näher zu begutachten, kam einer der Bacariten auf sie zu. Decora war damit beschäftigt, neugierig über Finns Schulter zu schauen.

Der Bacarit sagte: »So, ihr beiden. Für heute ist Schluss. Wir schließen die Gilde jetzt. Ich muss euch bitten, nun zu gehen. Kommt morgen wieder, wenn ihr weiterlesen wollt.«

Finn und Decora beeilten sich, der Anordnung des Bacariten nachzukommen, obwohl dieser ausgesprochen freundlich geredet hatte. Sie wollten es auf keinen Fall darauf ankommen lassen und den Wächter reizen.

Finn stellte *In den Minen der Golems* wieder ins Regal und ging mit Decora zurück zum Ausgang. Zwei Bacariten folgten ihnen in den Vorraum, vorbei an ihren vier Kollegen und verließen mit Finn und Decora die Gilde. Die Bacariten wünschten ihnen noch einen angenehmen Abend und positionierten sich draußen vor dem Tor.

Die Dunkelheit hatte sich nun fast zur Gänze über die Stadt gelegt. Wie schnell war die Zeit vergangen! Langsam gingen sie den Weg hinab, der zurück in die Straßen der Stadt führte.

Sie schwiegen, bis sie die Wächter ein ganzes Stück zurückgelassen hatten.

»Was sollen wir jetzt tun?«, fragte Decora. »Wir brauchen irgendeinen Plan, wie wir da reinkommen.«

Finn sagte zuerst nichts. Er überlegte angestrengt und ließ den Besuch in der Gilde vor seinem inneren Auge Revue passieren.

Schließlich entschied er: »Wir müssen auf jeden Fall zuerst zurück zu Woti und Ina. Sie machen sich sonst bestimmt Sorgen – und das haben sie wirklich nicht verdient, nachdem sie so viel für uns getan haben.«

Sie beschleunigten ihren Schritt, denn sie hatten noch ein gutes Stück Weg zum Birkenblick vor sich.

Die Sterne funkelten über den zwei nächtlichen Wanderern. Sie hatten schon seit Minuten nichts mehr gesagt.

»Meinst du nicht, dass wir irgendwie auch Glück haben?«

Melancholie lag in Finns Stimme. Er versuchte, die richtigen Worte zu finden.

»Ich meine mit unserer Situation hier …«

Er blickte seine Gefährtin an.

Schnell fügte er hinzu: »Trotz allem, was dir passiert ist! Ich meine, dass wir das alles hier erleben dürfen. Die äußeren Umstände sind zwar schrecklich, aber …«

Decora gebot ihm mit einem auf die Lippen gelegten Zeigefinger Schweigen.

»Ich weiß genau, was du meinst.«

Ihre Stimme war mehr ein Hauchen. Finn wartete, aber sie sagte nichts mehr. In der Dunkelheit umspielte ihr glänzendes Haar ihre Züge. Sie lächelte. Das reichte Finn als Antwort.

Decoras Arme berührten Finn immer wieder. Sie ging ganz nah neben ihm. Er genoss die Situation. Angestrengt dachte er nach.

Er würde schon einen Weg finden, in die Gilde zu kommen. Zusammen würden sie den verbotenen Trakt erforschen und einen Anhaltspunkt finden, wie es danach weitergehen würde. Lautlos schossen die silbernen Lichtfäden, die sie schon auf dem Dach der Gilde gesehen hatten, durch die verschlafenen Gassen und genauso rasch begann sich ein Plan in Finns Kopf abzuzeichnen. Er wusste jetzt, was sie tun mussten. Und eines war klar: Zu lange konnten sie nicht warten.

Ein gewagter Plan

Müde erreichten Finn und Decora das Wirtshaus. Die Kerzen in den Laternen erhellten den Eingangsbereich nur spärlich und abermals hatte Finn das Gefühl, dass der Birkenblick von außen doch recht schäbig wirkte. Hinter den Fenstern schimmerte es aber mattgolden und einladend.

Aus dem Tor schritten gerade zwei Trolle und mit ihnen schwebte ein wunderbarer Essensgeruch nach draußen. Finns Magen knurrte noch lauter, als er es schon vorher getan hatte. Sein Hunger war mittlerweile fast unerträglich. Er konnte sich gar nicht vorstellen, wie er den ganzen Tag verbracht hatte, ohne seit seinem Frühstück auch nur den kleinsten Bissen gegessen zu haben.

Als sie die Eingangspforte durchschritten, kam Woti ihnen auch schon zwischen den Tischen und Gästen vom Schanktisch aus entgegengelaufen. Sein Blick verriet, dass er erleichtert war, auch wenn in seiner Stimme Ärger mitschwang.

»Ihr hättet ja nicht gleich die halbe Nacht fortbleiben müssen. Leichtsinnigkeit lässt grüßen!«

Finn konnte es nicht vermeiden und schmunzelte über den Gwilling, der erregt auf der Stelle trat und wild gestikulierte.

Erbost darüber fuhr Woti fort: »Nachts sind die Straßen nicht sonderlich sicher. Also was soll da dieses Gekicher! Ich habe mir große Sorgen gemacht. Ihr habt mich um mein ruhiges Feierabendbier gebracht!«

Sie schuldeten Woti viel und konnten verstehen, warum er sich Sorgen gemacht hatte. Er schien zu wissen, dass mehr hinter ihrem Ausflug steckte, als sie verraten hatten, und auch, dass sie sich nicht auskannten – nicht nur hier in Weit-Alon. All das war dem Gwilling sicherlich den Abend über im Kopf herumgegeistert.

»Entschuldige«, sagte Decora. Und da ihr nichts Besseres einfiel, fügte sie hinzu: »Wir hatten eine Menge zu erledigen.«

Woti schnaubte verächtlich irgendetwas Unverständliches. Zu ihrer Rettung kam Ina angelaufen und zog die beiden mit sich.

»Woti, lass die beiden zufrieden. Ich habe doch gesagt, sie haben die schlimmen Viertel gemieden. Und wohlbehalten zurück sind sie auch.«

Dann wandte sich Ina leise zu Finn und Decora: »Sein Ärger ist nur Schall und Rauch. Er freut sich einfach, euch wohlbehalten zu sehen. Und nach ein paar Bierchen lässt er sich manchmal etwas gehen.«

Die Wirtin führte sie schmunzelnd zu einem großen Tisch und verschwand eilig hinter den Ausschank. Eine der großen Birken versperrte den Blick auf die Eingangstür. So konnten sie ganz in der fremden Welt des Wirtshauses versinken.

Woti war hinter ihnen hergeschlurft und setzte sich neben sie auf einen dicken Baumstumpfschemel. Er nickte ihnen schief zu und widmete sich sogleich einem großen Krug Bier, neben dem schon etliche leere Humpen aufgereiht waren.

Einige Augenblicke später tauchte Ina mit zwei riesigen Tellern, gefüllt mit herrlich duftenden Speisen, wieder auf und stellte sie vor Finn und Decora ab.

Bevor sie sich bedanken konnten, kam Ina ihnen zuvor: »Nichts zu danken meine Lieben! Ich hoffe, das wird euren Ansprüchen genügen.«

»Oh! Das sieht wirklich verdammt lecker aus!«, sagte Finn.

»Natürlich, das sieht wirklich toll aus. Dankeschön«, bekräftigte Decora.

Ina lächelte.

»Jetzt lasst es euch erst einmal schmecken. Ich muss derweil die anderen Tische eindecken!«

Schon war die Gwilling-Dame wieder zum Tresen verschwunden. Gierig starrte Finn auf die Speisen, die vor ihm dampften. Gigantische Fleischberge türmten sich neben unbekanntem Gemüse und Massen von brauner Soße auf seinem Teller.

Decora, die noch vom Tag zuvor mehr als genug von herkömmlichem Essen hatte, rümpfte angesichts seines animalischen Verhaltens die Nase: Schon schaufelte er einen Löffel nach dem anderen in sich hinein. Woti beobachtete hinter seinem großen Glas interessiert Finns unübersehbaren Appetit.

Decora tippte ihn an.

»Was ist denn los?«, fragte er laut schmatzend.

»Wie kann Ina das nur alles schaffen?«, fragte Decora. »Ich meine, sieh dich doch mal um. So viele Gäste! Für alle ist sie da und macht auch noch das Essen neben all den Getränkewünschen! Wo kommt das alles her und wie findet sie die Zeit, das alles vorzubereiten? Wundert dich das nicht? Und dann muss sie noch ständig in den Bäumen herumklettern!«

»Ich habe nur eine Antwort für dich: Zauberei«, grunzte Finn und hatte Mühe, dabei das Essen im Mund zu behalten.

»Und nachdem, was ich bisher alles gesehen habe, kommt mir das hier noch am wenigsten sonderbar vor.«

Decora war wie vor den Kopf gestoßen. Finn hatte natürlich recht. Ihre Überlegung war geradezu lächerlich gewesen! Ihr

Gefährte jedoch schien offenbar keine Notiz davon zu nehmen, dass sie etwas so Offensichtliches übersehen hatte, denn seine Aufmerksamkeit galt wieder einzig und allein seinem Teller. Sie beobachtete diese Gier zu gleichen Teilen fasziniert und fassungslos.

Mit vollem Mund nuschelte Finn weiter: »Apropos Trinken: Da kommt Ina mit unseren Krügen wieder.«

Decora fuhr herum. »Woher weißt du, dass das unsere …«

Sie brach den Satz ab, als Ina wortlos die Krüge vor ihnen abstellte, ihnen ein Lächeln schenkte und wieder in der Menge verschwand.

Finns Schulterzucken kam Decora so vor, als sei es für ihn das Selbstverständlichste überhaupt, von Ina bedient zu werden. Sie war empört über die Selbstverständlichkeit, mit der er diese Bedienung hinnahm. Sie rüttelte seine Schulter. »Findest du es nicht etwas zu viel des Guten, dass sie uns von vorn bis hinten aushält?«

Finn setzte resigniert das Besteck ab.

»Ja, ein bisschen viel Gutes tut sie uns schon. Und wenn du es genau wissen willst, ist es mir auch ein wenig unangenehm, so viel anzunehmen, aber immerhin hat sie uns ihren Standpunkt dazu deutlich gemacht. Noch unhöflicher von uns wäre es aber, sie immer wieder darauf anzusprechen. Also füge ich mich meinem Schicksal und genieße einfach nur das Essen. Mit knurrendem Magen bin ich nämlich kaum zu gebrauchen! Sei lieber froh: Es könnte uns doch wahrlich schlimmer treffen. Stell dir vor, wir müssten uns irgendwo im Dunkeln unser Essen selbst machen und ohne Dach über dem Kopf über unser Problem nachdenken.«

Woti wurde hellhörig, als er von ihrem *Problem* hörte, bohrte aber wie versprochen nicht weiter nach.

Decora schwieg nun auch still. Finn hatte sie überzeugt. Etwas mürrisch stocherte sie in ihrem Essen herum und aß von Zeit zu Zeit einen Bissen, um den Schein zu wahren.

»Was genau ist das eigentlich?«, raunte sie Finn schließlich zu.

»Ich weiß es auch nicht *genau*, aber es schmeckt sehr gut«, sinnierte er, ganz offensichtlich ihren Wortlaut nachahmend.

Decora gab daraufhin endgültig auf, weiter mit Finn zu sprechen, und ließ ihn in Ruhe. Ihre Gedanken wanderten stattdessen zum Sperrtrakt der Gilde. Sie war sich nach den Ereignissen des Tages ziemlich sicher, dass ihr nächstes Ziel genau dort auf sie wartete. Natürlich wussten sie nicht, ob sich dort etwas Hilfreiches verbarg, aber welche andere Option hatten sie sonst? Alles, was sie tun oder nicht tun konnten, stand und fiel mit einem Portal. Wenn selbst Raukelunk in der Abgeschiedenheit des Lampignon-Waldes von Portalen gehört hatte, dann war die Chance doch groß, dass auch die Inobliten-Gilde ein paar Bücher mit Informationen darüber bereithielt.

Sie dachte an Trucido. Nur seine Schuld war es, dass sie überhaupt auf die Suche nach einem Portal aufgebrochen war. Irgendwann würden die Bürger Aethras nicht mehr unter seinem Terror leiden müssen. Es war ihre Aufgabe, Trucido aufzuhalten!

Finns lautes Schmatzen holte sie wieder aus ihren Gedanken zurück in den Birkenblick. *Und Finns Aufgabe*, dachte sie. Auch, wenn er das vielleicht gar nicht gewollt hatte oder wollte. *Sie* hatte ihn doch in all das hier hineingezogen. Und trotz alledem konnte er dabei so konzentriert auf sein Essen bleiben und schien alle noch so unüberwindbaren Probleme einfach mal von sich wegzuschieben! Sie bewunderte ihn dafür. Ihn bei sich zu haben, machte sie einmal mehr froh. Sie fühlte sich in seiner Gegenwart stärker.

Das Portal hatte sich gewiss nicht geirrt: Er war der richtige Ritter. Er war …

Plötzlich bemerkte sie, wie Wotis schmunzelnder Blick auf ihr ruhte. Augenblicklich schüttelte sie den letzten Gedanken ab und grinste den Gwilling verlegen an. Schnell begann sie ein Gespräch, vielleicht war es manchmal auch besser, nicht zu viel nachzudenken! Und so tauschte sie sich mit Woti über ihren Tag aus. Hin und wieder hielt sie sich – neben ihrem Pilzsaft – mit einigen Schlucken Bier aus seinem Krug über Wasser, den er ihr nur zu gern herüberreichte.

Finn brauchte nicht lange, dann hatte er die riesige Portion hinuntergeschlungen. Sein Teller war blitzblank. Selbst den Rest Soße hatte er mit zum Mund geführtem Teller ausgetrunken. Nach vollendeter Arbeit lehnte er sich zurück und versuchte, sich an dem Gespräch zwischen Decora und Woti zu beteiligen. Die beiden diskutierten gerade in fachmännischem Ton über die Beschaffenheit der städtischen Gebäude. Da Decora wegen ihrer Herkunft aus den Sternenhallen offenbar einiges über Architektur wusste, glänzte sie im Gespräch mit Fachwissen über Baustile und -techniken. Finn hatte wenig beizutragen und hörte bald nur noch mit einem Ohr zu. Lieber machte er sich wieder Gedanken, wie sie in den Sperrbereich der Gilde gelangen konnten. Der Gedanke, der ihm schon auf dem Rückweg gekommen war, formte sich jetzt tatsächlich mehr und mehr zu einem wirklichen Plan. Was ihm Kopfzerbrechen bereitete, war, dass Decora den Plan noch nicht kannte und ihn demnach auch nicht abgesegnet hatte.

Ob sie sich auch schon etwas überlegt hatte? Sie wirkte jedenfalls nicht nachdenklich. Vielleicht wollte sie sich einfach etwas Ruhe gönnen. Aber Ruhe konnten sie sich nicht leisten! Sie konnten weder für lange Zeit bei Ina bleiben, da sie gewiss irgendwann etwas über ihre wahre Herkunft preisgeben müssten, noch gehörten sie überhaupt hierher. Sie waren Fremde in dieser Welt. Das Gefühl, schnellstens handeln zu müssen, um nicht mehr so hilflos zu sein, traf Finn mit voller Wucht. Er atmete schwer. Sie *mussten* einen Weg finden, ein Portal zu öffnen.

Wieder fiel ihm Trucido ein. Wie konnte es nur sein, dass er so selten an ihn dachte? War nicht *er*, Trucido, der Grund für ihre Reise und für alles vorangegangene Übel? Ob Decora oft an Trucido denken musste? Oder plante sie lieber Schritt für Schritt und verbannte ihn als verschwommenen, dunklen Endpunkt ihrer Reise in die Untiefen ihrer Gedanken? Finn jedenfalls war sich der Gefahr plötzlich wieder bewusst, die da lauerte und bekämpft werden musste, irgendwo in einer ganz anderen Welt. Und in diese andere Welt mussten sie aufbrechen. Nach Aethra und später auch wieder zurück auf die Erde. Und wie man es auch drehen und wenden wollte: Kein Weg, jedenfalls keiner, den er sehen konnte, führte an der Inobliten-Gilde vorbei. Sie mussten in den gesperrten Bereich – koste es, was es wolle!

In seinen Gedanken sah er das Gildengebäude schwarz und erhaben in der Nacht thronen. Der Garten und der alte Bärenzwinger formten sich immer deutlicher aus dieser Silhouette heraus. Er wusste: Da war etwas gewesen, das ihnen nützen konnte. Oder es würde sie umbringen.

Aber der Plan war da. Er beruhte auf einer solch tollkühnen Idee, dass man ihn sicherlich hätte verrückt nennen können. Aber Finn war sich sicher, die einzige Schwachstelle im System der Gilde gefunden zu haben.

Ein gewagter Plan (2)

Der Birkenblick war fast bis zum Bersten voll. Finn sah sich suchend nach einem freien Platz um, der möglichst weit ab der Mitte in einer der Nischen lag. Sein aufmerksamer Blick fand schließlich einen kleinen Tisch in einer Ecke oberhalb der ersten tragenden Äste der rechten Birke. Mit allerlei Zweigen und Blättern umwachsen bot er ausreichenden Sicht- und Hörschutz, wenngleich bei der enormen Lautstärke innerhalb des Schankraumes ohnehin vermutlich niemand etwas mithören konnte.

Er tippte Decora an, beugte sich zu ihr und flüsterte: »Ich muss mit dir sprechen. Allein. Ich habe eine freie Ecke gesehen. Da sind wir ungestört. Wir müssen uns aber beeilen, sonst ist sie gleich belegt.«

Decora wirkte gespannt, nickte und erhob sich mit Finn.

Finn sagte: »Woti, entschuldige uns bitte. Sei nicht böse, aber wir müssen etwas unter vier Augen bereden.«

Der Gwilling winkte resigniert ab und nahm einen tiefen Zug aus seinem Krug.

»Ach was, deswegen werde ich mich nicht mit euch befehden.«

Die Enttäuschung stand ihm ins Gesicht geschrieben. Und gereimt hatte er auch schon mal besser, musste Finn zugeben. Es tat ihm leid, dass sie dem Gwilling nichts erzählen konnten, aber gerade hier im Birkenblick war die Gefahr zu groß, dass er sich vielleicht verplapperte oder bierselig gar an ihrer Vernunft zweifelte.

Finn zog Decora sanft mit sich davon.

Seine Neugier, was Decora auf seinen Vorschlag hin zu sagen haben würde, machte ihn ganz kribbelig. Sobald sie sich gesetzt hatten, sprudelte Finn los.

»Ich habe einen Plan«, begann er.

Decora nickte anerkennend.

»Ich wollte eigentlich noch eine Nacht darüber schlafen und dann alles in Ruhe mit dir besprechen. Jetzt bin ich allerdings wirklich neugierig!«

Ihre blauen Augen funkelten ihn an. Einen Moment überlegte Finn, ob sie wohl in der Lage war, dieses Funkeln zu kontrollieren.

»Also, was ist jetzt mit dem Plan?«, fragte sie gespannt.

»Erschrick jetzt nicht«, räusperte sich Finn, »aber wir werden durch den Park an den Bären vorbeigehen!«

Finn musterte sie eingehend und überlegte mit Sicherheit, was ihr gerade durch den Kopf ging. Decora wartete lange, bis sie ihm schließlich antwortete.

»Ich glaube, du bist verrückt.«

Vielleicht hatte er ja nur einen Scherz gemacht.

»Nein, im Ernst«, sagte dieser nachdrücklich. »Ich habe mir schon etwas dabei gedacht. Hör mir zu! Also, du erinnerst dich doch noch an die Terrasse, von der aus wir die Bären beobachtet haben?«

»Sprechen wir von den gleichen blutrünstigen Geschöpfen, die in unserer Gegenwart riesige Stücke Fleisch im Ganzen heruntergeschluckt haben und irre große und spitze Zähne und Klauen hatten?«

Ein bisschen Humor konnte wohl nicht schaden, um ihren Gefährten wieder zur Vernunft zu bringen!

»Wenn du wirklich *diese* Bären meinst, dann kann ich mich auch noch an die Terrasse erinnern, von der wir sie beobachtet haben. Aber jeder Vorschlag, der etwas mit diesen grässlichen Viechern zu tun hat, kann ja wohl nur ein schlechter Scherz sein.«

Sie schüttelte nachdrücklich den Kopf.

»Ich glaube wirklich, wir sollten uns morgen gemeinsam hinsetzen und uns etwas anderes ausdenken – wir sind beide müde.«

»Darum geht es mir ja gerade!«, protestierte Finn.

Er schaute sich nach allen Seiten um, als ob er sich vergewissern wollte, dass sie keine Zuhörer hatten.

»Ich weiß nicht, wie viel Zeit uns hier im Birkenblick bleibt. Klar, Ina hat gesagt, wir können so lange bleiben, wie wir wollen. Aber die Frage ist doch, ob wir nicht irgendwann mit der Sprache herausrücken müssen, warum wir wirklich hier sind. Ich meine, schau dich doch an: Du bist nicht gerade sehr unauffällig, wenn auch im positiven Sinne.«

Finn schaute ihr direkt in die Augen.

Sie fühlte, wie ihr das Blut in die Wangen schoss. Mist, warum war ihr gerade jetzt anzumerken, wenn sie sich geschmeichelt fühlte?

»Wenn es nach mir geht«, fuhr er fort, »sollten wir keine Sekunde Zeit verlieren und so schnell wie möglich handeln. Ganz abgesehen davon, dass wir – wie du ja schon bemerkt hast – Inas Gastfreundschaft doch sehr strapazieren, indem wir ihr nicht einmal etwas bezahlen. Und schließlich ist auch nicht abzusehen, wie lange unsere eigentliche Aufgabe warten kann. Ich muss dich sicher nicht daran erinnern, warum wir hier sind.«

Finns Züge verdunkelten sich. So nachdrücklich kannte sie ihn noch gar nicht. Vielleicht hatte er ja doch recht! Je länger sie warteten, desto länger führte Trucido sein grausames Regiment in ihrer Heimat. Sie atmete lang und tief ein und wog das Gehörte ab.

Schließlich sagte sie: »Ein echter Ritter hätte wohl genauso argumentiert.«

Für einen Moment blitzte in Finns Augen etwas auf. Sie war sich nicht sicher, ob er ihre Behauptung positiv verstanden hatte. Sie hoffte es.

»Aber trotzdem, ich glaube nicht, dass ein Weg vorbei an den Bären die richtige Lösung ist. Ganz egal, wie du meinst, das anstellen zu können.«

Finn lächelte geradezu verwegen.

»Das habe ich mir zuerst auch gedacht, aber bedenke Eines: Es gibt nur diesen Weg oder den Weg vorbei an den Bacariten, die im Eingang Wache stehen. Und solange wir nicht unsichtbar sind, können wir den Eingang wohl vergessen. Aber dann, vorhin nach dem Essen, wurde mir plötzlich alles ganz klar: Die Fenster der Gilde sind nur bis in den zweiten Stock hinauf vergittert. Bis dahin können höchstwahrscheinlich die Bären gelangen. Das bedeutet also, dass uns im dritten Stock nur Fensterglas im Weg ist, sollten wir erst mal bis dahin gekommen sein. Und was wäre dafür besser geeignet als die Terrasse, von der wir die Bären beobachtet haben?«

»Du bist gut«, witzelte Decora. »Wie sollen wir denn da hochkommen? Wahrscheinlich brauchen die deshalb keine Gitter vor den Fenstern, weil es völlig unmöglich ist, an den Bären vorbei zu kommen. Hast du auch daran gedacht?«

Decora erschauderte. Sie malte sich die Bären in all ihrer ungeheuerlichen Pracht aus.

»Doch. Natürlich! – Genau das habe ich auch zuerst gedacht«, bekräftigte Finn.

Vor ihrem inneren Auge griff ein Bär sie mit seinen riesigen Pranken an.

»Aber es ist doch völlig unmöglich, wohlbehalten durch den Zwinger und dann über die Brücke hinter das Gitter zu gelangen. Die Gitter sind natürlich nicht das Problem, da können wir uns einfach durchzwängen, aber der Weg bis dahin. Sicher würden wir dabei die Bären aufwecken. Und das wär's dann.«

Sie verzog ihren Mund zu einem bitteren Grinsen.

»Ich habe das Gefühl, dein voller Bauch hat dir ein wenig die Sinne vernebelt. Wer weiß, vielleicht war das wieder Bärenfleisch auf deinem Teller. Dann haben die Bären noch einen zusätzlichen Grund sauer zu sein, wenn wir sie erst mal aufgeweckt haben.«

»Und genau das ist der springende Punkt!«, rief Finn halblaut.

»Der springende Punkt?«, wiederholte Decora verwirrt.

Was in aller Welt war ein *springender Punkt*?

»Na ja, der Knackpunkt ... der Wendepunkt in meinem Plan, der Punkt, der dich überzeugen wird ...«, erläuterte Finn. »Verstehst du?«

»Oh, okay. Ja, tue ich. *Der springende Punkt* also ...«

Finn winkte entschieden ab. »Wie dem auch sei. Genau der Auffassung bin ich ja auch, dass der Weg durch den Zwinger viel zu gefährlich und vermutlich auch unmöglich ist. Und deshalb klettern wir auch über den großen Baum hoch zum Gitter. Der ist mindestens hundert Meter vom Zwinger weg und wir bekommen höchstwahrscheinlich nicht mal einen Bären zu Gesicht, den wir aufwecken könnten.«

Decora tat so, als würde sie überlegen. Schließlich sagte sie mit gespielter Neugier: »Meinst du vielleicht genau den Baum, auf dem dieser besonders fette Bär lag, als wir oben auf der Terrasse standen?«

»Ja, genau den meine ich.«

Er klang ungeduldig.

»Aber nachts werden ja wohl alle Bären im Zwinger sein und schlafen. Wenn sie nachtaktiv wären, dann hätten wir sie tagsüber nicht zu Gesicht bekommen. Und der Baum ist breit und gut geeignet zum Klettern. Und was darüber hinaus die Bären angeht, kommt uns noch zu Gute, dass sie regelmäßig gefüttert werden und daher nicht hungrig sein dürften.«

Das Leben im Birkenblick pulsierte und war wahrscheinlich gerade auf dem Höhepunkt der Nacht angekommen. Überall klirrten Krüge und Rufe und Gelächter waren in voller Lautstärke allerorts unter und auf den Birken zu hören. Nur Finn und Decora blickten einander schweigend an und hingen ihren Gedanken nach.

Decoras Wangen glühten in spannender Erwartung. Finn wollte dieses Wagnis wirklich eingehen! Es war also kein Scherz gewesen! Vielleicht war sein Plan ja doch nicht so verrückt. Irgendetwas gefiel ihr daran, je mehr sie darüber nachdachte.

»Und du meinst, dass der Baum wirklich geeignet zum Klettern ist?«, fragte sie. »Vor allen Dingen darf es nicht lange dauern …«

Finn ließ einen Moment verstreichen, dann antwortete er: »Völlig sicher bin ich nicht. Aber zumindest bin ich sehr, sehr zuversichtlich.«

Mehr Zuversicht hatte Decora niemals in einer Stimme gehört!

»Aber wenn der Baum ungeeignet ist«, schob er eilig hinterher, »dann sind wir ebenso schnell wieder außerhalb des Gartens, wie wir hineingelaufen sind. Es sind ja nur ein paar hundert Meter und die Bären schlafen alle. Wir werden sehr leise sein!«

»Dann habe ich noch eine Frage«, verkündete Decora. »Warum genau schnappen uns die Bacariten nicht sofort, wenn wir das Glas kaputtgemacht haben und in der Gilde sind? Die lassen sich schließlich nicht durch irgendwelche Gitter fernhalten!«

Finn setzte einen triumphierenden Blick auf. Er schien auf genau diese Frage gewartet zu haben.

»Nur deshalb bin ich überhaupt darauf gekommen, über den dritten Stock einzubrechen: Als wir gegangen sind, da haben uns die zwei Wächter doch begleitet und auf dem Weg auch alle anderen Wächter eingesammelt. Sie sind in den zweiten Stock gegangen, wenn nicht sogar noch tiefer. Und im zweiten Stock gab es diese Tür, hinter der ich die Betten gesehen habe. Das war mit Sicherheit ihr Aufenthaltsraum. Wahrscheinlich kommt nachts überhaupt niemand in die oberen Etagen. Wenn wir Pech haben, dann patrouilliert vielleicht ab und zu mal einer der Wächter. Aber wenn überhaupt, dann können wir uns ganz sicher verstecken, zwischen all diesen Regalen.«

Decora dachte darüber nach. Finn indes ließ nicht locker.

»Glaubst du, dass wir morgen einen besseren Plan haben? Und sei ehrlich …«

Erneut ließ sie sich Zeit. Schließlich sagte sie. »Nein, das glaube ich nicht.«

Ihre Augen blitzten. Konnte es wirklich sein, dass Finn sie von diesem abenteuerlichen, völlig verrückten, höchst gefährlichen und wahrscheinlich dummen Plan überzeugt hatte? Aber trotzdem hatte sie natürlich keine bessere Idee.

»Gehe ich richtig in der Annahme, dass du das Vorhaben noch heute Nacht durchziehen möchtest?«, fragte sie herausfordernd.

Natürlich kannte sie die Antwort längst.

Finn lächelte.

Er sprang auf und sie ließ es zu, dass er sie mit sich zog. Eilig kletterten sie auf die unterste Ebene. So passten sie den richtigen Moment ab und stahlen sich – ohne dass Woti oder Ina es mitbekamen – ganz einfach zur Vordertür hinaus in die Nacht.

Im alten Bärenzwinger

Der Platz mit den vier Gasthäusern war ein Umschlagplatz für Kneipengänger. Nur wurden hier eben keine Waren verkauft, sondern stattdessen ebenso wertvoller Tratsch und Klatsch und andere Gesprächsgüter, die die Besucher der Tavernen im Schutz der Dunkelheit gegeneinander tauschten und aufwogen. Die Türen der einzelnen Häuser standen kaum still und ständig verließen dunkle Gestalten den großen Platz, genauso wie andere herbeigeschlichen kamen, um sich zu dieser späten Stunde noch in die erleuchteten Ecken der Gasthäuser zu verirren.

»Heute also keine getrennte Nacht?«, flüsterte Decora, deren Haar im Widerschein der Laternen schimmerte.

»So gut mir dieser Gedanke auch gefällt«, flirtete Finn, »so hoffe ich doch, dass wir gegen Morgen wieder in unseren jeweiligen Zimmern liegen, ohne dass jemand etwas gemerkt hat. Andernfalls …« Er vollendete den Satz lieber nicht.

»Der Plan wird funktionieren«, versicherte er stattdessen.

Decora nestelte an ihrem Oberteil. Sie wirkte unschlüssig, als wüsste sie nicht genau, was sie sagen sollte.

»Decora …«, setzte Finn an, »Ich weiß, wir kennen uns eigentlich noch gar nicht richtig. Aber du musst wissen, ich mag dich wirklich sehr.«

Ihre Blicke trafen sich. Sie legte sanft ihre Hand auf Finns Brust und wirkte plötzlich wieder sehr verletzlich. Ihre wehenden Haare glänzten plötzlich heller.

»Nicht jetzt«, flüsterte sie. »Später, wenn wir in der Gilde waren. Überleg dir, was genau du sagen willst und behalt das im Kopf.

Sie stockte. »… wir werden schon noch einen Moment finden, meinst du nicht auch?«

Finn nickte. Er hatte verstanden. Sein Herz machte einen Luftsprung. Sie wusste also, dass er etwas für sie empfand. Und sie wollte es auch von ihm hören. Außerdem vertraute sie ihm und seinem Plan! Ja, sie würden Antworten in der Gilde finden und dann würde es auch einen Moment für sie geben! Er würde sie nicht enttäuschen! Niemals! *Er liebte sie.*

Endlich hatte er es ausgesprochen, wenn auch nur im Geiste. Er liebte die wunderschöne und starke Lunata und es war ihm egal, dass sie sich noch nicht lange kannten. Eine Frau wie Decora konnte man nur lieben! Es gab keinen anderen Weg, nur ihren verrückten Plan, und so sehr wie er Decora schützen wollte, weil er sie liebte, ebenso sehr musste er sie schrittweise zum Ziel ihres Unterfangens führen. Ihr durfte dabei nur nichts zustoßen. Er musste doppelt wachsam sein. Wenn es erforderlich war, würde er für sie kämpfen.

Als er seine Gedanken geordnet hatte, legte er ihre Hand in seine Hände und hielt sie fest umschlossen.

»Unser Moment wird kommen«, sagte er. »Gehen wir?«

Sie wanderten Richtung Südwesten. Beständig verkürzten sie den Raum zwischen sich und der Gilde. Die silbernen Lichtfunken waren weit nach oben in den Nachthimmel gewandert und hatten im gewaltigen Straßenlabyrinth eine merkwürdig leblose Dunkelheit zurückgelassen. Es schien, als wäre das nächtliche Leuchten an einer unsichtbaren Wand über den Dächern der Stadt hängen geblieben und würde nicht mehr hinunter auf die gepflasterten Straßen gelangen. Einmal, als sich in einer Fassade eine breite Lücke zwischen zwei niedrigeren Häusern auftat, sahen sie die riesigen Schwärme der Vogelmärkte, die völlig lautlos, aber unablässig dunkle Kreise über der Stadt zogen. Eine Weile betrachteten sie gedankenverloren die schwarzen Ringe am Himmel, dann liefen sie eilig weiter, schweigend und eng beieinander, wie schon so oft.

Endlich erreichten sie ihr Ziel. Über der offenen Parkanlage fehlte der dunkle Nachtschleier, der die Stadthäuser und Gassen fest in seinem Bann hatte, und der Mond warf seine hellen Strahlen auf das weite Gelände.

Sie konnten gut sehen, Decora natürlich noch besser als Finn.

Die Gilde hatte bei Nacht eine noch größere Ähnlichkeit mit einer alten Festung als bei Tag, so markant wirkte das Gebäude, wenn man nur die Silhouette vor Augen hatte.

Vor ihnen lag der Kiesweg schnurgerade und ruhig da. Wenn Bacariten-Wächter vor dem Haupttor standen, dann hatten sie ihre Fackeln gelöscht, denn das große Tor lag im Dunkeln.

Leise schlichen sie am Zaun entlang, der den Park vom Rundweg trennte.

Geistesgegenwärtig hatte Finn sein Oberhemd ausgezogen, das sich stattdessen Decora um den Kopf wickelte, damit sie nicht ein für jeden Wächter im Umkreis erkennbares Leuchten verströmte.

Als sie zu einem Viertel um die Gilde gewandert waren, gab sie Finn das Hemd zurück, denn vom Eingangsbereich waren sie nun nicht mehr zu sehen. Von hier aus trennte sie ein etwa vierhundert

Meter langes Stück Park von der Westseite der Gilde. Ungefähr auf der Hälfte dieser Strecke lag der Bärenzwinger, der trotz der verminderten Sichtverhältnisse seinen deutlich verwitterten und in die Jahre gekommenen Charakter erkennen ließ.

Von hier unten war es schwierig, die Brücke auszumachen, die direkt hinter dem Zwinger zur Aussichtsterrasse führte. Und auch der Baum, den Finn im Sinn hatte, entzog sich ihren nervösen Blicken. Nachdem sie geraume Zeit die Lage mehr zu ihrer eigenen Beruhigung als mit einbrecherischem Sachverstand sondiert hatten, fassten sie den Entschluss, entlang der Rückseite des Zwingers ihr Glück zu versuchen. Das Strauchwerk war zwar zu beiden Seiten gleich dicht, aber an dieser Seite stand ihr Kletterbaum. Zudem würden sie so den offenen Eingang des Zwingers meiden.

Sollte auf dem Weg zum Kletterbaum irgendetwas schief laufen, würden sie unverzüglich wieder zurück hinter den schützenden Zaun rennen.

Nachdem sie diese wenigen Schritte viel zu oft im Geiste durchgespielt hatten und sich von außerhalb des Zaunes so viel Gelände wie möglich eingeprägt hatten, hielten sie noch einmal nach Anzeichen von Bären Ausschau, konnten allerdings weit und breit nichts entdecken.

Endlich machte Finn den ersten Schritt und zwängte sich zwischen den Gitterstäben hindurch in den Park. Obwohl ihm so unmittelbar neben dem Zaun in keiner möglichen Konstellation von Ereignissen eine Gefahr drohte, hatte er ein furchtbar mulmiges Gefühl im Bauch. Decora war ihm durch den Zaun gefolgt. Auch sie schien sehr nervös. Die scheußlichen Bären huschten wie grausame Trugbilder durch seinen Kopf, die plötzlich viel zu dunkle Aura des Parks mit seinen kleinen Baum- und Strauchgruppen, hinter denen wer-weiß-was lauerte, verstärkte dieses Gefühl noch um ein Vielfaches.

Lautlos bewegten sie sich über den Rasen immer näher an den Zwinger heran. Sie kamen zwischendurch an Buschansammlungen vorbei, in deren Mitte zu blicken selbst für Decora ein Ding der Unmöglichkeit sein musste. Bei den zusammenstehenden Bäumen war es noch unangenehmer: Die breiten Stämme und das schwarze Dickicht der oft bis zum Boden hängenden Äste waren ideale Versteckmöglichkeiten.

Aber so gebannt sie auch lauschten, sie hörten keine grunzenden Laute aus der Dunkelheit. Trotzdem wuchs Finns mulmiges Gefühl mit jedem Schritt, der sie weiter vom schützenden Zaun wegführte.

Sie umgingen die Bäume und Büsche so weit wie möglich, aber ohne dabei zu weit von ihrer geplanten Route abzuweichen. Kurz vor dem Zwinger wagte Finn es kaum, links zur Vorderseite zu spähen, aus Angst, dort doch noch einen herumschleichenden Bären zu entdecken. Doch wiederum blieb alles still.

Die Hälfte hatten sie schon einmal unbeschadet überstanden! Flach atmend drückten sie sich an die Rückwand des Zwingers. Der Zaun zum Rundweg war so weit weg! Von außen hatte das Stück noch wesentlich kürzer gewirkt!

Sie verschnauften wenige Augenblicke und wandten sich dann wieder der Gilde zu. Schritt für Schritt tasteten sie sich an der Zwingerrückseite weiter vor. Der Stein war zerschlissen und brüchig und Finn plagte der Gedanke, dass die unzähligen Furchen und Risse im Material auf das Konto der gewaltigen Bärenklauen gingen.

Plötzlich schreckte Decora, die inzwischen neben Finn schlich, abrupt auf und blieb regungslos stehen. Bei Finn schrillten sofort alle Alarmglocken! Hitze stieg in ihm auf und er blickte panisch in die Dunkelheit. Er war bereit, jeden Moment seine Begleiterin zu schnappen und mit ihr zurückzurennen – so schnell ihn seine Füße trugen. Ohne Zweifel hatte Decora einen der Bären gesehen! Er wollte wissen, wo der verdammte Bär war, aber er wagte sich nicht zu regen, denn jedes noch so kleine Geräusch hätte sie verraten können, wenn ihr Geruch das nicht schon für sie erledigt hatte!

Decora stand immer noch wie angewurzelt da und zeigte auf eine Stelle in einiger Entfernung leicht rechts vor ihnen. Erst jetzt erspähte auch Finn den riesigen schwarzen Fleck, der regungslos neben ein paar Büschen auf der Wiese verharrte und ihnen direkt zugewandt war.

Das Herz schlug Finn bis zum Hals.

Er ergriff Decoras Hand und umschloss sie fest. Wenn sie rennen mussten, dann zusammen. Aber warum starrte der Bär sie nur an? Hatte er sich noch nicht entschlossen, ob er wirklich etwas gesehen oder gehört hatte, und lauschte er ebenso wie sie noch immer in die Dunkelheit?

Plötzlich knackte hinter ihrem Rücken Holz im Innern einer Baumgruppe. Hinfort war ihre Starre! Decora schrie erstickt auf. Der Schreck zwang sie dazu, sich umzudrehen und angsterfüllt hinter sich zu blicken. Mit dem Rücken am Zwinger starrte sie in die Richtung des Geräuschs. Aber es war nichts zu erkennen. In langen, atemlosen Sekunden wanderte ihr Blick immer wieder auf die Passage hinter ihnen zum Rand der kleinen Baumgruppe und zu dem immer noch bewegungslosen Bären, der nicht aufhörte, sie zu beobachten. Als Decora schon dachte, dass dies nun wirklich ihr Ende sein würde, fasste Finn sie plötzlich erneut bei der Hand und zog sie in Richtung des Bären. »Nein … Zurück …!«

»Vertrau mir!«, flüsterte Finn. »Das ist kein Bär. Komm weiter.«

Er ließ sie nicht los und zog sie mit sich. Nach anfänglichem Zögern folgte sie ihm. Immer näher tappten sie vorsichtig an den schwarzen Körper heran und endlich konnte sie mit Gewissheit erkennen, was Finn schon gewusst hatte: Der Kadaver, der dort in vertrocknetem, halb versickerten Blut vor ihnen lag und sie aus leeren Augen anglotzte, sonderte einen ekelhaften Geruch der Verwesung ab.

»Hier haben die Bären heute Nachmittag gefressen!«, flüsterte Finn. »Meine Güte, ich dachte echt, das wäre es gewesen! Noch ein paar Sekunden länger und ich wäre glatt zurückgerannt, wenn mir das nicht eingefallen wäre. Lass uns schnell weitergehen.«

Endlich waren sie am Ende des Zwingers angekommen und konnten ein paar Stockwerke über sich die geländerlose Steinbrücke ausmachen, die hinüber zur Terrasse reichte.

Die Terrasse kam ihnen viel höher vor, als sie es in Erinnerung hatten. Finn spähte um die Ecke des Zwingers. Die Luft war rein. Vorsichtig schlichen sie weiter. Die Strecke, die sie noch überwinden mussten, war leer. Auf der kargen Wiese fühlten sie sich noch ungeschützter, konnten aber gleichzeitig besser ihre Umgebung im Auge behalten.

Einen einsamen Baum ließen sie hinter sich, dann endlich waren sie am Fuße ihres Kletterbaumes angelangt.

Atemlos blickte Finn am dicht bewachsenen Stamm nach oben. Er hatte sich nicht geirrt! Der Stamm bot ausreichend Gelegenheit zum Klettern, wenn es auch einige Kraft kosten würde, bis ganz nach oben zu kommen. Hauptsache, die Lücken zwischen den Gitterstäben oben im Zaun waren nicht doch kleiner als angenommen!

Finn überzeugte sich mit einem Blick, dass hinter ihnen noch alles in Ordnung war.

»Du zuerst, Decora!«

Sie nickte still und griff nach dem untersten Ast.

Finn half Decora nach oben. Er wollte nichts so sehr, wie endlich vom Boden dieses verwunschenen Parks wegzukommen, denn ihn quälte die Angst, dass etwas nicht so war, wie es den Anschein erweckte.

Kaum hatte Finn ein wenig Platz, folgte er Decora. Über ihm zog sie sich in die schroffen und spitzen Äste. Holz knackte und kleine Zweige rieselten neben Finn hinab auf den Boden. Er schickte ein Stoßgebet gen Himmel, dass der Aufstieg doch nur leiser vonstattengehen würde. Der Baum erschien ihm auch viel breiter und die tragenden Äste hoch oben konnte er kaum ausmachen. Immer wieder fielen ihm spitze Nadeln ins Gesicht. Warum ging das denn nicht schneller? Finn wurde zusehends panischer. Sein Herz klopfte schneller und schneller. Irgendetwas stimmte nicht. Er konnte es spüren! Er spähte durch die Nadeln auf die Parkwiese. War dort ein Schatten zu sehen? Decora kam immer noch nicht richtig vorwärts.

»Decora, ich glaub, hier stimmt was nicht. Beeil dich!«

Kaum hatte Finn die Worte ausgesprochen, passierten vier Dinge unmittelbar hintereinander.

Decora drückte sich mit Schwung nach oben. Ein riesiger Ast rauschte an Finn vorbei zu Boden, wirbelte unzählige Nadeln und Zweige auf und krachte auf die Erde. Das markerschütternde Brüllen eines Bären durchbrach die Stille des Parks. Decora schrie laut auf und stürzte rücklings hinunter auf die Wiese.

Finn konnte nichts mehr sehen. Überall waren Nadeln! Oben

im Baum brach mit schrecklichem Krachen Holz und der Baum bog sich in seiner Gänze zur Seite.

»Spring!«, schrie Decora von irgendwo her. »Der Bär sitzt im Baum!«

Ihre Worte drehten Finn den Magen um.

Über ihm brach das Chaos los: In der Finsternis leuchteten die gelben Augen des erwachten Bären. Das riesige Tier rammte seine gekrümmten Klauen mit gewaltiger Kraft in den Baumstamm und sprang und kletterte in Richtung Boden. Das wahnsinnige Brüllen übertönte sogar Decoras spitze Schreie.

Ohne zu wissen, ob er von abgebrochenen Ästen aufgespießt würde, ließ Finn sich auf den Boden fallen. Ein dicker Ast, der ungünstig auf dem Boden lag, stach ihm in die Seite und raubte ihm den Atem. Neben ihm prasselten weitere Äste herab. Der Bär war beinahe unten angelangt.

Finn sprang auf die Füße und schlug die Äste zur Seite. Decora stand nur wenige Meter vor ihm auf dem Rasen. Panisch riss sie Finn zu sich.

»Wir müssen zurück!«

Ihre Pupillen weiteten sich.

»Jetzt!«, schrie sie.

Er sprintete los. Aus dem Augenwinkel sah er den Bären, der gerade aus dem unteren Astwerk des Baumes herausbrach.

Das Gebrüll hallte in der Nacht. Der Bär setzte sich in Bewegung. Finn rannte mit Decora zurück zum Zwinger. Der einsame Baum lag bereits hinter ihnen. Ohne sich umzudrehen, rannte er einfach weiter. Er konnte *hören*, dass der Bär die Verfolgung aufgenommen hatte. Wieder brüllte das Tier. Diesmal hörte es sich nach purer

Raserei an. Längst hatte bei Finn jedes Denken ausgesetzt. Er war einzig und allein auf Flucht programmiert. Als er die Rückseite des Zwingers erreicht hatte, sprang ein zweiter Bär aus der Baumgruppe schräg vor ihnen in ihren Weg. Um sie herum geriet alles in Bewegung. Die Nacht war erfüllt von knackendem und berstendem Holz. Die Bäume bebten und senkten sich zu den Seiten. Der zweite Bär rannte in ihre Richtung. Seine Klauen rissen dabei die Erde auf und Lehmklumpen spritzten in alle Richtungen.

Finn riss Decora herum. »Nach vorn! Vor den Zwinger!«

Sie spurteten die Seitenwand des Zwingers entlang. Der erste Bär hatte den größten Abstand zwischen ihnen überwunden und kam vor Wahnsinn schnaubend immer näher. Finn stolperte um die Ecke zur Vorderseite des Zwingers. Gebrüll und Gegrunze kam von allen Seiten. Von rechts kamen drei weitere Bären angerannt. Vor ihnen sprang ein vierter Bär aus einer dicken Tanne und versperrte den Weg zurück zum Zaun. Nur Sekunden trennten sie jetzt noch vom ersten Bären in ihrem Rücken. Weitere Bäume wankten und zahllose Äste und Erdklumpen flogen wie im Sturm durch den Park.

Sie standen mit dem Rücken zur Wand.

»Wohin?«, keuchte Decora.

Finn hatte keine Antwort. Sie stolperten einfach weiter in Richtung Zwingereingang. Ein weiterer Bär sprang aus mehreren Metern Höhe hinein in ein Gebüsch und begrub es dabei unter sich.

»Da ist gar kein Bär im Zwinger. Die verbringen die Nacht in den Bäumen«, schrie Finn. Decora verstand nicht.

Der erste Bär rutschte um die Ecke des Zwingers und riss dabei eine lange Furche in den Erdboden.

Finn packte die Lunata und zog sie mit sich.

»In den Zwinger!«, keuchte er ihr zu.

»Bist du verrückt?«

»Wir müssen hoch zu den Falltüren – das ist unsere einzige Chance!«

Die Bären versperrten im Halbkreis um die Vorderseite des Zwingers jede andere Fluchtroute. Ihre gelben Augen leuchteten wie fluoreszierende Knöpfe vor ihren riesigen Silhouetten.

Von ihrem Brüllen wurde Finn regelrecht schlecht. Der erste Bär schob sich jetzt an der Seite des Zwingers auf sie zu und riss dabei sein Maul immer wieder weit auf. In wilder Raserei schüttelte er den zotteligen Kopf und schlug abwechselnd mit den Klauen in den Stein und in die Erde.

Finn schubste Decora, die wie angewurzelt dastand, vor sich in den Zwinger und fiel selbst hinter ihr her. Er sah gerade eben noch, wie auch die anderen Bären auf sie losrannten.

Im Zwinger herrschte Dunkelheit. Der Geruch von Moder und Fäulnis schwebte in der Luft. Decora rutschte auf nassem Heu aus und fiel auf den Boden. Finn griff blindlings nach unten und riss sie wieder auf die Beine. Das Schnauben der Bären war dicht hinter ihnen. Ihnen blieben weniger als ein paar Sekunden, um sich irgendwie in Sicherheit zu bringen!

Die Stäbe der einzelnen Käfige glänzten matt. Sie waren zu beiden Seiten des Zwingers übereinander angelegt und standen, soweit Finn sehen konnte, offen. Dazwischen verlief ein enger Gang.

Die Sterne und der Mond warfen in den Eingangsbereich gerade so viel Licht, dass Finn sich nach kurzer Orientierung zurechtfand. Zum Glück war der Zwinger so überschaubar symmetrisch aufgebaut! Im Mondschimmer erkannte Finn eine alte Leiter, die genau gegenüber dem Eingang an den Käfigen hochreichte.

»Da rauf!«, rief er und zeigte hinüber.

Decora preschte voran und sprang an die Leiter. Sie schoss fast im Flug aufwärts, sodass Finn unmittelbar nach ihr hochklettern konnte.

Die Leiter reichte bis zur zweiten Ebene der Käfige. Darüber befand sich noch eine dritte Ebene, die fast hoch bis zur Decke ging. Zwischen der Decke und den Käfigen sah Finn eine Lücke, gerade so groß, dass sie vielleicht darin kriechen konnten, wenn sie nicht zwischen den Gitterstäben hindurch in die Käfige zurückfielen!

Augenblicke später hatte sich Decora zwischen zwei Gitterstäben hindurch in den Käfig der zweiten Ebene gezwängt. Finn zog sich hinter ihr her. Einen Moment steckte er fest, aber mithilfe von Decora schaffte er es dennoch.

Mit Getöse wurde die Leiter unter ihnen durch den Zwinger geschleudert und landete auf dem Boden. Ein Bär war an den Käfig gesprungen und rammte seine Klauen hinter die Gitterstäbe, um zu seiner Beute hochzuklettern. Decora stieß die offenstehende Käfigtür zu und suchte nach etwas, um das Schloss zu verhängen.

Der Käfigboden war übersät mit feuchtem, stinkendem Heu und blutigen Knochenstücken verschiedenster Größe. Aber nichts davon war geeignet, um die Käfigtür zu verschließen!

Der Bär legte seine Pranke um einen Gitterstab neben der Tür und schleuderte sie mit der anderen Klaue auf.

Das Tier ragte mit seinem gigantischen Kopf durch die Tür und schnaubte mit gefletschten Zähnen. In seiner Verzweiflung schnappte sich Finn einen langen, gesplitterten Knochen. Er rammte dem Bären mit aller Kraft das abgebrochene Ende des Knochens ins Gesicht!

Warmes Blut spritzte gegen die Gitterstäbe.

Ein fürchterliches, schmatzendes Geräusch ertönte: Der

Knochen war stecken geblieben! Der Bär brüllte und fiel wie ein riesiger Stein rücklings von der Käfigwand. Unter sich begrub er ein weiteres Tier – die anderen Bären waren im Zwinger angelangt!

»Wir müssen höher klettern!«, brüllte Finn.

Sie mussten eine der Falltüren in der Decke des Zwingers erreichen, dann konnten sie über die Brücke zum Aussichtsplateau fliehen.

Decora schrie dumpf und wurde zu Boden geschleudert.

Finn vollführte eine Drehung zur Seite: Ein weiterer Bär schlug aus dem Käfig neben ihnen mit der Pranke nach ihm. Der gewaltige Schlag verfehlte ihn nur um Haaresbreite! Er stolperte zurück und fand Decora auf dem Boden liegend. Blut klebte in ihren Haaren.

Eine Schrecksekunde dachte er, sie wäre bewusstlos, denn sie rührte sich nicht. Dann aber bewegte sie sich und wuchtete sich hoch.

Finn starrte panisch nach unten in den Zwinger. Fünf oder sechs Bären kletterten behände an den Käfigen empor.

Der Bär im Nebenkäfig ließ seine Klauen immer wieder in ihre Richtung schnellen und verkeilte sich dabei ein ums andere Mal im eisernen Käfigboden und den fauligen Knochenresten.

Sie mussten irgendwie hoch in die Nische zwischen Decke und Käfigen!

Aber der Boden des Käfigs über ihnen war massiv und bot keinen Durchlass!

»Außen am Käfig hoch!«, schrie Decora. »Wir müssen uns außen am Gitter hochziehen!«

Immer wieder rannte jetzt der Bär im Nebenkäfig wütend gegen die Stangen, die unter diesem Ansturm ächzten.

»Mach es mir nach!«, rief die Lunata.

Teile ihrer Haare waren ganz dunkel von Blut. Es musste Bärenblut sein, denn kein Tier hatte sie erwischt!

Decora sprang durch das Gitter und klammerte sich an der Außenseite des Käfigs fest. Stück für Stück zog sie sich am Gitter empor. Finn war noch im Käfig und musste mit ansehen, wie ein weiterer Bär nur noch knapp zwei Meter unter Decora angelangt war. Ohne zu zögern, tauchte er unter der Pranke des neben ihnen tobenden Bären her, griff sich abermals einen langen Knochen und schoss zurück aus der Reichweite des Tieres. Mit einem gewaltigen Streich zerschmetterte er den Knochen an den Gitterstäben und stach mit der ganzen Wucht seines Körpers auf das Gesicht des Bären ein, der sich Decora zugewandt hatte.

Ein weiteres Mal glückte sein Angriff! Das schwere Tier krachte in die Tiefe und versperrte zwei weiteren Ungeheuern ihren Weg nach oben.

Decora war auf der dritten Ebene angelangt und zog sich in den Käfig.

»Komm hoch!«, rief sie.

Finn drückte sich durch die Gitterstäbe und versuchte, Decoras Bewegungen nachzumachen. Seine Finger waren schweißnass und glitten immer wieder an den Gitterstäben herunter. Das ohrenbetäubende Brüllen der Bären ertönte direkt unter ihm, aber er konnte es sich nicht leisten, einen Blick nach unten zu riskieren. Endlich schaffte er es, ein kleines Stück nach oben zu klettern, sodass Decora ihn an den Schultern greifen und hochhieven konnte.

Auch hier oben war die Tür offen und ließ sich ohne Vorhängeschloss nicht zusperren. Von etwas, das man zu einer Waffe umfunktionieren konnte, fehlte jede Spur. Nur ein großer Heuhaufen war in der hinteren Ecke aufgeschüttet.

Der Boden des Käfigs bebte mit einem Mal und wölbte sich in der Mitte. Finn verlor den Halt und stürzte. Im selben Augenblick durchstießen die messerscharfen Klauen eines Bären das Holz und verfehlten nur knapp sein rechtes Bein.

Durch den Spalt konnte er zwei Tiere sehen, die halb aufgerichtet ihre Pranken durch den Boden trieben. Immer wieder schnellten die dolchartigen Klauen durch neue Bruchstellen.

»Auf den Heuhaufen! Und dann weiter durch die Decke!«, keuchte Decora.

Sie sprang auf den Haufen, dicht gefolgt von Finn. Die Decke dieser letzten Käfigebene war zu ihrem Glück nicht massiv und nur vergittert.

Finn schob Decora, die sich an der Seitenwand festhielt, mit seinen Schultern nach oben. Sie bekam die Deckenstäbe zu fassen, schwang ihre Beine nach oben und zog ihren Körper durch eine Gitterlücke. Bäuchlings lag sie im Zwischenraum zur Gebäudedecke.

Finn nahm seine letzte Kraft zusammen und sprang ebenfalls an die Käfigseite. Mit zwei gewaltigen Rucken katapultierte er sich nach oben und hing nun mit gestreckten Armen von der Käfigdecke. Seine Arme schmerzten unter seinem eigenen Gewicht. Zweimal schwang er sich hin und her, dann umklammerten seine Füße eine Stange. Decora zog ihn zu sich in den Zwischenraum.

Die Bären hingen jetzt alle an den Käfigen und sprangen das letzte Stück bis zum Zwischenraum hoch. Doch der Spalt war zu eng für die Tiere, die nur wütend mit ihren Pranken hineinschlagen konnten.

Finn und Decora schoben sich eng an der Wand entlang in Richtung Falltür. Je näher sie der hinteren Ecke kamen, desto deutlicher zeichnete sich die Deckenöffnung in der Dunkelheit ab.

Winzige Lichtstrahlen schimmerten von außen durch die Ritzen in der Falltür.

»Schneller!«, warnte Decora. »Bevor ein Bär in die Käfige unter uns klettert!«

Aber die Wut der Tiere, die nicht an ihre Beute heranreichen konnten, machte sie blind und sie schlugen nur unablässig ins Leere zwischen sich und den beiden Eindringlingen und zerschrammten dabei das Eisen der Stäbe.

Endlich erreichten sie die kleine Luke in der Decke des Zwingers. Finn dachte in einem Moment puren Horrors daran, was passieren würde, wenn die Falltür verschlossen wäre, und schmiss sich mit aller Kraft dagegen.

Die Tür fiel mit einem ächzenden Ton auf und der funkelnde Himmel schimmerte ihnen entgegen.

Begleitet vom Brüllen der Bären zwängten sie sich ins Freie. Finn war als Erster draußen und zog Decora hinter sich her. Die Brücke lag direkt vor ihnen. Sie zögerten keine Sekunde und traten an den Rand.

Finn setzte gerade seinen Fuß nach vorn, als ein Bär von der Vorderseite des Zwingers seinen Kopf auf das Dach streckte. Mit einem gewaltigen Satz katapultiert sich das Tier ganz nach oben.

»Lauf!«, rief Decora und Finn schoss all seine Zweifel in den Wind. Wenn der Bär sie auf dem Dach einholen würde, mussten sie springen. Und wenn das schon nicht ihr Ende sein würde, dann würden sie unten gefressen werden!

Hintereinander rannten sie die Brücke entlang. Sie mussten nur noch hundert Meter schaffen! Finn ermahnte sich, nicht nach unten zu schauen!

Trotzdem riskierte er einen kurzen Blick hinter sich. Der Bär hatte in grotesker Art und Weise die Verfolgung aufgenommen. Er konnte auf der schmalen Brücke zwar nicht rennen, dafür hatte er bäuchlings mit den Vorder- und Hinterbeinen die gesamte Brücke umschlossen. So robbte er sich Meter für Meter näher an sie heran.

Finn bildete sich ein, den heißen Atem des Bären im Nacken zu spüren, als sie endlich das Terrassengitter erreichten. Er sprang durch eine Lücke im Gitter, dicht gefolgt von Decora, die unsanft auf ihm landete. Atemlos krabbelten sie vom Gitter weg, um aus der Reichweite des Bären zu entkommen. Decora entwich ein Seufzer der Erlösung. Sie waren in Sicherheit!

Der Sperrtrakt

Die Bären tobten noch eine ganze Weile auf der Brücke und dem Dach des Zwingers bis sie begriffen hatten, dass ihnen ihre Beute entkommen war. Langsam ebbte das Grunzen und Brüllen ab und sie verzogen sich allmählich wieder in ihre nächtlichen Verstecke.

Decora schaute immer noch voller Panik hinunter in den Park und fand kaum Worte, die sie von ihrem Schreck erlösen konnten. Erst langsam sickerte die Erkenntnis in ihren Kopf ein, dass sie den Bären tatsächlich um Haaresbreite entwischt waren.

»Bist du verletzt?«, fragte Finn.

Sie war erst jetzt in der Lage, ihren Körper zu untersuchen. Eine mehr oder weniger tiefe Schramme zog sich über ihre rechte Halsseite und blutete noch immer leicht.

»Nein. Kaum«, gab sie zu Protokoll. »Das meiste ist Bärenblut.«

Finn riss ein Stück seines Ärmels ab und reichte es ihr, damit sie die Blutung am Hals stillen konnte.

»Das war eine ganz und gar schlechte Idee«, murmelte sie.

»Gefährlich. Und dumm!«

»Ich würde es verstehen …«, erklärte Finn. »… verstehen, wenn du mich jetzt …«

Doch sie schnitt ihm das Wort ab.

»Wage es ja nicht, weiterzusprechen. So war das auch gar nicht gemeint. Wir leben noch. Wir liegen nicht in kleinen Fetzen da unten im Park. Wir haben es geschafft, und zwar gemeinsam. Genauso, wie wir *gemeinsam* entschieden haben, diesen Plan zu verfolgen – ich hätte ja genauso gut Nein sagen können. Habe ich aber nicht!«

Sie lächelte schon wieder, aber nur so, dass Finn es nicht sehen konnte. Er dufte gerne noch ein wenig leiden für diesen wahnsinnigen Plan.

»Außerdem – wie viel schlimmer kann es jetzt noch werden? Der Rest kann ja höchstens noch ein Spaziergang werden im Vergleich.« Sie blickte sich um. »Und das Brüllen hat entweder keiner gehört oder es interessiert niemanden. Wir haben wirklich mehr Glück, als wir verdient haben.«

Finn schluckte laut und rappelte sich vor ihr auf.

Es war unglaublich. Obwohl das alles hier verrückt war, schöpfte sie doch schon wieder neuen Mut. Sie wusste, dass es daran lag, dass sie zusammen waren.

»Komm«, sagte sie. »Wir haben noch etwas vor heute Nacht!«

Finn schien zu überlegen, ob er etwas sagen sollte. Offenbar fiel ihm nichts ein.

»Ich habe Durst«, erklärte er.

Decora musste lachen.

»Ich auch.«

Damit wandte sie ihren Kopf gen Himmel, schloss die Augen und stand regungslos da. Ja, einen Moment würde er schon noch leiden müssen.

Als Decora fertig war, zwinkerte sie Finn zu.

»Und nun?«, fragte sie.

Finn seufzte. Er war neidisch, dass sie ihren Durst so einfach hatte stillen können.

»Zuerst müssen wir durch das Fenster neben der Tür. Hoffentlich haben wir Glück und alle Wächter sind weiter unten. Also los.«

Zusammen schritten sie das Aussichtsplateau entlang.

»Sag mal, wie kommen wir eigentlich wieder zurück?«, fragte Decora. »Durch den Garten gehe ich jedenfalls kein zweites Mal.«

Finn blieb die Luft im Hals stecken. Er war davon ausgegangen, auf gleichem Weg zurückzukehren. Aber das kam natürlich nicht in Frage.

»Ganz einfach«, sagte er nach kurzem Nachdenken. »Wir verstecken uns einfach drinnen. Die einzelnen Etagen sind so groß, da wird niemandem auffallen, wenn wir hinter einem Regal in einer Ecke hocken. Sobald die Gilde geöffnet wird und die ersten Besucher kommen, schleichen wir nach draußen. Ich sage es ja nicht gerne«, und er machte eine Pause, die seinen nicht ganz ernsten Tonfall unterstützte, »aber ich glaube, wir haben keine andere Wahl.«

Decora blinzelte ihn an. »Dann sei es eben so, mein Herr Ritter. Ich glaube, langsam können wir gar nichts Gefährlicheres mehr erleben.«

»Hoffentlich hast du recht.«

»Aber das habe ich auch schon nach dem Wandernden Wald gedacht«, fügte Decora hinzu.

Mit eiligen Schritten hatten sie das Fenster neben dem Tor erreicht. Jetzt, wo keine unmittelbare Gefahr mehr drohte, schwang sich Finn mit neuer Kraft behände auf den Sims in der Steinmauer.

Er stemmte sich gegen das Fenster und hatte Glück: Die Fassung knirschte unter dem Druck, gab dann aber nach. Ohne das Glas zu zerbrechen, hob Finn das Fenster an, drehte es vorsichtig und legte es behutsam auf ein Regal im Innenraum.

»Nichts zu sehen«, flüsterte er und spähte angestrengt in die Dunkelheit. »Hier drinnen herrscht tiefste Schwärze.«

Finn griff Decoras Hand und zog sie zu sich hoch. Jetzt gab es wirklich kein Zurück mehr.

Vorsichtig stiegen sie auf das Regal hinter dem Fenster. Den Rahmen mitsamt Glas stellte Finn zurück an seinen Platz. Er rüttelte sachte daran: Er saß wieder fest im Mauerwerk und würde nicht scheppernd zur anderen Seite hinausfallen.

»So kommt niemand auf die Idee, dass jemand eingestiegen ist«, murmelte er.

Sie sprangen vom Regal hinunter und landeten mit einem dumpfen Geräusch auf dem Steinboden.

Decora erschrak, denn der Aufprall echote durch das alte Gemäuer. Sie horchten in die Dunkelheit, aber nichts rührte sich.

»Jetzt aber nach oben!«, flüsterte sie.

Ganz wie schon im Lampignon-Wald waren Decoras Augen die einzigen Orientierungspunkte. Wie Scheinwerfer warfen sie matte Strahlen zwischen die finsteren Bücherreihen.

Finn war sich nicht sicher, aber er glaubte, das Pochen von Schritten weiter unten zu hören, und ein kalter Schauer lief ihm dabei über den Rücken. Es trieb sie zur Eile.

Tastend bahnten sie sich an den Regalen entlang ihren Weg zur Treppe, die glücklicherweise nur wenige Meter entfernt war.

Am Saum der Treppe war der Blick frei in die untere Etage und obwohl auch diese in undurchschaubarer Finsternis lag, fühlten sich beide beobachtet und hasteten auf Zehenspitzen die Treppe hinauf.

Auch im vierten Stock war kein Anzeichen der Wächter zu

erkennen und so ließen sie diesen schnell hinter sich, nur um im fünften Stock ganz genauso zu verfahren.

Geschwind schlichen sie die Treppe auf das Dach der Gilde hinauf.

Keine Türen konnten sie hinter sich verschließen oder versperren. Die gesamte Gilde lag bis hin zum Erdgeschoss offen hinter ihnen. Überall wähnte Finn Augen, die sie beobachteten, aber er konnte außer Decoras Schimmern nichts erkennen.

So musste sich wohl ein Einbrecher fühlen, dachte er. Sprang vielleicht hinter der nächsten Ecke einer der Wächter auf sie, um sie zu packen? Die mulmige Stimmung schlug ihm auf den Magen und zwickte in seinen Eingeweiden.

Auch das Dach war verlassen und der dunkle Aufgang zum Sperrtrakt lag wie ein offener Schlund vor ihnen.

Weit im Osten entdeckte Finn schon einen bläulich-violetten Schimmer am Nachthimmel. Die Morgendämmerung brach an.

Sie huschten weiter und stiegen endlich die Treppe zum verbotenen Bereich hinauf. Obwohl es draußen nicht mehr so dunkel war, wurde mit jeder Stufe die Finsternis um sie schwärzer und selbst Decoras Augen reichten kaum noch aus, den Weg vor ihnen genügend zu erhellen. Beinahe schien es, als ob der Trakt selbst verhindern wollte, dass die Ruhe der verbotenen Schriften gestört wurde.

Am oberen Ende der Treppe ging es durch einen runden Bogen auf die Ebene des Sperrtrakts.

»Es ist so finster hier drin«, flüsterte Finn. »Kannst du noch irgendetwas erkennen?«

Wieder fühlte er sich beobachtet.

»Das ist keine normale Dunkelheit«, gab Decora zurück. »Für ein wenig Sicht reicht es aber noch.«

Sie schlichen weiter vorwärts und stellten erleichtert fest, dass die Anordnung der Regale und die magische Einteilung der Bücher genauso waren wie in den unteren Etagen.

Ohne recht zu wissen, wie sie vorgehen sollten, stolperten sie durch die Reihen und suchten eine Möglichkeit, buchstäblich mehr Licht in die Sache zu bringen. Finn verfluchte sich leise selbst. Ohne Lichtquelle war ihr Einbruch völlig sinnlos! Es war unmöglich, die Seiten der Bücher auf diese Weise zu entziffern. Sie standen vor einem großen Problem.

»Haben die magischen Kreise an den Regalen nicht aufgeleuchtet, wenn man sie berührt hat?«, fragte Decora.

Finn nickte.

»Vielleicht reicht das ja aus, um genügend zu erkennen.«

Decora streifte mit ihren Fingern über das alte Holz. Sie berührte den Kreis des Regals ganz sanft und rotes Licht wurde für einen kurzen Augenblick auf die Buchrücken und Regale ringsumher geworfen.

Verlorene Tempelschätze. Regierungszeit Eisbrand des Wilden. Ganzes Regal. Wohl an, Suchende, tönte es in Decoras Ohren.

»Und? Schon was dabei?«, fragte Finn.

»Eher nicht«, antwortete Decora.

»Aber vielleicht leuchtet der Kreis weiter, wenn ich meine Hand darauf liegenlasse …«

Schon fuhr sie ein zweites Mal über den magischen Kreis und wieder hallte die Stimme durch den Raum, ohne dass Finn auch nur ein Wort davon hören konnte. Diesmal jedoch ließ sie ihre Hand darauf ruhen. Und wirklich. Der flackernde Schein erlosch nicht und tauchte die Bibliothek so lange in unheimliches Licht, bis sie ihre Hand fortzog.

»Gut«, sagte sie. »Dann wissen wir jetzt, was zu tun ist.«

Sofort begannen die beiden, sich von Regal zu Regal vorzuarbeiten. Decora fuhr mit der Hand über die magischen Kreise und Punkte, Finn untersuchte – sofern die Betitelung Erfolg versprach – die einzelnen Bücher im Schein der stets verschiedenfarbig aufflackernden Lichter.

Die Minuten zogen dahin und sie arbeiteten Regal nach Regal ab, aber nirgends ließ ein Titel auch nur im Entferntesten hoffen, Informationen über Portale darin zu finden. Je länger sie erfolglos durch die Gänge schlichen, desto banger wurde Decora. Jeden Augenblick rechnete sie mehr damit, dass einer der Wächter von unten heranpolterte und nach ihnen suchte. Warum fühlte sie sich hier oben so beobachtet, obwohl doch anscheinend niemand außer ihnen hier war?

Trotzdem führten sie ihre Suche tapfer fort. Ein ums andere Mal erhellte sie ihnen den Weg, und Finn gab ihr die Information, was im jeweiligen Regal verborgen schlummerte. Dann tasteten sie sich zum nächsten Regal weiter. Die Suche aber nahm kein Ende. Stets wurden sie aufs Neue enttäuscht.

Die alten Tunnel unter der großen Wüste. Alle Zeiten. Ganzes Regal. Viel Erfolg, Suchende.

Experimente mit Drachen und letzte überlebende Geschöpfe. Von Rakarant dem Ersten bis heute. Linke Hälfte. Viel Erfolg, Suchende.

Beeinflussungen des Geistes. Versuche mit Tieren und Menschen. Von Bartholomäus bis Goldschwert. Linke Hälfte. Wohl an, Suchende.

Fabelwesen der südlichen Lande hinsichtlich ihres Nutzens für die

Todesmagie. Alle Zeiten. Rechte Hälfte. Wohl an, Suchende.

Exhumierungen, das Erwecken von Toten und Zombifizierungen in den Dschungeln. 1. bis 50. Jahr unter der Herrschaft von Schwarzbrand. Ganzes Regal. Wohl an, Suchende.

Veränderung der körperlichen Eigenschaften. Versuche aus den Gildenhäusern der Hauptstädte. 50. bis. 100. Jahr unter Goldschwerts Regentschaft. Ganzes Regal. Viel Erfolg, Suchende.

Kommunizieren mit Geistern. Experimente und Berichte. Alle Zeiten. Ganzes Regal. Wohl an, Suchende.

Beschwörungsformeln zur Erweckung lebloser Gegenstände. 1. bis 150. Jahr unter Sansibors Regentschaft. Linke Hälfte. Viel Erfolg, Suchende.

Diese und unzählige andere Einteilungen traten in der mystischen Weise an Decoras Ohren, während sie für Finn unhörbar blieben und wieder im Nichts zerwehten, wenn sie ihm ein Zeichen gab, eilig weiterzuschleichen.

Bald würde es mit Sicherheit hell werden! Lange hatten sie nicht mehr. Sie mussten endlich etwas Brauchbares finden – so schwer konnte das doch nicht sein! Das hier war ihre Chance! Und gerade jetzt sollte sie das Glück verlassen?

Decoras Nervosität steigerte sich von Minute zu Minute. Aber sie musste sich zusammenreißen!

Und dann hatten sie den sechsten Stock durchsucht. Also hieß es hoch in die siebte, letzte Etage!

Sie machten zunächst wie im sechsten Stock weiter, dann trennten sie sich und erforschten jeweils allein die einzelnen Regale. Die Erkundung schritt nun wesentlich schneller voran, aber dafür arbeiteten sie auch zusehends hastiger und ungenauer. Die Dunkelheit war ungebrochen, dennoch erwischte sich Finn immer öfter dabei, nachzusehen, ob nicht vielleicht die ersten Sonnenstrahlen durch Fenster schienen, die ihm bisher verborgen geblieben waren.

Plötzlich konnte er Decoras aufgeregtes Flüstern hören. Er war gerade damit beschäftigt sich am Regal zu *Zauberei und Beschwörungen durch Blutopfer* entlangzuarbeiten.

»Finn, komm her. Ich glaube, ich habe etwas gefunden!«

Sein Herz klopfte. Er folgte ihrer Stimme und tastete sich hastig an den Buchrücken entlang, bis er schließlich in der hinteren linken Ecke der Etage sanftes, violettes Licht wahrnahm. Er lief eilig zu ihr hinüber. Decora machte große Augen und hielt ihre Hand auf den Zauberring eines Regals.

»Versuch du es«, wisperte sie.

Sie zog ihre Hand weg und das Licht erlosch. Finn verfolgte ihre Bewegung zurück und fühlte das alte Holz unter seiner Handfläche. Das Licht flackerte auf und die süße Stimme wehte heran.

Überbrückungen von Zeit und Raum. Theorien, Versuche und Berichte zu Portalen und Rissen in der Zeit. Alle Zeiten. Ganzes Regal. Viel Erfolg, Suchender.

Wenn nicht hier, dann gar nicht! Er ballte die Hand siegessicher zur Faust. Nie hätte er sich träumen lassen, dass schon in der Themeneingrenzung Portale erwähnt wurden. Decora umarmte ihn und gab ihm einen Kuss auf die Wange. Das war es! Sie würden es schaffen!

Finn behielt seine Hand auf dem Kreis, während Decora die einzelnen Bücher staunend begutachtete.

»Es sind so viele«, flüsterte sie.

Langsam glitt sie mit der Hand über die staubigen Buchdeckel. Viele davon waren dicke Wälzer. Nur die wenigsten waren einigermaßen handlich. Fiebrig streckte Finn seinen Kopf um die Ecke, um ja nichts Wichtiges zu verpassen.

»*Löcher in der Zeit. Die Forschungstagebücher von Edgonoth Latrop*«, zitierte Decora.

Finn schüttelte den Kopf.

»Oder was ist hiermit? *Das Portal. Eine wissenschaftliche Analyse.* Oder hier …« Decora zog ein Buch mit ledernem Einband heraus. »*Verschwunden in Zeitrissen. Der Widerruf meiner Theorie bezüglich der Einfachheit und Kausalität von Reisen durch die Zeit. Von Faulingo dem Roten.*«

Finn schüttelte erneut den Kopf.

»Wir brauchen etwas, dass auf Dimensionen hinweist. Oder wo erklärt wird, wie man Portale öffnet und wo. Geh einfach der Reihe nach alle Bücher durch.«

»Ich tue mein Bestes! Aber oft sind hier nur die Namen irgendwelcher Forscher oder Zauberer erwähnt. Die Titel verraten zu wenig … Hier: *Das Allumfassende in einem einzigen Augenblick der Zeit. Und: Portalreisen sind möglich. Von Faulingo dem Roten.*«

Decora griff hastig nach dem Buch.

»Wieder von diesem Faulingo! Vielleicht finden wir darin etwas.«

»Such weiter!«, mahnte Finn. »Der hat doch seine Theorie widerrufen! Das nehmen wir nur, wenn wir nichts anderes finden.«

Decora seufzte.

»Ich dachte, wir sind hier im Bereich für verbotene Magie. Also müssen hier doch auch ein paar verbotene und gefährliche Zauberanleitungen herumstehen!«

Sie glitt immer schneller mit dem Finger am Regal entlang.

»Auch nichts«, sagte sie.

Die Stille, die auf Decoras Enttäuschung folgte, wurde jäh von einem Pochen weiter unten in der Gilde durchbrochen. Schon wieder! Irgendetwas klopfte dort auf den Stein. Finn lauschte angestrengt – die klopfenden Laute vermehrten sich. Das Echo hallte tief in den Mauern des Gebäudes. Was auch immer dort Geräusche machte, gab sich keine Mühe, diese zu verbergen!

»Schritte!«

Selbst in der Dunkelheit konnte er den Schrecken sehen, der Decora ins Gesicht geschrieben stand.

»Nicht jetzt!«, entwich es ihr. »Wir sind doch so kurz davor ...«

Doch das Pochen wurde lauter und Decora verstummte. Finn hielt sich den Finger an die Lippen. Sein Herz schlug ihm bis zum Hals. Er wollte sich gar nicht vorstellen, was passieren würde, wenn man sie hier oben ertappte.

»Leg das Buch zurück!«, beschwor er seine Gefährtin. »Wir müssen uns verstecken! Schnell, nach ganz hinten hinter die Regale.«

Blindlings tasteten sich die beiden immer weiter in die hinterste Ecke des Raumes. Sie kamen nur langsam voran, denn sie wollten um keinen Preis ein Geräusch machen, das sie hätte verraten können.

Derweil wurde das Pochen der Schritte immer lauter. *Tack, tack, tack ...*

Sie kamen nach oben! Die Schritte beschleunigten sich jetzt. In wenigen Sekunden würden die Wächter da sein!

Dann hatten sie die hinterste Ecke erreicht und kauerten sich dicht zusammen. Von einem Versteck oder Sichtschutz konnte man nicht wirklich sprechen. Die Regale standen in offenen Reihen und würde jemand dahinter blicken, dann könnte nur die schiere Dunkelheit ihren Aufenthaltsort verbergen.

Sie hielten die Luft an und warteten. Die Schritte waren jetzt auf der Treppe hoch zum siebten Stock. Es hörte sich an, als ob gleich mehrere Personen nahten. Schließlich erstarben die Schritte im Treppenbereich.

Finn konnte neben der Treppe an der Decke den Schein von Fackeln erkennen. Ihm drehte sich der Magen um.

»Schau nur«, sagte eine unbekannte Stimme. »Die Spuren führen sogar bis hier hoch.«

»Die sind hier überall!«, gab eine andere tiefe Stimme zur Antwort.

»Aber keine der Spuren führt wieder nach unten. Ihr wisst, was das bedeutet!«, erklärte eine dritte Stimme.

»Die sind noch hier.«

Finn und Decora blickten einander an. Was sollten sie tun?

»Möchte mal wissen, wie die an uns vorbeigekommen sind. So etwas ist noch nie passiert!«, verkündete die erste Stimme.

»Ich sag‘s euch doch, die sind durch den Zwinger geklettert!«, meldete die dritte wieder.

»Ach was! Glatter Selbstmord!«

»Und wie erklärst du dir dann, dass die Spuren im dritten Stock anfangen? Und vielleicht ist das, was sie suchen, die Gefahr ja wert?«

»Hör' schon auf! Du hast einfach die Spuren übersehen. Und außerdem war die Tür zum Ausguck ja verschlossen! Ist ja auch ganz egal. Da oben sind mindestens zwei Personen und die fangen wir jetzt ein. In deren Haut möchte ich nicht stecken!«

Die Stimme lachte tief und kehlig.

»Schwärmt aus, Leute.«

Ihre Verfolger kamen die Treppe hinauf.

Finns Herz rutschte soeben in die Hose. Wie hatten sie Spuren hinterlassen können? Alles war ganz trocken gewesen, außer … Natürlich! Das feuchte Heu und der Boden im Zwinger! Verdammt!

Er stellte sich die drei Wächter bildlich vor, wie sie mit ihren

Lanzen und Fackeln nur knapp hundert Meter von ihnen entfernt die Reihen durchsuchten.

»Kommt lieber gleich raus!«

Das gehörte wieder zur ersten Stimme.

»Es wird euch wesentlich besser bekommen!«

Decora blickte flehentlich in Finns Gesicht und schüttelte den Kopf. Eines war sicher: Alles war verloren, wenn sie erwischt würden. Bestenfalls kämen sie wahrscheinlich für eine Ewigkeit in ein dunkles, modriges Verlies. Und schlechtestenfalls … Am besten dachten sie nicht darüber nach.

»Wie ihr wollt!«, tönte die erste Stimme. »Wartet nur, bis wir euch in die Finger kriegen!«

Der Schweiß rann Finn von der Stirn. Der Schein der Fackeln kam von allen Seiten immer näher. Die Wächter hatten sich verteilt und durchforsteten den Raum einzeln, blieben aber immer in einer Linie nebeneinander, sodass niemand an ihnen vorbeihuschen oder sie alleine angreifen konnte.

Finn und Decora wollten weiter von den Lichtkegeln wegrutschen, die bedrohlich immer näherkamen, aber sie waren schon in der hintersten Ecke angekommen. Also mussten sie wieder nach vorn! Gleich würden sie sie entdecken! Konnten sie vielleicht an den Wächtern vorbeirennen? Aber in den unteren Stockwerken warteten ja sicherlich noch viel mehr Bacariten und Gildenmitglieder auf sie.

Sie lagen jetzt auf allen vieren und robbten in die Mitte des Regals und durch eine Lücke zurück zur Treppe. Das Klopfen der Schritte war nur noch wenige Reihen entfernt. Durch welche Lücke konnten sie entwischen?

Ein Bacarit mit Lanze kam im Licht seiner Fackel von weit rechts um die Ecke eines dicken Regals auf ihrer Höhe. Er baute sich blinzelnd zu seiner ganzen Größe auf und marschierte geradewegs auf die beiden zu. Schräg hinter ihnen fanden sie eine weitere Lücke zwischen zwei Regalen. Zurück konnten sie aber nicht, denn der größer werdende Schein einer anderen Fackel zeigte an, dass dort ein zweiter Wächter heranpirschte.

»Die müssen hier doch irgendwo sein!«, tönte es von weiter vorne.

Wo der dritte Bacarit war, konnten sie nur erahnen.

Decora zitterte neben Finn. Wo war der Ausweg? Denk nach, Finn! *Denk nach*! Etwas Gescheites fiel ihm nicht ein. Sie konnten nur einen Durchbruch versuchen!

Nur noch wenige Meter trennten den Bacariten von ihnen. Dann würde sie der Lichtkegel offenbaren.

»Laufen!«, zischte Finn. »Das ist der einzige Ausweg!«

Decoras bebender Körper hatte sich dicht an ihn gepresst. Finns Puls hämmerte in seinen Schläfen.

»Nach unten. JETZT!«, brüllte Finn.

Sie sprangen auf und spurteten los. Der Bacarit direkt vor ihnen wurde von dem abrupten Manöver überrascht und startete zu spät in ihre Richtung. Sie bogen zwischen zwei Regalen ab und tauchten unter dem Lichtschein der Fackel des zweiten Bacariten hindurch.

»Da sind sie! Sie rennen zur Treppe!«

Finn keuchte. Decora rannte rechts neben ihm. Sie blickten nicht nach hinten, sondern hörten nur die Schritte aller drei Bacariten, die ihnen folgten. Wie sie es zur Treppe schafften, ohne mit einem Regal zusammenzuprallen, wusste Finn nicht, aber offenbar reichte das Licht der Fackeln aus, um ihnen genügend Durchblick zu verschaffen.

Sie hechteten die Treppe hinab, sprangen die letzten Stufen

hinunter und rissen sich beidhändig am Geländer herum. Über ihnen krachte Holz und der gebündelte Lichtkegel aller drei Fackeln zeigte sich oberhalb der Treppe.

Sie rannten zurück zum Treppenabgang und die Stufen hinunter. Der matte Morgenhimmel warf mittlerweile fahles Licht hoch in den Sperrtrakt. Das Dach überquerten sie in wenigen Augenblicken und stürzten nebeneinander die Treppe hinab in den fünften Stock.

Licht, überall Licht! Ihre Augen waren noch an die Dunkelheit gewöhnt und brannten. Jemand hatte bereits alle Fackeln an den Wänden wieder angezündet! Aber nicht nur das: Aus allen Richtungen eilten Bacariten und Gildenmitglieder in ihren langen, wehenden Kutten auf sie zu.

»Stehen bleiben!«, rief der vorderste Bacarit.

Decora und Finn stolperten auseinander. Finn duckte sich hinter einem Regal. Sie durften sich nicht verlieren!

»Nach unten, Decora!«, brüllte er.

Sollten die doch ruhig wissen, wo sie hinwollten – es gab ohnehin keinen anderen Weg!

Doch selbst, wenn sie es aus der Gilde schafften, die Wächter würden sie doch verfolgen! Aber vielleicht konnten sie sie in der Stadt abhängen! Sie mussten es versuchen.

Von beiden Seiten rannten jetzt die Gildenmitglieder auf Finn zu. Wo zum Henker war Decora? Finn rannte weiter in den nächsten Gang. Ein spitzer Schrei hallte durch den Raum.

»Decora!«

Finns Stimme war verzweifelt.

»Wenn ihr ihr etwas antut!«

Er rannte weiter und suchte dabei nach Decora. Die Gänge waren lang und breit, er hatte Platz zum Rennen. Finn beschleunigte so sehr, dass die Gildenmitglieder hinter ihm zurückblieben, selbst, wenn er dabei um eine Regalecke bog.

Mit einem Knall wurden die Bücher aus dem Regal vor ihm förmlich weggesprengt. Die Gliedmaßen zweier Bacariten schoben sich aus dem Holz des Regals und formten sich immer weiter zu vollständigen Körpern. Finn dachte an Raukelunk. Er erinnerte sich daran, wie dieser buchstäblich durch Holz hindurchwachsen konnte. Alle Bacariten hatten diese Fähigkeit!

Finn vollführte eine Kehrtwende und sprintete in die entgegengesetzte Richtung. Er bog nach links ab und rannte weiter. Mehrere Bacariten waren ihm auf den Fersen, die auf den Regalen rannten und in weiten Sprüngen mühelos die Lücken dazwischen überwanden.

Ein Regal links neben ihm kippte und aus der rechten Rückwand manifestierte sich ein weiterer Wächter. Wie ein Hase lief Finn im Zickzack um seine Hindernisse.

Rechts über ihm tauchte ein anderer Bacarit springend in das ächzende Holz. Die Bücher flogen auseinander und segelten wie im Bombenhagel durch den Raum. Der Oberkörper des Bacariten schob sich aus dem untersten Regalfach und schnappte nach Finns Füßen. In letzter Sekunde rettete ein Sprung ihn vor der Umklammerung.

Finn spurtete weiter in gerader Linie auf die Treppe zu. Hinter ihm preschten jetzt unzählige der Wächter, ohne noch weiter an Zeit zu verlieren, einfach mitten durch das Holz. Bücher zischten gegen die Decke und flogen durch die Gänge. Die Wächter kümmerten sich nicht mehr um das Holz, das ihnen im Weg war. Im selben Moment, in dem sie in die Rückwand sprangen, schoben sie sich auf der Vorderseite schon wieder heraus.

Immer mehr Bacariten hechteten kopfüber durch ihre

Hindernisse. Ein paar Meter vor Finn schossen zwei Wächter einfach aus dem Boden. Wie konnte es sein, dass Teile des Bodens aus Holz waren? Finn war umzingelt. Wo war Decora?

Ein heftiger Schmerz breitete sich von seinem Hinterkopf aus und Finn fiel zu Boden.

Renkeja

Finn schlug die Augen auf, sein Hinterkopf schien vor Schmerz zu pulsieren. Er wusste nicht, was passiert war, oder wo er sich befand, und schaute sich um. Er lag auf einem harten, kalten und feuchten Steinboden. Offenbar befand er sich in einer kleinen Zelle irgendwo in einem Verlies. Vielleicht im Keller eines großen Gebäudes.

Die Wände waren schmutzig, genauso wie der Boden. Die Zelle war nicht größer als drei mal drei Meter. In einer Ecke war eine Pritsche an der Wand befestigt, sonst gab es neben einem alten rostigen Teller, auf dem merkwürdig runzlige Blätter lagen, nichts weiter zu sehen. Von irgendwoher erhellte spärlicher Fackelschein den Gang vor der Zelle. Finns Schädel dröhnte, doch dann fiel ihm plötzlich alles wieder ein. Wild blickte er sich nach Decora um, konnte sie aber nirgends entdecken. Er dachte nach: Die Bacariten hatten ihn überwältigt und mussten auch Decora gefasst haben. Ihm wurde schlecht. Sie mussten sie woanders hingebracht haben.

Finn richtete sich auf und ging mit wackeligen Schritten zu der Gittertür. Er umfasste mit den Händen die Stäbe und rüttelte daran. Nicht einen Zentimeter konnte er das Eisen bewegen. Aber was hatte er auch erwartet?

Er presste das Gesicht an das kalte Metall und spähte in den Gang, der sich links und rechts vor seiner Zelle erstreckte. Gegenüber lagen weitere Zellen und er vermutete auch neben sich noch weitere, konnte aber nichts erkennen, weil sein Kopf nicht durch die Stäbe passte. War noch jemand hier? Wächter oder Gefangene? War Decora auch eingesperrt?

»Decora!«, rief er.

Es klang mehr als verzweifelt.

»Decora!«

Keine Antwort.

Er wiederholte seinen Ruf ein drittes und noch ein viertes Mal. Wieder nichts. Es war sinnlos. Oder vielleicht hatte sie ihn nur nicht gehört …

»Decora!«

Er brüllte aus Leibeskräften.

»Halt's Maul!«, tönte es da plötzlich zurück.

Finn zuckte zusammen. Die Stimme kam von rechts.

»Frauen wirst du hier nie wieder zu Gesicht bekommen, also sei gefälligst still!«

Jemand lachte grässlich.

»Oder willst du vielleicht, dass dich die Wächter in die Grube werfen? – Dann nur weiter …«

Finn schluckte. Ihm brach der Schweiß aus und ein stechender Schmerz durchfuhr seinen Rumpf: Er hatte furchtbare Angst. Er war sich nicht sicher, ob er je wieder das Tageslicht sehen würde, und sank verzweifelt zurück auf den Boden. Würde er hier drin verhungern oder verdursten? Er fühlte sich jetzt schon ganz krank. Aber noch etwas Schlimmeres schoss ihm durch den Kopf: Was auch immer mit Decora passiert war, *er* war dafür verantwortlich.

Finn wusste nicht, wie lange er schon auf dem Boden der Zelle gesessen hatte. Kein Wächter kam den Gang entlang und auch der andere Gefangene reagierte nicht mehr, wenn er leise nach ihm rief. Er fürchtete sich aber, laut zu schreien, denn was auch immer mit der *Grube* gemeint war – er wollte sie nicht näher kennenlernen.

Irgendwann schlief er murmelnd auf der Pritsche ein, in Gedanken bei den Abenteuern, die er in der letzten Zeit erlebt hatte, und bei den Personen, die er dabei getroffen hatte. Alles kam ihm so unwirklich vor. Nur das harte Pritschenholz machte ihm bewusst, dass er nicht träumte.

Als er wieder aufwachte, schmerzte sein ganzer Körper. In seiner Zelle hatte sich nichts verändert. Die Lichtverhältnisse waren dieselben. Nur die Blätter auf seinem Teller schienen frischer.

Wieder versuchte Finn Kontakt aufzunehmen – völlig egal, mit wem – scheiterte aber erneut. Er fragte sich, wie lange er schon in der Zelle saß. Er hatte einmal gehört, dass man in solchen Situationen das Zeitgefühl verlieren konnte. Vielleicht hatte er das ja schon.

Die Blätter schmeckten widerlich, aber er würgte sie trotzdem hinunter, denn sein Hunger war noch schlimmer. Danach ging er in der Zelle auf und ab. Jäh schreckte er hoch: Wie lange war er so hin- und hergelaufen? Er setzte sich wieder hin. Schließlich schlief er erneut ein. Als er wieder aufwachte, verbrachte er zunächst wiederum seine Zeit damit, ein Zeichen eines Wächters zu entdecken. Plötzlich sah er jemanden vor seiner Zelle im Dunkeln stehen, sprang auf und rüttelte an den Gitterstäben. Er rief, aber niemand war dort. Er musste sich die Gestalt wohl nur eingebildet haben. Warum kam kein Wächter zu ihm? Wieder ging er auf und ab und zermarterte sich das Hirn darüber, was er tun konnte. Ihm wurde schwindlig, doch dann kam ihm eine Idee: Wenn er wartete, bis sein Teller wieder aufgefüllt wurde, würde er schon jemanden treffen, dem er Fragen stellen konnte.

Er wartete und wartete. Die Luft war kühl und er war froh, dass er seine Kleidung noch anhatte. Trotzdem musste er weiter hin- und herlaufen, um sich warm zu halten. Als ihm schließlich erneut schwindlig und sogar schlecht wurde, setzte er sich wieder hin. Bald fielen ihm auch immer wieder die Augen zu, doch noch war niemand gekommen, der ihm über seine Lage Auskunft gegeben hatte oder mit dem er einfach nur kurz ein Wort hatte wechseln können. Was für ein Gefängnis war das hier?

Aber Finn wusste ja rein gar nichts über das Strafsystem auf Telluriscor und bekam, während er darüber nachdachte, mehr und mehr Angst, dass er hier für immer sich selbst überlassen sein würde. Wenn doch nur die Zellen vor und neben ihm besetzt gewesen wären!

Er ärgerte sich, weil er seine Gedanken für selbstsüchtig hielt, und dachte lieber wieder an Decora, dann an Ina und Woti. Seine Gedanken schweiften schließlich zur Gilde und zu ihrer Gefangennahme durch die Bacariten.

Sieben Mal – zumindest glaubte er das – war er mittlerweile in mehr oder weniger unruhigen Schlummer gefallen und wieder aufgewacht. Er wunderte sich nicht, dass der Teller genau in der Zwischenzeit wieder aufgefüllt worden war. Beim nächsten Mal wurde er abrupt aus dem Schlaf gerissen.

Wie ein wildes Tier schreckte er hoch und sprang auf die Füße. Sogleich überfiel ihn wieder die schreckliche Übelkeit und er drohte vor Schwindel umzufallen. Trotzdem zwang er sich, stehenzubleiben. Ein hochgewachsener Mann schloss seine Zelle auf. Er erkannte am Schild mit den Ährenwappen, dass es sich um einen königlichen Wächter handelte, und wollte gerade zum Sprechen ansetzen.

»Jetzt nicht!«, unterbrach ihn die Wache. »Spar dir deine Worte für den König. Ich weiß zwar nicht, wie ein so verkommener Bursche wie du dazu kommt – aber der König verlangt nach dir. Wehe, du versuchst irgendetwas zu unternehmen. Eine falsche Bewegung – und ich verkürze dein Leben nur zu gerne um ein paar Jährchen!«

Die Klinge der Wache blitze im Fackelschein und Finn bezweifelte nicht, dass sie sie auch wirklich benutzen würde. Außerdem war der Mann auch ohne Schwert fast drei Köpfe größer. Also schwieg er still.

»Raus aus der Zelle.«

Der Wachmann schubste ihn auf den Gang.

Was um alles in der Welt konnte der König von einem Einbrecher wollen?

»Vorwärts! Na geh schon!«

Er setzte sich in Bewegung. Der Gang zog sich in die Länge und alle Zellen in der Umgebung waren leer. Erst als Finn nach vielen Metern um eine Ecke gebogen war, sah er andere Gefangene. Hatte es etwas zu bedeuten, dass sie ihn in eine Zelle fernab von den anderen eingesperrt hatten?

Doch plötzlich meldete sich ein Fünkchen Hoffnung: Vielleicht würde er Decora beim König wiedersehen!

Zwei vor Dreck starrende Gefangene in einer winzigen Zelle grölten, schmissen mit kleinen Knochen nach Finn und lachten dreckig. Kaum drehte sich die Wache zu ihnen um, verstummten sie sofort und murmelten leise vor sich hin. Offensichtlich stimmte das mit der Grube.

Finn stellte sich vor, dass die Murmeleien der Gefangenen nichts anderes als Flüche und Verwünschungen gegen die Wache waren. Ihm fiel mit einem vorsichtigen Seitenblick auf, dass nur Männer hier eingesperrt waren. Öfter noch als Menschen und Gwillinge sah er Trolle, Bacariten entdeckte er hingegen kaum.

»Schneller!«, schimpfte die Wache. »Wir haben nicht den ganzen Tag Zeit.«

Finn beschleunigte seine Schritte. Wieder ging es um eine Ecke, dann endete der Zelltrakt abrupt. Sie stiegen eine steinerne Treppe hinauf, an deren Ende die Wache ihn unsanft durch eine Tür stieß.

Der längliche Raum dahinter lag in gelblichem Kerzen- und Fackelschein. Es gab keinerlei Fenster. Teppiche mit Jagdszenen und Vögel- und Blumenmustern zierten in regelmäßigen Abständen die Steinwände. Auch auf dem Boden war der Einrichter bei der Auslage von Teppichen großzügig gewesen! Lautlos gingen sie über den dicken Stoff zu einem kleinen Schreibtisch, der in der Mitte des Raumes stand und auf dem sich allerhand Utensilien zum Erledigen von Schreibangelegenheiten türmten. Auf einem Schemel dahinter saß eine weitere Wache und schaute nicht mal zu ihnen hoch, als sie vorbeimarschierten.

Aus dem Augenwinkel erkannte Finn in einem angrenzenden Raum viele Betten und Holztruhen. Offenbar waren sie in einer Wachstube, die oberhalb des Gefängnisses lag.

Der Wächter schob eine Tür am Ende des langen Raumes auf: Helles Tageslicht blendete Finn, als er in einen kleinen, lichtdurchfluteten Hof hinaustrat. Die Sonne stand so hoch am Himmel, dass sie direkt auf ihn herabschien. Es musste Mittag sein. Wilder Wein rankte mit saftigen grünen und bläulichen Blättern an den steilen Mauern hinauf, die auf allen Seiten in die Höhe schossen. Unzählige Fenster waren in den dicken Stein eingelassen, die obersten so klein, dass sie kaum mehr zu erkennen waren. Sie mussten sich in einer riesigen Festung befinden. Wahrscheinlich befanden sie sich sogar im Königspalast! Finn erinnerte sich daran, wie imposant der Palast von der Hauptstraße und von außerhalb der Stadtmauern gewirkt hatte. Obwohl er sich nur in einem unbedeutenden Zwischenhof befinden konnte, staunte er, wie von drinnen alles noch viel größer wirkte. Es wäre ihm jedoch lieber gewesen, die Architektur bei einem freiwilligen Besuch kennenzulernen.

Sie durchquerten den Hof und betraten hinter einer Holztür einen breiten Flur. Die Decke war weit nach oben gezogen, was den Gang wie eine Halle wirken ließ. Das hohe Deckengewölbe erinnerte ihn an die Wandelhallen alter Burgen und Klöster. Links und rechts sah Finn eine Reihe von geschlossenen Türen. Manchmal kreuzten sie auch prächtige Gänge, die in andere Teile des Palastes führten. Während sie dem endlosen Gang folgten, gesellten sich noch andere Wachen zu ihnen und marschierten hinter oder neben Finn her. Es war doch überhaupt nicht nötig, ihn so stark zu bewachen!

Schließlich machten sie am Fuß einer hohen Treppe halt. Am oberen Ende befand sich eine große Flügeltür, die von vier weiteren Wachen flankiert war. Finns Wächter marschierte nach oben und betrat den dahinterliegenden Raum. Die Tür wurde sogleich wieder verschlossen.

Die anderen bedeuteten ihm schweigend, dass er noch zu warten hatte. Warum war Decora nirgends zu sehen? War sie vielleicht schon vor den König geführt worden?

Von einem Fuß trat Finn auf den anderen. Die Zeit schien nicht vergehen zu wollen. Endlich schob sich die Tür wieder auf und ein Mann in einer langen weißen Robe erschien.

»Finn?«, fragte er mit abschätziger Miene.

»Ja.«

Woher um alles in der Welt kannten sie seinen Namen?

»Der König Renkeja wünscht dich nun zu sprechen. Aber sei gewiss, dass du beim kleinsten Fehltritt, den du dir zu Schulden kommen lässt, wesentlich Schlimmeres zu erwarten hast als die kurze Zeit unten im Kerker. Überlege dir also gut, was du sagst und was du tust.«

Finn schluckte. Wie hatte er sich denn richtig zu benehmen?

Schon wurde er die Treppe hochgestoßen. Er stolperte, fing sich aber glücklicherweise wieder. Zwei Wachen eilten voraus und öffneten die große Flügeltür.

Der Raum dahinter war schier riesig! Es bestand kein Zweifel: Es musste sich um den Thronsaal handeln! Schon setzten sich die Wachen in Bewegung und schubsten ihn abermals vor sich her. Zu beiden Seiten war der Raum von gigantischen runden Fenstern umsäumt. Finn konnte sich nicht erklären, wie so viel Licht in das Herz einer Burg fallen konnte!

Im Gehen konnte Finn gar nicht zählen, wie viele Wachen dort an den Seiten vor den Fenstern standen! Vorbei ging es an Schreibtischen, an denen geschäftig wirkende Menschen und Gwillinge über Büchern brüteten oder eifrig Dinge zu Papier brachten. Zwischen den Fenstern hingen lange Banner von der gewölbten Decke und zeigten das herrschaftliche Symbol der im Kreis geschwungenen Ähren.

Weit vor sich am Ende des Saals sah Finn eine Treppe auf ein höher gelegenes Podest führen, auf dem fünf Throne vor einem ehernen Altar standen. Das Podest beherbergte dazu überlebensgroße Figuren von Engeln, wie sie Finn auch schon vorher in der Stadt gesehen hatte. Zum ersten Mal kam Finn die Frage in den Sinn, was für eine Religion die Bewohner von Telluriscor wohl hatten und ob hier vielleicht ausschließlich zu diesen merkwürdigen Engeln gebetet wurde.

Immer näher führten ihn die Wächter nun an den Treppensaum

heran: Um diesen herum hatten sich unzählige Zuschauer postiert. Auch Trolle und Bacariten standen in der Menge. Die meisten waren in teure Kleider gehüllt. Sie gehörten wohl zum Hofstaat. Dazwischen erkannte Finn auch einige Bacariten-Wächter aus der Gilde, die allesamt besonders finster zu ihm hinüberstierten.

Plötzlich machte sein Herz einen Luftsprung: Zwischen all den unbekannten Gesichtern erkannte er auch Ina und Woti! Sie waren von den anderen zurückgedrängt worden und standen hinter den Reihen des Hofstaats. In ihren Augen war Sorge zu erkennen, keinesfalls Ärger. Finn wollte ihnen irgendein Zeichen geben oder vielleicht auch eines von ihnen haben, aber sie gaben ihm mit ihren Blicken unmissverständlich zu verstehen, dass er sich sofort wieder nach vorn zu wenden hatte.

Nur noch ein paar letzte Schritte, dann blieben die Wächter stehen und kreuzten ihre Waffen vor Finn.

Die beiden rechten Thronstühle waren frei. Auf dem ganz linken saß ein Gwilling, dessen Beine waagerecht nach vorne standen, weil der Thron viel zu groß für ihn war. Er hatte eine Mütze nach Art der Basken auf und war in bunte Pluderhosen gekleidet. Sein Oberhemd hatte dicke Rüschen und in der linken Hand hielt er ein großes Stück Pergament sowie eine Schreibfeder in der rechten. Finn wollte zuerst schmunzeln, besann sich dann aber eines Besseren. Die diskutable Mode der Gwillinge war wohl nicht der richtige Eisbrecher in seiner Situation.

Daneben saß ein junger Mann in Finns Alter, fein gekleidet und von riesenhafter Statur. Er trug einen Umhang. Sein langes blondes Haar hing wild bis weit unter die Schultern herunter. Auf seiner Weste prangte das königliche Wappen. Finn bemerkte die gewaltigen Muskelberge des jungen Mannes, denn seine Arme waren nicht von Kleidung bedeckt.

Auf dem mittleren Thron saß ein Mann mittleren Alters, dessen nach vorn gebeugte Haltung nicht seine einschüchternde Statur verstecken konnte. Er hatte einen kurz geschorenen Vollbart, der ebenso grau-metallisch blitzte wie sein langes Haar. Eine Krone zierte sein Haupt und neben seinen feinen Kleidern schwang sich ein samtener Umhang von seinem Rücken neben der Thronlehne auf den Boden. Keine Frage – das musste Renkeja sein.

Finn wartete, dass etwas geschah, doch alles um ihn herum schwieg still und er wagte es nicht, etwas zu sagen. Während lange, unbarmherzige Augenblicke verstrichen und der König ihn interessiert musterte, hielt er vor Anspannung die Luft an. Der Hofstaat indes starrte regungslos nach vorn. Wenn ihn auch die anderen Anwesenden beobachteten, dann lediglich aus den Augenwinkeln.

Finn wusste nicht, ob er dem König in die Augen schauen sollte, da er aber dessen abschätzenden Blick und die Ungewissheit nicht ertragen konnte, wandte er den Blick ab. Worauf warteten sie?

Plötzlich wurde weit hinter ihnen die Flügeltür aufgeworfen: Finn drehte sich reflexartig um, so sehr erschreckte er sich in der angespannten Stille vor dem Türgeräusch. Sein Herz schlug einen Salto. Es war Decora, die in Begleitung dreier weiterer Wachen zu ihnen geführt wurde. Unsicher taxierte sie den Thronsaal. Als sie Finn erblickte, erhellte sich ihr Blick und ihr Gesicht, das über und über von Schmutz bedeckt war, blitzte auf vor neu gewonnenem Mut.

»Finn!«

Decoras gedämpfter Schrei erstarb in der riesigen Halle.

Sie sah ausgezehrt und blass aus. Das Licht! Dort, wo sie eingesperrt gewesen war, hatten ihr sicher das Mond- und Sonnenlicht gefehlt!

Decora beschleunigte ihre Schritte, schließlich rannte sie los. Die Wächter schossen ihr hinterher. Sie fiel in Finns Arme. Silberne Tränen schimmerten in ihren Augen.

»Genug jetzt!«, brüllte ein Wächter und zerrte sie auseinander.

»Schon gut, schon gut!«

Die herrschaftliche Stimme des Königs hallte durch den Saal. Er hatte sich erhoben.

Sofort ließen die Wächter von ihnen ab und nahmen Haltung an.

»Sie sollen diesen Moment haben«, sagte der König.

Außer Decoras leisem Schluchzen war es totenstill im Thronsaal. Finn hielt sie fest umklammert. Alle Augen waren auf sie gerichtet. Aus einer Ecke konnte man Ina seufzen hören.

Schließlich lockerte Decora ihre Umarmung und trat einen Schritt zurück.

Der König räusperte sich und ein Wächter eilte über die Treppe hoch auf das Podest und blieb neben den Thronen stehen.

»Ehre sei Renkeja, dem König der westlichen Lande. Und Ehre sei Kiran, seinem Sohn«, rief er.

Der muskulöse junge Mann neben Renkeja rückte genüsslich auf seinem Thron hin und her.

»Der König hat heute seinem geschätzten Sekretär Bratuck das Protokoll überantwortet«, schloss die Wache.

Der bunt gekleidete Gwilling hob kurz seinen Kopf, so als sei ihm dies ganz und gar lästig, rümpfte die Nase und widmete sich sofort wieder seinem Pergament.

»Soso«, erhob Renkeja das Wort. »Das sind also die beiden, die es gewagt haben, in die Gilde einzubrechen.«

Er legte eine Pause ein und ließ es zu, dass im Hofstaat interessiert getuschelt wurde. Als er seine Hand hob, kehrte augenblicklich wieder Grabesstille in den Thronsaal ein.

»Ist es korrekt, dass eure Namen Finn und Decora sind?«

Finn und Decora nickten. Bratuck, der Sekretär, kritzelte eifrig auf seinem Pergament.

»Es war schwierig, wenn nicht gar unmöglich, mehr über euch herauszufinden. Und dabei will man doch wissen, wer es da wagt, in den Sperrtrakt der eigenen Stadt einzubrechen – zumal in diesen Zeiten. Ein Grund jedenfalls, warum ihr nun hier seid. Eine Audienz ist nicht leicht zu bekommen, schon gar nicht im Falle eines Einbruchs. Aber eure Tat ist in aller Munde. Dieses spezielle Verbrechen hat bisher noch niemand gewagt.«

Wieder machte der König eine Pause. Die Anwesenden murmelten untereinander. Finn dachte, dass er ihnen genau das zu geben schien, wonach sie dürsteten. Dabei fixierte er ihn und Decora die ganze Zeit weiter, ohne auch nur einmal zu blinzeln. Abermals hob er einen Finger und die Geräuschkulisse erstarb von Neuem.

»Wie dem auch sei, der eigentliche Grund aber, warum ihr nun vor mir steht, sind die beiden Gwillinge Ina und Woti!«

Woti und Ina traten unsicher einige Schritte aus der Menge der Umstehenden heraus. Es war ihnen anzumerken, dass sie sich nicht wohlfühlten.

»Tagelang«, ließ Renkeja weiter vernehmen, »sind sie bei meinen Beratern Sturm gelaufen, damit ich euch eine Anhörung gewähre. Angeblich sollt ihr Woti das Leben gerettet haben. Er steht nach eigener Aussage so tief in eurer Schuld, dass er euch nicht aufgeben konnte. Wie er davon erfahren hat, dass ihr im Gefängnis sitzt, ist mir schleierhaft, aber er und das Fräulein Ina haben einfach nicht locker gelassen. Seltsamerweise konnte man bei den beiden aber auch nichts Näheres über euch in Erfahrung bringen! Es scheint fast so, als würden sie selbst kaum etwas über euch wissen. Höchst verdächtig, wenn man bedenkt, dass auch ein Spitzel der drei Königinnen sicherlich darauf bedacht wäre, so wenig von sich wie möglich preiszugeben! Das Einzige, das ich bisher weiß, ist, dass ihr seit dem Wandernden Wald mit Woti zusammen gereist seid und schließlich ohne Geld und mit einer ganz und gar unglaubwürdigen Geschichte bei unserer in ganz Weit-Alon geschätzten Herbergswirtin Ina untergekommen seid.«

Ina errröte.

»Dann habt ihr euch sehr für die Gilde interessiert und besaßt auch noch die Tolldreistigkeit, im Vorfeld eures Verbrechens offenkundig Interesse an verbotener Literatur zu bekunden.«

Renkejas Stimme klang nun rauer.

Wie aufs Stichwort drängte sich Metauus, der Novize aus der Gilde, durch die Menge nach vorne und funkelte Finn und Decora böse an.

»Man kennt sich also«, sagte der König beinahe belustigt, während er den Novizen zweiten Grades betrachtete.

Finn und Decora mieden Metauus' Blick.

»Ich muss zugeben«, fuhr Renkeja fort, »dass ich mittlerweile selbst neugierig geworden bin, wer ihr nun seid und was ihr genau in der Gilde zu finden erhofft hattet. Ihr dürft nun eine Erklärung abgeben. Aber bedenkt: Eure Geschichte sollte mir besser gefallen! Noch haben meine Berater und ich alle Spitzel der drei Königinnen enttarnt. Wir haben dafür sogar extra einen ganz speziellen Trakt in unseren Verliesen einrichten lassen …«

Auf gar keinen Fall durften sie zurück in die Verliese! Decora würde das nicht lange durchstehen können. Noch ein paar Tage dort unten ohne die Sonne, die Sterne oder den Mond und sie würde vermutlich sterben. Genauso wie ihre Eltern und Verwandten. Finn wollte sich gar nicht ausmalen, wie schrecklich die Zeit für seine Begleiterin im Verlies gewesen sein musste.

Renkeja funkelte sie an.

»Jetzt wäre ein guter Moment«, sagte er.

Finn und Decora blickten sich an. Sollten sie die Wahrheit sagen? Aber wer würde ihnen diese abkaufen? Und dennoch: Bei Raukelunk hatte es schon einmal geklappt. Was sollte ihnen weitere Geheimnistuerei auch bringen? Sie waren damit ja bereits in die Falle getappt und geschnappt worden. Und sie waren Fremde hier – sie kannten sich nicht aus und daher würden auch neue Lügen kaum glaubhaft ausfallen. Nein, es war an der Zeit: Sie mussten die Wahrheit sagen.

Finn nickte. Decora hatte verstanden.

»Woti, Ina – es tut uns leid, euch nicht die Wahrheit gesagt zu haben. Immerhin haben wir jetzt die Chance, dies nachzuholen«, begann Decora.

Finn hörte Ina aufschluchzen, sah aber nicht hinüber.

Dann wandte Decora sich an den König: »Die Geschichte ist lang, aber dennoch muss sie ganz erzählt werden. Bitte gebt uns ein wenig Zeit. Ihr werdet nachher sehen, dass wir keine direkten Beweise haben, aber …«

»Ich bin durchaus in der Lage, mir ein objektives Urteil zu bilden«, erklärte er barsch.

»Also dann«, sagte Decora.

»Alles begann vor etwa zwei Jahren …«

Langsam und bedächtig erzählte Decora die Geschichte. Bald wechselten sich Finn und Decora ab, ergänzten sich und berichteten ihre unglaublichen Erlebnisse. Im Verlauf der Geschichte hingen ihnen die Zuhörer immer mehr an ihren Lippen. Ja, selbst viele Wächter hielten ihre Lanzen und Schwerter lockerer, so gebannt lauschten sie den unglaublichen Anekdoten. Der Sekretär des Königs hatte sein Pergament sinken lassen und hörte mit offenem Mund zu.

Ihre Worte waren ehrlich, ja leidenschaftlich. Endlich konnten sie der Gesellschaft, in die sie geschlittert waren, berichten, welches Schicksal sie antrieb! Jedes neue Wort wirkte bald wie eine Erlösung und es öffneten sich dicke Fesseln in ihren Köpfen, die sich durch ihre Scharade geknüpft hatten.

Decora empfand es als Erlösung, endlich die Wahrheit zu sagen. Sie merkte erst jetzt, wie schwer die Lügen Ina und Woti gegenüber sie eigentlich belastet hatten. Sie ließ sogar ihre blau schimmernde Tätowierung unter ihrer Kleidung hervorblitzen und berichtete von den lunatischen Ritualen ihrer Heimat. Finn schilderte das Auftauchen des Portals in seinem Zimmer und die Verfolgung durch den Kelpen. Sie berichteten genau, wie sich das Treffen mit Raukelunk im Lampignon-Wald zugetragen hatte und dass er sie danach zum Himmelfahrtskommando beim Hohen Plateau geschickt hatte. Auch beim Bericht ihrer Reise durch den Wandernden Wald blieben sie bei der Wahrheit, erzählten, wie sie für Finn Kleidung gestohlen hatten, und erklärten, wie sie Stück für Stück mehr von der fremden Welt kennengelernt hatten. Mit Worten, die für die Zuhörer Telluriscors sicherlich exotisch klingen mussten, taten sie ihr Staunen über Weit-Alon kund, über die Schwimmhäuser, über die Magie, die Finn gar nicht und Decora nicht in dieser Form kannte, über den Birkenblick und über die Vogelmärkte mit ihren merkwürdigen Geschöpfen. Zuletzt standen alle Münder offen, als sie von ihrem nächtlichen Einbruch in die Gilde durch den Zwinger der Bären berichteten.

»Und schlussendlich haben uns die Fußspuren den Wächtern der Gilde verraten«, schloss Finn ihre Erzählung.

Im Saal war es so still, dass man jeden Schritt auf dem Steinboden hören konnte. Gespannt sah der Hofstaat den König an, der schweigend dasaß und Finn und Decora lange Zeit prüfend anstarrte.

Gerade, als das Schweigen für Finn, Decora, Woti und Ina fast unerträglich wurde, ergriff er endlich das Wort.

»Ich muss schon sagen, das ist eine mehr als ungewöhnliche Geschichte, die ihr da zu erzählen habt. *Mehr* als ungewöhnlich ...«

Auf sein Zeichen hin schritt sein Sekretär zu ihm hinüber, dem er etwas ins Ohr flüsterte und auf die gleiche Art und Weise eine Antwort bekam. Diese Prozedur wiederholte sich bei seinem Sohn Kiran. Einmal noch blickte er Finn und Decora tief in die Augen, dann wandte er sich an Hofstaat und Wächter und sprach:

»Wirklich, diese Geschichte ist doch *zu* ungewöhnlich, als dass sie der Wahrheit entsprechen kann. Ich weiß zwar nicht, woher die drei Königinnen ihre Spione in diesen Tagen nehmen, aber in ihren Ausbildungslagern für Gaukler und Komödiendichter finden sich sicherlich noch eine ganze Menge anderer Verrückter wie ihr! Mein Urteil ist Gefallen: Die Strafe ist Gefängnis – Einzelhaft für jeden. Ihr werdet so schnell nicht wieder die Gelegenheit bekommen, schwarzmagische Schriften für die Hexen zu beschaffen! Was *nach euren zehn Jahren* im Verlies mit euch geschieht, darüber sollen sich die geschätzten Mitglieder der Gilde beraten. Immerhin sind vor allem sie die Geschädigten!«

Ein Raunen erhob sich im Thronsaal. Voller Angst blickten sich Finn und Decora an. Das war es also! Finn drückte Decora so fest an sich, wie er konnte. Sie durfte nicht im Verlies sterben!

»Nein!«, rief er. »Renkeja, hört uns bitte noch einmal an!« Doch Renkeja erhob sich, sodass es wieder still wurde.

»Meine persönlichen Wachen werden für ein sofortiges Inkrafttreten des Urteils sorgen. Ich erwarte von den Gildenmitgliedern eine Stellungnahme bis zum nächsten Sonnenuntergang, was mit den Gefangenen nach Vollendung ihrer Strafe passieren soll, einzureichen schriftlich und mit allen erforderlichen Unterschriften versehen bei meinem Sekretär. Der offizielle Teil dieser Audienz ist damit beendet.«

Sofort begann sich der Thronsaal zu leeren. Viele der Wachen und der tuschelnde, oft sogar nickende Hofstaat schoben sich zur Flügeltür. Einige blickten im Gehen aber auch teilnahmsvoll zu ihnen herüber. Decora immer noch fest an sich gedrückt bemerkte Finn, dass Renkeja einem Wächter vor der Treppe ein Zeichen zu geben schien. Er versuchte herauszufinden, was das zu bedeuten hatte, folgte mit seinem Blick der Wache und sah, dass sie zu Woti und Ina trat und die beiden festhielt. Zusammen mit ebenjener Wache und einigen anderen blieben die beiden Gwillinge im Raum zurück. Auch der Sekretär Bratuck, Renkejas Sohn und der König selbst wandten sich nicht zum Gehen.

Als alle anderen fort waren und die Flügeltür von außen verschlossen worden war, sprach Renkeja wieder zu ihnen:

»Bevor ihr irgendetwas sagt oder noch versucht, euch euren Weg freizukämpfen«, der König schien diesen Gedanken seinem Lächeln nach zu urteilen durchaus amüsant zu finden, »versichere ich euch, dass ihr euch keine Sorgen machen müsst. Ich glaube euch eure Geschichte!«

Die Worte trafen Finn und Decora wie ein Kanonenknall. Wie um alles in der Welt war das zu verstehen? Vor ein paar Sekunden hatte

Renkeja sie doch noch ins Verlies werfen wollen! Finn glaubte fast, dass Renkejas Worte nur ein übler Scherz waren und auch Decora wirkte verunsichert. Aber dann sah er plötzlich ein Lächeln auf Renkejas Gesicht. »Lasst es mich erklären!«, sagte der König mit einer Stimme, die viel wärmer klang als zuvor. »*Normalerweise* hätte ich eine derartig verrückte Geschichte *niemandem* abgekauft! Nicht aber in eurem Fall. Erstens – ich bin als König vertraut mit der alten Literatur und weiß, dass Experimente mit Portalen durchgeführt wurden, wenngleich ich Berichte über verschiedene Welten, die man damit angeblich bereisen konnte, immer als Scharlatanerie abgetan habe.«

»Es gibt tatsächlich Berichte über andere Welten?«, rief Finn.

Mit einem strengen Blick gebot der König Finn das Schweigen. Sofort erröte Finn und betrachtete angestrengt den Boden.

»Zweitens – ich muss zugeben, dass du Decora – wie soll ich das sagen? – eindeutig etwas *zu* außergewöhnlich für einen normalen Menschen bist.«

Er taxierte die Lunata einmal von oben bis unten.

»Und obwohl es mir selbst verrückt vorkommt, glaube ich dir, dass du ein ganz anderes Wesen bist, als wir es kennen.«

Noch einmal legte er eine Pause ein und schien seine nächsten Worte gründlich abzuwägen.

»Aber *nichts* von alledem hätte mich vollends überzeugt, wenn ich nicht *den einen sicheren Beweis* gehabt hätte, der eure Geschichte stützt.«

Finn fragte sich, was das sein konnte, und beobachtete dabei Woti, der bei dem ganzen Stress ganz wackelig auf seinen Füßen geworden war und sich an seiner Wache festhielt.

»In dem Moment, als du, Finn, vom Eindringen dieses *Kelpen* berichtet hast, da wusste ich, dass ihr die Wahrheit sagt!«

Finn war verwirrt. Auf Telluriscor gab es keine Kelpen. Er dachte angestrengt nach, da ging ihm plötzlich ein Licht auf. Er hatte verstanden.

»Er ist hier, nicht wahr?«, fragte er den König.

Renkeja nickte und Ina schlug die Hände vor dem Mund zusammen.

»Ich habe dieses Wesen mit eigenen Augen gesehen. Es gibt keinen Zweifel. Es sieht genauso aus, wie ihr es beschrieben habt: Die Klauen, der Gang, das Emblem des schwarzen Baumes auf der Rüstung, die Pupillen. Als ich dieses *Ding* vor einer Woche zum ersten Mal sah, dachte ich, ein Geist oder Dämon wäre uns in die Fänge gegangen. Aber jetzt weiß ich es besser. Zum ersten Mal hörte ich vor acht Tagen, dass ein Monster, ein Geist oder was auch immer in Form eines aufrecht gehenden Pferdes weit unten im Süden hinter den Bergen die Leute umbringt. Natürlich glaubte ich, dass meine Kundschafter mir ein Ammenmärchen auftischten, aber dann häuften sich dieselben Berichte und auch einige meiner Soldaten fielen dem Wesen zum Opfer. Angeblich konnten sie es nicht verwunden, sodass ich letztendlich wirklich dachte, dass es sich um einen Geist handeln müsse – auch wenn ich eine solche Existenz nunmehr wieder bezweifele. Aber dann, vor sechs Tagen, gelang es einem Trupp, den ich unter Geheimhaltung mit der Verfolgung des Wesens beauftragt hatte, dieses einzufangen und wegzusperren. Ich ritt nach Süden, um mir selbst ein Bild davon zu machen, und konnte es in Augenschein nehmen. Dort ist es jetzt immer noch und nun weiß ich auch, was es ist, wo es herkommt, und wer dafür verantwortlich ist.«

Renkeja hatte seinen Monolog beendet. Was würde nun geschehen? Als nichts passierte, ergriff Finn zaghaft das Wort.

»Und, äh, was wird nun aus uns? Das Urteil von vorhin …«

Renkejas Augen blitzten und weder Finn noch Decora waren sich sicher, was dahinter steckte.

»Nun ja«, antwortete der König nun sehr freundlich. »Ihr müsst verstehen: Kelpen, die unverwundbar sind, Portale, die plötzlich auftauchen, und zwei Personen aus anderen Welten, dazu noch eine Prinzessin? Wir sind im Krieg – Spione lauern überall. Ihr versteht sicher, wenn ich all das im Moment so gar nicht in den Köpfen meines Volkes gebrauchen kann. Ich musste sie davon überzeugen, dass ihr Lügner seid, auch wenn ich schnell gemerkt habe, dass ihr die Wahrheit sagt. Natürlich werden sie noch einige Zeit über euch reden, aber wenn sie euch im Verlies wähnen, wird es ihnen schon bald langweilig werden. Und da euer Eindringen in die Gilde so enorm große Wellen geschlagen hat, war das öffentliche Interesse an meinem Urteil groß. Zumal Ina und Woti sich insbesondere darum bemüht haben, dass das Ganze nicht verschwiegen behandelt wird.«

Die beiden Gwillinge senkten schuldbewusst ihre Köpfe.

»Bei den nun Anwesenden«, erklärte Renkeja weiter, »bin ich sicher, dass keine undichte Stelle vorhanden ist und die ganze Angelegenheit von jetzt an diskret behandelt wird.«

Ina und Woti nickten im Takt.

»In Anbetracht der neuen Umstände«, Renkeja ging nun vor seinem Thron auf und ab, »habe ich mich auch schon entschieden, wie ich mit euch verfahre.«

Er lächelte.

»Ich werde euch selbstverständlich freilassen!«

Finn fiel ein riesiger Stein vom Herzen. Vor Freude und Dankbarkeit sprachlos rang auch Decora um die richtigen Worte.

Derweil sprach Renkeja weiter: »Allerdings: Diese Begnadigung ist nicht ohne Auflagen! Schließlich habt ihr ein schweres Verbrechen verübt. Aber glücklicherweise ist bei eurem Eindringen in die Gilde ja niemand verletzt worden. Die Einzigen, die ein wenig einstecken mussten, das wart ihr.«

Finn blickte besorgt zu Decora, die ihm bedeutete, dass alles in Ordnung war.

»Ich möchte, dass ihr euren Plan, ein Portal aufzurufen und die genaue Technik der Prozedur sowie die dafür notwendigen Orte herauszufinden, weiterverfolgt. Gestern sind mir Berichte zu Ohren gekommen, dass ein weiterer *Kelpe* nahe der Küste im Nordosten sein Unwesen treibt. Wenn euch aus deinem Zimmer, Finn, nicht noch ein weiterer Kelpe verfolgt hat, dann hat dieser Trucido mittlerweile herausgefunden, wie er Kundschafter in die anderen Welten schicken kann, wahrscheinlich sogar mit der Portaltechnik.«

Finn und Decora blickten sich erschrocken an.

»Ich würde mich nicht wundern, wenn er mit der Erde genauso verfährt – vorausgesetzt natürlich, er hat schon herausgefunden, dass es mehrere Welten hinter dem Portal gibt. Für uns ist es eine akute Bedrohung, wenn ein unbekannter Feind die Macht über *derartig fortgeschrittene und gefährliche* Magie besitzt.«

Er schien noch etwas sagen zu wollen, überlegte es sich dann aber scheinbar anders. »Der Krieg hier bei uns zeigt immer mehr sein hässliches Gesicht. Jedenfalls kann ich diese Sache nicht einfach auf sich beruhen lassen, habe aber gleichzeitig keine Leute, die ich entbehren kann, in einer solchen *Mission* Kopf und Kragen zu riskieren. Vor allem deshalb, da ich keinem meiner Soldaten konkrete Ansätze bieten könnte. Außerdem könnte es fatal sein, wenn dieses Geheimnis, sollte es denn entschlüsselt werden, Einzug ins gewöhnliche

Heerwesen erhält. Nicht umsonst ist das Wissen um diese Dinge in den gesperrten Bereichen der Gilden verborgen.«

Renkeja fixierte Finn und Decora nun mit dem ganzen Gewicht seiner königlichen Aura.

»Ihr hingegen seid bereits auf der Suche nach diesem Geheimnis und habt schon mehr Erfahrung, als ich es von jedem anderen sagen kann. Nicht zuletzt steht ihr in meiner Schuld, wenn ich euch freilasse. All dies zusammen sollte als Grund und Anlass genügen, euch diesen Auftrag zu übergeben. Betrachtet es einmal so: Ihr habt Glück, denn ihr dürft dort weitermachen, wo ihr aufgehört habt, außer dass ihr nun für mich arbeitet.«

Finn und Decora hatten beide den gleichen Gedanken: Es schien tatsächlich deutlich unangenehmere Alternativen zu geben!

»Wenn ich noch jünger wäre und keine Regierungsgeschäfte zu erledigen hätte, würde ich mich euch selbst anschließen. Aber ich kann nicht von hier fort. Trotzdem ist es notwendig, dass ihr einen Repräsentanten des Königshauses bei euch habt, als Absicherung für mich sozusagen.«

Der König zögerte einen Augenblick, dann deutete er auf den jungen Mann neben sich.

»Deshalb wird mein Sohn mit euch ziehen. Er wird ein würdiger Ersatz für mich sein. Wenn ihr wirklich eine Entdeckung macht, dann wird er dieses Geheimnis sicher zu mir bringen. Wer wäre dafür schon besser geeignet als du, Kiran?«

Renkeja klopfte seinem Sohn väterlich auf die Schulter, der allerdings so aussah, als wäre er soeben aus allen Wolken gefallen. Er versuchte offenbar, irgendeinen Gedanken zu artikulieren, der triftige Gründe gegen die Entscheidung seines Vaters beinhaltete, ruderte wild mit den muskulösen Armen, brachte dann aber doch nur eine beherrschte Zustimmung hervor.

Finn glaubte, nicht richtig zu hören: Es war doch Decoras und seine Reise! Er suchte Decoras Blick. Als er ihn fand, zuckte sie nur mit den Schultern. Natürlich, sie hatten sich zu fügen! Aber wie konnte *er* dies billigen? Er wollte mit Decora zu zweit sein. Und schon gar nicht wollte er ihre Reise teilen mit irgendeinem dahergelaufenen Muskelprotz von Königssohn! Das war *ihre* Aufgabe und sie mussten das alleine durchstehen! Woti war ihnen dabei schon irgendwie untergeschoben worden. Das hatte sich zwar nicht nachteilig ausgewirkt, sicherlich – aber was genug war, war genug! Nun auch noch einen anderen Kerl dabei zu haben, dazu noch drei Köpfe größer und mit langem, wallendem Haar? Das war eindeutig zuviel! Für den König arbeiten – schön und gut. Aus dem Gefängnis kommen und keine Strafe erhalten – noch besser. Aber das? Finn wollte nicht glauben, wie sich die Dinge gerade entwickelten.

»Kiran ist ein ausgezeichneter junger Mann, ein hervorragender Kämpfer und ein guter Kamerad. Er wird euch auf eurem Weg eine große Hilfe sein.«

Decora umfasste sanft Finns Hand. Ihre warme Berührung tat gut. Er würde sie schon nicht teilen müssen. Das würde auch dieser Kiran noch früh genug merken. Bestimmt hatte er schon jetzt ein Auge auf Decora geworfen! Dieser Schönling!

Aber Finn vermied es, sich seinen Ärger ansehen zu lassen. Stattdessen fragte er: »Wie genau sollen wir überhaupt vorgehen? Gibt es schon einen Plan?«

Renkeja lächelte.

»Ihr werdet zur großen Bibliothek von Sikition reisen. Der König von Sikition, Alkander, ist mein Freund. Er wird euch gern seine Räume und sein Wissen zur Verfügung stellen.«

»In die Treppenstadt? Zur großen Wüste?«, rief Kiran empört.

Das erste Mal konnten Finn und Decora seine Stimme hören. Sie war rau und kräftig, etwas zu kräftig für einen jungen Mann seines Alters. Aber nicht unsympathisch, das musste selbst Finn zugeben. Er hatte das Gefühl, dass Decora für eine Sekunde bewundernd zum Königssohn hochblickte, aber wahrscheinlich hatte er sich das nur eingebildet. Sie hielt immer noch seine Hand.

»Ja, so lautet mein Befehl«, nahm Renkeja seinem Sohn den Wind aus den Segeln. »Und du wirst dich nicht in derartigem Tonfall mir gegenüber äußern. In der Bibliothek von Sikition lagert das gesammelte Wissen von Telluriscor. Wenn ihr dort nicht fündig werdet, dann nirgends.«

Die Treppenstadt? Sikition in der großen Wüste? Finns Gedanken trudelten. Wie lange würden sie reisen müssen?

Als ob er seine Gedanken gelesen hätte, sagte Renkeja: »Ihr habt sicher noch viele Fragen. Aber keine Sorge, ihr werdet noch heute alles erfahren. Eine weite Reise liegt vor euch. Alles, was ihr dazu benötigt, bekommt ihr von mir. An Geld soll es euch nicht mangeln, auch Waffen werdet ihr bekommen. Ich werde euch mehr als ausreichend schenken, denn ich möchte so wenig wie möglich dem Schicksal überlassen bei diesem Vorhaben. Ihr werdet mehrere Wochen brauchen, daher reist ihr zu Pferd. Wenn ihr nicht reiten könnt, dann werdet ihr es schon lernen. Morgen früh im Morgengrauen geht es los. Aber nun folgt mir und meinem Sohn. Es gibt viel zu besprechen und der Thronsaal ist zu ungemütlich dafür.«

Mehrere Wochen? Wie waren sie so schnell wieder in das nächste Abenteuer geraten? Finn hatte tatsächlich Fragen über Fragen.

Plötzlich räusperte sich Woti kaum merklich. Renkeja hatte sich schon abgewendet, da versuchte sich der Gwilling erneut Gehör zu verschaffen, diesmal aber lauter.

»Nun, was ist denn noch, Woti?«, fragte der König und blieb dabei stehen.

»Renkeja – wenn Ihr erlaubt – ich hatte doch schon alles verloren geglaubt! Und jetzt will ich auch sehen, wie alles weitergeht, wenn ihr versteht …«

Renkeja fuhr sich mit der Hand durch den Bart.

»Na schön, es wird schon nichts schaden. Du kannst natürlich auch mitkommen.«

Woti war überglücklich. Er gab Ina einen Kuss auf die Wange. Diese blickte verdutzt drein, dann wackelte der Gwilling zu Finn und Decora hinüber, schüttelte ihnen eifrig die Hände, ganz so, als würde er sie kaum kennen und wäre sehr stolz auf sie, nachdem er nun ihre ganze Geschichte kannte. Dann setzte sich der Trupp, bestehend aus Renkeja, Kiran, Woti, Ina, Finn und Decora in Bewegung und verschwand hinter einer eisenbeschlagenen Tür hinter dem Altar und den Engelsfiguren.

Eine geflügelte Freundin

Finn rannte durch die gewundenen Gassen von Weit-Alon. Die Sonne war kaum aufgegangen. Noch waren die Straßen verschont vom Gedränge des rasch nahenden Vormittags.

Er rannte keuchend nach Osten in Richtung des Haupttors. Er war schon viel zu spät dran. An seiner linken Seite blitzte der Griff eines Schwerts aus einer wippenden Scheide. Darauf prangte auf einem ledernen Emblem das Wappen des Königs. Der Sack um seine Schulter schlug mit jedem Schritt schwer gegen seinen Körper. Darin befanden sich Dinge, die er vom König für seine bevorstehende Reise erhalten hatte: Viel zu viel Geld, wie ihm Woti erklärt hatte, und ein persönliches Schreiben des Königs, das ihnen sicheres Geleit durch die Ländereien Telluriscors und die Gastfreundschaft von Alkander, dem König von Sikition, der Treppenstadt, sichern sollte.

Es war der Morgen nach ihrer *Begnadigung*. Sie hatten noch lange mit dem König und seinem Sohn gesprochen und die Reiseroute festgelegt. Wie sich herausgestellt hatte, wollte Kiran ebenfalls lieber andere Dinge tun, als mit ihnen nach Sikition weit im Nordosten zu reisen.

Nichtsdestotrotz hatten sie zum Zweck ihrer Reise auch ein fein säuberlich gefertigtes und kostbares Kartenwerk erhalten, das ihnen den Weg erleichtern sollte. Der König hatte sich als ausgesprochen gütig erwiesen, solange man das tat, was er wollte.

Wotis Erlaubnis, mit ihnen zu reisen, war diesmal eine Erleichterung für Finn und Decora gewesen, da sie ihm nun nichts mehr vorspielen mussten und ganz sie selbst sein konnten. Er hatte Finn und Decora fast ebenso das Leben gerettet wie sie ihm, daher gehörte er irgendwie fest in ihre neue Gemeinschaft, die sie sich nun auch mit dem Königssohn teilen mussten.

Auch Woti hatte Geschenke von Renkeja bekommen. Der König hatte schon vorher kaum daran gezweifelt, dass der anhängliche und sture Gwilling seine neuen Freunde ohne ihn würde ziehen lassen.

Finn beschleunigte seine Schritte. Er wollte niemandem aus dem Hofstaat über den Weg laufen, denn alle gingen ja davon aus, dass man Decora und ihn ins Verlies zurückgeworfen hatte. Die Stadt aber war so groß und anonym und die Chance, gesehen zu werden, so verschwindend gering, dass er sich sicher war, unbemerkt zu bleiben. Nur ganz wenige kannten sein Gesicht. Außerdem war er auf dem richtigen Weg. Er hatte einen guten Orientierungssinn und lief schon fast auf Autopilot.

Vor seinem geistigen Auge breitete sich ihre Reiseroute aus: Sie würden zunächst bis zum Fluss Hirschkopf reiten. An einem Wegposten würden sie ihre Pferde zurücklassen und mit dem Schiff den Fluss nach Norden hinauffahren. Auf mittlerer Höhe der Heideländer würden sie dann wieder auf Pferde umsatteln. Danach ging es quer durch die Heideländer viele Kilometer nach Osten, bis sie den Rubinion, den Roten Fluss, überqueren würden. Schließlich, am Fuß des Verbundgebirges, würden sie sich nach Norden wenden, zuerst durch die Alte Schneise des Gebirges, dann immer weiter, bis sie schließlich die Ausläufer der Großen Wüste erreichen würden. Dies würde ihre letzte Etappe sein. In einem Dorf am Anfang der Wüste würden sie auf Tiere umsteigen, die lange Strecken ohne viel Flüssigkeit zurücklegen konnten und sie hoffentlich ohne Zwischenfälle bis nach Sikition tragen würden, zur Treppenstadt an den Ufern des Wüstensees Kristasand. Wie diese Tiere hießen, hatte Finn wieder vergessen. Kamele waren es jedenfalls nicht. Er nahm sich vor, später seine Begleiter danach zu fragen. Wie aber in der Treppenstadt ihr Schicksal weiterging, würde ihm auch keiner der anderen sagen können – dies würde sich allein in den Hallen der dortigen Bibliothek zeigen.

Finn kannte natürlich keinen dieser Orte und doch zeichneten die bloßen Namen Bilder in seiner Vorstellung und erschufen Landschaften, die ihm viel zu groß und wundersam vorkamen, als dass *er* sie bereisen sollte. Und doch: Er hatte es sich geschworen – er würde Decora auf ihrer gesamten Reise begleiten und schützen.

Mittlerweile kam es ihm schon fast wie ein Glücksfall vor, dass sie von den Bacariten-Wächtern geschnappt worden waren. Renkeja wusste sehr genau Bescheid über alles, was sich im Sperrtrakt der Gilde befand, auch über den verwertbaren Bestand von Literatur über Portale – und dieser war gleich null. Wenn sie etwas finden konnten, dann wohl nur in der Bibliothek von Sikition, denn dort gab es viel mehr verbotene Literatur als in Weit-Alon und darüber hinaus auch noch deutlich ältere. Und wer weiß – vielleicht waren sie mit Decoras Vorbildung in der Lage, etwas aus diesen Schriften für sich nutzbar zu machen. Wären sie allerdings nicht erwischt worden, hätte der König ihnen diese Informationen aber weder geben können, noch sie mit der notwendigen Erlaubnis ausstatten können, die Schriften Sikitions auch tatsächlich untersuchen zu dürfen!

Finn rannte immer noch. Die Leute drehten sich um, als er so früh am Morgen an ihnen vorbeispurtete. Warum war es so schwer zu glauben, dass man es selbst in dieser Frühe so eilig haben konnte?

Aber Finn musste schnellstens zum Haupttor der Stadt. Der König erwartete einen rechtzeitigen Aufbruch und hatte persönlich kommen wollen, um seinen Sohn zu verabschieden.

Als sie alle noch vor der Dämmerung am Frühstückstisch bei Ina im Birkenblick gesessen hatten, war Finn aufgesprungen und hatte sich entschuldigt. Decora, Woti und Ina wollte er später am Stadttor treffen, aber vorher hatte er noch etwas alleine zu erledigen gehabt. Sie hatten zunächst an einen Scherz geglaubt, wurden aber eines Besseren belehrt, als er wirklich seine Sachen geschultert hatte – ihre Bitterbeeren- und Pilzgläser hatte er auch mitgenommen – und verschwunden war.

In der Ferne kam endlich das Stadttor in Sicht. Finn legte noch einmal einen Zahn zu, obwohl ihn schon seit etwa einem Kilometer heftige Seitenstiche plagten.

Endlich war er am Ziel. Er blieb stehen, hielt ein paar Sekunden inne, um zu verschnaufen, und schritt dann durch das Tor, aufmerksam beobachtet von den Wachen, die dort Tag und Nacht stationiert waren. Aber offensichtlich hatten sie schon erfahren, dass er ohne Verzug durchzulassen war, denn sie hielten Abstand und ließen ihn passieren, während andere früh Reisende näher in Augenschein genommen wurden.

Vor ihm war die Sonne im Osten auf dem Weg hoch in den Himmel. Vielleicht zweihundert Meter den gewundenen Weg hinter dem Tor hinauf sah er Decora, Woti und Ina auf einem Hügel. Sie waren umsäumt von einigen königlichen Wachen und auch der König selbst mit seinem Sohn war anwesend.

Abermals lief Finn los und erreichte die Gruppe, die ihn teils erwartungsvoll, teils verständnislos anblickte.

»Das wurde aber auch Zeit!«, sagte Renkeja mit einer Spur Ärger in der Stimme.

»Es tut mir leid, aber ich hatte noch etwas Wichtiges zu tun«, antwortete Finn immer noch außer Atem.

Er drehte sich um und spähte in die Luft. Alle taten es ihm gespannt gleich. Im nächsten Moment ließ sich ein winziger, kirschrot blinkender Vogel auf seiner Schulter nieder und piepste übermütig.

Finn ging hinüber zu Decora, nahm behutsam den Vogel in die Hand und setzte ihn ihr auf die Schulter.

»Diese kleine Sonnenfeder ist für dich. Ich konnte dir nichts sagen, sonst wäre die ganze Überraschung hinüber gewesen. Ich habe gedacht, rot ist ein schöner Kontrast zu deinen blauen Augen. Du weißt schon, wie Feuer und Eis ... Sie hört aufs Wort und versteht viel von dem, was wir sagen. Sie wird dir überall hin folgen. Es ist dieselbe Sonnenfeder, die du auf den Vogelmärkten kennengelernt hast. Ich habe sie von dem Händler mit dem violettgrünen Turban gekauft. Er konnte sich noch gut an uns erinnern. Die Sonnenfeder heißt übrigens Veda!«

Die Sonnenfeder schmiegte sich sogleich an Decoras Haare und ihren Hals und ließ sich bereitwillig von ihr streicheln. Die Lunata lächelte verzückt und wenn sie über Finns abrupten Aufbruch sauer gewesen war, dann war sie es spätestens jetzt nicht mehr.

»Ich kann es gar nicht glauben ...« Decora war wie verzaubert von dem kleinen Geschöpf, das zutraulich auf ihrer Schulter piepste und sie mit den flinken Flügeln kitzelte. »Woher wusstest du ...«

»... dass du eine Sonnenfeder willst?«, vollendete Finn den Satz. »Komm schon! Als ob du das hättest verbergen können.«

Finn grinste. Decora schlang die Arme um seinen Hals.

»Danke, Finn. Das ist wirklich das tollste Geschenk, das mir jemals gemacht wurde!«

Sie gab ihm einen Kuss auf die Wange.

Finn strahlte. Sein Plan war aufgegangen. Decora war glücklich! Woti rollte nur mit den Augen. Ina seufzte glücklich. Kiran indes räusperte sich so laut, dass sie sofort aus ihrem gemeinsamen Moment gerissen wurden. Ungeduldig ließ er sein Pferd aufwiehern und schnaubend mit den Vorderhufen stampfen.

Finn, Decora, deren neue Begleiterin Veda gar nicht mehr von ihrer Schulter weichen wollte, und zuletzt Woti verabschiedeten sich unter tausend Dank von Ina, die ihnen so sehr geholfen hatte. Die Gwilling-Dame machte unmissverständlich klar, dass sie nicht nur Woti irgendwann wieder im Birkenblick erwartete, sondern auch Finn und Decora. Von *Freunden* erwartete sie, auch von Zeit zu Zeit besucht zu werden. Und sollten sie irgendwann wissen, wie man Portale aufrufen konnte, dann wäre auch noch der längste Weg zu ihr nur einen Steinwurf entfernt.

Decora vergoss bei Inas warmen Worten einige Tränen und auch Finn fühlte einen Kloß im Hals.

Woti brauchte besonders lange für seinen Abschied von Ina. Er druckste herum, umarmte sie umständlich und gab ihr schließlich mit all seinem zusammengenommenen Mut einen Kuss auf die Wange, der gerade so weit von ihrem Mund entfernt war, dass man ihm keine Absicht vorwerfen konnte. Der Blick der Gwilling-Dame verriet, dass sie sich insgeheim einen richtigen Kuss gewünscht hatte. Ihr lag ein letzter, besonderer Gruß an Woti auf den Lippen, aber dann ließ sie den Moment verstreichen.

»Benutzt das Kartenwerk weise!«, ermahnte sie Renkeja zuletzt. »In seiner Genauigkeit ist es einzigartig. So etwas ist selbst für einen König nicht leicht zu bekommen. Weicht nicht vom Weg ab. Haltet euch daran! Ich möchte alsbald von euch Nachrichten erhalten, spätestens, wenn ihr in Sikition angelangt seid. Schickt mir einen geflügelten Boten. Oder möglicherweise hat eure kleine Sonnenfeder ja Lust, mir einen Brief zu überbringen. Sie sind kräftiger und zäher, als es ihre Körpergröße vermuten lässt.«

Kopfschüttelnd betrachtete er Decora, die immer noch ganz glückselig das Gefieder der Sonnenfeder streichelte. Veda schaute nach oben, plusterte sich auf und piepste in Richtung Renkeja.

»Und du, Decora Nubigena, kümmerst dich nicht nur um das Geschenk des jungen Herrn Ritter, sondern auch um meines. Wenn du es richtig anstellst, wird es wahrscheinlich eurer ganzen Gruppe nützlich sein können.«

»Das werde ich«, bekräftigte Decora.

Sie blickte Renkeja nun direkt an.

»Ich weiß das Geschenk zu schätzen und werde ihm sein Geheimnis entlocken.«

Dann verabschiedete sich Renkeja von Kiran, umarmte ihn still und wünschte zuletzt auch den anderen dreien viel Erfolg und eine gute Reise.

»Mögen eure Wege hell und eure Prüfungen erfolgreich sein!«, rief er.

Im Chor wiederholten seine Wachen den Gruß, der ihnen noch lange hinterherhallte.

Die Schwarze Blume

Die Stimmung zwischen Finn und Kiran war von der ersten Sekunde ihrer Reise an angespannt. Aus irgendeinem Grund fühlte Finn sich von Kiran bedroht. Wollte der Königssohn womöglich Decoras Herz für sich gewinnen? Schon die Reaktion auf sein Geschenk an Decora hatte ihm nicht gefallen: Kiran hatte gar nicht gewollt, dass sie sich richtig freute! Und wer bei klarem Verstand würde das nicht wollen? Außerdem kam es ihm so vor, als ob Decora ihren neuen Mitstreiter insgeheim anziehend fand.

Das passte ja herrlich: Königssohn und Prinzessin! Sollte er seinen Unmut darüber etwa verbergen? Ihre Gruppe war ja schließlich zu klein, um sich einfach aus dem Weg zu gehen. Finn versuchte, sein Missempfinden zu verdrängen, und rätselte insgeheim, wann sich der richtige Moment ergeben würde, in dem er Decora endlich seine Liebe gestehen und klare Verhältnisse schaffen konnte. Vorausgesetzt, sie verliebte sich nicht vorher in den Muskelmann!

Finn blitzte böse zu Kiran hinüber. Eigentlich wollte er sich ja nichts anmerken lassen! Aber der Königssohn saß so locker und angeberisch im Sattel! Und zu allem Überfluss unterhielt er sich dabei mit Decora … Wollte er ihn vielleicht ärgern? Finn war der Einzige, der nicht im Reiten geübt war, und die anderen mussten sich seinem Tempo anpassen. Trotzdem ritt er meistens hinterdrein. Vor allem sein Allerwertester tat ihm weh. Immer wieder ließen Decora und Woti sich zurückfallen und versuchten ihn aufzumuntern, aber er hatte gar keine Lust auf irgendwelche Gespräche. Veda, die sich schon nach Stunden als nicht mehr wegzudenkendes Mitglied ihrer Gruppe etabliert hatte – so lieblich sang die Sonnenfeder und flatterte glücklich über ihnen umher – saß doch gerade glatt auf Kirans Schulter! Dabei hatte er sie doch Decora geschenkt und nicht diesem Superhelden-Verschnitt! Und warum ritt Decora überhaupt so nah an Kiran? Waren es vielleicht seine nackten Oberarme, die sie näher begutachten wollte?

Unglücklicherweise ritt der Königssohn selbst mehr als einmal zu ihm herüber, um ein paar Worte mit ihm zu wechseln und das Eis zu brechen. Einige Male ertappte sich Finn sogar dabei, die Bemühungen von Kiran sympathisch zu finden, er ermahnte sich dann aber immer wieder schnell, bloß seinen Groll gegen den Prinzen nicht vorschnell zu vergessen. Hier ging es ja in letzter Konsequenz um Decora!

Bald hatten alle – außer Finn natürlich – die widrigen Umstände vergessen, unter denen sie die Reise angetreten hatten, und waren ziemlich abenteuerlustig eingestellt.

Der Weg sollte ihnen keine Schwierigkeiten bereiten, ritten sie doch durch die kultivierten Gegenden vorbei an Siedlungen und friedlichen Dörfern. Die kleinen Hindernisse, die sich auf jeder Reise, vor allem auf einer Welt wie Telluriscor zeigen konnten – dachte man nur an die unzähligen wilden Tiere, die hier noch in der Natur vorkamen – erwarteten sie eher gespannt als besorgt und fühlten sich jeder Herausforderung gewachsen.

Zu diesem Zweck hatten sie alle, sogar Finn, ihren Spaß dabei, gegenseitig oder auch allein ihre neuen Waffen zu bewundern. Finn holte bei jeder Rast sein Schwert hervor, das Renkeja ihm aus seinem persönlichen Besitz überantwortet hatte. Die wertvolle alonische Waffe lag gut in der Hand und er untersuchte sorgfältig die kleinen Muster der Parierstange, um sich deren Eigenheiten einzuprägen, oder fühlte die Kälte der Klinge, die im Sonnenschein blitzte und blinkte. Woti, der kein richtiges Schwert tragen konnte, hatte zwei Dolchmesser geschenkt bekommen. Er führte sie sowohl links wie auch rechts an der Hüfte mit sich, um sie bei Gefahr schnell griffbereit zu haben. Kiran trug auf seinem Rücken ein riesenhaftes Zweihänderschwert, das wohl nur ein Mann seiner Statur schwingen konnte. Allein der Griff war so lang wie eines von Wotis Messern und an der Parierstange waren dicke Lederbänder kunstvoll verknotet, an denen kleine silberne und eherne Platten mit dem königlichen Siegel angebracht waren. Decora hatte die erstaunlichste Waffe von allen erhalten, die gleichsam Renkejas geheimnisvolles Geschenk an sie gewesen war. Er war der Ansicht gewesen, dass sie schon mehr als genug Klingen bei sich trugen, also hatte er ihr einen schlohweißen, nicht ganz geraden Stab geschenkt, der Decora vom Boden bis zur Brust reichte. An seinem oberen Ende war auf natürliche Art und Weise ein tiefblauer Edelstein in wurzelartige Fortsätze des Stabes eingewachsen. Von Zeit zu Zeit leuchtete er funkelnd auf und produzierte dabei tiefe, summende Töne. Finn fragte sich, wie lange es wohl gedauert haben mochte, bis die Wurzeln so um den Stein gewachsen waren. Die Farbe des Steins, der nach den Worten des Königs aus den Minen der Diamantenstadt im Reich der drei Königinnen kam, und zwar aus der Zeit, als noch kein Krieg geherrscht hatte, hatte sich Decora selbst aussuchen dürfen und ihn nach dem Stein ihres Ringes gewählt. Der Stab war von Meisterhandwerkern Weit-Alons aus *Eisenholz* gefertigt worden, das nur in wenigen Teilen der südlichen Lande gewonnen werden konnte und angeblich unzerstörbar war. Das Besondere aber war, dass der Stab bei seiner Herstellung verzaubert worden war und angeblich die erstaunlichsten Dinge vollbringen konnte, wenn der Träger dieser einmaligen Waffe herausgefunden hatte, welches spezifische Geheimnis sie barg.

Also versuchte sich Decora in jeder freien Minute daran, dem Stab seine Geheimnisse zu entlocken, schwang das Holz in hohen Bögen um sich, sprach sogar mit ihrer Waffe und staunte lange über das Summen und Glimmen des blauen Diamanten.

Alle bewunderten den Stab und verlangten immer wieder, ihn ebenfalls halten zu dürfen. Selbst Kiran hatte nur selten eine so prächtige Waffe gesehen, geschweige denn geführt, denn sie war noch nach Art der alten Magie Telluriscors verzaubert worden und sehr selten geworden in Renkejas Reich. Decora genoss es, mit dem Königssohn über den Stab zu fachsimpeln, und lachte mit Woti darüber, wie verrückt es doch war, dass sie nun mit so etwas Unglaublichem durch die Gegend ritt, während sie bei ihrem ersten Treffen nicht einmal gewusst hatte, was eine Papageienpfeife war! Einmal versuchte sie sogar einen Übungskampf mit Kiran, der ihr zeigte, wie sie sich beim Schlagen und Abwehren bewegen musste. Während er sich ganz nah hinter ihr postierte und ihre Arme führte, summte der blaue Diamant bei jedem Schlag und Veda flog aufgeregt zwitschernd im Kreis um sie herum. Konnte ihre Reise herrlicher beginnen?

Sie ritten bis spät in die Nacht hinein und machten sich dann ein Lager zurecht. Proviant und Decken hatten sie in den Satteltaschen für einige Wochen mitgenommen, etwas mehr sogar, als sie brauchen würden, denn ihre Reise sollte etwa einen Monat andauern.

Als wäre das nicht genug, hatten sie ebenfalls mehr als genug Geld dabei, um damit am Alten Reiseweg, der nach ihrer Schiffstour Kilometer um Kilometer von Westen nach Osten durch die Heideländer führte, in den Herbergen und Gastwirtschaften einkehren zu können.

Noch lange bevor sie schliefen, erzählten sie sich gegenseitig Geschichten über ihre Heimatwelten. Decora berichtete über Aethra und auch Finn, der den ganzen Tag abweisend gewesen war, ließ sich nun darauf ein, passende Anekdoten von der Erde mit den anderen zu teilen. Decora hatte sich dicht neben ihn gesetzt. Auf ihrer anderen Seite saß Kiran, sodass sie auch von dort nicht fror. Woti und der Königssohn lauschten gespannt. Sie erzählten davon, welche Eigenheiten Telluriscor zu bieten hatte. Decora staunte nicht schlecht, als ihr berichtet wurde, dass die Engel auf den Schreinen und Altären vollkommen real waren und ähnlich wie Götter verehrt wurden. Nur traten diese mystischen Geschöpfe hier buchstäblich in Erscheinung! Sie lebten in ihrem Palast auf einer Insel im Großen Meer der Mitte, die weit vor der Küste inmitten gefährlicher Strudel lag.

Sie fand heraus, dass immer ein Engelpaar genau einhundertfünfzig Jahre lang als oberste Instanz über ganz Telluriscor herrschte. Der männliche Engel war dabei höhergestellt und war maßgeblich für den Namen der jeweiligen Periode von Telluriscors Zeitzählung verantwortlich. Nach Vollendung einer jeden Periode übernahm ein Sohn des Herrscherpaares den Thron seines Vaters, wählte sich eine Königin aus und regierte fortan mit ebendieser für weitere hundertfünfzig Jahre über Telluriscor. Wohin die alten Engel verschwanden oder wo die weiblichen Engel herkamen, um von den Söhnen ausgewählt zu werden, darüber herrschte auch nach tausenden von

Jahren noch immer Unklarheit. Es gab Legenden, die berichteten, dass weit im Osten ein verborgener Kontinent im Meer lag, auf dem nur Engel lebten. Viele hatten versucht, dorthin zu gelangen, waren aber von den Fahrten über das Meer im fernen Osten niemals zurückgekehrt oder erfolglos geblieben. Die Engel beendeten Kriege, berieten die Könige bei Herrschaftsfragen oder halfen mit ihrer übernatürlichen Kraft und Weisheit beim Bau von Städten und Tempeln. Es gab auch Berichte über Engel, die scheinbar eine bösere Natur gehabt hatten und die Macht über ihre Untertanen missbraucht hatten.

Allerdings gab es auch solche Engel, die sich nicht dafür interessierten, wie das Schicksal Telluriscors verlief und die sich während ihrer gesamten Regierungsperiode überhaupt nicht zeigten und sich weder um Kriege noch um alles andere kümmerten. Das einzig Sichere schien, dass sich beide neuen Engelsherrscher direkt nach ihrem Regierungsantritt in den Städten und Dörfern offenbarten, damit die Bevölkerung sie in Augenschein nehmen und vom Beginn ihrer Regentschaft, von ihren Namen und von ihrem Aussehen Zeugnis ablegen konnte. Decora erfuhr, dass sie sich im Jahre siebenundachtzig der Regierungszeit von Kalva Sternenschopf und seiner Gemahlin Ventosa befanden, zwei der wenigen Engel, die sich nach ihrem Regierungsantritt nie bei den Völkern Telluriscors gezeigt hatten. Zwar wünschten sich viele, dass sich Kalva oder Ventosa endlich in den Konflikt der westlichen Lande und dem Triumvirat der drei Königinnen einschalteten, aber bisher war jedwede Hoffnung umsonst gewesen. Botschaften, die von Vögeln auf die Insel der Engel überbracht wurden, blieben unbeantwortet. Ein immergültiges Gesetz war es, dass kein Telluriscorianer auch nur einen Fuß auf die Insel der Engel setzen konnte. Tat er es dennoch, starb er noch am Fuße der Inselklippen einen ebenso unerklärlichen wie grausamen Tod.

Finn dachte im Stillen, dass die Herrschaft dieser geheimnisvollen Engel über die Völker doch recht willkürlich erschien. War es ein gutes System? Aber wann war Religion überhaupt klar positiv zu bewerten? Brachte sie nicht auch immer Probleme mit sich, egal wie vielen Leuten sie schon geholfen und eine Orientierung gebracht hatte? Woti und Kiran jedenfalls erzählten mit ausladenden Gesten und schillernden Worten von den Engeln, aber natürlich waren sie auch mit dieser Form der Gesellschaft großgeworden und hofften vielleicht insgeheim auf Unterstützung durch Kalva und Ventosa im Krieg Renkejas gegen die Schneeköniginnen.

Eine Antwort auf die Frage nach genaueren Hintergründen des Krieges zwischen Renkeja und den drei Schneeköniginnen, auch Woti wollte natürlich mehr wissen, als die Gerüchte auf der Straße hergaben, konnte oder wollte – Finn vermutete eher das Letztere – Kiran ihnen auch nicht geben.

Noch lange lag Finn in dieser Nacht wach, beobachtete Veda, die ihre Runden über dem Lager drehte, und dachte dabei über die Insel der Engel nach und über die Suche nach dem geheimnisvollen Kontinent im Osten. Er dachte auch noch vieles mehr dieser Art und konnte nur einen kurzen Schlaf finden, als der Himmel im Osten schon wieder hell wurde.

In den nächsten Tagen lief die Reise immer gleich ab: Nach dem Aufstehen ritt die Gemeinschaft weiter, legte alle paar Stunden, und nach Bedarf auch öfter, Pausen an Bachläufen oder in schattigen Waldstücken ein und tat sich am mehr oder weniger schmackhaften Proviant gütlich.

Einzig Decora brauchte natürlich nichts zu essen und praktizierte unablässig Versuche, ihrer rätselhaften Waffe ihr Geheimnis zu entlocken. Manchmal spendierte Finn Woti – und um des lieben Friedens Willen wohl oder übel auch Kiran – eine Bitterbeerenmahlzeit. Nachts rasteten sie an gut überschaubaren Plätzen oder auch im Schutz mächtiger Bäume, die nah am Waldrand zu finden waren.

Am siebten Tag ihrer Reise erreichte die Truppe um die Mittagszeit den königlichen Straßenposten am Ufer des Hirschkopfs. Es war ein kleiner, aber stark befestigter Wachposten, der schon aus der Ferne gut zu erkennen war und auch von anderen Reisenden besucht wurde. Eine kleine Herberge befand sich neben dem Haupthaus, in der sie aber nicht rasten wollten. Alle waren sich einig, diese erste Etappe so bald wie möglich abzuschließen, denn Kiran hatte von den Heideländern so sehr geschwärmt, dass sie so schnell wie möglich dorthin wollten.

Rasch waren alle Formalitäten dank des königlichen Geleitbriefes erledigt und die Pferde wurden eingetauscht gegen ein zehn Meter langes, segelloses Plattbodenschiff, wie sie in rauen Mengen an unzähligen Stegen hinter dem Straßenposten im ruhigen Wasser des Hirschkopfs lagen. Finn bemerkte sofort, dass dem Boot neben den Segeln auch die Ruder fehlten.

»Wie sollen wir denn damit vorwärtskommen?«, fragte er den Soldaten, der sie zum Steg begleitete.

»Bist wohl nicht von hier, was?!«

Die Antwort des Soldaten klang eher belustigt als überrascht. Im selben Moment sprang Kiran leichtfüßig an Finn vorbei und landete elegant im Boot.

»Er ist noch etwas unerfahren!«, rief er dem Soldaten zu und lachte laut. »Aber er gibt sich alle Mühe!«

Der Soldat stieg mit in Kirans Lachen ein. Finn lief knallrot an. Dieser dämliche Kerl! *Unerfahren*! Dem würde er es schon zeigen! Wie blöd er gucken würde, wenn er Decora gleich fachmännisch ins Boot half! Er blickte sich um. Wo war Decora eigentlich? Doch da hörte er schon wieder Kirans Stimme.

»Warte, Decora, lass mich dir helfen!«

Der Königssohn hatte Decora, die ebenfalls an ihm vorbeigegangen war, während der Soldat noch gelacht hatte, seinen langen Arm gereicht.

»Spring einfach zu mir – dir passiert nichts!«, ergänzte er kokett grinsend.

Was dann passierte, konnte Finn einfach nicht fassen: Sie sprang doch tatsächlich zu ihm herüber, aber anstatt ihren Sprung einfach abzufangen und sie zu stützen, fing er sie in der Luft auf. Prompt baumelte sie in seinen breiten Armen! Finn wünschte Kiran die Pest an den Hals. Decora errötete und ihre Haare blitzten auf. Schnell befreite sie sich aus Kirans Griff und schaute dabei zu Boden. Wollte sie ihm noch nicht einmal in die Augen sehen? Gefiel ihr also, welche Show Kiran hier abzog? Ein muskelbepackter Idiot – war das also ihr Ding?

Kiran aber machte einfach weiter und schien Finns bösen Blick gar nicht zu bemerken. Oder wollte er ihn einfach nur zermürben?

»Finn, komm zu uns!«, johlte er. »Soll ich dir auch helfen oder schaffst du es allein?«

Finn antwortete nicht, sondern sprang in so hohem Bogen wie er konnte ebenfalls auf das Boot.

Der Soldat lachte immer noch.

Nachdem alle das Innenleben des Schiffes erkundet hatten, welches über sechs winzige Kojen und einen kleinen Aufenthaltsraum verfügte, fuhr der Soldat – er war mit an Bord gekommen, hatte sich aber mittlerweile wieder beruhigt – mit der Hand über die Reling des Schiffes. Erst jetzt bemerkte Finn die fein säuberlich eingeschnitzten Runen, die sich über das gesamte Schiffsgeländer zogen.

»Es ist verzaubert«, stellte Decora fest, während sie neugierig das Vorgehen des Soldaten studierte.

Sogleich setzte sich das Boot von allein in Bewegung und richtete sich auf dem Wasser aus. »Ich nehme an, zumindest *einer* von euch weiß, wie das Schiff gesteuert wird?«, fragte der Soldat an Kiran gewandt und grinste hämisch.

Der Königssohn nickte, dankte dem Soldaten für seine gute Arbeit, welcher sich scheinbar sehr geschmeichelt fühlte, verabschiedete sie alle stellvertretend und legte danach seinerseits Hand an die Runen. Sogleich glitt das Schiff langsam auf den Strom, wurde dann immer schneller und schoss bald geschwind aus der Sichtweite des Wachpostens.

Finn war trotz allem begeistert! Das Schiff fuhr schneller oder langsamer, ganz wie man wollte, wich anderen, ebenfalls magisch gesteuerten Booten aus, die zuhauf auf dem Hirschkopf verkehrten, und hielt auch in der stärksten Strömung an, sofern man es nur – buchstäblich – mit ein wenig Fingerspitzengefühl bedachte.

Kiran erzählte ihnen, dass sein Vater vor fünf Jahren einige mächtige Hofmagier damit beauftragt hatte, nicht nur die Boote zu verzaubern, sondern auch gleich den ganzen Fluss, damit es für Reisende leichter wurde, von der Küste ins Inland zu reisen und wieder zurück. Im Moment überlegte man am Hofe sogar, ob man nicht mit allen Flüssen, besonders dem Siebenschneider, der nach dem Hirschkopf am zweithäufigsten von Reisenden befahren wurde, ebenso verfahren sollte, denn die Einnahmen für die Staatskasse seit der Verzauberung waren nicht zu verachten.

Den halben Tag lang standen Decora und Finn an Deck und bestaunten die goldenen Felder, die in den Strahlen der Spätsommersonne leuchteten. Als ihnen das Beobachten schließlich zu langweilig wurde, versuchte Kiran, ihnen die Steuerung des Schiffes zu erklären. Während sie ihm über die Schulter schauten, merkten sie, dass diese allerdings bei Weitem nicht so leicht war, wie es aussah! Schon nach kurzer Zeit gaben es die beiden wieder auf, denn die filigranen Runen, die Finn in ihrer Handhabung an Blindenschrift erinnerten, mussten zunächst studiert und dann auswendig gelernt werden, ehe man auch nur das winzigste Manöver vollführen konnte, ohne das Schiff dabei zu versenken. Und es gab viele Manöver, die man beherrschen musste, ehe man an einem der Wachposten ein Boot übernehmen durfte: Nicht nur das Wenden und das Vor- und Zurückfahren wollten gelernt sein, sondern viele weitere Kommandos, die sich in den zu vollführenden Fingerbewegungen entlang der Runen kaum unterschieden, warteten darauf, einstudiert zu werden. Deren Sinn hingegen – man denke nur an Manöver wie *Unter Wasser fahren*, *Im Kreis wirbeln* oder *Hin- und Herschaukeln* – wollte sich Finn aber nicht recht erschließen.

Woti, für den die Boote ein alter Hut waren – in jeder größeren Stadt gab es eine Akademie, in der die meisten Bürger, die viel herumreisten, eine Prüfung abgelegt hatten, um die Boote steuern zu dürfen – verbrachte die meiste Zeit unter Deck in seiner kleinen gemütlichen Koje und erholte sich von ihrem Ritt, der für die Statur eines Gwillings doch größere Strapazen bedeutete, als er vor den anderen zugeben wollte.

Insgesamt verbrachten sie zweieinhalb Tage mit der Fahrt auf dem Hirschkopf bis fast zur nördlichen Küste. Am Abend des neunten Tages ihrer Reise endete die Schiffspartie so, wie sie begonnen hatte.

Sie liefen am Steg eines Wachpostens ein, der seinem südlichen Pendant zum Verwechseln ähnlich aussah.

Kiran erklärte, dass es besser war, ihre Schiffsreise hier zu beenden. Also verbrachten sie ihre Nacht in der Herberge des Wachpostens. Da nur noch Einzelzimmer frei waren, belegten sie jeder eines davon. Finn, der insgeheim gehofft hatte, vielleicht ein Doppelzimmer mit Decora zu bekommen, um endlich einmal ungestört mit ihr zu reden, ärgerte sich über die Hindernisse, die ihm und Decora in den Weg gelegt wurden, und bezog traurig sein Nachtlager.

Am nächsten Morgen zog zum ersten Mal seit dem Beginn ihrer Reise eine dunkle Wolkendecke auf. Bald ergoss sich ein dichter Regen über den Reitern. Die Sonne brach hin und wieder durch die Wolkendecke, woraufhin der Regen im Licht gelblich schimmerte. Veda versteckte sich die meiste Zeit unter Decoras Haar und zwitscherte fröhlich, weil sie dort vor dem Regen geschützt war.

»Das sind die Spätsommergüsse«, stellte Kiran fest.

»Ich habe mich schon gefragt, wann es soweit ist. Damit werden wir jetzt täglich rechnen müssen. Der Wolkenbruch war längst überfällig. Bis zum Herbst dauert es noch ein paar Wochen. Der ausgehende Sommer ist hier immer derselbe: Und so sieht er aus! Wir können von Glück reden, wenn die Stürme ausbleiben, die meistens zusammen mit dem Regen aufziehen.«

Finns Stimmung erreichte jetzt einen neuen Tiefpunkt. Alle anderen jedoch konnten dem Regen durchaus positive Seiten abgewinnen. Denn als am Nachmittag ganz unvermittelt die ersten Ausläufer des richtigen Heidelandes auftauchten, bot sich den Reisenden ein ganz und gar prächtiges Naturschauspiel: Schnell wurde die Heide immer dichter und zu beiden Seiten des Alten Reisewegs erstreckten sich unendlich große Felder mit hüfthohem Heidekraut.

Insbesondere Decora freute sich über eine Eigenart dieser Pflanzen: Während sie ins Land ritten, konnte sie viele Kilometer lang beobachten, wie sie nur eine einzige Farbe aufwiesen, und dann, urplötzlich, in einen anderen Farbton übergingen. So wechselten sich etwa im Stundenrhythmus orangefarbene, dunkelblaue und lilafarbene Pflanzen neben ihrem Weg ab. Als ob diese Pracht nicht schon genug war, konnte Decora beobachten, wie sich die Farben in den feuchten Regenwolken über ihnen spiegelten. Die Welt um sie herum schimmerte oben und unten und bis zu allen vier Horizonten durch den feuchten Glanz des unaufhörlichen Regens wie aus einem Guss. Veda zwitscherte ihr ins Ohr und machte aus dem monotonen Plätschern des Regens beinahe ein Lied.

Finn hatte keine Lust, die Freude seiner Begleiter über diesen fantastischen Anblick zu teilen. Insgeheim aber beneidete er die Leute, die das Glück hatten, diese prächtige Landschaft ihre Heimat zu nennen: Alle paar Stunden passierten sie am Wegesrand gelegene Gasthäuser, in denen die Schankwirte mit ihren Familien wohnten und dort Reisende bewirteten.

Und Reisende gab es genug! Zwar blieb man durchaus auch mal eine Weile allein auf dem Alten Reiseweg und konnte dann denken, dass man zum letzten Grüppchen von Lebewesen auf Telluriscor gehörte, dann aber tauchten doch wieder andere Wanderer am Horizont auf, gefolgt von weiteren Gruppen oder ganzen Reiterstaffeln, die ihnen einen freundlichen Gruß mit auf die Reise gaben.

»Mögen eure Wege hell und eure Prüfungen erfolgreich sein!«

Finn ertappte sich dabei, dass ihm die Formel bereits in Fleisch und Blut übergegangen war. Als wieder eine Gruppe an ihnen vorbeizog, bemerkte er, dass Kiran den Gruß mehr murmelte, obwohl er sonst mit Woti immer der Erste war, der freudestrahlend

Fremde grüßte. Etwas schien den Königssohn zu beschäftigen. Finn hatte schon seit dem Morgen das Gefühl, dass etwas nicht stimmte. Kiran hatte seine Stirn in Falten gelegt und ließ für den Moment sogar davon ab, Decora mit lüsternen Blicken zu verfolgen. Finn nahm sich vor, Kiran weiter im Auge zu behalten.

Schließlich wurde es dunkel, ein kalter Wind pfiff zusammen mit dem unablässigen Regen und sie alle fühlten sich unwohl. Fast schon glaubten sie, ganz und gar seltsame Melodien und Gesänge in dem ewigen Rauschen zu beiden Seiten des Weges zu vernehmen, und sie waren heilfroh, als sie endlich die nächste Herberge erreichten.

Schnell waren ihre Pferde in einem kleinen Stall untergebracht und für die Nacht mit Heu und Wasser versorgt. Veda, die den ganzen Tag auf Decoras Schulter verbracht hatte, wurde jetzt munter und kreiste aufgeregt im Gebälk des Stalles. Kiran schien die Sonnenfeder zu taxieren und Finn fragte sich abermals, was im Kopf des Königssohns vorging. So nachdenklich und undurchsichtig hatte er ihn bisher noch nicht erlebt. Auch Decora schien diese seltsame Stimmung aufzufallen, denn zu Finns Leidwesen erkundigte sie sich sogar, ob es ihm denn gut ginge. Kiran quittierte ihre Frage lediglich mit einer kurz angebundenen Antwort.

Obwohl es weit und breit keine solchen Pflanzen gab, nannte sich die Herberge *Schwarze Blume*. Vielleicht, so glaubte Finn, hatten sich die Namensgeber von der Nacht inspirieren lassen: Sein Blick schweifte über die Heidepflanzen, die im kalten Wind in der Nacht hin- und herwogten. Ein berauschender Anblick, trotz, oder vielleicht gerade wegen der Dunkelheit.

Sie mussten diesmal feststellen, dass alle Zimmer bereits belegt waren. Der Wirt hatte allerdings den Schankraum zu einem

Schlafsaal umfunktioniert, damit er keine Gäste in diesem unseligen Wetter abweisen musste. In dem Behelfszimmer hatten auch schon andere Gäste Zuflucht gesucht. So teilte sich die Gemeinschaft das Nachtlager mit vier Trollen, die alle schon laut schnarchend schliefen.

Finn war wie schon so oft recht einsilbig und begab sich nach kurzer Zeit in sein Bett, nachdem Decora noch zu ihm gekommen war, um sich ein wenig im Flüsterton zu unterhalten. Woti und Kiran waren ihrerseits in einen angeregten Plausch vertieft, sprachen aber selbstverständlich so leise, dass keiner der Trolle wach wurde. Als die Lunata mit enttäuschter Miene zu ihnen hinüberging, nahmen sie sie gerne bei sich auf.

In der Dunkelheit ärgerte sich Finn über sich selbst. Warum verhielt er sich nur so bockig? Immerhin bemühte sich Kiran oft darum, sich mit ihm anzufreunden, und Decora und Woti – ja selbst Veda – hatten ihn schließlich schon lange ins Herz geschlossen. Außerdem war Decora, wenn er jetzt darüber nachdachte, noch auf keine von Kirans Avancen eingegangen. Vielleicht sollte er ihm am nächsten Morgen wirklich eine Chance geben.

Finn wälzte sich von einer Seite auf die andere. Ob die anderen wussten, dass er noch nicht schlief? Woti war ein paar Minuten zuvor ebenfalls schlafen gegangen und hatte Decora und Kiran allein zurückgelassen, abseits von Finns Bett in einer Ecke des Raumes.

Mit gespitzten Ohren versuchte er die Worte aufzuschnappen, die nur leise zu ihm drangen. Über was sprachen sie nur so lange?

Du bist wirklich wunderschön … schon lange nicht mehr … lieber leise sprechen … Finn soll uns nicht hören …

Finn hatte nicht alles verstehen können. Was hatte Decora geantwortet? Egal, Genaueres musste er gar nicht hören! Das reichte doch völlig aus. *Du bist wirklich wunderschön! Lieber leise sprechen! Finn soll uns nicht hören!* Warum ging Decora nicht einfach weg, wenn sie Kirans schmalzige Komplimente nicht hören wollte? Aber offenbar hörte sie sie gern! Niemals würde er sich am nächsten Morgen mit Kiran verbünden! Wie konnte dieser miese Schönling die Unverfrorenheit besitzen, sich kaum ein paar Meter neben ihm derart an Decora ranzumachen, und dabei auch noch ganz offen über ihn sprechen! Und warum hatte er selbst das nicht schon längst getan und diesem Idioten damit allen Wind aus den Segeln genommen?

Finn versetzte es einen tiefen Stich ins Herz. Er hatte sich noch nie in seinem ganzen Leben so elend gefühlt! Er konnte den Gedanken nicht ertragen, dass Decora sich zu dem Prinzen hingezogen fühlte. Was, wenn sie sich in diesem Moment still und leise küssten? Nein, er musste etwas unternehmen. Er konnte Decora nicht kampflos aufgeben. Er liebte sie doch!

Finn ballte die Fäuste. Wenn er jetzt nichts tat, dann hatte er den Kampf doch schon verloren. Decora musste wissen, dass es ihn immer noch gab. Egal, was Kiran dachte, egal, ob Woti und die Trolle wach würden, egal, ob es kein guter Zeitpunkt war, er würde ihr seine Liebe jetzt sofort gestehen. Dann gab es wenigstens klare Verhältnisse. Vielleicht war das der Moment, von dem sie vor ihrem Einbruch in die Gilde gesprochen hatten!

Ruckartig zog er seine Decke zur Seite. Er erhob sich und stand einen Herzschlag lang unschlüssig in der Dunkelheit. Vor sich sah er Decora und Kiran. Hatte Kiran seinen Arm um sie gelegt? Er machte einige Schritte nach vorn. Seine Gedanken trudelten. Er musste es Decora sagen, musste ihr sagen, dass er sie liebte. »Decora!«, rief er atemlos. Erschrocken drehte die Lunata sich zu ihm um. Ihre Haare leuchteten auf und ihre Augen blitzten ihm entgegen. Fühlte sie sich ertappt und schuldbewusst, oder war ihr die Situation mit Kiran doch unangenehm?

Der Königssohn erhob sich und stand auf.

»Was willst du denn jetzt?«, zischelte er.

Schon raschelte es überall. Die Trolle wurden wach und Finn bemerkte, dass auch Woti müde seinen Kopf nach oben streckte.

»Ich will mit Decora reden, nicht mit dir«, entfuhr es ihm. »Decora, ich muss dir etwas …

Im selben Moment wurde die Tür aufgestoßen. Der Wirt stand tropfnass auf der Schwelle und hielt eine brennende Fackel in der Hand. Überall auf seiner Schürze war Blut, selbst das Gesicht war blutverschmiert.

»Schnell!«, rief er. »Ich brauche eure Hilfe!«

Jetzt waren wirklich alle wach und starrten entsetzt auf den Wirt. Veda, die noch einen Streifflug unternommen hatte, kam in den Raum geflogen, umkreiste den Mann und zwitscherte aufgeregt.

»Was schaut ihr denn alle so? Habt ihr nicht gehört? Ich brauche eure Hilfe *sofort*! Kommt schon!«

Der Pferdestall war spärlich beleuchtet, als die Gruppe hastig durch die Holzpforte stürzte. Wahrscheinlich hatte der Wirt zuvor die nur noch niedrig brennende Fackel in einer Halterung an der Wand hier zurückgelassen. Im schwachen Licht erkannte Finn, dass das Heu auf dem Boden durchtränkt war mit Blut. Eine Spur führte vom Eingang ins Stallinnere.

»Was ist hier passiert?«, entfuhr es dem jüngsten der Trolle, dessen nackter Oberkörper grün strahlte und den Eingangsbereich giftig aufleuchten ließ. Weiter hinten erkannte Finn zwei Gestalten. Eine lag bäuchlings und mit dem Gesicht nach unten auf dem Boden, die andere hatte sich an einen großen Heuballen gekauert. Die Pferde, die ebenfalls erwacht waren, wieherten unruhig.

»Sie wurden angegriffen!«, rief der Wirt. »Wenn wir die Blutungen nicht stoppen, dann werden sie sterben.«

Während alle anderen noch auf ein Kommando warteten, war Kiran mit dem Wirt bereits zu den beiden Gestalten geeilt, erst nach kurzem Zögern folgten sie ihnen. Für den Prinzen war es ein Leichtes, die auf dem Boden liegende Person umzudrehen. Zwei leblose Augen starrten sie an, in denen immer noch Schrecken zu sehen war. Es handelte sich um einen Mann, in dessen Brustkorb drei tiefe Furchen klafften, aus denen so viel Blut ausgetreten sein musste, dass er es nicht geschafft hatte, bis Hilfe gekommen war.

»Er ist tot.« Kiran legte die Leiche behutsam zurück. »Was ist mit dem anderen?«

Der Wirt hatte sich bereits über die zweite Gestalt gebeugt. Auch Finn und zwei der Trolle waren nähergetreten. Decora hatte dem Wirt die Fackel abgenommen und stand nun mit den anderen Trollen im Halbkreis um sie herum. Kiran war aufgestanden, hatte die andere Fackel aus der Wandhalterung genommen und war zu ihnen zurückgekommen.

»Er lebt noch«, rief der Wirt.

Finn riss dem Wirt ein Stück der Schürze ab und drückte den Stoff fest auf den Unterbauch des Mannes. Er konnte ihn in rasselnden Schüben atmen hören und hatte das scheußliche Gefühl, dass auch er es nicht mehr lange machen würde.

»Wer hat euch das angetan?«, fragte er atemlos.

Unbemerkt war einer der Trolle ins Haus gelaufen und kehrte nun mit einen großen Krug Wasser in der Hand zurück, aus dem es herausschwappte.

»Gib ihm schnell etwas!«, forderte Finn den Troll auf. Gemeinsam mit Kiran zog er den Mann in eine aufrechtere Position und der Troll flößte ihm etwas Wasser ein. Er bekam kaum etwas geschluckt. Das Wasser rann stattdessen an ihm hinunter und floss in eine weitere stark blutende Wunde am Hals. Wie schon der andere, war auch dieser Mann durch drei lange Furchen verletzt, hier zogen sie sich aber durch Hals und Gesicht.

»Sag, schon – wer hat euch das angetan?«, wiederholte der Wirt Finns Frage.

Der Verletzte röchelte. Er schielte merkwürdig, denn auch sein Auge hatte etwas abbekommen. Es quoll ein Stück aus der Augenhöhle heraus, weiter, als es eigentlich sollte. »Ein Pferd …«, hustete er, »… ein Pferd …«

Die Anwesenden warfen sich irritierte Blicke zu. Argwöhnisch blickten sie zu den im unruhigen Fackellicht scheuenden Pferden. Das konnten doch unmöglich Pferde angerichtet haben!

»Es war kein echtes Pferd, oder!«, stellte Decora fest. Es war keine Frage gewesen.

Der Verletzte fixierte sie mit seinem kaputten Auge. Finn hatte Angst, dass es jeden Moment herausploppen würde. Der Mann musste ungeheure Schmerzen haben!

»Kein echtes Pferd …«, keuchte er, dann sackte er in sich zusammen. Sein Kopf hing schief zur Seite.

»Bleib bei uns!«

Kiran nahm den Wasserkrug vom Troll und kippte dem Mann das restliche Wasser ins Gesicht. Da öffnete dieser wieder die Augen, hustete und drehte den Kopf wieder gerade. Mehr Blut durchtränkte das Hemd des Mannes. Unter seinem Körper bildete sich eine rote Pfütze. Der süßlich-metallische Geruch war Finn bereits in die Nase gestiegen.

»Ein Monster …«, stieß der Mann hervor und starrte zu ihm hoch. »Auf zwei Beinen … mit Klauen …«

Finn blickte Decora an, jetzt verstand auch er. Decora blickte zu Kiran. Auch der Königssohn wusste nun Bescheid.

»Ein Monster«, wiederholte der Mann noch einmal, dann sank er seufzend in sich zusammen. Jetzt war sein Atmen nicht mehr zu hören.

»Er ist tot«, stellte Kiran nun schon zum zweiten Mal fest. Sanft fuhr er mit der Hand über die Augen des Toten, um sie zu schließen.

Am nächsten Morgen war es Finn immer noch kaum möglich, die Bilder der Nacht aus dem Kopf zu bekommen. Natürlich war nicht daran zu denken, wieder aufzunehmen, was er Decora hatte sagen wollen. Viel zu sehr waren sie damit beschäftigt, an das Unglaubliche zu denken: Ein Kelpe – vielleicht sogar der Kelpe, von dem Renkejas Truppen berichtet hatten – hatte zwei Männer getötet. Wo war der Kelpe jetzt? Durchstreifte er immer noch die Gegend, oder war er bereits weitergezogen? Der Anblick der Wunden, die seine Klauen in die Körper der Männer gerissen hatten, hatte sich in sein Gehirn gebrannt.

»Kelpen«, hatte Decora nur gesagt. »Selbst hier, so weit weg von Aethra.«

Finn wusste, dass sie an Trucido dachte und ihn mehr denn je hasste.

Kurz vor ihrem Weiterritt hatten die Sommergüsse wieder eingesetzt und auch der Wind hatte aufgefrischt und fegte nun in heftigen Schüben über das offene Land. Kiran hatte sich den ganzen Morgen in Schweigen gehüllt. Ganz plötzlich, als sie schon beinahe im Sattel saßen, hielt er sie noch einmal zurück.

»Decora, ich muss dich um etwas bitten«, begann er. »Ich habe schon gestern den ganzen Tag darüber nachgedacht und wollte dich eigentlich schon gefragt haben, aber nun ja, gestern Nacht, da gab es eben andere Dinge, die wichtiger waren.«

Finn fragte sich allen Ernstes, ob Kiran sich auf seine Unterhaltung mit Decora oder auf den Kelpenangriff bezog.

»Darf ich mir Veda ausleihen, um sie eine Nachricht überbringen zu lassen?«, fuhr Kiran fort. »Ich weiß, dass es merkwürdig klingt, aber ich will sie vorausschicken, um etwas abzuklären.«

Finn glaubte, nicht richtig gehört zu haben. Wollte er Decora tatsächlich ihre Sonnenfeder wegnehmen? Die Sonnenfeder, die *er* ihr geschenkt hatte?

Decora antwortete nicht sofort.

»Und was möchtest du abklären?«, gab sie nach einer Weile zurück.

»Leider«, gab Kiran zu Protokoll, »ist es nur eine Ahnung und ich möchte euch keinesfalls noch mehr beunruhigen, als ihr es wegen der Kelpen ohnehin schon seid. Wahrscheinlich täusche ich mich sogar, aber um ganz sicher zu sein, brauche ich jemanden, der schneller als wir in Sikition ist – und zuverlässig. Wer käme da besser in Frage als unsere kleine Veda?«

Die Sonnenfeder – wie schon so oft in den Tagen zuvor – schien Kirans Worte genau verstanden zu haben und setzte sich stolz aufgeplustert auf seinen Kopf. Sie zwitscherte entschlossen. Kiran lächelte entschuldigend.

»Sie scheint jedenfalls nichts dagegen zu haben.«

Decora war noch nicht sicher. Finn freute sich, als er sie nachfragen hörte: »Und du meinst wirklich, dass das eine gute Idee ist?«

»Das meine ich«, war Kirans kurze Antwort. Er blickte Decora fest entschlossen in die Augen. »Wenn Veda mit der Information zurückkommt, an die ich denke, dann spätestens erfahrt ihr alles. Aber bis dahin kann es genauso gut sein, dass ich mich irre. Ich will mir einfach ganz sicher sein. Es ist sowieso schon alles kompliziert genug …«

Was zum Henker meinte Kiran damit nun schon wieder? Und warum schaute er Decora dabei so scheel an?

»Also schön«, entschied die Lunata. »Schreib deine Nachricht. Und wenn Veda einverstanden ist, dann kann sie sie überbringen.«

Wie auf Kommando flog die Sonnenfeder in gespannter Erwartung ihres Auftrags einen Salto und schmiegte sich offenbar dankbar für das Vertrauen, das Decora und Kiran ihr schenkten, an den Hals der Lunata.

»Es ist doch nicht gefährlich für sie?«, erkundigte sich Decora.

»Nein«, beruhigte sie Kiran. »Solange Kelpen nicht fliegen können …«

Decora nickte. »Gut, *ich vertraue dir …*«

In den Klauen des Gebirges

Ab diesem Morgen lag jede nähere Beschäftigung, jede freundschaftliche Beziehung, ja jedes gut gemeinte Wort von Finn zu Kiran auf Eis.

Er vermied es, dem Prinzen zu nahe zu kommen und ritt die meiste Zeit schweigend neben den anderen her. Woti und Decora, die seine abweisende Haltung ebenfalls zu spüren bekamen, versuchten zwar die Wurzel des Problems zu ergründen, scheiterten aber.

So begann mit jedem neuen Tag auch das Verhältnis von Woti und Decora zu Finn abzukühlen, wenngleich er dies in seinem stillen Zorn zwar nicht beabsichtigt hatte, aber auch keine Kraft fand, etwas dagegen zu tun.

So ritten sie fünf weitere Tage durch die endlosen Heidefelder und sprachen abends immer weniger über ihre Ziele und bevorstehenden Aufgaben. Selbst nachts sah Finn die im Wind schaukelnden Pflanzen vor sich und fragte sich manchmal, ob er träumte oder immer noch ritt.

Und nicht nur die Stimmung schlug ihnen auf die Gemüter: So wie mit jeder Stunde das apokalyptische Farbenspiel von Wolken und Himmel kräftiger wurde, so gewannen von Tag zu Tag auch die Winde immer mehr an Kraft und schlugen bald in kräftige Orkanböen um. Die Reise wurde so für Rösser und Reiter immer anstrengender und die Grüße von entgegenkommenden Reisenden wurden vom Sturm weit über die Heide getragen, wo sie niemandem zu Gehör kamen und Trost spenden konnten. Ein Gutes hatte das Ganze jedoch: Der Kelpenangriff war nicht mehr so präsent wie noch am Tag danach, denn das Wetter machte ihnen auch so schon genügend schlechte Laune und sie waren zu sehr damit beschäftigt, sich im Angesicht des Sturms in ihren Sätteln zu halten, als darüber nachzudenken, wo sich der Kelpe herumtrieb. Sicherlich war er sowieso schon über alle Berge.

Am späten Nachmittag durchschnitt ganz unvermittelt eine Schneise die Heidelandschaft. Der Rote Fluss Rubinion wand sich wie eine dicke, träge Schlange durch das Land und die vier Reiter standen lange auf der breiten Brücke, die die beiden Stücke des Alten Reisewegs miteinander verband.

Das Wasser war in der Tat tiefrot. Finn hätte die Farbe am ehesten mit einer überreifen Kirsche verglichen. Zu einem Fluss passte die ungewöhnliche Farbe seiner Meinung nach jedoch kaum und noch sonderbarer war es, dass das Wasser nicht nur sehr zähflüssig, sondern auch beinahe undurchsichtig war.

Das zähe Fließen zog ihn lange in den Bann, denn je länger er hinschaute, desto mehr hatte er den Eindruck, dass merkwürdige Schatten ganz dicht unter der Oberfläche schwammen und dann zurück in die Tiefe sanken.

Nach langem Verharren zogen sie endlich weiter und drehten sich nicht mehr um, bis schließlich das leise Rauschen und Murmeln des Roten Flusses hinter ihnen verschwunden war.

Die Tage vergingen und keiner hatte mehr Hoffnung, dass der Regen und der Sturm nachlassen würden. Ihre Nächte verbrachten sie nicht nur in Gasthäusern, sondern manchmal dick eingerollt in ihre nassen Decken am Wegesrand. Ihr Schicksal wollte es so, dass ihre Tage oft genau in der Mitte zwischen zwei Herbergen zu Ende gingen. Deswegen aber schon nachmittags oder am frühen Abend ihren Tagesritt zu beenden, dafür war ihnen die Zeit zu kostbar. Mittlerweile hatten sie sich darauf eingeschworen, so schnell wie möglich zum Ziel ihrer Reise zu gelangen, denn je mehr Regen vom Himmel fiel, desto schwerer wurden ihre Taschen und Waffen und desto anstrengender wurde auch der Ritt.

Auch wenn Finns Laune am Tiefpunkt angelangt war, machte er sehr große Fortschritte beim Reiten und hatte kleine Glücksmomente, weil ihm zumindest sein Hintern von Tag zu Tag weniger schmerzte.

Am Morgen des siebten Tages nach der Überquerung des Roten Flusses erwachte die Gemeinschaft aus einem kurzen Schlaf und setzte die Reise noch müde fort. Durch den Vorhang aus dicken Regentropfen zeigten sich am Horizont die Ausläufer des Verbundgebirges, welches das Große Meer der Mitte mit dem Kanal des Schwarzen Ozeans verband.

Hier wurde die Heidelandschaft löchrig und endlich bot sich ihnen ein neuer Anblick: Geröll und Steinformationen zeigten sich zu beiden Seiten des Alten Reisewegs, hier und da erst wie Fremdkörper zwischen den bunten Pflanzen, bald aber immer größer. Ihre Zugehörigkeit zu einer härteren Region konnten sie schon bald nicht mehr verbergen.

Ein paar Stunden später war es keine Seltenheit mehr, dass frei liegende Steinbrocken sich viele Meter hoch türmten und Rätsel darüber aufgaben, wie diese merkwürdigen Formationen einstmals zustande gekommen waren.

Im Verlauf des Tages zeigten sich am Horizont immer deutlicher die schroffen Spitzen des Gebirges, dessen ganzjährig mit Schnee bedeckten Gipfel matt unter dem grauen Himmel glänzten. Der Weg verlief jetzt noch viel deutlicher nach Norden als schon die letzten Tage. Selbst hier, noch so weit weg vom Gebirge, spürten sie, dass etwas Gewaltiges vor ihnen lag. Am Horizont kratzten die Bergrücken an den Wolken und erinnerten Finn plötzlich wieder an Kelpenklauen, die die Körper der Männer aufgeschlitzt hatten.

Alle konnten spüren, dass mit dem Auftauchen der Berge auch das Klima wechselte. Sie froren und zogen ihre Kleidung und Umhänge fester um sich, auch wenn der Wind jetzt in höheren Lagen über ihre Köpfe hinwegzog. Der Regen wurde schwächer und ebbte schließlich ganz ab. Scheinbar merkten auch die Pferde die Veränderung und machten mit wiedererweckten Kräften einiges der Strecke gut, die sie in den Tagen zuvor verloren hatten.

Schon nachmittags war die Alte Schneise und damit die Grenze zum Gebirge erreicht. Immer noch zog sich der Reiseweg durchs Land. Nun hatte er sich aber zur Gänze in nördliche Richtung geschwungen und führte mittig durch die breite Talschneise, wie Kiran erklärte. Finn musste aufpassen, denn neben den dicken Felsbrocken, die ihnen immer zahlreicher begegneten, taten sich auch Risse im Boden auf, die im Nebel, der sich vom Gebirge kommend wie eine Decke über sie legte, nur schwer zu sehen waren. Einmal entging sein Pferd nur haarscharf dem Sturz in die Tiefe, denn direkt neben dem Reiseweg gähnte eine Spalte und schoss in die Tiefe. Es gab nicht nur oben im Gebirge Gletscher, sondern auch hier unten forderten Senken und Gruben die volle Konzentration.

Im Westen und im Osten ragte das Gebirge jetzt wie eine steinerne Walze in den Himmel. Selbst Kiran, der berichtete, dass sie nun ungefähr auf Höhe der längst verlassenen alten Wachposten angekommen waren, und der schon einmal als Kind diesen Ort bereist hatte, wirkte unter dem drohenden Antlitz der Berge unruhig. Keinen Deut besser machte es, dass es bei den einstmaligen Wachanlagen, wo sich jetzt nur noch die Ödnis zwischen den ausgeblichenen Trümmern ausbreitete, angeblich spuken sollte. Immer wieder wanderte Kirans Blick nach oben, oder er reckte seinen Hals von links nach rechts. Vielleicht erinnerten die Berge ihn an die Kelpen, die er ja nur aus Erzählungen kannte. Wie riesige Schatten wölbten sich die schroffen und zerklüfteten Felsen über den Weg und hingen mit ihren vor Eis und Schnee blau-weißen Spitzen starr über dem Land. So weit die Gemeinschaft von den spröden Felswänden entfernt war, so vernahmen sie doch das Klirren des Eises, das eiskalt und melodisch flüsternd in der Luft widerhallte. Das Eis knackte und dröhnte, wenn hoch oben im Gebirge Gletscher abbrachen oder Lawinen abgingen. Gewaltige Kräfte mussten dort walten, wenn sie selbst bis hier unten davon hören konnten!

Auch hier mussten sie die Nacht draußen verbringen, denn in dieser Einöde hatte sich kein Gastwirt mit einer Herberge niedergelassen oder eine Schenke am Leben erhalten können. Nach all der langen Zeit vergaßen Finn, Decora, Woti und Kiran an diesem Abend ihre Unstimmigkeiten und Differenzen und rückten in der Finsternis nah zueinander. Sie sprachen wenig und dennoch brauchten sie die gegenseitige Gesellschaft, denn die Umgebung sog die Wärme aus ihren Körpern und das Blut floss nur zähflüssig durch ihre Adern. Ihre treuen Pferde hatten sie nicht wie gewöhnlich in der Nähe grasend sich selbst überlassen, sondern ebenfalls in ihre Mitte geholt. Auch die Tiere zitterten und waren nervös. Scheu wieherten sie im Dunkeln und Finn dachte, dass die Schwermütigkeit der Berge auch in ihre Glieder gekrochen war.

Lange starrten sie alle auf Decoras magischen Stab, der, nachdem ihr Feuer heruntergebrannt war, bläulich schimmernd das einzige Licht zwischen sie warf, bis einer nach dem anderen in einen unruhigen Schlaf fiel.

Als sich die fahle Sonne endlich im Osten über den Berggipfeln zeigte, mühte sich Kiran hoch. Der steinige und kalte Untergrund hatte ihn über Nacht steif werden lassen. Er reckte seinen schmerzenden Rücken und schaute sich um. Die anderen befanden sich noch im dämmrigen Halbschlaf. Er musste zweimal hinsehen. Zwischen ihnen hing immer noch dichter Nebel, der beständig aus den Höhenzügen des Gebirges herunterkroch.

Kiran beugte sich nach rechts und spähte durch das Zwielicht. Er betrachtete Decora und war wieder verwundert, wie schön die Lunata war. Selbst in diesem Zwielicht wusste er genau, wie ihre Gesichtszüge aussahen. Er hatte sich jedes Detail genau eingeprägt. Wie gerne wäre er zu ihr hinübergegangen und hätte sie wachgeküsst! Aber etwas hielt ihn zurück, obwohl er das Gefühl hatte, dass sie seine Annäherungsversuche zwar nicht erwidert, aber doch zumindest nicht zurückgewiesen hatte. Etwas war zwischen ihr und Finn. Sie waren kein Paar, soviel war sicher, aber sie hatten viel Zeit zusammen verbracht und dabei war wohl etwas entstanden. Aber Kiran verstand nicht, warum Finn dann keine Anstalten machte, ihr diese Gefühle auch zu zeigen. Wenn er sich für sie interessierte – und da war er sich eigentlich ziemlich sicher – dann verhielt er sich nicht nur seltsam, sondern einfach nur dämlich. Dabei schien er prinzipiell nicht einmal unsympathisch zu sein. Oder lag es vielleicht einfach an ihm? Mochte Finn ihn nicht? Kiran überlegte, ob es damit zu tun haben könnte, dass er so urplötzlich neues Mitglied in ihrer verrückten kleinen Gruppe geworden war. Vielleicht hatte Finn dagegen etwas – dabei hatte er sich das auch nicht ausgesucht! Was Decora betraf, hatte er zumindest ihr gegenüber mit offenen Karten gespielt. Leider hatte sie ihm seine Fragen in der Schwarzen Blume nicht mehr beantworten können. Und seitdem hatte sich auch keine Gelegenheit mehr ergeben …

Er schaute nach Osten. Wann kam Veda mit einer Antwort zurück? Mittlerweile hätte sie längst in Sikition angekommen und auch wieder aufgebrochen sein müssen. Wenn sie weiterritten, ohne dass er sich dieser ganzen Reise sicher war, dann würde es – wenn er sich am Ende doch nicht täuschte – irgendwann ein verdammt langer Weg zurück werden!

In Gedanken versunken stiefelte er zu seinem Pferd. Wahrscheinlich war es besser, wenn sie bald losritten. Trübe Gedanken konnte er sich auch reitend machen. Dieser dämliche Finn! Ohne ihn wäre alles einfacher! Während er seine Satteltasche festzurrte, beäugte er den unruhig schlafenden jungen Mann. Sein Pferd schnaubte und trat mit den Vorderhufen von einem Bein auf das andere.

»Du findest also auch, dass er sich dämlich verhält?«, flüsterte Kiran und streichelte seinem Gaul über das Gesicht. »Stimmt, du hast wie ich keine Wahl, mit wem du auf Reisen gehst …«

Das Pferd aber ließ sich weder von seiner Stimme noch von seinen Händen beruhigen.

»Was ist los, mein Freund? Du bist doch sonst nicht so unruhig.«

Plötzlich sah er aus dem Augenwinkel eine Gestalt auf die anderen zulaufen, die direkt vor ihnen aus der Alten Schneise kam. Er hörte ein Schnauben und dachte für einen Moment, dass es von ihren Pferden käme. Erst im letzten Moment bemerkte er, womit er es zu tun hatte. Jetzt war die Gestalt bei den anderen angelangt. Ihr wippender Gang war schnell, fast zu schnell, um zu verstehen, was geschah. Doch Kiran war trainiert. Die Soldaten seines Vaters hatten ihn seit seiner Kindheit gut ausgebildet. Er konnte denken *und* handeln gleichzeitig.

»Aufwachen!«, schrie er und rannte los.

Sein Zweihänderschwert riss er nur mit einem Arm vom Boden. Keine Zeit zu verlieren. Das Wesen stand jetzt über seine drei Begleiter gebeugt. Es hielt eine Sekunde inne, um sich zu orientieren. Decora hatte ihr Gesicht immer noch in ihrer Decke vergraben, Woti war bereits auf die Beine gesprungen. Finn allerdings lag direkt unter dem Wesen und starrte nach oben. Der Kelpe klackerte mit seinen Klauen und hob sie hoch in die Luft.

»Stopp, du widerliches Ding!«, brüllte Kiran und schmiss sich mit aller Gewalt gegen dessen Rücken. Das Monster stolperte nach vorn. Seine Klauen ruderten zur Seite, gerade bevor sie Finn das Gesicht zerfetzen konnten.

Jetzt endlich war auch Decora aufgewacht. Finn rollte sich zur Seite und sprang auf. Der Kelpe drehte sich zu ihm, stürzte schnaubend nach vorn und schlug um sich. Finn stolperte zurück, Kiran fing ihn auf. Jetzt hatte sein Begleiter wieder einen sicheren Stand. Kiran sah, dass Decora geistesgegenwärtig bereits ihren Stab gegriffen hatte und den Kelpen in einem weiten Halbkreis umrundete. Woti indes hatte sich nicht nur seine Dolchmesser geschnappt, sondern warf Finn von der Seite das alonische Schwert zu.

Er zog es umständlich aus der Scheide. Natürlich, in einem echten Kampf war er noch nie gewesen! Decora erreichte sie und sie standen alle vier zusammen dem Monster gegenüber. Der Kelpe stampfte mit den Hufen auf und griff an.

»Auseinander!«, rief Kiran.

Alle gehorchten und der Kelpe rannte zwischen ihnen ins Leere.

Kiran holte zum Gegenschlag aus: Er packte den Zweihänder und machte einen Ausfallschritt. In einer weiten Schwungbewegung schmetterte er die Klinge gegen das Monster. Sein Schwert traf den Kelpen mit voller Wucht. Durch den gewaltigen Treffer hob der Kelpe vom Boden ab und wurde nach hinten geschleudert. Hart landete er einige Meter entfernt. Doch als er wieder aufkam, war keine Wunde zu sehen!

»Sie sind unverwundbar!«, schrie Decora und rannte nach rechts, denn der Kelpe setzte bereits wieder zum Gegenschlag an. Doch er verfolgte die Lunata nur kurz, dann starrte er auf Kiran. Finn und Woti standen immer noch neben ihm.

»Verdammt«, stellte Kiran fest.

Der Kelpe lief los. Unter seinen Hufen wirbelten Gesteinsbrocken auf. Seine Klauen waren nach vorn gerichtet. Es wäre ein glatter Selbstmordangriff gewesen, doch wenn dieses Ding wirklich unverwundbar war …

Kiran, Finn und Woti stoben abermals auseinander. Noch in der Seitwärtsbewegung versetzte Finn dem Kelpen einen halbwegs sitzenden Hieb mit seiner Klinge, der diesen wenigstens etwas aus dem Gleichgewicht brachte. Nicht schlecht, dachte Kiran. Finn war wohl doch nicht komplett nutzlos! Aber sie mussten sich etwas ausdenken. Wie konnten sie dieses Vieh nur loswerden? Kiran spürte, dass die Nächte und die langen Ritte ihm immer noch in den

Knochen steckten. Sein Schwert schien schwerer als beim Training mit den Soldaten zu sein.

Er warf sich erneut in den Rücken des Monsters. Wieder stolperte es.

»Woti, pass auf!«

Der Gwilling duckte sich unter dem Kelpen hinweg. Wenn es darauf ankam, war also auch der Gwilling flinker, als es seine Statur vermuten ließ.

»Lauf!«, rief Woti, denn der Kelpe hatte sich schon wieder aufgerappelt. Die Klauenarme hatte er jetzt weit ausgebreitet. Mit rudernden Bewegungen schlug er wild um sich. Jetzt war kaum mehr ein gezielter Schlag gegen ihn möglich.

Aber auch Kiran hatte eine enorme Reichweite. Er brauchte mit seinem Zweihänder kaum zu zielen, irgendetwas traf er immer. Er holte aus und erwischte den Kelpen satt an der Seite. Die Wucht des Stoßes drehte den Kelpen einmal um die eigene Achse. Aber immer noch wirbelten die Klauenarme kreuz und quer durch die Luft. Noch ein Schlag! Diesmal traf Kiran von oben und der Kelpe sackte in sich zusammen. Wieder holte er aus. Ein weiterer Treffer saß. Und noch einmal! Wofür hatte er sonst all die Jahre trainiert? Er würde seinen Begleitern zeigen, dass er der geborene Krieger war. Er würde Decora zeigen, dass selbst ein Kelpe es nicht mit ihm aufnehmen konnte. Nichts war unverwundbar!

Er ließ weitere Schläge auf das Ungetüm niederprasseln. Von links und von rechts oben führte er diagonale Schläge. Der Kelpe drückte sich gegen die Schläge, aber brach immer wieder zusammen. Endlich ließ er die Klauenarme sinken und blieb liegen. Der nächste Schlag würde sein letzter sein! Kiran hob das Schwert nach oben. Seine Klinge zeigte nun senkrecht nach unten. Der Weg für die Schneide war frei. Er stach zu. Doch die Klinge prallte vom Kelpen ab wie von Stein. Keinen Zentimeter hatte er sie in den Körper treiben können. Doch nun hatte er seine vorteilhafte Position geopfert, denn sein Schwert zitterte vom Rückstoß. Er konnte sein Gleichgewicht nur mit Mühe halten! Er strauchelte hin und her. Mit Wucht stemmte sich der Kelpe gegen ihn, seine Klauen rissen am Schwert. Kiran ließ den Griff los, denn die Klauen glitten haarscharf an seinen Unterarmen vorbei. Seine Hände wollte er nicht riskieren! Der Kelpe katapultierte sich zurück auf die Hufe. Die winzigen schwarzen Pupillen stierten ihn an. Dampf kam aus den Nüstern. Diesmal trat der Kelpe zu. Kiran schaffte es nicht auszuweichen. Der Huf traf ihn mitten in den Unterbauch. Sein Atem stockte. Er bekam keine Luft mehr und kippte zur Seite. Auf allen vieren robbte er blindlings nach vorn und rollte sich über die Schulter. Neben ihm schlugen die Klauen in die Erde ein. Er konnte schon beinahe fühlen, wie der nächste Hieb ihn einmal glatt durchbohrte. Er dachte an die toten Männer aus der Herberge.

Doch er hatte nicht mit seinen Begleitern gerechnet: Die Arme schützend vor seinem Kopf erhoben konnte er erkennen, wie Finn, Decora und Woti auf den Kelpen einstürmten. Sie hatten sich mit Steinen bewaffnet und warfen sie der Kreatur entgegen.

»Bring dich in Sicherheit!«, schrie Decora.

Im selben Moment warf Finn einen besonders großen Brocken. Der Wurf saß. Am Kopf getroffen schien der Kelpe einen Moment die Orientierung zu verlieren. Kiran nutzte die Gelegenheit und kroch aus seiner Reichweite. Sein Bauch tat höllisch weh, der Schmerz zog sich bis in die Brust hoch. Er hatte Mühe, vorwärts zu kommen.

»Die Senke dort!«, hörte er Decora rufen und sah, wie sie unablässig Steine in Richtung des Kelpen warf, um diesen nun von

Finn und Woti abzulenken, die versuchten, dem Monster den Weg abzuscheiden, sodass es nicht seine Verfolgung aufnehmen konnte.

Kiran konnte durch den Nebel kaum etwas erkennen, aber ein Stück abseits war gerade noch eine der zahllosen Schluchten zu sehen, die ihnen hier schon so oft begegnet waren.

Finn und Woti rannten in die von Decora gewiesene Richtung, nicht ohne den Kelpen dabei weiter mit Steinen zu bewerfen. Wütend folgte er ihnen. Seine Klauen schnellten nach vorn und seine Hufe trommelten auf den harten Boden. Die beiden standen jetzt mit dem Rücken zur Senke. Wenn sie nicht aufpassten, war das ihr sicheres Ende! Weiter zurückweichen konnten sie nicht! Atemlos sah Kiran zu, wie Finn sein Schwert zückte. Doch anstatt es zur Verteidigung zu nutzen, warf er es dem Kelpen wie einen Speer entgegen. Er war verrückt geworden! Doch durch eine Lücke zwischen den rotierenden Klauen traf das Schwert sein Ziel! Der Kelpe riss seinen getroffenen Kopf nach oben und hielt einen Augenblick inne. Schon hatte sich Woti auf den Boden geworfen, ohne dass der Kelpe es bemerkt hatte. Finn hechtete zur Seite. Im Liegen griff er einen neuen Stein und warf ihn vor die Brust des Kelpen. Doch dessen Klauen waren wieder einsatzbereit. Nutzlos prallte der Stein von ihnen ab. Jetzt ging das Pferdewesen auf Finn los. Die Flanke des Kelpen zeigte nun in Richtung Senke. Woti kauerte immer noch davor auf dem Boden. Im letzten Augenblick kam Decora angespurtet. Den Eisenholzstab wie eine Lanze zwischen Arm und Oberkörper eingeklemmt rammte sie ihren Gegner. Der Kelpe hatte nicht mit ihr gerechnet! Er strauchelte seitwärts und stolperte schließlich über den kauernden Woti. Für einen Moment schlug er noch mit seinen Klauen ziellos um sich, dann stürzte der Kelpe rücklings in die Senke. Kiran wagte es, wieder zu atmen. Decora, Woti und Finn hatten ihm das Leben gerettet. Das Monster war in der Senke verschwunden. Dort würde es niemals wieder herauskommen.

KIRANS EINGEBUNG

Kiran brauchte beim anschließenden Frühstück am längsten. Er harrte schweigsam aus, bevor er die einzelnen Bissen hinunterschluckte. Mit einem solchen Angriff hatte er nicht gerechnet. Wie konnte es überhaupt sein, dass diese Kelpen unverwundbar waren?

»Aber sie sind es«, hatte Decora zu Protokoll gegeben. »Jetzt haben wir den Beweis. Und Trucido hat einen Weg gefunden, mehr Kelpen durch das Portal zu schicken. Vielleicht ist es ihm gelungen, das Portal in deiner Wohnung aufrecht zu erhalten, Finn.«

Sie hatte sich neben Kiran gesetzt und ihre Stirn in nachdenkliche Falten gelegt. Ihre Haare schimmerten immer wieder auf, wahrscheinlich, wenn sie an diesen Trucido dachte. Selbst in dieser düsteren Stimmung war sie unglaublich schön.

Kiran nippte unschlüssig an einem Schluck Wasser. Er hatte das Gefühl, etwas sagen zu müssen. Zu ihnen allen.

»Danke«, sagte er schließlich. »Ihr habt mir das Leben gerettet. Jeder von euch.«

Decora lächelte, ebenso Woti. Die Lunata hatte ihre Hand auf seinen Oberschenkel gelegt. Ihre Berührung gefiel ihm. Er genoss es fast, beim Kampf niedergetreten worden zu sein, immerhin kümmerte sich Decora jetzt ganz um ihn. Nur Finn lächelte nicht. Kiran konnte seinen Blick verfolgen, der für einen winzigen

Moment auf Decoras Hand ruhte, dann aber schnell zu ihm hinauf wanderte. Er blickte ihn ernst an.

»Und du hast uns das Leben gerettet«, antwortete Finn schließlich. Ganz kurz nickte er ihm zu. Ihm schien noch etwas auf den Lippen zu liegen, denn sein Mund öffnete sich noch einmal. Doch er blieb still.

Woti betrachtete die groteske Szene im fahlen Morgenlicht mit einiger Hilflosigkeit und wünschte sich insgeheim, dass Finn endlich über seinen Schatten sprang und sich mit Decora aussprach. Denn so sonderbar das Verhalten von Finn in den ersten Tagen auch gewesen war und so wenig es Decora offenbar einordnen konnte, so hatte der Gwilling in den letzten Tagen und Wochen sehr genau die Verhaltensmuster seiner Begleiter analysiert und die mehr als offensichtlichen Schlüsse daraus gezogen. Finn liebte Decora, natürlich. Und Kiran hatte ebenfalls ein Auge auf sie geworfen. Nur eines war ihm noch nicht klar geworden: Er war sich nicht sicher, ob Finn mit seinen Vermutungen und Ängsten nicht vielleicht richtig lag! Wurde langsam aber sicher ein Band zwischen Decora und Kiran immer fester geknüpft? Woti saß in einer Zwickmühle. Er wollte keinen der jungen Leute kränken, wusste ja nicht einmal, wie es tatsächlich um sie bestellt war, und konnte keinen der drei in sein Vertrauen ziehen und Ratschläge verteilen, ohne Gefahr zu laufen, dass die Situation plötzlich eskalierte und jemand vor eine Wahl gestellt würde. Selbst jetzt nicht, nach dem Kelpenangriff. Hätte *dieser* sie nicht wenigstens zusammenschweißen müssen? Es war schon verrückt, dass sie immer noch hier saßen und kaum über dieses Monster sprachen. Es kam ihm beinahe so vor, als hätten seine drei Begleiter etwas anderes erlebt als er!

Er schüttelte den Kopf. Am Ende konnte er nur hoffen, dass die drei endlich selber fähig wären, ihre Probleme und Gefühle anzusprechen. Ratlos ließ er seinen Blick von Decora und Kiran zu Finn schweifen. Er wünschte sich jetzt einen herrlichen Krug Bier, der ihm von einer ganz bestimmten Gwilling-Dame serviert werden würde. Er war froh, als Kiran sich endlich erhob und sich anschickte, zum zweiten Mal an diesem Morgen die Pferde für den Weiterritt fertigzumachen.

»Was, wenn Trucido selbst ein Portal aufrufen kann?«, sinnierte Kiran nach einer Weile.

Er ritt voran und ließ ihre Pferde am langen Zügel, damit sie in ihrer eigenen Geschwindigkeit liefen.

»Ausgeschlossen«, gab Decora zurück.

Kiran schaute nicht zurück, doch auch ohne ihr Gesicht zu sehen, verriet ihre Stimme, dass sie *hoffte*, was sie sagte, und dass sie es nicht mit Sicherheit wusste.

»Ansonsten wären wir nicht nur dem einen Kelpen begegnet. Ich kann es mir nur so erklären: Wahrscheinlich hat Trucido es nach meiner Flucht gerade noch geschafft, ein paar weitere Kelpen durch das Portal zu schicken, bevor es sich geschlossen hat. Und denen sind auch die Soldaten deines Vaters begegnet.«

Kiran schnalzte mit der Zunge.

»Und wir!«, fügte er hinzu. Unglaublich, was ein Portal für Möglichkeiten eröffnete. Er konnte sich kaum vorstellen, was es in den Händen des Falschen anrichten konnte.

Bald war der Morgen im gemächlich schaukelnden Sattel vorübergegangen. Der Nebel hatte sich allerdings immer noch nicht verzogen, wahrscheinlich würde er das auch solange nicht tun, bis sie die Alte Schneise hinter sich gelassen hatten. Woti war dieses Wetter und die Kälte, die dabei in ihm hochkroch, endgültig leid. Wie schön warm und gemütlich es nach einer Nacht in weichen Kissen in der Schankstube des Birkenblicks dagegen doch war! Er freute sich, endlich dieses verfluchte Gebirge zu beiden Seiten hinter sich zu lassen. Der Ort gefiel ihm nicht und es gefiel ihm nicht, was der Ort mit seinen Begleitern machte.

Wann immer der Gwilling zu Kiran schaute, hatte er mehr und mehr das Gefühl, dass den nun erneut sehr nachdenklichen Prinzen ein innerer Zwist quälte. Finn schien diese Entwicklung ebenfalls nicht verborgen geblieben zu sein, obwohl er im Gegensatz zu ihm wohl eher Genugtuung als Besorgnis empfand. Hatte Finn schon vergessen, dass sie sich gegenseitig das Leben gerettet hatten?

Sie waren kaum ein paar weitere Minuten geritten, als Wotis Pferd plötzlich stehenblieb.

»Irgendetwas stimmt nicht!«

Sofort waren alle seine Sinne auf einen erneuten Angriff gerichtet. Sein Pferd wieherte aufgeregt und machte ein paar Schritte rückwärts. Da vor ihnen war doch etwas!

»Der Nebel versperrt mir die Sicht! Decora, kannst du etwas sehen? Bleibt alle sofort stehen!«

Ohne zu zögern hielten die anderen ihre Pferde an. Woti spitzte die Ohren. Da war etwas in der Luft! Er hörte das Schlagen von gewaltigen Flügeln. Sofort musste er an die Papageien des Hochplateaus denken, aber hier in dieser Gegend? Unmöglich. Ein gewaltiger Umriss glitt jetzt über ihnen durch den Nebeldunst.

»Aufgepasst!«, rief Kiran. »Da ist etwas in der Luft.«

Irgendetwas in der Stimme des Königssohns klang allerdings

seltsam hoffnungsfroh. Während Finn und Decora schon von ihren Pferden abgesprungen waren und ihre Waffen gezückt hielten, saß Kiran noch im Sattel und spähte in den Himmel. Irgendwo im Gebirge brach ein gewaltiges Stück Eis. Zusammen mit dem weit entfernten Grollen mischte sich der kehlige Schrei eines Tieres. Es war ein Vogel. Woti zuckte zusammen, über sich erkannte er zwischen zwei Flügeln den Körper des Tieres. Wie groß dieses Ding war! Und es kam im Sturzflug auf ihn herab! Gerade, als er sich vom Pferd werfen wollte, blitzte ein roter Punkt am Kopf des riesigen Tieres auf.

»Veda!«, hörte er Decora rufen. Das konnte doch unmöglich ihre Sonnenfeder sein. Was redete sie da?

Doch dann rief auch Kiran: »Keine Angst, Woti. Bleib einfach ruhig sitzen.«

Das war leichter gesagt als getan. Doch er vertraute ihnen allen trotz der ganzen Verrücktheiten und zwang sich, im Sattel sitzen zu bleiben.

Der Vogel, der neben ihm landete, sah aus wie ein Geier. Woti kannte Geier von den Vogelmärkten Weit-Alons, aber er hatte bisher noch nie einen so großen gesehen. Außerdem war das Federkleid dieses Exemplars himmelblau. Hier im Blaugrau des Gebirges und dazu noch im Nebel war der Vogel perfekt getarnt. Kleine und größere Steine aufwirbelnd landete das Tier kreischend neben ihm. Sein Pferd wich noch einmal ein gutes Stück zurück. Der Vogel konnte seinem Reittier geradewegs in die Augen schauen, so groß war er. Aber jetzt erkannte Woti auch Veda: Die Sonnenfeder piepste freudig und flatterte feuerrot leuchtend vom Kopf des großen Vogels in die Luft, auf dem sie offenbar mitgeflogen war. Sogleich steuerte sie auf Decora zu, trällerte und liebkoste die Lunata liebevoll, indem sie auf ihrer Schulter landete, unter ihr blitzendes Haar kroch und ihren Hals pickte.

»Na, endlich!«, sagte Kiran, sprang vom Pferd und ging auf den Vogel zu.

»Ihr braucht euch wirklich keine Sorgen zu machen. Das ist ein Palmenreißer. Offenbar ist meine Nachricht in Sikition angekommen.

Das war also ein Palmenreißer! Woti hatte schon Händler auf den Vogelmärkten davon sprechen hören, aber noch nie hatte er einen zu Gesicht bekommen, so selten waren sie im Westen Telluriscors. Jetzt konnte er verstehen, woher der Name kam. Keine Palme hatte bei so einem Vogel eine Chance, lange stehenzubleiben. Unter der goldenen Wüstensonne mussten diese Tiere herrlich aussehen, obwohl Woti davon ausging, dass auch ihre scharfen Krallen prächtig blitzen und blinken mussten. Glücklicherweise schien dieser Palmenreißer hier ein Botenvogel zu sein. Warum sonst reiste Veda mit ihm!

»Das war also deine geheime Botschaft, Kiran?«, schoss es plötzlich aus Finn heraus. »Du wolltest uns einen Vogel beschaffen, der für uns kämpft?«

Finns Tonfall nach zu urteilen glaubte er selbst nicht an diese Theorie. Er forderte Kiran heraus. Er *wollte* sich streiten. Konnte er nicht abwarten, was Kiran zu sagen hatte?

»Beruhige dich, Finn«, gab der Königssohn beschwichtigend zurück. »Nein, damit hatte meine Botschaft nichts zu tun. Sieh genau hin!«

Schon war Kiran neben dem Vogel angelangt. Beherzt streckte er die Hand nach dem Tier aus, das dabei ganz ruhig blieb. Kiran lächelte plötzlich wieder. Erst jetzt erkannte Woti einen Sack auf dem Rücken des Vogels. Kiran löste die Schnallen und griff hinein.

Es dauerte einen Augenblick, bis er seine Hand wieder hinauszog, aber offensichtlich hatte er darin gefunden, was er gesucht hatte. Der Königssohn strahlte. In seinen Händen hielt er ein dickes, rotbraunes Buch. Es war ein richtiger Wälzer, aber für einen Palmenreißer war das Gewicht sicherlich kaum der Rede wert. Auf dem Buchdeckel war mit einer Kordel ein gefaltetes Stück Papier festgebunden. Ein silbergrünes Siegel war darauf zu erkennen. Eine Antwort auf Kirans mysteriösen Brief aus Sikition!

»Ich muss euch jetzt endlich etwas sagen«, erklärte Kiran. Er ging zu seinem Pferd und lenkte es im Halbkreis vor die anderen. Er machte eine einladende Geste und bat sie, abzusteigen.

»Setzt euch. Ihr sollt den Brief ebenfalls sehen. Ich möchte nicht den Eindruck erwecken, dass ich ein Geheimnis habe. Es ist wichtig, dass wir darüber reden.«

Dann wandte er sich an Decora.

»Wir müssen einander vertrauen. Wir sollten uns alles sagen. Und jetzt bin ich an der Reihe zu reden.« Den Seitenblick, den er Finn zuwarf, konnte der nicht übersehen. Offenbar war Kiran immer noch gewillt, die Spannung zwischen ihnen beizulegen.

Finn dachte nach. Für einen kurzen Moment tat ihm die Situation leid und er wünschte sich, Kiran unter anderen Umständen kennengelernt zu haben. Als dieser jedoch wieder dicht neben Decora rückte und ihr vom Wind hochgehobenes Haar über seine Arme streichelte, überkamen ihn sogleich wieder die alte Wut und der Schmerz.

Erneut sagte Kiran: »Setzt euch.«

Geschickt löste er den Knoten der Kordel, um das Papier vom Buchdeckel zu lösen. Es war ein grotesker Anblick, denn der Palmenreißer war hinter sie gewatschelt und schaute Kiran doch glatt über die Schulter. Da aber ja augenscheinlich keine Gefahr von dem Tier ausging, sagte Finn nichts. Kiran reichte Woti behutsam das dicke Buch. »Vorsichtig«, mahnte er. »Es ist sehr wertvoll.«

Dann erbrach er das Siegel. Es zeigte einen einzelnen Thron, der unter zwei einander zugewandten Treppen stand, die sich über dem Thron wie eine Pyramide berührten. Auf dem Thron war eine stilisierte Krone zu erkennen.

»Das Siegel Alkanders«, erklärte Kiran. »Die Treppen stehen für die zwei sagenumwobenen Unterstädte von Sikition. Sikition wurde auf den Ruinen älterer Zivilisationen erbaut.«

Decora lauschte gebannt.

»In Excelsa ist es ähnlich!«, sagte sie. Ihre Augen leuchteten.

Dann faltete Kiran die Nachricht auf und las laut vor.

An meinen Freund Kiran,

wie lange ist es nun schon her, dass wir uns zuletzt gesehen haben? Mindestens eine Ewigkeit, wenn nicht sogar mehr. Ich muss zugeben, dass ich überrascht war, auf diesem Wege von dir zu hören – zumal du nicht einmal gesagt hast, warum du gerade dieses Buch brauchst. Aber auch deshalb, da du dich ja zuvor selbst anschicktest, mir einen Besuch abzustatten. Du weißt genauso gut wie ich, wie selten das Buch ist, denn nur dieses eine Exemplar existiert. Ich weiß noch, dass wir es uns als kleine Kinder immer heimlich angeschaut haben, wenn mein Vater aufgrund seiner Regierungsgeschäfte abgelenkt war. Wie verwegen haben wir uns gefühlt, als wir es uns aus der Vitrine in seinen Privatgemächern »ausgeliehen« haben!

Ich hoffe sehr, du erinnerst dich genauso gerne wie ich an diese längst vergangenen Tage. Lieber wäre mir natürlich gewesen, du wärest doch persönlich gekommen, aber wie ich befürchte, lässt der Krieg deines Vaters es doch nicht zu, dass du Sikition einmal wiedersiehst. Wie hatte ich mich auf dich gefreut! Aber wie dem auch sei – du wirst schon deine Gründe haben und ich habe nicht vergessen, wie oft du für mich in die Bresche gesprungen bist und die Schuld auf dich geladen hast, wenn mein Vater hinter einen unserer Streiche gekommen war. Diese Schuld kann ich hiermit zurückzahlen. Meinem Vater habe ich nicht erzählt, dass ich dir das Buch schicke. Ich bitte auch dich, niemandem davon zu erzählen. Der alten Zeiten wegen habe ich es noch einmal durchgeblättert. Mir fällt beim besten Willen nicht ein, was es mit einem offiziellen Besuch zur Unterstützung deines Vaters in Kriegsfragen zu tun haben könnte, weswegen Renkeja dich ja ursprünglich angekündigt hatte. Gib das Buch bitte meinem treuen Kodawan zurück, wenn du alle benötigten Informationen beisammen hast. Nur einem Vogel wie ihm habe ich es anzuvertrauen gewagt. Nicht oft gelingt es, Palmenreißer zu domestizieren, aber wenn, dann verteidigen sie jedes Gut noch vor dem schlimmsten Dieb oder Angreifer. Übrigens wäre mir auch gar nichts anderes übriggeblieben! Deine kleine Sonnenfeder ist zwar ein äußerst aufgeweckter und tapferer Vogel, aber wie hätte sie das Buch transportieren sollen? Du bist manchmal echt lustig – ganz der Alte! Vielleicht schreibst du mir bei Gelegenheit, warum du nicht einen offiziellen Botenvogel deines Vaters geschickt hast, da hätte es sicherlich auch einige kräftigere Exemplare gegeben. Am besten wäre allerdings, du sagst es mir doch irgendwann selbst!

Mögen deine Wege hell und deine Prüfungen erfolgreich sein, wo auch immer du dich gerade herumtreibst.

Dein alter Freund Alkarin

Kiran faltete den Brief wieder zusammen. Er schaute in die Runde.

»Alkarin ist der Sohn von Alkander?«, fragte Decora.

Kiran nickte. »Ich war als kleiner Junge mehrmals in Sikition. Unsere Väter sind gut miteinander bekannt. Also freundeten wir uns an. Ich habe ihn seitdem nicht mehr gesehen.«

»Und du hast ihm nichts von unserem eigentlichen Plan erzählt?«, bohrte Decora weiter nach, offenbar beeindruckt von solcher Integrität. In ihrer Stimme lag Staunen und ihre Haare schimmerten silbern.

»Nein, das habe ich nicht. Es ist unsere Reise und so soll es auch bleiben.«

Finn fragte sich, wovon er nun schon wieder faselte. Sie würden doch ohnehin alles erklären müssen, wenn sie in Sikition ankamen. Aber warum hatte dieser Alkarin dann davon gesprochen, dass er und Kiran sich doch nicht sehen würden?

»Außerdem«, fuhr Kiran fort, »bin ich mir bei einer Sache gerne absolut sicher.« Wieder fiel einer seiner Seitenblicke auf Decora. Die Lunata errötete. Konnte dieser Geheimniskrämer nicht einmal bei der Sache bleiben? Es ging um dieses verdammte Buch und ihre Reise.

»Aber bei unserem Auftrag, bei unserer gemeinsamen *Sache*, war ich es mir eben nicht. Lasst uns zusammen herausfinden, welchen Weg wir einschlagen sollten …«

Abermals suchte er Decoras Blick. Finn wollte sich am liebsten übergeben. Oder dem Königssohn an den Hals springen und ihm einen Faustschlag verpassen.

»Was ist nun mit diesem Buch?«, fragte er stattdessen unwirsch. »Zeigst du uns jetzt dein großes Geheimnis, oder müssen wir noch länger darauf warten, dass du uns erleuchtest?«

Kiran funkelte ihn an.

»Nein, niemand sollte hier länger auf etwas warten müssen.«

Das Buch, das nun wieder in Kirans Händen ruhte, sah alt aus. Der Buchdeckel wies Gebrauchsspuren auf, überall erkannte Finn kleine Kerben und winzige Schrammen. Der festgenähte Buchrücken war schon einige Male ausgebessert worden, neue Fäden hatten alte, gerissene ersetzt. Ursprünglich musste einmal mehr Rot vorhanden gewesen sein, aber das Braun hatte sich durchgesetzt und an einigen Stellen war die Farbe gleich ganz abgeblättert.

Kiran strich mit dem Finger behutsam über den Buchtitel, der in geschwungenen goldenen Lettern in der Mitte des Deckels prangte. *Von Mythen und Legenden. Telluriscors letzte Geheimnisse* war darauf zu lesen. Finn musste schmunzeln. Er gab sich Mühe, sich nichts anmerken zu lassen. Er machte weiterhin ein ernstes Gesicht. Aber so einen Buchtitel hätte er sicherlich auch auf der Erde gefunden.

»Ich habe mich an etwas erinnert«, erklärte Kiran. »Zuerst konnte ich nicht genau sagen, was es war, aber als ich länger Zeit hatte, über deine Geschichte nachzudenken«, er fixierte Decora, »wusste ich, schon einmal etwas Ähnliches gesehen zu haben.«

»Was genau meinst du?«, erkundigte sich Decora. Ihre atemlose Stimme verriet, dass sie gespannt war. »Hat es etwas mit Portalen zu tun?«

Kiran lächelte.

»Nicht direkt. Aber der Spiegelraum aus den Sternenhallen, von dem du erzählt hast, wollte mir nicht mehr aus dem Kopf gehen. Und irgendwann kam ich dann darauf. Das Buch aus meiner Kindheit!«

Gedankenversunken streichelte er den Buchdeckel und schien in Erinnerungen gefangen.

»Alkarin und ich haben es oft durchgeblättert und uns vorgestellt, wie wir die letzten Geheimnisse Telluriscors lösen würden. Kaum zu glauben, dass ich nun wirklich einem davon auf der Spur bin …«

»Dann halte uns nicht weiter hin!«

Plötzlich hatte sich Woti eingeschaltet. Decora musste grinsen.

»Da muss ich zustimmen. Was haben du und Alkarin in dem Buch gefunden?«

Endlich schlug Kiran das Buch auf. Ein süßlicher Geruch drang Finn in die Nase. Das Buch war in den letzten Jahren wahrscheinlich kaum geöffnet worden, wahrscheinlich sogar gar nicht, wenn man diesen Alkarin nicht mitzählte, der erst kürzlich darin gelesen hatte. Einige Seiten klebten zusammen und Kiran musste sehr behutsam sein. Vorsichtig blätterte er eine Seite nach der anderen weiter. Oft wurde der Text mit Bildern ergänzt und Finn staunte, wie satt die Farben bei einem Buch dieses Alters noch waren. Unglaublich, dass sie hier das letzte Exemplar vor sich liegen hatten!

Finn sah merkwürdige Waffen, seltsame Apparate und Symbole, die er nicht zuordnen konnte. Aber auch Gebäude erkannte er,

Karten und Baupläne, an denen Fragezeichen und Kreuze bestimmte Stellen markierten. Das Bild einer Doppelseite zeigte sogar mit ziemlicher Sicherheit den Wandernden Wald. Nadelbäume, die in einer Baumgruppe angeordnet waren, gingen in Flammen auf, einige andere waren von bläulichen Blitzen umgeben. Natürlich! Auch der Wandernde Wald war den Bewohnern Telluriscors ein Rätsel. Sicherlich wurde an dieser Stelle auch die Geschichte erwähnt, die Raukelunk ihnen erzählt hatte.

»Wieso gibt es nur noch dieses eine Exemplar?«, erkundigte sich Finn. »Immerhin stammt es vom Hof des Königs. Kann man es dort nicht kopieren?«

Kiran schnalzte mit der Zunge. »Abschreiben schon, aber nicht kopieren. Die Bilder wurden alle vom selben Künstler gemalt.«

»Na und? Mit ein wenig Zeit könnte selbst ich ein paar der Bilder abzeichnen.«

Der Königssohn schüttelte energisch den Kopf.

»Aber es wäre dennoch verboten. Siehst du dieses Zeichen hier unten? Es befindet sich unter jedem einzelnen Bild.«

Finn sah genau hin: Ein kleines goldenes Schwert war dort zu finden, dessen strahlende Klinge senkrecht nach oben zeigte. Ihm sagte das Zeichen nichts.

»Und was soll das bedeuten?«

»Es bedeutet, dass *Goldschwert* selbst diese Zeichnungen angefertigt hat. Deshalb befindet sich dieses Buch auch im persönlichen Besitz Alkanders.«

Jetzt ging Finn ein Licht auf. Er erinnerte sich, den Namen bei ihrem Einbruch in der Gilde gehört zu haben.

»Goldschwert war einer der Engel, richtig?«

Kiran nickte.

»Es ist verboten, etwas zu kopieren, das ein Engel angefertigt hat.«

Auch Woti nickte eifrig. Plötzlich sah selbst Finn das Buch mit anderen Augen. Unglaublich, dass Kiran so etwas für ihre Gruppe beschafft hatte!

»Eine Kopie des schriftlichen Teils hätte mir nichts genützt. Mir ging es vielmehr um eines der Bilder.«

Jetzt war auch Finn richtig Feuer und Flamme. Aufmerksam beobachtete er Kiran beim Weiterblättern. Endlich standen dessen Finger still. Er hatte offenbar gefunden, was er gesucht hatte. Die Überschrift auf der Seite lautete *Der Robenwald*. Über dunklen Tannen und Fichten tobte ein Gewitter. Finn fragte sich, warum ihm dieses Bild bekannt vorkam, dann fiel es ihm plötzlich ein. Im Birkenblick hatte ein ähnliches Bild in seinem Zimmer gehangen. Hatte es auch diesen ominösen Robenwald gezeigt? Er bekam eine Gänsehaut. Das konnte doch kein Zufall sein!

Noch einmal blätterte Kiran um. Bevor er die Seite losließ, atmete er tief durch.

»Hier müsste es kommen«, erklärte er.

Die nächste Seite besaß ebenfalls eine Überschrift. *Der Fichtan-Tempel im Robenwald* stand dort geschrieben. Finn erinnerte sich, dass auch das Bild im Birkenblick ein Gebäude gezeigt hatte. Hier allerdings gab es gleich mehrere Abbildungen. Ein geisterhafter Tempel prangte links, fast komplett zerstört und teilweise eingesunken, über und über mit grünen Schlingpflanzen bewachsen, rechts hingegen war offenbar ein Teil dieses Tempels aufgezeichnet. Finn stockte der Atem. Ein Spiegelraum, geradezu wie aus Decoras Erzählungen strahlte ihnen entgegen. Goldschwert hatte sogar Lichtreflexe in das Bild eingearbeitet. Dicht an dicht, kreuz und quer standen die Spiegel, einige im Kreis angeordnet, andere mit dem Rücken zueinander, wieder andere diagonal und weiter auseinander. In scheinbar wildem Chaos standen sie da, in der Mitte befand sich ein besonders großer Spiegel. In einer kleinen Aussparung stand darunter ein Text. *Die verzauberten Spiegel im Tempel – ihr Zweck und Nutzen ist über die Jahrhunderte hinweg in Vergessenheit geraten.*

Decora hielt die Luft an.

»Die Anordnung ist zwar nicht so wie in den Sternenhallen, obwohl man die Winkel auf dem Bild nicht so gut erkennen kann. Aber ich kann mit Bestimmtheit sagen, dass mir aus so einem Raum die Flucht gelungen ist, ja …«

Kiran lächelte zufrieden. Nach einer langen Pause sagte er: »Ich denke, wir sollten nicht nach Sikition reiten.«

Entlang der Mauer

Kiran schaute erwartungsvoll in die Runde. Aber keiner hatte eine Antwort auf seine unausgesprochene Frage: Sollten sie ihren Weg abbrechen und sich einem neuen Ziel zuwenden?

Woti, der ja die Gegenden Telluriscors kannte, brach schließlich das Schweigen.

»In den Robenwald? Dahin kriegst du mich nicht mit Gewalt! Nicht, wenn du nicht mehr Hinweise zu bieten hast. Denn ich will sie nicht, eine solche Last! Nirgends ist es gewisser zu sterben – und ich will mein Leben noch nicht verderben!«

Finn wollte etwas sagen, aber kam nicht dazu, denn Kiran sprach schon weiter.

»Ich hätte euch gar nichts davon gesagt oder das Buch überhaupt zu uns bringen lassen, wenn ich nicht sicher wäre, dass das der richtige Weg sein könnte. Aber ich weiß, unser Plan sieht eigentlich anders aus und wir müssen gemeinsam entscheiden. Jetzt, wo ich das Bild nach all dieser Zeit wiedergesehen habe, steht mein Entschluss bereits fest, aber für euch habe ich tatsächlich noch etwas, das meine Theorie stützt und euch überzeugen wird! Decora, das wird dir gefallen! Ich erinnere mich gut daran, was du uns über deine Großmutter erzählt hast.«

Er machte große Augen und wandte sich dann an Woti.

»Du kennst doch auch die Kinder-Gruselgeschichte vom Spiegelkabinett im Fichtan-Tempel?«

»Du meinst«, Wotis Augen weiteten sich plötzlich, »das ist nicht nur Kinder-Krempel?« Er schien angestrengt zu überlegen. »So wie in den Sternenhallen?«

Es schien, als wollte der Gwilling nicht wahrhaben, was ihm langsam dämmerte. Sein Gesicht verzog sich zu einer ängstlichen Grimasse.

»Das will mir so gar nicht gefallen …!«, stöhnte er.

»Könnte uns freundlicherweise mal jemand aufklären, was das nun alles zu bedeuten hat?«, forderte Finn barsch.

»Natürlich«, antwortete Kiran. »Entschuldigt bitte. Der Fichtan-Tempel ist einer der ältesten Orte ganz Telluriscors, an denen dunkle Magie ausgeübt wurde. Das weiß ich nicht nur aus dem Buch, es ist quasi Allgemeinwissen. Dieser Ort ist legendär! Es gibt unzählige Schauergeschichten, die sich um den Tempel ranken. Die meisten davon sind zumindest teilweise wahr, denn viele Experimente wurden dort wirklich durchgeführt. Woti kann euch das bestätigen.«

Der Gwilling nickte und schüttelte sich, als wäre ihm kalt.

»Jedenfalls gibt es eine ganz besondere Geschichte, eine, die sich Kinder gern erzählen, um sich gegenseitig Angst zu machen. In der Geschichte – und auch wirklich – ist der Fichtan-Tempel ein verbotener Ort, denn die Magier, die dort praktizierten, waren mit bösen Kräften im Bunde und hatten auch deshalb ihren Tempel so tief im Wald errichtet. Es wird davon berichtet, dass es entweder auf dem Tempeldach oder im obersten Stockwerk ein verzaubertes Spiegelkabinett gibt, aus dessen Spiegeln unheimliche Wesen und Ungeheuer nach Telluriscor gelangen können. Bei jedem, der die Geschichte erzählt, kommt etwas anderes durch die Spiegel. Monster, Geister, ganz gleich, aber das verzauberte Spiegelkabinett ist stets dasselbe. Und als ich nun von deiner Geschichte mit dem

Spiegelraum in den Sternenhallen gehört hatte, Decora, wurde mir plötzlich der entscheidende Zusammenhang klar. In diesem Tempel, in dem dunkle Magie erforscht wurde, existierte oder existiert vielleicht noch immer ein Raum, in dem es von Spiegeln nur so wimmelt und aus denen der Legende nach Wesen in diese Welt kommen können. Und wenn ich mich recht erinnere, hat deine Großmutter eine ähnliche Geschichte erzählt, oder etwa nicht? Natürlich gibt es in beiden Darstellungen wesentliche Unterschiede, aber seht ihr da nicht auch eine Verbindung? Und du, Decora, hast bestätigt, dass die Sternenhallen einen ebensolchen Raum haben. Nur du kannst sagen, wie groß die Ähnlichkeiten in Wirklichkeit sind.«

Decora nickte langsam.

»Die Wesen in beiden Geschichten«, erläuterte Kiran weiter, »sind keine Monster gewesen und sie kamen auch nicht aus den Spiegeln, sondern aus Portalen, die mit Hilfe der Spiegel herbeigerufen wurden. Dieser Tempel ist der einzige Ort, den es sich aufzusuchen lohnt. Dafür müssen wir nicht erst bis nach Sikition reisen, nur um von dort wieder hierher umzukehren und doch den Weg in den Robenwald einzuschlagen.«

Finn versuchte einzuschätzen, was Decora dachte.

Sie sagte: »Für mich ist erst einmal wichtig, was du bisher noch nicht erzählt hast: Warum wird im Fichtan-Tempel heute keine dunkle Magie mehr praktiziert? Und was ist an dem Robenwald so schlimm?«

»Nun ja«, entgegnete Kiran, »der Tempel war mehr von der dunklen Magie beansprucht worden als jeder andere dafür vorgesehene Ort und dieser Einfluss ging auch auf den Wald über. Zumindest glauben das die meisten Leute. Es ist wahr, dass es in diesem

Wald eine ganz besonders fürchterliche Art von Tieren gibt. Die *Roben*. Es handelt sich um schwarze Vögel, unfähig zu fliegen und so groß wie ausgewachsene Trolle. Sie ähneln gewöhnlichen Krähen, nur sind sie boshaft und blutrünstig und machen Jagd auf alles, was sich bewegt, sogar auf die eigene Spezies. Deshalb gibt es auch kaum andere Tiere im Wald. Die Roben haben dort vermutlich alles andere ausgerottet.«

»Was soll das heißen, *vermutlich*?«, fragte Finn.

Kiran knirschte mit den Zähnen.

»Vor ungefähr hundert Jahren wurden die Roben so gefährlich und angriffslustig, dass sie sich nicht mehr damit zufriedengaben, in ihrem Wald zu bleiben. Immer mehr von ihnen wurden nachts auf den Feldern und Wiesen der Heideländer gesehen und das Vieh und einsame Wanderer waren nicht mehr sicher. Mein Urgroßvater Grinn beschloss also, etwas zu tun, was die Bedrohung neutralisierte. Und weil man die Vögel unmöglich komplett in dem tiefen und feindseligen Wald ausrotten konnte, ließ er mit vielen tausenden Soldaten und Freiwilligen innerhalb von zehn Jahren eine hohe Mauer um den gesamten nördlichen Teil des Waldes bauen und schloss die Roben dahinter ein.«

Finn war skeptisch.

»Er zog eine Mauer um den Wald? Und das vor einhundert Jahren? Und seitdem ist niemand mehr in dem Wald gewesen? Woher weiß man dann, dass es immer noch welche von diesen Dingern da drinnen gibt?«

»Oh, das ist sehr einfach«, sagte Kiran bitter. »Es gibt einen Weg, der entlang der Mauer verläuft. Niemand geht diesen Weg und verbringt eine Nacht dort, ohne vom Klappern der Robenschnäbel um den Schlaf gebracht zu werden, wenn diese die Äste und Zweige von den Bäumen schlagen, um ihr Revier zu markieren.«

»Und wieso glaubst du dann, wir könnten einfach so zu diesem Tempel spazieren, wenn es erstens eine hohe Mauer um den Wald gibt und zweitens diese aus gutem Grund zum Schutz vor den Roben gebaut wurde? Als einsame Wanderer scheinen wir nämlich gut in deren Beuteschema zu passen!«

Finn verschränkte triumphierend die Hände vor der Brust.

»Nun, dabei kommt uns erneut zu Gute, dass ich der Sohn des Königs bin und über geheimes Wissen verfüge. Mein Vater hat mir als Kind nicht nur die üblichen Geschichten über den Wald erzählt, die jeder kennt, sondern auch das ein oder andere verraten, was nur unserer Familie bekannt ist. Als die Mauer gebaut wurde, wollte sich mein Urgroßvater ein Hintertürchen offenlassen, denn in der Tat wusste er nicht, was im Laufe der Zeit mit den Roben passieren würde und ob er oder seine Söhne und Enkel nicht vielleicht irgendwann doch noch einmal einen schnellen Zugang zum Fichtan-Tempel benötigen würden. Daher hat eine Handvoll seiner verschwiegensten Soldaten eine geheime Tür in die Mauer eingearbeitet, hinter der sich ein direkter Weg zum Tempel verbirgt.«

»Und zufällig weißt du natürlich genauestens Bescheid über die Stelle, wo sich diese Tür befindet.«

»*Zufällig*«, wiederholte Kiran gereizt, »weiß ich das in der Tat sehr genau! Mein Vater besitzt Aufzeichnungen, die zeigen, wie man diese Tür findet und sie öffnet. Und Finn, ich habe nie behauptet, dass wir *einfach so* zum Tempel spazieren könnten, aber auch dazu habe ich mir bereits Gedanken gemacht. Der Weg durch den Wald wäre kaum länger als zwei Tage, obwohl wir unsere Pferde nicht mitnehmen könnten. Aber die Roben schlafen bei Tag in Höhlen und unter Felsen und der geheime Weg liegt fernab davon. So sagen es zumindest die königlichen Karten. Die Nächte müssten wir auf

Bäumen verbringen und zwar so hoch oben, dass uns die Roben nicht erreichen können. Dann könnten wir es unbeschadet bis zum Tempel schaffen. Und vergesst nicht: Alle Untersuchungen in Sikition würden uns sicherlich auf genau dieselbe Spur bringen.«

»Und was möchtest du jetzt von uns hören, Kiran?«, fauchte Finn. »Dass wir unsere Mission einfach so abbrechen und uns auf den Weg machen zu diesem Tempel – ohne vorher weitere Untersuchungen angestellt zu haben – und dabei nur auf dieses Buch und dein Wort vertrauen, weil du dir irgendwelche Karten ganz toll eingeprägt hast?«

»Das ist mein Vorschlag«, stellte Kiran fest und hatte sichtlich Mühe, ruhig zu bleiben. »Aber wie ich schon sagte, wir sollten gemeinsam darüber entscheiden. Mein gut gemeinter Ratschlag jedenfalls steht fest. Jetzt liegt es an euch!«

»Und der Auftrag?« Finn gestikulierte wild mit den Armen. »Immerhin kommt er vom König persönlich und der ist ganz zufällig auch noch dein Vater!«

»Das verschafft uns den entscheidenden Vorteil, dass ich ihn besänftigen könnte, wenn wirklich etwas schiefläuft und wir im Fichtan-Tempel nichts finden«, entgegnete Kiran.

»Du meinst doch wohl eher, wenn wir wieder *lebend* aus diesem Wald herauskommen!?«

Finn schmetterte seine Worte mittlerweile nur so heraus, als ob er allein durch seine Lautstärke das Gespräch zu seinen Gunsten entscheiden könnte. Aber wogegen protestierte er da eigentlich? Insgeheim musste er zugeben, dass sich Kirans Vorschlag plausibel anhörte. Und Decora hatte bestätigt, wie sehr sich die Spiegelräume ähnelten. Was, wenn der Königssohn recht hatte und sie dennoch nicht auf seinen Vorschlag eingingen? Aber trotzdem, er konnte nicht so einfach *ihm* die Führung überlassen!

»Und überhaupt«, fauchte er, »wie kommst du bloß darauf, dass dieser Geheimweg nach über hundert Jahren noch existiert und nicht schon längst bis zur Unkenntlichkeit vom Wald überwuchert wurde? Normalerweise dauert so etwas keine paar Jahre! Oder willst du uns etwa weismachen, dass dieser Weg mithilfe von Zauberei vor dem Bewachsen geschützt wurde?«

Kiran zuckte nur mit den Schultern und lächelte.

»Das kann doch alles nicht wahr sein!«, rief Finn. »Decora, Woti! Sagt doch auch mal was dazu!«

Decora blickte hilflos erst zu Kiran, dann zu Finn.

»Finn«, sagte sie stockend. »Ich bin mir wirklich nicht mehr so sicher …«

»Natürlich, warum wundert mich das nicht!?«, erboste sich Finn. »Woti? Und was ist mit dir?« Er klang hilflos. Einer musste ihm doch zur Seite stehen!

»Finn, ich glaube fast, ich bin von Sinnen, aber ich muss dem jungen Prinzen zustimmen! Ich habe schon viele Jahre nicht mehr an den Tempel und seine Geschichten gedacht, aber ich weiß, dies ist ein Ort ganz besonderer Macht. Und jetzt auch noch die Legende mit dem Spiegelraum! Das klingt zwar wie in böser Traum: Aber meine Furcht muss hier der Gewissheit weichen, dass wir nur dort unser gemeinsames Ziel erreichen. Ich brauche die Entscheidung nicht mehr zu überdenken, ich werde meine Stimme Kirans Vorschlag schenken.«

Entsetzt starrte Finn den Gwilling an. Der senkte seinen Kopf, um seinem strafenden Blick zu entgehen.

»Das ist einfach unglaublich!«, sagte Finn. »Und wo wir schon einmal dabei sind: Wie kämen wir denn dorthin, zu deinem Wald? Wahrscheinlich ist es eine halbe Weltreise von hier!«

»Eigentlich beginnt der Wald nur ein paar Tagesreisen südlich von hier, nur bis zur Geheimtür in der Mauer ist es ein Stück weiter. Aber selbst die würden wir im Vergleich zur Treppenstadt schneller erreichen«, antwortete Kiran.

»Ich stimme trotzdem dagegen«, erklärte Finn ärgerlich und funkelte Kiran herausfordernd an.

»Dann steht es jetzt Zwei gegen Einen. Nun hängt es wohl von dir ab, Decora! Aber ich sehe ein, dass wir im Falle eines Unentschiedens den ursprünglichen Plan verfolgen sollten.«

Woti nickte weltmännisch. Alle Augen richteten sich auf die Lunata.

Lange sagte sie nichts, dann wanderte ihr Blick erneut erst zu Kiran, dann zu Finn. Sie sah traurig aus, aber auch ärgerlich. Finn spürte größer werdendes Unbehagen in sich aufsteigen.

»Finn, bitte sei doch vernünftig«, beschwor sie ihn. Und so behutsam wie möglich, fügte sie hinzu: »Ich glaube, wir sollten uns an Kirans Vorschlag halten. Es hört sich wirklich so an, als könnte an der Sache etwas dran sein.«

Sie bekam feuchte Augen, wandte ihren Blick aber von Finn ab, sodass dieser sich dessen nicht sicher war.

»Weißt du nicht mehr, was wir uns damals auf dem Hochplateau versprochen haben? Dass wir das alles zusammen durchstehen würden! Bitte, denk noch einmal darüber nach und mach es nicht noch schwerer, als es ohnehin schon ist.«

Finn beobachtete, wie seine Begleiterin die kleine Veda behutsam streichelte und ihr leise etwas zuflüsterte, was vermutlich vielmehr sie selbst beruhigen sollte als die Sonnenfeder.

Müde blickte er in ihre Runde. Woti schaute zu Boden, nur Kiran hielt seinem Blick noch immer stand. Was konnte er jetzt noch sagen? Kiran hatte *natürlich* mehr Ahnung von all dem, er war Telluriscorianer und Finn selbst wusste eigentlich gar nichts. In einer anderen Situation hätte er dem Vorschlag von Kiran sofort zugestimmt. Aber würde er damit nicht endgültig Kiran die Führung überlassen? Würde Decora dann nicht noch mehr zu dem Königssohn aufblicken?

Er seufzte resigniert. Es war also entschieden: Sie würden zu diesem verwunschenen Robenwald reisen und versuchen, zum Fichtan-Tempel zu gelangen. Er dachte an den König, der großzügig zu ihnen gewesen war und nun irgendwann erfahren würde, dass sie seinen Befehl missachteten. An die mysteriösen Roben verschwendete er keinen Gedanken, auch wenn er ahnte, dass ein Zusammentreffen mit diesen Wesen nichts Gutes bedeuten konnte.

»Wenn ihr es denn alle so wollt, komme ich natürlich mit euch«, nuschelte er.

Dann drehte er sich sogleich um und ging eilig dazu über, sein Gepäck zu kontrollieren und mit größter Sorgfalt nachzuzurren.

Alsbald stiegen sie wieder auf ihre Pferde. Kiran hatte das Buch Alkanders wieder in die Tasche des Palmenreißers gelegt, woraufhin der Vogel sogleich in die Luft aufgestiegen und nach einem letzten Krächzen in Vedas Richtung im Gebirgsnebel verschwunden war. Noch war niemand von ihnen losgeritten. Alle warteten offenbar, dass Finn irgendetwas Abschließendes sagte. Selbst Veda schien eine erwartungsvolle Miene aufzusetzen und legte ihren Kopf schräg zur Seite.

»Was wollt ihr jetzt von mir hören?«

Ein leichtes Grinsen huschte über sein Gesicht.

»Ich bin ja wohl überstimmt worden, oder nicht? Also sollten wir auch endlich in Richtung dieses dämlichen Waldes aufbrechen! Aber *ich* werde bestimmt nicht vorreiten! Das musst du schon übernehmen, Kiran. Du bist ja schließlich unser neuer Experte für schwarze Magie. *Also bitteschön*!«

Der Ritt versprach, die unheimliche Aura des Verbundgebirges hinter ihnen zu lassen. Vorweg ritt Kiran, der sich das Kartenwerk geschnappt hatte, das ihnen Renkeja mit auf den Weg gegeben hatte. Immer wieder fuhr er mit dem Finger die Route entlang, die er für sie ausgewählt hatte, und zeigte vom Rücken seines Pferdes die Richtung an. Der Robenwald mit seinem Geheimweg, der weit im Süden lag, sah auf der Karte riesig aus, geradezu klein wirkte hingegen der Lampignon-Wald mit seinem Hochplateau, dessen Wege zu kurz für die große Karte und stattdessen auf einer Extrakarte zu finden waren.

Finn folgte der Gruppe als letzter. Seine Laune besserte sich etwas, auch wenn er viel lieber weiter böse auf sich und die Welt sein wollte. Veda allerdings hatte sich auf seiner Schulter niedergelassen, kuschelte sich an seinem Hals und neckte ihn. Er genoss diese Liebkosungen zwar, wünschte sich aber vielmehr, dass Decora anstelle der Sonnenfeder endlich wieder in seine Nähe rücken würde. Das Gebirge lag in ihrem Rücken und Finn spürte keine Lust, sich noch einmal danach umzusehen.

Der Alte Reiseweg kam ihnen in umgekehrter Richtung wie verwandelt vor. Pflanzen und Gesteinsformationen schienen plötzlich ihre Lage in den Feldern gewechselt zu haben. Oft waren sie erstaunt, dass ihnen ein auffällig geformter Findling oder ein wettergegerbter Strauch beim ersten Mal nicht aufgefallen war. Finn war froh, ein leicht verdauliches Thema zu haben, über das sie sprechen konnten, denn er wollte nicht mehr über ihre Aufgabe nachdenken.

Am dritten Tag ihrer Rückreise verließen sie den Alten Reiseweg und ritten querfeldein in südlicher Richtung.

Die feuchte Heide weckte ihre müden Lebensgeister und schien auch den Pferden zu gefallen, wenngleich der Pfad durch die hohen Pflanzen anstrengender für sie war als der ebene Weg.

Nachdem sie weitere eineinhalb Tage geritten waren, erreichten sie mittags die Mauer, die den Wald umschloss und ihnen den Weg versperrte. So hoch Finn auch schaute, überall war der Stein, aus dem sie gefertigt war, dick und massiv. Er hatte das Gefühl, in ihrem Schatten gefangen zu sein, so bedrückend empfand er das Bauwerk. Eine solche Mauer musste wahrlich fürchterliche Schrecken von der Welt fernhalten! Erst hier kam ihm zum ersten Mal wirklich die Bedrohung in den Sinn, die von den mysteriösen Roben auszugehen schien. Er malte sich lebhaft die Wesen aus, die auf Kirans und Wotis Schilderungen fußten. Finn fand es bemerkenswert, dass das hundert Jahre alte Mauerwerk die Zeit offenbar gut überstanden hatte, denn weder Pflanzen noch Risse hatten sich des Steins bemächtigen können. So ragte die Mauer kahl über ihren Köpfen in den Himmel und wachte wie ein Fremdkörper über der Heide.

Während sie an der Mauer entlangritten, sahen sie in Abständen von jeweils ein paar Kilometern riesige Reliefs der einstmals herrschenden Engel, die den Stein zierten. Die meisten von ihnen waren dargestellt mit Waffen und in kämpferischen Posen, wie sie Finn schon aus Weit-Alon gewohnt war. Der Wald hinter der Mauer blieb die ganze Zeit vor den Augen der Wanderer verborgen und nur ein leises und beständiges Rauschen verriet Finn, dass überhaupt etwas dahinter existierte.

So durchritten sie also das Land entlang der Mauer, wo die Reise recht angenehm verlief. Zweimal überquerten sie eine Brücke, die sie zunächst über den Schwarzen Fluss Onyxion, beim zweiten Mal über Jaderia, den Grünen Fluss führte. Beide Flüsse flossen aus dem Robenwald hinaus, doch auch auf diesem Weg gab es kein Durchkommen durch die Mauer. Dunkle Tunnel – kaum ein paar Fuß über der Wasseroberfläche hoch – waren in den Stein gehauen und dicke Gitter bis hinunter auf den Flussgrund verhinderten, dass etwas durch das Wasser aus dem Wald hinaus- oder in den Wald hineintauchen konnte.

Finn und Decora erfuhren viel über die Engel der vergangenen Zeiten, denn Woti und Kiran verstanden es ausgesprochen gut, Geschichten über die großen Taten einiger dieser verblüffenden Herrscher zu erzählen. Mit vielen neuen Reliefs in der Mauer wurde das Bild von Telluriscor in ihren Köpfen immer umfassender und fügte sich wie ein Puzzle zu neuer Größe zusammen. Dass sie in der richtigen Richtung unterwegs waren, versicherte Kiran ihnen immer aufs Neue, denn die Geheimtür befand sich laut seiner Schilderung auf der Südseite des Waldes, an einem Weg, der direkt nach Ostblick führte, einer längst verlassenen Ruinenstadt an der Küste des Schwarzen Kanals. Kiran hatte ihnen diesen Weg auf den Karten seines Vaters oft gezeigt.

Am Abend jedoch drückte etwas auf ihre Stimmung. Sie waren schon weit in den Süden geritten. Was genau es war, konnte Finn nicht sagen, aber eine innere Unruhe hatte nicht nur ihn gepackt, sondern er konnte sie auch in den Augen seiner Mitstreiter erkennen. Es war nicht der Regen, der von oben auf sie prasselte und ihre Kleidung beschwerte und der sie wieder beständig begleitet hatte, seit sie die Heide erreicht hatten. Nein, es war etwas anderes. Warum sie alle diese innere Sorge empfanden, konnte er sich nicht erklären. Auf dieser Seite der Mauer waren sie doch sicher! Aber je weiter die Stunden vorrückten, desto mehr wandelte sich seine Sorge in Furcht. Langsam wurde ihm klar, was anders war als sonst: So still der Abend auf ihrer Seite der Mauer war, brachte er plötzlich jenseits der Mauer eine Woge von fremdartigen Geräuschen mit sich, die alles andere aus seinem Kopf verbannten und eine nagende, zermürbende Wirkung auf ihn ausübten. Selbst Veda schien die Gefahr zu spüren. Die Sonnenfeder, die ansonsten so abenteuerlustig umherflog und die Welt erkundete, vermied es konsequent, so hoch zu fliegen, dass sie hinter die Mauer blicken konnte. Finn erwischte sich bald dabei, nur noch Ohren für die sonderbaren Geräusche auf der anderen Seite der Mauer zu haben. Erst knackte und dröhnte es noch weit weg, dann, je dunkler es wurde, kamen die dröhnenden und klappernden Geräusche immer näher. Bald wurden sie so laut, dass Finn sich fragte, ob im unsichtbaren Wald ganze Bäume umstürzten. Es gab nun keinen Zweifel mehr für ihn. Gewaltige Wesen trieben in den Schatten auf der anderen Seite ihr Unwesen! In seiner Einbildung wussten die Roben, dass Wanderer hinter der Mauer unterwegs waren, denn die unheimlichen Geräusche waren nun ganz nah an ihrem Nachtlager zu hören. Vereinzelt hörten sie auch merkwürdiges, wortloses Wehklagen, das Finn an das Schreien und Weinen von kleinen Kindern erinnerte. Weil diese Schreie nur sehr selten ertönten, wirkten sie umso gespenstischer, und wenn zwischen ihnen eine lange Pause lag, lauschte er umso gespannter und fürchtete sich noch mehr.

Keiner von ihnen konnte in dieser Nacht schlafen. Still saßen sie beisammen und erst das Morgengrauen beendete ihre Folter. Sie hatten Angst vor der nächsten Etappe. Bald mussten sie die Seiten der Mauer wechseln!

Aber ihr Entschluss stand fest. Keiner äußerte irgendwelche

Bedenken. Weder wollten sie einen Verlust ihrer Integrität riskieren, noch eine Schwäche zeigen, wobei Letzteres besonders für Finn und Kiran galt.

Am nächsten Tag, es war der neunte ihrer Reise entlang der Mauer, hatten sie endlich den Weg erreicht, der das Heideland mit dem Schwarzen Kanal verband. Nun hörte auch der Regen auf. Der stürmische Wind war ohne die Nässe sehr viel erträglicher und verwehte ihnen die seit langer Zeit wieder einmal trockenen Haare. Schnurgerade verlief der Weg von Westen nach Osten.

»Wir brauchen noch zwei oder drei Tage«, stellte Kiran fest.

»Dann sind wir an der Geheimtür. Der Weg befindet sich genau hinter einem Relief Kühlblicks. Auf dem Relief, das wir suchen, ist er mit eingezogenen Flügeln und einem Schwert abgebildet, das vor ihm im Boden steckt. Davon gibt es laut den Aufzeichnungen in der ganzen Mauer nur eines.«

»Und das Relief ist die Tür?«, erkundigte sich Finn, der mittlerweile fast normal mit Kiran reden konnte. »Wie kann man sie öffnen?«

»Hab' nur Geduld«, antwortete Kiran geheimnisvoll. »Du wirst es schon sehen. Ihr müsst bis dahin nur die Augen offen halten nach Kühlblick! Mittlerweile wisst ihr ja, wie er aussieht.«

Das flaue Gefühl in Decoras Magen wurde jetzt nur noch schlimmer. Sie waren zwar ganz nah am vorerst letzten Ziel ihrer Reise angelangt, aber die Nacht brachte noch mehr schlimme Vorahnungen mit sich. Sie ritten jetzt bis tief in die Dunkelheit hinein, denn es war fast unmöglich, wegen der unheimlichen Aktivitäten jenseits der Mauer Schlaf zu finden. Der einzige Vorteil war, dass sie in kurzer Zeit viel

Strecke zurücklegten. Und wirklich: Am Abend des zweiten Tages hielt Decora plötzlich ihr Pferd an und hob die Hand.

»Dort!«, flüsterte sie und wies mit dem Finger auf eine Stelle in der Mauer unweit entfernt. Natürlich hatte Decora das Relief Kühlblicks mit ihren ausgezeichneten Augen als Erste gesehen! Der Engel auf dem Bild hielt ein riesiges Zweihänderschwert in seinen Händen, das vor ihm im Boden steckte.

Decora konnte außer dem Motiv nichts Ungewöhnliches daran erkennen, unterschied es sich auf den ersten Blick doch nicht wesentlich von den vielen anderen, die sie auf ihrer Reise passiert hatten. Auch die Mauer neben dem Relief war unauffällig. War hier tatsächlich eine Tür verborgen, dann konnte wahrlich nur ein Eingeweihter auf die Idee kommen, gerade an dieser Stelle danach zu suchen.

»Wir müssen noch warten«, sagte Kiran. »Es wäre töricht, wenn wir jetzt den ersten Schritt hinter die Mauer wagen. Auf den Bäumen wird es sicherlich unbequem werden! Morgen früh werden wir die Tür öffnen, wenn sich die Roben verkrochen haben.«

So verbrachten sie noch eine weitere Nacht an der Mauer und harrten der Dinge, die da kommen sollten. Kiran indes ließ sich das Geheimnis der Tür nicht entlocken. Er schien Gefallen daran gefunden zu haben, die anderen auf die Folter zu spannen. Aber schon nach kurzer Zeit mühten sie sich auch nicht mehr, ihn weiter zu befragen. Auch Decora machten die Nächte an der Mauer einsilbig.

Die Stunden vergingen nur schleppend und die Lunata sehnte sich den Morgen herbei. Als der Himmel hell genug war und die Geräusche im Wald verebbt waren, stand Kiran endlich auf und hieß ihnen, ihr Gepäck zu nehmen und sich bereit zu machen. Ihre Pferde entließ er mit einem leichten Schlag auf den Hintern und guten Worten.

»Hier können sie nichts mehr für uns tun. Kämen sie mit, wäre das schon in der ersten Nacht ihr sicherer Tod. Von jetzt an sind wir allein auf unsere Füße angewiesen.«

Dann baute er sich direkt vor der Mauer zu voller Größe auf. Decora, auf deren Schulter die neugierig zwitschernde Veda saß, betrachtete mit Finn und Woti sein Vorgehen. Sie standen in einem Halbkreis um ihn herum. Dann sprach Kiran laut und deutlich. Seine Worte erzeugten ein hohles Echo, das vom Stein zurückgeworfen wurde.

»Die Wanderer begehren die dunkelsten Pfade
und wollen noch zu dem längsten Gestade.
Kein Weg sollte immer verborgen sein
liegt er auch fernab des Lichtes Schein.

Geboren in den Schatten der Nacht,
wartet der Roben schreckliche Macht.
Doch verborgen hinter der Mauer, der Ort–
nur wer's kennt das Geheimnis, der schreite fort.

Engel Kühlblick lass uns hinein
und öffne die Pforte wo sonst nur Stein.
Lass der Banner Leuchten tief in den Wald,
das kommt in des Wanderers heller Gestalt.«

Ein letztes Mal ertönte leise das Echo des Gedichtes und verebbte dann in der kühlen Luft. Einen Windstoß lang, der die Zipfel und Falten von Decoras Kleidungsstücken in die Höhe warf, passierte nichts, dann schoss plötzlich Leben in den toten Stein.

Das Gedicht hatte den Zauber aktiviert!

Die Flügel des Engels lösten sich von der Mauer und breiteten sich aus. Mit seinen gewaltigen Armen hob das verzauberte Relief Kühlblicks sein Schwert und schwang es einmal über seinem Kopf im Halbkreis. Dann sah Decora, wie sich der Engel nach oben schob. Einige Meter ging es so in die Höhe und dann *flog* er, während das Geräusch der Flügelschläge über ihren Köpfen peitschte, auf der Stelle. Er starrte sie aus steinernen Augen streng an. Dort, wo früher der Platz des Engels gewesen war, war jetzt eine Lücke entstanden.

»Wir haben nicht viel Zeit!«, drängte Kiran und schob sich nach einer Sekunde des Zögerns auf die andere Seite. Decora blickte Finn und Woti an. Jetzt gab es kein Zurück mehr! Dann tat es einer nach dem anderen dem Prinzen gleich. Als Woti als letzter durch das Loch gestiegen war, krachte und polterte der Stein. Der Engel setzte sich wieder in Bewegung. Wenige Sekunden später war hinter ihnen wieder die Mauer zu erkennen. Decora konnte oben Eisenzacken erkennen, die nach unten gebogen waren und spitz zuliefen. Wie in einem Raubtierkäfig, dachte sie.

Vor ihnen führte ein Weg tief in den Wald, einen Steinwurf breit, schnurgerade nach Norden verlaufend. Zu beiden Seiten des Weges reckten sich krumme Tannen, Fichten und andere, Finn unbekannte Nadelbäume in die Höhe. Dicht an dicht reihten sie sich. Dunkelgrün, grau, manchmal sogar schwarz leuchtend hatte Finn den Eindruck, dass sie in ihrer Undurchsichtigkeit den graublauen Himmel, der auch mit größter Mühe kaum ein paar Lichtstrahlen zwischen den Baumkronen hindurch in das dunkle Herz des Waldes schicken konnte, geradezu verhöhnten. Hinter der Mauer herrschte auch bei Tag die Finsternis. In den Schatten zwischen den Bäumen knarrte, rumorte und ächzte das Holz. Ringsum war eine verquere Melodie zu hören, die sich wie ein Albtraum direkt in seinen Kopf brannte. Finn schickte ein Stoßgebet gen Himmel: Möge die Nacht auf dieser Seite der Mauer doch bitte niemals heraufziehen!

Die Spiegel im Tempel

Sie verharrten unsicher auf der Stelle. Im Zwielicht konnten sie nur erahnen, was neben ihnen im dichten Wald hockte.

»Kommt schon!«, sagte Kiran bestimmt.

»Wir könnten aber schon auf dieselbe Weise zurück, falls etwas schiefgeht?«, fragte Finn misstrauisch. »Oder etwa nicht?«

Er ging einen Schritt auf Kiran zu.

Auch die anderen schien diese Frage zu interessieren.

Kiran räusperte sich.

»Doch, theoretisch schon.«

Sein Gesicht wirkte gequält.

»Aber dafür müssten wir einen Tag lang warten. Der Zauber ist so angelegt, dass er nicht mehrmals hintereinander benutzt werden kann. Falls jemand mithört …«

»Und wer sollte wohl Interesse daran haben, *uns* deswegen zu belauschen?«, entgegnete Finn barsch.

»Ich weiß es nicht. Vermutlich niemand. Aber der Zauber wurde ja auch nicht unseretwegen gemacht! Er dient auch zum Schutz vor den Kreaturen des Waldes. Wer weiß, wie die Roben sich im Laufe der Jahre verändert haben? Vielleicht verstecken sie sich am Tag gar nicht mehr und haben alles mitgehört! Oder sie können mittlerweile sprechen? Niemand erforscht diesen riesigen Wald. Und da niemand so genau weiß, wie das Böse hier so mächtig werden konnte, konnte auch niemand wissen, wie es sich weiterentwickeln würde. Alles ist denkbar! Das verstehst du doch, oder? Immerhin verlief dein Leben in letzter Zeit auch nicht gerade so, wie du es dir vorgestellt hattest!«

Das war Finn auch klar, aber trotzdem fühlte er sich nicht beruhigt.

»Und das hast du die ganze Zeit über gewusst?«

»Hör mir zu, Finn«, entgegnete Kiran. »Ich wollte auf keinen Fall, dass wir uns wegen dieses winzigen Problems gegen den Robenwald entscheiden. Wir sind auf der richtigen Spur! Und wenn wir es genau nehmen, habe ich euch *immer* alles wahrheitsgemäß erzählt und lediglich ein kleines Detail ausgespart. Und selbst wenn wir jetzt angegriffen würden, könnten wir sofort auf die Bäume klettern, dort oben warten, bis ein Tag um ist, und ganz einfach wieder auf dem gleichen Weg verschwinden. Außerdem waren wir uns *alle* einig, dass wir ein Wagnis eingehen würden. Warum machen wir uns überhaupt gegenseitig Vorwürfe? Als gespaltene Gruppe werden wir am Ende scheitern!«

Der Königssohn senkte seinen Blick zu Boden.

»Weißt du, Finn, warum ich diese kleine Besonderheit des Tors verschwiegen habe?

Finn erahnte die Antwort bereits.

»Ganz genau – deinetwegen! Wir hatten von Anfang an einen schweren Start. Sicherlich, ich habe wahrscheinlich Dinge getan, die dir nicht gepasst haben, aber ich habe mich wenigstens nicht die ganze Zeit wie ein beleidigtes Kind verhalten und im Gegensatz zu mir hast du dich *nie* bemüht, die Stimmung zwischen uns zu verbessern. Ich bin mir zwar immer noch nicht sicher, was genau du gegen mich hast, aber ich wusste eines mit Sicherheit: Wenn ich euch dieses letzte Detail erzählt hätte, dann hättest du versucht, uns dieses Vorhaben mit aller Gewalt auszureden. Und wenn du es am Ende geschafft hättest, dann hätte keiner von uns etwas gewonnen! Woti nicht, du nicht, ich nicht – und Decora ebenso wenig!«

Finn starrte Kiran mit großen Augen an. Eigentlich wollte er ihm etwas Gemeines an den Kopf werfen, aber sein Mund brachte einfach keine Worte heraus. Er hatte Kiran nicht zugetraut, dass dieser seine Gefühle derart offen zeigen würde. Er empfand jetzt Mitleid mit ihm. Es war dem Königssohn ernst mit dem, was er sagte. Hatte er ihn wirklich so mies behandelt? War *er* am Ende der Schlechte von ihnen?

Decora ergriff schließlich das Wort: »Ich finde es zwar nicht gut, dass du uns ein solches Detail verschwiegen hast, Kiran, aber ich kann deinen Standpunkt nachvollziehen. Doch wenn wir wirklich Glück haben, dann werden wir vielleicht einen ganz anderen Weg hinaus aus dem Wald benutzen: Nämlich ein Portal!«

Sie sah zu Finn.

Sie hatte ja vollkommen recht! Seine Mundwinkel hoben sich ein winziges Stück, beinahe unmerklich, aber Decora schien es wahrgenommen zu haben.

Dann wandte er sich Kiran zu. Er blickte ihm fest in die Augen und nickte ihm zu – was ihm in diesem Moment alles abverlangte.

Kiran genügte diese kleine Geste und er nickte ebenfalls.

Er ging auf Kiran zu und hielt ihm die ausgestreckte Hand entgegen. Der Königssohn ließ sich nicht lange bitten und gab ihm die seine.

»Das wurde ja auch Zeit, endlich seid ihr bereit!«, rief Woti, dem ein Stein vom Herzen zu fallen schien.

Veda reckte den Kopf zwischen Decoras Haaren hervor, piepste aufgeregt und drehte hastig eine Runde über ihren Köpfen.

»Das Gespür trügt unsere kleine Sonnenfeder nicht! Wir sollten jetzt wirklich gehen«, sagte die Lunata.

Veda zwitscherte erleichtert, als sich Decora in Bewegung setzte. Der Rest folgte ihr.

Die vier Wanderer hielten sich stets in der Mitte des schnurgeraden Weges, immer darauf bedacht, so weit wie möglich Abstand vom drohenden Waldrand zu halten. Der Wind fand durch die dichten Äste kaum einen Zugang in den Wald. Die Luft war schwül und machte das Fortkommen anstrengend. Immer weiter wanderten sie nach Norden und bald war sowohl vor als auch hinter ihnen der Weg nur noch als graue Röhre zu erkennen. Das Unterholz am Wegrand war gewaltsam zerstört worden. Äste, Stämme, Zweige, ausgerissene Büsche mit spitzen Nadeln, alles lag wild durcheinander. Oft mussten sie auch auf dem Weg über abgeknickte Äste und Büsche steigen, die im Dämmerlicht wie sonderbare und schreckliche Tiere aussahen. Die Roben hatten in der Abwesenheit anderer Lebewesen ganze zerstörerische Arbeit geleistet: So weit sie auch wanderten, kein Baum und kein Strauch schien verschont geblieben zu sein.

Als der Mittag überschritten war – den Sonnenstand konnten sie hier und da zumindest erahnen – dunkelte die Welt um sie herum noch weiter ab. Sogar sie selbst erschienen sich unheimlich verzerrt, denn mit Ausnahme von Veda, die überall rot zu leuchten schien, und Decora, die durch ihr gespeichertes Licht selbst hier noch ein klein wenig flirrte und leuchtete, waren sie nur matte, konturlose Silhouetten.

Bald hatten sie ganz vergessen, dass nicht einmal zwei Drittel des Tages vergangen waren, seit sie durch das Geheimtor gegangen waren. Der Wald spielte ihnen Streiche und raubte ihnen ihre Zeitwahrnehmung. Ihre Gedanken wurden einförmig, genau wie das ewig gleiche Knacken und Knarren abseits des Weges, das bereits unseliger Vorbote des heraufziehenden Abends war.

Am späten Nachmittag hatten sich alle dicht an dicht zusammengeschoben. Mit jeder Stunde gingen sie langsamer und als sie beschlossen hatten, nur noch ein klein wenig weiterzuwandern, zückte Decora ihren verzauberten Stab, hielt ihn hoch in die Luft und schlich mit geschulterter Veda der Truppe voran. Wenigstens in diesem rotblaugoldsilbernen Leuchten konnten sie etwas Hoffnung finden.

Schließlich suchten sie ein Nachtlager. Die Angst vor der Nacht und den Roben war zu groß geworden, um weiterzuziehen. Sie entdeckten eine Baumgruppe, auf die sie gut klettern konnten, und machten halt.

Sie entschieden sich, jeweils zu zweit einen der Bäume zu benutzen, und halfen sich gegenseitig an den Stämmen hoch. Die großen und harten Nadeln versprachen guten Schutz, obwohl Kiran und Woti sich sicher waren, dass Roben nicht klettern konnten.

Da Kiran der Stärkste von ihnen war, konnte er Woti beim Klettern besser unterstützen als Finn und bezog daher mit dem Gwilling einen Baum. Ihre Ausrüstung befestigten sie mit Schnüren und Laschen auf breiten Ästen und setzten sich dann selber, so gut es eben ging, in dicke Astgabeln. Weit über dem Boden waren sie nun für die Nacht auf den Bäumen gefangen.

Zum ersten Mal seit langem verbrachten Finn und Decora mehr oder weniger allein einen Abend. Obwohl die Stunde der Roben immer näher rückte, spendete diese Tatsache zumindest Finn etwas Trost und er hatte den Eindruck, dass auch Decora seine Nähe suchte, rückte sie doch in ihrer gemeinsamen Astgabel näher an ihn heran, als sie gemusst hätte.

Für einen Moment starrte er gedankenverloren auf das weißgolden glänzende Haar seiner Gefährtin, dann vermischten sich seine Gedanken mit dem lauten Knacken und Dröhnen der Pflanzen des Waldes. Und plötzlich realisierte er: Die Roben waren aus ihren Verstecken gekommen!

»Leise jetzt!«, rief Decora nervös zischelnd zu Kiran und Woti herüber, obwohl diese sich bereits mucksmäuschenstill zusammengekauert hatten. Kiran gab Finn mit einem Blick zu verstehen, dass sie Ruhe bewahren sollten, und nickte ihm zu. Das war leichter gesagt als getan, aber es half, das Kriegsbeil zwischen ihnen weiter zu begraben. Dann legte Kiran den Finger auf den Mund und seine Geste galt Decora.

Dann waren sie alle vollkommen still, um nicht auf sich aufmerksam zu machen, auch wenn diese Bemühung durch Decoras Leuchten und die schimmernde Silhouette von Veda keinen Sinn hatte. Doch selbst das Zwitschern der Sonnenfeder, die normalerweise gerade bei Aufregung umherflatterte, erstarb und sie horchte nur unsicher in den tiefen Wald hinein.

Finn überlegte, ob er es wagen konnte, wieder die alte Nähe zu Decora zu suchen. Er verwünschte sich und seine ewigen Zweifel und Unsicherheiten und legte schließlich doch seinen Arm um die Lunata. Zu seinem allergrößten Glück schmiegte sie sich noch fester an ihn.

Von allen Seiten kamen die Geräusche jetzt immer näher. Der Weg unter ihnen war nur schwach zu erkennen und die Sicht weiter in den Wald gar vollkommen unmöglich.

Bald krachte und rumpelte der gesamte Wald um sie herum, aber von den Roben sahen sie nichts. Das Schlimmste für Finn war die Ungewissheit, ob ihnen die Vögel in den Bäumen wirklich nichts anhaben konnten.

Die Dämmerung musste nun bereits weit überschritten sein. Aber was spielte das bei den Lichtverhältnissen im Wald überhaupt für eine Rolle? Doch plötzlich gesellten sich zu den Geräuschen nun auch immer wieder die fürchterlichen Schreie, die sie schon in den Tagen zuvor von jenseits der Mauer gehört hatten.

Trotz allem griff die Müdigkeit mit gewaltiger Kraft nach Finn. Immer wieder kämpfte er damit, nicht einzunicken, denn er hatte das Gefühl, dass etwas Schreckliches passieren würde, wenn er nicht weiter Ausschau hielt. Und dann, nachdem sie Stunden ganz still auf den Bäumen ausgeharrt hatten, huschte irgendetwas Großes und Schwarzes unter ihnen über den Weg und verschwand im Dickicht auf der anderen Seite. Sofort tippte Finn Decora an. Sie sah ihn an. Ihre aufleuchtenden Augen und blitzenden Haare verrieten ihre Furcht. Auch sie hatte etwas gesehen. Keiner von beiden wagte es zu sprechen. Die Schnelligkeit, das unheimliche Trappeln von klauenartigen Füßen und das Wippen der Gestalt hatten Finn in einem solchen Maße erschreckt, dass er von jetzt auf gleich kein Glied mehr rührte und steif auf dem Ast hockte. Auch auf Kirans und Wotis Baum rührte sich nichts.

Dank Decoras Leuchten hatte er zumindest gesehen, mit was sie es zu tun hatten: Die vogelartige Kreatur hatte einen langen, gelb-orangefarbenen Schnabel und maß mit ihrem aufrechten, federnden Gang vielleicht zwei Meter. Die enormen Flügel, die sie besaß, waren hoffentlich nicht zum Fliegen geeignet. Zerzauste

Kopffedern standen wild zu allen Seiten, der Oberkörper des Tieres beugte sich beim Gehen leicht nach vorne und aus dem schrecklichen Schnabel, der jetzt irgendwo da draußen auf Äste und Stämme schlug und klapperte, drangen grauenhafte Schreie in die Finsternis.

Es war keine Frage – würden sie einigen dieser Roben unten am Boden begegnen, dann bedeutete dies mit Sicherheit ihr Ende!

Dann huschte ein weiterer Schatten unter ihnen vorbei. Es folgte noch einer und schließlich verging immer weniger Zeit, bis mehr Roben den Weg mal von der einen, dann wieder von der anderen Seite her überquerten.

Wahrscheinlich hatten die Roben sie noch nicht gesehen! Natürlich würden sie andernfalls versuchen, zu ihnen zu gelangen. Konnten mehrere Roben zugleich vielleicht einen oder beide ihrer Bäume umwerfen? Veda schien im Angesicht so ungeheuerlicher Vögel Böses zu ahnen und hatte sich tief in Decoras Schoß verkrochen.

Als einige Minuten kein Vogel mehr unter ihnen hindurchgehuscht war, atmete Finn tief durch. Er wischte sich den Schweiß von der Stirn. Decora krabbelte auf ihrem dicken Ast ein Stück nach vorne und versuchte, ohne ein Geräusch von sich zu geben, einen besseren Sichtwinkel zu bekommen. Während sie fast bäuchlings auf dem Stamm lag, kam erneut ein Vogel aus dem Dickicht gebrochen und hielt auf dem Weg unter ihnen inne. Sofort kroch Decora zurück. Finn zog und stützte sie, damit sie in ihrer hastigen Bewegung nicht abstürzte. Ein markerschütternder Schrei drang aus dem Schnabel des Vogels. Dann war er wieder still und regte sich nicht mehr.

Finn erkannte grünlich schimmernde Augen. Die Robe hatte sie entdeckt! Ein weiterer spitzer Schrei befreite sich aus ihrem ekelhaften Schnabel, aber ihre Silhouette wachte weiter unbeweglich in der Dunkelheit.

Neuerliches Knacken hinter ihnen erschreckte sie. Finn zuckte zusammen. Mit einem Mal schnellten aus den Ecken und Winkeln der Bäume weitere Vögel auf den Weg. Sie alle blieben wie der erste regungslos stehen und warteten ab. Die Zeit verging und immer noch warteten sie. Aber sie wussten Bescheid – jemand war in ihr Reich eingedrungen.

Noch enger rückte Finn an Decora, denn die bloße Anwesenheit der wie erstarrten Vögel ließ ihm das Blut in den Adern gefrieren. Wäre er alleine hier gewesen, er wäre wahrscheinlich vor Angst wahnsinnig geworden. Aber durch Decoras Nähe schaffte er es irgendwie, die Stunden zu überstehen. Immer wieder versuchte er die Vögel zu zählen, sich irgendwie wach zu halten. Unter keinen Umständen durfte er einschlafen und riskieren, abzurutschen. Warum bewegten sich diese verdammten Vögel nicht? Sie standen so dicht, dass sie bald unter ihm zu einer einzigen Masse verschwammen. Einmal kam ihm in den Sinn, dass er vielleicht halluzinierte und es gar keine Vögel gab, aber dann tippte ihn Decora an und er schreckte aus einem Halbschlaf hoch, setzte sich wieder aufrecht in eine sichere Position und die Umrisse um ihn wurden wieder schärfer. Nein, diese Wesen waren echt. Lang und länger harrten die Vögel in unbestimmter Anzahl aus und immer weiter ächzte und dröhnte der Wald währenddessen von nah und fern.

Doch dann, als Finn schon fast nicht mehr daran geglaubt hatte, graute der Morgen im Osten und dämmriges Licht, unter anderen Umständen als solches kaum erwähnenswert, bahnte sich seinen Weg durch die Spitzen der Bäume und hinunter auf den verzauberten

Weg. Und mit ihm huschten die Roben ebenso geisterhaft zurück in die dunkelsten Orte des Waldes, wie sie in der Abenddämmerung gekommen waren. Ein letztes Knarzen und Knarren, dann erstarb der Lärm und Finn hörte nur noch das leise Rauschen der Blätter.

Endlich konnten Finn und Decora auch Kiran und Woti wieder sehen. Müde nickten sie ihnen zu. Doch noch blieben die vier auf den Bäumen hocken, auch wenn ihre Glieder von der langen Nacht auf den Ästen schmerzten. Sie trauten sich nicht, wieder auf den Boden hinunterzuklettern. Schließlich wagte Finn den ersten Schritt. Mühsam kroch er ihren Ast nach vorn, legte sich hin und spähte in alle Richtungen. Weit und breit war nichts mehr zu sehen. Keine Spur mehr von den Roben! Ihnen blieb nichts anderes übrig, als weiterzugehen! All seinen Mut zusammennehmend kletterte er hinunter.

»Finn, warte!«, flüsterte Decora

Aber er hatte sich bereits entschieden. Dann stand er mit beiden Füßen auf dem Boden. Atemlos harrte er aus, bereit, sogleich wieder auf den Baum zu hasten. Keine Robe griff ihn an. Nichts. Nur die Geräusche des Waldes.

»Jetzt kommt endlich«, sagte er.

Finn half Decora vom Baum herunter. Sie warfen sich gegenseitig ihre Säcke und Waffen zu und Woti und Kiran hielten es auf der anderen Seite ebenso, obgleich Kiran hier den Löwenanteil der Arbeit tat. Und dann standen sie wieder eng zusammen auf dem verzauberten Weg, der sich immer noch verlassen weiter nach Norden zog und kein Ende preisgab.

»Was, wenn … Wenn sie doch noch nicht weg sind?«, fragte Decora und sprach aus, was alle dachten.

Woti schüttelte sich, als wenn Insekten oder Spinnen auf ihm herumkrabbelten.

»Dann wird es wahrscheinlich zu spät sein, mein Kind«, antwortete der Gwilling.

Kirans Stimme sollte wohl ermutigend klingen, aber beim genauen Hinhören zitterte sie: »Gegen ein paar der Roben, gegen zwei oder drei vielleicht, könnten wir uns verteidigen. Wir haben nicht die schlechtesten Waffen. Und wir sind kräftig. Wir haben in zwei Gruppen gegen einen Kelpen gekämpft. Jetzt kämpfen wir zusammen.«

Der Prinz wechselte einen Blick mit Finn. Kiran hatte recht. Gegen wenige Roben hatten sie vielleicht eine Chance. Finn befühlte den Griff seines Schwertes. Er fragte sich, ob aus ihm ein anderer, ein Kämpfer geworden war. Als der Kelpe gekommen war, war alles plötzlich ganz wie von selbst gegangen, aber richtig benutzt hatte er das Schwert nicht. Er hatte es geworfen, genau wie die Steine, mit denen sie den Kelpen abgelenkt hatten. Wann würde er es zum ersten Mal richtig schwingen?

»Ich frage mich, warum sie nicht versucht haben, unsere Bäume umzustürzen«, rätselte Decora und ein Schauer schien ihr über den Rücken zu laufen. »Ihr seht doch, wie es hier überall aussieht: Wenn sich alle zusammen auf unsere Bäume konzentriert hätten, dann wäre jetzt nicht mehr viel davon übrig.«

»Vielleicht wollten sie uns einfach nur Angst machen?«, mutmaßte Kiran und grinste gequält.

»Du hast gut lachen!«, rief Woti. »Ihr Ziel konnten sie demnach leicht erreichen, nie musste ich dermaßen vor Angst erbleichen!«

Und dann fügte er mit einem Seitenblick auf Finn und Decora hinzu: »Na ja, vielleicht doch im Wandernden Wald, aber der Schrecken kommt hier in einer böseren Gestalt.«

»Schon gut, Woti«, munterte ihn Decora auf. »Wir stehen hier unten und leben noch. Vielleicht waren die Roben auch einfach nur erstaunt, nachdem sie hundert Jahre niemanden mehr in ihrem Wald gesehen haben und wollten abwarten, was passiert. Vielleicht haben wir nächstes Mal nicht so viel Glück. Wir sollten also zusehen, dass wir endlich weiterkommen.«

»Dann lasst uns gehen«, sagte Kiran. »Wenn wir uns wirklich beeilen, dann werden wir vielleicht gar keine Nacht mehr hier zubringen müssen!«

»*Sofern* wir eine Möglichkeit finden, ein Portal zu öffnen«, bemerkte Decora.

»So ist es«, schloss Kiran.

Er streckte seinen Arm weit nach Norden aus und marschierte los. »Unser Weg liegt dort!«

Decora mit ihrem Stab und Veda, die jetzt wieder kurze Strecken nach vorn und um sie herum flog und wie ein kleines Feuer die Umgebung erhellte, wiesen ihnen den Weg.

Nach einer Weile ebbte Finns Nervosität ab. So unwahrscheinlich es auch schien: Hören konnte er nur die gewöhnlichen Geräusche eines verlassenen Waldes. Die Roben waren fort. Während des Vormittags erholte sich auch sein Körper wieder etwas, denn das Gehen lockerte die steifen Glieder wieder auf. Gleichwohl war er todmüde und mehr als einmal fühlte er, wie ihm die Augen zufallen wollten. Mit größter Anstrengung legten sie dennoch einen gewaltigen Marsch zurück. Einzig die von Kiran immer wieder betonte Nähe zum Fichtan-Tempel ließ sie einen Fuß vor den anderen setzen und tiefer in den Wald vordringen.

Und dann, als die fahle Sonne schon wieder im Südwesten stand, schimmerte helleres Licht direkt vor ihnen und wenige Augenblicke später standen sie am Rand einer fast kreisrunden Lichtung. In der Mitte erhob sich ein alter, steinerner Tempel, der überwuchert war von Ranken und dunkelgrünen Schlingpflanzen. Das flache Dach schloss mit den gewaltigen Bäumen des Waldes auf gleicher Höhe ab. Der weißgraue Stein, der zwischen den grünen Pflanzen an den Tempelwänden zum Vorschein kam, sowie die großzügigen Fensteröffnungen und geschliffenen Steine verrieten Finn die Eleganz und Kunstfertigkeit, mit der der Tempel einstmals erbaut worden war. Er hatte trotzdem das Gefühl, dass an diesem Ort nur wenig Gutes geschehen war.

Alles hatte den Anschein, als wäre wirklich seit hundert Jahren niemand mehr hier gewesen, und doch: Die merkwürdige Aura, die das Gebäude umgab, schrie förmlich nach Gefahr und Finn zweifelte nicht daran, dass die Roben diesen Ort kannten und ihn bei Nacht heimsuchten. Er versuchte, irgendeine Stelle zu finden, die Schutz bot, aber Fehlanzeige. Der lehmig-braune Erdboden war völlig eben und aller seiner Pflanzen beraubt worden.

»Wir sind da! Die Legenden sind also wahr …«

In Wotis Stimme schwang ein Schaudern mit.

»Sag mir jetzt nicht, du hättest nach diesem Wald doch noch daran gezweifelt?«, fragte Kiran erstaunt.

Woti lachte nur.

»Seht ihr den Eingang? Ich glaube kaum, dass der die Roben aufhalten wird!«

Finn betrachtete die Vorderseite des Tempels. Direkt in der Mitte war eine riesige Aussparung eingelassen, hinter der eine Rampe hineinführte.

Die Truppe setzte sich in Bewegung. Allen voran flog eilig Veda. Offenbar konnte es der Sonnenfeder gar nicht schnell genug gehen, in den Tempel zu gelangen. Finn wollte ihren Instinkten nur zu gerne Glauben schenken. Sicherlich hoffte sie, dass ihnen im Innern keine Gefahr drohte. Dennoch zogen sie alle ihre Waffen. Auf die nächste böse Überraschung wollten sie besser vorbereitet sein als bei ihrem Zusammentreffen mit dem Kelpen. Sie näherten sich zwangsläufig dem Ende ihrer Etappe, vielleicht auch der Lösung ihres Rätsels, aber der alte Fichtan-Tempel verkündete nur drohendes Unheil. Sicherer fühlte es sich mit einem alonischen Schwert in den Händen in jedem Fall an!

»Ganz ehrlich«, fragte plötzlich Decora, als sie nur noch wenige Schritte vom Eingang entfernt waren. »Glaubt ihr, wir finden einen Weg? Also ein Portal?«

Obwohl sie zu allen gesprochen hatte, suchte ihr Blick Finn.

»Ich glaube daran! Ich habe von Anfang an daran geglaubt und jetzt werden wir das auch durchziehen!«

Woti und Kiran nickten stumm und bevor sie durch die Öffnung in den Tempel gingen, schauten sie noch einmal auf die öde Lichtung zurück, deren Schimmer langsam aber sicher immer dunkler wurde.

Sofort zog sie die morbide Düsternis des Tempels in ihren Bann. Der schräge Aufgang und die Wände zeigten deutlich Spuren der Zeit. Vieles war verwittert. Staubige Luft machte das Atmen schwer.

Decora hielt ihren Stab wie eine Fackel hoch über sich. Finn sah die langen, huschenden Schatten, die sie dabei an die Wände warf. Je weiter sie gingen, desto dunkler hätte das Innere des Tempels eigentlich werden müssen – aber dennoch blieb immerfort ein dämmriges

Graublau bestehen und offenbarte ihnen überall Türen und Nischen, die tiefer in das Gewölbe führten.

»Scheinbar ist noch viel von früherer Magie vorhanden«, stellte Kiran fest. »Aber das sollte für uns eigentlich gut sein.«

»Wohin jetzt?«, flüsterte Decora.

Sie waren in einem großen Raum angelangt, an dessen Seiten in alle Richtungen Gänge führten. Fast wäre Finn gestolpert. Auf dem Boden lagen die Reste von alten Truhen und Becken zerstört da. Hatten die Roben auch hier gewütet? Auch die Pflanzen, die sie außen an der Tempelwand gesehen hatten, hatten ihren Weg nach drinnen gefunden und Löcher in den Stein gefressen. Woti blieb sogar daran hängen, als er sich im Eingang des Raumes an die Wand drückte, befreite sich aber mit seinen Dolchmessern selbst kommentarlos wieder. Finn war froh, dass sie jetzt nur noch selten sprachen. Es war zwar ein törichter Gedanke, nicht gehört oder entdeckt werden zu wollen, wo doch anscheinend niemand hier war. Aber alles hier war seltsam. Beunruhigend seltsam. Kühle Windzüge, die durch die Hallen und Gänge wehten, draußen jedoch nicht zu spüren gewesen waren, ließen Finn frösteln.

»Nach oben!«, flüsterte Kiran. »Das Spiegelkabinett ist oben unter dem Dach!«

»Genau. Immer weiter nach oben«, sagte Finn ungeduldig.

Sie beeilten sich und versuchten bald den einen Gang, dann einen anderen, spähten durch Torbögen und Türen und suchten immerzu den einen Weg, der nach oben führte. Sie fanden Treppen, die in Sackgassen mündeten, oder an deren Ende sich nur winzige Räume mit fast zerfallenen Regalen befanden, Gänge, die in die Tiefe führten, oder an denen sich weite Hallen mit merkwürdigen Kreisen und Zeichnungen im Boden anschlossen, dann wieder solche, die tatsächlich hinauf gingen und sie der obersten Ebene des Tempels ein Stückchen näher brachten.

In den Gängen standen merkwürdige Apparaturen und Reste alter Maschinen sowie andere Artefakte, die auch Kiran und Woti nicht einzuordnen wussten. Wirklich Sorgen bereitete ihnen, dass der Tempel so unübersichtlich war. Die Zugänge waren oft hinter gebogenen Gängen verborgen, andere Gänge konnte man leicht übersehen, weil heruntergerissene Vorhänge, umgekippte Schränke, eiserne Fackelständer und vieles andere mehr ihre Sicht versperrten. Und noch etwas ließ ihre Herzen unruhig schlagen: Sie konnten ihren Weg hinter sich nicht verbarrikadieren, denn alle Gänge besaßen entweder offene Bögen oder die vormaligen Türen waren schon längst herausgebrochen und vermodert. Alles, was bald aus dem Wald heraufkommen würde, würde ihre Witterung aufnehmen und ihnen folgen.

All dies trieb sie zur Eile. Ständig rechneten sie damit, dass das erste Ächzen aus dem Wald durch den Tempel hallte. Noch immer waren sie nicht ganz oben angelangt, aber längst war es zu spät, sich wieder nach unten zu arbeiten. Sie umklammerten ihre Waffen fester und eilten nervös von Aufgang zu Aufgang, um den richtigen Weg zu finden. Finn hatte alle Mühe, sich halbwegs unter Kontrolle zu halten. Auch Veda schien nicht weiter zu wissen, denn sie flog bald nicht mehr vorweg, sondern saß inzwischen wieder auf Decoras Schulter.

»Weiter!«, feuerte Finn sie an. »Es kann nicht mehr weit sein!«

Natürlich wollte er ihnen nur Mut machen. Vielleicht waren sie an der völlig falschen Stelle und gleich ging es nicht mehr weiter! Aber wenn die anderen sich sicherer fühlten, dann würde das auch ihn stärken.

Endlich rief Decora: »Ich glaube, ich habe den richtigen Weg gefunden!«

Sie streckte ihren Kopf aus einem Gang, dessen Wände mit langen vertikalen Rillen versehen waren. »Hier geht es wieder nach oben!«

In diesem Moment schepperte etwas tief unten im Tempel. Alle blieben wie angewurzelt stehen und horchten. Finn und Kiran legten gleichzeitig einen Finger auf ihre Lippen.

Aber alles blieb still. Was konnte das gewesen sein? Vor den Roben hätten sie doch sicherlich das übliche Dröhnen des Waldes vernehmen müssen … Aber irgendetwas war dort unten gewesen! Finn wurde heiß. Er wollte sich gar nicht vorstellen, was es hier außer den Roben noch gab. Dieser Ort hatte nichts Freundliches zu bieten. Er horchte noch einmal in die Tiefen des Tempels. Nichts.

Und dann plötzlich vernahmen sie das Brechen von Holz und das wohlbekannte Schnabelklappern echote vom Wald her durch die grauen Gänge des Tempels.

Sie schauten einander an und wussten, was zu tun war: Der einzige Ausweg wartete ganz oben auf sie!

Decora rannte in den Gang, den sie entdeckt hatte. Die anderen hasteten ihr hinterher. Der Gang stieg steil an, machte am Ende einen Knick nach links und mündete von unten in der Mitte eines Raumes mit vier weiteren Ausgängen.

Die Geräusche von unten wurden bereits lauter. Die Roben kamen verdammt schnell. Bestimmt hatten sie die ganze Zeit gewusst, wohin sie wollten und ihre Witterung auch bei Tag nicht verloren! Finn hatte jedoch keine Zeit, sich solche Gedanken zu machen, sie mussten sich irgendwie in Sicherheit bringen! Doch alle vier Ausgänge sahen gleich aus! Schweiß rann ihm von der Stirn. Er umfasste den Griff seines Schwertes noch fester und ließ seinen Blick atemlos von einem Gang zum nächsten wandern.

»Wir müssen uns verteilen und den richtigen Weg finden!«

Woti rannte als erster los und seine Dolche blitzten in der Finsternis, als er im linken Gang verschwand. Die anderen liefen ebenfalls je in einen Gang und stießen nun jede Vorsicht in den Wind, denn das Klappern wurde schnell lauter. Die Roben mussten jetzt an der Lichtung sein.

Abermals war es Decora, die mit ihrem Stab zuerst die richtige Richtung ausfindig machen konnte.

Sie rief jetzt laut nach ihren Begleitern. »Hier, zu mir! Ich glaube, das hier ist der letzte Gang vor der obersten Ebene!«

Finn zählte zwei Kurven und nahm im Vorbeilaufen etliche Nischen wahr, in denen Becken standen, die früher wohl voller Wasser gewesen waren. Dann erreichten sie einen breiten Saal, dessen mittleres Dachstück fehlte und den Abendhimmel preisgab, der in die Nacht überging. Sie hatten die letzte Ebene erreicht! Im selben Moment polterten und knallten Metall und Stein im Erdgeschoss des Tempels.

»Sie sind da!«, rief Decora. »Wo sollen wir hin?«

»Auf dem Dach kriegen die Roben uns nicht!«, rief Kiran atemlos.

»Die Decke ist viel zu hoch! Da können wir niemals rauf gelangen!«

Finns Stimme war panisch.

»Wir können mit den Regalen anfangen!«, antwortete Woti und deutete aufgeregt mit einem seiner Dolche auf einige alte, massive Holzregale, die am Ende der Halle standen. Als Kletterhilfe mussten sie aber erst unter die Öffnung im Dach gerückt werden. Schon stürzten Finn und Kiran los. Mit aller Kraft zogen und drückten sie das massive Holz, aber die meterhohen Regale bewegten sich kein Stück.

Veda zwitscherte panisch vom Rand des Loches. Gleichzeitig drang das Poltern im Tempel stetig weiter nach oben und nun waren auch kratzende Schritte zu hören, die nur von Krallen stammen konnten, die auf Steinboden trafen. Finn drehte sich der Magen um. Sie saßen in der Falle.

»Das Spiegelkabinett!«, rief Decora. »Wo ist es? Es ist vielleicht unsere letzte Chance. Wenn es funktioniert und wir es benutzen können, dann können wir es immer noch schaffen …«

Westlich und östlich waren weitere Torbögen in der Halle zu sehen, aber die Räume dahinter lagen im Gegensatz zu den restlichen in fast vollkommener Dunkelheit. Decora rannte los, dicht gefolgt von ihren Begleitern, das Poltern, das jetzt schon ganz nah war, immer im Nacken. Der erste Robenschrei drang durch die gewundenen Gänge zu ihnen herauf.

Sie liefen durch den östlichen Durchgang. Als das Licht der Lunata in den Raum fiel, sprang ihnen plötzlich ein grelles Schimmern entgegen und der riesige Raum blinkte und flackerte weiß und blau. Lichtblitze stachen sie in den Augen.

»Die Spiegel!«, rief Finn, aber sein Tonfall klang erschreckt.

Decoras Licht wurde von den Spiegeln, die zu hunderten und vielleicht zu tausenden an den Wänden hingen und aneinander lehnten, überallhin zurückgeworfen und wieder und wieder kopiert.

»Zerbrochen!«, rief sie. »So viele davon sind zerbrochen …«

Das war ihr Ende. Der weite Weg, ihre Flucht, Woti, Kiran und Finn mit in diese Sache hineingezogen zu haben – alles war umsonst gewesen.

»Die Anordnung ist völlig hinüber.«

Alle drei sahen sie hilflos an. Sie würden sich ihrem Schicksal ergeben müssen!

Decora aber verharrte, ihre Augen brannten vom blinkenden Licht. Lange blickte sie auf die Scherben, drehte sich hin und her. Gehetzt überlegte sie. Da war etwas, das merkwürdig an der ganzen Sache war.

»Moment!«, rief sie. »Das kann es nicht sein …!«

Ihr Atem ging in kurzen Schüben.

»Die Anordnung …«

Gleich hatte sie es! Wieder drehte sie sich hierhin und dorthin, rannte ein Stück nach vorn und untersuchte den Raum. »Die Anordnung …«, wiederholte sie.

Dann endlich fiel es ihr ein: »Die Anordnung kann für die Portale gar nicht entscheidend sein! Es ist mir ja schon in dem Buch aufgefallen: In den Sternenhallen sah alles anders aus!«

Sie spürte die Blicke der anderen auf sich ruhen. Das Poltern war jetzt ganz nah. Waren die Roben schon in der Etage unter ihnen? Metall wurde umgestoßen und Splitter und Steine flogen gegen Wände. Die Schreie der Roben klangen wütend und zornig.

Die anderen hatte die schiere Panik gepackt.

»Gleich sind sie da!«, rief Finn. »Was sollen wir tun?«

Sie hofften, dass sie irgendeine Anweisung für sie hatte.

»Schnappt euch jeder ein paar Scherben und dann raus in die Halle!«

Die drei griffen sich ein paar Scherben und achteten weder auf deren Größe noch auf die Schnitte, die sie sich in der Hast an den Händen und Fingern beibrachten. Auch Decora selbst sammelte einige ein.

Sie drehten sich um, rannten zurück durch den Durchgang in die Haupthalle und blieben vor Schreck erstarrt stehen.

Eine Silhouette hatte sich vor ihnen aufgebaut, genau in der Mitte der Halle, etwas größer als ein Mann. Die Gestalt stand regungslos da. Neben dem Poltern der Roben war Vedas aufgebrachtes Piepsen über ihnen das einzige Geräusch. Im Schatten war kaum etwas zu sehen, doch dann bewegte sich die Silhouette. Laub raschelte und ein Wesen trat in das schwache Licht von Decoras Aura und ihrem Eisenholzstab.

»Raukelunk!«, schrien Finn und Decora gleichzeitig.

»Wie kommst *du* hierher?«, rief Decora. In ihrer Stimme lag aber mehr Verzweiflung als Erstaunen. Blut rann ihr von den Fingern. Die Spiegelscherben schnitten ihr ins Fleisch.

»Keine Zeit für Erklärungen!«, rief der Bacarit und blickte in eine ganz andere Richtung. Woti und Kiran hatten völlig den Überblick verloren und starrten bangend in Richtung Aufgang, durch den in wenigen Sekunden kurz hinter Raukelunk die Roben stürmen würden.

»Wir müssen auf das Dach!«, rief der Bacarit.

»Ich kann spüren, dass die Decke offen ist. Ich kann den Wald und die Luft bis hierher fühlen!«

»Aber das Loch ist zu hoch und wir können nichts drunter schieben, um so hoch zu gelangen«, rief Finn.

»Haltet die Roben für einen Moment im Gang! Ihr habt doch Waffen, also benutzt sie auch! Durch den Aufgang können nicht viele auf einmal kommen!«

Der Bacarit lief los. Obwohl er blind war, fand er den Weg, seine Bewegungen waren lang und geschmeidig. Sein Körper und seine verbliebenen Sinne wiesen ihm den Weg – vielleicht war es sogar der Geruch des Holzes.

»Worauf wartet ihr?«, polterte er. »Gleich ist es zu spät!«

Doch Finns Hände schienen nutzlos geworden zu sein. Er hatte die Spiegelscherben längst fallen gelassen und auch von seinen Händen tropfte Blut. Die Lage überforderte ihn und auch Decora und Woti standen reglos da und reagierten nicht. Einzig Kiran überwand mit einem Mal seine Angst und wunderte sich nicht weiter über die Situation. Es war doch auch für den Moment völlig egal, wo der Bacarit auf einmal hergekommen war! Es galt für sie nur eins: Überleben! Ein kräftiger Schubs traf Finn und Woti im Rücken und auch Decora wurde durch einen Stoß wieder in die Realität zurückgerissen. »Ihr habt ihn doch gehört!«, schrie Kiran und rannte zum Aufgang. Sein Schwert schwang er wild über seinem Kopf.

»Wir müssen uns verteidigen! Wir dürfen nicht aufgeben! Entweder wir oder diese widerlichen Viecher! Wenn wir einen Kelpen schaffen, schaffen wir auch das hier!«

Da endlich besann sich Finn darauf, dass er Decora etwas versprochen hatte. Und überhaupt: Wenn Kiran kämpfen konnte, dann konnte er es auch! Er packte erneut sein Schwert und hielt es vor sich. Aus dem Augenwinkel sah er die Lunata. Er würde sie schon beschützen und wenn er dabei sterben würde. Sollten die Roben doch kommen!

Finn fand sich neben Kiran wieder. Links von ihm regte sich noch etwas und er sah, dass auch Woti und Decora zu ihnen geeilt waren. In ihren Augen blitzte jetzt Entschlossenheit. Kämpfen war besser als Sterben und Sterben war immer noch besser im Kampf!

Weit links neben ihnen gab es einen dumpfen Knall: Raukelunk war einfach in eines der Regale *hinein*gesprungen. Gleichzeitig zeigten sich die pechschwarzen Umrisse der Roben hinter der Kurve im Aufgang. Drei oder vier Vögel schoben sich aneinander vorbei auf sie zu und schrien ihnen entgegen. Grüne, hässliche Augen funkelten sie an und aus den auf und zu schnappenden Schnäbeln dampfte es ätzend.

Mit schweißnassen Händen umklammerte Finn sein alonisches Schwert. Er würde es diesmal nicht einfach werfen können, sondern musste sich die Roben auf kurzer Distanz vom Leib halten. Schwingen, stoßen, hacken, verflixt, wie begann man einen solchen Kampf? Er sah die scharfen Klauen der Roben, die im Stein wetzten. Nur noch ein paar Schritte!

Neben ihm donnerte Kirans gewaltiges Zweihänderschwert auf die erste Robe nieder! Der Prinz brüllte markerschütternd. Der Bann war gebrochen! Finns Körper legte los, noch bevor er es selbst mitbekam! Sein Schwert steckte in dem riesigen Vogel vor ihm. Er zog es ruckartig wieder hinaus und heißes, schwarzes Blut spritzte ihm entgegen. Das getroffene Tier taumelte kreischend gegen die Wand und riss dabei eine weitere Robe mit. Woti sprang herbei und hieb mit seinen beiden Dolchen unbarmherzig auf den zweiten, zuckenden Vogel ein. Dutzende Roben rannten nun auf sie zu, immer eng aneinander gepresst, aber nicht mehr als zwei von ihnen nebeneinander. Ein vorschnellender Schnabel erwischte beinahe Woti, aber Decoras hell leuchtender Stab traf das Tier mit voller Wucht am Kopf. Finns Schwert und Wotis Dolche erledigten den Rest. Mit einem gewaltigen Hieb schleuderte Kiran auf der anderen Seite eine Robe zurück in den Gang, die in ihrem eigenen Blut über den Boden glitt. Die anderen Vögel versuchten, dem rutschenden Körper auszuweichen, hüpften und stolperten, rissen einander um und verkeilten sich im Gefieder der anderen. Eine Schnabelspitze schnitt Finn in den Arm. Er schwang sein Schwert wie einen Schläger und traf den Schnabel des Tieres, der mit einem hässlichen Geräusch zersplitterte. Der Vogel kippte zur Seite. Decora schob den auf dem Blut rutschenden und zuckenden Körper den anderen Tieren in den Weg. Gleichzeitig duckte sich Woti unter der nächsten Robe hinweg, stach einen seiner Dolche in ihren Bauch und brachte sie so zu Fall. Kiran streckte seinen langen Arm nach dem Gwilling aus und zog ihn zurück in die Halle. Tot oder halbtot versperrten die geschlagenen Roben den anderen Vögeln den Weg nach oben. Welle auf Welle preschten dahinter Dutzende weitere Tiere gegen die Wand aus ihren Artgenossen.

»Weg da!«, schrie Raukelunk von der Seite. »Geht aus dem Weg!«

Finn, Decora, Kiran und Woti sprangen zur Seite und Finn konnte gerade noch sehen, wie sich der Bacarit wieder vom Holz eines Regals trennte, das er mit seiner gewaltigen Körperkraft in den Aufgang kippte. Das Regal krachte zu Boden und begrub einige Roben unter sich.

»Das hält sie höchstens ein paar Minuten auf!«, rief der Bacarit und in der Tat scharrte und kratzte es am Holz der Regalrückwand bedrohlich unter der Wucht der Schnäbel und Klauen.

»Jetzt aber auf das Dach!«, rief er.

Ein zweites Regal stand direkt unter dem Rand des Deckenlochs und schaukelte noch ein wenig von der Wucht, mit der es dorthin verfrachtet worden war.

»Klettert hinauf!«

Sie ließen sich nicht noch einmal bitten! Woti wurde vorneweg an den Fächern nach oben geschoben. Als der Gwilling oben war, folgte Decora. Raukelunk stand schon auf dem Regal und sein Kopf ragte über den Rand des Daches. Kiran und Finn kletterten zum Schluss gleichzeitig hinauf.

»Halt!«, schrie Decora plötzlich und versuchte wieder herunterzuklettern. »Die Scherben! Wir brauchen die Scherben, wenn wir hier wegwollen!«

Raukelunk schnaubte.

»Nein, aufs Dach, es ist keine Zeit mehr! Die Roben sind jeden Moment durch das Regal und ich kann die Scherben nicht sehen.«

Ohne darüber nachzudenken, sprang Finn vom Regal.

»Nein!«, hörte er Decora rufen. »So meine ich das nicht! Finn!«

Hektisch suchte er den Boden nach Scherben ab und fand sie in einiger Entfernung. Eilig riss er das Spiegelglas vom Boden. Noch mehr Schnitte gruben sich in seine Fingerkuppen und Handflächen, aber doch schaffte er es irgendwie, fünf größere Stücke aufzuheben. Er spürte den Schmerz nicht einmal. Das Regal vor dem Eingang der Halle splitterte und Schnäbel schoben sich wild durch das geborstene Holz. Finn hechtete zurück zum Regal und riss sich dabei den Tragesack vom Rücken. Er warf blindlings die Scherben hinein und schleuderte den Sack zu Kiran hinauf, der auf dem Regal hockte. Mit einem langen Satz sprang er an das Regal und zog sich nach oben. Das Regal wackelte, denn eine der Roben hatte sich mit dem Kopf vorweg unter ihm gegen das Holz geworfen. Glücklicherweise hatte Raukelunk Woti schon längst auf das Dach geworfen und war hinterher gesprungen.

Da erreichte Finn den langen Arm von Kiran, der den Sack ebenfalls aufs Dach befördert hatte, und fasste seine Hand. Im nächsten Moment bekam er auch Decoras Arm zu fassen und mit vereinten Kräften zogen ihn die beiden auf das schwankende Regal. Mit einem gewaltigen Satz sprangen sie selbst gerade noch rechtzeitig ins Freie. Unzählige Roben drückten das Regal zur Seite. Es kippte unter ihrem Ansturm und schlug in einer Wolke aus Staub und Blut auf den Boden.

OFFENBARUNG

Einige Sekunden benötigte Decora, um wieder zu Atem zu kommen. Ihre Lungen brannten heftig. Was war hier geschehen? Eine große Frage stand ihr ins Gesicht geschrieben.

»Raukelunk, wie kommst du hierher …?«

»Keine Zeit jetzt!«, antwortete der Bacarit kurz angebunden. »Die da unten werden uns nicht in Ruhe lassen!«

Sie schauten in die Halle: Unter ihnen tobte das Chaos. Vierzig, vielleicht auch fünfzig Roben waren mittlerweile in der Halle angelangt und sprangen und schnappten, während Blut, Federn und Holzsplitter durch die Luft flogen, in Richtung Dach. Sie rannten sich um, ein Tier schlug gegen das andere, und bereits nach Sekunden hatten sie sich dicht unter der Öffnung zusammengerottet und wälzten sich nun übereinander.

»Die können hier hochkommen, wenn sich nur genügend von ihnen übereinanderwerfen!«, rief Decora und sprang auf. In der Halle hatte sich schon ein kleiner Hügel gebildet.

»Dann sag uns, was wir tun sollen!«, rief Kiran. »Wir haben doch die Splitter!«

»Ich weiß es nicht so genau, es war doch nur eine Idee … vielleicht …«, Decoras Blick war flehentlich, »… klappt es nicht!« Warum musste *sie* etwas unternehmen, wo sie doch auch nur so wenig Ahnung hatte?

Finn trat zu ihr und nahm ihre Hand.

»Decora, ich bin ganz sicher, dass es klappt. Du hast es doch schon einmal geschafft! Versuch es nur. Aber wir müssen uns beeilen!«

Decora blickte ihm tief in die Augen. Dann lächelte sie und nickte. Es gab ja auch gar nichts anderes – es musste einfach gelingen!

»Nehmt alle eure Waffen und euer Gepäck! Macht euch bereit!«

Sie taten wie ihnen geheißen und schulterten, was sie bei sich hatten.

»Veda, komm zu mir!«, rief sie.

Die kleine Sonnenfeder, die über ihnen in der Luft ihre Kreise zog, stieß einen schrillen Schrei aus und ließ sich sogleich auf Decoras Schulter nieder.

»Bleib da, bis das hier vorbei ist.«

Sie streichelte ihrem Vogel sanft mit dem Finger über das Gefieder.

»Und ihr anderen: Drei nehmen sich jeweils eine Scherbe und einer von euch zwei.«

Finn riss seinen Sack auf und händigte jedem eine Scherbe aus und behielt zwei für sich. Der Robenberg hatte sich dem Rand des Daches bereits angenähert. Die Schreie und das Klappern der Vögel hallten auch vom Wald aus auf das Dach des Tempels.

Vor sich stellte die Lunata Finn und Kiran. Sie hielten ihre Spiegelscherben auf ihrer Kopfhöhe. Die mittlere ihrer Scherben war etwas weiter hinten, die anderen zwei näher zu ihr und schräg ihrem Gesicht zugewandt. Woti und Raukelunk standen dich neben ihr und hielten die Spiegelscherben ebenfalls leicht angeschrägt denen von Finn und Kiran entgegen. Decoras Spiegelbild wurde jetzt von den fünf Scherben hin und her geworfen. Sie sah sich selbst und begegnete ihrem eigenen, hundertfachen Blick.

Mit weit aufgerissenen Augen in Erwartung von zumindest *irgendetwas* starrten Finn, Woti und Kiran abwechselnd zu ihr und zur Öffnung im Dach, durch die schon schwarze Federn und orangefarbene Schnäbel zu sehen waren. Raukelunk tappte von einem hölzernen Bein auf das andere und war ebenso nervös wie die anderen, obgleich sein starrer Blick nichts davon verriet.

»Und jetzt?«, rief Kiran. »Müsste nicht etwas passieren?«

»Wo sollen wir denn hin?«, schoss es da aus Decora heraus und die Frage verhallte in der stickigen Luft. Ihr blieb beinahe das Herz stehen. Ja, wohin sollten sie? Sie konnte es nicht glauben, dass sie sich bisher noch keine Gedanken darüber gemacht hatten. Sie musste doch ein genaues Ziel wissen, ansonsten würde die Reise vielleicht ebenso absurd enden wie beim ersten Mal.

Wahrscheinlich hatte jeder von ihnen eine vollkommen andere Idee. Aber keiner brachte auch nur ein Wort heraus. Vielleicht funktionierte das Portal nur einmal! Vielleicht erwartete sie wieder eine Odyssee, wenn sie dort, wo sie hinreisten, ein weiteres Portal aufrufen mussten! Aber es war keine Zeit für solche Überlegungen. Decora konnte aus dem Augenwinkel grüne Augen erkennen, der dazugehörige Kopf tauchte für einen Moment in der Öffnung auf und fiel dann wieder nach unten.

»Wir reisen auf die Erde!«, rief Finn. »Zu mir nach Hause.«

Natürlich! Sicherlich dachte Finn in diesem Moment auch an seine Eltern. Sie hatte ihm diese Sache hier eingebrockt, da war es doch nur klar, dass sie ihm, bevor vielleicht alles ihretwegen endete, noch einmal die Möglichkeit gab, auf die Erde zurückzukehren. Sie wusste, was es bedeutete, wenn Angehörige starben, wie weh es tat.

Er musste zurück und zeigen, dass er nicht verschwunden war, dass er nicht tot war …

»Und dann?«, schrie Kiran. »Was sollen wir da tun? Wie sollen wir von dort zurückkommen?«

»Genauso wie wir hingekommen sind!«, gab Finn zurück. »Wenn wir es einmal schaffen, dann schaffen wir es auch ein weiteres Mal!«

»Und wie sollen wir uns da verteidigen, wenn die Roben hinter uns durch das Portal kommen? Wir sollten zu einem Stützpunkt der Soldaten meines Vaters. Oder ins Wasser! Wer weiß, ob die Roben schwimmen können?«

»Und wenn sie es können?«, rief Finn. »Nein! Die Roben werden uns nicht folgen. Das Portal wird sich vorher schließen … Ansonsten … Wir werden es schon schaffen! Und außerdem, Kiran: Willst du nicht auch wenigstens einmal zwischen den Welten reisen?«

Kiran nickte schließlich. Woti zuckte mit den Schultern. Decora hatte sich ohnehin schon entschieden. Und besser als hier oben von den Roben in Stücke gerissen zu werden war es allemal.

»Es wird Zeit!«, trällerte der Gwilling ängstlich. »Decora, wir sind bereit!«

Sofort begann die Lunata zu murmeln. Sie versuchte dabei starr in ihre eigenen Augen zu blicken und nicht zu blinzeln.

»Zu Finn nach Hause … Zu Finn nach Hause …«

Immer und immer wieder wiederholte sie dieselben Worte.

Aber nichts tat sich.

»Was ist los?«, rief Raukelunk. »Ich kann die Roben ja schon fast an meiner Rinde fühlen! Funktioniert es nicht?«

»Das Gefühl …«, stammelte Decora, »Es ist irgendwie nicht dasselbe. Ich glaube, ich brauche mehr Augen. Es waren so viele mehr in den Sternenhallen. Ich weiß nicht, wie ich es machen soll …«

Da kam Finn plötzlich eine Idee. »Schaut ihr alle fest in die Augen. Wir sind dann so etwas wie zusätzliche Spiegel. Unsere Augen reflektieren auch, aber sie sind echt. Vielleicht sind sie noch stärker als bloße Spiegelbilder … Wir sind zu weit gekommen, um jetzt noch zu scheitern! Fangt schon an! Und nicht blinzeln!«

Natürlich versuchten sie es. Und Decora sprach immer weiter. Ihre Augen begannen zu tränen, so weit riss sie sie auf.

Zu Finn nach Hause … Zu Finn nach Hause …

Währenddessen reckten sich die ersten Hälse durch das Loch und zwei oder drei Vögel sprangen schon so hoch, dass sie mit der Brust den Dachsims berührten.

Und dann, nach Sekunden des Bangens, erschien plötzlich aus dem Nichts direkt vor Decora ein rötlich schimmernder Kreis und kleine Funken und Lichtblitze stoben davon in alle Richtungen. Veda piepste aufgeregt. Alle wussten, dass unter ihrem Sichtfeld etwas geschehen war, aber keiner wagte es, seinen Blick von Decora abzuwenden.

Zu Finn nach Hause … Zu Finn nach Hause …

Und das Portal wuchs an, erst handtellergroß, dann im Durchmesser wie ein Stamm und schließlich reichte es in nur wenigen Sekunden vom Boden hinauf bis über ihre Köpfe.

Das Innere des Portals waberte, die Wellen darin änderten blitzartig ihre Richtung und krümmten sich um- und ineinander.

»Das ist … ganz und gar unglaublich«, stelle Kiran atemlos fest.

Für wenige Augenblicke starrten alle nur auf das Portal zwischen ihnen.

»Offensichtlich hat es geklappt! Ich spüre es unglaublich heftig. Wahrlich, das hätte ich noch vor Kurzem nicht für möglich gehalten. Ach ja: Und ich gedenke nicht, weiter hierzubleiben. Wir sehen uns dann auf der anderen Seite!«

Und damit löste sich Raukelunk aus ihrem Kreis und sprang mit seiner Scherbe kopfüber in die Mitte des Portals. Die roten Funken wirbelten wie bei einer kleinen Explosion in alle Richtungen.

»Rasten heiß rosten – nun heißt es die Wunderlichkeiten der Erde zu kosten!«, rief Woti und sprang dem Bacariten beherzt hinterher.

Decora, Finn und Kiran blickten einander an. Etwas Merkwürdiges lag zwischen ihnen und keiner wollte zuerst springen. Die Schreie der Roben schrillten in ihren Ohren. Immer mehr Körper klatschten gegen den Dachsims und es war wohl nur noch eine Frage von Sekunden, bis eines der Tiere es schaffen würde, sich auf das Dach zu stürzen.

»Nun gut«, sagte Kiran endlich und blickte dabei auf den Boden. »Ich hoffe wirklich, dass wir uns gleich wieder sehen … Finn … Decora …«

Der Prinz verbeugte sich zweimal leicht. Dann umklammerte er seine Scherbe und hielt sein Gepäck fest. Im nächsten Moment verschwand sein riesiger Körper durch das Portal.

Finn und Decora standen allein auf dem Tempeldach und hielten ihre Hände, ohne dass einer von ihnen wusste, wie sie sich gefunden hatten. Finns Spiegelscherben mussten irgendwie in seine Tasche gewandert sein.

»Finn …«, sagte Decora und das chaotische Toben um sie herum war wie ausgeblendet.

»Bitte … Sag nichts …«, flüsterte Finn.

Seine Augen sahen jetzt in ihre. »Decora, seit wir uns getroffen haben …«

Er stockte. Es war fast zu spät.

»Ich will dir nur eins sagen …«

Jetzt sag es endlich, dachte sie.

»Egal, was auch passiert – *ich liebe dich!*«

Finn ließ Decoras Hände los und umfasste ihre Wangen. Ihre Augen blitzten so hell wie die Sterne über dem Wandernden Wald und eine winzig kleine Träne, schimmernd wie die Morgensonne selbst, rann ihre Wange hinunter. Dann küsste Finn die Lunata und er spürte, wie sie den Kuss erwiderte, wie tausend Lichter in ihm aufloderten und wie sich ihre Aura auch um ihn legte. Er spürte nur noch Decora. Und noch während sie sich küssten, schob er sie beide in das rot leuchtende Portal und sie verschwanden in der Glut und der Hitze, die sich um sie ausbreiteten, während sie im freien Fall ins Unbekannte stürzten.

Dies ist das Ende des ersten Buches der Reisenden zwischen den Welten. Die Geschehnisse setzen sich fort in Buch 2.

Reisende zwischen den Welten.
Buch 2: Der Baum im Meer

Printed in Poland
by Amazon Fulfillment
Poland Sp. z o.o., Wrocław

33023088R00289